KB236785

한국 현대 생태담론과 이론 연구

구자희

새미

국립중앙도서관 출판시도서목록(CIP)

한국 현대 생태담론과 이론연구 / 구자희 지음. -- 서울 :새미, 2004
    p. ;   cm

ISBN 89-5628-102-5 93800

813.609-KDC4
895.7309-DDC21   CIP2004000362

한국 현대 생태담론과 이론 연구

구자희

　　최근에 읽은　J.브로노프스키의 《인간등정의 발자취》에는 다음과 같은 글귀
가 있다.

　　　"인간이 과학을 하기 때문에 독특한 것이 아니며, 예술을 하기 때문에
　　독특한 것도 아니다. 과학과 예술이 똑같이, 대리석 같은 인간정신의 조형
　　성을 표현하는 것이기 때문에 인간은 독특한 존재이다."

　　인간정신에 대한 대단한 자부심이 느껴지는 문장이다. 과학과 예술을 넘나드
는 인간 정신의 고매함에 대해 그는 자못 경외감까지 조성하고 있는 듯하다. 한때
나 역시 인간정신의　'대리석'　같은 냉철함과 각은 듯 정형화된 논리적 지성을 얼마
나 동경했던가.

　　참으로 많은 시간 나는 언어의 유희와 사고의 치기 속에서 방황하고 좌절했으
며, 때로 살아 있는 언어와 묵중한 사고의 결합에 스스로 위안 받기도 했었다.
그러나 대부분 처절한 언어의 배반과 놋쇠처럼 무뎌진 사고의 경직 앞에서 오랜
시간 나 스스로를 방기했었다. 작품을 읽고 작품속의 세상을 객관적인 사고의
틀로 재단하여 명료한 언어로 완성한다는 것이 점점 요원해 지기만 했었다.

　　그 무렵 내가 동경하던 지성의 세계가 실은 하찮은 인간의 자기위안 거리에
지나지 않는다는 합리화에 지배되기 시작했고, 내면 깊숙이 꿈틀대는 세계에 대
한 고민과 수많은 언어의 단상들을 애써 외면했었다. 그러나 이러한 외면은 점점

나 자신을 황폐화시켰고, 갈수록 거대해져 가는 내면의 절규, 밀물처럼 밀려드는 사고의 파고와 언어의 홍수를 잠재우기에는 역부족이었다.

　이러한 나의 혼돈과 격정을 잠재운 것은 지도교수님이 주신 생태소설에 대한 연구 작업이었다. 박사 논문 주제로 추천해 주신 생태소설과의 만남은 오랜 시간 갈구했던 언어와 사고의 조율을 이루기에 충분한 것이었다. 특히 자신에 대한 지나친 자만과 인간의 지성에 대한 염오에 빠져 있던 나에게 생태학적 발상은 자못 충격적인 것이었다. 인간이 산업화란 명목으로 자행한 무자비한 자연에 대한 억압과 파괴의 현실이 실은 인류자체를 파괴할 것이라는 심층생태론자들의 경고와 생태 문제가 파생한 현대 사회의 모순을 제시하고 있는 사회생태론의 우려, 그리고 오랜 세월 남성에 의해 억압당했던 여성의 모습과 인간에 의해 훼손당하고 상처 입은 자연의 모습을 동일시하여 이를 극복할 수 있는 대안으로 돌봄의 윤리를 제시하고 있는 생태페미니즘의 전망을 발견함으로써 세계에 대한 벅찬 개안을 이룰 수 있었다.

　물론 새로운 개안의 세계는 순탄하지는 않았다. 우선 생태시에 비해 생태소설에 대한 연구가 미흡한 현 시점에서 기존의 연구 성과에 의지해서 새로운 결론을 유추하는 것은 무리였다. 분명 상당수에 이르는 생태소설을 모두 찾아내는 작업 또한 어려운 일이었다. 게다가 생태소설의 범주를 어떻게 설정해야 하는가도 문제로 작용했다. 그래서 결국 서구의 문학생태학 이론서와 생태비평 이론서를 탐독하기로 결심했다. 비록 완독하지는 못하였지만 이론서를 탐독하는 과정에서 '문학생태학' 과 '생태의식' 그리고 '생태비평' 과 '생태소설' 의 개념과 범주가 설정되었다.

　다음으로는 생태소설 작품의 설정에 있어서 그 기간이 문제가 되었다. 그리하여 한국의 산업화가 진행되기 시작한 1970년대부터 이러한 산업화의 결과가 문제시되었던 1990년대에 이르는 기간으로 한정하기로 하였다. 그것은 생태소설의 개념 자체가 생태의식을 반영한 것으로 일원론적인 세계관에 입각하여 산업화에 대한 비판을 전제로 하고 인간이 자연에 대해 가한 폭력을 고발하고, 이를 극복할 수 있는 대안을 제시하는 작품이기 때문이다.

최종적으로 생태비평의 유형을 심층생태론, 사회생태론, 에코페미니즘으로 설정하고 이러한 생태비평이 근간으로 하고 있는 생태의식을 추정한 뒤, 한국현대 생태소설에 나타난 양상을 유추하였다. 이때 생태소설의 범주는 생태위기의 문제에 대한 비판적 인식 자체를 다루거나 나아가 이의 극복의지를 포괄한 작품들까지도 총괄적으로 지칭하였다. 그리하여 총 53편을 기본 텍스트로 설정하고 이중 35편을 집중적으로 분석하였다. 그 결과 한국 현대 생태소설들을 생태위기에 대한 표층적 인식을 보이는 작품들과 심층적 인식을 보이는 작품들의 유형과 이러한 생태위기의 원인에 대해 심각한 성찰을 보이는 유형, 나아가 생태위기에 대한 대안으로 생태 페미니즘적 발상을 제시하고 있는 작품들의 유형을 분석할 수 있었다.

아울러 한국 현대 생태 소설은 생태위기에 대한 표층적 인식을 표출한 작품과 사회생태론에 입각하여 생태위기의 원인을 타자화된 욕망과 위계화된 거대권력의 횡포로 간주하고 있는 작품들이 주를 이루고 있음을 규명할 수 있었다. 반면에 심층생태론과 생태페미니즘에서 강조하는 생태의식을 표명하고 있는 작품들은 상대적으로 미흡함을 확인할 수 있었다.

그러나 이 작업이 작품에 대한 세밀한 정독과 이론에 대한 면밀한 검토에 힘입었다고는 하지만 이러한 과정의 성실함에 비해 결과가 너무 공소한 것은 아닌가 하는 생각에 빠지게 된다. 또한 어딘가 나의 손이 닿지 않은 곳에 대단한 생태소설이 도사리고 있을 것 같은 불안감도 떨치기 어렵다. 하지만 이 작업이 생태소설에 대한 독자와 작가 그리고 연구자들의 관심을 증폭시키는 계기가 되었으면 하는 것이 나의 바람이다. 내가 현재 안고 있는 공소함과 불안을 다음 연구자들이 해소해 주기를 바랄뿐이다.

마지막으로 나의 문학에 대한 열정을 어린 시절부터 묵묵히 지켜주셨던 나의 모든 선생님들께 감사를 드리고 싶다. 특히 소설을 바라보는 예리한 시각을 길러 주시고 언제나 따뜻한 배려를 아끼지 않으시는 전혜자 교수님, 작품에 대한 냉철한 사고와 차분한 감성을 동시에 가르쳐 주신 조남현 교수님, 논문의 세세한 부분까지 차분히 수정해 주신 장사선 교수님, 그리고 언제나 학문에 대해 용기를 주시는 황재군 교수님, 지식인으로서의 올바른 자세와 시적인 감수성을 지도해 주신 이영섭 교수님께 거듭 감사의 마음을 드리고 싶다. 이외 경원대학교에서 줄곧 수학하면서 커다란 가르침을 받았던 많은 교수님들께도 감사의 마음을 드리고 싶다. 이분들이 아니었다면 나는 여전히 세계와 자신의 불균형에 빠져 허우적거리고 있었을 것이다.

그리고 평범하지 않은 나의 삶을 언제나 지지해 주는 나의 가족, 부모님과 늘 응원군이 되어주는 동생들, 매제, 조카들에게도 감사의 마음을 전한다. 또한 논문의 시작부터 책의 완성까지 심혈을 기울여 나를 보필해준 최혜령씨와 일상적인 주변의 일들을 세심하게 돌보아 준 지니에게 거듭 고마움을 표하고 싶다. 모자란 글을 책으로 완성해 주신 도서출판 새미에게도 감사의 마음을 전한다.

나의 주위에서 언제나 미비한 내게 이러한 도움을 주셨던 많은 분들을 떠올리니 새삼 풍요로워진다. 이제 시작이다. 나의 내면의 언어가 냉철한 지성과 만나 따사로운 감성으로 완성되는 그날을 위해……

2004년 1월

구자회

목 차

I. 서론

1. 문제 제기 및 연구 목적

21세기라는 새로운 세기에 들어서면서 환경문제에 대한 관심은 인류 최대의 화두로 부상했다. 인류는 생물권과 인간의 삶에 여러 방식으로 위험을 낳는 일련의 전지구적인 문제들에 총체적으로 직면해 있으며, 이 문제들로 인해 돌이킬 수 없는 붕괴에 이르게 될 것이라는 추측이 지배적인 가운데 서 있다. 특히, '불길한 망령은 우리가 눈치 채지 못하도록 슬그머니 찾아오며 상상하던 비극은 너무도 쉽게 적나라한 현실이 된다' 라는 레이첼 카슨(Rachel Carson)[1]의 경고는 현대 과학 기술 문명의 주도권 행사에 박차를 가하던 인류에게 자못 심각한 경종을 울렸다. 현대 과학 기술 문명이 지구의 환경오염과 생태계 훼손의 주범이 될 수

---

1) 레이첼 카슨(Rachel Carson), 김은령 역,『침묵의 봄』, 에코 라이브, 1999. 그녀는 이 책에서 '인간은 미래를 예견하고 그 미래를 제어할 수 있는 능력을 상실했다' 라는 슈바이처의 언급과 '호수의 풀들은 시들어 가고 새의 울음소리는 들리지 않네' 라는 키이츠의 탄식을 서두에 인용함으로써 지구와 환경오염에 대한 기존의 경고로부터 논의를 시작하고 있다.

있다는 그녀의 메시지는 과학 기술 발달이 풍요로운 미래로 가는 유일한 대안이라는 인류의 일방적인 관점에 일침을 가한 셈이 되었다. 즉, 과학 기술을 오용하고 남용할 때 '새 봄이 찾아 와도 새의 소리를 들을 수 없는' 미래에 대해 심각한 반성을 촉구한 것이다. 그리하여 21세기를 맞이하면서 환경파괴로 인한 생태 문제의 심각성을 인식한 생물학자들을 중심으로 인류의 환경문제의 실상이 구체화되고, 대안 확충에 박차를 가하게 되었다. 나아가 다양한 학문 분야로 이른바 '생태학(Ecology)'에 관한 논의는 확대되기에 이른다.2)

이러한 논의의 확대는 최근 유엔 세계 기상 기구(WMO)의 위협적인 경고와 무관하지 않다. 이에 따르면 오존층 파괴의 빠른 진행과 그 심각성, 유례없는 홍수와 가근 그리고 극단적인 폭염 등 세계 기상 변이의 원인으로 알려진 지구 온난화와 엘리뇨 현상이 지구를 공포에 몰아넣었고, 인류는 이를 극복할 대안 마련이 시급한 시점이라고 한다. 그러다 보니 관련 학문인 생물학에서 배태된 생태학의 출발점에 모두가 주목하는 것은 당연한 일이다. 그것은 지구 환경위기의 심각성을 인지하는 것 자체가 이의 극복방안을 연구하는 초석이 되기 때문이다. 일반적으로 생태학자들은 토지의 불합리한 사용, 잘못된 자원의 관리, 에너지 낭비, 폭발적인 인구증가 등을 환경파괴의 원인으로 삼는다. 그러나 이러한 일반론 이외에도 그 근본적인 원인을 각기 다른 관점에서 파악하려는 일련의 시도들이 일고 있다.3) 뿐만 아니라 녹색 연합과 녹색 소비자 단체 등 환경문제에 관심을 쏟는

---

2) '생태정치학', '생태경제학', '생태사회학', '생태인류학' 등 사회 과학 일각과 '생태문학', '생태비평' 등의 인문학 일각의 논의와 관심이 이를 입증한다.

3) 린 화이트(Lynn White)는 생태위기를 가져온 장본인으로 기독교를 꼽는다. 그에 따르면 기독교는 인간을 창조의 중심으로 여김으로써 자연에 대해 우월적인 자세를 고취하였고, 이로 인해 오늘날의 환경위기에 직면하게 되었음을 강조한다. Lynn White, The Historical Roots of Our Ecological Crisis, The Ecocriticism Reader, University of Georgia press, 1996, 3~14쪽
르네 듀보스(Rene Dubos)는 농업 문명의 발달에서 생태위기의 원인을 찾고 있다. 수렵

여러 단체들이 왕성한 활동을 벌이기 시작하였다. 이들은 일반 시민들에게 환경 문제의 심각성을 인지시키는 데 주력하고 있으며, 나아가 정부의 국토 개발 사업이나 기업들의 공장 운영 등을 감시하는 역할까지 수행함으로써 자연과 환경을 지키는 보호자 역할을 담당하고 있다.

이렇게 전세계적으로 일기 시작한 환경문제에 대한 위기 인식과 이의 극복에 대한 자각의 움직임은 '사회적 패러다임(Social Paradigm)'의 전환을 통해 전개되고 있다. 즉, 인류가 생태계의 주인이라는 인간중심주의에 기초를 둔 '전일론적(Holistic) 세계관'에서 벗어나 자연과 인류가 공존해야 한다는 '생태론적(Ecological) 세계관'으로의 전환이 그것이다. 이러한 환경문제에 대한 학문적 연구와 궁구는 단순히 환경에 대한 문제 인식의 차원을 넘어서 본질적이며 의식적인 차원의 연구로 부상하고 있다. 최근 서구 학자들을 중심으로 이러한 학문적 동향을 환경 단체들의 위기 인식과 구분하여 '생태의식(Ecologism)'이라 명명하고, 그들의 위기 인식에서 비롯된 '환경의식(Environmentism)'과는 구분하고 있

이나 채취 문명에서 농업 문명으로의 이행이 생태위기를 가져오는데 커다란 구실을 했다고 보는 관점이다.Rene Dubos, A God Within, New York: Charles Scribner's Sons, 1972, 92쪽 재인용.

해럴드 쉴링(Harold Schilling)과 루이스 몬크리프(Lewis Moncrief)는 프랑스 대혁명에서 생태위기의 원인을 찾는다. 절대 군주제를 낭만적 개인주의가 대체함으로써, 개인주의화 된 중산층이 물질적 부를 쌓는데 주력하게 되고 이로 인해 자연은 파괴되고 환경은 오염되고 말았다는 견해이다.Harold Schilling, The Whole Earth Is Land's, Earth Might Be Fair, ed. Ian Barbour, (Englewood Cliffs, N.J.: Prentice-Hall), 1972, 109쪽 재인용. ; Lewis Moncrief, The Cultural Basis of Our Environmental Crisis, Western Man and Environmental Ethics, ed. Ian Barbour (Reading, Mass.: Addison-Wesley), 1973, 37쪽 재인용.

그레고리 베트슨(Gregory Bateson)은 산업 혁명과 그것이 발전시킨 자본주의에서 생태위기의 원인을 찾는다. 그는 자본주의의 기본 정신은 경제적 생산과 효율성에 있고, 생산성과 효율성을 제고 하다보면 자연 환경은 오염되고 파괴된다는 점을 지적하고 있다.Gregory Bateson, Steps to an Ecology of Mind, New York: Ballantine Book, 1972, 462쪽 재인용.

다.[4] 생태론적인 세계관으로의 전환이 환경문제를 인식하고, 이를 극복하기 위한 가장 기본적인 자세임은 이미 역설한 바 있다. 그리고 이러한 인식의 전환은 다양한 비평담론과 패러다임을 통해 구체화되고 있다. 아울러 생태담론은 크게 세 가지로 구분되는데, 그 중 아르네 네스(Arne Naess)에 의한 '심층생태론(Deep Ecology)'은 생태담론의 출발점으로 인정되고 있다.[5] 그는 자연과 인간을 근본적으로 연결되어 있는 상호 의존적인 연결망(network)으로 보고 현대의 과학적, 산업적, 성장 지향적, 유물론적 세계관과 생활 양식에 심오한 문제점을 제기한다. 이러한 네스식의 관점에 대한 전면적인 도전과 비판은 머레이 북친(Murray Bookchin)의 '사회생태론(Social Ecology)'에 의해 제기 된다.[6] 그는 심층생태론에서 줄곧 비판해 온 인간중심주의에 대해 의문을 제기하면서, 인간이야말로 자연의 진화를 이끌고 노력할 능력이 있는 진화의 후견자(Steward)임을 표명한다. 그는 사회는 인간의 창조물이기 때문에 인간이 변화 시킬 수 있다는 입장을 통해

---

4) 환경의식은 인간이 중심에 있고, 인간 외의 것들이 인간을 중심으로 둘러 싸여 있다고 보는 인간중심적 개념이다. 반면, 생태의식은 상호 독립적인 공동체, 통합 체계, 조직 부분간의 강렬한 연결을 암시하는 개념이다. Wiliam Hawarth, Some principles of Ecocriticism, The Ecocriticism Reader, The University of Geogia Press, 1996, 76쪽
이하 본 논문에서 사용하는 '생태의식'이라는 용어는 일원론적 세계관에 입각하여 생명체와 인간을 둘러싼 만물간의 통합적 연결 그물을 인식하는 의식적 차원의 노력을 의미하며, 환경문제 해결의 대안적 개념이기도 하다. 자세한 언급은 2장에서 구체화할 것이다.

5) Arne Naess, The Shallow and The Deep, Long-Range Ecology Movement, inquiry 16, 1973.
Bill Devall and George Session, Deep Ecology: Living as if Nature Mattered, Gibbs Smith publisher, 1985.
Arne Naess, Ecology, Community and Lifestyle, Cambridge University Press, 1989.
Warwick Fox, Deep Ecology: A New Philosophy for Our Time, Toward a Transpersonal Ecology, SUNY, 1995.

6) Murray Bookchin, The Philosophy of Social Ecology, Montreal: Black Rose Books, 1990.

인간의 결정과 가치관이 환경파괴의 중요 원인이 되기는 하였지만, 오히려 환경 문제 해결에 중요한 역할을 수행할 수 있음을 강조한다. 한편, '생태페미니즘(Eco Feminism)' 이라 불리는 또 다른 생태담론의 출현은 생태비평의 새로운 국면을 제시한다.7) 이 비평담론은 가부장제라는 맥락 속에서 사회 지배와 억압의 문제를 다루면서 심층생태론적 견지와 사회생태론적 입론에 대한 변증적인 지양을 시도하고 있다. 즉, 에코 페미니스트들은 남성에 의한 여성의 가부장적 지배를 계급적, 군국주의적, 자본주의적, 기업적 형태 속에서 이루어지는 모든 지배와 착취의 원형으로 간주한다. 특히, 그들은 자연에 대한 착취가 여성에 대한 착취와 긴밀한

---

7) Rosemary Radford Reuther, New Women / New Earth, New York: Seabury Press, 1975.
Mary Daly, GYN / Ecology, Boston: Becon Press, 1978.
Susan Griffin, Women and Nature: The Roaring Inside Her, Harper & Row, 1978.
Carolyn Merchant, The Death of Nature, New York: Harper & Row, 1980.
Carol Gilligan, In a Different Voice: Psychological Theory and Women's Development, Cambridge: Harvard University Press, 1982.
Alison Jaggar, Feminist Politics and Human Nature, Rowman & Littlefield, 1983.
Nel Noddings, Caring: A Femine Approach to Ethics and Moral Education, Berkeley: University of California Press, 1984.
Starhawk, The Spiral Dance: A Rebirth of the Ancient Religion of the great Goddess, San Francisco: Harper & Row, 1986.
Carol Christ, Laughter of Apbrodite: Reflections on Journey to the Goddess, San Francisco: Harper & Row, 1987.
Sara Ruddick, Maternal Thinking, New York: Ballantine Books, 1989.
Carolyn Merchant, Ecofeminism and Feminist Theory, in Irene Diamond and Gloria Feman Orenstein, Reweaving the world, San Francisco: Sierra Club Books, 1990.
Val Plumwood, Feminism & The Mastery of Nature, Routledge, 1993.
Karren J. Warren, Ecological Feminist Philosophies, Indiana University Press, 1996.
_________________, Ecofeminism, Indiana University Press, 1997.
_________________, Ecofeminist Philosophy, Rowman & Littlefield, 2000.

협력 관계에 있음을 지적하면서 페미니즘과 생태학의 자연스러운 연관을 시도한다.[8]

인류는 새로운 패러다임의 출현과 인식의 전환을 통해 파괴된 환경과 이의 극복을 위하여 바람직한 생태의식의 확립을 모색하고 있다. 그리고 이러한 모색은 문학의 경우 서구 선진 국가들을 중심으로 한 '생태비평(Ecocriticism)'을 통해 보다 세분화되고 체계화되어 환경문제를 생태위기로 치환하여 이의 극복을 위한 의식적 측면의 전환과 행동적 측면의 개척이 진보적 방향으로 전개되고 있다. 그러나 여전히 제 3세계 국가들과 개발도상국들에 의해 환경에 대한 무관심과 생태위기에 대한 몰이해, 이에서 비롯된 파괴와 남획 역시 동시에 자행되고 있다.

현재 한국의 경우, 이러한 환경문제의 심각성이 제기되고, 이에 대한 시민적 인식도 상당히 고양되어 있다. 특히, '동강댐 개발'이나 '새만금 간척사업'과 관련하여 개발주의자들과의 충돌에서 환경을 지켜낸 사례가 상당히 고무적으로 작용하여 환경친화적 발상과 이에 대한 인식이 환영받고 있는 실정이다. 그리고 이러한 인식들은 이미 한국 소설에 반영되어 비교적 구체적 양상을 띠고 형상화되어 있는 상태이다. 즉, 1970년대의 개발 위주 정책이 중시되던 시절에 대한 반성에서 시작하여,[9] 1980년대 이후 1990년대에 표면화되기 시작한 개발 정책의 결과로 인해 우리의 산과 강, 그리고 땅 등이 어떻게 오염되기에 이르렀는가의 과정에 이르기까지 환경파괴에 대한 깊은 관심 표명이 있었다.[10] 또 이 과정에서 피폐화

---

8) 이 외에도 폭스(Warwick Fox)에 의해 탈인간적 생태학(Trans personal Ecology)이라는 생태담론이 출현하기는 하였으나. 그 맥락이 기존의 심층생태론을 다각적으로 확장하여 수용하는 차원에 머물고 있을 뿐 새로운 인식의 전환이라 보기 어렵다. 그리하여 본 논문에서는 이 담론에 대한 수용과 이해는 제외하기로 한다.

9) 이문구, 〈일락서산〉, 《관촌수필》, 문학과 지성사, 1972.
_____, 〈해벽〉, 《해벽-이문구 소설집》, 창작과 비평사, 1972.
김용성, 〈사해 위에서〉, 《환경위기와 생태학적 상상력》, 실천 문학사, 1976.
조세희, 〈기계도시〉, 《난장이가 쏘아올린 작은 공》, 이성과 힘, 1977.

된 생명에 대한 비인간적 태도의 심각성을 제시하면서 진지한 각성을 촉구하였으
며,[11) 아울러 새로운 세기인 21세기에 더욱 가중되고 있는 환경파괴가 인간에게

10) 김용성, 〈사해 위에서〉, 《환경위기와 생태학적 상상력》, 실천 문학사, 1976.
조세희, 〈기계도시〉, 《난장이가 쏘아올린 작은 공》, 이성과 힘, 1977.
_____, 〈잘못은 신에게도 있다〉, 《난장이가 쏘아올린 작은 공》, 이성과 힘, 1977.
김원일, 〈도요새에 관한 명상〉, 《김원일 문학상 수상 작품집》, 훈민정음, 1979.
한정희, 〈불타는 폐선〉, 《도요새에 관한 명상-녹색 환경소설집》, 문예산책, 1979.
최성각, 〈약사여래는 오지 않는다〉, 《도요새에 관한 명상-녹색 환경소설집》, 문예산책,
1989.
노순자, 〈나무도 아닌 것이 풀도 아닌 것이〉, 《세계 성체대회 기념소설집》, 제 3기획,
1989.
이정창, 《불꽃바다》, 실천 문학사, 1990.
박운규, 《물 속 나라》, 답게 출판사, 1994.
홍성원, 〈남도기행〉, 《남도기행》, 문학과 지성사, 1994.
서정인, 〈붕어〉, 《붕어》, 세계사, 1994.
박범신, 〈별똥별〉, 《향기로운 우물 이야기》, 창작과 비평사, 1998.
이청준, 〈목수의 집〉, 《목수의 집》, 열림원, 1998.
한창훈, 〈돗 낚는 어부〉, 《시인의 별-제24회 이상문학상 수상작품집》, 문학 사상사,
1999.
이문구, 〈장천리 소태나무〉, 《내 몸은 너무 오래 서 있거나 걸어왔다》, 문학동네,
1998.
최일남, 〈그들은 말했네〉, 《아주 느린 시간》, 문학동네, 2000.
11) 한수산, 〈침묵〉, 《서울의 달빛 0장-77이상문학상 수상 작품집1》, 문학 사상사, 1977.
남정현, 〈핵반응〉, 《창작과 비평 88년 가을호》, 창작과 비평사, 1988.
이승우, 〈못〉, 《일식에 대하여》, 문학과 지성사, 1989.
윤대녕, 〈눈과 화살〉, 《은어낚시통신》, 문학동네, 1991.
김수용, 《이화에 월백하거든》, 현암사, 1991.
문순태, 〈낯선 귀향〉, 《시간의 샘물》, 실천 출판사, 1992.
정찬,   〈별들의 냄새〉, 《아늑한 길》, 문학과 지성사, 1994.
김성동, 〈산난〉, 《하산》, 푸른숲, 1994.
전성태, 〈가수〉, 《매향》, 실천문학사, 1995.
윤후명, 〈하얀 배〉, 《하얀 배-이상문학상 수상작품집19》, 문학 사상사, 1995.
_____, 〈가문정원〉, 《매향》, 실천문학사, 1996.
이순원, 《아들과 함께 걷는 길》, 해냄, 1996.
한승원, 《연꽃 바다》, 세계사, 1996.
박일문, 《장미와 자는 법》, 문학수첩, 1996.

미치는 문제점을 공동체 파괴와 사회적 위기 차원에서 심각히 천착하고 있다. 특히, 환경오염뿐만 아니라 핵실험과 원자력 발전소의 폐기물 문제, 수질 오염과 생태계 파괴와 혼란의 문제를 다루는 작품들이 등장하기 시작하였다.[12] 나아가 이러한 심각한 현실의 문제를 공동체 파괴로 보고 이의 회복을 촉구하거나, 상처 입고 피폐화된 자연을 여성으로 치환하여, 억압된 여성의 문제 해결과 파괴된 생 태계 회복을 동일시하려는 노력과 시도들이 나타나고 있다.[13] 그리고 이러한 시 도들은 '환경소설', '생태소설', 혹은 '녹색소설' 이라는 이름으로 분류되어 평가되고 있는 시점이다.

이혜경, 〈불의 전차〉, 《창작과 비평 96년 여름호 제24권》, 창작과 비평사, 1996.
한승원, 〈황소 개구리〉, 《검은 댕기 두루미·한승원 중단편전집6》, 문이당, 1997.
김이태, 〈식성〉, 《환경위기와 생태학적 상상력》, 실천 문학사, 1997.
최인석, 〈지리산에 저 바다〉, 《나를 사랑한 폐인》, 문학동네, 1997.
이윤기, 〈숨은그림찾기1-직선과 곡선〉, 《나비넥타이》, 민음사, 1997.
이윤기, 《나무가 기도하는 집》, 세계사, 1999.
조경란, 〈망원경〉, 《나의 자줏빛 소파》, 문학과 지성사, 2000.
김영래, 《숲의 왕》, 문학동네, 2000.

12) 우한용, 〈불바람〉, 《불바람-청한 창작선13》, 청한 출판사, 1989.
정도상, 〈겨울꽃〉, 《겨울꽃-동광 소설선5》 동광 출판사, 1989.
박혜강, 《검은 노을》, 실천 문학사, 1991.
김원일, 〈그 곳에 이르는 먼 길〉, 《그 곳에 이르는 먼 길》, 장락 출판사, 1992.
이남희, 《바다로부터의 긴 이별》, 풀빛 출판사, 1992.
김태연, 《그림같은 시절》, 창작과 비평사, 1994.

13) 김원일, 〈도요새에 관한 명상〉, 《김원일 문학상 수상 작품집》, 훈민정음, 1979.
_____, 〈따뜻한 돌〉, 《잃어버린 시간-김원일 중단편 전집4》, 문이당, 1981.
노순자, 〈나무도 아닌 것이 풀도 아닌 것이〉, 《세계 성체대회 기념소설집》, 제3기획, 1989.
정찬, 〈산다화〉, 《아늑한 길》, 문학과 지성사, 1994.
한강, 〈철길을 흐르는 강〉, 《내 여자의 열매》, 창작과 비평사, 1996.
_____, 〈내 여자의 열매〉, 《내 여자의 열매》, 창작과 비평사, 1997.
정찬, 〈깊은 강〉, 《베니스에서 죽다》, 문학과 지성사, 1997.
전성태, 〈사육제〉, 《매향》, 실천문학사, 1997.
공선옥, 《수수밭으로 오세요》, 여성신문사, 2001.

그러나 현재 서구의 선진 국가들의 진보적인 인식의 전환과 세분화된 생태비평 담론에 비해 한국 현대소설의 창작 활동과 이에 대한 비평 작업은 미흡한 상태이다. 궁극적인 측면에서 '생태의식'은 확보되어 있으나, 이의 구체화가 서구의 다양한 생태비평 담론을 수용하고 있지 못한 실정이다. 물론, 서구의 생태비평 담론을 일방적으로 우리가 수용하거나 답습할 이유는 없다. 하지만 산업화의 과정과 이의 결과로서 환경위기를 선험한 그들의 인식과 담론들이야말로 우리가 현재 겪고 있는 환경파괴로 인해 발생한 생태위기를 극복할 수 있는 충분한 대안이 될 수 있을 것이다. 그들이 걸었던 길을 우리가 반드시 따라 걷는다기보다 그들이 걸었던 길을 미리 확인하고, 같은 오류를 범하지 않도록 준비하는 자세가 필요하다는 것이다. 그러므로 이 논문의 목적은 한국 현대소설에 나타난 생태의식의 양상을 규명함에 있어서 서구의 생태비평 담론에 대한 이론적 탐색을 선행하고, 이러한 비평담론들이 한국 현대소설과는 어떠한 관련과 영향관계를 지니고 있는지 구명하는 것에 있다. 아울러 한국 현대소설이 확보하고 있는 생태의식을 검증하고, 이러한 의식을 담고 있는 현대소설 작품들의 의의와 전망을 타진해 봄으로써 현재 인간과 단절되어 있는 자연과의 관계를 회복하여 자연과 인간과 문학이 조화를 이루는 세계를 조망하여 보는 것이 이 논문의 최종 귀착점이 될 것이다.

2. 선행 연구 검토

한국 현대소설을 둘러싼 본격적인 의미에서 '생태의식'에 대한 논의는 90년대에 이르러서야 가능했다. 이러한 문제를 문학적 주제로 삼은 경우는 앞서 언급한 바처럼 7, 80년대부터 있어 왔지만, 이를 비평하고 이론적 체계를 세우고 비평적 담론으로 형상화하기 시작한 것은 90년대에 이르러서야 비로소 가능했다. 그것은 90년대 후반에 '생태의식'을 표방하는 국외 비평이론들이 대거 유입됨으로써, 생태의식을 담은 문학작품들이 활성화되기 시작했고, 비평담론들도 나타나기 시작했기 때문이다. 특히, 이전까지 주로 시문학을 중심으로 구가되던 생태의식이 90년대에 이르러 적극적인 모습으로 소설 작품을 통해 구현되기 시작하였고, 아울러 비평담론들도 표면화되기 시작하였다. 그러나 이 시기에 나타난 비평담론들은 작품에 나타난 생태의식을 추정하고 평가하기보다는 작품에 표면화된 환경문제의 유형을 정리하거나 환경친화적 의식에 대해 막연히 동의하는 수준에 머물고 만다.

90년대 이후 나타나기 시작한 생태비평 담론에 대한 연구는 크게 세 가지 유형으로 정리할 수 있다. 우선은 소설 작품에서 환경문제를 다루고 있는 일련의 작품들을 선별하여 막연한 감상을 정리하거나 미약한 수준의 생태비평 이론을 접목시키는 경우, 다음으로 생태의식을 철학적 차원으로 수용하여 서구의 이론을 생태윤리적 차원으로 정리하거나 서구의 생태비평 이론을 요약적으로 수용한 경우, 마지막으로는 이러한 생태비평 이론이 우리 소설가들의 작품에 어떻게 형상화되었는가를 추정하고 있는 경우로 나눌 수 있다.

그 첫 번째 유형은 90년대 초 정현기[14]에게서 나타난다. 그는 정신 생태계에 초점을 두고 황폐해진 땅 위에서 인간들이 어떻게 자멸해 가는지의 과정을 작품을 통해 규명하고 있다. 하지만 환경문제에 대한 현상적 인식을 의식적 차원으로 전환하려는 노력에도 불구하고 명백한 의식 전환의 대안이 설정되지 않은 채 막연히 환경문제가 인류의 붕괴를 가져 올 것이라는 감상적 차원으로 작품을 평가하고 있다는 점에서 아쉬움이 남는다.

---

14) 정현기, 〈풍요호로 출발한 죽음에 항로〉, 《문학사상》, 문학 사상사, 1992.

이에 비해 이남호[15]는 보다 적극적이고 이론적인 견지에서 작품에 나타난 생태의식을 평가하고 있다. 그는 자연이 인간에게 혜택을 주기 때문에 보호해야 한다는 발상은 지극히 이기주의적인 인간중심적 발상임을 지적하면서, 아르네 네스가 심층생태학에서 표방하고 있는 '윤리적 공동체' 로서의 인간과 자연과의 관계를 강조한 뒤 모든 자연물들은 인간에게 이롭든 그렇지 않든 간에 '생명중심적 평등(Biocentric Equality)' 의 권리를 지니고 있음을 피력하고 있다. 이러한 그의 시각은 막연히 환경문제에 대한 감상적 접근에서 벗어나, 보다 이론적인 시각을 확보하고 있다는 점에서 진일보한 모습을 보이고 있지만, '문학은 녹색이다' 라는 단정적인 명제의 제시가 설득력 있는 이론적 근거를 확보하지 못한 한계가 있다.

두 번째 유형으로 분류되는 환경윤리적 접근은 생태지향적, 환경친화적 윤리야 말로 기존의 철학적 윤리를 넘어서는 새로운 윤리적 실천 규정을 야기하고 있음을 지적하면서, 인류의 공동 책임의 원칙을 강조하고 있는 구승회[16]에게서 비롯되었다. 그는 생태담론의 근거가 되는 철학적 사고의 기틀을 충분히 검토하고 새로운 윤리의식의 확립과 이의 실천까지를 강조하고 있기는 하지만 이를 위한 구체적 대안에 대한 천착이 부족하다는 아쉬움이 있다.

한편, 『문학생태학』이라는 저서에서 문학생태학에 대한 관심을 구체적으로 표명하고 있는 채수형[17]은 문학과 생태학의 관계를 규명함에 있어, 기존의 논의가 전제한 환경위기와 인간, 그리고 자연과의 유기적인 관계 규명이라기보다 폭넓은 문학 환경, 인간 환경의 문제를 소박하게 언급하고 있다. 이렇듯 책 제목에 명기된 '문학생태학' 은 광의의 범주를 언급하고 있는 것으로 본격적인 의미에서의 생태담론과는 상당히 거리가 멀다.

---

15) 이남호, 「문학은 녹색이다」, 『녹색을 위한 문학』, 민음사, 1998.
16) 구승회, 『에코필로소피』, 새길, 1995.
17) 채수형, 『문학생태학』, 새미, 1997.

이에 비해 보다 본질적인 의미에서 생태학적 세계관에 대한 언급은 박이문[18]
에게서 있었다. 그는 환경, 생태계 그리고 자연이 하나로 살아 있는 유기체임을
강조하면서 한국이 앞으로 지향하고 선택할 세계관은 '생태학적 세계관'임을 주장
하고 있다. 아울러 이러한 세계관의 확보는 자연중심적인 일원론적, 형이상학적
비전을 전제로 한다는 주장을 표명함으로써 생태학적 세계관에 대한 기존의 관념
적 접근을 보다 구체화시켜 깊이 있는 철학적 토대를 마련하고 있다.

그러나 보다 체계적이고 논리적인 시도는 '에코토피아'의 세계로의 지향을 모
색한 이진우[19]에 의해 가능해진다. 그는 현재 환경위기로부터 출발하여 인간을
존재론적으로 사유하면서, 기술 문명이 가져온 혁명의 의미를 재조명하고 인간의
자유와 자연의 가치를 철저하게 반성함으로써 21세기적 인간상을 실현할 수 있는
철학적 토대를 확고히 하고 있다. 그는 머레이 북친(Marrey Bookchin)의 견해에
의거하여 인간의 다양한 욕구 체계를 계발함으로써 인간과 자연이 조화로운 공존
을 할 수 있는 '에코토피아'가 가능함을 역설하고 있다. 이러한 그의 논지는 사회
생태학적 관점을 인류 문화적 시각으로 차분히 정리하고 있다는 점에서 그 의의
가 인정된다.

세 번째 유형은 서구의 생태비평 이론을 전제로 삼고, 이러한 유형들이 한국
문학에 미친 영향 관계를 정리 규명하고 있는 경우로서 김욱동[20]에 의해 최초로
시도 된 바 있다. 그는 '적색에서 녹색으로'[21] 라는 구호를 생태의식의 출발점으
로 두고, 문학과 생태학의 관계를 시적 담론[22]을 통하여 규명하고 있다. 또한

---

18) 박이문, 『문명의 미래와 생태학적 세계관』, 당대, 1997.
19) 이진우, 『녹색 사유와 에코토피아』, 문예출판사, 1998.
20) 김욱동, 『문학생태학을 위하여』, 민음사, 1999.
21) 여기서 적색은 사회주의 정치 이념을 가리키고, 녹색은 환경운동을 의미한다. 김욱동,
    『문학생태학을 위하여』, 15쪽
22) 그는 문학과 생태학의 관계를 규제적 담론, 과학적 담론, 시적 담론으로 나누어

'문학생태학'이라는 학문의 범주를 규정하고, 서구의 생태비평 이론을 검증한 후, '녹색시' 혹은 '녹색소설'로 구분한 우리 문학의 구체적 사례들을 분석하고 있다. 그리고 궁극적으로 '심층생태론', '사회생태론', '에코페미니즘'으로 나뉘는 서구의 생태비평 유형들을 체계적으로 검증하면서, 인간과 인간, 그리고 인간과 자연이 서로 조화롭게 공존하는 에코토피아의 세계야말로 생태위기에 빠진 인류가 지향해야 할 세계임을 제시하고 있다. 그러나 생태비평 이론에 대한 자족적인 평가와 이해가 앞서 있어서 객관적인 시각의 확보가 아쉬움으로 남는다.

한편, 신덕룡[23]은 현재 우리 삶이 심각한 환경위기에 직면해 있음을 진단하고, 환경위기의 원인을 고찰하면서 환경 논의의 유형과 대안을 정리하고 있다. 특히, 그는 한국 문학에 나타난 생태의식을 규명함에 있어, 자연을 바라보는 인간의 관점을 일원론에 고정시켜 현대시와 현대소설을 분석함으로써 보다 구체적으로 생태담론에 대한 문학적 접근을 가능하게 하였다. 이로 인해 기존의 생태담론이 주로 '생태윤리(Eco Ethics)'와 '생태철학(Ecosophy)'적 측면에 입각하여 의식의 전환 차원에 머물게 됨으로써 노정했던 관념적인 한계를 실제 작품을 통한 생태의식 규명의 노력으로 극복하는 계기를 마련하였다. 비록 이러한 구체화의 노력이 주로 현대시를 통하여 시도되고 있다는 점이 아쉽지만, 이 노력은 이후 생태담론 연구에 박차를 가하는 중요한 계기가 되었다는 점에서 커다란 의의가 있다.[24]

명하면서 자연을 보호하고 환경을 지키는 일에 있어서는 시적 담론이 중요함을 강조하고 있다. 김욱동, 앞의 책, 29-30쪽

23) 신덕룡, 『환경위기와 생태학적 상상력』, 실천 문학사, 1999.

24) 주로 시문학을 중심으로 우주의 근원을 탐구하는 불교사상과 생태학과의 교차적 관계를 깊이 있게 추궁하고 있는 정효구, 「우주공동체와 문학의 길」(시와 시학사, 1994) 역시 시문학을 중심으로 생명 중심주의 사상을 근간으로 삼고 있는 송희복의 「생명문학과 존재의 심연」(좋은날, 1998), 그리고 생명과 죽음의 관계에 주목하고 생명평등사상에 입각해 있는 시문학을 분석해 놓은 이승하의 「생명옹호와 영원회귀의 시학」(새미, 1998)가 있다. 또한 생태담론에 대한 다양하고

한편 이와 같은 시도들이 주로 시문학을 중심으로 행해지고 있는 가운데 몇몇 학위 논문들과 평론들은 소설 작품에 나타난 생태의식의 규명을 시도하기도 하였다.[25] 그러나 이러한 노력들은 모두 '심층생태학'의 기본 정신인 '생명존중사상'에 근거를 두고 막연하게 생명을 존중한다거나 자연과 친화하려는 노력의 일환을 생태의식이라 보고 이러한 생명 존중 사상이 나타난 황순원과 김동리의 작품을 정리하는 수준에 머물고 있다.

다만 김정숙[26]은 윌리엄 하워드(William Hawarth)의 견해를 중심으로 생태비평이 문학에서 중점을 두어야 할 문제를 제시하면서 현대소설에 나타난 환경위기적 측면을 생태비평적 견지에서 해석을 시도하고 있다. 이 논문은 기존의 연구에서 생태의식을 막연히 자연에 대한 일원론적인 태도와 생명에 대한 경외로 수용한데 비해 구체적인 비평 이론을 토대로 작품 속에 나타난 정신 생태계의 파괴 현상을 고찰하려는 최초의 시도라는 점에 의의가 있다.

또한 조남현[27]은 한국소설에 나타난 환경문제와 환경위기에 대한 작품들을 일일이 색출하여 면밀하게 검토한 후, 환경문학이나 녹색문학이 견지해야 할 자

종합적인 견해들을 수집하여 정리해 놓은 문순홍, 『생태학의 담론』(솔, 1999)과 생태의식에 대해 철학적 접근과 문학적 접근을 동시에 시도하고 있는 김성진 외, 『생태문제와 인문학적 상상력』(나남, 1999)와 인문학이 생태학의 문제와 관련하여 할 수 있는 역할을 정리해 놓은 경상대학교 인문학 연구소,『인문학과 생태학』(백의, 2001), 그리고 보다 의욕적으로 기존의 생태담론을 심화하여 작품 분석을 시도한 신덕룡, 『초록 생명의 길』(시와 사람, 2001)이 발표되기에 이른다.

25) 이소영, 「황순원 소설에 나타난 생태의식 연구」, 고려대 석사, 1998.
곽경숙, 「한국 현대소설의 생태학적 연구: 김동리와 황순원의 소설을 중심으로」, 전남대 박사, 2001.
이상희, 「김동리 소설 연구: 생태주의적 관점에서」, 성신 여대 교육 대학원 석사. 2002.
변혜정, 「오영수 소설의 생태의식」, 서강대 석사, 2002.
26) 김정숙, 「한국 현대소설의 생태비평적 연구」, 충남대 석사, 1999.
27) 조남현, 「한국소설과 환경생태학」, 『문학동네』, 2001 여름호

세에 대해 생태학적 지식의 확보와 환경위기에 대한 윤리적 상상력을 동시에 지녀야 함을 강조하고 있다. 이로써 생태소설에 대한 본격적인 연구의 포문이 열리게 되었다.

한편 전혜자[28]는 이남희의 《바다로부터의 긴 이별》을 통해 '당항'의 파괴 현상을 면밀히 천착하여, 생태사회의 바람직한 미래에 대한 전망을 제시하고 있는데, 이로써 구체적인 환경오염의 실상을 다룬 작품에 대한 실증적인 연구가 가능하게 되었다.

이렇듯 생태의식에 대한 기존의 연구 경향은 비교적 철학적 담론에 치중하여 의식의 전환과 각성에 집중하고 있거나, 작품론의 경우도 일원론적 세계관이나 유기체론에 입각한 감상적 차원에 머물고 있는 실정이다. 또한 작품 창작의 경우도 주로 생태의식을 담아 환경문제와 자연에 대한 인간의 정서를 문학적으로 대응하기에는 '시' 장르가 유일한 대안처럼 인식되었기 때문인지 이에 대한 '소설' 장르의 대응 자체가 미약한 모습을 보였다. 그러다 보니 생태비평 작업 역시 시문학을 중심으로 전개 되었고, 소설 문학에 대한 생태비평적 접근은 미진할 수밖에 없었다. 그러나 생태위기의 심각성에 대한 인식과 이에 대한 문제의 표명은 시문학의 함축적이고 집약적인 형상화 외에도 오히려 서사 문학을 통해 구체화되고 심화될 수 있다. 아울러 생태의식이 생명 중심 사상에 근거한 '심층생태론' 만이 아니라 인간의 인간에 대한 지배에 문제의식을 제기한 '사회생태론' 과 여성의 억압 문제와 환경파괴 문제를 동시에 다루고 있는 '에코 페미니즘' 적 견지를 통해서도 표현되고 있는 시점이므로, 이에 대한 생태비평적 평가와 분석이 있어야 한다.

그러므로 본 논문에서 시도하고자 하는 생태비평 담론을 통한 한국 현대소설

---

28) 전혜자, 「이남희의 생태담론: 《바다로부터의 긴 이별》을 중심으로」, 『현대문학 이론연구 제18집』, 현대문학 이론연구학회, 2002, 12.

에 나타난 생태의식의 규명은 기존의 연구가 노정하고 있는 '심층생태론'에 입각한 편파적 시각에 대한 극복에서 출발하여, 이외의 생태비평 담론이 담고 있는 생태의식을 구체적으로 검증함으로써 자연과 인간의 조화로운 세계에 대한 깊이 있는 천착과 조망을 통해 생태문학의 본질에 다가서고자 한다.

이를 위해 II장에서는 환경파괴로 인한 생태 위기를 절감하고 이의 극복 방안에 대한 의식적 차원 및 행동적 차원의 다양한 노력을 '생태의식(Ecologism)'이라 명명하고 이를 본 논문이 규명하고자 하는 '한국 현대소설에 나타난 생태의식'을 규명하는 출발점으로 삼을 것이다. 나아가 생태의식을 근간으로 형성된 '문학생태학'의 범주와 내용을 검증하고 이의 한 방법론으로서 '생태비평'의 본질과 그 유형을 고찰한 후 한국 생태소설의 개념과 범주를 설정할 것이다.

다음 III장에서는 환경 문제에 대한 체험적이고 표층적 인식의 고발 수준의 작품들로부터 심층생태론에 입각한 생명의 평등성에 대한 심층적 인식을 확고히 하고 있는 작품들에 이르는 모습을 우선적으로 검토할 것이다.

IV장에서는 인간의 욕망과 거대권력의 횡포가 원인이 되어 지배와 파괴의 세계에 처해 있는 생태위기 현실의 모습과 이의 극복을 위해 노력하는 노마드적인 주체의 모습과 자기지시적인 존재의 전일성에 입각한 극복의지를 통해 새로운 생성의 질서가 지배하는 생태사회를 꿈꾸는 사회생태론의 모습을 담고 있는 작품들을 고찰할 것이다.

V장에서는 상처입은 여성의 이미지와 파괴된 자연의 모습을 동일시하여 현재의 생태위기를 문제시 삼는 경우와 이를 극복하여 남성 대 여성의 대립적인 세계관에서 벗어나 지배적인 폭력과 이로 인해 상처 입은 개인의 모습을 그리며 이를 여성 특유의 돌봄의 윤리와 여성을 여신의 이미지로 신성화하는 여성신성운동을 통해 극복하고자하는 비판적 생태 페미니즘의 양상의 작품들을 고찰해 볼

것이다.

그리고 궁극적으로는 이러한 생태소설이 한국 현대소설의 생태적 전망을 제시할 수 있는 주요한 대안이라는 사실을 확인하고 한국 현대소설에 나타난 생태의식의 양상을 규명함으로써 보다 다양한 생태의식의 개진과 적극적인 생태소설의 창작과 생태비평의 활동을 촉구할 것이다.

Ⅱ. 문학생태학(Literary Ecology)의 이론과 실제

1. 생태의식(Ecologism)과 문학생태학(Literary Ecology)

1.1. 생태의식의 개념

오늘날 자행되고 있는 환경파괴는 우리 사회를 특징짓는 보편적인 파괴성이라는 맥락에서 이해될 수 있으며, 이 사회적인 파괴성은 또한 개인 내부의 파괴성에서 그 근원을 찾을 수 있다.29) 즉, 파괴적인 성격 구조를 가진 개인이 지배하는 사회와 그 개인의 파괴성이 사회화된 것으로서의 현실 원칙이 상호 연관하여 환경파괴가 진행되고 있는 것이다. 따라서 사회와 개인이 지닌 파괴적 속성을 규명함으로써, 개인의 의식을 변화시킬 수 있고, 사회제도라는 기본 골격의 변화도 이끌어 낼 수 있다는 마르쿠제의 논의는 환경문제가 '창조적 파괴'를 지향하는 현대 산업 문명의 생산 과정에서 형성되었음을 전제로 삼고 있다. 즉, 파괴를 전제로 한 재생산의 과정이 인류를 오늘의 환경위기에 봉착시켰다는 것이다.

---

29) 하버마트 마르쿠제, 문순홍 편저, 「정신분석학적 생태학」, 『생태학의 담론』, 솔출판사, 1999, 51쪽

그는 이러한 위기를 지그문트 프로이트(Sigmund Freud)의 정신분석학적 논거를 이용하여, 첫째 본능인 에로스(Eros), 즉 성적인 충동을 생명체의 본능으로 보고, 둘째 본능인 타나토스(Thanatos)를 파괴적인 본능으로 간주면서, 급진적으로 변화하고 있는 현대사회가 이 중 파괴적인 본능을 향해 치닫고 있음을 우려의 목소리로 드러내고 있다. 그리고 이를 극복할 수 있는 유일한 대안은 생명체의 본능인 에로스의 확충에 있음을 피력하면서 이러한 에로스의 확충은 심리적인 운동으로서 삶, 그 자체를 고양시키고 보호하려는 진보적인 욕구를 담고 있어야 하며, 평온한 실존에 대한 충동이 자신을 완성시키는 것임을 강조하고 있다.

아울러 이러한 완성은 기존의 파괴된 우리의 생활환경을 복구시키는 것, 나아가 우리의 피폐된 자아와 내면 의식을 치유하는 것으로서 일련의 심리적인 운동을 통해 가능하다고 보고 있다. 말하자면 의식적인 차원에서 개인 내부의 파괴적인 에너지를 생명체에 대한 본능으로 대체 하는 것만이 본능적인 자연을 평화롭게 할 수 있다는 것이다.

그는 이렇듯 에로스가 지향하는 '완성을 향한 초월의 힘'[30]은 파괴적인 힘을 지니고 있는 사회 조직에 의해 약화되고 있기 때문에 다소 정치 운동으로서의 저항이 필요하다고 본다. 그리고 이러한 저항은 생명 본능의 정신 영역으로의 회귀를 의미하며, 나아가 정신적으로든 물리적으로든 더 이상의 폭력이 존재하는 것을 방관하지 않는 실존적인 개인들의 인식 전환을 의미한다는 것이다.

또한, 오늘날의 환경위기가 생태학적 지식 없이 과학 기술을 앞세우고 경제적 이익을 취해 온 결과라고 보는 카프라의 견해[31] 역시 인류의 파괴적인 과학 기술

---

30) 마르쿠제에 의하면 평화로운 자연을 완성의 상태로 보고, 인간이 이를 지향하고자 하는 노력이 파괴적인 사회조직에 의해 억압되기 때문에 에로스, 즉 생면 본능의 초월적인 힘이 필요하다고 한다. 하버마트 마르쿠제, 앞의 책, 63쪽

31) 카프라(F. Capra), 김용정 · 김동광 역, 『생명의 그물』, 범양사, 1998, 53-56쪽

에 대해 문제를 제기하고 있다. 특히 그는 산업 사회의 존립 근거인 자연에 대한 지배, 기술의 개발, 대량 생산과 소비 등의 요인과 산업중심주의적 활동이 전 지구적인 생존의 위기를 몰고 왔다고 믿는다. 따라서 생태학에 대한 관심과 이에 근거한 사고 및 생활 방식의 전환이 이루어지지 않는다면, 종국에는 인간을 포함하여 전지구적인 파국을 면치 못한다고 경고 하고 있다. 이러한 경고 이면에는 자연과 인간사이의 새로운 윤리적 관계를 설정해야 하며, 자연의 일부인 인간은 자연의 법칙 즉, 생물학적 법칙을 따름으로써 자연 생태계와 조화를 이루어야 한다는 믿음이 전제되어 있다.

또한 이를 위해서는 자연 자체의 성격에 대한 체계적인 고찰의 필요성을 강조하고 있는데, 이러한 고찰은 '존재의 사슬(chain of being)' 과 '풍요성의 이론'에 그 이론적 근거를 두고 있다. 즉, '존재의 사슬' 은 바위, 진흙과 같은 무생물에서 동식물과 인간 그리고 신에 이르기까지 일정한 위계질서에 의해 배열된 모든 존재들의 연결 고리를 의미한다. 이 사슬의 중요성은 단 한 개의 고리라도 제거되면 우주의 질서가 와해된다는 것이다. 그 중 일부인 생물계 역시 상호 연결되어 있고, 각각은 거의 식별할 수 없을 정도로 연속적인 것인데, 이러한 연속성은 자연과 인간이 마치 그물에 연결되어 있는 것처럼 유기적인 관계망 속에 존재하고 있음을 의미한다. 그리고 나아가 이러한 연속성은 '풍요성의 이론' 으로 확장되어 설명된다. 이 이론은 '존재의 사슬' 에 의해 연결되어 있는 일체의 생물체를 보다 더 많이 확충할수록 풍요로운 세계로 나아가게 된다는 것이다. 또한 더 많은 생명체를 확충하여 '존재의 사슬' 속에 연계시킬 때 보다 살기 좋은 지구환경이 조성될 수 있음을 강조하고 있다. 이렇듯 자연의 일부인 인간은 자연과 연계되어 있음을 분명히 인식하여야 하며, 이러한 인식이 전제되어 있을 때, 인간과 자연은 새로운 윤리 체계를 확립할 수 있는 것이다. 그것은 과학 기술의 남용으로 인류가 그동안 자연에 대해 자행해 온 심각한 파괴 행위에 대한 반성은 이 새로운 윤리 체계 속에서만이 가능하기 때문이다.

카프라에 의한 바람직한 자연과 인간과의 관계 모색이 새로운 윤리 체계의 형성이라는 구체적인 대안을 가져 온 것은, 마르쿠제가 제기한 인간의 일원론적 본능에 입각한 '에로스의 확충'과 밀접한 관련이 있다. 다시 말해 카프라가 파괴된 자연의 모습을 이를 둘러싼 인간의 돌이킬 수 없는 과오로 보고, 이의 극복을 위해 인간과 자연의 윤리적 관계를 재설정해야 함을 역설하고 있듯이 마르쿠제 역시 인간의 파괴 본능이 지배하고 있는 급변하는 현대사회 조직을 제어할 수 있는 유일한 대안은 인간의 생명유지에 대한 본능임을 강조하면서 '평화로운 자연'의 상태란 가장 본능적인 상태임을 전제로 한다. 그리고 이를 위해서는 에로스에 대한 의식적인 차원의 심리적 운동이 필요함을 강조하고 있다. 그러니까 이들 모두 현재 인류의 자연 상태가 파괴적인 인간의 행위에 의해 무차별하게 훼손되었음을 감지하고 있는 것이다. 그래서 이를 극복하기 위해서는 새로운 윤리 관계의 확립을 꾀하거나 생명력의 확충을 위한 심리적이고 의식적인 차원의 운동이 필요함을 강조하고 있다.

이렇듯 환경파괴의 현실 속에서 궁극적인 해결 방안을 모색하는 의식적인 전환과 심리적인 활동, 그리고 새로운 윤리체계 형성을 확립하고자하는 일련의 움직임과 세계관 일체를 '생태의식(Ecologism)'32)이라 명명할 수 있다. 이러한 개

---

32) 그러나 이러한 '생태의식'에 대하여 네스(A. Naess)는 부정적인 견해를 피력하고 있다. 그에 따르면 '생태의식'이라는 개념은 '생태학적 개념과 이론에 대한 과도한 보편화의 시도이며, 현재 인식론적 현상을 포함하여 생태학적으로 정의된 사고 모델이 아니다'라고 주장한다. 오히려 독단적으로 선택한 현상의 관찰만을 확대하려는 의도에 불과하다는 것이다. 아울러 그는 '생태의식'이라는 개념 대신에 '에코소피(Ecosophy)'라는 개념을 제시하면서 '에코필로소피(Ecophilosophy)'가 생태적 문제를 연구하는 학문 분야로서의 철학을 의미하는데 비해 '에코소피'는 생태위기에 대한 연구자의 세계관과 가치관이 반영된 의식적 차원임을 명시한다. 결국 네스의 경우는 '생태의식'이라는 개념 대신에 '에코

넘 정의는 윌리엄 하워드(W. Howarth) 에 의해 제시된 개념을 보다 구체화 한
것이다.

> '환경의식(Environmentism)' 은 우리 인간들은 중심에 있고, 우리가 아닌
> 환경의 모든 것들로 둘러싸여 있음을 암시하는 인간중심적이고 이중적인
> 개념이라고 한다. 이에 반해 '생태의식(Ecologism)' 은 상호 독립적인 공동
> 체, 통합 체계, 조직 부분간의 강력한 연결을 암시하는 개념이다.[33]

그러니까 '생태의식' 은 일원론적 세계관에 입각하여 생명체와 인간을 둘러싼
만물간의 통합적 연결 그물을 인식하고 이를 통해 자연과 인간의 관계를 바라보
는 것을 의미하며, 동일한 맥락에서 전술한 마르쿠제와 카프라의 견해를 포괄한
개념이다. 이러한 '생태의식' 의 근간을 이루는 핵심적인 요소 중에 하나는 '생명
평등주의' 이다. 이 우주에 존재하는 것들은 모두 '생태의식' 적 견지에서는 동일
하게 평등하다. 즉 개체와 개체 사이에 어떠한 계급 질서도 존재하지 않는다는
것이다.

아울러 어떠한 생명체도 다른 생명체와 동등한 권리를 가지고 있고, 어떠한
개체도 생태계 전체 구조의 질서와 균형을 깨뜨릴 수 없다. 이러한 평등주의는
생명체의 영원성을 인식함을 특징으로 한다. 그리하여 모든 존재하는 것은 어디
론가 자리를 옮길 뿐, 이 세계에서 없어지는 것은 아무 것도 없다는 세계관을
특징으로 하고 있다.

또한 자연과 인간을 분리하는 이항 대립적 세계관을 인간중심주의로 보고 이

소피 '라는 개념을 제시하고 있는 것으로 사료된다.
A. Neass, Ecology, community and lifestyle, Cambridge University press, 1989,
36-37쪽

[33] William Howarth, Some Principles of Ecocriticism, The Ecocriticism Reader, The
University of Geogia Press, 1996, 76쪽

러한 세계관을 배격한다. 생태위기를 극복하기 위해서는 그 동안 인간이 자연의 소유주로서 군림하던 자세를 버리고 자연과 인간은 분리될 수 없는 하나의 생명 공동체임을 인식해야 한다는 것이다.

'생태의식'의 또 다른 요소는 마르쿠제가 제기했던 폭력적 사회의 비인간적 양태와 지배 세력의 독재적이고 권위적인 양태에 대한 인간의 의식적 저항과 이의 극복을 위한 심리적 운동의 측면과 실천적 행동양식의 측면이다. 즉, 폭력적인 사회를 전제로 삼고, 이를 극복하기 위한 대안으로 설정한 에로스의 확충은 개인의 저항과 실천에서 비롯되며 나아가 이를 위한 행동 양식까지도 포괄하는 것이 생태의식의 또 다른 측면인 것이다. 그러니까 이러한 관점에서는 현실의 위계질서에 따른 인간과 자연에 대한 지배를 생태위기의 근원적인 문제로 보아 이를 전제로 삼고, 사회 계급에 따른 위계질서를 극복하여 자유와 평등에 의해 조성되는 개인과 사회와의 관계 모색을 시도하고 있는 것이다.

한편 이러한 위계질서를 단순히 개인과 사회의 문제로 보지 않고 여성과 사회의 문제로 치환하여 현실의 파괴적인 측면을 문제로 삼고 이의 극복을 위해 '여성성으로의 회귀'를 제시하고 있는 측면 역시 생태의식의 한 모습이다. 이는 마르쿠제가 제시한 '평화로운 자연'의 모습을 여성의 모습과 동일시하는 세계관으로서 이 역시 '생태의식'의 주요 국면으로 주목받고 있다.

이렇듯 환경파괴로 인한 생태위기를 절감하고, 이의 극복 방안에 대한 의식적 차원 및 행동적 차원의 다양한 노력을 '생태의식'이라 명명함으로써, 기존의 논의가 지니고 있던 '심층생태학'적 견지에 치중한 논의에서 벗어나 보다 확대되고 구체화된 '생태의식'을 천명함으로써 본 논문이 문제 삼고 있는 '한국 현대소설에 나타난 생태의식의 양상'을 규명하는 출발점으로 삼고자 한다. 나아가 생태의식을 근간으로 형성된 '문학생태학(Literary Ecology)'의 범주와 내용을 검증하고,

또한 문학생태학의 한 방법론으로서 '생태비평(Ecocriticism)' 의 구체적 내용을 확인함으로써 본 논문이 지향하는 생태의식의 다양한 양상을 규명하는 중요한 준거로 삼고자 한다.

1.2. 문학생태학의 범주

생물학의 한 분과 학문으로 처음 그 모습을 드러낸 지 한 세기 가량이 지난 현재의 '생태학' 은 이제 지배적인 학문으로 그 위치를 차지하고 있다. 특히, '생태학' 은 그 어떤 학문보다도 우리가 살고 있는 현재 세계, 그리고 앞으로 다가올 미래 세계가 맞부딪힌 문제를 푸는데 실마리를 제공할 수 있는 분야로 각광을 받고 있다. '생태학' 이라는 용어가 처음 쓰인 것은 19세기 중엽이다. 이 용어는 1869년 독일의 생물학자이며 철학자인 에른스트 헤켈(Ernst Haeckel)이 처음 쓴 것으로 알려져 있다. 예나 대학에서 동물학을 강의한 헤켈은 '자연의 경제에 관한 지식의 총체' 를 두고 생태학이라 불렀다. 즉, 동물을 포함한 유기체가 물리적 환경과 맺고 있는 총체적 상호관계를 연구하는 학문이 '생태학' 이라는 것이다. 이러한 '생태학' 은 찰스 다윈(Charles Robert Darwin)이 '생존 경쟁' 의 조건이라 부른 동물들 간의 복잡한 상호관련성에 대한 연구라 할 수 있는데, 실제로 헤켈은 유기체와 그 환경과의 총체적 상호관계를 밝힘에 있어 다윈의 진화론에 의지한 바가 크다고 한다.34) '생태학' 의 어원을 분석해 보면 이러한 헤켈의 견해를 보다 쉽게 이해할 수 있다. '생태학' 의 어원은 '오이콜로자아(Oeakologia)' 라는 그리스어에서 유래한다. 이 단어는 '오이코(Oeko:집)' 이라는 단어와 '로자아(Logia:연구)' 라는 단어가 한데 합쳐져 만들어진 말로서, 이러한 단어의 조합 방식에 의해 그 의미를 추정해 보면, '생태학' 이란 '집을 연구하는 학문' 을 의미한다. 여기서 집을

---

34) William Howarth, 앞의 책, 72쪽

좁게는 개체가 사는 환경으로 넓게는 우주 전체를 지시하는 개념으로 본다면, '생태학' 이란 우주와 자연에 대한 총체적인 연구하는 학문을 의미한다.[35]

그리하여 '생태학' 은 고전 과학처럼 한 분야에 정체되어 있지 않고 다윈의 진화론, 린네(Linne)의 분류학, 멘델(Mendel)의 유전학을 비롯하여 행동학이나 생리학 나아가 사회학과 경제학 그리고 철학 등 끊임없이 다양한 학문 분야와의 관련을 추구한다. 한편, '생태학' 은 여러 모로 기존의 사고방식과 인식 과정에 대해 의문을 던지면서, 특히 '지속적 발전과 진보' 에 깊은 회의를 보인다. 이는 '생태학' 이 서구 근대 문명을 그 비판의 대상으로 삼고 있음을 확인시킴으로써 현재의 생태위기에 대한 책임을 서구 문명에 두고 있음을 상기시켜 주는 부분이기도 하다.

이와 관련하여 윌리엄 루에커트(William Rueckert)는 그의 논문 「문학과 생태학 Literature and Ecology」[36](1976)에서 생태위기의 현실과 이의 치유 방법으로서의 문학에 관하여 비교적 상세히 언급한 바 있다. 그는 다윈론에 지나치게 입각하여 새로운 이론 모델을 제시하기에 급급한 비평가들이 '디트로이트신드롬(Detroit Syndrome)' 에 빠지는 것을 경계하면서 문학과 생태학의 접합을 시도하였다. 특히, 그는 영원한 대립상이었던 '문학' 과 '과학' 의 만남이야말로 새로운 생

---

35) 이러한 '생태학' 의 어원 분석과 함께 하워드는 독일어의 '환경(Umwelt)' 에 대한 어원 분석을 시도한다. 그에 따르면 독일어 '환경(Umwelt)' 은 '움um(둘러싸고 있는)' 과 '벨트 welt(세계)' 의 합성어로서 '환경' 이란 인간을 둘러싸고 있는 세계를 의미한다는 것이다 그런데 이는 '생태학' 의 자연의 일부로서 인간을 바라보는 일원론적 세계관과는 달리 인간을 중심으로 자연이 형성되어 있다고 보는 인간중심주의에 입각한 이원론적 세계관임을 지적하면서 생명의 동등성과 상호 의존성을 강조하는 '생태학' 과는 거리가 먼 개념임을 아울러 지적한다. 이러한 그의 논지에 의한다면 문학생태학을 '환경학' 혹은 '환경주의' 와 관련지어 '환경문학' 이라 명명하는 것은 상당히 문제가 있는 발상으로 여겨진다.
William Howarth, 앞의 책, 73쪽

36) William Rueckert, Literature and Ecology, The Ecocriticism Reader, The University Georgia Press, 1996.

명체의 탄생과도 같음을 역설한다.[37] 아울러 문학과 생태학의 연관성은 인간이 자신이 원하는 대로 자연을 이용할 권리가 없다는 생각과 나무, 돌고래, 고래, 혹은 매 조차도 자신의 권리를 보호하고 주장해 줄 변호사가 필요하다는 생각에서 출발한다고 보고, 이러한 발상이야 말로 생태학이 비전을 확보하는 경이적인 부분임을 강조한다.

그의 이러한 발상에는 분명 인간의 문명화 과정에 대한 혐오와 비판적 시각이 내재되어 있다. 그간 인류가 자연을 정복하기 위하여 인위적으로 구분해 놓은 생명권의 영역에 대한 집착을 깨트리고, 생태학적 필요에 의한 생명권으로의 재배치가 필요함을 간파하고 있는 것이다. 그리고 나아가 이러한 생명권의 재배치를 위하여 인간과 자연의 공생적인 관계의 필요성을 강조하고 있다. 이때 '공생(Symbiosis)' 이란 개념을 그는 맥하르그(McHarg)의 견해를 원용하며 설명하고 있다. 맥하르그에 따르면 공생이란 '각 단계마다 질서 있는 체계 하에 형성된 협력적인 관계' 이다. 그는 공생관계가 '네젠트로피(Negentropy)' 를 가능하게 한다고 말하고 있는데 이 네젠트로피는 맥하르그 자신이 고안해 낸 개념으로서 모든 생물이 생물권 안에서 매일 진화하는 방향으로 움직이고, 발전한다는 생물권의 창조적인 원칙이자 과정을 의미한다.

또한 인간이 관여하고 문학이 자연과 인간의 공생적 관계 속에서 에너지 원천을 제공하는 곳에는 복잡한 에너지가 정보와 의미로 바뀌는 과정이 일어나게 되는데 이를 '통각(Apperception)' 이라 칭한다. 맥하르그가 제시한 이 두 가지 원칙, 즉 '네젠트로피' 와 '통각' 은 루에커트에게 창조적 에너지의 개념으로 수용된다.[38]

---

37) William Rueckert, 앞의 책, 105-107쪽
38) 이러한 노력을 맥하르그는 건강성(health), 적응과 조정(fitness), 창조적 적응(creative fitting)이라 정의하면서 환경에 적응하는 우리의 창조성을 촉구하고 있다.
William Rueckert, 앞의 책, 117-118쪽

그리하여 루에커트는 창조적인 에너지를 머금은 시를 읽고, 가르치고, 쓰는 동안 그것의 완전한 의미를 이해하게 되고, 이를 생태학적 시스템에 적용해야 한다고 주장한다.

> 창의력은 인간의 모든 생명체와 공유하는 공통적인 필수 전제이다. 인간이 독자적인 생각을 할 수 있고 문학작품은 그러한 인간이 창의적이라는 하나의 예를 보여준 것이며 이는 시, 문학, 그리고 문학 비평으로 나타난다. 맥하르그식의 창의성의 원칙을 통해 문학을 생태학에 접목시키자면 인간은 여타의 생물권과 조화를 이루며 살지만 생태계의 건강성을 위해 행동하지 않는다. 그것이 항상 문제의 원인이었다. 인간의 가장 창조적인 성과물중의 하나인 화학과 물리는 자연 파괴를 가속화 시켰다. 인류의 가장 위대한 지적 유산인 문화는 종종 자연에 기생하는 거대한 포식자 혹은 기생충처럼 행동한다.
>
> (중략)
>
> 인간의 마음속의 가장 흔한 자가당착은 '문화는 문명화' 이고, '자연은 야만성' 으로 단정짓는 것이다. 생태학적 관점에서 인간의 창조성에 대해 가르치고 배우는 것을 모든 문학 수업에서, 특히 창의적 글쓰기 시간에 해야 한다. 이는 분명 바람직한 효과를 보일 것이다. 이러한 목적을 가지고 행할 때 그 창조성을 발휘하는 것이며, 또한 그 노력을 통해 문학과 자연은 형제자매가 되는 것이다. 그러므로 창의적인 글쓰기와 문학 읽기는 생태학적 목적을 지닐 때만이 그 창조성을 획득하는 것이다.[39]

이처럼 루에커트는 인간과 자연의 공생관계를 맥하르그의 '창조적 적응(Creative Fitting)' '의 개념을 통해 설명함으로서 문학과 생태학의 연계 가능성을 시사하고 있다. 아울러 그는 비평가의 이론적 체계와 새로운 모델 제시보다는 적극적인 글쓰기와 감상이 보다 생태학적 목적에 이르는 길임을 명시하고 있다.

---

39) William Rueckert, 앞의 책, 119-120쪽

하지만 그는 문학이 환경문제를 해결하는데 커다란 몫을 담당할 수 있다는 데에는 이견이 없지만 여전히 어떤 식으로 그 역할을 수행하는 것이 바람직하며, 어떠한 방법이 가장 적실하고 효과적인지에 대해서는 명확한 대안을 주지 못하고 있다. 단지 그가 제시할 수 있는 대안은 생태학적 목적을 가지고 문학에 임하면서 할 수 있는 가장 간단한 방법으로 자연과 인간의 상호 협력적인 공생관계에 대해 생각하는 것 정도였다.

그러나 루에커트의 다소 초보적인 문학과 생태학과의 접합 시도는 조셉 미커(Joseph Meeker)에 의해 보다 논리적이고 체계화된 과정을 통해 이론화된다. 자연에 관해 단순히 쓰고 감상하는 문학적 태도만이 아니라 문학작품을 통해 자연과 인간의 관계를 규명하고, 이들의 바람직한 관계를 제시하고자 하는 시도가 미커에게 이르러 가능하게 된다. 즉 그는 '생태학' 과 '문학' 과의 연대 가능성을 모색하면서 이른바 '문학생태학' 이라는 용어를 정립하였다. 조셉 미커(Joseph W. Meeker)는 그의 저서 『생존의 희극 The Comedy of Survival』에서 문학이 현 인류가 겪고 있는 생태위기의 극복에 중요한 역할을 할 수 있음을 강조하고 있다.

> 인간은 이 지구상에서 유일하게 문학을 가진 피조물이다. (중략) 만약 문학을 창조해 내는 일이 인류의 중요한 특성이라면, 인간 행동과 자연 환경에 끼치는 문학의 영향을 찾아내기 위하여 - 즉, 만약 문학이 인류의 안녕과 생존의 역할을 맡는다면 과연 어떠한 역할을 맡는가, 인간이 다른 종(種)이나 인간을 에워싸고 있는 세계와 맺고 있는 관계에 문학이 어떠한 통찰을 가져다 줄 수 있는가를 결정하기 위하여 우리는 문학을 주의 깊게 그리고 정직하게 살펴보아야 한다. 문학이 우리를 이 세계에 좀더 잘 적응할 수 있도록 해주는 활동인가, 아니면 오히려 우리를 그 세계로부터 좀더 벌어지게 하는 활동인가? 진화와 자연 도태의 냉혹한 관점에서 문학은 인간의 파멸보다는 인간의 생존에 이바지하는가? 이러한 질문에 대해 명확한 답을 이끌기 위해서는 인간중심적인 인류의 전통이 초래한 문제들을 문학

을 통하여 규명할 수 있다.[40]

미커가 위에서 제시한 다양한 질문은 모두 문학이야 말로 인간과 우주 만물의 관계를 가장 친밀하고 예리하게 천착할 수 있으며, 이러한 천착이 인류의 생태위기를 극복할 수 있는 대안을 가능하게 한다는 것이다. 그리고 이는 문학만이 지니고 있는 본질적인 가치 때문인데 그 가치는 문학이 자연과 인간의 관계 속에서 발전해 왔기 때문에 더욱 가치 있음을 강조하고 있다.

그에 따르면 '문학생태학'은 문학 작품 속에 나타난 생물학적 주제와 그 연관에 관한 연구로써 그것은 인류의 생태의식 안에서 문학의 역할을 규명하려는 시도라고 주장한다. 그리고 문학생태학자들은 과학적 생태주의자에 의해 정의되었던 자연의 구조와 형식을 문학의 형식과 구조와 조화를 이루도록 해야 함을 명시하고 있다. 그리하여 그는 문학 작품을 분석하는 관점에 대해 다음과 같이 서술하고 있다.

> 문학 작품속의 인물들은 인류를 대표하는 전형성으로 분석되어야 한다. 그리고 당대 행동생물학(Ethology)에 의해 묘사된 다른 동물들과의 행동 양식의 유형과 비교하여 인류의 행동 양식이 파악되어야 한다. 문학 작품 속에는 생태철학적 관점에서 정의된 인간과 자연의 관계가 묘사되어 있다. 그것은 현재 생태위기를 초래한 진화와 진보에 대한 인간의 신념을 뒤엎거나, 현재의 문화적 이념을 거부하는 방식으로 나타난다. 결국 문학생태학은 인류의 번영과 생존에 영향을 주는 문학의 기능에 관한 연구이다.[41]

이렇듯 미커가 강조하는 것은 현 인류가 직면해 있는 생태위기의 모순을 극복

---

40) Joseph W. Meeker, The Comedy of Survival, New York: Charles Scribner's Sons, 1974, 4쪽
41) Joseph W. Meeker, 앞의 책, 7쪽

하고, 보다 바람직한 모습으로 생존할 수 있는 유일한 대안을 문학에서 찾아보자
는 것이다. 아울러 문학만이 이러한 인류의 궁극적인 생존을 가능하게 한다는
것을 강조한다. 그리고 그 가능성을 '문학생태학'에서 찾고자하는 것이다. 나아가
'문학생태학'의 가능성은 최근 활기를 띠고 있는 '생태비평'으로 이어져 보다 심도
있게 다루어지고 있다.[42]

2. 생태비평(Ecocriticism)과 생태소설(Ecological Novel)

2.1. 생태비평의 본질

인류가 직면해 있는 생태위기에 대한 근본적인 해결 방안에 대한 천착은 인류
가 자연을 대하는 인식의 변화를 촉구하였고, 이것은 자연에 대한 인간의 가치관
을 새로운 패러다임으로의 전환이라는 형식으로 표출시켰다. 그리고 이러한 천착
의 한 방법으로 전술한 '문학생태학'의 출현이 있었는데, 이것이야말로 생태위기
극복의 본질적인 대안의 출발을 알리는 신호였다. 다시 말해서 윌리엄 하워드(W.
Howarth)[43]가 언급한 바처럼 '언어 표현의 역사 속에서 가장 밀접한 관계를 형
성한 생태학'과 문학의 교유는 인간과 자연의 평화로운 공생을 가져오는데 가장
중요한 근간을 이루게 된 것이다. 아울러 문학생태학은 생태학(Ecology), 윤리학
(Ethics), 언어(Language), 그리고 비평(Criticism)을 통해 보다 구체적인 담론을
형성하게 되는데[44] 이를 '생태비평(Ecocriticism)'이라 부른다.

---

42) Karl Kroeber의 Ecological Literary Criticism(1994)과 Lawrence Buell의 The
Environmental Imagination(1995), 그리고 Cheryll Glotfelty & Harold Fromm의 The
Ecocriticism Reader(1996)가 주로 생태비평의 가능성을 깊이 천착하고 있는 경우이다.
김욱동, 앞의 책, 38-41쪽
43) William Howarth, 앞의 책, 71쪽

생태비평은 한마디로 '문학과 물리적 환경과의 관계를 연구하는 학문'이다. 마치 페미니스트 비평이 여성성과 남성성이라는 성의식에 의해 문학을 관찰하듯이, 혹은 막시스트 비평이 문학 작품을 통해 경제적 계급과 생산물 사이의 양식을 인식하듯이, 생태비평가는 지구중심적인(Earth-Centered) 관점으로 문학과 자연사이의 관계에 천착한다. 이러한 천착을 통해 '생태비평'이란 용어를 처음 사용한 사람은 윌리엄 루에커트(W. Rueckert)[45]이다. 그는 생태비평이라는 용어를 창안하면서 '문학 연구에 관한 생태학 이론의 적용과 생태학적 개념의 원용'으로서 문학 비평을 제시한다. 아울러 그는 환경문제에 대한 의식적인 연구라는 명목만으로 생태비평이라 이름 짓는 태도에 대해 난색을 표한다. 즉 일부 비평가들이 문학과 모든 물리적 세계와의 관계를 포괄적으로 열려 있는 것으로 규정하여 생태시(Ecopoetics), 환경문학비평(Environmental Riterary Criticism), 녹색문화연구(Green Cultural Studies) 등등 이러한 일련의 연구를 모두 포괄하여 제시하고 있는 태도에 대해 확실한 구분을 두고자 하였다. 그리하여 특별히 '환경적(Envior-) 생태비평'이라 이름 짓지 않고 '생태적(eco-)'이라 이름 짓는 이유를 환경적 태도가 함축하고 있는 것이 인간중심적이고, 자연과 인간을 분리하는 이분법적 세계관에 입각해 있음을 비판하면서 생태적 태도의 지구 중심적이며,

---

44) 이러한 견해는 이미 베리 로페즈(Barry Lopez)에게서 있었다. 그는 「전망과 서사 Land & Narrative」(1989)에서 자연에 대해 서술하는 작가들에게 나타나는 공통적인 특성을 4가지로 들어 설명하고 있다. 그것이 바로 생태학(ecology), 윤리학(ethics), 언어(language), 비평(criticism)이다. 그는 이것이 생태문학을 하는 한 방법론이라 주장하면서, 그중 생태학은 자연과 문화 사이의 관계를 연구하는 것으로, 윤리학은 역사적 사회적 갈등을 중재하는 길을 제시하는 것으로, 언어는 인간가 비인간을 구분하는 단어를 쓰는 방법을 시험하는 것으로, 비평은 작품의 질과 양을 판단하고, 바람직한 상승 방향을 제시하다는 점을 강조하고 있다.
William Howarth, 앞의 책, 70쪽
45) W. Rueckert, 앞의 책, 105-107쪽

일원론적인 세계관이야 말로 보다 생태학적 견지에 입각해 있음을 재차 강조하고 있다.

한편 차일 글롯펠티(Cheryll Glotfelty)는 「환경위기 시대의 문학적 연구 Literary studies in an age of environmental crisis」46)에서 생태비평은 다른 문학 비평과 엄격한 구분을 지어야 함을 강조하고 있다. 특히 그는 일반적인 문학 이론은 작가, 작품, 그리고 세계와의 관계를 탐구하는데, 이때 '세계(the world)' 는 그 작품이 속한 사회권을 의미하지만, 생태비평에서 '세계' 는 '생태권(Ecospher)' 까지 확장됨을 강조한다. 그러므로 그에게 있어서 생태비평은 자연과 문화 사이의 상호 연관 관계를 연구하는 것으로 인간과 비인간적인 모든 자연물과의 협력과 교유에 대한 문학적 형상화를 연구하는 일체의 행위인 것이다. 이러한 발상은 인간의 문화가 물질적 세계와 연관 되어 있고, 그것과 영향을 주고받는다는 기초적 사고에 근거를 두고 있다. 이는 베리 코머너(Barry Commoner)의 생태학 제1법칙에 의한 것으로 "모든 것은 다른 모든 것과 연관되어 있다" 는 전제에 의한 것이다.47)

이에 입각하면, 문학은 미학적인 것으로서 물리적 세계 위로 부상하기보다는 오히려 복잡한 지구적 시스템인 에너지, 물질, 사상 등등과 상호 연관을 갖는 한 부분이어야 한다는 것이다. 그리하여 생태비평은 생태학적 견지에 있어서 문학이 어떠한 역할을 수행하고 있는가에 대해 끊임없는 발견을 시도하는 과정이라 제시하고 있다. 그리고 이러한 과정에서 진행되는 다양한 질문에 대해 다음과 같이 서술하고 있다.

---

46) Cheryll Glotfelty & Harold Fromm, Literary studies in an age of environmental crisis, The Ecocriticism Reader, ⅹⅶ-ⅹⅹ쪽
47) Cheryll Glotfelty & Harold Fromm, 앞의 책, ⅹⅵ쪽

어떻게 자연이 이러한 시(sonnet)를 대표할 수 있는가? / 이 소설의 플롯에 있어서 물리적 배경을 어떠한 역할을 수행하는가? / 이 연극에서 표현된 가치는 생태학적 견지와 일관성을 지니는가? / 우리는 우리가 특성화한 자연을 어떻게 성(gender)으로 쓸 수 있는가? / 남성이 자연에 관해 서술하는 것은 여성이 서술하는 것과 다른가? / 대중문화와 문학에 나타나 환경적 위기는 무엇인가? / 문학 연구에 있어서 생태학이 지니고 있는 의미는 무엇이며, 그것이 문학 분석에 어떠한 영향을 미치는가? / 환경 담론과 관련된 역사, 철학, 심리학 그리고 윤리학 같은 분야의 연구자들과 문학 연구가들의 교류는 어느 정도 가능한가?[48]

이러한 의문들에 이에 대한 천착이야말로 생태비평이 수행하고 있는 본질적인 측면으로서 기존의 일반 문학 비평과는 변별되는 중요한 판별 기준인 것이다. 즉, 시와 소설 그리고 희곡에 이르는 각 장르에서 생태비평적 입지를 확인하고, 과학적 생태학이 문학과 만나는 지점과 기타 관련학문과의 연계가능성까지도 시사함으로써 보다 구체적인 생태비평의 위치를 확인할 수 있게 된 것이다.

또한 생태비평을 논의함에 있어서, 비평가의 역할에 주목하여 그 어원을 분석한 후 비평가가 수행해야 할 임무에 대해 언급하고 있는 하워드의 견해도 주목할 만하다.[49] 그는 생태비평이 생태학적 지식을 함축하고 있음을 강조하면서, 생태비평가(Ecocritc)의 어원이 각각 'oikos(집)' 와 'kitis(다스리다)' 에서 왔음을 지적한다. 그리고 이것이 바로 '집을 다스린다(house judge)' 의 뜻으로 연결할 수 있다고 주장한다. 그러니까 이때 'oikos' 는 방대한 집으로서의 자연일 수 있는 것이며, 다스리는 사람인 'kritos' 는 바람직한 질서를 가지고 이러한 집을 지키는 중재인이라는 것이다. 즉 생태비평가란 자연을 다스리고, 인간과의 관계에서 중재적

---

48) Cheryll Glotfelty & Harold Fromm, 앞의 책, ⅹⅴ쪽
49) William Howarth, 앞의 책, 69쪽

인 역할을 수행하는 임무를 지니고 있다는 것이다.

그리고 그 임무란 것은 우선 자연에 입각하여 문화적 영향 관계를 그리고, 자연에 대해 예찬적 관점을 견지하여, 자연의 약탈자를 비판하고, 다소 정치적 행동을 통해서라도 자연의 약탈자로서 인간이 범한 자연의 상처를 치유하는 것임을 지적하고 있다. 즉, 자연에 대한 인간의 태도를 고려하여 그 잘잘못을 판단하는 심판자의 역할을 수행해야 한다는 것이다. 결국 하워드에 따르면 생태비평가들이 판단자로서 혹은 심판자로서의 그들의 임무를 수행할 방법을 제시하는 것이 바로 '생태비평' 이라는 것이다.

결국 생태비평의 가장 핵심적인 본질은 이른바 자연과 인간과의 바람직한 관계 설정에 있다. 문학 작품 속에 나타난 생물학적 주제와 관계에 관한 연구를 통해 자연 생태계의 행동 유형과 문학을 통해 형상화된 인간의 여러 유형을 분석해 냄으로써 현 인류가 봉착한 생태위기를 극복할 수 있는 대안 제시가 가능해진 것이다. 그래서 생태비평가는 텍스트 안에서 일어나는 철학적이고 형이상학적인 문제 외에 텍스트 외부에서 발생하는 정치적 사회적 현실에도 깊은 관심을 갖는다. 한마디로 자연과 문화, 텍스트와 컨텍스트 사이에 조화와 균형을 꾀하는 것이 생태비평의 기본적인 목표이자 임무인 것이다.

그런데 이러한 생태비평의 목표와 임무에 최종적으로 도달하기위해서는 생태비평의 근저에 깊이 내재해 있는 '에코소피(Ecosophy)' 적 사고[50]에 대한 명확한 인식이 필요하다. 일반적으로 철학자들이 윤리적 전통을 환경문제에 적용할 때는 인간과 자연 환경 사이에 적절한 윤리적 관계란 무엇인가와 이러한 관계의 철학

---

50) 에코소피(Ecosophy)는 생태철학(Ecophilosophy)과는 다르다. 생태철학이 생태학적 문제를 철학적 입장에서 연구하는 학문의 한 분야라면, 에코소피는 생태철학을 연구하는 연구자의 세계관과 가치관을 의미한다. Arne Naess, From ecology to ecosophy, Ecology, Community and Lifestyle, 37쪽

적 기초는 무엇인가에 주안점을 둔다. 그리고 이 과정에서 자연과 인간의 관계에 대한 전통적인 철학적 견해가 오히려 많은 부분 환경파괴에 기여해 온 사실을 깨닫게 된다. 즉 대부분의 서양 철학적 전통이 오직 인간만이 도덕적 지위를 갖고, 다른 모든 존재들은 인간의 이익에 이바지하는 한에서만 그 가치를 지니고 있음을 주장해 왔던 것이다.

이에 대해 린 화이트(Lynn White)는 「생태위기의 역사적 기원 The Historical Roots of Our Ecologic Crisis」[51)에서 현대 인류가 처한 생태위기의 원인으로, 서구의 기술과 과학의 발달, 인간중심주의, 그리고 기독교적 관점을 제시하면서 자연에 대한 현 인류의 과학 기술적 접근이 기독교적 관점에 그 기원을 두고 있음을 주장한다. 즉, 인간은 태초에 그 창조에 있어 특권적 위치를 차지하는데, 그것은 신의 형상대로, 신의 모습과 비슷하게 창조되었기 때문에 도덕과 철학적 견지에서 독특한 위치를 차지하게 된다는 것이다. 그리고 이런 오랜 전통은 기독교의 신이 모든 만물을 창조한다는 창세기의 한 구절에 의해 증명할 수 있음을 강조하고 있다.

> 하나님께서는 "우리 모습을 닮은 사람을 만들자. 그래서 바다의 물고기와 공중의 새, 또 집짐승과 모든 들짐승과 땅위를 기어 다니는 길짐승을 다스리게 하자" 고 하시고, 당신의 모습대로 사람을 만들어 내셨다. 하나님의 모습대로 지어내시되 남자와 여자로 지어내시고, 하나님께서 그들에게 복을 내려 주시며 말씀하셨다. "자식을 낳고 번성하여 온 땅에 퍼져서 땅을 정복하여라. 바다의 고기와 공중의 새와 땅위를 돌아다니는 모든 짐승을 부려라!" 52)

---

51) Lynn White, The Historical Roots of Our Ecologic Crisis, The Ecocriticism Reader, 3쪽
52) 창세기 1장 26절-29절

화이트는 다수의 기독교인들이 창조에 대한 성서의 말씀을 인간중심주의적으로 해석한다는데 문제가 있음을 강조하면서, 현대의 과학과 기술의 많은 부분이 자연에 대한 이러한 인간중심적인 세계관이 지배하는 상황에서 발전되었음을 지적하고 있다. 결국 그는 이러한 사고방식이 현재 환경위기의 기원이라 주장하면서 서구의 기존 철학윤리로는 생태위기의 현실을 극복할 수 없다고 주장한다.

이러한 문제에 대해 존 패스모어(John Passmore)는 서양 철학 전통이 자연에 대해 지니고 있는 일방적인 태도를 인정하기는 하지만, 그러나 서양 철학 전통에도 윤리적으로 바람직한 자연과의 관계에 대한 고려가 있었음을 강조한다.

> 기독교이거나 공리주의이거나 간에 전통적인 서양의 도덕적 가르침은 타인에게 해를 가해서는 안 된다고 인간에게 가르쳐 왔다. 쓰레기를 바다나 대기로 내버리는 것, 생태계를 파괴하는 것, 자식을 많이 출산하는 것, 자원을 소모하는 것은 모두 미래 또는 현재의 이웃들에게 손해를 입히는 일이다. 이러한 정도에서 전통적인 도덕은 다른 것에 의해 보충할 필요 없이 우리의 생태적 관심을 정당화하는데 충분하다.[53]

패스모어에 따르면 생태위기에 직면하여 기존의 철학적 전통을 부정하고 새로운 철학적 전통을 정립하기 보다는 기존의 잘 알고 있는 윤리를 보다 잘 준수하는 자세가 필요하다는 것이다. 그리고 생태위기에 의해 요구된 우리의 기존의 윤리적 발상은 잃어버린 심미적 가치를 되찾는데서 출발해야 함을 강조한다. 그리고 이때의 심미적 가치란 '감수성 있는' 태도를 말하는데, 이 감수성이 지배하는 사회란 황폐한 도시, 황량하고 더러운 집, 오물로 가득 찬 강 등 산업화 이후의 오염된 풍경을 용납하지 않으려는 의지의 반영임을 강조하고 있다.

동일한 맥락의 또 다른 시도가 블랙스톤(Blackstone)에 의해 행해졌다.[54] 그

---

53) J. Passmore, Man's Responsibility for Nature, Scribner's, 1974, 186-187쪽 재인용

는 새로운 권리로서 '살만한(livable) 환경에 살 권리'를 제시하면서, 평등, 자유, 행복, 생명, 재산 등 자유롭고 이성적인 존재로서 우리의 본성에서 나오는 이러한 기본적인 권리는 안전하고 살만한 환경이 없이는 결코 실현될 수 없다고 주장한다. 또한 과거에는 자연에 대해 인간이 지니고 있다고 믿었던 자연 자원이 무한하다는 생각과 오염에 대해 무감각했던 상태를 더 이상 타당한 것으로 간주할 수 없다고 역설한다.

그래서 새롭게 대두된 환경문제와 관련해 전통적으로 당연한 권리로 인정되었던 몇 가지는 이제 바뀌어서 새로운 가치로 거듭나야 함을 강조하고 있다. 새로운 권리에 대한 블랙스톤의 주장은 환경을 오염하고, 마음껏 착취했던 과거의 관행에 대한 진지한 반성이며, 자연에 대한 인간의 태도 변화와 의식의 각성을 촉구하였다는 점에서 그 의미를 갖는다. 이러한 의미는 오늘날 우리가 직면해 있는 생태위기의 현실과 이로 인한 문제의 극복이 결국 생태의식으로서 네스식으로 말하자면 일종의 에코소피(Ecosophy)의 영역으로까지 그 지평을 확대하고 있음을 알려준다.

아울러 이러한 에코소피적 사고는 생태위기에 관한 문제 제기 및 그 극복 방안에 초석을 마련함으로써 문학생태학의 위상을 정립시켰고, 이러한 과정에서 생태비평은 일체의 문학 담론들을 문학생태학적 시각에서 논의할 수 있는 총제적인 기틀을 마련하였다. 결국 이 에코소피적 사고야 말로 생태비평의 핵심적인 본질인 것이다.

그러므로 생태비평은 전술하였듯이 문학생태학이 추구하는 바, 즉 문학 작품 속에 나타난 생물학적 주제(Theme)와 연관(Relationship)에 관한 연구를 통해

---

54) Blackstone, Ethics & Ecology, Philosophy & Environmental Crisis, University of Geogia Press, 1974, 130-138쪽 재인용.

자연 생태계의 행동 유형과 문학 작품 속에 나타난 다양한 인간의 유형을 분석해 냄으로써, 현재의 생태위기를 극복하고자 하는데 기여하고자 한다는 측면에서 철학적 입지에 가장 근접한 문학 양식인 것이다. 다시 말해서 생태비평의 본질은 문학생태학이 궁극적인 목표로 삼고 있는 인간과 자연의 평화로운 공존을 향해 나아가는 가장 구체적인 방법론으로서, 그 근저에는 자연과 인간을 동일한 생태권 속에서 살아가는 동반자로서 인식하는 에코소피적 사고의 틀인 '생태의식'을 확고히 하고자 함에 있다.

2.2. 생태비평의 유형

문학생태학은 인간의 문화와 자연 세계가 서로 깊이 연관되어 있어서 서로가 긴밀한 영향 관계에 있다는 전제에서 출발한다. 그리고 주로 자연과 환경 그리고 생태계 문제를 그 소재와 주제로 다루는 문학을 그 대상으로 하여 이러한 작품을 분석하고 해석하기 위한 구체적인 이론과 방법론을 제시하고자 하는 것이 생태비평의 구심점이다. 아울러 생태비평을 연구하는 가장 중요한 맥락은 문학 작품의 내용이 생태의식과 맞닿아 있는가에 대한 천착이다. 다음으로 이 천착의 과정에서 자연을 다루는 작가의 태도와 환경오염과 생태위기에 대한 작가의 입장을 면밀히 분석하는 것이다. 이러한 분석 과정 속에서 자연을 다루는 작가의 태도와 환경오염에 대한 작가의 인식, 그리고 이를 반영한 작품에 대한독자의 반응에 따라 생태비평은 다양한 양상으로 나타난다.[55]

이러한 양상은 생태비평의 본질이 구체적인 문학 방법론의 측면과 생태의식을

---

[55] 심층생태론(Deep Ecology), 사회생태론(Social Ecology), 생태페미니즘(Eco Feminism), 탈인간적 생태론(Transpersonal Ecology)으로 크게 구분할 수 있다. 그러나 본고에서는 탈인간적 생태론에 대한 면밀한 분석은 제외하기로 하였다. 그것은 사실상 탈인간적 생태론이 심층생태론의 확장된 양식에 불과하기 때문이다.

담아내는 철학적 측면을 동시에 갖추고 있기 때문에 더욱 관심을 끈다. 즉 생태비평은 문학생태학의 한 방법론으로서 문학 작품 속에 나타난 생태의식의 양상을 작가가 자연을 인식하는 방식의 차이에 의해 변별하고 또한 자연에 대한 작가의 태도에 집중하여 이에 대한 독자의 반응에 주안점을 두는 비평 방법론이다. 그러다 보니 생태비평의 유형을 검토하는 작업은 다소 각 비평론에 대한 철학적 측면의 검토에 치중하는 작업이 될 것이다. 이미 생태비평의 본질에서 언급한 바처럼 각 비평론에 나타난 생태의식 차이를 검증하는 것이 각 이론의 구체적인 양상을 보다 선명하게 확인할 수 있는 길이 될 것이다.

그러므로 본장에서 언급하고자 하는 생태비평의 유형은 각 이론이 견지하고 있는 생태의식의 철학적 국면을 검토하고, 이를 보다 체계적으로 정리하는데 그 목적을 두고 있다. 그것은 본 논문의 궁극적인 목표인 '한국 현대소설에 나타난 생태의식'을 검증하기 위한 기초 작업으로서 서론에서 언급했던 것처럼, 생태위기의 원인이 서구 중심으로 과학 기술이 발달한 것과 이로 인한 산업화라고 전제할 때, 그들이 직면한 생태위기를 어떠한 방식으로 극복해 갔으며, 현재 어떠한 방식으로 이 문제를 대하고 있는가에 대한 구체적인 모습을 확인함으로서, 우리가 당면해 있는 생태위기를 극복할 수 있는 대안을 찾을 수 있기 때문이다.

또한 이를 통해 현재 우리가 겪고 있는 생태위기의 현실과 이를 반영한 한국 현대소설의 양상을 확인해 봄으로써 한국 현대소설이 확보하고 있는 생태의식을 보다 면밀히 분석할 수 있기 때문인 것이다. 그리하여 본장에서는 생태비평 이론의 대표적 양상인 심층생태론(Deep Ecology), 사회생태론(Social Ecology), 생태페미니즘(Eco Feminism)의 본질과 문제점을 검토함으로서 각 이론에 구체적 모습을 통하여 전술한 생태비평의 본질에 도달하고자 한다.

2.2.1. 심층생태론(Deep Ecology)

심층생태론이 제시하는 원칙들은 새론운 자연, 새로운 철학에 대한 인식을 대변한다. 카프라(F. Capra)에 의하면 심층생태론에 입각한 자각은 모든 자연 현상들이 근본적인 상호의존성을 인식하며, 사회의 구성물로서의 개인 모두가 자연의 순환과정들 속에 깊숙이 묻혀 있다는 사실을 인식하는 것이다.[56] 사실 심층생태 학자들은 생물 지역 단위이거나 국가 단위 또는 초국가 단위의 무수히 많은 정치 행동 집단들에게 급진적인 영감을 주었다. 이러한 심층생태론에 대한 외부적 운동은 서구의 경우, 1960년대의 환경개량주의를 반대하고 비판하면서 70년대에 등장한 것이지만, 이때 환경 개량주의는 50년대와 60년대의 미국의 경제적 호황기 동안 막연하게나마 '자연에 대한 착취를 더 이상 통제할 수 없음'에 저항하면서 발달한 것이다.

결국 심층생태론은 이러한 환경개량주의의 막연한 환경운동에서 벗어나 더욱 구체적인 모습으로 생태위기를 개선하기 위한 것이며, 나아가 생태적 이상향을 추구하고자 하는 시도에서 출발하였다. 그리하여 심층생태론자들은 '자연'을 감각적인 주관성을 지난 '타자'의 한 형태로 간주하고, 자연이 우리 인간들의 착취에서 벗어날 수 있도록 윤리적이고 책임 있는 세계를 건설해야 한다고 주장하기에 이른다.

A. 기원과 개요

심층생태론이란 용어는 아르네 네스(Arne Naess)의 『표층과 심층, 장기적 안목에서 생태운동 The Shallow & the Deep, Long Range Ecology Movement』에서 처음 사용되었다. 이 논문에서 네스는 이 무렵의 환경운동을 크게 '표층생태

---

56) 카프라(F. Capra), 앞의 책, 21쪽

학'과 '심층생태학'의 두 갈래로 나누어 설명한다.

> 생태학적 책임이 있는 정책은 오직 부분적으로 밖에 오염과 자원 고갈
> 에 관심을 두지 않는다. 다양성, 복잡성, 지방 분권화, 공생, 평등주의, 그
> 리고 계급 타파의 원칙을 다루는 좀더 심층적인 관심사가 있다. 비교적
> 세상에 알려지지 않은 곳에서의 생태학자들의 출현은 과학 공동체에 한
> 전환점을 마련해 준다. 그러나 그들의 메시지는 왜곡되어 있고 오용되고
> 있다. 표층적이지만 지금은 힘 있는 운동과, 심층적이지만 이보다 영향력
> 이 적은 운동이 우리의 관심을 끌려고 서로 경쟁하고 있다.[57]

네스에 따르면 표층생태론(Shallow- Ecology)이란 제도권의 생태학, 다시 말해 정부나 산업체 그리고 대학이 관심을 두는 생태학이다. 그는 현 상태를 유지하는데 목표를 두고 있는 이러한 생태학은 한계가 있을 수밖에 없음을 지적한다. 공해문제나 자원고갈 같은 일반적인 환경문제를 그 대상으로 삼을 뿐, 근본적인 환경문제 해결에는 관심을 두고 있지 않다는 것이다.

다시 말해서 표층생태론은 여전히 경제 발전과 성장의 이데올로기를 굳게 믿고 있으며, 근대화나 산업화에 대한 믿음을 저버리지 않고 있어서 환경이나 자연이 오직 경제 발전이나 성장의 관점에 있어서만 의미가 있다고 본다. 결국 표층생태론은 인간중심적인 관점으로서 자연을 도구적 가치나 사용적 가치로 다루고 있는 관점이다.

반면, 심층생태론은 글자 그대로 환경문제를 좀더 심층적으로 다루려는 입장임을 명시한다. 환경문제를 다루되 피상적으로 다루지 않고 표층 아래 숨어 있는 문제를 근원적으로 파헤쳐서 인류가 직면해 있는 환경문제를 직시하고자 하는

---

57) Arne Naess, The Shallow and the Deep, Long-Range Ecology Movement, Deep
Ecology for 21st Century, Boston Shambhala, 1995, 151쪽 재인용.

움직임이다. 심층생태론은 경제 발전이나 성장에 대해 깊은 회의를 갖고, 경제 발전이나 성장보다는 오히려 생태적으로 지속 가능한 사회를 이룩하기 위해 온갖 힘을 쏟는다고 강조한다.

그러니까 심층생태론은 환경문제에 대한 포괄적이며, 종교적이며, 철학적인 세계관을 표출시키려는 생태의식을 전제로 하고 있다. 이러한 생태의식은 인간을 자연의 일부로부터 분리시켜 고립된 존재로서 만물의 영장, 혹은 창조의 주체로 여기는 기술 산업사회의 지배적 세계관과 대조를 이룬다. 오히려 이러한 인식은 인간을 자연이나 그 밖의 무엇으로도 분리시키지 않으며, 세계를 분리된 사물들의 집적으로 보지 않고, 근본적으로 상호 연결되어 있는 상호 의존적인 연결망으로 본다. 모든 생물의 본질적인 가치를 인정하고, 인간을 생명이라는 그물 속에 포함되어 있는 한 가닥의 씨줄이나 날줄에 불과하다고 보는 것이다.

이렇듯 인간 각 개인들이 전체로서의 우주에 속해 있다는 생각은 지금 살고 있는 사람들의 상호 관계, 현재의 세대와 미래 세대 사이의 관계, 그리고 우리 자신이 그 일부라는 관점에서 본질에 대한 심오한 물음을 제기하게 되는데 네스는 서구의 지배적 세계관이 이러한 측면을 '미신'으로 여기는데 대해 불만을 제기한다. 그에 의하면 이러한 심오한 물음이야말로, 종교적이며 영적인 심층생태론에 입각한 질문이라는 것이다. 이에 대한 보다 명쾌한 입장은 드볼과 세션의 다음의 언급에 잘 나타나 있다.

> 수 천년 동안 서구 문화는 인간의 비인간에 대한 지배, 남성의 여성에 대한 지배, 부자의 빈자에 대한 지배, 서구 문화의 비서구 문화에 대한 지배에 의해 지탱해 왔다. 심층생태론적 인식은 이러한 위험하고 잘못된 환상에서 벗어나길 바라는 것이다. 심층생태론은 지구와 지구 생태계의 유기적 존재 전체를 포함한 우리의 삶의 공간에 대해 연구한다. 비록 지배적 세계관을 견지하고 있는 자들이 심층 생태적 인식의 정신적 측면에 내재해

있는 영적이고 종교적인 세계관에 대해 '미신'이라 일축하면서 고대의 영
적 행위와 불교적 의식의 고유한 측면을 무시하고 있지만, 심층 생태적
인식은 삶의 방법과 존재의 본질에 대한 보다 객관적인 인식이며, 심층적
인 질문이다.[58]

결국 기독교, 불교, 도교, 그리고 원시 미국 종교와 같은 서로 다른 종교적
전통의 맥락 아래에서 심층 생태적 의식이 개척되었음을 암시하고 있는 것이다.
즉, 일반적인 종교가 전제로 하고 있는 인간과 우주와의 심오한 관계 설정과 이에
대한 인식에서 심층생태론의 출발이 가능한 것이다.

아울러 네스는 이러한 서로 다른 종교적 전통을 통하여 심층생태론의 일반적
원칙을 제시하고 있다. 우선 그는 인간을 둘러 싼 환경의 이미지를 거부하고 인간
과 자연의 긴밀한 관계와 상호 교류를 기본 전제로 제시한다. 다음으로 원칙적인
생물 생활권에 대한 평등주의를 제시하는데 이는 인간이 자신만을 위해 생활권
전반을 너무 확장시켜서 다른 생물권에 피해를 주고 있음을 환기시키는 부분이
다. 또한 다양성과 공생의 원칙, 그리고 반 계급적 태도를 통해 지배적 세계관에
전면적인 저항을 보인다. 마지막으로는 지방의 자율성과 지방 분권화를 강조하면
서 복잡성이 아닌 복합성을 강조한다. 그러니까 생물의 다양성을 인정하는 태도
야말로 인간, 남성, 혹은 서구 문화가 중심이라는 지배적 세계관에 대한 탈피이
며, 중심이 아닌 주변에 대한 인정과 관심으로 이어져 결국 심층생태론의 본질과
맞닿게 되는 것이다.

이러한 본질에 보다 근접하기 위해 네스는 인간 스스로가 자연과의 상호 연관
을 통해서 존재하는 것으로 이해하는 '자아실현(Self-realization)'이라는 개념과

---

58) Devall & Sessions, Deep Ecology: Living as if Nature Mattered, Gibbs Smith
    publisher, 1985, 66쪽

모든 생명체가 상호연관된 전체의 평등한 구성원임을 강조하는 '생명중심적 평등 (Biocentric Equality)' 이라는 개념을 제시한다. 심층생태론자가 견지해야 할 일종의 규범적인 양식으로서의 이 개념은 후에 빌 드볼(Bill Devall)과 조지 세션 (George Sessions)에 의해 보다 구체적으로 심화되기에 이른다.

심층생태론자들은 공통적으로 자신들의 원칙이 새롭게 보일지라도 실은 이 원칙이 산업화되기 이전의 그리고 도시화되지 않은 시대의 진리를 빌려온 것이라 주장한다. 그리고 그들은 이러한 진리의 세계가 현재는 파괴되었거나, 주변화 되었기 때문에 '소수의 전통' 이라 부른다. 이에 따라 드볼과 세션은 자신들의 소수 전통이 소규모 공동체 내의 개인의 성장에 초점을 두고, 장소의 생태적인 통합성을 보호하면서, 동시에 생태의식을 배양하는 길을 찾는다는 입장을 표명하고 있다.59) 이는 곧 소수의 전통이라는 개념이 단지 산업화 이전의 과거의 모습를 추종하는 것을 넘어서서 지배적인 세계관에 의해 희생되었던 소수의 집단에 관심을 갖자는 의미까지도 포괄되어 있다. 그들은 우선 이러한 소수의 전통적 입장에 입각하여 네스가 제기한 심층생태론에 도달하기 위한 '자아실현' 의 개념과 '생명 중심적 평등' 을 보다 구체화하기에 이른다.

우선 '자아실현' 이라는 개념은 네스가 전제 한 바 있듯이 '모든 생명체는 근본적으로 하나' 라는 진술에 입각해 있다. 즉 '자아 self' 가 확장되고 깊어져서 자연에 대해서도 인격을 부여하려는 자세에 이르는 과정을 의미한다고 할 수 있다. 일반적인 의미에서 '자아실현' 이라는 개념은 철학의 역사만큼이나 오래된 것이지만, 전술한 바처럼 심층생태론에서의 '자아실현' 은 일반 철학의 논의와는 다르다.

다시 말해 일반 철학에서는 바람직한 삶을 근본적이고 참된 이익을 추구하는 삶으로 전제하고, 이때 참된 자기 이익이 인간의 '선' 이라 규정한다. 이렇듯 참된

---

59) Devall & Sessions, 앞의 책, 3쪽

이익을 추구하는 과정에서 인간의 내면에는 두 개의 자아가 존재하게 되는데, 하나는 자기의 의식적인 신념, 욕구들로 구성되는 자아이고, 다른 하나는 이러한 자아의 배후에 있는 인간의 참된 본성이다. 그리고 이때 참된 본성을 추구하는 것이 기존의 다양한 철학적 전통의 '자아실현'의 개념인 것이다.

반면, 심층생태론적 견지에서 드볼과 세션이 주장하는 '자아실현'은 '큰 자아 Self'의 실현으로서 자연과 동일시되는 자아를 이루는 것으로 자연과 하나가 되어가는 과정을 인식하는 것이다. 즉, 이미 네스에 의해서 시도 된 바 있는 자아의 개념을 드볼과 세션은 개체주의적 자아 모델과 전체적이고 관계적인 자아 모델을 구분하는데, 전자를 '작은 자아 self'라 하고 후자를 '큰 자아 Self'라 규정하면서 '작은 자아'를 '큰 자아'로 인식하는 과정이 '자아실현'이라는 것이다. 이에 대해 드볼과 세션의 다음의 언급은 '자아실현'의 개념을 구체적으로 확인하게 해준다.

> 상당수의 종교가 갖는 정신적 고통과 마찬가지로, '큰 자아실현'이라는 심층생태론의 규범은 기본적으로 쾌락적 기쁨을 추구하는 고립된 자아로서 정의된 근대 서구적 자아의 개념을 넘어선다. '작은 자아'에 대해 사회적으로 입력된 의식은 우리를 우리 사회에서 지배적인 방식의 재물로 만드는 것이다. 우리가 우리 자신을 고립되고 협소한 경쟁적인 자아로 보지 않고, 가족과 친구 궁극적으로는 모든 인간과 하나가 될 때, 우리는 정신적으로 성장하는 것이다. 그러나 심층생태론에서는 자아의 더 큰 성숙과 성장을 요구하여 인간을 넘어서는 모든 자연과의 일체화를 추구한다. [60]

뿐만 아니라 드볼과 세션은 이러한 일체화를 추구하기위해서는 지배적인 세계관에서 벗어나야 함을 강조하는데 그것이야 말로 '자아실현'에 이르는 '진정한 작업(Real Work)'이라 주장한다. 그리고 이때 '진정한 작업'이란 '큰 자아 안에서

---

60) Devall & Sessions, 앞의 책, 66-67쪽

작은 자아 self in Self 를 실현하는 것임을 덧붙이고 있다. 물론 이때 '큰 자아 Self' 란 유기체 전체를 포함하는 것으로 이를 향한 '작은 자아' 의 보다 성숙되고 성장된 동일시의 과정이 궁극적으로 '자아실현' 에 이르는 길임을 거듭 명시하고 있다. 결국 드볼과 세션에게 있어서 '자아실현' 이란 인간이 자연의 주인이라는 서구적 전통의 지배적인 세계관에서 벗어나 자연과 동일시되어 가는 과정에 천착하는 것을 의미한다.[61]

두 번째 이념인 '생명중심적 평등(Biocentric Equality)' 에 대해 드볼과 세션은 생태계에 존재하는 모든 존재는 살아서 번성할 평등한 권리를 지니며, 자기 나름의 삶을 전개하고 '큰 자아' 의 맥락에서 '자아실현' 을 할 평등한 권리를 지니고 있음을 주장하고 있다. 한마디로 모든 유기체와 생태권에 존재하는 모든 실재는 상호 연관된 전체의 한 부분으로서 본질적인 의미에서 동일한 권리를 지니고 있다는 것이다. 즉, '생명중심적 평등' 이란 만일 우리 인간이 자연의 한 부분에 해를 입한다면, 이것이 오히려 우리들 자신에게 해가 되어 돌아오게 됨을 내포하고 있어서 포괄적인 의미에서 '자아실현' 에 직접 관계한다. 그리하여 '생명중심적 평등' 이라는 인식은 모든 것을 하나의 유기체 또는 실체로 인지하게 하여 모든 인간과 비인간적인 개체들까지 전체의 한 부분으로서 그 자신의 권리가 정당하게 부여되어 있음을 의식하도록 해 주는 것이다.

그리하여 이러한 인식은 지구의 다른 생명체가 일반적으로 그러하듯이 이제껏 인간 마음대로 자신의 영역을 최대한 확장하던 것을 멈추고, 최소한의 영역을 지키며 살아야 함을 강조하고 있다. 이는 그간 인간이 자행해온 자연 파괴에 대

---

61) 이에 대해 네스는 '자아 실현' 은 '작은 자아|self 가 '큰 자아|Self 를 향하여 움직이는 과정이라 정의한다. 그리고 그 움직임의 방향은 언제나 윤리적은 올바른 방향이며, 긍정적인 것이어서 그것을 vector라고 부르기도 한다. A. Naess, Ecology, community & lifestyle, 9쪽

한 심각한 반성과 다른 생명체에게도 우리와 동일한 권리가 있음을 인정하는 보다 심층적인 정신적 성장을 의미하는 것이다. 이에 대해 드볼과 세션은 다음과 같은 언급을 통해 심층생태론이 견지해야 할 생태의식의 또 다른 측면을 강조하고 있다.

> 우리의 생물적, 동물적 욕구는 그간 아마도 많이 실현되었을 것이다. 산업사회에서 이러한 생물적 욕구와 물질적 욕구는 압도적으로 선전된다. 실패한 요구와 파괴된 욕망에게 용기를 주기위하여 상품의 소비를 촉진하고 생산을 강조한 포스터들이 만들어 진다. 이러한 모습은 우리를 '진정한 작업(real work)' 로부터 멀어지게 하는 것이다. 우리는 이제 이러한 시대의 문화적 시도와 관습에서 벗어나야 한다. 그리고 동등한 생명권에 대한 인식을 통해 '자아실현' 에 나아가는 것이야 말로 스스로에게 던져야 하는 '심오한 질문(Deep Question)' 인 것이다.[62]

이것은 인간이 모든 종의 꼭대기에서 군림하려는 태도에서 벗어나 전체 속의 한 부분으로 인간의 권리와 자연의 권리를 동등하게 인정하고 존중하는 것이 '생명중심적 평등' 의 출발점이라는 것이다. 산업화를 지속해오면서 그간 인간이 자연의 주인으로 군림하면서 자행해 온 문화적 관습을 빨리 떨쳐 내고, 삶에 대한 동일한 권리를 지니고 있는 동반자로서 자연을 인식하여 이와 일체화되는 것이야 말로 심층생태론적 견지의 생태의식에 다가서는 길임을 강조하고 있는 것이다.

결국 드볼과 세션은 이렇듯 자연에 대한 지배적 개념에서 벗어나 자연과의 조화를 추구하는 공동체 이념을 확보하는 것이야 말로 심층생태론이 지향해야 할 목표임을 강조하면서 이의 실행을 위한 규범적 측면의 조건을 다음과 같이 제시하고 있다.

---

62) Devall & Sessions, 앞의 책, 66-67쪽

① 지구상에서 인간의 생명과 비인간의 생명의 번영은 본질적인 가치를
지닌다. 이때 비인간의 삶의 형태가 지니고 있는 가치는 인간을 위한
비인간의 세계의 유용성과는 별개의 것이다.
② 생명 형태의 풍부성과 다양성은 그 자체로서 가치를 지니고, 지구상의
인간 및 비인간의 생명의 번영에 이바지한다.
③ 불가결한 필요를 충족하기 위한 목적을 제외하고는 인간은 이러한 풍
부함과 다양성을 마음대로 훼손할 권리를 가지고 있지 않다.
④ 인간 생명과 문화 번영은 인구의 실질적인 감소에 달려 있다. 비인간적
인 생명의 번영은 이러한 인구의 감소를 요구한다.
⑤ 오늘날 비인간 세계에 대한 인간의 간섭은 지나치고 이러한 상황은 급
속도로 악화되고 있다.
⑥ 그러므로 정책은 반드시 달라져야 한다. 이러한 정책의 변화는 기본적
인 경제적, 기술적, 이데올로기적 구조에 영향을 미친다.
⑦ 이데올로기는 주로 점차 생활 수준을 향상시키는 일에 매달리는 것보
다는 삶의 질의 진가를 인정하는 쪽으로 바뀌어야 한다.
⑧ 이러한 일곱 가지 문제를 따르는 사람들은 간접 또는 직접, 필요한 변화
를 실행에 옮기려는 시도에 참여할 의무를 지닌다.[63]

드볼과 세션이 제시하고 있는 항목들은 네스가 제시한 규범에서 크게 벗어나
있지 않다. 다만 네스가 제시했던 심층생태론에 대한 체계적인 구체화로서 심층
생태론의 본질을 제시하고 있기는 하지만, 네스의 막연하고 심정적인 자연과의
일체화 시도에 대해서는 난처해하는 모습을 보이고 있다. 그는 심층생태론자들이
자연과의 조화 속에서 고무받고 성숙할 수 있다고는 하지만 궁극적인 실천 방향
을 제시하기보다는 다분히 관념적인 것에 머무는 한계가 있음을 스스로 인정하고
있다. 드볼과 세션 스스로도 인정하고 있는 이러한 심층생태론의 한계는 팀 룩

---

63) Devall & Sessions, 앞의 책, 70쪽

(Tim Luck), 사회생태론자인 머레이 북친(M. Bookchin), 그리고 다수의 생태페미니스트로부터 지적된다.

B. 심층생태론에 대한 반론들

심층생태론자들은 그들의 지적 근거를 '소수의 전통'을 언급하면서 자신의 문화에 적용할 수 있는 철학, 종교, 우주론 그리고 보호 행위를 위한 토대 속에서 산업화 이전의 원시 주민들의 문화적 전통을 선별적으로 조사하여 자신들의 노선을 견지하고자 하였다.[64] 다시 말해 반계몽적, 반문명적인 태도를 통해 인간이 자연을 지배하는 행동으로부터 벗어나기 위해 인간의 의식을 근본적으로 개조하여, 자연과 인간의 구체적인 공생 관계를 모색하는 과정에서 신비적인 지식획득 방식에 빠져 관념적인 한계를 노정하고 있다는 것이다. 팀 룩은 심층생태론의 본질을 '자아실현'과 '생명중심적 평등'에 입각하여 고찰한 후, 이는 분명 우리의 과학적, 산업적, 성장 지향적, 유물론적 세계관과 생활양식에 대한 심오한 철학적 반성을 제기한 것임에는 틀림이 없지만, 어떤 종류의 새로운 도덕이 필요한가에 대해서는 신비주의적 발상에 빠져 재대로 규명해 내지 못하고 있음을 지적하면서 이를 구체적으로 언급하고 있다.

우선, 근본생태론자들은 일체의 원시 문화들을 '원초적인 문화'라는 하나의 덩어리로 일괄 취급하고, 아무런 의심 없이 자신들의 생태철학적인 사고 속에서 이러한 가치와 행위를 찬양하고 있다는 것이다. 아울러 개인들이 선택적으로 인지하고 있는 선사 시대의 규범들과 산업 사회 이전의 사회적인 규범들을 일상생활 속으로 받아들이길 권고하고 있다는 것이다. 그런데 이러한 행동들은 모두 과거

---

64) Tim Luck, The Dream of Deep Ecology, 문순홍 역, 『생태학의 담론』, 솔출판사, 1999, 76쪽

의 것들의 낭만적인 향수에서 비롯된 신비화된 자연에 대한 막연한 동경에 불과
하다는 것이다. 즉 콜럼버스 이전의 아메리카 대륙에는 마치 품격이 있는 야만인
이 거주한다고 믿고 있기 때문인데, 과연 '인디언 사회'가 완전하고 덕스러운 것인
지에 대해서는 의문을 제기할 수밖에 없다는 것이다. 이에 대해 팀 룩은 다음과
같은 의문을 제기한다.

> 특정 원시 인디언 사회는 체계적으로 노예제, 전쟁 놀음, 생태계 파괴를
> 자행하지 않았는가? 토템 신앙에 의해 '특정 동물'에게 해를 가하는 원시
> 사회집단은 어떻게 설명할 수 있는가? 현대에 살고 있는 '나바요'나 '아파
> 치'는 자신들의 구역인 미국 남서부 지역의 노천 광산 개발, 발전소 건설,
> 약탈적인 벌목, 상업적인 여행을 지지하고 있는 것을 어떻게 설명할 것인
> 가? 왜 인디언 사회나 인디언들이 자연을 존경하고 상호 존중하는 '원초적
> 인 마음상태'로 정의 되거나, 매우 평화로운 종족 사회로 정의되어야 하는
> 가?[65]

심층생태론자들의 입장은 아마도 자연스러운 상태의 문화를 원시 사회의 인디
언 문화라 규정했고, 그들의 문화야 말로 인간과 자연의 바람직한 관계를 견지한
가장 자연스러운 상태라는 발상에서 시작했겠지만, 팀 룩의 생각처럼 이렇듯 문
명 이전의 사회가 가장 자연스럽고 평화로운 사회였을 것이라는 주장은 다분히
낭만적인 발상에 불과한 것임을 부인할 수 없다. 그러므로 원시 상태와 다른 오늘
날의 인간의 모습이 타락했다는 심층생태론자들의 주장은 그 정당성을 획득하기
에 어려움이 따른다.

팀 룩이 제기한 두 번째 문제는 드볼과 세션이 원시 문화에서 수용하고자 한
개체화의 지속, 인격주의, 명목론, 실존주의는 농업 생산자들을 정신적으로 안정

---

65) Tim Luck, 앞의 책, 78쪽

하기 위해 필요하고 적합할 수도 있겠지만, 후기 산업사회에서는 대중의 진정한 자아 성숙을 진작시키는데 기여하지는 못한다는 것이다. 오히려 물질적인 삶의 기준에 만족하지 못한 대중들에게 무기력만을 제공한다는 것이다.

이렇듯 심층생태론의 지나치게 영적인 측면은 과학 기술 문명과 물질이 지배하는 현대사회와는 조화를 이루기 어려운 측면을 제시하고 있다. 그러나 현 인류가 당면하고 있는 환경위기의 원인이 산업 사회가 추구하는 성장 지향적이고, 기술 지향적인 사고방식에 그 근원을 두고 있음을 전제로 한다면, 이러한 심층 생태론자들의 발상은 패러다임의 전환을 논의하는 과정에서는 충분히 의미 있는 일이다.

세 번째로 제기되는 팀 룩의 생태론자들에 대한 비판은 '자아실현'에 관한 것이다. 팀 룩은 심층생태학에서 주장하는 '자아실현'이라는 개념을 인간이 탐욕과 욕망에서 벗어나 현세나 혹은 내세에서까지 구원을 얻기 위해 '자연화' 되는 것이라 받아들인다. 그리하여 일차적으로 인간의 '자아'란 원자적 자아가 아니라, 어울림의 존재이며, 유기적인 전체성을 대표하는 '큰 자아 속의 작은 자아(self in Self)' 로서의 자연적인 존재임을 인정한다. 그러나 그는 이러한 발상이야 말로 극단적인 이기주의적 발상에 지나지 않음을 지적하고 있다.

> 우리들이 과연 이러한 '자아실현'의 과정을 통하여 자연화 될 수 있다는 말인가?
> 거꾸로 자연이 성숙과 성장을 위한 인간들의 의사 결정을 촉진 시키는 과정을 통해 인간화 될 수 있는가? 인간이 자연화된 상태란 결국 자연도 인간화된 상태라 볼 수 있는가?또한 인간이 자연과 하나가 되겠다고 외친다고 하여 자연과 하나가 되겠는가?
> 이것은 향락주의적 만족에 불과하다. 결국 심층생태론자들이 파악하고 있는 자연은 소외된 인간의 모습으로서의 역투영에 불과하다.[66]

팀 룩의 입장은 심층생태론자들이 주장하는 '자기구현'의 과정이 실은 산업 사회에서 소외된 자들의 자기 위안거리를 제공하는 것은 아닌가하는 우려의 목소리이다. 즉, 심층생태론의 자연관인 생명중심주의는 또 다른 측면의 인간중심주의일 수 있다는 것이다. 인간이 자연과 일체화되고자 하는 노력은 사실 인간이 그러한 노력을 통하여 현재의 위기를 극복하고자 하는 것인데, 이것이야 말로 인간중심적인 사고로서 결국 심층생태론자들의 생태의식은 '완곡한 인간중심주의로서의 생물 중심성'이라는 것이다.

이러한 팀 룩의 발상은 자연과 인간이 하나가 되어 통일체를 이루는 것 자체가 불가능하다는 전제에 입각해 있다. 그리하여 인간이 자연과 하나가 되기를 원하는 것만큼 과연 자연도 인간과 동일시되려 하겠는가에 대해 회의적인 태도를 보이고 있는 것이다. 그러나 근본생태론 자들은 그의 반박에 대해 자연과 하나가 된 후의 문제가 관심의 대상이 아니라 오히려 자연과 하나가 되고자 하는 그 의식이 문제라고 주장한다. 결국 근본생태론의 입장은 자연과 인간이 동일한 권리를 지니고 있음을 인식하는 것, 그리고 나아가 파괴되지 않은 자연을 지키려는 노력은 자연과의 동일시 과정을 거치지 않고는 획득하기 어렵다고 한다. 그러니까 심층생태론자들의 입장은 인간과 자연이 하나가 될 수 있는가에 대한 개연성 보다는 하나가 되려는 그 의식 자체가 그들이 확보하고 있는 생태의식이라는 것이다.

마지막으로 팀 룩은 환경위기가 우리 사회내의 지배적인 세계관에 대한 엄중한 경고라는 심층생태론의 입장에 대해 생태위기에 대한 지나친 철학적, 영적인 접근법이라고 지적한다. 그런데 이러한 심층생태론의 견지에 서면 인간 문명의 본질을 문제시하는 새로운 패러다임은 반근대적이어야 하고 또한, 원시주의적 태

---

66) Tim Luck, 앞의 책, 103쪽

도를 지녀야 한다. 그리고 이것이 친환경주의를 배태하여 이러한 사회적 존재 방식이 심층생태론의 실질적인 프로그램과 의식을 결정해 주기는 하였지만, 이로 인한 신비화의 가능성이 또 다른 사회적 분열을 노정시킬 수 있다고 주장한다. 다시 말해 친환경주의적 발상에 입각한 '상업형 여행주의' 나 '친환경주의적 상품' 등의 속출은 또 다른 지배 문화의 배태 가능성을 암시하고 있다는 것이다.

결국 팀 룩은 심층생태론이 자연과의 동일시를 통해 생태위기를 극복해 보려는 의도는 지나치게 자연을 신비로운 존재로 받아들인 결과라는 것이다. 그러므로 이렇듯 구체성이 결여된 심정적인 생태의식은 생태위기에 대한 궁극적인 대안을 제시할 수 없다는 것이다. 그러나 문제는 팀 룩 자신 역시 어떠한 구체적인 대안을 제시하고 있지 않다는 점이다. 결국 심층생태론은 환경문제로 인한 생태위기를 인식하고 반성하는 영적 차원의 철학이 그 근간을 이루고 있어서 실질적이고 구체적으로 문제 극복에 대한 대안을 설정하기는 어려운 부분이 있음을 간과할 수 없는 것이다.

심층생태론의 이러한 태도에 관하여 생태페미니스트들은 심층생태론이 생태적인 삶을 위한 구체적인 지침을 마련하고 있지 못함을 강력히 추궁하면서, 전술한 팀룩의 견지와 동일한 선상에서 심층생태론의 주술적이고 신비주의적인 태도를 비판하고 있다.

> 자연을 해롭게 하는 것이 장기적으로 볼 때 자기 살해 행위이거나 스스로를 기형화시키는 것이라는 심층생태학의 주장은 인간이 기술적으로 자연에 개입해 들어갈 때, 이것 자체가 인간이 다른 생명체를 죽이는 행동이라는 것이다. 이러한 주장은 다소 주술적이고 신비주의적인 태도를 내포하고 있는 것이다. 게다가 역설적인 것은 네스의 이론 체계가 설정하고 있는 규범과 규칙 아래에서도 여전히 자연 주체들이 서로를 음식, 서식지, 안식처로 사용할 권한이 있는 것으로 설정하고 있다. '상호간의 약탈 행위가

삶을 구성하는 생물권의 한 측면'임을 인정하고 있는 부분이 그것이다.[67]

생태페미니스트들은 이러한 심층생태론자들의 생태의식이 네스나 드볼과 세션에 의해 규범화되어 몇 가지 도덕적인 원칙을 제공하고는 있지만, 자연에 대한 생기론적인 관념과 반계몽주의적인 합리화 양식에서 도출된 이 도덕이 '원시 상태로의 회귀'를 의미한다면 이를 지켜낸다는 것은 어려운 일임을 피력하고 있다. 아울러 이러한 공허한 이론은 지나치게 주관적이고 심리적인 성향에 빠져, 관념적인 한계를 면할 수 없다는 것이다.

다음으로 생태페미니스트들 역시 팀 룩이 제기한 심층생태론자들의 '자아실현'의 개념의 허구성에 대해 지적하고 있다. 평화로웠던 과거 원시의 상태가 과학기술에 의해 파괴되어 가고 있다는 심층생태론자들의 발상이 그들 스스로 자연에 대한 새로운 윤리를 정립하기에 이르렀으나 이를 통해 생태위기가 극복되리라는 그들의 견해에 동의하기는 어렵다는 것이다. 또한 인류의 생태위기를 지연시키기 위하여 심층생태론자들은 개인들이 선택적으로 인지하고 있는 선사 시대적인 규범들과 산업 사회 이전의 사회 규범들을 일상생활 속으로 받아들이기를 권고하고 있음을 지적하고 있다. 그리고 이러한 태도에 대해 산업화 이후에 발생한 현재의 생태위기가 인류를 몰살시킬 것이라는 심각한 경고는 인정되지만, 그러므로 산업화 이전으로 모두 돌아가야 한다는 논리는 정당화될 수 없으며, 더군다나 전근대적인 삶이 인간이 추구해야 할 삶이며, 그러한 삶의 윤리를 찾아야 한다는 주장은 신비주의적 발상에 불과하다고 일축하고 있다.

마지막으로 특히 생태페미니스트들은 인구 문제에 대한 심층생태론자들의 태도를 커다란 비판의 대상으로 삼는다. 네스가 인구 폭발이 생태계에 치명적인

---

67) Christopher Manes, Green Rage: Radical Environmentalism & The Unmaking of Civilization, Little, Brown & Company, 1990, 152쪽

결과를 가져 올 수 있다고 주장하자 극단적인 심층생태론자인 데이브 포먼(Dave Forman)이 이끈 미국의 '지구우선(The Earth First)' 운동 지지자들은 에이즈나 전염병 같은 질병, 혹은 기근과 홍수와도 같은 천재지변이 인구문제를 해결할 수 있는 방법이라고 주장한다. 그들의 입장은 이러한 질병이 지난 뒤 인간은 자연의 위대함에 고개 숙이고, 원시 상태로 돌아갈 수 있으니 이야 말로 현재의 생태위기에 대한 궁극적인 대안이 될 수 있다는 것이다.

이에 대해 생태페미니스트들은 극단적인 심층생태론자들의 이러한 태도는 도무지 윤리적으로 납득할 수 없으며, 그들이 예찬하는 '원시 상태'에 이르기 위해 인류의 질병과 재난을 해결 방안으로 제시하는 태도는 용납할 수 없으며, 이 자체가 자가당착적인 한계를 노정하고 있음을 밝히고 있다.[68] 이러한 생태페미니스트들의 논지는 전술한 팀 룩의 견지에서 크게 벗어나 있지 않다. 생태페미니스트들은 이러한 심층생태론자들의 생태의식이 오히려 일면 이기주의적이고 인간 중심주의적 발상에 입각해 있음을 부연하면서 이것이야 말로 남성중심주의의 근간을 이루는 요소임을 강조하고 있다. 그리하여 생태페미니스트들의 입장에서는 심층생태론에 입각한 생태의식이야 말로 또 다른 지배문화로 고착화될 여지가 있음을 강력히 비판한다.

생태페미니스트와 동일한 선상에서 심층생태론에 대해 문제를 제기하는 또 다른 시각으로는 사회생태론의 창시자인 머레이 북친(Murray Bookchin)이 있다. 북친은 사회 운동으로서 생태 환경 운동은 '생태 지향적 공동체 공산주의'의 원리에 기초해야 함을 주장하고, 귀족적인 지식 엘리트에 의해 주도되는 환경 운동을 강력히 비판한다. 특히, 미국의 '지구 우선(The Earth First)'에 초점을 맞추어 심층생태론자들을 비판한다.

---

68) Christopher Manes, 앞의 책, 157-158쪽

　　'나는 동물을 보면 브레이크를 밟습니다' 라는 딱지를 차에 붙이고 다니
며, 환경적인 고민에 빠져 있는 자들이야말로 환경에 대한 낭만적인 인식
을 지닌 자들이다. 환경문제는 이러한 '캠페인' 이나 '운동' 을 통해 해결될
성질의 것이 아니다. 이러한 태도는 정치적 입장이지 생태적 입장이 아니
다.[69]

　　그는 생태 문제에 대해 감정적이고 낭만적인 태도로 임하는 심층생태론자들의
일부에 대해 다분히 감정적인 반응을 보인다. 그는 심층생태론자들이 자연의 질
서에 복종하고, 자연에 대한 숭배를 미덕으로 삼는 생물중심주의적 세계관을 거
부한다. 그리고 자연에 대한 심층생태론자들의 접근은 인간을 타락한 존재로 보
고, 자연만을 신성시하는 다분히 이분적인 사고방식임을 지적한다. 아울러 이러
한 태도야 말로 진화의 과정에서 창조적인 역할을 책임지고 있는 인간에 대한
중대한 모욕임을 강조하고 있다. 즉, 심층생태론자들은 인간과 자연이 상호 의존
적인 처지에 놓여 있어서 인간과 자연의 완전한 동일화가 가능하다고 믿고 있다.
하지만 북친은 인간이 자연의 진화 과정에서 가장 주도적인 입장을 지니고 있으
므로, 심층생태론자들의 관점은 자연에 인간적 관점이나 가치를 주입시킬 여지가
다분히 많다는 것이다. 그러니까 심층생태론자들과 북친은 인간과 자연에 대한
과거의 이분적인 사고방식에서 벗어나려는 점에서는 일치하지만, 중요한 차이점
은 북친의 경우, 생태환경 문제를 아나키즘적인 사회 이론에 의해 분석하고 있다
는 점이다. 다시 말해 북친은 자본주의적인 민주주의 사회에서는 도저히 심층생
태론자들이 주장하는 생태의식을 확보할 수 없음을 강력히 주장하고 있는 것이
다. 자본주의의 전제가 되는 산업화와 과학 기술의 진보 속에서 획득한 자본주의

---

69) M. Bookchin, 구승회 역, 「자유의 생태학과 생태사회주의 이념」, 『에코필로소피』, 새
　　길, 1995, 259쪽

의 편의중심적인 사고방식은 결코 운동이나 캠페인에 의해 극복 될 수 있는 성향의 것이 아니라는 것이다. 그러므로 심층생태론자들이 주장하는 생태의식은 자본주의 사회에서는 획득하기 어려운 공허한 외침에 불과하다는 것이므로 사회생태론적인 입지가 필요함을 역설하고 있다.

2.2.2. 사회생태론(Social Ecology)

사회생태론은 머레이 북친(M. Bookchin)에 의해 본격화된 이론으로 사회학과 생태학을 접목시킨 이론이다. 그는 오늘날의 생태위기가 기본적으로 인간의 이기적인 태도가 조장한 인간중심적 사고의 논리에 의해 야기되었을 뿐만 아니라 인간이 지닌 지배적인 속성에 의한 것임에 주목하였다. 다시 말해 심층생태론자들이 생태위기를 주로 인간중심주의 탓으로만 돌린다면, 사회생태론은 더 나아가 인간에 대한 인간의 지배에서 그 원인을 찾으려고 한다. 오늘날 인류가 직면해 있는 심각한 생태위기는 근본적으로 인간이 같은 인간을 지배하고 억압하고 착취하는 과정에서 비롯되었다는 것이다. 결국 그는 생태위기는 본질적으로 사회 위기와 다름없고, 따라서 사회를 변혁시키는 일이야말로 생태위기를 극복할 수 있는 유일한 대안이라 주장하고 있다. 결국 그는 인간성을 자연의 한 맥락에 포함시키고, 자연사의 관점에서 이를 탐구하며, 자연과 사회 사이의 뿌리 깊은 연속성을 회복시키고자 한 것이다. 아울러 북친은 광대한 자연사가 우리 존재 속에 들어와 조화를 이루고 있다는 것을 의식하고, 이를 그 동안 변화 발전해 온 사회사의 과정을 통해 직시하면서 우리가 새로운 감수성, 기술 제도, 경험 등을 발전시켜야 함을 강조하고 있다.

A. 기원과 개요

사회생태론의 이론적 입지는 전술한 바처럼 북친에 의해 형성되었다. 그는 사회의 지배와 자연의 지배의 연관성에 대해 줄곧 탐구해 온 사회 이론가이다. 그의 견해는 '자유주의적 생태론(Libertarian Ecology)', '생태 아나키즘(Eco-anarchism)', '사회생태론(Social Ecology)' 등 다양한 이름으로 불리지만, 가장 일반적으로 불리는 것은 사회생태론이다. 그것은 사회생태론이 마르크스주의적 사회주의, 자유주의적 아나키즘, 아리스토텔레스와 헤겔의 '유기체론' 등 다양한 철학적 전통에 그 뿌리를 두고 있기 때문이다. 이러한 사회생태론의 가장 기본적인 전제는 오늘날 생태위기의 원인이 경쟁적인 시장 이데올로기에 있다는 것이다. 즉, 오늘날의 인류는 무제한적인 성장을 진보와 동일시하였고, 자연에 대한 지배를 문명과 동일한 것으로 간주함으로써 이것이 자연에 대한 착취로 이어지고, 그 결과 지구는 생태적인 위기에 처하게 되었음을 강조하고 있는 것이다. 이에 대해 북친은 역사 속의 다른 사회와 대조해 볼 때, 우리의 시장 경제, 즉 자본주의 사회는 특정한 일면이 있음을 제시한다. 다시 말해 시장 경제가 지배하기 이전의 사회에서는 '이타성'이 인간의 품위를 드러내는 속성이며, '협력'은 사회적 덕목의 증거였지만, 현재 우리를 지배하고 있는 시장 경제 속의 원칙은 성장과 이기주의의 한계를 설정하지 않음으로써 끊임없이 인간의 욕망을 부추기고 있어서 '난폭한 개인주의'가 사회 진보의 일차적 동기를 제공하고 '경쟁'은 사회를 발전시키는 동력으로 작용하고 있다는 것이다.[70] 이와 관련하여 그는 인간의 지배적인 속성을 다음과 같이 지적하고 있다.

인간들은 서로에 대한 지배를 당연한 것으로 받아들이고 있을 뿐 아니

---

70) M. Bookchin, What is Social Ecology in Modern crisis, 문순홍 역, 『생태학의 담론』, 솔출판사, 1999, 110쪽

라 나아가 자연에 대해서도 그 지배 영역을 확대한다. 오늘날의 세계가 자연에 대해 가지고 있는 이미지는 '맹목적', '말이 없음', '잔인함', '경쟁적 임', '인색함' 이다. 즉, 자유를 추구하는 인간적인 속성과는 반대되는 악마 적인 이미지이다. 이러한 이미지에서 인간은 자연이라는 적대적 타자성과 대립되는 것이다. 인간은 굴복할 줄 모르며, 자연 세계에 적대적으로 도전 하고 자신의 지위를 획득하기 위해 자신을 강조한다.[71]

북친이 제시한 '맹목적 이고 말이 없는, 잔인한, 때로는 경쟁적 이며 냉혹한 인간의 자연에 대한 이미지는 인간 사회와 자연 세계 사이에 회복할 수 없는 간극 을 형성하게 하였다. 심층생태론자들의 입장과 북친이 만나는 자리는 바로 이 부분이다. 즉 자연과 인간을 분리된 존재로 인식하는 이원론적 발상에 대한 비판 적인 시각을 북친 역시 사회생태론의 기본적 사고의 틀로 제시하고 있는 것이다.

북친은 자연에 대한 부정적인 이미지는 인간이 진보와 발전이라는 이름 하에 형성된 것으로 플라톤(Ploton)이 '육체는 공기처럼 가벼운 영혼을 가두기 위한 무덤' 이라는 진술을 통해 드러내기 시작하여, 데카르트(Decartes)에 의해 본격화 된 물질과 정신의 분리를 강조한 이원론에 입각해 있음을 강조하면서 이에 대해 신랄히 비판하고 있다.

북친은 기술 자본주의 시대의 자연과 인간의 대립적 양상을 규명하면서 이것 이야 말로 이원론적 사고방식의 잔재임을 제시하고 있다. 그에 의하면 기술 자본 주의 시대는 인간의 본질이 인간적인 본성 그 자체이며, 이를 포함하여 자연 세계 전체를 정복해야 하는 것이 '인간' 인데, 이러한 인간의 모든 열정과 노력에 저항하 고 있는 존재가 바로 '자연' 이라 여기고 있다. 그리하여 인간의 고통은 바로 '자연' 에서 등장하는 것이므로, 이 고통은 '지배' 와 '기술' 이라는 도구로 제거되어야 한

---

71) M. Bookchin, 앞의 책, 112쪽

다고 생각하고 있다. 합리적인 인간에 의해 길들여져야만 하는 '고집스러운 자연'은 기술 자본주의 사회에서는 지배적인 이성과 과학 기술에 의해 정복되어야만 하는 존재로 전락하게 된다는 것이다.

이렇듯 스스로를 합리적인 존재로 규정하고 있는 인간들은 위계 체계, 계급, 국가 제도, 성별, 인종 등에 의해 파편화되고, 이것은 민족주의적인 증오, 제국주의적인 횡포 등과 같은 전 세계의 지배 철학을 촉진시키는 원인이 되었음을 북친은 강조하고 있다. 뿐만 아니라 그는 이러한 지배 철학은 복종과 종속을 질서와 동일시하게 이르며, 이 과정에서 형성된 관료주의와 조직들은 개인의 자유와 종의 생존을 위협하고 있음을 부연하면서 자연에 대한 인간의 그릇된 시각이 인간 세계로 왜곡된 지배 철학을 형성하게 되었음을 지적하고 있다.

'복종과 종속이 질서'라는 사건 논리는 자연에 대한 이미지를 무자비 할 정도로 왜곡시켜 이때부터 인간 사회를 왜곡하기 시작하였고, 여성에 대한 남성의 지배가 최초로 수준 높게 합리화된 착취 체계를 만들어 내었다는 것이다. 또한 전사, 성직자, 군주, 그리고 관료들로 구성된 거대 조직은 종족 사회의 단순한 신분 집단에 그 기원을 두고 있지만, 후에 시장 사회의 제도화된 독재자로 발전하게 된다는 것이다. 결국 그는 이러한 '위계(Hierarchy)'에 대한 인간의 왜곡된 의식이 현재 인류가 당면한 생태위기의 핵심임을 강조하고 있다.

> 복종과 명령의 문화적, 전통적, 심리적 체계는 계급과 국가라는 개념이 지칭하는 단순한 경제적, 정치적 가치가 아니다. 따라서 위계와 지배는 '계급 없는', '정부 없는' 사회에서도 여전히 지속될 수 있다. 내가 지배라고 말할 때 그것은 '늙은이의 젊은이의 지배', '어떤 인종에 의한 다른 인종의 지배', 자신들이 더 고상한 사회적 이익을 갖고 있다고 주장하는 '관료들에 의한 대중의 지배', '도시에 의한 농촌의 지배', '정신에 의한 육체의 지배', '피상적 도구적 합리성에 의한 영혼의 지배'를 말한다. [72]

그래서 위계는 최소한 두 집단, 즉 피지배 집단과 그 집단에 대해 권력을 행사하는 지배 집단의 존재를 함축하는 것이다. 즉 '우월한' 집단이 '열등한' 집단에게 복종을 명령하게 되는데 이러한 질서에 의해 우월한 집단은 자신들의 의도대로 열등한 집단을 조작할 수 있게 되고, 열등한 집단은 그들 자신의 참된 목적을 추구하는 것을 방해 받게 된다는 것이다. 결국 북친이 확보하고 있는 생태의식의 출발은 우월한 집단으로서의 '인간'과 열등한 집단으로서의 '자연'이라는 이분적 사고의 문제점에서 비롯하는 것으로서 고도의 위계가 존재하는 사회가 자연을 학대하고 파괴할 가능성이 높음을 간파하는데서 비롯되었다. 즉 사회적인 위계는 자연을 지배하고 착취하는 동기와 수단이 되는 심리적 조건과 물질적 조건을 제공한다는 것이다.

또한 북친은 위계에 대한 인간의 일방적인 관점은 다윈(Darwin)에 의해 비롯되었음을 지적하고 있다. 그는 다윈이 제시하고 있는 '약육강식'의 논리에 대해 전면적인 비판을 가하는데, 이것은 인간들의 경쟁을 자연으로 확대 적용한 결론일 뿐, 실제 자연 체계를 형성하고 있는 질서와는 다르다고 주장한다. 이를 테면, 사자를 동물의 왕이라 칭하고, 개미를 비천한 종이라 칭하는 것은 지배와 복종이 궁극적인 목적인 인간 사회의 조건을 자연에 반영한 것에 지나지 않는다는 것이다.

북친이 생각하는 '자연'은 결코 과학 기술이나 이성과 같은 문화적인 요소로서의 '대상'이 아니라 인간과 공존하는 존재인 것이다. 이점은 심층생태론의 견지와 다분히 일치하는 부분이다. 그러나 심층생태론자들이 위대한 대상으로서 자연을 설정하고 인간이 추구해야 할 대상과 목표로서 자연과 인간이 동일시를 꾀한다는

---

72) M. Bookchin, The Ecology of Freedom, Palo Alto; Cheshire Books, 1982, 4쪽
　　J. R. 데자르뎅, 김명식 역, 「자유의 생태학」, 『환경윤리의 이론과 전망』, 자작 아카데미, 1998, 327쪽

점을 지적하고 있다면 이와는 상반된 관점을 사회생태론자인 북친은 제시하고 있다. 자연은 우리 인간의 모습을 서투르게 모방한 것으로서 어린이가 부모의 모습을 통해 문화를 습득하듯, 자연은 인간을 통해 그 유대를 확장하는 것이라 간주하고 있는 것이다. 이에 대한 다음의 언급은 자연에 대한 그의 의식이 다분히 인간중심적인 견지에 치중해 있음을 알 수 있다.

> 자연은 제 1의 자연과 제 2의 자연으로 구분할 수 있다. 이때 전자는 원래의 상태로서의 자연을 의미하지만, 후자는 합리성, 의사 소통 능력, 문화 등 인간 진화의 특징들을 의미한다. 이때 제 1자연의 진화로부터 제 2자연을 창조하는 것은 인간에게 아주 '자연스러운' 것이다. 즉 생태사회에서 제 2자연은 영혼과 진리를 성취하고자 하는 제 1자연의 잠재성을 현실화하는 것이다. 73)

북친에 따르면 제 2자연에서 제 1자연으로의 회귀는 불가능하기 때문에 광범위하고 포괄적인 생태학적인 노선에 따라 제 1자연과 제 2자연의 과감한 통합이 있어야 한다는 것이다. 원초적인 자연으로서의 제 1자연에 대한 인식에서 벗어나 인간중심적 사고가 내재해 있는 다소 문화적인 요소로서의 제 2자연에 천착하는 것이 자연과 인간의 공생을 위한 시작이라는 것이다.74)

이러한 인식은 다윈의 '적자생존' 과 '약육강식' 이론에 대한 전면적인 도전으로서의 '공생' 의 개념을 통해 구체화 된다. 북친은 자연에서 나타나는 여러 가지 갈등은 자연 속의 유기체들의 상호 협력, 즉 공생에 의해 극복 가능함을 강조하

---

73) M. Bookchin, Thinking Ecologically; A Dialecyial Approach in Our Generation, vol.2, 1998, 32-35쪽 재인용. / J. R. 데자르뎅, 앞의 책, 334쪽

74) 이러한 그의 논지는 전술한 바와는 다분히 모순된 부분을 보이고 있다. 그가 앞서 제시한 자연이란 도구적인 면모를 배제한 상태의 것이었으나, 제 2의 자연의 모습은 인간의 이성과 문화가 내포된 도구적 속성을 견지하고 있기 때문이다. 이에 대한 자세한 언급은 사회생태론의 사유적 모순을 논의하는 자리에서 구체화하겠다.

면서 '최상의 적자' 는 생존하기 위해 다른 유기체들과 서로 도움을 주고받을 수 있는 종임을 명시하고 있다. 생태계는 풍부한 다양성과 유연하고 유기적인 생활 방식으로 인해 보다 풍부하고 다양한 상태로의 진화가 가능하다는 것이다. 즉, 서로 다른 종들과의 조화는 그것들이 한 부분을 구성하고 있는 환경을 적극적으로 변화시키고 이러한 과정에서 생명체들은 바람직한 삶의 양식을 찾게 된다는 것이다.

그리고 이러한 생명체들은 자연 속에서 움직이고, 상호 작용하며 자신의 자손을 생산하고, 다른 유기체들이나 종들과의 관계를 형성함으로써 상황적이며, 맥락적이고, 환경적인 존재로서 기능하게 됨을 강조하고 있다. 결국 자연 속의 생명체들은 자신이 속한 자연 생태계 속의 다른 유기체들과 능동적인 관계를 설정하고, 상보적인 관계를 통해 진화함으로써 존재의 가치를 획득한다는 것이다.

이러한 사고는 사회생태론이 추구하는 생태의식의 또 다른 측면으로서 심층생태론이 추구하는 일방적인 자연과의 동일시에서 벗어나, 바람직한 인간과 자연의 공생을 통한 진화적 발전을 생태위기의 대안으로 제시하고 있는 부분이다. 북친은 진화란 '다양성과 복잡성에 의해 야기된 것으로 자유를 보장하는 기초' 가 된다고 주장한다.[75]

이때 자유란 자연을 보다 안정적이고 다양한 세계로 만들고, 이 과정에서 주체는 자아 지향적인 방향으로 적극적이고 능동적으로 자신의 진화의 방향을 선택하고 결정할 수 있는 권한을 부여 받게 되는데 이 상태를 의미하는 것이다. 결국 그는 자연이 끊임없이 인간의 정신과 교류하고 있음을 강조하면서 인간과 자연의 상보적 관계의 구체적인 모습을 생태위기에 처한 현 사회의 모순적 면모를 극복할 대안으로 설정하고 있는 것이다.

---

75) M. Bookchin, What is Social Ecology in Modern crisis, 25쪽

북친은 사회의 역사는 사회화 과정 그 자체 속에서 형성 되듯이, 자연의 역사
는 인간과 자연의 조화된 질서 속에서 형성된다고 주장하고, 이러한 인간과 자연
의 조화된 관계는 새로운 생태의식과 생태 공동체의 전제 조건임을 명시한다.
그리고 이때 필요한 새로운 생태의식을 그는 '전일성(Wholeness)' 의 개념으로 설
명하고 있다.

> '전일성' 이란 잠재성이 다양하게 구현된 잠재적 가능성으로 아직 개발되
> 지 않은 특수성이 유기적으로 만개하는 것이다. 그것은 개개의 현상의 특
> 수성에 궁극적인 질서를 부여하는 일련의 과정에서 등장하며, 통일성이 적
> 용되는 현실을 구체화하는 것이다. 또한 한 현상의 가능성이 상대적으로
> 완성되는 것이고, 잠재화되어 있는 가능성이 실현되는 것이며, 그 밖의 모
> 든 구체적인 증후군들이 현실화 되는 것이다.[76]

아는 '다양성 속의 통일성' 이라는 생태계의 원칙을 사회생태론에서 수용할 수
있는 가능성을 보인 것이다. 생태계의 다양한 유기적 생명체들이 '자기 지시적인
존재(self directive being)' 로서 공생하며, 상호 관계를 형성하여 일정한 진화의
방향을 추구한다는 점에 착안하여, 다양한 인격, 경험, 직업을 지닌 개인들로 구
성되어 있는 인간 사회가 각 구성원들로 인해 짜여진 호혜적인 연결망에 의해
일정한 방향을 향해 형성되어 있는 모습을 유추적으로 연결시켜 적용한 것이다.
다만 진화의 방향을 향해 일정하게 진보하는 수준에서 벗어나 '과정', '가능성',
'중재' 라는 개념에 집중하여 '전일성' 이라는 사고의 틀이 설정된 것이다. 그리하여
'전일성' 의 관점에서 현실을 본다는 것은 사물의 바탕에 내재해 있는 본성에 도달
하는 것이며, 나아가 역사를 이해하는 방법 역시 그 사회의 확실한 깊이와 정확한
현실을 투사하는 것을 의미한다. 이것이 사회생태론이 제시하고 있는 생태의식의

---

76) M. Bookchin, 앞의 책, 120쪽

또 다른 측면이다.

사회생태론에 입각하여 자연을 규정해 본다면 그것은 창조적이며, 자기 지시적이고, 상보적이며 비옥한 진화의 상태를 추구하는 것이다. 북친은 그러나 오늘날 자연을 바라보는 시각이 무자비하고 경쟁적인 시장의 이미지로서의 기술 자본주의 사회의 시각과 창조적이고 다산적인 생물공동체로 바라보는 생태주의적 시각이 대립하고 있음을 지적하면서 자신이 후자의 자연을 선택하고 있는 것은 자연을 '자유'의 논리로 설명할 때만이 설득력을 획득하기 때문이라 주장한다.

> 모든 유기체들이 물리적, 화학적 전체 효과들로서 자극에 수동적으로 반응하는 것은 아니다. '자유'는 생태적인 복합성과 풍요로움이 커질수록 고양되는 것이다. 자연속의 생명체들은 유기체와 자신의 환경이 서로 고무하고 격려하는 과정에서 적극적으로 진화하는 존재이다. 그리고 이과정은 정교화된 생물권에서 광대하고 다양한 생명체의 요람을 창조하고 개척하는 것이다. 그리고 이때 개체의 주체성이 선택에 있어서 '자유'의 개념으로 치환될 수 있다.[77]

결국 북친이 획득하고 있는 생태의식의 최종적 측면은 '자유'의 논리로 자연의 질서를 설명함으로써 생태위기에 처한 인간 사회의 모순을 치유할 수 있음을 제시하고 있다. 그리고 이러한 자유의 논리는 새로운 감수성을 통해서만이 획득할 수 있는데 그것은 비위계적인 사회에서 경쟁이 아니라 상보성에 기본을 둔 새로운 공동체를 만듦으로써 가능하며, 그 공동체는 규모가 인간적인 차원에서 결정되어야 하며 자신이 속해 있는 생태계에 적응하여 자기 결정적으로 진화하는 곳임을 강조한다. 결국 사회생태론의 궁극적인 입지는 현 인류의 생태위기를 개인적인 의식의 차원만이 아니라 나아가 사회 공동체 구조의 변화를 통해서 가능함

---

77) M. Bookchin, 앞의 책, 130-131쪽

을 지적하고 있음으로써 획득되는 것이다.

B. 사회생태론에 내재된 문제점

북친은 사회생태론을 통해 자연적인 것과 사회적인 것의 분열을 극복하고 자연의 진보 과정과 인간 사회의 연속성을 회복하고자 하였다. 그리고 이 과정에서 발전적이고 변증법적이며, 더 나은 개인과 보다 많은 자유의 상태를 획득함으로써 생태의식으로 나아갈 수 있다고 강조하였다. 그러나 그의 이러한 생태의식은 다분히 몇 가지 한계를 노정하고 있다.

우선 북친은 자연 속에서 개체들 간의 상호 부조, 상보성의 원리를 '공생'의 원리를 통해 설명하고 있다. 이 과정에서 그는 사회생태학은 자연의 권위에 의지하지 않고도 생태지향적 의식을 확보할 수 있고, 생태계를 이루는 각 유기체들이 스스로의 선택에 의해 나름대로의 질서를 형성하기 때문에 제 2의 자연인 인간의 문화를 통해 이러한 질서를 수용하기만 하면 된다는 것이다. 그런데 여기서 문제가 되는 것은 그가 제 2의 자연이라 설정한 인간의 문화는 바로 자연과 인간을 이분적으로 바라보는 발상에 입각해 있다는 것이다. 먼저 자연을 일반적으로 정의하듯 지구 생태계를 둘러싼 일체의 것들로 보지 않고 이를 제 1자연으로 한정한 후 따로 제 2자연을 설정한 것 자체가 그의 이러한 이분적 사고의 편린인 것이다. 게다가 제 2의 자연에 인간의 문화를 설정한 것은 인간의 우월성을 전제로 하고 있음을 확인하게 함으로써 북친이 사회생태론의 전제로 내세웠던 자연과 인간에 대한 이원론적 사고에 대한 비판과는 상당히 모순 되는 생태의식을 보이고 있다.

이것은 북친 스스로 '인간이야말로 자연 생태계를 이끄는 후견자'임을 강조하고 있는 논지와 일맥상통하는 것으로 특히, 심층생태론자들에 의해 신랄히 비판

받는다. 이러한 북친의 입장은 심층생태론자들의 입장에서 볼 때, 자연의 이익보다 인간의 이익에 특권을 부여하고, 인간에게 진화의 주도권을 줌으로써 인간 자신의 목적대로 자연을 움직이는 것을 허용할 의도를 지닌 것으로 보인다. 그러니까 심층생태론자들은 북친이 제시한 자연에 대한 인간의 역할 부분은 기술 자본주의 시대의 자연관과 별반 다름이 없다는 것이다.

다시 말해 북친은 모든 자연 생태계가 상호 의존적이며, 최대한의 자유가 확보되는 생태 공동체 내에서는 모든 자연 피조물들은 아무런 서열도 없는 것으로 주장하고 있지만, 생태 공동체 내에서 인간의 역할만은 주도적인 것으로 바라보고 있다는 것이다. 이것이야말로 현재 인류가 당면한 생태위기의 가장 근본적인 문제 중에 하나인 인간중심적 사고임에 틀림이 없는 것이다.

둘째로 자연의 진화를 촉진하는 인간의 창조적인 역할에 대해 매우 적극적이었던 북친은 인간이 자연의 질서에 복종하고 자연을 영적인 존재로 숭배하는 생물 중심주의적 태도를 비판한다. 인간은 자연과 비교할 때 타락한 존재라고 바라보는 시각이야말로 생태계 진화의 과정에서 창조적인 역할을 책임지고 있는 인간성에 대한 중대한 모욕이라는 것이다. 이것은 심층생태론자들의 견지인 위대한 자연에 동화되는 과정으로부터 확보하고 있는 생태의식에 대해 불만을 보인 것이다. 북친은 추상적인 자연만을 구체적이고 고상한 것으로 여기고 모든 인간성을 이에 위배되는 것으로 보는 심층생태론자들의 태도에 대해 비판하고 있는 것이다. 그러나 이러한 그의 태도는 심층생태론에 대한 피상적인 이해에서 비롯된 오해라고 심층생태론자들은 주장한다. 그들은 북친의 다음과 같은 발언에 주목하여 그의 한계를 비판하고 있다.

> 누구로부터 생태계를 보호해야 할지에 대해 물어 보어야 한다. 인류로부터? 인간 종으로부터? 아니면 위계적 사회 관계를 가진 특정 사회와 특

정 문화로부터?… 탈사회적이고, 종중심적인 사고방식의 문제점은 피해자
들을 비판한다는 것이다. 할렘의 흑인 아이가 대기업 엑손 사장과 환경위
기에 똑같은 책임이 있다고 말하는 것은, 죄인은 올가미를 풀어주고, 엉뚱
한 사람에게 죄를 뒤집어씌우는 것이다. [78]

　　이러한 북친의 견해는 인간의 결정과 가치가 환경파괴의 중요 원인이 되기도
하지만, 그것은 또한 환경문제 해결에서 중요한 역할을 할 수 있다는 점을 상기시
켜 준다. 그러나 그가 강조하는 이러한 책임의 판단은 누구의 몫인지에 대한 명백
한 제시가 없다. 오히려 그는 생태위기의 원인을 제공한 자들과 그렇지 않은 자들
을 철저히 구분해야 함을 강조하고 있는데 이는 그가 생태위기의 궁극적인 대안
으로 제시하고 있는 '자유주의적 아나키즘의 세계'와는 거리를 둔 주장이다. 즉,
그가 제시하고 있는 '자유주의적 아나키즘의 세계'는 특별한 위계질서가 존재하는
것이 아니라 생태계를 구성하는 개체들 스스로 선택한 방향으로 진화되어 다양성
과 풍요가 전제가 되는 사회이다. 그런데 전술한 북친의 언급은 이러한 전제에서
벗어나 있는 것으로서 피해자와 가해자를 선정하고 이를 분리함으로써 새로운
위계를 형성하고 있다는 것이다.

　　심층생태론자들의 이러한 지적은 북친이 제기했던 부르조아적 자유주의적 사
회에서 발견되는 인간에 대한 인간의 지배가 팽배한 상태에서는 어떠한 생태의식
도 확보 될 수 없으므로, 자유주의적 아나키즘의 세계를 확보해야 한다는 주장에
대한 날카로운 비판이다. 즉 어떠한 서열도 위계도 부정한 북친이 왜 스스로 판단
자가 되어 서열을 정하여 새로운 위계를 설정하려고 하는지에 대해 문제를 제기
하는 것이다.

---

78) J.R. 데자르뎅, 김명식 역, 「사회생태론 대 심층생태론」, 『환경윤리의 이론과 전망』,
　　337쪽

　아울러 심층생태론자들은 북친이 강조한 자유주의적 아나키즘의 세계가 도래한다고 해도 결코 북친의 생태의식은 문제 해결의 대안이 될 수 없음을 강조한다. 고대 이집트처럼 생태학적으로 건강한 사회도 얼마든지 인간이나 자연을 억압할 수 있다는 것이다. 또한 비교적 평등한 사회에서도 얼마든지 자연을 착취하고 환경을 파괴할 수 있음을 지적한다.

　이러한 사회생태론의 문제점은 생태페미니스트들로부터 심각한 비판을 받기에 이른다.[79] 그들은 사회생태론이 언뜻 보기에는 급진적이고 인간 해방을 주창하고 있는 듯하지만 실제로는 그렇지 않음을 강조한다. 그들에 따르면 사회생태론은 그 어떤 발상보다 위계적인 것이며 보수적인 성향의 것이며, 지배적인 질서를 존중하고 있는 것이라 비판한다. 북친을 중심으로 하는 사회생태론의 관심은 유럽과 미국을 중심으로 한 서구 세계에 머물러 있을 뿐, 비서구 세계로까지 뻗어 있지 않다는 것이다. 서구 세계의 인간 평등은 말하면서도 제 3세계 민족의 평등에 대해서는 좀처럼 입을 열고 있지 않다는 것이다. 그동안 서구 열강들이 계몽이나 개화라는 구실 아래 약소국가를 침략하여 식민지 주민과 자원을 약탈한 점에 대해서는 일체 침묵하고 있는 점을 날카롭게 비판한다.

　이러한 식민지 지배의 역사를 지니고 있는 서구 근대사에 대한 반성 없이 진보된 서구 사회의 인간 사회만을 논의의 대상으로 삼는 인식 자체가 서구 중심주의적 사고의 반영이라는 것이다. 그리고 나아가 이것 자체가 또 하나의 지배적인 사고의 출연이라는 점을 지적하면서 이러한 지배적인 사고로는 결코 생태의식에 도달할 수 없다고 주장한다.

　생태페미니스트들의 이러한 비판은 사회생태론이 지니고 있는 인간과 자연을 분리되어 있는 이원론적 사고의 틀로 재단하여 자연을 이끄는 창조적이 존재로

---

79) 김욱동, 「생태페미니즘과 에코토피아」, 『문학생태학을 위하여』, 381-382쪽

간주하는 태도에 대해 전통적인 지배 사상의 잔재임을 지적하고 있는 것이다. 생태페미니스트들은 생태위기를 극복하는 데 있어서 생물중심주의를 내세우는 심층생태론이나 인간중심주의를 내세우는 사회생태론이나 그 어느 쪽도 궁극적인 대안이 될 수 없음을 지적한다. 그것은 이 두 이론 모두 생태 문제를 해결하는 일관성 있는 관점을 제시하고 있지 않다는 것이다. 생태페미니스트들의 입장에서 보면 이 두 이론은 서로 대립적인 태도를 취하지만 유독 어느 한쪽만을 강조한다는 점에서 크게 다르지 않다는 것이다.

그리하여 생태위기의 근본적인 원인이 인간 사회 내부에 있으며 이의 해결도 인간 사회의 구조적인 모순을 해결함으로써 가능하다는데 공통된 인식을 하고 있는 사회생태학과 생태페미니즘은 그 출발과는 달리 서로 다른 생태의식의 구현 과정에 의해 상당히 거리가 있는 결론에 봉착하게 되는 것이다. 그리하여 여성의 억압과 자연의 착취를 동일선상에서 보려는 생태페미니스트들은 인간을 자연계의 위에도 그렇다고 아래에도 두지 않음으로써 새로운 인간과 자연의 생태학적 관계를 제시하여 생태비평의 발전적인 지향점을 제시한다.

2.2.3. 생태페미니즘 (Eco Feminism)

생태페미니즘은 사회의 지배와 자연의 연관을 고찰하는 접근 방식으로서 그 출발은 사회생태론의 견지에 입각해 있다. 사회생태론과 생태페미니즘은 생태 파괴의 원인을 '통제'와 '지배'라는 사회 문제와 관련된 것으로 보면서 심층생태론이 간과하고 있는 생태 파괴의 원인 중 인간적, 사회적 요인에 대한 관심에서 동시에 출발하고 있다. 그러나 이 두 이론은 각각 사회 문제에 대한 설명이 다르고, 사회 변혁을 위한 프로그램도 다르다. 그러므로 사회 지배의 다양한 유형에 대한 분석과 대안에 대한 차이점을 고찰해 봄으로써 두 이론의 차이를 통해 생태페미니즘이 확보하고 있는 생태의식을 보다 명확히 규명할 수 있다. 즉 사회생태론이 전술한 바처럼, 생태위기를 일반적이고 광범위한 지배와 위계의 형태로 보고, 이의 극복을 위해 자유주의적 아나키즘의 세계를 건설하자고 주장한데 비해 생태페미니즘은 여성의 억압을 사회적 지배의 주요 유형으로 보고, 여성의 억압과 자연의 억압 사의의 밀접한 연관을 규명하려는데 목표를 두고 있다. 아울러 이의 극복을 위해 '비판적 생태페미니즘'을 제시하여 여성의 해방을 통해 인간과 인간, 인간과 자연이 조화와 균형을 이루는 세계를 추구하고자 하는 것이 생태페미니즘이 추구하고자 하는 궁극적인 생태의식인 것이다.

A. 기원과 개요

생태페미니즘은 프랑소와즈 드본느(Franciose d' Eaubonne)가 '생태페미니즘'이라는 용어를 처음 사용한 이래 본격화되기 시작한 이론이다.[80] 그녀는 1972년 '새로운 행동의 시작, 생태페미니즘(Launching a new action; Eco Feminism)' 프로젝트의 한 부분으로서 '생태학-여성성 Ecology-Feminism' 연구를 시작으로 1974년에는 '에코 페미니즘을 위한 시간'이라는 주제로 생태페미니즘만을 연구한 「페미니즘인가 아니면 죽음인가 Feminism or Death」를 발표하였다.

이 책에서 드본느는 페미니스트의 최전선에 서 있던 여성들이 기존의 운동에서 이탈하여 '생태학-페미니즘(Ecology Feminism Center)' 이라는 정보 센터를 설립하고, 이전에는 분리된 것으로 여겼던 페미니스트 운동과 생태 운동을 종합하려는 시도를 생태페미니즘의 출발로 보고 있다. 당시 호전적인 급진 페미니스트였던 드본느는 인구 폭발 문제부터 오염 문제, 미국의 소비 문제, 도시 집중 그리고 폭력 등에 이르는 전 지구적인 질병들을 제시하면서 지구가 죽음을 목전에

---

80) Francios d'Eaubonne, Feminism or Death, Paris; Pierre Horay, 1974.

둔 상황이라 판단하고, 그 원인을 남성 중심주의 사회에 있다고 주장한다. 따라서 미래의 인류를 구원하기 위해서는 지구를 오늘의 남성 중심적 태도를 인간 사회에서 분리시켜야 하고, 만일 남성 사회가 지속적으로 이에 저항한다면, 인간을 위한 내일은 존재하지 못할 것이라고 예측하고 있다.

한편 드본느는 19세기와 20세기의 고대 모권 사회 지지자들인 조안 바호펜(Johann Bachofen), 프리드리히 엥겔스(Friedrich Engels), 로버트 브리폴트(Robert Briffault) 그리고 오거스트 베벨(August Beble)의 분석 노선을 좇아, 이미 오래 전에 가부장적 권력이 시작되면서 남성들이 지구(다산성)와 여성(생식성) 모두를 지배하는 권력을 지니게 되었다고 주장한다. 그리고 이 가부장제적 권력이 자연 착취적인 농경 생활과 산업 팽창을 만들어 냈고, 이에 대한 여성의 저항은 어려운 지경에 빠지게 되었음을 강조한다.

그것은 남성 우월주의자들과 이를 신봉하는 권력자들 때문이라면서 이들이 일소되지 않는 한 지구의 미래는 어둡기만 할 것이라 부연한다. 결국 드본느가 생각한 생태페미니즘은 새로운 인간주의를 향한 것이다. 즉 생태페미니즘은 이러한 과거의 남성 지배적인 사회에서 벗어나 새롭게 거듭난 사회에서 여성들이 이 세계를 평등하게 관리할 것이라 믿고 있는 것이다. 그리고 이러한 여성적인 사회는 여성의 손에 권력이 있는 것이 아니라, 어디에도 지배 권력이 존재하고 있지 않는 상태를 의미한다고 한다.

> 이 사회에서 인간은 인간으로 다루어져야지, 여성이나 남성으로 다루어져서는 않된다. 오늘날 왜곡된 남성성과 이들의 관심은 공동체 일반의 이해관계에서 분리된 것이지만, 억압받고 있는 자로서의 여성들은 전체 인간 공동체에 대해 더 많은 관심이 있어서 이분적으로 분리되어 부려지는 여성성과는 다른, 남성과 여성을 동시에 포괄하는 인간성으로서의 여성성이다. 이러한 이유로 사회의 모든 수준과 자연에 관심이 있는 여성성만이 지구를

죽음에서 구하는 생태적인 혁명을 수행할 수 있다. [81]

이러한 드본느의 견해는 사회생태론에서 북친이 보여 주었던 인간에 대한 믿음과는 다소 거리가 있다. 그녀가 강조하고 있는 인간성은 북친이 말하는 우월적인 존재로서 자연을 이끄는 존재가 아니라, 일체의 지배와 피지배 관계를 지양한 상태의 포괄적이고 공생적인 인간들 사이의 관계와 나아가 자연과 인간의 상호보완 관계를 의미하는 것이다.

전술한 도본느의 생태페미니즘 논의는 1970년대 후반 본격화되기 시작하여, 마리 델리(Mary Daly), 수잔 그리핀(Susan Griffin), 캐롤린 머천트(Carolyn Merchant)에 의해 페미니즘과 생태 문제를 결합 시키려는 이론적 시도들이 나타난다.[82] 마리 델리는 「여성과 생태학 Gyn & Ecology」에서 이 책의 저술 목적에 대해 다음과 같이 진술하고 있다.

> 이 책은 열려진 책이다. 이 책은 나에게 모든 인종과 계층, 특히 억압받는 사람들에 대한 저항의 차원에서 쓰여 졌다. 이 책에서 여성은 분명히 자연과의 연계 속에서 토의되고 이해되어진다. 그리고 이러한 맥락에서 비평가는 이 책 자체뿐만 아니라 이에 관여 되어 있는 사상도 고려해야 한다.[83]

마리 델리의 이러한 논의는 여성과 자연과의 상관관계 속에서 파괴된 자연의 이미지를 억압받는 여성의 이미지로 치환하는 출발점으로 작용하여 생태페미니

---

81) Francoise d'Eaubonne, Feminisme or Death, 문순홍 역, 『생태학의 담론』, 338-340쪽

82) Mary Daly, Gyn & Ecology, Boston; Bacon Press, 1978.
　Susan Griffin, Woman & Nature, N.Y.; Harper &Row, 1978.
　Carolyn Merchant, The Death of Nature, San Francisco; Haper & Row, 1980.

83) Mary Daly, 앞의 책, 26쪽

즘의 근간이 되는 논의로 작용하게 되었다.

이에 비해 수잔 그리핀은 '문화적 생태페미니즘 [84]을 여는데 크게 기여했다는 평가를 받는다. 이 입장은 세계를 경험하고 이해하고 가치를 평가하는 여성 특유의 신뢰할 만한 방식이 있다는 관점을 취한다. 여성의 시각이 자연과 거의 유사한 것이었기 때문에 여성은 자연과 마찬가지로 체계적으로 억압되어 왔다는 것이다. 그리하여 이 입장은 여성과 자연의 관계를 완전히 일치하는 것으로 보고, 여성, 자연, 육체, 감정 등 가부장적 문화가 폄하해 왔던 것들을 재평가하고, 찬미하고 옹호하는 것에 기반을 둔 대안적인 여성 문화를 창출함으로써 생태문제뿐만 아니라 다른 억압의 문제까지도 해결하려는 취지를 지니고 있다.

이러한 입장의 대표 격인 수잔 그리핀은 먼저 「여성과 자연 Women & Nature」에서 서구 가부장제가 그동안 여성과 자연을 어떻게 취급하여 왔는가를 설명하고 있다.

> 서구에서는 여성은 자연, 물질적인 것, 감정적인 것, 구체적인 것과 연
> 관되어 온 반면, 남성은 문화, 비물질적인 것, 합리적인 것, 추상적인 것과
> 깊이 관련되어 왔다. 그리고 이 두 가지 가운데 남성과 관련된 특성들이
> 여성과 관련된 특성보다 훨씬 융숭한 대접을 받고 있다. 또한 그동안 현대
> 문명을 지배해 왔던 여성과 자연에 대한 상징들, 즉 아리스토텔레스부터
> 베이컨에 이르는 과학, 철학 그리고 그 이후부터 현재의 사회 생물학과
> 핵물리학에 이르기까지 수많은 언어들과 상징들이 여성과 자연을 동일화
> 함으로써 여성의 가치를 평가 절하하여 왔다. 하지만 이러한 상징들의 감
> 성적인 반응을 역으로 잘 활용한다면, 지구와 여성에 대한 새로운 윤리와
> 새로운 행동 틀로 나아갈 수 있다. 그러나 지구와 여성에 대해 착취하고
> 있는 현재의 사회, 성, 경제 구조가 동시적으로 혁명되지 않는다면, 상징적

---

84) 이 용어는 밸 프름우드 Val Plumwood가 처음 사용한 것이다.
  Val Plumwood, Current Trends in Ecofeminism, The Ecologist 22, no.1, 1992, 10
  쪽 재인용.

인 혁명은 성공할 수 없다.[85]

　　결국 그리핀은 남성중심적 사고가 가져온 현재의 억압과 위기를 역으로 이용
함으로써 그동안 억압되고 파괴된 여성과 자연의 위상이 얼마든지 새로운 윤리와
능동적인 체계에 의해 회복될 수 있음을 시사하고 있다.

　　그리고 이때 새로운 윤리와 체계란 파괴된 현실에 대한 개체들 간의 관계성에
기반을 둔 생태윤리인 '돌봄caring의 윤리'와 '여성의 신성spirituality 운동'에 의해
보다 능동적으로 현 상태의 체계 혁신이 가능하다고 보는 입장이다.　'돌봄의 윤리'
란 과거 남성은 이성적이고 객관적인 존재로 보는 반면, 여성은 감정적이고 지나
치게 개인적인 존재로 규정되어 왔는데, 이것이 여성에 대한 억압 기제로 작용하
게 되었음을 전제로 한다. 그리하여 전통적인 윤리 이론에서는 어머니로서 아내
로서 여성에게 중요한 가치들—돌봄, 관계성, 사랑, 책임—은 윤리 이론의 중
심부가 아니라 변방에 머물렀음을 지적하면서 이제 이를 역전시켜 중심에 두는
'돌봄의 윤리'야말로 생태의식을 확보한 새로운 세계의 구체적인 대안이 될 수
있음을 지적하고 있다.

　　뿐만 아니라 캐롤 길리건(Carol Gilligan), 넬 노딩스(Nel Noddings), 사라 루
딕(Sara Ruddick)은 그리핀의 견해에 동의하면서 전통 윤리의 추상적 규칙과 원
리를 폄하하는 대신 '돌봄'과 '관계성'에 초점을 맞추고 있다.[86] 이들은 도덕 법칙,
권리, 의무, 책무, 정의 등과 같은 전통적인 윤리 개념들을 이익이 상충하는 세계,
그래서 정의의 요구가 인간의 자유를 제한하는 세계, 또한 도덕과 이기주의가 싸

---

85) Susan Griffin, 앞의 책, 45-46쪽

86) Carol Gilligan, In a Different Voice, Cambridge; Harvard University Press, 1982.
Nel Nodding, Caring A Feminine Approach to Ethics & Moral Education,
Berkeley; University of California Press, 1984.
Sara Ruddick, Maternal Thinking, New York; Ballantine Books, 1989.

우는 세계라고 전제한다.

반면, '돌봄의 윤리' 가 지배하는 세계는 갈등 대신 협력이 있고, 대립 대신 관계성이 있고, 권리와 의무 대신 타인에 대한 배려가 있는 세계임을 명시한다. 그리고 이러한 세계는 '개인의 자율', '간섭으로부터의 자유' 와 같은 추상적인 원리 대신에 '모성' 과 '우정' 이 도덕적인 이념으로 기능하는 윤리적인 곳임을 강조한다. 또한 '돌봄의 윤리' 가 여성적인 이유에 대해서 노딩스와 루딕은 다음과 같이 말하고 있다.

> 돌봄의 윤리는 출산의 경험이나 어머니의 경험과 같은 여성의 삶의 경험에 더 적절하다고 본다. 추상적인 윤리 원칙이나 규칙은 아이를 낳고, 기르는 여성의 삶과는 거리가 있다. 또한 권리, 의무, 자율, 정의, 규칙, 법 등의 개념들은 어머니와 자식의 관계에서는 어색하고 부적절하다.[87]

이러한 관찰에 기초하여 '돌봄의 윤리' 가 정립된 것이다. 이들은 역사적으로 여성이 남성보다 자연에 더 가까운 존재로 인식되고 있음을 강조한다. 그러나 이러한 인식이 여성에 대한 폭력의 기초로 사용되었다고 비판하는 그리핀[88]과는 달리, 오히려 인간과 자연의 자애로운 관계 형성의 기초로 바라본다. 그리하여 '돌봄의 윤리' 는 인간과 자연의 관계를 어머니와 자식의 관계로 보고, 남성보다 '돌봄' 을 본능적이고 직접적으로 경험한 여성들이 자연의 이익에 대한 최적의 대변자임을 거듭 강조하는 것이다. 결국 현 상태의 생태위기는 어머니의 자애로운

---

87) Nel Noddings, 앞의 책, 75쪽
   Sara Ruddick, 앞의 책, 56쪽
88) 여성과 자연의 관계를 억압과 폭력의 대상으로 여기고 이러한 문제를 다룬 최초의 연구로는 다음의 두 편의 논문이 있다.
   Susan Griffin, 앞의 책 1978.
   Carolyn Merchant, 앞의 책, 1980.

모성에 입각한 '돌봄의 윤리' 로 치유할 수 있다는 것이다.

한편, '여성의 신성(spirituality) 운동' 은 자연과 여성의 유대를 탐구해 온 생태페미니스트들의 두 번째 영역이다.[89] 일반적으로 서양의 주류 종교에서 신은 자연의 밖에서 자연을 초월하여 존재하는 것으로 간주되었다. 즉 자연은 단순한 질료일 뿐이며, 수동적이고, 비활성의 형태 없는 죽은 존재였다. 그리고 신은 생명을 창조하여 대기 안으로 생명력을 불어 넣었다고 간주한다.

생태페미니스트들은 이러한 전통적 사고에서는 자연과 여성을 동일선상에 두고 그들의 위치를 한없이 추락시키고 있다고 주장한다. 그리하여 여성은 신체에 의존하고 수동적인 존재라서 성직자, 랍비, 주교, 교황이 될 자격을 부여하는 '신성' 이 결핍된 존재로 여기는 전통 윤리가 자연을 그러한 수동적이며 '신성' 이 결핍된 존재로 하락시켜, 신의 피조물로서 인간이 지배하는 대상으로 간주하고 있다는 것이다. 이에 대해 생태페미니스트들은 전통윤리를 반전시키는 다음과 같은 주장을 강조한다.

> 우리는 여성, 자연, 신성의 하나 됨을 알고 경배해야 한다. 신을 지구로 여성으로 이해하는 고대의 종교에는 여러 가지가 있다. 여신들을 숭상하는 고대의 종교들에서 이러한 점을 쉽게 만날 수 있다. 여신이 자연 안에 영원히 존재하고, 자연 세계에 신성함을 드러낸다는 점을 인식해야 한다. 그래서 지구는 신성한 존재로 경배되어야 하고, 지구를 사랑한다거나 돌보는 것은 생태적인 책임일 뿐만 아니라 '영성적' 인 것이다. 예를 들면 어머니 자연이나 여신 가이아를 찬미하는 것은 여성과 자연의 신성함을 찬미하는

---

89) '여성신성운동' 에 관한 유용한 논문들로는 다음과 같은 것이 있다.
Rosemary Radford Reuther, New Woman/New Earth, N.Y.; Seabury Press, 1975.
Starhawk, The Spiral Dance; A Rebirth of Ancient Religion of Great Goddess, San Francisco; Harper & Row, 1986.
Carol Christ, Laughter of Aphrodite; Reflection on a Journey to the Goddess, San Francisco; Harper & row, 1987.

것이다.[90]

이들에 따르면 여성은 더 이상 자연과 함께 수동적인 존재로 여겨져 남성으로서의 인간에게 지배당하는 위치로 폄하될 수 없다는 것이다. 전통윤리의 남성 중심적 세계관에서 벗어나 자연과 여성까지도 남성과 동등한 위치로 바라볼 수 있는 시각의 확보야말로 그들이 주장하는 생태의식의 출발점인 것이다. 특히 고대 여신의 풍요로운 이미지와 생명을 주관하는 존재로서의 이미지를 부각시킴으로써 파괴의 심각성이 문제가 되고 있는 현재 지구의 생태위기는 극복 가능하다고 보고 있다. 즉, 여성과 지구, 자연을 신성한 존재로 바라볼 때 그 극복의 가능성을 타진할 수 있다는 주장이다.

결국 '돌봄의 윤리'와 '여성 신성 운동'은 현 인류가 당면한 생태위기에 대한 비교적 구체적인 대안으로서 생태페미니즘이 확보하고 있는 생태의식의 양상을 집약적으로 보이고 있는 부분이다. 아울러 생태페미니즘이 추상적인 전통 윤리와는 달리 실험적이고 혁신적인 차원의 실천 운동으로 나아가는 계기로 작용하게 된다.

이러한 모습은 캐롤린 머천트(Carolyn Merchant)에 의해 집약적으로 거론된다. 머천트는 여성 운동과 생태 운동이 자연과 사회 속에서 경제적 시장 원리로부터 발생하였음을 지적하면서 환경 운동의 전망은 산업화와 인구 과잉에 의해 파괴된 자연의 모습을 되찾는데 있다고 주장한다. 아울러 여성 운동 역시 자본주의 경제 원리로부터 소외되었던 초기 자본주의 사회의 모습에서 벗어나 자본 시장에서 남성과 동등한 위치를 찾아야함을 강조하는데 이러한 그녀의 견해는 오늘날의 생태위기가 사실은 과학 혁명으로 인한 세계관의 변화에 그 원인이 있음을 지적

---

90) Mary Daly, 앞의 책, 111-112쪽

함으로써 시작된다.

> 현재 우리가 당면하고 있는 환경적인 딜레마의 근원, 그리고 이러한 딜
> 레마가 과학 기술, 경제와 맺고 있는 연관성을 찾는 과정에서 우리는 과학
> 의 형성과 현실은 살아 있는 유기체로서가 아니라 기계로 재개념화 함으로
> 써 여성과 자연에 대한 지배를 정당화한 세계관을 재검토해야 한다. 현대
> 과학의 기초를 닦아 현대 과학의 대부로 칭송되는 프란시스 베이컨, 윌리
> 엄 하비, 르네 데카르트, 토마스 홉스 그리고 아이작 뉴튼의 업적은 재평가
> 되어야 한다. 또한 자원 개발에 혈안이 되어 유기체적 세계관에 도전했던
> 철학들과 사회 단체들의 위상도 역시 재검토해야 한다. [91]

이러한 그녀의 인식은 생태학적 관점에 입각하여 자연과 인류를 포함하여 모
든 유기체가 죽음에 이르게 된 것은 맹목적인 개발과 문화의 진보라는 명목 하에
가속화 되었던 인적 자원과 자연의 착취에 대한 문제를 심각하게 비판하는 데로
이어진다. 특히 과학이 등장함으로써 유기체적인 세계관이 파괴되고 기계론적 세
계관으로 대체되었음을 강조하면서, 근대 과학이 태동할 무렵 서구 사회에서는
당시의 세계를 보다 진보적으로 이끌 과학 혁명을 무비판적으로 수용하였지만,
지금의 생태 운동들은 이러한 가치에 정면으로 도전하고 있음을 지적한다.

그리고 이렇듯 당대에는 발전과 진보로 여겨지던 세계관이 후대에 가서 파괴
와 퇴보적인 가치로 전락할 수 있음을 명심한다면, 오늘날 우리가 처한 생태위기
를 극복할 만한 대안을 마련할 수 있다고 주장한다. 그리고 이의 한 방법으로서
환경운동과 여성운동의 연계에 대해 제안하고 있다.

> 환경 운동의 비전은 산업화와 인구 과잉으로 깨져버린 자연 생태계의
> 균형을 찾는 일이다. 그래서 환경 운동은 인류에게 진보라는 그릇된 신념

---

91) Carolyn Merchant, 앞의 책, 275쪽

에 의해 형성한 자연 파괴적인 사고와 인간이 자연을 지배할 수 있다는
일차원적인 사고를 지양해야 한다. 대신에 순환하는 자연의 테두리 안에서
자연과 더불어 살 것을 강조해야 한다. 또한 환경 운동은 다음과 같은 항목
들 - 진보에 대한 대가 (희생), 성장의 한계, 과학 기술적인 결정의 결점,
천연 자원의 보존과 재활용 - 에 초점을 맞추어야 한다. 이와 유사하게 여
성 운동은 시장 경제에서의 경쟁이 수반하는 전 인류적인 손실, 초기 자본
주의 사회에서의 여성의 의미 있고 생산적이며 경제적인 역할의 부재, 그
리고 여성과 자연을 약탈적인 기업가 정신으로 무장한 남편들이 심리적인
안정과 오락을 취하는 대상으로 여겼던 관점에서 벗어나도록 이끌어야한
다. [92]

결국 머천트는 환경운동과 여성운동의 연계를 통해 과학 기술로 인해 발생한
현재의 생태위기를 극복할 수 있는 생태의식을 확보하고 있다. 이러한 생태페미
니스트들의 논지는 공통적으로 전통윤리가 지니고 있는 지배적인 윤리에 대한
저항과 도전으로 일관되어 있다.

이점과 관련하여 로즈마리 루서(Rosemary Radford Reuther)는 에코페미니스
트가 공통적으로 지녀야 할 윤리와 문화에 대해 비교적 구체적인 언급을 하고
있다.[93] 그녀는 우선 남성중심적인 의식이 이원론적인 분열을 가져오게 되었음
을 지적하면서 우리는 수많은 동물과 식물로 구성된 자연 속에서 지배자가 아닌
그 구성원으로서의 자세를 견지해야 하며 인류가 출현하기 이전의 자연 상태로
돌아갈 수 있도록 노력해야 한다고 강조한다.

또한 자연은 더 이상 인류의 무례함을 용서하지 않을 것임을 경고하면서 인류
가 소비하고 낭비하고 있는 일체의 자원들은 후에 우리에게 폐허의 현실을 안겨

---

92) Carolyn Merchant, 앞의 책, 294-295쪽
93) Rosemary Radford Reuther, 앞의 책, 204쪽 재인용.
   Karen J. Warren, Ecofeminist Philosophy, Rowman & Littlefield, 2000, 31쪽

다 주어 생태계 파괴로 이어질 것임을 역설한다. 그러므로 우리는 인류가 자연으로부터 분리된 '고등의 종'이라는 생각을 버리고 자연의 일부로서의 인간이 우리를 둘러싸고 있는 생태계와 어떻게 조화를 이룰 수 있는가에 대해 고민하는 것이 생태페미니스트가 견지할 생태의식의 가장 기초적인 자세라는 것이다.

다음으로 그녀는 이러한 인간과 자연에 대한 인식에 도달하기 위해서는 '신'에 대한 개념을 재정립해야 함을 강조하고 있다. 생태페미니스트에게 있어서 '신'은 전 지구적인 사회를 유지하는 내적인 힘이라고 지적하면서 신은 남성도 여성도 아니며 인격화된 존재로서 다양한 동물과 식물들이 잘 성장할 수 있도록 하는 근원(font)으로 작용한다는 것이다. 아울러 신은 생명체들끼리 상호 의존적인 존재로 공생할 수 있도록 생명을 부여하는 존재임을 덧붙임으로써 '여성신성운동'의 관점과는 달리 남성도 여성도 아닌 신에 대한 인식을 보여줌으로써 좀더 객관적인 시선으로 신을 바라보고 있다는 점에서 보다 객관적인 시각의 확보가 돋보인다.

그러나 궁극적으로 생태페미니스트들의 윤리와 문화는 남성과 여성, 혹은 인간과 인간 이외의 존재들 사이의 지배적인 위계를 이들 간에 상호 의존적인 관계로 대처해야 한다는 것이다. 흑인보다는 백인이, 여성보다는 남성이 노동자보다는 관리자가 동물과 식물보다는 인간이 우월하다고 보는 지배적인 시각에서 벗어나야 한다는 것이다. 그것은 진정한 의미에서 어떤 분야의 우월성은 정점 한가운데에 있는 핵심적이고 지배적인 것들에 의해서라기보다 오히려 주변적인 것들에 깊게 의존해 있기 때문이라는 것이다.

그러므로 기존의 지배적인 사고에서 벗어나 인간과 그 주변의 관계 하는 모든 것들을 새로운 관점으로 바라보고 이 관계를 유지할 수 있는 연결 고리를 찾아야만 생명체 사이의 더 이상의 파괴와 단절을 막을 수 있다는 것이다. 그리고 이러한 연결 고리를 찾기 위해서는 생태계 안에서 존재하는 인간의 자아에 대한 기초적인 감각을 재정립해야 함을 강조한다. 즉 인간이 한정된 생명을 소유한 유기체임을 인식하고, 인간이 생태계의 중심이라는 생각은 바로 파괴와 붕괴로 이어짐을 명심할 때, 비로소 생태계 안에서의 바람직한 관계를 형성하게 될 것이라는 것이다.

이러한 새로운 발상으로의 전환은 지배적인 사고의 핵심인 이원론에서 벗어남으로써 가능하며, 이러한 지배적인 이원론에서 벗어나는 것이 생명체의 지속가능한 상태를 유지하는 기초가 되는 것임을 강조하고 있다. 아울러 이러한 실험적인 변화의 노력이 생태적으로 안정된 사회를 가져올 것이라 확신하고 있다. 루서가 제시한 생태페미니즘이 확보해야 할 윤리와 문화에 대한 지적 역시 이원론적이며 지배적인 사고에서 벗어나 인간들 스스로 뿐만 아니라 일체의 자연과의 관계에 있어서도 공생적인 입장을 취해야 한다는 것이다.

한편 생태페미니즘의 네 가지 기본 원칙을 제시하여 생태페미니즘의 본질과 지향점을 제시하고 있는 캐런 워런(Karren Warren)의 견해는 생태페미니즘이 나아가야 할 방향에 대해 구체적인 모습을 제시하고 있다는 점에 있어서 생태페미니즘의 핵심적인 사상으로 눈여겨 볼만하다.

> 첫째 여성의 억압과 착취 그리고 자연의 억압과 착취사이에는 중요한 연관이 있다. 둘째 이러한 연관의 성격을 이해하기 위해서는 여성과 자연에게 동시에 가해지고 있는 이중적 억압을 이해해야 한다. 셋째 모든 페미니즘 이론과 실천은 반드시 생태학적 관점을 포함해야 한다. 넷째 생태 문제에 대한 해결은 반드시 페미니즘적 관점을 포함해야 한다.[94]

---

94) Karen Warren, Ecological Feminism, London; Routledge, 1994, 1-2쪽 재인용.
_______________, Ecological Feminist Philosophies, Indiana University Press, 1996, 30-33쪽

첫 번째와 두 번째 원칙이 여성과 자연의 관계를 밝힌 것이라면, 세 번째와 네 번째 원칙은 페미니즘과 생태학의 연관성을 밝히고 있는 것이다. 아울러 그녀는 억압된 여성과 파괴된 자연을 남성중심의 굴레에서 해방시킴으로써 현재 인류가 당면해 있는 생태위기를 극복할 수 있음을 재차 강조한다. 워런에 따르면 가부장제적 개념의 틀은 가치 계급적 사고의 특성을 지니고 있어서 모든 가치에 상하 수직적 등급을 매긴다고 한다. 예를 들어 남성보다는 여성, 자연보다는 문화 그리고 유체보다는 정신을 더 높은 자리로 매김 하는 데 이것이 바로 '지배 논리' 임을 지적하면서 이러한 이원론적 사고는 모든 현상을 대립적이고 배타적으로 파악하게 하려는 문제를 안고 있다고 비판한다.

이러한 그녀의 생각은 밸 프롬우드(Val Plumwood)에게서 온 것이다. 프롬우드는 운동의 측면에서 생태페미니즘의 기본 발상들이 나오게 된 것은 여성 억압과 자연 파괴가 군국주의, 위계화 된 사회, 또는 지배 사회와 밀접한 관련이 있기 때문이라 간주한 바 있었다.[95] 이러한 공통된 인식에 입각한 두 학자는 생태페미니즘이 급진주의 페미니즘[96]으로 나아가는 것을 경계하고 있다. 그리하여 이른

---

95) V. Plumwood, Women, Humanity & Nature, London; Routledge, 1990, 10쪽 재인용.

96) 엘리슨 제거(Alison Jaggar)는 Feminist Politics & Human Nature(Rowman & Littlefield, 1983)에서 한 집단의 사고 유형에 따라 다양한 페미니즘적 양식이 가능함을 지적하면서 크게 네 가지의 양상을 언급하고 있다. 10-13쪽

1) 자유주의적 페미니즘: 남성과 여성의 어떠한 적절한 차이도 거부한다. 이들은 칸트와 공리주의자처럼 모든 인간은 자유롭고, 이성적인 존재이기 때문에 여성에 대한 그 어떠한 불평등한 대우도 도덕적 평등을 부인하는 것이며, 따라서 부당하다고 주장한다. 그래서 이들은 평등한 권리와 기회를 확보하는 투쟁에 온갖 정력을 쏟는다. 이들의 관점에서 보면 오늘날의 환경문제는 자원을 지나치게 무분별하게 개발하고 오염 물질 같은 부산물을 적절하게 억제하지 못한 데서 비롯한다고 보고 자원을 합리적으로 관리하고 과학과 기술을 좀더 발전시킬 뿐 아니라, 법률과 제도를 강화하여 오늘의 위기를 극복할 수 있다고 믿는다. 이 점에서 자유주의 페미니즘은 환경 개혁주의에 가깝다.

바 기존의 페미니즘과 생태운동의 문제점을 극복하여 '제3의 페미니즘(The third wave of feminism)' 이라 불리는 '비판적 생태페미니즘' 의 양상을 구축하기에 이른다.

'제 1의 페미니즘' 의 전형은 자유주의적 페미니즘이다. 그것은 차별의 종식과 여성의 평등을 추구한다. 그런데 이것의 문제점은 남성적 특징과 특질이 지배하는 문화에서 여성의 평등은 여성들에게 지배적인 남성의 특질을 채택하도록 요구하는 것에 불과하다. 그러므로 제 1의 페미니즘이 갖는 생태적 함의는 실로 끔직한 것이다. 여성은 남성처럼 자연의 억압자가 될 때만이 자신을 자연과 함께 억압으로부터 해방될 수 있다. '제 2의 페미니즘' 은 급진주의적 페미니즘의 노선으로서 여성 특유의 고유 관점이 고무되고 찬양된다. 하지만 이것은 여서의 억압을 정당해왔던 이원론을 고

---

2) 마르크스주의적 페미니즘: 여성의 지배와 억압을 계급 사회 제도, 그리고 자본주의의 사유 재산 제도 탓으로 보고, 여성 종속의 물질적 기초를 밝혀내고 생산 양식과 여성 지위의 관계를 기술하고 여성과 계급 이론을 가정의 역할에 끌어들이는 데 목표를 둔다. 그리하여 이들은 자연 파괴와 환경문제를 모두 자본주의 탓으로 돌리면서 사회주의에서는 잉여 가치를 만들어 내지 않기 때문에 인간 소외 뿐만 아니라 환경 오염이나 생태계 파괴도 최소한으로 줄일 수 있다고 주장한다.

3) 사회주의 페미니즘: 자연을 삶의 물질 기반으로 보고 생산 수단을 통하여 자연 변형시킬 수 있다고 믿는 이론으로 인간 본성을 고정 불변한 것으로 보지 않고 역사적으로 한정되고 사회적으로 만들어지는 것으로 본다. 그런데 마르크스주의 페미니즘보다 성차별 쪽에 좀더 관심을 쏟는다. 그래서 이들은 참다운 여성 해방을 위해서는 생산 수단의 소유권을 바꿔야할 뿐 아니라 자본주의 경제제도 자체를 수정해야 한다고 주장한다. 이들은 오늘날의 생태위기를 가져온 주범이 자본주의적 가부장제, 그리고 인간 진보를 위해 자연을 착취할 수 있다고 믿는 자본주의 이데올로기라고 본다. 그러므로 그들은 인간을 굳이 남성과 여성으로 가르지 않고 모든 인간이 평등한 대접을 받는 사회주의 국가를 이룩하는데 주력한다.

4) 급진주의 페미니즘: 남성의 지배문화에 편입하려는 자유주의 페미니즘과는 달리 급진주의 페미니스트들은 남성 질서에 맞서 싸운다. 흔히 문화 페미니즘이라고도 불리는 이들은 가부장적 질서를 무너뜨리고 그 자리에 여성의 질서를 세우려고 한다. 이들은 여성의 특성을 내세워 여성의 특권을 인정하려 한다. 몇몇 급진주의 페미니스트들은 여신 숭배나 달 숭배 또는 여성의 생식력을 중심으로 한 고대 제의를 부활시킴으로써 여성과 자연의 관계를 찬양하기도 한다.

스란히 받아들여 남성처럼 여성 스스로가 중심이어야 한다는 여성 중심적 모델(gynocentric model)이 만들어질 우려가 있다. 그러나 '제 3의 페미니즘' 은 자유주의적 페미니즘과 급진주의적 페미니즘의 한계에 대한 대안으로 작용할 수 있다. 이것은 자연의 지배와 여성의 지배가 아주 복잡하게 연관되어 있는 것으로 보는 다원론적인 태도로 기존의 이원론에 대한 저항에서 비롯하였다. 97)

'비판적 생태페미니즘' 은 이원론에 의해 파생된 일체의 왜곡된 선택들을 거부한다. 그리하여 미숙한 존재로서의 자연과 여성의 이미지를 거부하고, 창의력, 기술, 돌봄의 힘을 구현하는 존재로 재정의 되어야 함을 강조하고 있다. 그래서 어리석은 여성이 남성의 문화를 향해 간다고 보는 '자유주의적 페미니즘' 과 서구 문화가 만들어낸 이원론에 의해 문화와 개념을 수용하고 있는 '문화적 페미니즘' 등 기존의 페미니즘이 오히려 여성중심주의라는 새로운 지배 이론으로 작용할 수 있음을 강력히 비판하고 있는 것이다. 아울러 여성과 자연을 동시에 억압된 존재로 보고 이를 억압하는 대상으로 남성중심주의 사회를 설정하여 획일화 시키는 것은 이원론적인 경직된 사고방식임을 강조한다. 즉, 자연이 여성과 가까운 존재로 인식되는 부분이 있지만 이를 자연 전체와 여성 전체에 대한 지배논리에 일괄적으로 적용시키는 것은 문제가 있다는 것이다.

결국 프롬우드의 이러한 견해는 워런에 의해 강력히 지지를 받게 되어, 무비판적으로 남성 중심 문화에 참여하려는 자유주의 페미니즘의 입장도, 또한 '신성' 한

---

97) '제 3의 페미니즘 A third wave feminism' 이라는 용어는 프롬우드에 의해 처음 사용되었다. 이후 워런에 의해 적극적으로 지지를 받으며 '비판적 생태페미니즘' 의 핵심 사상으로 작용하게 된다.
Val Pulmwood, Feminism & Ecofeminism, Feminism & the Mastery of Nature, 39-40쪽
Karen J. Warren, Ecofeminist philosophy, 88-93쪽

존재로서의 여성성을 무조건 찬양하려는 급진주의 페미니즘도 모두 비판의 대상
이 된다는 것이다. 그러므로 이를 극복하여 남성을 노예주처럼 섬기지도 않을
뿐 더러 그 위에 군림하여 하지 않는 태도야말로 '비판적 생태페미니즘'의 출발점
인 것이다.

B. 생태페미니즘의 다양한 논의와 내재된 문제점

생태페미니즘은 심층생태론의 생태의식과 사회생태론의 생태의식을 비판적으
로 수용하여 생태위기의 문제를 해결하고자 하는 일종의 변증적인 이론이다. 즉
환경오염과 자원고갈, 그리고 생태파괴의 심각성을 인식하고 이의 극복을 위해서
는 자연에 대한 인간의 횡포에 대해 반성을 촉구하고 있다는 점은 심층생태학적
견지와 동일하지만 이러한 문제의 원인 파악과 극복 방법에 있어 생태페미니즘은
가해자로서의 남성과 피해자로서의 여성이라는 이분적 사고방식에 입각해 있다
는 점이 다르다.

또한 자연의 파괴가 지배이데올로기에 입각한 권력 구조의 횡포에 있음을 인
정하고 있다는 점에서는 사회생태론과 동일한 시각을 견지하고 있지만 그 권력구
조가 남성중심사회에 있으므로 이러한 남성중심의 사회를 개편해야 한다는 입장
이 서로 다르다.

생태페미니즘은 페미니즘의 다양한 이론들이 생태학과 만나서 생태페미니즘
의 이론을 파생시켰다. 그러나 분화된 다양한 이론들의 핵심적인 주장들은 몇
가지로 요약이 가능하다. 첫째는 현재 우리가 인식하고 있는 자연과 여성의 이미
지가 동일하다는 관점이다. 즉, 자연과 여성은 본질적으로든 사회적으로 부과된
것이든 '생명 탄생', '돌봄', 그리고 '파토스적인 존재'라는 측면에서 동일한 이미지
를 지니고 있다는 것이다.

둘째로는 자연이 인간에게 취급받는 방식과 여성이 남성에게 취급 받는 방식
이 유사하다는 착안으로 피지배의 대상으로서 억압받고 학대받는 대상으로서의
동일성에 대한 것이다.

셋째는 여성 학대와 자연 파괴를 야기하는 원인이 가부장제 구조와 지배적인
문화에 의한 이원론적 사고에 기인한다는 것이다.

네 번째는 이러한 억압과 파괴의 현실을 여성 특유의 '돌봄'에 의한 윤리와
여성을 여신과도 같은 '신성'한 존재로 인식함으로써 극복할 수 있다는 것이다.

마지막으로는 '비판적 생태페미니즘'의 논지로 이전의 페미니즘 운동과 생태
운동에 대한 동시적인 비판이다. 페미니즘이 만성화된 여성을 상정하거나 남성이
누리고 있는 동일한 상태를 요구하는 것으로 전락하고, 생태 운동이 파괴된 자연
을 화폐로 보상 받거나 기술적인 발전으로 극복하려는 운동으로 전락할 수 있음
을 비판하면서 이를 극복 지양한 생태의식의 확보를 강조하고 있다.

그러나 이러한 생태페미니즘의 공통된 합의는 각각 심층생태론자들과 사회생
태론자들에게 비판을 받게 된다.98) 우선 자연과 여성의 이미지가 동일하다는 관
점은 심층생태론자들에게 비난거리를 제공한다. 심층생태론자들은 많은 여성들
조차도 자연에 대한 지배와 생태 파괴에 공범이었다는 점을 간과하고 있다고 비
판한다. 생태 파괴는 남성들만이 자행한 것이라 보는 시각 역시 여성 중심주의라
는 또 다른 지배적인 시각의 반영일 뿐이라는 것이다.

둘째로는 사회생태론자들의 비판으로 자연 파괴와 함께 여성들만이 착취되고
억압되었다는 논리는 여성외의 많은 남성들도 인간에 대한 지배적인 억압 속에서
착취당하고 고통 받는 현실을 외면한 채 남성에 대한 고정관념을 강조한 견해일

---

98) Robin Eckersley, Environmentalism & Political theory, State University of New
York Press, 1992, 67쪽

뿐이라는 지적이다.

세 번째 역시 사회생태론자들에 의한 비판으로 여성 학대와 자연 파괴의 원인은 가부장적 이데올로기 이외에 동적인 사회구조의 다른 측면에 의해서도 가능하며, 남성과 여성이라는 대립적인 양상이 아니라 자연과 인간간의 다양한 관계로 인해 발생하는 것임을 그들은 강조하고 있다.

네 번째는 생태위기의 현실을 여성 고유의 '돌봄의 윤리'와 '신성운동'에 의해 극복할 수 있다고 믿는 믿음은 여성에게 특별한 통찰에 대한 특권을 부여함으로써 생태 문제와 사회 문제를 분석함에 있어서 환원주의적이고 균형을 잃은 일방적인 관점을 지니게 된다는 것이다.

마지막으로 생태페미니즘이 생태문제 해결의 대안으로 제시하고 있는 '비판적 생태페미니즘'은 기존의 페미니즘과 생태운동의 극단을 극복하고 보다 포용적이고 수용적인 안목을 확보하고 있는 점은 인정되지만 이를 위한 구체적 대안으로서 규범이나 행동 강령이 정해져 있지 않다는 한계가 있다.

이상으로 현재 서구를 중심으로 논의되고 있는 생태비평 담론의 구체적인 양상을 살펴 보고 그들의 한계까지도 짚어 보았다. 그리고 그 과정에서 생태비평 담론들이 각기 다른 생태의식을 지향하고 있음을 간파할 수 있었다. 또한 이러한 담론들이 현재 동시적으로 각기 다른 입장을 지닌 생태론자들에게 수용되고 있으며 여전히 발전과 진보를 향해 나아가고 있는 열려진 담론임을 알 수 있었다. 그러므로 이러한 발전 과정에 있는 생태비평 담론들이 한국 현대소설에서는 어떠한 모습으로 반영되어 있으며, 주류를 이루는 생태의식은 무엇인가를 고찰해 봄으로써 본 논문이 규명하고자 하는 '한국 현대소설에 나타난 생태의식'에 대한 선명한 모습을 확인할 수 있을 것이다.

2.3. 생태소설의 개념 및 범주

오늘날 인류는 서구를 중심으로 과학 기술의 발달에 열중한 나머지 자원을 남용하여 자연을 파괴하는 생산 체제와 인간을 불구로 만드는 사회를 만들어 버렸다. 이러한 서구의 산업화는 특히 서양을 중심으로 물질 만능주의에 기반을 두고, 정의와 조화 그리고 미(美), 건강 등의 비물질적인 가치들을 폄하시켰다. 그 결과 20세기 말이 되면서 이러한 물질주의의 한계는 그 모습을 드러내게 되었다.

이러한 생태위기는 우선 인류를 둘러싼 지구 환경의 심각한 오염으로 인한 피해를 가져 왔고, 다음으로 인간들 사이에 만연되어 있는 계층, 인종, 지역, 그리고 종교의 차이로 인한 갈등이 심화된 상태와 직면하게 하였다. 그리고 이에 대한 인간의 극복 의지와 노력의 일환으로 실천적 운동의 주체로서 환경 운동가나 환경 단체가 등장하였고, 나아가 서구의 일부 선진 학자들에 의해 '생태의식'에 입각한 생태담론들이 등장하게 되어 전술한 문제들에 대한 해결 방안을 모색하기에 이르게 되었다.

특히 1970년대 이후 환경 운동이 활발하게 일어나고, 생태의식이 일반 대중에게까지 광범위하게 확산됨에 따라 문학에서도 환경문제에 대한 관심이 점점 고양되기에 이르렀다. 유럽과 미국을 중심으로 생태의식을 견지한 문학 작품들이 등장하기 시작하였고, 조셉 미커에 의해 처음으로 '문학생태학'이라는 용어가 만들어진 이후, 80년대 중반부터 문학생태학에 대한 본격적인 연구들이 진행되었다. 이후 90년대와 현재에 이르기까지 문학생태학에 대한 관심은 토론회나 학술대회를 통해 급속도로 확산되고 있다.

한국의 경우도 1960년대 본격적인 산업화가 시작된 이래, 70년대를 중심으로 공해와 생태계 파괴에 대한 우려의 목소리가 높아졌고, 80년대 이후 본격적인 문제 제기가 환경 단체들을 중심으로 일게 되었다. 그리고 90년대부터는 서구의 생태의식에 대해 본격적으로 공감대를 형성하기 시작하였고, 동일한 의식에 입각하여 생태위기의 심각성을 알리려는 문학적 노력이 활성화되었다. 이후 21세기에 접어들면서 이러한 문학적 노력은 시문학을 중심으로 결실을 이루기 시작하였고, 김지하의 '생명 시론'을 필두로 하여 '녹색시'99)라는 명칭까지 부여한 채 문학 창작과 함께 비평담론도 비교적 활발히 일고 있는 상태이다.

반면, 소설문학은 시문학에 비해 다소 미진한 모습을 보이고 있다. 그러나 최근 '녹색소설', '환경소설', '생태소설'이라는 다양한 수식어를 앞에 두고, 본격적인 의미에서 생태의식을 견지한 소설 작품들이 활기를 띠고 창작되고 있다. 즉 생태의식을 지니고 생태위기의 심각성을 인식하고 이를 고발하고 비판하거나, 나아가 이의 극복을 위한 방안을 모색하고자 하는 시도들을 보이는 작품들이 등장하게 되었다. 그런데 이때 '생태의식'이라는 개념은 주지하고 있듯이 생태위기의 심각성에 대한 인식과 이의 해결을 위한 일체의 의식적 사고를 일컫는다. 그러다 보니 개발주의에 입각한 '환경 의식'과 혼동되기도 하고, 막연하게 환경보호 문제와 관련짓는 정도로만 이해되기도 하여 '생태문학', '환경문학', '녹색문학'이 구분이 없이 혼재되어 쓰이고 있는 실정이다.

그러므로 본 논문에서는 생태의식을 반영하고 있는 일체의 문학 작품을 '생태문학'이라 정의하여 '환경의식'이 내포하고 있는 인간중심주의적 발상과는 다른 일원론적 유기체론에 입각하여 생태위기의 문제를 제시하고 이의 극복에 대한 다양한 발상을 보이는 일체의 문학을 생태문학이라 간주하기로 하였다. 아울러

---

99) 이남호, 「녹색문학을 위하여」, 『녹색을 위한 문학』, 민음사, 1998, 13-55쪽
　　이남호에 의해 처음 사용된 용어로서, 생태의식을 견지한 일체의 문학담론을 '녹색'이라는 수식어를 사용하여 설명하고 있으며, 나아가 그는 환경문제와 생태위기에 대한 문학적 형상화는 오직 시문학을 통할 때만이 그 가치가 있다는 일방적인 관점을 견지하고 있다.

이러한 생태문학의 하위 범주로서 '생태소설'을 설정하여 한국 현대소설 중 생태소설들이 견지하고 있는 생태의식을 규명할 것이다. 이에 앞서 생태문학으로서 생태소설의 개념을 명확히 제시하고 아울러 생태소설이 범주도 규정지을 것이다.

생태문학은 생태계 문제를 성찰하고 비판하며 그 원인을 생태적 인식을 바탕으로 따지고 더 나아가 새로운 생태사회를 꿈꾸는 문학을 의미한다.[100] 그리고 이때 '생태적 인식'이란 생태의식을 내포하고 있는 말로서 생태위기를 다루거나 생태의식을 깨우치는 일련의 작품들을 통해 전달되는 것이다. 그리고 전술하였듯이 이러한 생태문학의 하위 범주로서의 생태소설은 동일한 입장의 문학 장르이다. 다시 말해 생태의식의 사고 범위를 생태위기에 대한 문제 인식과 해결 의지까지 함께 인식해야 한다는 원론적인 관점에만 두지 말고, 문제 인식 자체만으로도 생태의식을 견지하고 있는 상태로 간주하는 포괄적인 범위로 확대하여 생태문학과 생태소설을 바라보아야 한다는 것이다.

생태소설은 이렇듯 생태위기의 문제에 대한 비판적 인식 자체를 다루거나 나아가 이의 극복 의지를 포괄한 작품들까지도 총괄적으로 지칭하는 것이다. 그러나 생태위기의 현실을 해결하는 방법에 있어서 지구의 주인으로서 인간의 우월적인 입장을 고수한 채 환경문제에 대한 기술주의적 관점을 표방하는 경우의 사고와 이를 반영한 작품은 생태소설의 맥락에서 제외되어야 한다. 그것은 과학 기술이 현재의 생태위기를 극복할 수 있다고 믿는 신념이야말로 생태적 인식에서 근본적으로 문제 삼는 인간중심주의적 발상이기 때문이며 나아가 이러한 인식을 문제로 삼아 현재 생태위기의 원인으로 간주하여 논의를 시작하는 것이 생태문학의 출발이기 때문이다.

하지만 생태소설을 이렇게 폭넓게 정의할 경우 두 가지의 문제가 발생한다.

---

100) 김용민, 『생태문학-대안사회를 위한 꿈』, 책세상, 2003, 97쪽

그 하나는 서구의 과학 기술 문명에 대해 막연히 비판적 자세를 취하는 작품 까지도 생태문학의 범주에 포함 시켜야 하는가에 대한 문제이다. 즉 현재 인류가 당면한 생태위기의 원인이 과학 기술 문명에 근거하고 있는 것은 사실이지만, 구체적으로 생태위기에 관한 성찰 없이 현대 산업 사회의 문제 자체만을 문제로 삼고 있는 경우로서 일종의 초기 모더니즘적 양상을 띤 작품들을 생태소설의 범주에 넣을 수 있느냐의 문제이다. 결론적으로 이러한 문명 비판적인 초기 모더니즘적 양상의 작품들과 산업사회 현장의 문제를 담아 계급적 대립과 갈등 양상만을 문제 삼는 리얼리즘 계열의 작품들은 생태소설의 범주에 넣기 어렵다. 그것은 생태소설의 전제가 생태위기의 현실을 인지하고 이에 대한 문제 제기에 있기 때문이다.

다른 하나는 본격적인 의미에서 생태의식이 대두되기 시작한 1970년대 이전에 쓰여 졌지만, 생태의식적인 요소를 견지하고 있는 일련의 작품들을 생태소설이라 정의할 수 있는가의 문제이다. 이에 대해 김용민은 생태의식이 본격적으로 대두되기 이전에 쓰여 진 작품이라 하더라도 생태적 관점과 동일한 모습으로 인간과 자연의 관계를 새롭게 성찰하려는 시도를 보여준 작품 일체 까지도 생태문학의 범주에 포함시켜야 한다[101]고 주장하고 있다. 그러나 본격적인 의미에서 생태의식이 막연하게 자연과 인간이 하나가 되는 물아일체(物我一體)적인 사고를 의미한다기보다 일원론적인 사고에 입각한 새로운 시대의 유기체론이라는 점에서 볼 때, 본격적인 산업화가 이루어지기 이전의 작품을 단지 자연과 인간의 합일이라는 사고만을 확대 해석하고 이를 생태의식이라 간주하여 생태소설의 범주에 넣을 수는 없는 것이다.[102]

---

101) 김용민, 「생태사회를 위한 문학」, 『초록 생명의 길』, 시와 사람, 2001, 35-37쪽
102) 이러한 관점의 시도로서 김동리와 황순원에 대한 연구가 일부 학위 논문을 통해 전개된 바 있다.

오히려 이러한 과거의 작품을 생태소설의 범주에 포함 시키는 것은 생태문학의 시대적 독자성을 파괴하는 결과를 초래할 수도 있는 것이다.[103] 즉 이러한 관점에 입각하여 생태소설을 정의하게 되면 산업 사회의 과학 기술 문명의 결과로 초래된 생태위기를 새롭게 대두된 생태의식적 차원에서 논의하기 어렵게 된다. 나아가 생태의식이 자연과 인간과의 문제만을 다루는 생명평등주의에만 입각해 있는 것이 아니라 사회 구조적 문제에서 야기된 인간의 욕망과 지배적 태도를 지양하고 자유와 생성의 세계에 대한 갈망을 보이고 있으며 여성 특유의 돌봄의 윤리에 의한 자세와 신성한 여성의 이미지를 통해 생태위기를 극복할 수 있는 대안 마련이 가능하다는 사실까지도 생태의식적 차원에 포함해야 하는 것이다. 그러니까 이렇듯 다양한 견지에 입각한 생태의식을 뒤로 한 채, 인간과 자연에 대한 새로운 인식에만 초점을 맞춘다는 것은 생태문학의 본질을 도외시한 시각임에 틀림이 없는 것이다. 그러므로 생태문학의 하위 범주로서 생태소설은 산업화 이후에 발생한 과학 기술 문명의 환경에 대한 파괴적 행동을 인식하고, 인류가 직면해 있는 환경위기의 실상을 알리고, 이러한 위기의 원인을 깊이 성찰하고, 나아가 이의 극복 방안에 대해 깊게 천착하는 작품 일체를 의미한다.[104]

이소영, 「황순원 소설에 나타난 생태의식 연구」, 고려대 석사, 1998.

곽경숙, 「한국 현대소설의 생태학적 연구: 김동리와 황순원의 소설을 중심으로」, 전남대 박사, 2001.

이상희, 「김동리 소설 연구: 생태주의적 관점에서」, 성신 여대 교육 대학원 석사, 2002.

103) 이점에 대해서 김용민도 그 한계를 스스로 인정하면서 70년대 이후에 쓰여 진 본격적인 생태문학과 그 이전에 간헐적으로 발표 되었던 작품들을 통틀어 생태문학이라 규정하되, 전기와 후기로 구분하여, 각각 '초기 생태문학' 과 '본격 생태문학' 이라 구분하자고 주장하고 있다. 김용민, 앞의 책, 41쪽

104) 이러한 생태소설에 대한 논의는 전술한 바처럼 생태시에 대한 논의에 비하면 상당히 미흡한 수준이다.

김동환, 「생태학적 위기와 소설의 대응력」, 실천문학, 1996.

이남호, 「문학은 녹색이다.」, 『녹색을 위한 문학』, 민음사, 1998.

신덕룡, 「생명 문학 논의의 흐름」, 『환경위기와 생태학적 상상력』, 실천 문학사, 2000.

결국 생태소설은 각기 다른 생태의식을 견지한 작품들로서 산업화로 인한 과학 기술 문명에 대한 비판적 사고를 그 출발점으로 인식하고 있는 일련의 작품들이다. 한국의 경우 산업화로 인한 문제점이 본격적으로 현실화된 기점이 1970년대이고 이와 맞물려 생태의식적 견지의 작품들이 창작되기 시작한 기점도 이 시기이다. 그리고 현재까지 진행되고 있는 산업화로 인한 생태위기와 이에 대한 생태의식적 대응 양상은 그 유형에 따라 다음과 같이 세 가지 범주로 구체화 할 수 있다.105)

첫째는 환경과 파괴의 현실을 직접적이며, 사실적으로 서술하는 경우이다. 죽어 가는 숲, 오염된 강물, 각종 공해 등의 환경문제를 분노와 걱정 그리고 두려움을 지닌 채 묘사하고 고발하는 작품들이다. 아울러 생태의식을 바탕으로 생태계의 현 상황을 사실적으로 그려주면서 동시에 그 파괴의 원인에 대해 성찰하고 있는 작품의 경우까지도 포괄한다. 다분히 심층생태학적 견지에 입각한 이러한 유형의 작품들은 생태계 파괴에 대한 묘사 자체가 주목적이 아니라 여기에 내재해 있는 인간의 자연에 대한 태도와 문명의 문제가 핵심을 이룬다. 즉, 물질문명과 산업 사회에 대한 비판, 이성주의, 이원론적 세계관 등과 같은 가치관에 대해 근본적인 문제를 제기하고, 그 문제점을 규명하고자 하는 작품이 여기에 속한다.

둘째는 생태계의 현 상황을 비판하는 것에서 벗어나 이를 극복한 미래의 생태 사회를 꿈꾸고 모색하는 작품들이다. 이러한 작품은 인간의 의식적 차원뿐만 아니라 사회 제도를 바꾸어야만 현재의 위기에서 벗어날 수 있다는 사회생태론적 입장을 견지하고 있다. 즉, 인간과 자연의 관계를 생태학적 순환 속에서만이 아니

이광호, 「녹색소설의 가능성」, 『시인은 숲을 지킨다』, 김욱동 저, 범우사, 2001.
105) 이러한 유형화 작업의 기준은 전술한 생태소설 논의를 참고로 하여, 1970년대 이후부터 1990년대에 이르는 한국 현대소설들을 중심으로 그 범위를 한정 시켰다. 그것은 2000년대 이후의 작품은 아직 그 양상을 논하기에는 새로운 세기라는 시대적 맥락 하에 작품 전개 양상이 진행 중에 있는 상태이므로 그 설득력을 얻기 어렵기 때문이다.

라 사회 제도적 측면에서 변혁하며, 현재와는 다른 가치와 목표를 갖는 사회를 어떻게 이룰 것인가에 대해 고유의 방식으로 접근하는 작품들이 여기에 속한다.

마지막으로는 생태페미니즘적 관점에서 생태 문제를 바라보고 성찰하는 작품이다. 이들 작품은 생태위기를 가져온 주 원인은 남성 중심주의에 의한 가부장적 사회구조에 있다고 전제한다. 그리고 이러한 지배적이 사고가 생태위기의 원인임을 제시하면서 여성 특유의 '돌봄의 윤리'를 강조하여 여성을 신성한 존재로 격상시켜야만이 현재의 위기를 극복할 수 있음을 제시하고 있는 작품들이 이에 해당한다.

1970년대 이후 한국 현대소설에 나타난 이러한 생태소설들의 양상은 이렇듯 세 가지 범주로 유형화 할 수 있다. 그리고 이러한 유형화의 작업은 한국 현대소설에 나타난 생태의식을 규명하는 핵심적인 준거로 작용할 수 있을 것이다.

한국 현대소설에 나타난 생태의식을 고찰한다는 것은 일차적으로 산업화가 진행된 이후, 생태위기의 현실과 이로 인한 피해가 가시화된 상태를 전제로 한다. 그리고 소설 작품에 형상화된 각종 오염과 피해의 실태 그리고 이에 대처하는 각 개인이나 사회 조직의 서로 다른 모습을 확인하기 위해서는 전술하였듯이 생태비평적 시각을 견지해야 할 것이다.

이제 전술한 전제와 방법론 하에 1970년대 이후 한국 현대소설에 나타난 생태의식을 규명할 것이다.[106] 그리고 이러한 시각으로 논의를 진전시켜 세 유형으로 범주화된 생태소설의 양상을 확인할 것이다. 이것은 이미 생태소설의 범주를 구체화 하는 과정에서 도출된 양상으로 본 논문이 규명하고자 하는 한국 현대소설

---

106) 앞서 언급하였듯이 이때 연구 대상으로 삼은 작품은 1970년대 이후 90년대에 이르는 작품들로 국한시켰다. 그것은 현재 21세기라는 새로운 세기를 맞이하여 생태담론들이 활발히 논의되거나 발표되고 있는 실정이어서 2000년 이후 쏟아지는 생태소설의 구체적 양상을 확정짓기에는 다소 성급한 감이 있어서이다.

에 나타난 생태의식을 검증하는 준거로서 작용하게 될 것이다. 즉 환경문제에 대한 체험적인 고발과 표층적인 인식의 수준에서 출발하여 생명의 평등성에 대한 심층적 인식으로 전환하는 과정, 그리고 현재 생태위기의 현실을 타자화된 인간의 욕망에 의한 지배와 파괴의 세계로 규정짓고, 노마드적 주체와 자기지시적 존재들에 의해 이를 극복한 새로운 생태사회로서 자유와 균형의 세계로 회귀하는 과정, 상처 입은 여성으로서의 자연에서 벗어나 '돌봄의 존재'로서 대지의 여신으로 거듭나는 과정을 통해 한국 현대소설에 나타난 생태의식을 보다 면밀하게 천착할 수 있을 것이다.

Ⅲ. 생태위기에 대한 인식

1. 생태위기에 대한 표층적 인식

산업화가 시작된 1960년대 이후 성장 위주의 경제 정책을 표방한 우리는 국가적 발전과 선진국을 향한 도약의 밑거름인 수출 증대를 위해 마구잡이식으로 해안을 중심으로 한 공단 개발에 박차를 가하게 되었다. 이 과정에서 국민 대부분의 생업이었던 농업에 대한 경시 풍조가 만연하게 되었고, 뿐만 아니라 무분별하게 자행된 공단 지역의 폐수와 매연의 방출은 해양 오염과 대기 오염을 동시에 가중시켰고, 공단 지역을 중심으로 진행된 인구의 편파적인 도시 집중 현상은 인간이 살기에 열악한 환경을 조성하여 궁극적으로 개인의 가치를 파괴시켰다.

그 결과 이러한 생태위기 상태에 대해 소설문학을 통한 심각한 문제 제기가 일게 되는데 이러한 문제 제기는 주로 해양 오염, 식수 오염 그리고 나아가 대기 오염 등의 구체적인 모습을 통해 형상화된다. 뿐만 아니라 각종 쓰레기로 인한 토양 오염과 폐수로 인한 대지의 황폐화를 묘사하기에 이른다. 그런데 이들 작품들은 대부분 네스가 이야기하는 '표층적 생태론'의 양상이 주로 나타나고 있다.

즉 공해문제나 자원 고갈 같은 일반적인 환경문제를 그 대상으로 삼는 경우로써 환경문제에 대한 근본적인 해결에는 관심이 미치지 못하거나 미약한 상태의 의식이 반영된 경우들이다.

1.1. 해양오염 및 식수오염

산업화와 함께 성장위주의 경제 정책이 주를 이루었던 한국의 경우 대부분의 공단들은 해안지역을 중심으로 조성되기 시작하였다. 그것은 공단 가동에 필요한 여러 자원을 쉽게 수입할 수 있고, 나아가 제품을 보다 빨리 수출하기 위해서는 해안지역을 통한 문전연결성을 확보해야만 한다는 필요성에 기인한다. 특히 삼면이 바다로 둘러싸인 한국의 경우 대부분의 공단들은 앞을 다투어 해안에 공장을 건립하게 되고 이로 인해 배출되는 온갖 폐수들은 급기야 지역 주민들을 위협하기에 이르게 되었다. 그리하여 이러한 해양오염은 단순히 바다를 오염하는 데서 그치지 않고 바다속 생태계를 파괴하여 지역 주민들의 생계를 위협하기에 이른다. 김용성의 〈사해 위에서〉(1976),[107] 서정인의 〈붕어〉(1994),[108] 홍성원의 〈남도기행〉(1994),[109] 한창훈의 〈돛 낚는 어부〉(1999),[110] 그리고 김원일의 〈도요새에 관한 명상〉(1979)[111]과 이문구의 〈해벽〉(1972)[112]은 해양오염의 실태를 비교적 구체적으로 형상화하고 있다. 또한 이러한 해양오염이 수질의 급격한 악화를 가져오게 되어 식수에 대한 불신이 인간에 대한 불신으로까지 이어지는 현

---

107) 김용성, 〈사해 위에서〉, 《환경위기와 생태학적 상상력》, 실천 문학사, 1999.
108) 서정인, 〈붕어〉, 《붕어》, 세계사, 1994.
109) 홍성원, 〈남도기행〉, 《남도기행》, 문학과 지성사, 1999.
110) 한창훈, 〈돛 낚는 어부〉, 《시인의 별·제24회 이상문학상 수상작품집》, 문학 사상사, 2000.
111) 김원일, 〈도요새에 관한 명상〉, 《김원일 문학상 수상 작품집》, 훈민정음, 1993.
112) 이문구, 〈해벽〉, 《해벽·이문구 소설집》, 창작과 비평사, 1974.

실의 모습을 담고 있는 작품으로 최성각의 〈약사여래는 오지 않는다〉(1989)[113] 가 있다.

이들 작품들은 모두 급격한 산업화 속에서 무분별하게 자행된 생태 파괴의 현실을 등장인물의 체험적 사실에 근거하여 당혹스러운 현실의 문제에 대해 심각한 위기의식을 표명하고 있는 경우들이다. 먼저 〈사해 위에서〉는 대규모 공단 건립으로 폐촌이 되어버린 해안 마을에 경비 초소로 배치된 신참 순경인 '나'와 폐촌이 되었지만 돌아올 아들과 며느리를 기다리는 돌이 할아버지와 이러한 할아버지와 함께 쓸쓸히 하루하루를 보내는 돌이, 그리고 어느 날 등장한 검은 가방을 든 낯선 사내로 인해 전개되는 이야기이다.

이 이야기의 핵심은 돌이와 김 순경에게서 한껏 의심 받던 그 사내의 가방에 이 마을을 떠났던 부친의 유골이 들어 있다는 사실과 그가 고향에 묻어 달라는 부친의 유언에 따라 이곳을 방문하였지만 해안은 이미 지나치게 오염이 되어 있어 멀리 떨어져 있는 바다에 노인의 유골을 뿌릴 수밖에 없는 상황에 직면하게 되는 것이다. 아울러 아름답고 풍요로웠던 과거의 바다와 해안 마을을 떠올리며 회한에 젖는다는 내용을 통하여 현재 폐촌이 되어 버린 해안 마을의 황폐성을 외부인인 '나'의 시각으로 전개시킴으로써 해양 오염의 한 장면을 형상화 하는데 성공한 작품이다.[114]

이 작품 서두에 제시되고 있는 해안의 풍경은 거대한 공업 단지가 얼마나 쉽게 해안을 파괴하고 있는지를 사실적으로 보여 주고 있다.

---

113) 최성각, 〈약사여래는 오지 않는다〉, 《도요새에 관한 명상-녹색 환경소설집》, 문예산책, 1995.

114) 김종회는 간결하고 속도감 있는 문체와 해양오염 문제에 초점을 맞추면서 그것을 하나의 명료한 사건에 견주어 부각시켜, 단편소설의 산뜻한 묘미를 살렸다고 평가하고 있다. 김종회, 「생명사랑, 인간사랑의 문학을 위하여」, 경희대 한국문화연구, 1998, 159쪽

바다는 짙은 잿빛을 띠며 죽어 있었다. 그것은 마치 선사시대의 거대한
짐승의 시체처럼 소리 없이 누워 있었다. 구름은 태양을 가렸고 수면 위에
는 바람 한 점 스치지 않았다. 길게 육지를 파고들어 물굽이를 이루는 곳에
강물이 흘러들어오고 있었으나 유심히 눈여겨보지 않으면 그것도 움직이
는 것 같지가 않았다. 다만 움직이는 것은 하구(河口)에 우뚝 솟은 공장
굴뚝들을 통해 솟아오르고 있는 여러 개의 불기둥뿐이었다. 불기둥은 밤낮
을 가리지 않고 여기 바닷물 위에 붉은 그림자를 던지고 있었다. 그래서
때때로 용암이 솟아오르듯 바닷물이 이글이글 타오르는 것이 아닌가 하는
착각을 불러일으키고는 하는 것이었다. 그렇다고 바다가 살아 있다는 생각
은 들지 않았다. 그 붉은 그림자들은 바다를 서서히 죽이고, 드디어는 죽어
버린 죽음의 사신이었다. 그 흔한 갈매기조차 잿빛 바다 위에 너울거리는
붉은 그림자들을 두려워하고 날아오지 않았다.[115)]

이렇듯 '불기둥'으로 상징되는 공장의 모습은 산업화와 경제 성장이라는 일념
하에 맹목적으로 성장 제일주의를 불사르던 당시의 현실을 대변한다고 할 수 있
다. 그리고 이로 인해 만들어진 '붉은 그림자'는 곧 산업화로 인한 병폐로써 무분
별하게 버려진 폐수와 공장의 각종 오염 물질이 바다를 병들게 만들었을 뿐만
아니라, 더 이상 갈매기조차도 날아오지 않는 황폐한 현실을 만들어 내었음을 암
시하는 것이다. 아울러 이러한 황폐성은 살기 좋았던 해안 마을을 급기야 폐촌으
로 만들고 말았음을 강조하고 있다. 즉 불기둥처럼 이글거리는 인간의 욕망은
결국 그 뒤에 인간 스스로를 파괴하고 자신의 거주 공간까지 박탈당하는 부정적
인 그림자를 드리울 수밖에 없다는 사실을 형상화하고 있는 것이다. 아무리 용암
처럼 붉은 기운이 기둥처럼 믿음직스럽게 찬란한 미래를 보장해 줄 것이라 믿어
도 결국 검은 그림자의 현실을 외면할 수 없는 것이다.

---

115) 김용성, 〈사해 위에서〉, 229쪽

이순경이 부임해 간 경비 초소에 선임자 김순경은 '나는 언제나 그것을 생각하고는 있지만 저 하늘과 바다, 이런게 나를 우스꽝스러운 놈으로 만들어 버린다'며 공장으로 인한 하늘과 바다의 파괴가 외면하고 싶지만 외면할 수 없는 현실의 문제임을 제시하고 있다. 언제나 국가를 위한 임무 수행에 자부심을 지니려 하지만 하늘과 바다가 그러한 자신을 비웃고 있다는 생각은 그로 하여금 스스로를 잠으로 도피하게끔 한다. 즉 김순경은 국가의 부강을 위해 불기둥으로 상징되는 공장은 늘 가동되어야 한다고 생각은 하지만 이로 인해 바다와 하늘이 더 이상 예전의 모습을 지닐 수 없음을 도저히 맨 정신으로 볼 수가 없었던 것이다.

신참인 '나'는 이러한 그를 처음에는 이해하지 못한다. 다만 폐촌이 되어 버린 마을의 을씨년스러움으로부터 벗어나고 싶을 뿐인데 그것은 수백 마리나 됨직한 제비 떼를 보고 두려움을 느꼈기 때문이다. 그가 본 폐촌의 언저리에 모여 있는 제비 떼들이 사실 마음만 먹는 다면 언제고 얼마 남아 있지 않은 인간을 공격할 것이고, 그러면 자신은 꼼짝 없이 죽고 말 것이라는 두려움을 느끼게 되었던 것이다. 이것은 주인공 '나'가 어렴풋이 견지하고 있는 생태의식으로서 자연의 주인으로 군림하던 인간이 언젠가는 자연에 의해 보복 당할 것이라는 심층생태론자들의 주장과 일맥상통하는 부분이다.[116] 이러한 주인공 '나'의 생태의식은 폐촌이 되어 버린 마을에 대한 인상을 통해 집약적으로 제시되고 있다.

> 그러니까 그런 것들은 지나간 일들이었다. 내가 본 웅덩이에는 물고기라고는 아무것도 없었다. 가까이서 보는 바다의 물빛은 초소에서 보았던 것과 같이 짙은 잿빛이 아니었다. 그것은 오색을 띠고 있었다. 그러나 영롱하지가 않고 암영의 오색이었다. 물 밑에서부터 검고 어두운 그림자가 떠올라 기름의 화학적인 빛깔을 떠받들고 있었다.
> 웅덩이에서는 이곳의 마지막 생명체인 듯싶은 회색의 갑옷을 입은 같게

---

116) Devall & Sessions, 앞의 책, 67쪽

한 마리가 기름을 헤치며 힘에 겨운 듯 헤엄을 쳐서 갈대밭 속으로 기어
들어갔다. 더러워진 해안을 따라 키 작은 갈대가 자라고 있었다. 갈대는
해안뿐만 아니라 반쯤 기울어져 가는 집 뜰에도 부엌에도 외양간에도 그것
들이 뿌리를 내릴 수 있는 곳에는 어디서든지 가리지 않고 침범했다.[117]

'나' 가 지금은 그저 웅덩이로 변해버렸지만 과거에는 바다 인근 마을 사람들에
의해 돌로 만들어진 잔잔한 호수와도 같은 양어장이었을 것이며, 바다의 빛깔도
지금처럼 잿빛이 아니라 오색으로 영롱하게 빛났을 것을 상상해본 후 현실의 모
습을 대조해 보는 장면이다. 이렇듯 '나' 는 풍요로웠던 어촌 마을이 현재의 상태로
변한 것은 분명 검은 그림자로 상징되는 공단의 매연과 폐수때문임을 인식하고
제비 떼에게서 느꼈던 공포와 함께 풍요로웠던 어촌 마을을 떠올림으로써 생태위
기의 현실에 대해 심각한 문제를 제기하고 있다.

이러한 생태위기에 대한 문제의식은 마을의 유일한 주민인 돌이와 그의 할아
버지에게서도 발견된다. 마을에 수상한 사람이 나타났다며 '나' 에게 신고를 해온
돌이를 보고 처음에 '나' 는 일순 당황하게 되는데 그것은 돌이의 손이 너무나 흉물
스럽게 터지고 벗겨지고 하였기 때문이다. 그리고 이에 대해 이유를 묻자 돌이는
다음과 같이 대답한다.

> "저 물 때문이에요. 할아버지 말로는 독을 품고 있대요. 마을 사람들이
> 떠나버린 것도 저 물 때문이지요. 물이 고기들을 죽였고 가축을 죽이고
> 사람을 죽일 거라면서 떠나버렸어요."
> 나는 바다를 내려다보았다. 멀리 불기둥이 물 속에 들어앉아 꿈틀대며
> 흔들거리고 있었다.[118]

---

117) 김용성, 앞의 책, 235-236쪽
118) 김용성, 앞의 책, 239쪽

이렇듯 돌이와 돌이 할아버지는 모두 물이 오염된 이유를 공장 때문이라 믿고 있다. 게다가 돌이는 공장에서 발생하는 각종 먼지 때문에 호흡조차 곤란하다고 호소하기까지 한다. 그리고 이러한 상황때문에 사람들이 떠나고 갈매기도 떠났다고 믿고 있다. 그러나 돌이의 할아버지는 '언젠가는 제비 떼가 떠나고 갈매기가 돌아오면 떠난 사람들도 돌아 올 것' 이라는 확신을 가지고 있다. 그리고 이러한 확신은 검은 가방을 들고 온 낯선 사내에 의해 현실로 이어 진다.

'나' 는 '잘만 걸려들어 공적을 세운다면 저 땅 끝 바람받은 경비 초소에서 해방 될 지도 모른다' 는 생각으로 낯선 사내를 검문하던 중 그가 이 마을에 살던 김만수라는 노인의 아들이라는 것과 그가 가져온 검은 가방 안에는 그의 부친의 화장된 유골이 들어 있음을 알게 된다. 나아가 지금은 폐촌이 된 마을 인근의 해안이 너무 오염되어 먼 바다로 나아가 화장한 유골을 뿌려야 하는 현실에 애통해하는 낯선 사내의 모습과 대면하게 되고 그의 입을 통해 김 만수라는 노인의 '바다가 수정처럼 맑고 야산 비탈에는 배꽃이 하얗게 덮이던' 고향에 대한 그리움에 대해 듣게 된다. 또한 이와 함께 '마을 아낙들이 바닷물을 떠서 장을 담그던' 풍요로웠던 과거에 대한 돌이 할아버지의 회상을 동시에 접하게 된다. 하지만 이러한 폐허가 된 현실 앞에서 통한에 젖는 낯선 사내에게 오히려 돌이 할아버지는 위로를 보낸다. 이러한 할아버지의 태도에 대해 '나' 는 생태위기의 심각성과 할아버지의 낙관적인 태도에 대해 문제를 제기하지만 돌이 할아버지는 여전히 현재의 생태 문제를 극복할 수 있다며 미래에 대한 확신을 보인다.

　"너무 애석히 여기지 말게나. 결국 돌아왔으니까. 사람들이 죽어서라도
　선친처럼 돌아오기만 한다면 이 바닷물은 언젠가는 깨끗해질 걸세."
　돌이 할아버지가 말했다.
　"저 불기둥이 타오르고 있는데 그것을 어떻게 믿을 수 있겠습니까?"
　하고 내가 물었을 때 그는 단호하게 대답했다.

    "인간은 물과 불이 서로 싸우도록 싸움을 붙였지. 기름은 불이거든. 인
간은 물과 불에서 생명을 얻는데도 불구하고 싸움을 붙였으니 반드시 벌을
받고 말 거야. 벌 받은 사람은 사라지고 언젠가는 물과 불을 아끼는 사람들
이 돌아올 거야. 그것을 믿기 때문에 이 물도 깨끗해지리라는 것을 믿을
수 있는 걸세." 119)

　

　　있는 그대로의 자연에 대해 인간이 관여하기 시작하고 인위적으로 우열을 가
리고 인간 스스로 주인으로 군림하면서 문제가 된 현실의 생태위기는 그러한 주
인으로서의 오만함을 지니고 있는 자들이 모두 벌을 받고, 물과 불을 자연 그
자체로 아끼고 보존하는 사람들이 많아지게 되면 현실의 이러한 문제는 극복되리
라고 믿는 확신이다. 이때 돌이 할아버지가 확보하고 있는 생태의식은 미약하나
마 인간중심주의에 대한 문제 제기라고 할 수 있다. 자연을 있는 그대로 살리고
보존하는 것 자체가 돌이 할아버지가 믿고 있는 세계로의 회귀를 가능하게 하는
것이다.

　　이러한 돌이 할아버지의 확신에 대해 죽은 노인의 유품인 피리로 불려지는
장송 가락은 죽은 노인의 고향에 대한 그리움이 이러한 세계로의 회귀를 가능하
게 하는 출발점임을 암시하고 있다. 즉 비록 폐촌이 되어 마을을 떠났지만 언젠가
는 풍요로웠던 시절로 돌아가리라는 확신 속에서 자신이 바다의 물고기를 먹고
살았으니 물고기에게 죽은 자신의 육신이라도 돌려주어야겠다는 죽은 김 만수
노인의 의식은 생태계의 순환에 대한 무의식적인 확신이며 이러한 의식은 카프라
가 제시했던 '생명의 그물(The web of life)' 이론과 그 기초적 발상이 일치한
다.120) 아울러 이 가락 속에서 '내' 가 스스로에 대해 벌 받을 자임을 반성하는

---

119) 김용성, 앞의 책, 247쪽
120) 카프라는 생태계의 다양한 존재들은 서로 다른 시스템 속에서 살지만 언제나 상호 연결
　　되어 있는 연결망으로 이어져 있어서 상호 의존적이며, 나아가 순환의 질서 속에서 존

마지막 부분은 이 작품이 어촌 마을의 파괴와 이로 인한 생태위기 현실을 주인공의 체험을 통해 보다 구체적으로 형상화하고 있음을 확인할 수 있게 해준다.

그러나 이러한 돌이할아버지의 인식은 생태 위기에 대한 표층적 인식에 지나지 않는다. 그는 생태 위기의 현실을 인식하고 이의 극복에 대한 막연한 믿음만을 견지하고 있을 뿐, 구체적인 문제 해결에 대해서는 어떠한 방법도 보여주고 있지 않다. 또한 '나' 역시 심각한 해양오염에 대해 문제를 인식하고는 있지만 이에 대한 어떠한 극복의지도 견지하지 못하고 있다.

해양오염에 대한 구체적인 제시는 홍성원의 〈남도기행〉과 한창훈의 〈돛 닦는 어부〉를 통해 보다 가능해진다. 이 두 작품은 모두 어부의 시각을 통해 해양오염의 실태를 제시하고 있지만 전자의 경우는 오염의 실태 제시와 생태위기에 대한 어부의 자포자기적 현실이 주를 이루는가 하면 후자의 경우는 오염의 실태를 제시한 후 이를 극복하기 위해서 새로운 생명체를 갈망하는 어부의 모습을 제시하고 있다는 점에서 차이가 노정된다.

홍성원의 〈남도기행〉은 해양오염의 실태를 바다낚시를 즐기는 서울 낚시꾼과 그에게 배를 빌려주는 김선두라는 어부를 통해 면밀하게 제시하고 있는 작품이다. 서울 낚시꾼은 '인간의 손에 가공되지 않은 유일한 자연이 바다'라고 생각하는 자이며 즐겨 바다를 찾는 이유도 '도시의 난해하고 힘겹던 삶이 바다위에서는 명료하게 추상화되기' 때문이다. 즉 그는 바다 앞에서 '삶이 행사하는 온갖 종류의 구속으로부터 잠시나마 놓여나는 방면의 기쁨'을 얻는 자이다.

한편 어부인 김선두는 어부로서의 자긍심이나 남다른 생태의식을 견지하고 있는 자는 아니다. 다만 그는 생계를 위해 바다낚시꾼들에게 배를 빌려줄 뿐이다.

재한다고 주장한 바 있다.
카프라, 앞의 책, 56-57쪽

하지만 그는 현재 오염된 바다의 원인 제공자인 공단과 정부에 대해 날카로운 적개심을 견지하고 있다. 외국 화물선에서 불이나 그 안에 실린 기름이 바다를 오염시켜 어장을 못쓰게 만들었다며 흥분하는 모습에서 그의 이러한 면모를 확인할 수 있다.

그러나 무엇보다도 이 작품에서 제시하고 있는 해양오염의 실태는 서울 낚시꾼의 생태의식과 김선두의 생태의식의 차이를 통해 보다 구체성을 획득하게 된다. 즉 서울 낚시꾼은 외부인으로서 바다에 대한 낭만적인 태도를 견지하고 있는 자이다. 전술하였듯이 그에게 있어서 바다는 현실의 억압을 벗어나게 하는 도구에 지나지 않는다. 그러나 김선두에게 있어서 바다는 생활의 한 현장이며 생계의 수단인 것이다. 그러다보니 그가 인식하고 있는 해양오염의 실태는 훨씬 궁극적이다. 이러한 두 인물의 생태의식에 대한 차이는 바다에 쓰레기를 버리는 김선두에게 서울 낚시꾼이 해양오염을 운운하며 자제해 줄 것을 촉구하자 김선두가 열을 올리며 어부로서의 자신의 입장을 토로하는 장면을 통해 보다 명확해진다.

일반적으로 우리가 아는 바다 오염은 대부분이 '작은 내만이나 육지와 가까운 연안 지역'에 국한된다. 그것도 '생활 하수와 공장 폐수 농축산 폐수 등이 바다를 망가뜨리는 주원인'이라고 알고 있다. 그러나 바다를 생활의 터전으로 삼고 있는 김선두는 해양오염의 다양한 실태와 원인을 알고 있었다. 즉 '바다오염의 원인으로는 연근해에 빈틈없이 설치된 여러 종류의 양식장 시설물들에서 양식되어지는 각종 해산물들의 배설물이 쌓여 도시의 하수도를 방불할 정도의 오염을 초래한다'는 것이다. 또한 폐기된 양식장의 시설물 방치도 문제가 된다는 것이다. 여기저기 처리하지 않은 채 방치되어 있는 양식장의 폐기된 시설물들이 그대로 바다를 오염시키는 쓰레기로 남게 된다는 것이다.

다음으로 그가 꼽는 바다오염의 원인은 정체불명으로 떠다니는 폐유의 띠이

다. 김선두가 파악하기로는 이 폐유의 띠는 유조선이나 대형 화물선이 침몰해서
생긴 것이 아니라 바다를 오가는 작은 배들이 감시가 없는 한밤이나 남들이 보
지 않는 으슥한 바다에 몰래 버린 폐유들이다. 사실 김선두 자신도 폐유를 바다
에 버리는 것이 버릇이 되어 있는 현실이다. 문제는 바로 여기에 있다. 김선두는
해양오염의 실태와 그 문제에 대해 누구보다도 정확히 알고는 있지만 그것의
원인이 자신에게 있음은 깨닫지 못한 채 타인들만 탓하고 있는 것이다. 김선두
의 논지는 서울 사람들이 혹은 정부가 어찌 이러한 해양오염의 궁극적인 실태를
알겠냐는 것이다. 이미 엎질러진 물인데 이제 와서 쓰레기와 폐유를 안버린다고
무슨 소용이 있냐는 것이다. 실은 양식장이 문제고 어부들 자신들이 버린 양심
이 문제인데 굳이 목소리 높여 오염을 막자고 외친들 무슨 소용이 있겠느냐는
것이다.

이러한 김선두와는 달리 서울 낚시꾼은 바다오염의 실상에 대해 충격을 받고
이러한 현실의 문제에 대해서 그 심각성을 제시하려 하고 있다.

> "나가 어제 B도 근방에서 죽은 괴기를 한 섬이나 뜰채로 건져왔소. 낚시
> 를 헐라고 B도 쪽으로 다가가는디 갯바구 근방 바다에 왼통 죽은 괴기가
> 흐옇게 떠 있드라 말이오. 감싱이 돗돔 농어 능셍이 같은 크고 작은 괴기들
> 이 눈팅이가 깨지고 배창시가 터져가꼬 갯바구 근처 바다에 흐옇게 떠 있
> 드랑게요. 낭중에 알고 본게 간밤에 어떤 쳐죽일 놈들이 섬을 뺑뺑이 돌아
> 댕김시로 괴기 몇 마리 잡을라고 갯바구 아래 물 속에다 폭탄을 터트렸다
> 안흐요. 전부터 머구리들이 바닷속 큰 바구나 굴이 으짠 일인지 일 년에
> 몇 번씩 크게 부서지고 무너져 있드라고 해쌓드만 알고 본게 그거이 바로
> 그 쳐죽일 작것들의 짓이라요. 괴기 몇 마리 잡아묵겄다고 바닷속에 바구
> 깨는 티엔티를 터트려뿌니 참말로 이눔으 시상 으찌 될랑가 모르겄소." 121)

---

121) 홍성원, 앞의 책, 56-57쪽

　김선두가 들려준 이러한 해양오염의 실태는 그에게 충격으로 다가온다. 그리고 구체적인 오염의 실상을 통해 작가는 생태위기의 심각성을 제시하고 있는 것이다. 그러나 김선두와 서울 낚시꾼 모두 이러한 생태위기의 현실을 극복하려는 의지와 그 어떤 대안도 고려하지 못하고 있다. 다만 서울 낚시꾼은 충격을 받을 뿐이고, 김선두는 자포자기하고 있을 뿐이다.

　또한 김선두가 제시하는 해양오염의 다른 모습으로는 공장에서 버리는 폐수에 대해 지역 주민들은 아무도 문제삼고 있지 않지만 서울에서 대학생들이 내려와 공장을 협박해서 돈을 뜯어 가는 현실이다. 대학생이라면 가장 순순한 열정으로 사회의 모순을 비판해야 하는 지성들인데 그들은 총학생회 출마를 위한 자금을 마련하기 위해 공장의 폐수 방출을 문제 삼아 돈을 갈취하고 있었던 것이다. 이러한 현실 앞에서 김선두가 생태 위기의 현실을 극복할 의지를 갖는다는 것은 어쩌면 무리일 수 있다. 그렇다고 서울 낚시꾼도 별다른 의지의 고양을 얻지는 못한다. 다만 작품 말미에서 이순신 장군을 떠올리며 순신의 죽음에 대해 '집단이 개인에게 행하는 폭압에 대해 개인이 대응할 수 있는 방법은 죽음을 통한 그 시대로부터의 탈출일 수밖에 없다는 우울한 사실'을 깨닫는 정도이다. 즉 '백의 종군 이후 이순신은 아마도 임금과 그의 체제에 대한 믿음과 존경을 포기했을 것이라'며 이순신의 죽음의 의미를 김선두의 자포자기적 현실과 연결지어 이해하려는 정도에 그치고 마는 것이다. 결국 이 작품에 등장하는 인물들은 모두 생태위기의 현실을 표피적으로 인식하고는 있으나 이를 극복할만한 충분한 대안과 신념은 견지하고 있지 못한 상태이다.

　한편 산업화와 수출 증대라는 거대한 국가 정책 앞에서 농촌 공동체는 급속도로 해체되기에 이르고 하루아침에 댐 건설이나 공업 단지 조성에 의해 자신들의 삶의 터전을 잃어버리기가 일쑤였다. 뿐만 아니라 해안 지역의 경우 지역 어민들의 오랜 생업의 터전이었던 바다가 공단으로부터 흘러나온 각종 폐수와 중금속 오염 물질로 인해 병들어 가는 과정 속에서 지역 어민들 스스로도 육체적으로 혹은 정신적으로 피폐화되기에 이른다.

그리고 이렇듯 심각한 공해에 빠진 바다와 농토, 그리고 이미 건강을 상실한 인간 자신의 신체를 보상금과 맞바꿈으로서 현실의 문제를 외면해 버리는 일이 발생하게 되었다. 나아가 군수나 이장 혹은 각종 단체의 협회장의 개인적 이해관계 속에서 지역 주민들의 생명을 담보로 한 거래까지도 자행되기에 이른다.

이러한 모습은 이문구의 〈해벽〉(1972)을 통해서 보다 구체적으로 확인 할 수 있다. 이 작품은 사포곶이라는 충청도 해안의 조용한 마을이 근대화되면서 마을의 숭산 위로 미군 미사일 부대가 이주하게 되고, 이로 인해 마을의 분위기가 문란해지고 급기야 오랜 어업의 전통을 이어온 마을이 근대화를 위해 간척사업이 추진되어 이로 인해 폐항 되기까지의 과정을 그리고 있다. 아울러 조동만이라는 완강한 보수주의자의 체험적인 시각에 입각하여 이기적이며 권력 지향적인 인간의 전형이자 이기적 현실주의자인 박창식의 모습을 비판적으로 제시하고 있는 작품이다.

조동만은 사포곶에서 인정받는 존재로 최근까지 사포곶 어업 조합장까지 지낸 자이다. 또한 이 마을에서 처음으로 동력선을 부렸고 해운 개척의 선구자로서 대우받은 바 있는 인물이다. 특히 그는 어업에 대한 자부심이 유난하였으며 조상으로부터 물려받은 바다를 고스란히 후손에게 물려주어야 한다고 생각하는 다분히 생태적인 인식을 견지하고 있는 자이다. 이러한 일종의 '해지(海志)' 까지 품었던 그는 사포곶 수산 고등학교 설립만이 자신의 이상을 관철시키는 유일한 방법이라 믿어, 스스로 자신의 선산 만 여 평을 학교에 기부할 정도로 어촌에 대한 자부심과 긍지로 가득 찬 인물이었다.

하지만 이러한 그의 신념은 지나치게 독선적이었다는 것이 문제가 된다. 즉 근원을 알 수 없는 '출어세' 를 징수하여 학교 건립에 맹목적으로 매달림으로써 마을 주민들로부터 눈총을 사게 되고, 급기야 주민들로부터 불신을 당하게 된다. 정작 그 자신은 '어민들이 살 길은 제고장의 번영이며, 고장의 번영은 어업 수단의 근대화이므로 어업 근대화의 지름길은 오로지 새로운 지식과 지식이 낳은 기술' 이라며 주민들도 언젠가는 자신을 이해해 줄 것이라 믿을 정도로 현실 감각이 떨어지는 낭만적 이상주의자였던 것이다.

특히 마을 뒤 숭산에 미군 부대가 들어서면서부터 조동만의 현실 감각은 점점 더 무뎌지게 되고 이로 인해 마을 주민들로부터 멀어지게 된다. 즉 미군 부대가 들어서게 되면 고기잡이나 농토 몇 마지가 경작할 때보다 훨씬 많은 수입이 있을 거라며 들뜨는 축들은 조동만이 지니고 있는 어부로서의 자부심을 한껏 비웃으며 시대착오적인 발상으로 치부해 버리게 되었던 것이다. 이것은 대다수의 마을 사람들은 미군의 주둔으로 마을의 근대화가 가져올 물질적 풍요에만 관심을 가졌을 뿐, 자신들이 터전으로서의 사포곶에 대한 애정을 모두 상실하였기 때문이다.

이러한 상황 앞에서 조동만은 무기력한 자신을 자책하는 것 외에 다른 방법을 찾지 못한 채 마을 사람들로부터 소외되기에 이른다. 그는 다만 자신이 살아 왔던 사포곶에 대한 막연한 애정만이 있을 뿐, 이곳에 밀려오는 산업화와 근대화 앞에서 어떻게 마을을 지켜야 할 것인가에 대해서 고민해 보지 못한 채 다만 그의 눈에 비친 마을의 근대화라는 것이 곧 불안과 공포의 분위기 그 자체임만을 감지하였던 것이다. 특히 숭산에서 비치는 눈이 부시게 밝은 수은등과 시뻘건 적신호등을 볼 때면 그러한 그의 불안은 더욱 날카로워 지는데, 그것은 미군 부대와 적극적인 관련을 갖고 돈벌이를 하게 된 축들이 미군들이 부여한 혜택에 턱없이 흥분하는 모습을 볼 때 더욱 가중된다.

    한국 현대 생태담론과 이론연구

문명의 불빛이기보다는 야만스런 광채였고, 보호와 안전을 위한 친근한
불이기에 앞서 써늘하기 공포와 위압을 뜻하는 화기(火器)로 여겨지던 거
였다. 그렇다할 근거를 내보이라면 응할 수 없었으리라. 따라서 그런 느낌
을 무마시킬 방도는 더욱 없었다. 그는 밤마다 그 불빛들을 올려다 보았으
므로 이슥해지기 전엔 잠도 불러 보질 못한 실정이었다. 그는 숭산 마루에
옛 봉수대(烽燧臺) 터가 있던 걸 본 것도 여러 번이었지만, 미군들이 경계
표지로 점화하는 그 불빛마저 봉화불로만 보이던 걸 어쩌지 못하겠던 것이
다. 유사시에만 점화됐다던 산정(山頂)이 밤마다 하늘을 밝히기 때문이었
을까. 그랬는지도 몰랐다. 늘 유사시라는 느낌. 상서롭지 못한, 불길하고도
패악스런 기운이 노상 사포곶 일대를 에워싸고 있지 싶은 기분, 불안해
견딜 수가 없는 불빛이었다. 수은등은 그래도 덜 불쾌한 셈이었다. 그중
드높이 치솟은 시뻘건 적신호등—그것은 공갈과 협박의 가면(假面)으로
밖엔 달리 해석할 길이 없는 것이었다.[122]

이러한 조동만의 예감은 적중하고, 사포곶은 날이 갈수록 사양길로 치닫게 된
다. 그리하여 사포곶은 폐항 직전이 되고, 장터는 유흥업소와 위락부들을 위한
시설들이 즐비하게 늘어서는가 하면, 마을 처녀들이 위안부가 되어 어디론가 떠
나 버리는 등 마을은 점점 혼돈에 빠져 버리게 된다.

게다가 황염감집 며느리가 미군들에게 윤간을 당하는 사건이 발생하고 이일로
일가가 모두 자살을 해 버리는가 하면 미군 위안부에 대한 미군들의 광적인 추태
사건이 발생하는 등 마을의 규범과 질서는 혼란의 극치를 이룬다. 이러한 사포곶
의 붕괴 과정은 한마디로 왜곡된 산업화와 무비판적인 근대화에 있다. 오랜 세월
사포곶이라는 작은 어촌 마을은 바다에서 나는 고기를 잡고, 농토에서 경작하는
농산물로 생업을 이어오던 마을이었다. 그들에게 미군 부대가 주둔하기 전까지의

---

122) 이문구, 〈해벽〉, 161쪽

삶은 나름대로 만족스러운 삶이었을 것이다. 그런데 미군 부대로 상징되는 물질 문화와 그러한 물질문화의 병리적인 측면인 퇴폐 향락 문화가 마을을 점령하게 되자 물질을 숭상하게 된 마을 사람들은 더 이상 자신들의 삶의 터전에 대해 애착을 갖게 되지 않았던 것이다. 이것은 산업화와 근대화에 대한 주민들의 그릇된 인식 때문이다. 즉 산업화나 근대화가 가져오게 되는 물질적 측면만을 강조하기보다는 애초에 조동만이 제시했던 바처럼 어업 기술을 발전시키는 측면에서의 근대화를 추구했어야 하고, 조상에게서 받은 대로 후손에게 물려 주어야 한다는 인식에 근거를 두고 산업화를 고려했어야 하는 것이다. 그랬더라면 사포곶은 이렇듯 심각한 위기의 현실을 직면하지 않아도 되었을 것이다.

그러나 이러한 문제가 모두 마을 사람들의 왜곡된 근대의식의 문제로 인한 것만은 아니다. 사실은 이러한 마을의 분위기를 조성함으로써 자신들의 이익을 가중시킨 세력들이 보다 궁극적인 비판의 대상이 되어야 할 것이다. 조동만은 이러한 세력에 대해 나름대로 저항해 보지만, 박창식을 대표로 하는 무리들은 이미 정치적 유력자들을 등에 업고 마을을 간척하여 그 토지를 자신들의 소유로 만들려는 음모를 지니고 있었기 때문에 조동만의 의지로는 역부족이었다. 마을 간척 사업에 대한 박창식의 야욕은 이미 지방 신문기자들을 모두 매수하여 명목상 조국의 근대화와 국토 개발이라는 커다란 명분을 획득한 상태였던 것이다. 이러한 박창식은 생태비평적인 시각에서 볼 때 반생태적 의식을 지닌 이기적인 인간의 전형이다.

> 박은 어협이 그럴수록(조동만을 몰아 댈수록) 회심의 미소를 주체 못해 하고 있었을 터였다. 그는 그렇게 말하길 예사로 알더라고 했다. 바다는 넓다. 임자도 없다. 그 바닷속에 서식하는 무한한 재물(해물)도 주인이 따로 없다. 넓은 바다, 그 바다 속에 무진장 들어있는 어족(魚族)들은 아무고 잡는 게 주인이다. 간사지를 만든다고 바다가 줄어들진 않는다. 생선이 줄

지도 않는다. 들어가 잡아라. 잡아다가 먹고 살면 될 게 아니냐……123)

　이렇듯 박창식은 생태계의 순환 원리에 대해 무지한 상태라서 자연에 대한
인간의 무분별한 남획이 결국은 자원의 고갈로 이어질 것이라는 것에 대해 인식
하고 있지 못한 상태이다. 나아가 자연의 주인이 인간이라고 확신하고 있는 그의
모습은 심층생태론적 견지에서 볼 때 심각한 비난의 대상이 될 수 있다. 그것은
자연을 무한한 자원의 보고인 양 착각하고 있는 인간의 오만한 모습으로서 인간
중심주의적 사고에 대해 전면적인 비판의 시각을 견지하고 있는 심층생태론적
시각에서 가장 비난 받아야 할 부분이기 때문이다.
　박창식의 이러한 반생태론적 인식은 사포곶을 폐항시켜 농촌으로 만들어 버림
으로써 자신의 출세에 박차를 가하는 계기로 삼는 부분에서 극에 달한다. 이것은
그 어떤 자연에 대한 횡포보다도 잔인한 것이다. 사실 바다가 오염 되어도 시간이
흐르고 이 과정에서 인간이 생태의식을 확보하고 나면 언젠가 오염된 바다에 생
명체가 살 수 있으리라 기대할 수 있다. 그러나 바다를 인간이 인위적으로 땅으로
만들어 버린다면 이전부터 자연 그대로 그 자리에 있어야 할 바다를 영원히 만날
수 없게 되는 것이다. 인간이 자연의 주인이 아닌 바에야 인간의 편익을 위해
바다를 땅으로 만들어 버림으로써 더 이상 바다를 바다일 수 없게 하는 것은 인간
중심주의 발상에 의한 횡포로서 마땅히 비난 받아야 할 부분인 것이다.
　이에 대해 조동만은 자못 본질적인 의미에서 생태의식을 피력하면서 간척 사
업에 대해 문제를 제기한다.

　　현 정부는 집권 초엽버텀 국민들에게 여러가지를 요구했고, 그러고 약
　　속도 했읍니다. 중농정책이다, 농공병진이다, 공업단지다 허구 모다 나라

---

123) 이문구, 앞의 책, 178쪽

와 국민덜이 잘 살게 허겄다, 그런 것이니 반대할 일은 못되는 것입니다. 그러나 워느 것 한 가지를 위해서 다른 것까지 희생시킬 수는   는 게 아니냐, 이런 생각을 허는 것입니다……. 바다를 막어 논을 맨든다. 하천을 막어 저수지를 맨든다. 간사지 농토를   민덜헌티 노나준다……좋다 이것인 겝니다. 허지마는 바다를 쳐다보구 살아온 사람덜…… 개펄에서 소굼이나 굽고 청렴(晴鹽)이나 긁어 먹던 사람덜……이 바다   이 못살어갈 사람덜헌티 바다를 뺏어간다는 것은 무엇이냐 이것입니다. 그것은 쟁기질허는 사람 농지를 뺏어다가 섹유장사나 그타 다런 직업을 가진 사람덜헌티 노나주는 셈이지 뭐냐 이것입니다. 바다를 뺏긴 사람덜, 말허자면 아녈말루 경작지를 뺏긴 사람덜은 어떡하란 거냐 이것입니다. 농군덜헌티 전답을 주듯이 배래두 준다는 것입니까요, 어장을 개발혀 준다는 겝니까요. 양식 양어 시설 혀줄 눈치두   구 대책두   드라 이것입니다. 여적지 암스런 대책두   이 개펄을 먹었뻐리니 배   이 먹구 살던 어민덜은 이것 야단난 겝니다. 서울로 가야 헙니까요. 드러운 말루 일번(日本)을 갈려두 노자가   더라구 말이지유, 해녀메냥 자맥질…… 잠수 기술을 익히라는 것입니까?…… 이것을 타개허지 아니허면 아니 된다는 것을 앞으루 이 어협을 꾸려 나가실 여러분덜헌티 진심으루 당부허지 아니허면 아니 돼겄다 바루 이것인 것입니다.…… 솔찍허니 말해서 나는 바다를 볼 적마담 고객가 숙으러집니다. 넘실대는 갯물 뵈기가 부끄럽고 망뎅이나 긔새끼를 보기두 민망하더라 이것입니다. 해오래비 우는 소리를 들어볼 것 같으먼 천상 어민들을 종애골리는 것 같더라 그것입니다. 이런 막중한 시기에 체질개선을 허구 세대교체를 허겄다니 물러나는 사람으로써는 여러분덜헌티 기대허구 믿어둘 수밖에   겠읍니다마는, 농촌 근대화랍시고 경지정리다 개간이다 허메 멀쩡한 산림을 남벌허구, 지름진 논을 메워서 신작로를 맨들구 허는 사람들이 사포곶같은 천연적인 어항은 준설을 안해주고 있는 사례를 볼 때 한심한 실망을 불금허는 자제이니만큼, 모쪼록 어촌을 살리고 어항을 재건허는 일에 커다란 성과가 있기럴 빌어마지 않는 바에올씨다……124)

    이처럼 농지는 농지로서의 역할이 있고, 바다는 바다로서의 역할이 있는데 근

---

124) 이문구, 앞의 책, 184쪽

대화 혹은 산업화랍시고 이 모든 것은 획일화시키려는 정부의 태도와 이에 호응하는 주민들에 대해 안타까움을 하소연하는 조동만의 의식은 모든 생명체는 다양하지만 다양한 만큼 나름대로 생태계에서의 위치가 있고 역할이 있음을 강조하는 심층생태론자들의 '생명의 다양성의 원칙'과 만나고 있으며, 나아가 인간과 자연의 상호 의존적인 관계를 명시함으로써 바람직한 생태의식을 천명하고 있는 네스의 자연과 인간의 '공생의 원칙'과도 일맥상통함을 확인할 수 있다.[125]

이러한 조동만의 생태의식은 근대화와 산업화라는 명목으로 자행되는 인간의 자연 생태계 파괴에 대해 비판적인 성토를 보내고 있는 것이다. 아울러 그의 생태의식은 비록 생태위기에 대한 비판적 고발의 차원에 머무르고는 있지만 나름대로 미약하나마 행동적인 측면도 보이고 있다. 즉 폐항이 되고 곧 간척 사업에 들어갈 바다의 개펄에다 그는 어살을 메고 그물을 구입해다가 건간망(建干網)을 매어 개펄을 개척하는 모습을 보이는 부분이 그것이다.

> 조가 솔선해 개펄에 뛰어들어 손 안닿은 개펄을 새로 개척하자 그와 처지가 어슷비슷한 사람들도 앞을 다퉈 뒤를 따랐다. 시누대로 발을 엮어 건강망을 여러 벌 맨 사람, 헌 그물을 깁고 때워 살을 친 사람, 그나마도 힘이 부치는 사람은 제방공사장에서 쓰다 남아 버린 잡석들을 지게로 져 날라다가 투석식(投石式) 돌날을 쌓기도 했다. 기역자 모양으로 또는 디귿자 모양으로 담쌓듯 돌살을 치던 것이다. 그렇게 한길이나 되게 쌓은 돌살은 날이 갈수록 늘어가기만 했다. 조도 돌살을 두군데에나 쳤다. 요상이와 요명이를 시켜 지게로 져날라다 쌓은 거였다. 돌살은 그것대로 유리한 조건을 몇가지 가지고 있었기 때문이었다.
>
> 첫째는 자주 손을 보아가며 수선하지 않아도 될 만년먹기란 점이었다. 풍상이나 물살에 상할 염려가 없고, 도둑맞을 물건도 아니던 거였다. 돌로만 쌓기에 구멍이 엉성하여 들었던 잔고기들이 빠져나가는 결점도 없는

---

125) A. Naess, 『Ecology, community &life style』, 11쪽

건 아니었다. 그러나 그 벌충으로 면적을 넓게 잡는 잇점이 있었다. 물이
쉬 빠지지 않아 씨알 굵은 생선이 걸리기 마련인 잇점도 있었다. 뿐만 아니
었다. 돌엔 굴이 붙어 자라기 마련이었다. 말하자면 채묘련(採描連) 역할
을 하던 것이다. 물이 나간 뒤 조생이 (죽도) 한자루만 꿰차고 나가도 적잖
은 굴을 따오게 될 터였다.[126]

이렇듯 의욕을 가지고 현실에 맞서보려 하지만 그는 곧 지치고 만다. 언제까지
나 그런 식으로 어획을 할 수는 없는 노릇이기 때문이다. 결국 조동만이 확보하고
있는 생태의식은 결말 부분에서 무량사 행자에게 전해 들었다는 이야기의 비유적
함의 이상은 발전하지 못한 채 고발과 비판의 차원에 머무르게 된다. 즉 그 이야
기는 어느 부부가 새로 이사한 집에서 자꾸 아이가 아프게 되자 굿을 하였는데
굿을 맡은 가짜 무당이 애를 먹다가 천장이 앓는 소리를 내는 것을 감지하고 대들
보를 뽑았더니, 그것이 돛대였다는 내용이다. 이는 바다에 있어야 할 돛대를 땅에
박았기에 아이에게 해굿이를 하며 호소했다는 것이다. 이는 자연의 법칙과 섭리
는 인간의 필요에 따라 조절할 수 없다는 평범한 진리가 담긴 이야기이다. 그러나
이 이야기의 이면에는 조동만이 확보하고 있는 생태의식이 생명의 다양성과 독자
성이 존중되어야 한다는 근본생태론적 시각에 입각해 있음을 확인하게 해준다.
하지만 조동만이 지닌 생태의식은 여전히 환경문제와 생태위기에 대한 체험적인
고발과 비판의 단계에 한정되어 있으며 본인의 저항의지 역시 근본적인 해결책에
이르지 못하고 있다는 아쉬움을 안고 있다.

그런가 하면 한창훈의 〈돛 낚는 어부〉는 홀아비 어부가 오랜 전통의 마을이
순식간에 폐허로 변하자 이 원인이 인간의 과욕에 의한 것임을 자각하고 이의
극복을 위해 새로운 생명체를 탄생시켜야 함을 인지하고 이를 위해 '돛' 이라는

---

126) 이문구, 앞의 책, 209쪽

커다란 물고기를 잡으려 하지만 오히려 죽음을 맞게 된다는 이야기이다.

어부와 잠녀가 살고 있는 마을은 오랜 전통을 지니고 있는 바닷가 마을이다. 산업화가 진행되면서 마을의 젊은 축들은 마을을 뜨고, 남은 사람들도 서서히 죽어가고 있지만 어부는 7년째 돗을 낚을 기대로 살아가고 있는 인물이다.[127] 이때 어부가 돗을 낚고자 하는 의도는 오랜 전통의 어업을 계승하겠다는 의지나 어부로서의 최종의 목표로 설정된 이상을 추구하려는 것이 아니라 새로운 생명체를 탄생시키는 계기로 삼음으로써 피폐해진 마을을 회생시켜 보고자하는 것이다. 이렇듯 어부가 돗을 낚으려는 의도는 새로운 생명에 대한 기대와 풍요로운 공동체에 대한 희망을 반영하고 있다. 이로써 이 작품에서 제기하고 있는 생태위기의 궁극적인 원인과 이의 극복 방법으로서의 대안을 확인할 수 있다. 즉 이 작품은 생태위기의 원인을 인간의 왜곡된 욕망에 의한 것임을 전제로 하고 이를 극복하기 위해서는 인간이 그간 파괴한 생명체에 대해 재생의 의지를 견지해야 함을 강조하고 있는 것이다.

어부는 누구보다도 피폐해진 마을의 현실에 대해 통탄해 하고 있으며 이러한 현실의 궁극적인 원인이 인간의 탐욕에 있음을 감지하고 있는 인물이다.

> 바다에는 이제 고기가 없다. (중략)
> 그건 섬의 사정도 마찬가지였다. 어느 순간 고기가 나지 않기 시작했다. 빈약해진 바다는 한순간에 다가왔다. 징조가 없지 않았다. 촘촘한 그물로 바다를 쓸어낼 때 이미 기근은 시작되고 있었던 것이다. 작은 배들은 할 일이 없어지고 큰 배들은 더 멀리 나갔다. 고기가 나는 곳은 점차 멀어지고 거기에서 또 더 멀어졌다. 다음에는, 고기가 나는 곳이 너무 멀어 기껏 잡

---

127) 이 부분의 작가의 설정은 얼핏 헤밍웨이의 〈노인과 바다〉의 한 장면을 연상하게 한다. 그러나 〈노인과 바다〉에 나오는 노인은 자신의 어부로서의 삶의 최종 목표를 추구하는 과정으로 물고기를 잡으려 하고 있지만, 이 작품에서 어부는 자신의 또 다른 욕망을 추구하기 위한 방편으로 돗을 잡으려 하고 있다는 점에서 그 의도에 차이가 보인다.

아와 봐도 수지타산이 맞지 않고 더군다나 그 바다가 남의 영토로 정해지
면서 큰 배를 부리던 젊은이들은 섬에서 사라졌다.
(중략)
굶주림으로 육신은 말라 가고 마음의 빈곤으로 해서 섬사람들은 그악스
럽게 변해 갔다. 이게 이르는 데로 망할 징조라는 것인가. 어부는 그게 무
서웠네.[128]

인간이 극단적인 생존의 위기 상태에 빠지게 되면 자식을 팔거나 심지어 잡
아먹기도 하였다는 옛날이야기를 떠올리며 어부는 인간의 이기적인 욕망에 대
해 두려움을 보이고 있다. 그리고 이토록 바다에 고기가 없게 된 이유에 대해서
그는 이러한 인간의 욕망이 오늘의 현실을 자초하였음을 잠녀와의 대화를 통해
표현한다.

어쩌자고 나라 망할 때의 임금처럼 말이여, 말이니까 말이지만, 똑 우리
때에 와서 이런 일이 벌어지느냐 이 말인데 이? 물론 괴기 새끼라도 살려
내서 바다로 돌려보내지 못한 우리들이 잘못을 했기는 했지만 말이여, 말
하자믄 끝장나는 이유가, 묵어 조지고 살려내지를 못했다는 것이다 이 말
인디 이녁 생각은 어짠가?
사람이 사는 이상 꼭 나쁘기만 하겄소?
그런 소리 말소. 이녁도 나 맹키로 펭생(평생)을 바다 속에서 돌멩이나
뒤지고 안 살었는가.
그란디요.
나가 나를 생각해 봐도 좀 거시기한디, 펭생 잡아 쥑이기만 했다 이것이
네. 새 씨를 뿌려 볼 생각도 못하고 노상 받아묵을 생각만 하고 살었다
이거네. 그래서 어쩐 때는(어떤 때는) 나중에 죽어 저승에서 그것들한테
당하느니 차라리 이승에 남은 시체나 그것들한테 줘서.
벨소리 다 하요이.[129]

---

128) 한창훈, 앞의 책, 284-285쪽

과거의 조상들이 흉년이나 전쟁으로 죽은 적은 있어도 바다에서 고기가 잡히지 않아 굶어 죽은 적은 없었다는 어부의 말은 현재의 우리가 자연에 대해 범하고 있는 무서운 횡포가 바로 무엇인지 설명하고 있다. 즉 어부의 말처럼 과거에는 아무리 고기를 잡아도 바다에서 고기가 사라지는 일은 없었다. 하지만 오늘처럼 고기가 사라지게 된 것은 '새 씨를 뿌려 볼 생각도 않고 노상 받아만 먹었기 때문'인 것이다. 어부의 반성 섞인 회한처럼 인간은 평생 자연을 탐하기만 했을 뿐 새로운 생명이 자리 잡을 여유와 생명에 대한 배려를 전혀 하지 않았다. 이러한 어부의 의식은 생명에 대한 인간의 무분별한 파괴에 대한 심각한 문제 제기이며 나아가 이러한 원인이 인간의 끊임없는 욕망에 의한 것임을 규명하고 있다. '사람이 사는 이상 뭐 그렇게 나쁜 세상이 되겠느냐'는 잠녀의 인간중심주의적 생각에 대한 그의 대답이 이를 반영하고 있다. 또한 그는 왜 우리의 시대에 이러한 일이 벌어지느냐며 탄식하는 모습을 보임으로써 스스로 미래의 후손에게는 피폐한 현실을 물려줄 수 없다는 의지를 암시하고 있다.

그리하여 이렇듯 생명에 대한 소중함과 미래의 후손에 대한 책임을 자각하고 있는 어부는 새로운 생명의 탄생을 위해 돗을 잡겠다는 의지를 보이는 것이다.

> 어부는 잠녀와 자고 싶어졌다. 동침을 통해, 수태가 될지 안 될지는 모르지만, 대신 희망이나 미래라고 불러야 될 어떤 것을 낳고 키우고 싶었다. 말라 비틀어진 몸이지만 혼신의 힘을 다한다면 그 희망이나 미래의 한 토막 정도는 일궈 낼 수 있지 않겠는가.
> 그러기 위해서라도 돗을 낚고 싶었다. 어쩌면 제법 오랫동안 그는 그 밤을, 잠녀와 동침의 밤을 돗을 낚는 날로 정해 놓은 것일지도 몰랐다. 돗을 낚지 못해 욕정과 정념을 쌓아 오기만 했지 않았나 싶다. 돗을 낚아, 그 어른 두 명의 키만큼이나 크다는 놈을 낚아 저 태평양 깊숙한 곳에서

---

129) 한창훈, 앞의 책, 287쪽

키워 온 살덩어리로 국을 끓이고 차가운 기운으로 뭉쳐진 골을 꺼내 먹으
며 에헤 술비야, 노래를 부르는 그 풍요로운 밤에, 동네 사람들 모두 배가
불러 땀이 흘러내리고 아껴둔 술에 취해 노랠 부르는 그 풍성한 밤을 위해
그는 희망이라거나 미래라고 부를 만한 것의 생산을 미뤄 둔 셈이었다.[130]

이렇듯 어부가 돗을 잡으려는 것은 자신의 자손을 보려는 욕망이라기보다는
공동체 의식을 함양한 상태에서 획득된 새로운 미래의 견인자로서의 생명의 탄생
을 위한 것이다. 뿐만 아니라 돗으로 끓인 국을 마을 사람들과 함께 나누어 먹음
으로써 풍성한 미래에 대한 희망을 가져 보리라는 어부의 기대는 이 작품이 견지
하고 있는 생태의식의 핵심을 보여주고 있다. 즉 인간의 욕망으로 인해 피폐해진
현실의 생태위기를 새로운 생명체의 탄생을 통하여 극복함과 동시에 '돗국'을 끓
여 먹은 후 마을 사람들이 지니게 되는 공동체의 풍요로운 미래가 결국 자연과
인간의 공생에 대한 이해로의 확장일 수 있음을 암시하고 있는 것이다. 다시 말해
어부는 자연의 생명체인 돗을 먹고 난 마을 사람들이 자연과 인간에 대한 새로운
관계 인식을 하게 됨으로써 자신의 새로운 생명체에 대한 긍정적인 미래를 이끄
는 계기가 될 것이라 믿었다. 자연과 인간이 서로에게 생명을 부여하는 이른바
심층생태론의 '순환의 원리'에 의한 인식인 것이다.
하지만 이러한 어부의 인식은 그가 그토록 오랜 시간 기다렸던 돗을 만나지만
그 돗에 의해 그가 죽음을 당하는 마지막 장면에 의해 좌절되고 만다.

조금 뒤 어부는 돗을 낚긴 했지만 끌어올리지 못하고 되려 끌려들어가
죽었다. 잠녀가 종일 자맥질로 바다를 뒤졌으나 어부를 찾지 못하고 물
속으로 떠다니는 낚싯줄만 찾았다. 커다란 낚싯바늘에는 잇감으로 썼던 오
징어는 간 곳도 없이, 무슨 가느다란 살점 하나만 달려 있었다. 결국 어부

---

130) 한창훈, 앞의 책, 291쪽

는 돗의 입술에 달린 살점 하나만 낚고 죽은 것이다. 고둥이나 잡어 새끼들
이 그리하여 며칠 동안 배를 불리게 되었는지는 사람으로서는 아무도 몰랐
다.[131]

어부의 이러한 죽음은 그가 지녔던 새로운 생명에 대한 기대와 풍요로운 미래
에 대한 확신 역시 인간중심적 사고에 기인한 또 다른 모습의 욕망의 반영이었음
을 보여주고 있다. 즉 어부는 돗을 잡아먹음으로써 새로운 생명의 탄생과 풍요로
운 미래의 공동체가 가능하다고 믿었다. 그러나 이것은 인간의 오만한 욕망일
뿐이었던 것이다. 어부는 현실의 생태위기가 인간의 과욕에 의한 것임을 간파하
였음에도 불구하고 스스로 또 다른 욕망의 덫에 빠지고 만 것이다. 즉 작품 말미
에서 서술되어 있듯이 어부는 돗의 입술에 달린 살점 하나만을 낚고 죽은 것이
다. 이로 인해 바다의 생명체인 고둥이나 잡어 새끼들이 며칠 동안 배불리 지낼
수 있었다는 사실은 어부가 바다의 새로운 생명체들의 먹이로 제공됨으로써 그
야말로 풍요로운 바다의 미래를 보장하는데 일부분을 담당했음을 암시하고 있는
것이다.

그러므로 어부가 지닌 의식의 한계는 인간의 욕망이 생태 파괴의 원인임을
알면서도 그 해결책을 자연을 희생시킴으로써 찾으려 했다는 데 있다. 그리하여
어부가 획득하고 있는 생태의식은 생태위기의 현실을 정확히 인식하고 이의 극복
에 대한 대안까지도 고려하고 있으나, 그 대안이 결국은 또 다른 생태위기를 초래
하게 됨으로써 어부가 확보한 생태위기에 대한 인식이 표층적 인식에 머물게 하
고 있다.

그럼에도 불구하고 이 작품은 인간의 이기적인 욕망과 인간중심주의적 발상이
초래한 현실의 생태위기에 대해 문제의식을 촉구하면서 바람직한 생태사회의 한

---

131) 한창훈, 앞의 책, 292-293쪽

단면으로서 새로운 생명체에 대한 인식과 풍요로운 미래에 대한 책임의식을 동시에 강조하고 있다는 점에서 생태소설의 긍정적인 의의를 제시하고 있다.

해양오염의 실태가 이쯤이라면 이러한 바다의 근원이 되는 강의 오염과 하천의 오염은 논의의 여지도 없을 지경임에 분명하다. 서정인의 〈붕어〉와 김원일의 〈도요새에 관한 명상〉은 이러한 하천의 오염에 대해 그 생태위기적 현실을 고발하고 있다. 서정인의 〈붕어〉는 시골 노부부가 고질병인 관절염을 치료하기 위해 소문난 한의사를 찾아가는 과정에서 보게 되는 하천의 오염의 실태를 작가 특유의 화술로 담아내고 있는 작품이다.132) 특히 이 작품은 이름난 한의사를 무턱대고 찾아간 노부부에게 '예약'이 되어야만 진료를 받을 수 있는 현실에 대한 충격과 예약번호표를 들고 병원주위를 배회하며 이들 부부가 바라보는 도심의 비정한 현실을 동시에 제시하고 있다. 그리고 이러한 비정한 도시의 현실은 자연의 오염과 무관치 않음을 깨닫고, 애써 얻은 예약 번호표를 포기하고 서둘러 귀가하는 결말처리를 통해 생태위기의 현실이 곧 인간성의 파괴로 이어진다는 심오한 진리를 제시하고 있다.

'물속에서 모래톱 위로 상륙한 첫 교각 옆'고기를 잡는 소년들이 금붕어와 붕어가 왜 죽고 병이 드는지 토론하는 장면을 보면 소년들은 물이 더러워서라고 생각하고 있음을 알 수 있다. 그래서 그들은 '썩은 웅덩이의 물' 대신에 '흐르는 강물'을 떠서 붕어를 살리리라 다짐한다. 그러나 그들은 곧 이러한 행동이 무의미함을 깨닫게 된다. 그것은 '붕어'자체가 병들어 있는데 아무리 맑은 강물을 가져와봐야 소용없다는 것을 알게 되기 때문이다. 이러한 소년들의 모습을 지켜 본

---

132) 서정인은 작중인물의 말인지 서술자의 말인지 분간하기 어려울 만큼 혼성적인 상태에서 수화자를 향해 있는 화법의 특징을 노출하고 있으며, 규칙적인 율동(4.4조)의 반복이나, 이른바 투식적 표현(formulaic expression)의 활용을 통해 삶의 전반에 흐르는 무상감을 보여주고 있다.
　황종연, 「말의 연기와 리얼리즘」, 《붕어》, 301쪽

부부는 갑자기 위협을 느끼기 시작한다. 도시의 복잡함과 방대함이 마치 썩은 강물처럼 그들의 생존을 위협하고 있음을 감지했기 때문이다. 그리하여 골목길로 큰길로 쫓겨 다니던 그들은 마침내 '목숨을 걸고 골목길을 걸어야 하는' 현실에 직면하게 되는 것이다.

> 사실 냄새, 그 썩는 악취만으로도 이미 목숨 절반은 버렸다. 거기다 먼지, 특히 비포장일 경우, 그 먼지가 누구 눈알, 누구 허파 속으로 다 가라앉냐, 옷 속으로 머리카락들 속으로 파고드는 것은 그만두고? 구멍가게들은 길에다가 물건들을 진열했고, 개인집들은 길에다가 층계를 내고, 지붕물매를 잡고, 하수구를 뽑았다. 비죽이 내민 깨어진 합성수지관 끝에서 구정물이 찔찔 세게 약하게 흘러 나오는 것을 보면, 그 집 부인의 병든 밴대가 방뇨하는 것 같았다. 사람들은 공공재산에 대한 애착도 외경도 없었고, 관리능력도 없었다. 그런 사람들일수록 그들 집 담 안쪽은 모질게 가꾸고 아꼈다. 그들은 집에 돌아왔다. 대장정의 끝이었다. 한 장정의 끝이었다. 열쇠로 대문짝을 따기 전부터, 개들이 철줄이 허락하는 데까지 땅 위로 길길이 솟아오르면서 헉헉거렸다. 개들만큼 겁많은 짐승도 없었다. 사람들이 개 세상에 살았다면, 사람들은 사람 세상에 사는 개들만큼도 기를 펴지 못했을 것이다.[133]

〈붕어〉에서 제시하고 있는 하천의 오염은 인간성이 상실된 도시의 현실을 초래한 원인으로 이해할 수 있다. 아울러 자연 속에서 숨쉬던 노부부의 생명조차도 위협하고 있음을 암시하고 있다. 즉 노부부는 자동차의 속도, 버스운전사의 불친절함과 승객에 대한 배려가 전혀 없는 운전 태도, 그리고 정부와 함께 남편을 살해하고 고속도로에 유기했다는 뉴스의 보도 등을 통해 더욱 생존의 위협을 느끼게 되는 것이다. 이 작품은 이렇듯 생태 위기의 현실을 하천오염으로 집약시켜

---

133) 서정인, 앞의 책, 291쪽

제시하면서 이러한 생태위기가 궁극으로 인간성을 파괴할 뿐 아니라 인간의 생존 자체를 위협할 수 있음을 암시하고 있다.

한편 김원일의 〈도요새에 관한 명상〉은 철새의 도래지인 동남만 일대에 화학 비료 공장들이 들어서게 되면서 범람하는 폐수와 매연으로 주변 지역이 황폐화되어 심각한 생태위기에 처하게 된 현실을 반영하고 있다. 이러한 모습은 특별히 병국의 일기를 통해 구체적으로 표명된다. 그의 노트에는 '물은 생활, 공업, 어업, 농업 등 모든 현대문명의 근원이며 자원인데 근대 이전에는 물의 화학적 물리적 그리고 생활학적인 성질과 이것의 생물학적 영향에 대해서 등한시되어 왔었다' 는 점을 전제로 제시하고 있다. 아울러 근대 이후 지구상에 인구가 급증하고 도시가 비대해지고 많은 공장이 건설되어서 거기서 흘러나오는 대량의 폐하수와 유독 물질이 한계수치를 넘어서게 되면서 자연정화수는 완전히 상실되어가고 있음을 지적하고 있다. 또한 '개발이나 공해로 자연환경이 파손되면 그곳에 살고 있던 생물들이 생존할 수 없게 됨을 애석해 하면서 논과 산림에 사용한 농약이나 공장의 폐수로 하천이 오염되어 그곳에 살고 있던 물고기나 조개가 줄어들고 있음' 을 우려하고 있다.

이상에서 병국이 인식하고 있는 생태위기의 현실은 동진강 하구 석교천의 심각한 오염을 통해 보다 구체화된다.

> 동진강은 이미 공장지대에서 흘러내린 폐수로 수질이 크게 오염되고 말았다. 나는 열개의 미터글라스가 꽂힌 시험관꽂이를 들고 동진강의 지류로 수질오염도가 아주 높은 석교천 둑위를 걷고 있었다. (중략) 나는 석교천을 바라보았다. 석양 탓만이 아니라 개울물은 검은 주단처럼 칙칙했다. 이따금 회백색의 거품이 냇물표면에 응어리져 떠내려가고 있었다. 나는 바지를 허벅지까지 걷어 몰리고 물 가운데로 계속 걸어 들어갔다. 물빛은 검어져 숯가루를 뿌려 놓은 듯했다. (중략)

자세히 보니 또 다른 기름입자들이 물속에서 용해되지 않은 채 노랗게
떠돌고 있었다. 그 외에도 이 유리관 안에는 육안으로 확인할 수 없는 다량
의 중금속 불순물들이 떠돌고 있을 것이다. 안경알을 통해 노을빛이 반사
되는 검은 개울물이 독극물 같았다.[134]

석교천의 이러한 수질오염의 원인은 주지하고 있듯이 공장에서 무분별하게 버
린 폐수로 인한 것이다. 문제는 이러한 수질 오염이 단순히 물에만 국한되는 것이
아니라 주변 생태계에게까지 영향을 준다는 것이다. 병국의 노트에서 확인하였듯
이 우선 철새의 서식지로서의 기능을 상실하게 되고 이것이 문제가 되어 또 다른
생태위기와 직면하게 되는 것이다.

생태위기가 가져온 다양한 징후는 전술한 바와 같이 각종 해양 오염, 식수 오
염 등 그 위기의 양상은 실로 무궁하다. 등장인물들이 체험한 생태위기의 모습
또한 다양하고 그 위기의 양상은 실로 심각하다. 특히 각종 오염들이 궁극적으로
는 식수까지 위협하게 되고 생존의 위기를 인식하기 시작한 인간들이 식수에 대
해 보이는 광기어린 집착을 통해 궁극적으로 생태위기가 가져온 인간의 가치 파
괴에 대해 문제를 제기하고 있는 작품으로 최성각의 〈약사여래는 오지 않는
다〉[135]가 있다. 이 작품은 주인공 '나'의 약사전에서의 해괴한 체험을 통해 식수

---

134) 김원일, 앞의 책, 112-113쪽
135) 이때 최성각이 제목으로 삼고 있는 약사여래(藥師女來)는 비단 이 작품에 그치지 않고
    모든 생태소설에서 상징적 의미를 지닌다. 그것은 인류가 자연을 지키지 않는 한, 갖가
    지 방법으로 중생을 질병이나 재난에서 구해준다는 약사여래는 더 이상 찾아오지 않을
    수 있기 때문이다.
    김욱동, 앞의 책, 223쪽
    뿐만 아니라 이광호는 이 작품을 일상적인 환경문제를 보편적이고 심오한 존재론적 문
    제로 제기하고, 불교적 사유 속에서 그것을 개선할 정신적 전망을 읽어낸 점을 주목해
    야 한다고 주장하고 있다.
    이광호, 「녹색소설의 가능성」, 『위반의 시학』, 문학과 지성사, 1994. 196쪽

오염의 현실과 이를 둘러싼 인간들의 모습을 살펴봄으로써 현재 우리가 처한 심각한 생태위기의 또 다른 모습을 제시하고 있다. 이 작품은 실제 신문보도를 구체적으로 제시하여 수질 오염 뿐만 아니라 각종 공해 문제의 온상으로서의 현실의 심각성을 보다 사실적으로 제시하고 있어서 생태위기에 대한 신빙성을 획득하고 있다.

'세계 최대의 공해 실험장' 으로 낙인되어 버린 공해의 현실 속에서 주인공 '나'는 소설가로서 자기 검증만을 일삼고 있을 뿐 제대로 된 작품 하나 써 본 적이 없는 최근의 자신의 모습에서 초조감을 느끼고 있는 중이었다. 그리고 궁극적으로 신체적으로까지 이러한 증상이 이어져 이유없이 흐르는 식은땀과 소변의 혼탁함이 '나' 를 더욱 초조하게 만들자, 결국은 병원을 찾게 되고 선배인 의사로부터 물을 충분히 마시라는 진단을 받게 된다. 이것이 '나' 가 약수터를 찾게 된 이유이며 그가 피상적으로 인식하고 있던 공해가 가져온 문제가 현실로 이어져 있음을 확인하게 되는 계기가 된다.

'나' 가 처음 약수터에 올랐을 때 그처럼 많은 사람들이 약수를 먹기 위해 이른 새벽부터 줄을 서 있는 것을 보고 놀라게 된다. 처음에는 마치 신비로운 세계를 엿보는 듯한 느낌이었으나, 곧 그들 사이에 존재하는 미묘한 짜증과 그리고 심각한 정도는 아니라고는 해도 타인에 대해 서로 보이고 있는 적의 비슷한 감정이 미묘하게 깔려 있음을 인식하게 된다. 그리고 이것은 물을 뜨러 오는 사람들이 실은 오염된 물로 재생한 현재의 수돗물은 믿을 수 없으니 나만이라도 깨끗한 약수를 먹어야겠다는 공통된 심리가 내재해 있기 때문이며, 나아가 이러한 그들의 심리가 과욕의 모습으로 화하여 자신보다 물을 많이 길어가는 사람들에 대해 감시하고 적의를 표하게 되는 것임을 알게 된다.

사실상 이렇듯 약수를 뜨겠다고 서있는 사람들의 의식은 역시 생태비평적인 시각에서 볼 때 심각한 반생태적인 모습이다. 산의 약수는 자연을 위한 것이지 인간을 위한 것이 아니다. 물론 자연의 일부로서의 인간 역시 약수를 먹을 권리는 있다. 그러나 인위적으로 약수를 담아 간다는 것은 인간 스스로를 자연의 주인으로 생각하는 자세이며, 이러한 행위를 자연의 입장에서 본다면 오히려 약탈자에 해당할 수 있다.136)

주인공 '나'는 이러한 적의적인 분위기가 싫어서 며칠 산행을 중단하지만 그에게는 어릴 적 뼛속까지 서늘하게 했던 그 우물 맛의 기억을 되찾고 싶은 갈증이 일기 시작한다. 사실상 이러한 그의 갈증은 최초의 있는 그대로의 자연, 그러니까 인간이 인위적으로 파괴하기 전의 그 근원을 찾고자 하는 의식의 발로이며 '나'가 이 작품에서 확보하고 있는 생태의식의 출발점이기도 하다. 즉 '나'가 어릴 적 우물에 대한 갈증을 보인다는 것은 현재의 식수에 대해 문제를 제기하는 것이며 이러한 그의 문제 제기는 식수 오염의 심각성을 제시하는 각종 신문 보도의 직접적인 인용을 통하여 구체화된다.

> 그가 유락산의 샘물을 다시 찾기 시작할 즈음에 그가 만난 신문기사 중에 그의 마음을 아주 어둡게 했을 뿐 아니라 끝내는 아주 성질나게 한 일은 막대한 국고를 들여서 빗물관(管)에 생활하수를 마구 연결해 한강을 거대한 '뚜껑 없는 하수도'로 만든 일이었다. 그렇지 않아도 일찍이 환경청이 조사한 것을 뒤늦게 불붙은 근자(89년 8월)의 식수소동에 발맞추어 경쟁적으로 각 사가 보도한 내용에 따르면 한강을 비롯한 우리나라 4대 강에 흘러드는 폐수가 하루 평균 482만 9천 141톤이라지 않던가. 그 발표는 생활하수가 81%, 공장폐수가 10.3%, 축산폐수가 4.4%, 광산폐수 4.1%, 기타 0.1%의 순으로 폐수의 내용을 덧붙이고 있었다. 그게 80년의 조사니 그 이후의 강의 오염이 얼마나 더 악화되었는가는 잘 짐작되는 일이었다.137)

---

136) 이는 심층생태론자들의 가장 기본적인 전제로서 네스와 드볼과 세션의 공통된 입장이다.
137) 최성각, 앞의 책, 150-151쪽

한강을 거대한 하수도로 만들어버린 현실의 오염 문제를 제시하고 있는 신문 기사의 내용을 통해 '나'는 이러한 수질 오염이 궁극적으로 식수 오염으로 이어진 현실을 강력히 비판하고 있다. 아울러 이러한 문제를 적극적으로 해결하지 못하는 정부의 안이한 태도에 대한 비판도 함께 제기한다. 이렇듯 생태위기의 현실을 목전에 두고도 이를 회피하고 야합하는 정부와 경영주들의 모습과 함께 '나'는 사회의 혼란을 떠올린다.

> 그런 기사를 보면서 그가 떠올린 것은 희한하게도, 전에는 줄기차게 일어나던 일이었지만 근래에 떠들썩한 인신매매 사건들이었다. 적발된 업체들의 담당임원이 적발 관리에게 손을 비비며 거짓웃음을 얼굴에 가득 띠며 능란하게 대응했을 것으로 짐작되는 그 후의 일은, 이 나라에서 나이 서른을 무사히 넘긴 사람들이라면 어렵지 않게 짐작되는 일이기도 했다. 그 관리는 또 업자들에게 받은 봉투를 쪼개 그 위의 관리에게……. (중략) 감옥에 가서 참으로 오래오래 한복(죄수들이 한복을 입는 게 그는 사실 늘 불만이긴 했다)을 입어 마땅할 부패한 관리들이 더러 재수없게 징계를 당해 동료관리들에게 동정을 받기도 하지만, 그런 겁없는 부패한 관리들을 꼬박꼬박 세금을 내 거둬먹이며 허용하고 있는 것은 누구인가. 누구인가. 바로 내 친구이고, 내 마누라이고, 내 선배이고, 내 후배이고, 문방구를 하는 우리 옆집 아저씨이고…… 그리고 바로 나다. 바로 나다……[138]

사실 정부와 관료, 경영주들의 부패, 그리고 각종 사회 범죄와 부패의 원인이 실은 우리들 자신에게 있음을 제시하는 장면이다. 결국 '나'는 생태위기의 근본적인 원인은 모두 개인들 자신에게 있음을 강조하고 싶은 것이다. 그리고 점점 약수터에 사람들이 많아지는 것은 수질 오염의 원인이 자신처럼 국가나 관료 혹은 경영주들에게 있다고 믿는 사람들이 많아지기 때문이라고 받아들인다. 그리하여

---

138) 최성각, 앞의 책, 153-154쪽

서로 간에 적의와 다툼을 보이는 것이 결국은 나 자신만이라도 이 억울한 피해의
상태에서 벗어나려는 이기적인 욕망에 빠져 있기 때문임을 확인하게 된다. 그리
고 곧 이를 명확히 확인하게 된다.

그가 복잡한 약수터의 혼잡을 피해 산 위로 올랐을 때 발견한 '유락산 청심
약수회'가 바로 이러한 욕망에 빠져 있는 인간의 모습을 직접적으로 보여 준다.
그가 무심코 발견한 이 약수터는 이 근방의 유력자로 보이는 듯한 자들에 의해
독점적으로 관리되고 있었으며 심지어 자물쇠까지 채워져 있다. 그리고 자신들의
비용과 노력으로 관리하는 약수터이니 자신들만이 이 물을 마실 권리가 있다고
당당히 말하고 있는 그들에 대해 '나'는 심한 회의를 맛보게 된다. 과연 그들의
마음이 자신들을 호칭하는 '청심'이라는 단어로 표현될 수 있을까에 대한 심한
비판이 일기 시작했던 것이다.

이렇듯 당당히 약수의 주인이라 자신하는 그들의 모습은 현재 인류가 자연에
대해 행사하는 권리를 비판적으로 제시하고 있는 부분으로서 인간의 독점욕과
지배욕을 정확히 확인할 수 있는 부분이다. 아울러 유락산 자락에 즐비해있는
술집들과 커피 파는 여인들의 매음 행위를 보면서 그는 이제 우리가 잃어버리고
있는 것이 좋은 공기와 물만이 아니라 온갖 사회 혼란과 도덕적 붕괴까지를 포괄
해야 함을 인식하게 된다. 이러한 '나'의 생태의식은 자연의 붕괴가 사회의 붕괴로
이어질 것이라는 심층생태론자들과 사회생태론자들의 공통된 합의를 압축적으로
제시하고 있는 것이다.[139]

결국 '나'는 유락산의 정상 부분에서 광덕사라는 절을 만나고 그 절 뒤에서
광덕 약수를 발견하게 된다. 구청에서 발급한 수질 검사까지 양호하다고 평가된
약수를 발견한 '나'는 기쁨에 들뜨지만 이도 잠시 '나'는 약사전 주변의 불화 중

---

139) M. Bookchin, 앞의 책, 112쪽

여인의 손목에 묶인 실이 뜰 앞 과일 나무에 팽팽히 연결되어 있는 그림을 보게 된다. 순간 '나' 는 그 실이 끊어질지도 모르겠다는 불안에 싸인다. 너무 위태롭게 느껴졌기 때문이다. 그러나 너무나 신비롭고 범상치 않은 모습이었기에 '나' 는 약사여래의 불교적인 위상을 찾아보기도 하고 그 그림의 의미를 되짚어 보기도 한다. 이러한 과정에서 '나' 는 자연을 신성으로 간주하고 우주의 근원으로 바라보게 된다.

> 그러나 그 그림은 왜 그리도 그에게 신비하게 느껴졌는지 모른다. 그가 이어서 다시금 알게 된 것은 우주가 종종 나무로 상징되기도 한다는 것과 신의 거주처로서의 나무, 소우주로서의 나무, 혹은 지구 자체가 거꾸로 선 나무라는 상징이 지독히도 오래된 문헌에 종종 나타난다는 사실이었다. 제 스스로는 말라죽으면서 어떤 나무는 회춘(回春)을 주고, 어떤 나무는 장수 (長壽)를 주고, 어떤 나무는 불사(不死)를 준다는 기록도 있었다.140)

나무를 신성시하여 우주의 근원으로 간주하는 이러한 자세는 심층생태론자들의 입지와 동일한 모습으로 '나' 가 획득하고 있는 생태의식이 심층생태론적인 시각에 처해 있음을 암시해 주는 것이다. 또한 불화에 묘사되어 있는 과일 나무 역시 자연을 상징하는 것이며 여기에 끈을 매고 있는 여인의 이미지는 자연으로부터 생명을 전수받는 존재로 파악할 수 있다.141)

---

140) 최성각, 앞의 책, 171쪽

141) 여기서 여인이 등장한다고 해서 생태페미니즘적인 시각으로 여인을 바라보아서는 안 된다. 생태페미니즘에서 여인은 자연과 동일한 존재로 묘사되어 있다. 그런데 이 불화의 여인은 나무에 끈을 이어서 나무의 생명력을 얻으려는 존재이다. 결말 부분에서 제시되는 여인의 모습은 이를 보다 정확하게 제시한다. 즉 '여인은 나무와 이어진 끈이 끊어진 채 팔을 축 늘어뜨리고 있었다.' 라는 묘사는 결국 그녀가 나무로부터 생명력을 지속시키고 있었음을 알게 해준다. 그러므로 여인을 생명의 근원으로 보기보다는 자연에 종속되어 있는 생명체로 보는 것이 합당하다고 여겨진다.

그런데 문제는 그 끈이 미약하다는 것이다. 자연으로부터 생명을 전수받는 존재로서 여인의 이미지는 다소 생태페미니즘적인 면모가 보이기는 하지만 자연과 동일한 존재가 아니라는 점에서 차이가 있다. 결국 작품 말미에서 이러한 불길한 예감은 광덕 약수가 식수 부적합 판정이 난 사실을 알고, 불화의 그림을 보았을 때 적중한다.

> 약사전 옆을 천천히 걸어가는데 갑자기 어떤 강렬한 힘이 그의 시선을 오른쪽으로 잡아끄는 것을 느낀 것이다. 그것은 보이지 않는 힘 센 손이 그의 뒤통수를 잡고 있다가 옆으로 휙 돌리는 것과 같은 느낌으로 그를 엄습했다. 할 수 있는 한 거의 필사적인 의지로 그 힘에 저항했건만 그는 결국 약사전의 그 불화를 보고야 말았다. 그 힘은 어쩌면 그의 내부에서 튀어나온 힘이었는지도 몰랐다. 여인의 손목과 뜰 앞의 과일나무에 연결되어 있는 하얗고 가느다란, 그러나 최초로 그것을 발견할 때는 그토록 팽팽하게 서로 이어져 있었던 그 실이 끊어지기를 바란 것은 바로 그였는지도 모른다. 왜냐하면 그 여름에 그 그림의 실이 말할 수 없이 위태롭다고 느낀 사람은 바로 그였으므로. 실은 툭 끊어져 뜰 바닥에 떨어져 있었고, 여인의 손목은 힘없이 아래로 쳐져 있었다.[142]

'나'가 습관처럼 광덕 약수를 뜨러 산행한 어느 날 개를 잡아먹는 낯선 사내들을 보면서 알 수 없는 불안을 느끼며 본능적으로 경계에 들어간다. 즉 그들을 무시해야 한다고 되뇌이며 애써 외면하려 하였던 것이다. 그런데 오히려 그들이

---

142) 최성각, 앞의 책, 174쪽
　이러한 기이한 환상은 바흐찐이 제시하는 '메니페아(menippee)적 풍자라고도 볼 수 있다. 이는 메니포스적 풍자라고도 불리는데, 주로 철학적 대화와 함께 고상한 상징성, 모험적 환상, 그리고 어두운 자연주의적 성향을 혼합하고 있다. 도덕적·심리학적 실험과 함께 비정상 상태의 묘사나 기괴한 행위가 돌출되기도 하지만 사회적 유토피아의 요소도 담고 있다.
　바흐찐, 서정철 엮음, 「도스토예프스키의 시학」, 『인문학과 소설 텍스트의 해석』, 민음사, 2002, 385쪽

해준 말은 이제 더 이상 광덕 약수를 먹을 수 없다는 것이었다. 그리고 '나'는 수질검사의 며칠 전 결과가 식수 부적합 판단을 받았음을 알리는 표시를 보게 된다. 동시에 '나'는 늘 보던 약사전 불화 속 여인의 손이 아래로 쳐져 있음과 그녀와 과일 나무를 연결하던 그 가느다란 실이 끊어져 있음도 역시 확인하게 된다. 생명을 함부로 죽이고, 산속의 약수까지 마음껏 가져다 써야 직성이 풀리는 인간들의 세계는 더 이상 그 미약한 끈으로 자연과의 관계를 지탱할 수 없음을 암시하는 부분이다.

인간들의 탐욕이 가져온 이 엄청난 재앙을 알리는 불화가 '나'의 환상이든 그렇지 않든 그것은 중요한 사실이 아니다. 무엇보다 중요한 것은 인간들의 자기중심적이고 이기적인 사고와 반생태적인 행동 양식이 가져온 심각한 생태위기의 현실에 대한 각성과 반성이 '나'의 체험을 통해 제기되고 있다는 것이다. 이러한 체험적이고 표층적인 현실인식에 입각한 생태위기에 대한 문제 제기는 곧 인간 스스로의 개체로서의 존재 위기를 알리는 문제의식으로 확대되기에 이르고, 이의 극복을 위해 자연과 인간이 일체를 이루는 과정을 통해 생명의 평등성을 인식하고자하는 의지로 표명되기에 이른다.

1.2. 토양오염 및 대기오염

생태위기의 또 다른 측면으로 심각하게 제기되고 있는 것이 바로 토양오염의 문제이다. 일찍이 레오폴드(Aldo Leopold)는 '대지윤리'를 내세우면서 '땅에 대한 생태학적 입장은 땅을 재산으로 보는 로크의 관점'을 거부했다.[143] 더 이상 땅을 단순한 재산으로, 그래서 우리가 원하는 대로 사용하고 가공하는 죽은 물질로 볼 수 없다는 것이다. 땅은 살아있는 유기체로, 그래서 건강할 수도, 아플 수도, 부상

---

143) Aldo Leopold, Sand County Almanac, Oxford University Press, 1987, 253-255쪽

당할 수도, 혹은 죽을 수도 있는 존재인 것이다. "땅은 단순한 토양이 아니다. 그것은 토양, 식물, 동물의 회로를 거쳐 흐르는 에너지의 원천이다" 라는 레오폴드의 주장이 이를 입증한다.

이러한 주장이 대두된 것은 인간의 생태파괴의 대표적인 양태가 땅에 대한 무분별한 횡포 때문이다. 레오폴드의 주장처럼 땅은 더 이상 인간의 소유물이 아님을 인식해야 하지만 지금껏 인류는 땅에 대한 소유권을 물질로 환원하고, 이렇게 물질화할 수 있다는 이유만으로 인간중심적인 개발을 위해 땅에 대한 파괴를 일삼아 왔다. 그 결과 지구의 토양은 심각하게 오염되었고, 이러한 토양의 오염은 생태계의 질서를 파괴하기 시작하여 심각한 교란상태까지 우려되고 있는 시점이다.

한국의 경우도 이러한 토양의 위협이 심각한 지경에 이르고 있으며, 특히 산을 무분별하게 파헤치고 바다를 땅으로 개간하는 과정에서 바다와 토양을 동시에 파괴하여 심각한 생태위기를 초래하고 있는 실정이다. 또한 산업화가 진행되면서 급격하게 늘어난 각종 쓰레기들을 마구잡이로 땅에 파묻고, 그리고 방기함으로써 또 다른 토양의 오염을 가중시키고 있다. 이러한 현실을 그리고 있는 작품으로 이청준의 〈목수의 집〉(1998)[144], 박범신의 〈별똥별〉(1998)[145], 이문구의 〈장천리 소태나무〉(1998)[146] 그리고 최일남의 〈그들은 말했네〉[147]가 있다.

이청준의 〈목수의 집〉과 박범신의 〈별똥별〉은 토양오염의 모습을 비판적 시각으로 제시하고 있다. '혹은 수공업시대의 추억' 이라는 부제가 달려 있는 이청준

---

144) 이청준, 〈목수의 집〉, 《목수의 집》, 열림원, 2000.
145) 박범신, 〈별똥별〉, 《향기로운 우물 이야기》, 창작과 비평사, 2000.
146) 이문구, 〈장천리 소태나무〉, 《내 몸은 너무 오래 서 있거나 걸어왔다》, 문학동네, 2000.
147) 최일남, 〈그들은 말했네〉, 《아주 느린 시간》, 문학동네, 2000.

의 〈목수의 집〉은 오랜 작가의 생활에 문득 피로를 느낀 허세훈이 귀향본능을
느끼고 북에 두고 온 고향에 대한 그리움을 달래기 위해 고향과 비슷한 땅을 찾아
다니는 김승조라는 인물을 구상중인 소설의 주인공으로 설정함으로써 시작된다.
그에 관한 이야기를 전개시키는 과정에서 우연히 알게 된 최봉수라는 한옥을 짓
는 목수에 관해 듣게 된다. 즉 최봉수 노인의 불타는 장인정신과 남의 집을 짓는
다기보다 평생 자신의 집을 지어왔다는 노인의 신념과 만나게 된 것이다. 그리고
'그가 꿈꾸어 오던 노년의 넓고 아름다운 집은 그 혼자 힘으로나 사람의 손으로' 는
그러니까 인위적으로는 결코 지을 수 없음을 깨닫는다는 내용이다.

　　이 작품에서 문제 삼고 있는 생태위기의 현실은 바로 등장인물 허세훈의 미약
한 생태의식이다. 그는 작가라는 신분을 지니고 있으며 노년의 아름다운 집을
꿈꾸면서 '사람의 심성과 공동선의 질서를 함께 읽어나가야 하는 소설쓰기'를 신
조로 삼고 힘겨운 글쓰기를 고집하였지만 '유통과 대량 모방 복제 위주의 획일적
인 생산성'에 집약하는 최근의 풍조에 거듭되는 좌절과 끊임없는 자기마모만을
일삼고 있던 차에 오랜 글쓰기에서 벗어나려던 중이었다. 그러나 그러한 그의
의식에 맴도는 구상중인 소설의 인물인 김승조씨에게서 놓여나기 어려움을 느끼
고 이를 극복하기위해 오랜 세월 등한히 했던 고향을 향하게 된다. 그런데 그가
돌아간 고향은 그에게 실망으로 다가올 뿐이다.

> 마을 건너편 들녘 너머 산골 쪽에 군내 쓰레기 소각과 매립장 시설 공사
> 가 한창이었다. 그 산골 입구 산자락밭 한 귀퉁이에 그의 선대 묘소가 2대
> 째 모셔져온 인접지였다. 묘소들이 직접 파헤쳐질 처지는 아니지만 매연이
> 나 침출수가 충분히 미칠만한 곳이었다. 선영들의 뼈가 젖고 삭아나가게
> 될 형세였다. 제 노년의 집터커녕 선산부터 다른 곳을 찾아 옮겨가야 할
> 형편이었다.148)

---

148) 이청준, 앞의 책, 29쪽

고향마을에 아름다운 집을 짓고 안락한 노년을 꿈꾸던 그는 고향 마을이 쓰레기 소각장이 되어 있는 현실에 직면하고, 도움을 청하는 고향 사람들을 뒤로 하고 그는 서둘러 마을을 떠난다. 이러한 그의 생태의식은 '공동선에 입각한 글을 쓰는' 작가의 내면이라고 보기에는 문제가 있다. 즉 고향땅이 쓰레기 소각장이 되어 버린 현실을 두고 이를 외면한 채 고향을 등지는 그의 행위는 현실의 생태위기에 대해 묵과하는 자세로서 '공동선을 위한 글'을 써온 그답지 않은 행동인 것이다.[149]

자신의 선산조차도 토양오염으로부터 자유로울 수 없음을 알고는 있지만 마을 사람들과 섞여 무조건 정부를 성토하는 것 역시 어리석은 일이라고 판단한 허세훈의 의식은 생태위기의 현실에 대해 무책임한 모습을 보이고 있다. '쓰레기 매립장이 생기든 말든 그의 고향마을을 찾아 집을 지으려는 일도 이제 별반 무의미한 것을 느끼는' 그로서는 최노인의 솜씨도 김승조의 땅에 대한 집착도 미칠수 없는 자신만의 마음의 집을 짓는 다는 것이 얼마나 과욕인지를 깨닫게 된다. 작품 말미에서 의사인 아들이 장기를 기증하는 의사 가족의 이야기를 듣고 이러한 타인에 대한 배려가 진정한 공동선을 의미하며 자신이 짓고자하는 마음의 집을 반영하는 것을 깨닫게 되는 장면에서 이를 확인할 수 있다.

그러나 이 작품 역시 토양오염의 상태를 제시하고 있을 뿐 이에 대한 대처 방안이나 극복의지에 대해서는 전혀 고려한 바가 없다. 다만 허세훈이 진정한 '공동선에 입각한 글쓰기'란 자신의 올바른 마음의 집을 견지하는 데 있다는 깨달음을 얻기 위한 과정으로 설정되어 있을 뿐이다.

박범신의 〈별똥별〉은 화가인 '나'가 몰래 자신을 엿보는 존재를 의식하고 그

---

149) 이에 대해 조남현은 그가 고향을 등진 이유가 낭비현상에 빠진 마을 사람들과 동조하고 싶지 않아서였다고 평가한 바 있다.
조남현, 「한국소설과 환경생태학」, 문학과 지성사, 2002, 65쪽

존재를 염두에 둔 생활을 하면서 자신이 중심을 잃어버린 채 주변을 맴도는 삶을 살고 있음을 인식하게 되는 과정을 담고 있는 작품이다. 이 작품 역시 '나'의 집 텃밭의 오염의 상태를 보고 '나'가 놀라는 장면만이 있을 뿐, 이러한 토양오염을 통해 '나'가 새로운 생태의식을 견지한다거나, 삶의 질과 관련하여 반성을 하는 것으로 이어지기보다는 그저 작품 배경의 한 부분으로 작용할 뿐이다.

> 동해시로 떠나던 며칠 전만 해도 분명히 무성하던 감자잎들이 지금은 누렇게 타들어가고 있었다. 뭔가 크게 잘못된 것이 무엇인가...하고 나는 부리나케 빗속의 감자밭을 뒤지고 다니며 생각했다. 복합비료 때문이야. 풍성한 수확을 꿈꾸던 나는 옳거니, 싹이 난 곳마다 서너 군데나 땅을 파고 복합 비료를 욕심껏 묻어주었다. 그동안에 비가 전혀 내리지 않았으니 복합비료는 원형 그대로 묻혀 있었을 것이고, 어제부터 내린 비에 비로소 일시에 녹아버린 복합비료가 어린 감자뿌리에 독으로 작용한 것이 틀림없었다.[150]

단순히 수확에 대한 욕심으로 무분별하게 사용한 인공비료 때문에 감자를 모조리 말려 죽이는 '나'는 오염된 토지 때문에 결국은 감자를 모두 죽이고 만다. 이러한 모습은 '나'가 땅에 대해 주인인양 군림하며 인공적인 비료를 마구 사용했기 때문이다. '나'와 같은 생태에 대한 무지한 태도가 결국 토양오염의 원인이 되고 있는 것이다. 그러나 이 작품에서도 작가는 이러한 토양오염의 실태를 주변적으로 언급하고 있을 뿐, 이에 대해 어떠한 문제제기도 보이고 있지 않은 채 단지 미약한 고발의 차원에 머물고 있다.

토양오염의 또 다른 심각성은 바로 쓰레기문제이다. 굳이 산업 폐기물과도 같은 산업화의 결과물이나 핵폐기물과도 같은 원자력 발전소 가동 후에 직면한 새

---

150) 박범신, 앞의 책, 53쪽

로운 폐기물 문제까지 나아가지 않아도 실제로 토양을 오염시키는 실체는 생활쓰레기이다. 그리고 이러한 생활쓰레기에 대한 문제를 다루고 있는 작품으로 이문구의 〈장천리 소태나무〉와 최일남의 〈그들은 말했네〉가 있다. 이들 작품들은 모두 생활쓰레기의 문제의 심각성과 이러한 쓰레기의 방출이 실은 병들어 있는 현대인의 의식구조와 무관하지 않음을 제시하고 있다.

이문구의 〈장천리 소태나무〉는 장천리라는 시골마을에서 '이장을 세 번이나 연임하고 현재는 약간의 논농사와 밭농사만을 하고 있는' 이송학씨의 시선을 중심으로 낚시꾼들이 우글거리면서 그들이 버리고 간 쓰레기로 몸살을 앓는 마을의 모습과 함께 유흥지처럼 풍기가 문란해지는 현실을 동시에 제시하고 있다. 동네가 이처럼 혼란스러워지자 마을 노인들은 이송학씨에게 '사건반장' 이라며 이러한 현실을 정리해 줄 것을 부탁한다. 마을 노인들의 입장에서는 최근의 동네의 모습이 '사람이 짐승을 치는 동네인지, 짐승이 사람을 치는 동네인지' 기가 막히는 현실이었다. 그것은 마을 저수지에 낚시꾼들의 차가 빼곡해지고 그러한 차들 가운데는 낚시를 위해 온 자들 외에 문란한 행위를 즐기려 오는 자들이 있기 마련이고 그러다보니 마을의 분위기가 혼란스러워졌기 때문이다. 그러나 이송학씨가 아무리 그들을 계도하려 해도 오히려 당당한 것은 그쪽이었다.

또한 이렇듯 낚시꾼들이 몰려들기 시작하면서 저수지 근처에 '산천초목가든' 을 차리고 그들을 상대로 국밥이나 팔아보려던 김광세는 푸념을 늘어 놓는다. 도무지 장사가 안된다는 것이다. 그는 남의 마을에 낚시를 하러 왔으면 밥이라도 팔아주는 것이 인지상정인데 낚시꾼들이 너무하다는 이송학씨의 말에 발끈한다. 김광세의 관찰에 의하면 정작 낚시가 목적인 사람들은 드물다는 것이다.

> "좋아허네. 저중에 옳은 낚시꾼이 몇이나 되길래? 쓰레기 봉투값 근검
> 절약차 제 집 TM레기 예다 놓구 가려구 낚시꾼으로 꾸미구 온 것이 반두

넘을 텐디떨어뜨리긴 뭘 떨어뜨려, 보나마나 쓰레기 뭉치나 슬쩍 떨어뜨리
구 갈결" 151)

낚시가 목적인 사람들보다 쓰레기를 방기하러 온 사람들이 더 많을 것이라는 김광세의 발언은 자못 심각하다. 물론 작품의 배경이 IMF즈음인 것을 감안하여 실업의 현실 속에서 낚시터로 몰리는 많은 도시인들의 불안한 심리적 상태를 인정할 수는 있다. 그러나 저수지 주변에 자신들의 생활쓰레기를 마구 버리고 가는 행위는 바로 토양오염과 직결될 소지가 있는 것이다. 사실 이 작품에서 제기하고 있는 것은 어쩌면 낚시꾼들이 방기하는 쓰레기의 심각성보다는 문란해진 마을의 분위기, 그리고 이학송씨가 연전에 알게 된 낚시꾼에게 자신의 명의를 도용하는 것을 허락하고 무기한의 경작권을 얻게 된 '먼논' 이라 불리는 논에 대한 은밀한 욕심에 있다. 그럼에도 불구하고 저수지부근의 쓰레기 방기에 대한 작가의 접근은 그것이 생태의식을 견지한 의식적인 것으로 보이지는 않지만 문란한 저수지의 풍속의 한 반영으로 설정되어 있다. 이것은 쓰레기 문제가 결코 저수지 주변의 풍기문란과 무관하지 않음을 암시하고 있는 것이다.

최일남의 〈그들은 말했네〉는 오랜 은행원의 생활 속에서도 독서에 대한 열정과 책에 대한 각별한 관심으로 모은 사백 여권의 책이 이사를 가기로 하자 갑자기 짐이 되어 '나' 를 구속하게 된다는 이야기이다. '나' 는 이사를 결심한 순간 그동안 모은 서적의 처리문제에 고심하던 중 근처에 있는 도서관에 자못 진중한 자세로 책 기증의 의사를 밝혔지만, 가져오면 받겠다는 식의 태도에 염오를 느끼게 된다. 스스로 얼마나 자랑스러워했던 서적인데 이렇듯 무슨 짐짝 취급을 당하는 것이 상당히 비위가 상했던 것이다. 그러나 도서관 측은 '나' 처럼 서적을 처리할 방법을

---

151) 이문구, 앞의 책, 74쪽

도서관에 기증하는 식으로 나름대로 쓰레기 처리하듯 책을 대하는 축들을 경험한 바 있는 듯한 자세를 보인다. 실제로 이러한 사례는 도서관마다 여러 번 경험했을 것이다.

요즈음 책이라는 것이 너무 흔해지고 그러다 보니 인쇄매체가 전달해주는 공신력과 활자가 지니고 있는 다소 현학적인 자태는 이미 시들해진지 오래이다. 더 이상 책은 지식인의 전유물이 아닌 현실이 되고 말았다. ‘나’의 주변에 있는 지인은 그리하여 ‘성경책과 몇몇 책을 포함하여 딱 여덟 권의 책’만을 소장하고 있다고 하자 문득 ‘나’는 그의 용기가 부럽기까지 하다. 하지만 이미 주변의 사람들도 넘쳐나는 책의 분량에 힘겨워하고 있는 현실과 운송회사에서 조차도 골칫거리로 취급당하는 책 앞에서 ‘나’는 심각한 혼란에 빠지게 된다.

> 미처 절반도 정리하지 못한 단계에서 알 만한 이들에게 귀뜸을 하고 원하는 사람이 있거들랑 연락해 달라고 부탁까지 했으나 반응이 도무지 신통찮다. 자기네도 있는 책을 어떻게 처분할지 막막하다며 책의 애물단지화가 이토록 빨리 진전될 줄 몰랐다고 탄식하는 게 고작이다.[152]

평생 모은 책이 이렇듯 자신을 억압해 오고 이러한 현실 앞에서 ‘나’는 속수무책일 뿐이다. 과거 지성의 상징으로 군림하던 책이 이러한 취급을 받는 현실이 ‘나’에게 버거울 뿐이다. 그러나 ‘나’ 역시 책을 처리하기 위해 안간힘을 쓰고 있다. 가시적으로는 보기 좋게 도서관에 기증하려 하지만 실제로 ‘나’에게 책은 이제 쓰레기로 다가온 것이다. ‘나’는 이러한 현실을 인정하고 싶어 하지 않지만 결국 동네 서점 주인이 들고 온 한 묶음의 책 앞에서 ‘이것들이 나를 죽이네’라며 탄식하고 만다. 결국 ‘나’에게 책은 이제 처리 불가능한 쓰레기이자 애물단지로서 작용

---

152) 최일남, 앞의 책, 148쪽

할 뿐인 것이다.[153)

생활쓰레기의 문제를 다루고 있는 이들 두 작품은 심각한 생태위기의 현실을 문제 삼거나 생태의식을 견지한 채 쓰레기 문제를 다루고 있지는 않다. 다만 이러한 생활쓰레기의 문제적 현실을 제시하는데 그칠 뿐이며 그 정도도 미약할 뿐이다. 그러나 이러한 문제 제기는 표층적이나마 생태의식의 시발점으로 충분한 의의가 있는 것이다.

이러한 체험적 고발과 비판적 인식으로 공장 도시의 대기 오염과 이를 둘러싼 생태 파괴의 모습을 제시한 작품으로는 조세희의 〈기계 도시〉(1977)[154)와 〈잘못은 신에게도 있다〉(1977)[155)가 있다. 이 작품들은 《난장이가 쏘아 올린 작은 공》의 연작 가운데 하나로, 은강시의 도시 노동자들이 감지하는 환경문제의 심각성과 주변인들의 모습을 주인공 윤호의 체험을 통해 비판적이고 냉소적인 시각으로 형상화하고 있다.[156)

〈기계 도시〉의 주인공 윤호는 삼수생으로서 경영주의 아들로서 풍족한 생활을 누리고는 있지만, 은강시가 앓고 있는 가난과 고통을 '검은 기계로 가득 찬 도시'나 '이상한 냄새'가 나는 동네로 인식하고 그들의 상황을 이해하려 한다. 그가 이러한 은강시의 문제를 인식하게 된 것은 죽은 난장이의 큰아들과 알게 되고부터이다. 윤호는 아버지가 설치한 미국제 냉방기 덕에 잡음 하나 없는 기계의 찬 공기 속에서 편안히 지낼 때 자신과는 달리 죽은 난장이의 남매들은 기계를

---

153) 이처럼 소장하고 있는 장서가 부담스러운 존재로 다가오는 모습을 보여주고 있는 작품으로 이윤기의 〈직선과 곡선〉(《나비넥타이》, 민음사, 1997)이 있다.
154) 조세희, 〈기계도시〉, 《난장이가 쏘아올린 작은 공》, 이성과 힘, 2000.
155) 조세희, 〈잘못은 신에게도 있다〉, 《난장이가 쏘아올린 작은 공》, 이성과 힘, 2000.
156) 김욱동은 환경오염과 자연파괴가 사회적 불평등과 깊이 연관되어 있음을 보여주고 있다고 강조한다. 그래서 이 작품은 경제정의나 사회정의가 이루어지지 않는 한 생태문제나 환경문제는 한낱 부질없는 꿈에 지나지 않음을 보여주고 있다고 평한바 있다.
김욱동, 「녹색소설과 생태학적 상상력」, 『문학생태학을 위하여』, 민음사, 171쪽

돌리기 위해 폭염 속에서 일을 하고 있다는 불공평한 현실에 대해 심한 갈등과 혼란을 겪는다. 그래서 윤호는 삼수생의 본분을 잃고 아주 방탕한 생활을 일삼곤 하는데, 그럴 때마다 난장이의 죽음을 떠올린다.

> 윤호는 발밑에 쓰러져 있는 술취한 사람들을 밟지 않기 위해 다섯 번이나 껑충껑충 뛰며 난장이네 집에 갔었다. 난장이의 부인은 보리쌀을 씻어 안쳐 끓이다 감자를 까넣었다. 윤호에게는 대학에 가는 것이 가장 큰 문제였다. 재수생은 그때까지 불공평에 대해서는 한번도 생각해본 적이 없었다. 그는 빈곤을 뜻하는 Poverty도 시사 용어로만 이해했었다. 그래서 Poverty 하면 Population과 Pollution이 동시에 떠오르고 이것을 잊지 않기 위해 3P로 암기했다. 학교에서, 학원에서, 그룹 교실에서 가르치는 것이 이런 것들이었다. 교실에서 아이들을 죽였다. 난장이는 방죽가 마당에 앉아 그의 공구들을 손질했었다. 윤호는 그의 죽음을 한 세대의 끝으로 보았다. 윤호는 여자아이와 자면서도 난장이의 죽음을 생각했었다.[157]

이렇듯 한 세대의 종말로 상징되는 난장이의 죽음은 더 이상 근면이나 성실이 가난을 해결할 수 없음을 암시하고 있다. 즉 불평등하고 불공정한 현실이 난장이의 죽음을 가져온 것이라는 사실을 윤호는 깨닫게 되는 것이다. 그리하여 그는 여자 친구인 은희에게도 이러한 난장이의 죽음에 대해 알리게 되고, 윤호와 은희는 죽은 난장이가 살았던 은강의 문제에 대해 같이 고민하게 된다. 율사의 딸로 묘사되어 있는 은희는 현재 대학에 다니고 있지만 대학에서 배울 것이 아무 것도 없다고 믿는 허무주의자이다. 이 두 인물은 모두 현실적으로는 기득권을 지니고 있으나 은강이 안고 있는 노동 현장의 문제와 이로 인한 노동자의 피폐한 현실을 비판적 시각으로 바라보며 은강 주변의 문제에 대해 심각하게 고민한다. 하지만 이들은 자신들이 체험한 현실의 문제에 대해 비판적 인식만을 견지할 따름이

---

157) 조세희, 앞의 책, 181쪽

다.[158]

　그리고 나아가 그들이 견지하고 있는 현실의 문제 중 생태소설적 면모를 확인하게 해 주는 부분이 바로 은강시 전체가 앓고 있는 대기 오염과 폐수로 인한 하천 오염의 현실에 대해 심각한 문제의식을 제기하고 있는 장면이다. 그리고 이러한 문제의식은 '검은 기계'의 이미지로 그들에게 인식된다.

> 시내는 많은 구릉이 기복을 이루며, 동서로 뻗은 중앙부의 구릉에 의하여 시가지는 남북으로 나뉜다. 공장 지대는 북쪽이다. 수없이 솟은 굴뚝에서 시커먼 연기가 오르고, 공장 안에서는 기계들이 돌아간다. 노동자들이 그곳에서 일한다. 죽은 난장이의 아들딸도 그곳에서 일하고 있다. 그곳 공기 속에는 유독 가스와 매연, 그리고 분진이 섞여 있다. 모든 공장이 제품 생산량에 비례하는 흑갈색·황갈색의 폐수·폐유를 하천으로 토해낸다. 상류에서 나온 공장 폐수는 다른 공장 용수로 다시 쓰이고, 다시 토해져 흘러 내려가다 바다로 들어간다. 은강 내항은 썩은 바다로 괴어 있다. 공장 주변의 생물체는 서서히 죽어가고 있다.[159]

> 은강 노동자들이 똑같은 생활을 했다. 좋지 못한 음식을 먹고, 좋지 못한 옷을 입고, 건강하지 못한 몸으로 오염된 환경, 더러운 동네, 더러운 집에서 살았다. 동네의 아이들은 더러운 옷을 입고, 더러운 골목에서 놀았다. 버려진 아이들이었다. 나는 공장 주변의 아이들이 자라면서 나타낼 질병의 증세를 생각했다. 은강 공업 지역이 저기압권에 들면 여러 공장에서 뿜어내는 유독가스가 지상으로 깔리며 대기를 오염시켰다.[160]

　윤호와 은희가 체험한 은강시는 이러한 '검은 기계'의 모습으로 형상화 되고

---

158) 일반적으로 이러한 사건 전개에 따라 이 작품을 노동 문제를 다루는 현장 소설로 다루고 있으나, 이러한 시각 외에도 이 작품은 생태위기에 대한 체험적 고발의 차원에서 다루기에 충분하다.

159) 조세희, 앞의 책, 185-186쪽

160) 조세희, 〈잘못은 신에게도 있다〉, 218쪽

있다. 즉 수없이 솟은 공장의 굴뚝에서는 시커먼 연기가 공기를 가득 채우고 있고 이 연기에는 온갖 유독 가스와 매연과 분진들이 가득한데 이러한 모습을 ‘검은 기계’의 현실로 인식하는 것이다. 그리고 이 속에서 죽은 난장이의 아들과 딸은 기계를 돌리고 있는 것 자체가 문제 상황이라고 윤호를 인식하고 있다. 그들이 돌리는 기계에 의해 이곳에서 나오는 각종 오염 물질은 하천은 물론이고 바다까지 오염시키고 있어서 결국 이곳은 생명체가 서서히 죽어가는 도시로 묘사되고 있다.

또한 〈잘못은 신에게도 있다〉에서는 은강시 주변의 대기를 ‘더러움’ 그 자체로 묘사하고 있다. 이곳에서 아이들은 유독가스를 마시며 자라고 있는데, 이 작품은 〈기계도시〉와는 달리 은강시의 노동자인 ‘나’의 시각을 통해 대기오염의 실태를 보다 선명하게 제시하고 있다.

〈기계도시〉에서 윤호와 은희의 눈에 비친 이러한 죽은 도시의 이미지는 바로 무분별한 산업화로 인한 결과로서 생태위기의 가장 본질적인 모습인 것이다. 결국 두 주인공이 은강을 죽어가는 도시로서 ‘검은 기계’로 바라보는 것은 그들의 생태의식이 산업화로 인한 생태 오염에 대해 비판적 시각이 노정되어 있음을 확인할 수 있게 해준다. 그리고 이러한 공장들의 무책임한 폐수 방류와 공정과정을 거치지 않고 대기에 내뿜어지는 유독 가스와 매연들은 실제로 은강 주변의 생명을 앗아가고, 급기야 인근 주민들을 심각한 위기에 빠뜨린다.

> 은강 바람은 낮에는 바다에서 육지로, 밤에는 육지에서 바다로 분다.
> 그 바람이 공장 지대의 유독 가스와 매연을 바다와 내륙으로만 몰아갔다.
> 그런데 오월 어느 날 밤, 은강 사람들은 바람이 갑자기 방향을 바꾸었다는
> 사실을 알았다. 바람은 바다로 안 불고, 내륙으로도 안 불고, 공장 지대의
> 상공에 머물렀다가 곧바로 주거지를 향해 불었다. 그 바람은 기복을 이룬
> 시내의 구릉을 넘어 주거지 일대에 가라앉으며 빠져나갔다. 막 잠이 들려

던 어린아이들이 바람이 방향을 바꾼 사실을 제일 먼저 알았다. 어른들은 아이들이 갑자기 호흡 장애를 일으키는 것을 보았다.

아이들을 안고 병원으로 달려가던 어른들도 악취 때문에 제대로 숨을 쉴 수 없었다. 눈이 아프고, 목이 따가웠다. 견딜 수 없는 사람들이 거리로 뛰어나왔다. 시가지와 주거지에 안개가 내리고, 가로등은 보이지 않았다. 대혼잡이 일어 질서는 순식간에 무너졌다.[161]

이렇듯 은강시 사람들은 가스 누출 사고로 인해 아이들이 호흡 장애를 일으키고, 어른들조차도 악취로 인해 호흡 곤란을 느끼는 사고를 경험하게 된다. 그리고 이 과정에서 대혼잡과 함께 도시의 질서가 순식간에 무너져 내리는 체험을 하게 된다. 도둑과 불량배들은 기회를 만난 것처럼 날뛰고, 시민들을 주거지를 벗어나 국도로 대피하여 불안에 떨어야 했다. 그리하여 그들은 스스로가 얼마나 생물학적 악조건에서 살고 있는지 깨닫게 되고 다음날 그들은 이 문제를 해결해 보려 한다. 하지만 그들은 곧 좌절하게 되는데 그것은 은강을 움직이는 사람들이 모두 서울에 있으며 그들은 마치 커다란 벽과 같아서 은강 사람들의 힘으로는 도저히 맞설 수 없다는 것을 깨닫고 나서이다. 그리고 은강을 움직이는 사람들의 힘이 얼마나 무서운 것인가는 윤호의 시선으로 처리되고 있다.

윤호는 아버지가 무서운 일을 하고 있다는 것을 늘 생각했다.

수많은 공장, 그 공장을 움직이는 경영인들, 그리고 그 경영인들을 움직일 수 있는 사람은 서울에 있었다. 그들은 공장 기계를 돌리기 위해 물리적 힘만을 사용하고, 그 힘의 일부로 은강의 공해도를 측정, 발표했다. 은강 사람들은 잠들기 전에 바람의 방향을 확인한다. 바람은 난장이의 아들딸이 일하는 공장 지대의 가스와 매연을 내륙으로, 바다로 쓸어간다. 은강 사람들은 거기서 그친다. 하루에 십만여 톤의 폐수를 바다로 흘려넣은 그 공장

---

161) 조세희, 앞의 책, 186쪽

지대의 노동자들에 대해서는 생각하지 않는다. 공장 지대에 머물렀던 바람
이 다시 주거지로 불지 않는 한 그들은 깊은 잠에서 깨어나지 않을 것이다.
그들은 노동청 은강 중부 지방 사무소의 근로 감독관이 네 명이라는 사실
을 알 필요도 없다. 그 네 명의 근로 감독관이 일천여 개소의 사업장을
관할하고 있다. 한 명이 이백오십 명의 노동자를 담당하는 것이 아니라
이백오십 개소의 사업장을 관할하고 있는 것이다.[162]

이러한 윤호의 비판적 시각에 입각하여 은강의 현실을 직시해 보면 은강의
생태 환경은 완전히 경영주의 편리와 권익을 위해 조작되어 형성되어 있다는 것
을 알 수 있다. 게다가 은강 사람들은 공장의 매연이 자신들의 주거 지역에 들어
오지 않으면 그만이라는 지극히 이기적인 자세를 보이고 있다. 그리고 이에 대해
윤호는 강력히 비판하고 있는데 그것은 은강 사람들은 자신들에게 직접적인 피해
만 없으면 맘 놓고 잠을 자는 등 노동 현장에서 일하는 노동자들에 대해서는 전혀
배려하려 하지 않고 있기 때문이다.

이른바 '공생의 원리'에 입각하지 못하고 있는 그들의 이기적인 속성을 윤호는
비판하고 있는 것이며, 은강 주민들의 생태의식의 부재에 대해 각성을 촉구하고
있는 것이다. 즉 유독 가스 누출이라는 사고를 통하여 은강 노동자들이 겪고 있는
문제가 결국은 지역 주민들의 문제와 긴밀하게 연결되어 있음을 윤호는 지적하고
있다. 이러한 윤호의 생태의식은 자연과 인간의 공생관계를 떠나 인간들 사이에
서 필요한 상호 존중과 이해까지 포괄하고 있다. 다시 말해 은강 사람들이 할
수 있는 일이란 잠들기 전에 바람의 방향을 확인하여 가스와 매연이 내륙으로
다시 주거지로 불지 않기만을 바라는 것이 고작이며 또한 그들로서도 당장의 고
통이 없는데 하루에 수십만 톤 씩 방류하는 폐수에 대해 생각할 겨를이 없다는

---

162) 조세희, 앞의 책, 187-188쪽

현실 인식을 통해 생태의식이 부재한 은강 사람들에 대해 문제의식을 촉구하고 있는 것이다.

그러나 윤호의 시각은 사실 이러한 은강 사람들에게 문제가 있다기보다는 경영주들의 생태의식 부재가 이러한 결과를 초래하였음을 암시하고 있다. 결국 윤호는 '검은 기계'가 가득 찬 도시에서 '이상한 냄새'가 난다는 체험적 현실을 여자친구인 은희에게 알림으로써 이 둘은 도시가 썩어 가고 있음에 대해 공감하게 되고 그 원인으로 표면적으로는 은강 사람들의 생태의식의 부재를 비판하고 있지만 이면적으로는 이러한 원인으로 경영자의 생태의식의 부재와 나아가 환경문제를 지도하고 감독할 공무원의 터무니없이 부족한 인원을 제시함으로서 국가적인 차원에서의 생태의식에 대한 무관심까지도 동시에 비판하고 있는 것이다.

한편 작품 말미에서 윤호는 '단체를 만들자. 그 사람 혼자서의 힘으로는 안 되는 일이야' 라고 외치며 경영주를 살인하겠다고 나서는 죽은 난장이의 큰아들에게 동조할 의사를 표명하고, 죽은 난장이의 큰아들을 도와 단체 행동을 통해 현실의 문제를 극복해 보겠다는 의사를 표명한다. 그런데 이러한 윤호의 태도는 죽은 난장이 큰아들의 즉자적이고 감정적인 현실 대응보다는 일견 발전적인 측면을 지니고 있다. 즉 드볼과 세션(Devall & Sessions)이 표방하고 있듯이 '생태의식을 견지하고 이에 따라 반생태적 상태에 직면하게 되었을 경우 간접 혹은 직접적으로 필요한 변화를 실행에 옮길 의무가 있다' 163)는 사실을 무의식적으로 인식한 것으로 보인다. 164) 그리하여 윤호의 생태의식은 생태위기의 극복에 대한 심층적

---

163) Devall & Sessions, 앞의 책, 66쪽

164) 그러나 윤호는 드볼과 세션이 제시한 이러한 변화 실행에 대해 심층생태론적 입장과는 다소 차이를 노정한다. 즉 심층생태론자들이 필요한 변화에 나서는 방법으로 주로 개인의 의식적인 차원의 노력을 통한 변화를 추구한다면 윤호가 보이고 있는 변화 실행의 의지는 집단적 차원에 입각해 있다. 그런데 비록 집단 행동을 통해 현실의 모순을 극복해 보려는 윤호의 의지가 작품 말미에 표현되어 있기는 하나 그것은 구체적인 현실로

대안으로 이어지지 못한 채 표층적 인식에 머무르게 되는 것이다.

노순자의 〈나무도 아닌 것이 풀도 아닌 것이〉(1989)[165]와 김원일의 〈도요새에 관한 명상〉(1979)[166] 역시 대기오염의 실태를 표층적으로 제시하고 있다. 이들 작품들은 각각 대기오염으로 인해 인간들의 건강한 삶이 위협당하는 현실과 대기오염으로 인해 철새의 도래지가 파괴되고 생태계의 파괴가 자행되는 모습을 정확하게 포착하고 있다. 특히 노순자의 〈나무도 아닌 것이 풀도 아닌 것이〉는 과거에 골짜기만 넘으면 귀신이 된다 하여 '불귀골' 이라는 이름의 유래를 가진 마을의 심각한 대기오염의 상태를 제시하고 있다. 주인공 시애의 아들인 기섭의 죽음을 알리려고 온 동근이 처음 접한 마을의 모습에서 이를 확인할 수 있다.

> 동근은 고개를 내려와 산을 돌고 다시 오르고 내리고 돌며 때때로 십자가 표지를 확인했다. 이상한 것은 점점 산속 깊숙이 들어갈수록 그 깊은 산골짝의 공기가 점점 매워지고 있다는 사실이었다. 코가 맵고 눈이 맵고 이윽고는 재채기가 터졌다. 심산유곡의 공기가 그렇게 매울 수가 없었다. 아무리 참으려 해도 쏟아지는 눈물과 콧물과 재채기를 막을 수 없었다. 끝내는 눈이 따갑고 목이 아팠다. 냄새도 빛깔도 없는 무색무취의 투명한 공기가 은근하게 갈수록 따가왔다.
>
> 그 비슷한 독한 공기에의 경험은 동근에게 결코 낯선 게 아니었다. 그러

이어지지 못하고 있다. 다만 윤호의 의식에 불과할 뿐인 것이다. 결국 윤호가 확보하고 있는 생태의식 역시 스스로가 체감한 생태위기의 현실을 친구를 통해 공감하고 이의 문제에 대해 고발하고 비판하는 차원에 머물고 있는 정도이다. 다만 윤호가 견지하고 있는 생태의식의 또 다른 측면이 있다면 이러한 생태위기의 현실을 단지 개인들의 이기적 속성이나 인간중심주의적 사고에 의해서만이 아니라 사회나 국가가 이러한 현실을 조성하고 있음을 간파하고 있다는 점이다. 다소 사회생태론적 시각이 엿보이는 윤호의 생태의식은 생태위기의 현실을 문제화하고 이의 극복을 위해 노력하려는 의지를 보인다는 점에서 보다 생태의식의 다양한 측면을 확보하고 있다고 평가할 수 있다.

165) 노순자, 〈나무도 아닌 것이 풀도 아닌 것이〉, 《세계 성체대회 기념소설집》, 제3기획, 1989.
166) 김원일, 〈도요새에 관한 명상〉, 《김원일 문학상 수상 작품집》, 훈민정음, 1993.

나 멀리 바라보이는 촌락을 빼고는 달리 민가도 보이지 않는 첩첩산중의
공기가 신선하기는 고사하고 이리도 독하고 매울 수가 있는지, 그는 무엇
에 홀린 기분이었다. 자기에게 감기 기운이 있거나 서울 매연에 절여진
오관기능이 너무 깨끗한 대기를 만나자 이상 현상을 일으키고 있는지도
모르겠다는 생각이 들 정도였다.

그만큼 독하고 매운 공기는 고약했다. 숨쉬기가 불편했다. 겨우 견뎌낼
수 있을 만큼 괴로움을 주는 공기였다.[167]

첩첩산중의 공기가 너무 맵고 따가웠던 동근은 혹시 그가 감기에 걸린 것은
아닐까하고 의심할 정도였다. 실로 독하고 매운 공기는 겨우 호흡을 가능하게
해 줄 뿐이었다. 그리고 기섭의 어머니인 시애를 만나 그 공기로 인해 기침과
콧물이 그칠 새 없으며 충혈된 눈으로 버텨가고 있는 마을 사람들의 고통을 알게
된다.

여인은 거푸 기침을 했다. 그네는 둘이 다 눈이 빨갰다. 동근은 덜했지
만 여자의 눈알은 아주 빨갰다. 여자는 코밑도 빨갛게 짓물러 있었다. 그
고장 주민들은 거의가 모두 비슷했다. 뒷산 골짜기에 무슨 생산 업체의
연구소인가 하는 것이 들어서고부터 생겨난 집단 증세였다.

그곳에서는 연기를 내뿜는 것도 아니고 악취를 풍기지도 않는데 그렇게
눈과 코와 목이 맵고 아픈, 아무 냄새도 빛깔도 없는 독가스를 은밀히 뿜어
내고 있었다. 그 매운 공기가 뒷산 골짜기의 그림 같은 아담한 연구소에서
새나오고 있다는 것을 알아내기에만도 꽤 오랜 시일이 걸렸었다. 그러나
그 감쪽같은 매운 공기가 그림 같은 집에서 새나온다는 것을 알아 낸 사실
이 실상은 별 소용이 없었다. 연구소 사람들은 아주 친절했고, 곧 공기 정
화시설을 갖출 것이며 그 실험도 이내 끝날 것이라고 했지만 그것이 벌써
석달 전인 것이다. 진정서도 내보았지만 허사였다. 마을은 이사를 가는 집
이 생기면서 술렁였지만 주민들의 대부분은 참고 살았다.[168]

---

167) 노순자, 앞의 책, 207쪽

이처럼 불귀골 뒷산에 무슨 생산 업체의 연구소가 들어오게 되면서부터 생긴 마을 사람들의 집단 증세는 참기 어려운 고통이었다. 그러나 조상 때부터 종교로 인한 박해에 시달려 온 사람들은 연구소가 약속한 정화시설을 기다리면서 대부분 이 고통을 참아내고 있었던 것이다. 마을 사람들은 억압에 대해서는 이력이 난 삶을 살아왔고, 이에 대해 인내하는 저력을 갖추고 있었다. 물론 시애 역시 이러한 억압에 대해 참아낼 줄 아는 끈기와 인내심을 갖춘 여인이다. 아무리 목이 아파도 콧물이 나서 코밑이 짓물러도 시애는 인내할 뿐이다. 이렇듯 마을 사람들의 건강 상태가 심각한 지경에 빠져 있는 현실을 통해 대기오염으로 인해 산골 마을의 공기가 숨쉬기조차 불편한 지경에 이르게 되었음을 비판하고 있는 것이다. 그리고 이러한 오염 상태가 인간의 생명을 위협하고 있음을 심각히 경고하고 있다.

한편 김원일의 〈도요새에 관한 명상〉은 이러한 대기오염의 실태가 철새들의 도래를 위협하고 있는 현실을 반영하고 있다. 주로 화학공장들로 이루어진 비이 단지는 정유공장, 플라스틱공장, 석교공장 등이 자리 잡은 곳이다. 그런데 이곳의 대기는 심각한 오염의 상태에 빠져 있다.

> 여기저기 불쑥불쑥 솟아오른 굴뚝에서 연기가 피어 올랐다. 검은 연기, 노란연기, 회색 연기가 바닷바람에 날려 시내 쪽으로 꼬리를 늘이고 있었다. 저 공장들 중 집진기가 제대로 가동이 되는 공장이 거의 없음을 나는 알고 있었다. 고장으로 집진기가 못쓰게 되었거나 노후화되어 성능이 부실하다 보니 있으나 마나한 매연대책이었다.[169]

이러한 상황에서 석교마을은 옛 모습을 잃어 가고 있었던 것이다. '병풍처럼

---

168) 노순자, 앞의 책, 215쪽
169) 김원일, 앞의 책, 119쪽

마을 뒤를 가렸던 얕은 소나무 숲은 매연으로 이미 고사해 버려 민둥산으로 벌겋게 버려져 있었다. 이렇듯 숲이 대기오염으로 병들자 철새들은 서서히 그 서식지를 잃게 되었던 것이다. 이 작품의 경우 대기오염의 실태가 단순히 제시되는 차원에서 벗어나 그 결과의 심각성까지도 고려하고 있다는 점에서 의의가 있다. 즉 〈기계도시〉나 〈잘못은 신에게도 있다〉 그리고 〈나무도 아닌 것이 풀도 아닌 것이〉의 경우는 모두 대기오염의 결과로 인하여 인간이 당하는 고통과 나아가 생명에 대한 위협을 다루고 있는데 비해 〈도요새에 관한 명상〉의 경우는 대기오염이 생태계에 미치는 영향에 대해 그 문제를 제시하고 있어서 보다 진전된 생태의식을 확보하고 있다. 즉 동진강 하구의 오염과 공단으로 인한 대기오염으로 소나무 숲이 고사하고, 도요새 떼가 밀렵군들에 의해 생존의 위협을 겪게 되면서, 조류들의 생태가 변하고 있음을 제시하는 병국의 술회가 이를 입증한다. 인간중심적 사고에서 벗어나 인간으로 인해 발생한 대기오염이 자연계의 생태위기를 가져왔다는 사실에 대한 심각한 반성과 문제 제기를 하고 있는 것이다. 또한 이 작품에서 비롯되기 시작한 생태중심적 사고의 개진이 이른바 심층생태학에서 구가하는 생태의식을 통해 표현되기 시작한다.

2. 생태위기에 대한 심층적 인식

2.1. 생명의 평등성(Biocentric Equality)에 대한 인식

네스에 따르면 표층생태론(Shallow Ecology)이란 제도권내의 생태학으로서 공해문제나 자원고갈과 같은 일반적인 환경문제를 그 대상으로 삼을 뿐, 근본적인 환경문제 해결에는 관심을 두지 않는다고 한다. 이에 비해 심층생태론은 글자 그대로 환경문제를 좀더 심층적으로 다루려는 입장임을 밝히고 있다. 즉 환경문제를 다루되 피상적으로 다루지 않고 표층 아래 숨어 있는 문제를 근원적으로 파헤치고자 하는 움직임이다. 그래서 심층생태론은 환경문제에 대한 포괄적이며 종교적이며 철학적인 세계관을 기초로 삼아서 인간을 자연이나 그 밖의 무엇으로도 분리시키지 않고 근본적으로 상호 연결되어 있는 연결망으로 보는 것이다. 이러한 심층생태론의 핵심사상은 '생명의 평등성'과 '자아실현'으로 축약할 수 있다.

우선 '생명의 평등성'이란 드볼과 세션에 의해 구체화된 개념으로 모든 유기체와 생태권에 존재하는 실재는 상호 연관된 전체의 한 부분으로서 본질적인 의미에서 동등한 권리를 지니고 있다고 보는 관점이다. 즉 모든 것을 하나의 유기체 또는 실체로 인지하게 하여 모든 인간과 비인간적인 개체들까지 전체의 한 부분으로서 그 자신의 권리가 정당하게 부여되어 있음을 의식하는 것이다. 그래서 이러한 인식에 다가서기 위해서는 인간의 모든 종을 총괄하여 그 꼭대기에 서서 군림하려는 태도에서 벗어나 전체 속의 한 부분으로 인간의 권리와 자연의 권리를 동등하게 인정하고 존중해야 함을 강조하고 있다. 산업화를 지속해오면서 인간이 자연의 주인으로 군림하는 동안 습득한 문화적 관습을 버리고 삶에 대한 동일한 권리를 지니고 있는 동반자로서 자연을 인식하자는 것이다. 그리고 이러한 인식이야말로 심층생태론의 본질임을 부연하고 있다.

이러한 '생명의 평등성'에 대한 인식은 한수산의 〈침묵〉(1997)[170]과 김성동의 〈산난〉[171]에 나타나 있다. 특히 〈침묵〉은 '생명의 평등성'에 대한 모범적인 생태

---

170) 한수산, 〈침묵〉, 《서울의 달빛 0장-77이상문학상 수상 작품집1》, 문학 사상사, 1997.
171) 김성동의 〈산난〉(《하산》, 푸른 숲, 1994) 이외에 이순원의 《아들과 함께 걷는 길》(해냄, 1996)이 자연과의 교감을 중시여기는 아버지가 아들에게 들려주는 대화 형식의 작품이 있다. 그러나 이 작품은 자연친화를 통한 생명의 평등성에 대해 전달하고자 하는 작가의 의도는 엿보이지만 작가 내면에 뚜렷한 생태의식이 부재한 관계로 인해 오히려

의식을 표출하고 있는 작품으로 평가할 수 있다. 이 작품은 인간중심적 사고와 생명경시에 대한 반성과 개탄을 다루고 있으면서 도시 고층 아파트에 살고 있는 아이들의 생명에 대한 잔인한 작태를 담담한 어조로 서술함으로써 이러한 현실에 대해 심각한 반성을 촉구하고 있다.[172] 특히 작가는 70년대 고급화된 주택의 개념으로 등장한 아파트와 이곳에 살고 있는 주민들의 일종의 특권 의식이 주변에 대한 무관심과 아이들의 버릇없음을 조장하고 나아가 궁극적으로는 생명체까지도 장난감이나 놀이 도구 정도로 여기는 냉혹한 비정성을 아파트 아이들의 병아리 떨어뜨리기 놀이를 통해 형상화하고 있다. 즉 작가는 획일화되어 있는 현실과 무료한 일상으로부터 탈출을 시도하려는 한 방법으로 고층에서 병아리를 떨어뜨리는 놀이를 아무런 죄의식 없이 행하는 아이들을 통하여 생명의 소중함에 대해 무감각해 있는 현실을 통렬히 비판하고 있는 것이다. 아울러 이러한 아이들이야말로 오늘날의 환경문제와 생태위기의 가장 본질적인 모습임을 암시하고 있다.

소름끼치도록 비정한 아파트의 아이들은 단지 자신들의 무료함을 달래기 위해 병아리를 떨어뜨리는 놀이를 한다. 그것도 한번에 그치지 않고 여러 번 반복해서 말이다. 처음에는 7층에서 놀이를 하였지만 점점 더 흥미를 느낀 아이들은 옥상

작품이 전달하고 있는 내용은 자연을 파괴하는 인간의 모습을 정당화하고 있다. 즉 "사람도 저마다 쓰임새가 있듯 나무에게도 다 저마다 쓰임새가 있는 거란다. 집을 만드는 쓰는 나무, 책을 만드는데 쓰는 나무, 바람을 막는데 쓰는 나무, 그런식으로……"(같은 책, 80쪽)라고 말하는 아버지의 인식과 "산에 소를 먹이러 다니면서 갈잎이나 상수리 나무 잎을 뜯어 갈잎 모자를 만들어 썼단다."(같은 책, 81쪽)라고 말하는 아버지의 모습에서 자연의 주인으로 군림하고 있는 인간의 의식을 발견할 수 있다. 그러므로 이 작품은 자연의 소중함과 고향의 의미와 조상의 가치를 동시에 전달하고자 하는 작가의 의도가 작가의 생태의식의 부재로 인해 오히려 역작용을 보이고 있는 안타까운 현실을 보이고 있다.

172) 신덕룡은 〈침묵〉에서 고려해야 할 점으로 첫째, 자연환경의 파괴는 인간의 심성을 변화시킨다는 점과 둘째, 이러한 환경에 익숙해진 아이들의 불행한 미래를 들고 있다. 또한, 작가는 환경의 변화가 심성의 변화로 이어진다는 점을 전달하고 있음을 지적하고 있다. 신덕룡, 『환경위기와 생태학적 상상력』, 실천 문학사, 1999, 131-135쪽

에서의 하강놀이에 사용할 병아리를 사기 위해 택시까지 타고 시내 백화점까지 몰려간다. 그리고 의기양양하게 백화점 앞 노상에서 병아리를 한 마리씩 사가지고 돌아온다. 돌아오는 버스에서 할머니승객과 나누는 대화는 아이들의 의식이 얼마나 피폐한 상태에 빠져 있는지 알게 해준다.

> 할머니는 우리들 중 한 아이의 통을 들여다보더니 고개를 끄덕였다.
> "뭐할 건고? 키워서 알 내먹을라고?"
> 우리는 아무 말 없이 서로의 얼굴을 바라보았다. 7호집 아이가 퉁명스레 내뱉었다.
> "할머닌 먹는 거밖에 몰라요?"
> 그 말에, 우리는 하던 짓을 들킬 뻔한 아이들처럼 참았던 한숨을 길게 토해 냈다.
> "고녀석. 그럼 키워서 알을 내지 않음 이 작은 걸 잡아먹을래?"
> "이런 걸 누가 먹어요."
> 7호가 여전히 퉁명스레 대꾸했다. 그때 3호집 아이가 종알거렸다.
> "할머니, 우린 병아리랑 놀아요. 친구한단 말예요."
> 아이고 똑똑한 것. 그런 얼굴로 할머니는 머리라도 쓰다듬을 듯이 3호집 아이를 보았고 시선을 옮겨 우리를 돌아보고, 좌석의 어른들이,
> "녀석들······."
> 하고 중얼거릴 때도 우리는 그칠 줄 모르는 웃음을 낄낄거리고 있었다.[173]

이 대화에서 주목되는 것은 아이들의 생태관과 할머니의 생태관의 현저한 거리감이다. 즉 병아리를 키워 닭이 되면 그 닭이 알을 낳고, 그 알이 다시 병아리가 되고 닭이 되는 생명의 순환을 당연한 진리로 받아들이는 할머니와는 달리 아이들은 병아리가 닭이 되고 닭이 알을 낳아 그것을 먹는 행위에 대해서는 관심조차

---

173) 한수산, 앞의 책, 310쪽

보이지 않는다. 고층 아파트의 아이들에게는 이미 달걀 같은 자연의 먹거리는 관심의 대상조차 되지 않는 것이다. 이들에게는 감각적이고 자극적인 인공의 먹거리들이 얼마든지 있기 때문이다. 그래서 이러한 고층 아파트의 아이들에게 자연의 먹거리는 이제 장난감에 불과해진 것이다.

그래서 인공의 장난감들에 지쳐 있을 무렵, 그들에게 나타난 병아리라는 자연의 생명체는 이전에 맛보지 못한 재미를 주는 장난감으로 여겨진다. 할머니의 생태관에 따르면 병아리는 닭이 되어 알을 낳고, 그 알은 다시 병아리가 되고 하는 자연의 질서에 따라 인간은 그들이 제공하는 달걀이나 고기를 먹고 다시 그들을 사육하는 것이다. 하지만 고층 아파트의 아이들은 이러한 자연의 순환과 질서를 인식하지 못하고 있다. 그것은 아이들이 자라는 주거 공간 자체가 획일화된 공간이라는 점과 아이들이 서로를 호칭함에 있어 각자의 이름보다는 각자가 살고 있는 아파트의 홋수를 부른다는 점을 통해서도 이미 짐작할 수 있다. 즉 고층 아파트의 아이들은 모두 자연이라는 환경보다는 인공적인 환경에서 태어나 성장하고 있으며, 그들이 바라보는 현실 모두가 인공적인 것들이므로 아이들이 자연의 순환적인 질서를 인식하기를 바란다는 것이 어쩌면 무리한 발상일 수도 있다. 작가는 이러한 아이들의 시점을 택하여 피폐한 아이들의 생태의식을 보다 직접적으로 제시하고 있다.

> "너무 높이 올라갔었나 봐."
> "그래. 옥상은 너무 높아. 다 죽어 버렸잖아."
> "7층쯤에서 했어야 하는걸"
> "아냐. 5층에서 했어야 돼, 어제처럼."
> "내일 다시 하자."
> "그래, 내일은 2층에서 날리자. 여러 번 하게."
> 게임의 결과에 대해 아쉬워하며 우리는 손을 비볐다. 그것은 저금통을

찢어서까지 해치운 우리의 수고에 비해 너무나도 간단하게 일찍 끝나 버렸
던 것이다.174)

　　이렇듯 저금통까지 축내며, 시내까지 가서 사온 병아리들이 고층 옥상에서 떨
어져 힘없이 늘어지자 아이들은 허탈해 한다. 그러나 그 허망함의 끝에서 피까지
맺으며 뻗어 버린 병아리에 대한 연민보다는 내일을 기약하며 2층이라는 낮은
높이를 선택함으로써 이러한 유희를 여러 번 즐기고자 한다. 생명에 대한 이러한
아이들의 인식은 물질적 풍요가 가져다 준 천박한 유희적 충동이며, 획일화되고
무료한 일상으로부터 벗어나고자 하는 즉자적 호기심에 기인하는 것이다. 중요한
것은 이러한 아이들에 대해 어떤 어른도 제제를 가하지 않는다는 것이다. 병아리
를 날리고 아파트 계단을 뛰어 내려오는 아이들을 마주친 어른들은 고작 '극성을
부린다' 정도의 반응을 보일 뿐, 아이들이 무엇을 하고 있는지, 왜 그들이 무리
지어 계단을 오르내리는지에 대해서는 그 누구도 관심을 두지 않는다. 이러한
관계의 단절이 아이들을 비정한 존재로 만들었던 것이다.

　　그러나 작가는 이러한 비정한 현실에서 한 가지 희망을 던져 준다. 즉 3호집
계집애로 불리는 여자 아이의 생태의식을 통해 암울한 현실의 문제를 극복할 수
있는 가능성을 암시하고 있다. 3호집 여자 아이는 본능적인 모성애로 병아리의
생명에 대한 소중함을 인식하고 병아리를 유희의 대상이 아닌 생명체로 받아들이
게 된다. 그리하여 3호집 여자 아이는 더 이상 다른 아이들처럼 병아리 떨어뜨리
기 놀이를 하지 않을 것임을 선언하며 오히려 병아리를 소중히 기르겠다는 의지
를 표명한다.

　　　"난 그만 두겠어"

174) 한수산, 앞의 책, 314-315쪽

　　3호 아이는 두 손을 주머니에 찌르고 있었다. 우리는 이 반역자를 바라
보고 그리고 나서 그가 우리들 사이의 단 하나 계집애라는 사실에 안도의
숨을 내뿜었다.
　　"좋아. 관둬."
　　"야, 계집앤 꺼져 버려. 너 같은 건 끼워 주지도 않아."
　　병아리가 안겨 준 실망에 증오까지를 처발라서 우리는 3호집 아이에게
던지기 시작했다. 입술을 쫑긋거리던 계집애는 그러나 우리의 박해와는 무
관한 얼굴로 가만히 주머니에 찔렀던 손을 빼내었다. 거기엔 황금빛 털을
한 병아리가 갑자기 환한 곳으로 나오자 눈이 부신 듯 고개를 흔들며 쥐어
져 있다. 그녀의 이 예기치 않았던 반란에 우리는 할말을 잃고 서 있었다.
　　"난 이걸 기를 테다. 우리 집에는 새장이 있거든. 우리 아빠가 사온 거
야." 175)

　　이처럼 고층 아파트의 아이들의 입장에서 이 3호집 여자 아이는 배신자로 취
급된다. 함께 병아리를 날리자는 약속을 어겼기 때문이다. 잔혹한 다른 남자 아이
들과는 달리 3호집 여자 아이는 생명의 소중함에 대해 인식하고 있으며 나아가
비록 새장 속에서이기는 하지만 소중하게 키워 보겠다는 의지를 보이고 있다.
이는 모든 생명체는 동등하게 존중되어야 한다는 '생명평등사상'에 입각해 있는
것이다. 즉 이러한 여자 아이의 의식은 자연의 생명체도 인간과 동일한 생명체이
므로 소중하게 여겨야 한다는 심층생태론자들의 '생명평등사상'에 입각해 있는 생
태의식인 것이다. 그러므로 3호집 여자 아이가 확보하고 있는 생태의식은 이러한
생명의 평등성에 대한 인식으로 병아리를 인간과 동등한 생명체로 인식하고 있음
을 확인하게 해 준다.
　　아울러 작가는 이러한 여자 아이의 생태의식에 반해 여전히 비정한 작태를
일삼는 남자 아이들의 악의에 찬 모습을 마지막까지 제시함으로써 현재 인류가

---

175) 한수산, 앞의 책, 315쪽

처해 있는 생태위기의 현실과 이의 원인이 된 반생태적인 의식적 차원을 동시에 비판하고 있다. 다시 말해 마지막 장면에서 남자 아이들이 3호집 여자 아이의 병아리를 처참하게 죽이는 장면을 제시함으로써 현재의 생태위기에 대한 심각한 문제를 환기하고 생태위기의 현실을 다시 한번 진단해 볼 수 있는 계기를 마련하고 있다. 아울러 이러한 위기의 현실 속에서 인류가 바람직한 삶을 영위하기 위해서는 무엇보다도 생명의 평등성에 대하여 인식해야 한다는 점을 제시하고 있다. 3호집 여자 아이가 확보하고 있는 생명의 소중함에 대한 인식이야말로 작가가 생태위기의 현실에 대해 제시한 궁극적인 대안으로서의 생태의식인 것이다.

한편 김성동의 〈산난〉은 어머니를 그리워하며 절에서 살아가는 동승의 모습과 이유는 알 수 없지만 산사에 은거해있는 여인과 그녀를 만나러 온 동생이라는 남자의 속물적이고 탐욕적인 모습을 동시에 제시함으로써 동승이 견지하고 있는 생태의식을 보다 선명히 제시하고 있다. 마치 함세덕의 〈동승〉을 떠올리게 하는 이 작품은 노승과 동승사이의 선문답과 노승의 불심이 핵심을 이루고 있다. 특히 동승의 내면에서 우러나오는 생명의 평등성에 대한 인식은 불교에서 강조하는 '생명사상'의 원칙적인 면모를 보여주고 있다.[176]

> "이제 풀베기를 안하겠어요."
> 노승이 깊은 눈길로 아이를 바라보았다.
> "일일부작(一日不作)이면 일일불식(一日不食)이어늘, 일하지 않고 먹

---

[176] 그리고 이러한 면모는 김지하의 생명공동체에 대한 갈망과도 통한다. 김지하가 말하는 생명의 공동체란 모든 생명의 가치를 최우선의 자리에 두는 공동체를 의미한다. 그리고 이러한 생명공동체는 너와 나와의 만남에서부터 가족, 부족, 민족, 국가, 인류, 자연, 우주에 이르기까지 각각의 공동체가 그 나름의 생명성을 지니면서도 더 넓은 곳으로 확대되어 나아갈 수 있다고 한다.
정효구, 「개벽사상과 생명공동체」, 『우주공동체와 문학의 길』, 시와 시학사, 1994. 182쪽

겠다고 하느뇨?"

아이는 세차게 고개를 흔들었다.

"손가락이 아파요. 풀들은…. 얼마나 아프겠어요?" 177)

동승은 자신이 아픔을 느끼는 것처럼 풀도 아픔을 느끼는 존재로 파악하고 있다. 노동이 힘들어서 풀베기를 그만두려는 것이 아니라 풀의 상처를 같이 아파할줄 아는 마음이 있었기 때문이다. 이러한 동승의 인식이야말로 심층생태학적 견지에서 생태의식의 근간을 이루는 '생명의 평등성'에 대한 인식에 기안하는 것이다. 이러한 동승의 마음을 '선근(善根)'으로 파악한 노승은 아이에게 심우삼매(心牛三昧)에 빠질 기회를 주면서 내심 동승에게 기대를 걸게 된다.

그리고 이러한 노승의 기대는 동승이 사물을 제대로 인식하게 됨으로써 확대되기에 이른다. 즉 동승이 바늘구멍을 통해 바라본 세상은 보고 싶은 어머니의 모습만이 아니라 새로운 것들이 보이기 시작했던 것이다. '마당이 보였다. 바다의 흙이 보였다. 돌멩이가 보였다. 멋대로 자라고 있는 잡초가 보였다. 꼬물거리며 기어다니는 개미가 보였다.'는 동승의 독백은 그가 인간 중심주의에 입각하여 인간이 바라보고 싶은 현실만을 선택적으로 수용하고 선별하는 것이 아니라 오히려 인간들이 스쳐 지나가기 쉬운 미물들을 정확하게 인식하기 시작하였음을 제시하고 있다. 아울러 이러한 동승의 인식은 생명의 평등성에 대한 인식에 입각하여 사물을 바라보고 있는 심층생태론의 기본적인 전제로 작용하고 있다.

또한 이윤기의 《나무가 기도하는 집》(1999)178)은 산속에 칩거하면서 '나무고아원'이라고 불리는 숲을 관리하는 우야 아저씨 이민우에게 어느 날 자야 아가씨라 지칭되는 여인이 출현하면서 숲과 나무로 상징되는 자연에 대한 그의 의식

---

177) 김성동, 앞의 책, 73쪽
178) 이윤기, 《나무가 기도하는 집》, 세계사, 1999.

을 보여주고 있는 작품이다. 우야 아저씨는 자신의 감자밭을 숲 속 여기저기서 죽어가는 나무들을 데려와 심고 보살피는 것이 일이다. 그래서 '고아 나무가 늘어나서 감자밭을 다 잠식해버리면 굶게 될지도 모르는' 상황이지만 그는 나무 돌보는 일을 천직으로 삼고 사는 인물이다. 그의 생태의식은 특별히 나무에 집중되어 있어서 팔공산의 스님들이 고로쇠나무의 즙을 먹기 위해 달아놓은 플라스틱 병을 보고 분노한다. 그리고 '그는 스님들에게 묻고 싶어 한다. 동물에게는 자비로워야 하고 식물에게는 자비롭지 않아도 되는 것이냐' 고 묻고 싶어 한다 이러한 우야 아저씨의 생태의식은 생명의 평등성에 대한 확고한 신념을 반영하고 있다.

뿐만 아니라 오래된 노송나무로 그릇을 만드는 장인을 보도하는 텔레비전 프로를 보면서도 '…왜 하필이면 나무로 그릇을 만들어… 흙으로 만들어서 죽은 나무 주워다 불을 피우고 불에 구우면 될텐데…' 라고 불평한다. 이 역시 나무를 살아 있는 생명체로 인식하고 있는 그의 의식을 보여주고 있는 부분이다. 이러한 우야 아저씨는 자야 아가씨가 기도원인줄 착각하여 들어온 자신의 집에서 오갈 데 없는 그녀를 머물게 한다. 어딘지 정신을 놓아 버린 그녀의 모습이 불안하기는 해도 모른척할 수 없었기 때문이다. 결국 생명의 평등성을 강하게 인식하고 있는 그는 상처 입은 나무나 정신을 잃은 자야 아가씨나 모두 동등한 생명체로 인식하고 있는 것이다.

결국 〈침묵〉과 〈산난〉, 그리고 《나무가 기도하는 집》은 동일하게 생명의 평등성에 대한 인식을 전제로 삼고 있는 작품임에 틀림이 없다. 그러나 〈침묵〉은 도시의 비정성 속에서 생명의 평등성을 강조하고 있고, 〈산난〉은 수도자의 기본적인 자세인 생명사상을 강조하는 가운데 생명의 평등성이 언급되고 있다는 점에서 차이를 보인다. 아울러 《나무가 기도하는 집》은 나무를 사랑하는 마음과 약자를 돌보는 마음을 동일하게 간주하면서 생명의 소중함과 평등성에 대해 제시하고 있다.

2.2. '자아실현(Self realization)'의 과정

심층생태론에서 의미하는 '자아실현'의 개념은 실은 네스(Naess)식으로 이야기 하자면 '모든 생명체는 근본적으로 하나이다' 라는 인식에서 출발한다. 다시 말해 서로 다른 종의 독자성을 인정해야 한다는 것이다. 이러한 맥락에서 네스는 도스또엽스키의 말을 인용하여 '여기저기서 고립이 자행되고 있고, 이 과정에서 개인들은 자신의 고유성을 지키려고 안간힘을 쓰고 있지만, 그러한 노력은 결국 실패로 돌아갈 것이며 오히려 개인의 정체성 파괴로 이어질 것'이라며 인간들의 자기중심성을 비판하고 있다. 결국 네스가 말하고 있는 자아실현의 개념의 전제가 되는 것은 모든 생명체에 대한 동등한 가치를 인정하는 시각이다. 그리하여 네스는 진정으로 자기 스스로를 다른 인간과 다른 종 나아가 자연 전체로 확대시킨다면 굳이 이타주의를 운운할 필요조차 없다고 강조한다. 즉 무한한 세계 자체를 우리들 스스로의 자아(Self)로 인식한다면 바로 그때 자아실현으로 입문하게 된다는 것이다.

그렇지만 네스는 궁극적으로 자아실현에 완전히 도달하는 것은 어려운 일임을 불교의 열반의 과정과 비교하여 제시하고 있다. 열반에 들기 위해 수도자가 몰입의 과정을 거치듯이 우리 스스로가 대자연과 동일한 존재로 거듭나기 위해서는 이러한 과정이 필요하다는 것이다. 그리고 이러한 몰입은 우리의 생명이 생존하는 한 방법이며 과정으로서, 비폭력적이고 인생에 가장 핵심적이며 본질적인 부분임을 명시하고 있다.

아울러 그는 작은 자아(self)가 큰 자아(Self)로 나아가는 방향이 가장 옳은 방향이며, 그 화살이 바른 방향으로 날아가기 위해 우리는 자아실현의 과정이 필요함을 강조한다. 그렇지 않을 경우 화살은 역으로 우리에게 돌아와 인간의 생존을 위협할 것이기 때문이다.[179] 이러한 심층생태론자들의 환경문제와 생태위기에 대한 심각한 천착은 파괴된 환경과 위기에 처한 생태계에 대해 문제를 제기하는 차원에서 벗어나 이러한 현실을 가져온 원인에 대해 자성적인 태도를 보이게 되었다. 그리하여 인간의 욕망을 충족하기 위해 생명을 경시하고, 자연을 인간의 이기적인 욕망을 추구하는 도구 정도로 대하는 극도의 인간 중심주의적 사고에 대한 개탄이 반성적 시각을 통해 표출되기에 이른다.

그리고 이러한 생태의식은 피폐해진 인간이 자연과 하나가 되려는 인식을 확고히 함으로서 가능하다는 사실, 즉 심층생태론자들이 제시하는 '자아실현'의 과정을 통해 생명의 평등성에 보다 다가서야 함을 피력하는 작품으로 형상화되는데 이러한 노력으로 정찬의 〈별들의 냄새〉(1994)[180]와 한승원의 《연꽃 바다》 (1996)[181]과 최인석의 〈지리산에 저 바다〉(1997)[182]가 있다. 이중 〈별들의 냄새〉와 《연꽃 바다》는 작품 전체의 구성과 등장인물들의 의식 자체가 총체적으로 자아실현의 과정에 기여하고 있는 심층생태론의 입각한 생태의식을 담아내고 있는 작품이다. 그러나 〈지리산에 저 바다〉의 경우는 욕망으로 가득 찬 반생태적 인물들과 변별되는 인물의 생태의식적 차원만을 문제삼고 있는 차이를 노정하고 있다.

정찬의 〈별들의 냄새〉는 대기업의 유망한 간부로서 촉망받는 위치에 있는 '나'가 문득 삶에 대한 곤혹감과 허망한 일상에 대해 고민하게 되자 친구인 정신과

179) A. Naess, Ecology, community & lifestyle, Cambridge University Press, 1989, 9-11쪽

180) 정찬, 〈별들의 냄새〉, 《아늑한 길》, 문학과 지성사, 1995.

181) 한승원, 《연꽃 바다》, 세계사, 1997.

182) 최인석, 〈지리산에 저 바다〉, 《나를 사랑한 페인》, 문학동네, 1998.

의사의 권유로 친구의 정신 병원에서 약 열흘간 입원하면서 현실로부터 소외되고 일탈한 자들의 세계를 거꾸로 들여다보며, 자신의 현실을 직시하게 된다는 이야기이다.

이 과정에서 '나'는 강문규라는 환자와 만나게 되고 그의 정신세계의 일탈과정을 통해 우주의 생명체로서의 인간의 위상과 자연과의 관계에 대해 깊게 숙고하게 된다. 결국 이 작품은 현대사회에서 지배적인 위치에 올라선 '나'가 스스로를 '지친 노새'에 비유하면서도 결코 현실의 욕망을 버리지 못하는 모습과, 이러한 욕망과 경쟁 속에서 살던 강문규라는 자가 교통사고로 후각이 예민해짐으로써 겪게 되는 새로운 현실 인식의 과정을 제시함으로써 '나' 스스로가 정상인으로 삶을 영위하고 있다는 현실 인식에 대한 문제점과 아울러 우리가 산업화와 근대화를 통해 잃어버린 자연과의 관계를 이제는 돌이켜야 한다는 작가의 메시지를 동시에 제시하고 있다.

'나'는 처음에는 친구의 정신 병원에 입원하는 것을 몹시 망설이지만 현실로부터 실패한 약한 자들을 보면서 자신의 피로해진 정신과 나약해진 의지를 바로 세우고 싶다는 충동으로 친구의 병원에 들어가게 된다. '나'는 거꾸로 된 세상을 보면서 자신감을 찾고 싶었던 것이다.

> 그들은 세상살이에 실패한 사람들이었다. 실패한 자신의 모습을 용납할 수 없기에 가공의 현실을 만들어내어 그 속에서 자신의 존재를 온전한 모습으로 되살려냄으로써 실패를 잊고자 하는 이들이었다. 그러나 나는 실패한 사람이 아니었다. 나는 현실의 대지 위에서 강한 힘으로 내 삶을 구축해 왔다. 누가 보아도 나는 성공한 사람이었다. 단지 최근에 몸과 마음이 조금 피로해졌을 뿐이다. 그들이 세상살이의 어려움을 이겨내지 못해 세상의 땅바닥에서 허우적거리는 사람들이라면, 나는 두 다리를 꼿꼿이 세우고 세파를 헤쳐나온 사람이었다. 그들은 허약한 사람들이었고, 나는 강한 사람이었다. 이 사실을 깨닫게 되자 그들에 대한 두려움이 사라졌다. [183)]

이렇듯 '나'는 병원에 있는 사람들을 실패한 사람들이라 치부함으로써 스스로가 성공한 사람임을 확인하게 된다. '나'의 이러한 현실 인식은 자신이 속한 사회에서 자신이 차지하고 있는 사회적 위상의 정도가 자신을 성공한 자로 가늠해주고 있다는 전제에서 출발하고 있다. 그래서 병원에서 각기 다른 현실에 갇혀 있는 환자들이야말로 실패한 존재로 인식되는 것이다. 그러나 '나'의 이러한 현실 인식은 지나친 자기중심적 사고에서 기인하는 것이다.

그리고 '나'는 자신의 이러한 자기 위주의 생각에 대해 반성하게 된다. 즉 친구인 의사의 말대로 그것은 거꾸로 된 세상이기도 하지만 환자들에게는 절실한 현실이므로, 그들의 비정상적인 현실을 들여다 보는 것이 자신의 정상적인 현실을 확인하는 즐거움 이상의 어떤 것이 될 수 있음을 '나'는 깨닫게 되는 것이다. 자신의 현실만이 정상이고 환자들의 현실은 비정상이라는 이분적인 잣대를 버리고 그들의 삶을 제대로 들여다보는 것이 자신의 피폐해진 현실을 복구할 수 있는 길임을 인지하게 된 것이다.

그것은 강문규라는 환자와의 만남을 통해 가능해진다. 그를 처음 만난 것은 병원의 마당에서였는데 강문규에 대한 '나'의 인상은 별들의 냄새를 맡을 수 있다는 그의 주장이 황당하게 느껴졌음에도 왠지 모를 신비로움을 지닌 자라는 것이었다. 이러한 신비한 느낌은 강문규가 별들의 냄새를 황홀한 표정으로 기억하는 모습에서 기인하는 것으로 그것은 그토록 황홀한 표정을 인간이 지어낼 수 있다는 데 대한 일종의 감동과도 같은 것이었다. 그리하여 '나'는 친구인 의사에게 그의 내력에 대해 묻게 되고, 그가 교통사고로 인해 후각 기능이 지나치게 예민해져서 사물의 냄새를 보통 사람들보다 훨씬 잘 감지했었다는 것과 그것이 이유가 되어 현실에 적응할 수 없어 이곳에 오게 되었음을 알게 된다.

---

183) 정찬, 앞의 책, 16쪽

　그런데 현재 그는 후각 기능은 정상이지만 스스로 그 기능이 마비되었다고 믿고 있다는 사실을 알게 됨으로써 그가 지은 그 황홀한 표정의 신비로움에 대해 어렴풋이 깨닫게 된다. 특히 ‘나’ 는 그와 대화하는 과정에서 그가 말하는 별이 우주의 생명체를 의미한다는 것과 그러한 별을 인간과 동일한 생명체로 인식하고 있는 강문규의 생태의식과 만나게 된다.

> “이 하얀 빛은 별입니다. 검은 우주 속에서 탄생과 성장과 죽음을 되풀
> 이하는 순결한 생명이지요.”
> “별도 생명입니까?”
> “생명이지요. 인간과 똑같은 생명입니다.”
> 그는 단호하게 말했다. 하도 단호해 왜 생명이냐고 묻는 것이 바보처럼
> 느껴질 지경이었다.
> “이 생명의 냄새를 저는 맡았습니다.”
> 그는 마치 비밀스러운 이야기를 하는 것처럼 목소리를 낮추며 속삭이듯
> 말했다.184)

　이렇듯 강문규가 말한 별은 우주의 생명체로서 가장 순순한 존재를 지칭한다. 그리고 그는 별 역시 인간과 동일한 생명체임을 역설하고 있다. 별에 대한 그의 확신은 인간 역시 별과 동일한 상태로 변신을 할 수 있다는 믿음으로써, 그것은 고대 원시인들의 사냥 의식을 통해서도 확인된다.

> “인간이 다른 생명으로 변하는 것 말입니다.”
> “그런 변신은 불가능하지요.”
> 나는 고개를 흔들었다.
> “먼 옛날의 인간은 그런 변신을 했습니다.”
> “무슨 말씀인지 모르겠군요.”

---

184) 정찬, 앞의 책, 27쪽

　　"인간들이 짐승을 사냥할 때 여러 가지 방법을 동원하는데, 그 중의 하
나가 변신입니다. 대부분의 짐승들이 인간보다 빠르기 때문이지요. 인간이
어떤 짐승을 사냥하려 할 때 그 짐승의 가죽을 몸에 뒤집어씁니다. 똑같은
모습으로 변신을 하는 것이지요. 이 변신이 능하면 능할수록 성공의 확률
이 높아집니다. 변신한 인간은 주문을 외우면서 짐승을 향해 다가갑니다.
나는 너와 똑같은 생명이다. 나는 너다. 내가 너에게 가까이 가도 해치지
않는다. 이 주문은 참으로 절실합니다. 왜냐하면 사냥을 하지 못하면 굶으
니까요. 이를테면 생존 그 자체입니다. 그러니 주문이 절실할 수밖에요."
185)

　　이러한 주문에 대한 그의 이야기는 다소 신화적인 요소를 담고 있기는 하지만
원시 시대의 인간은 적어도 자연과 동일시의 과정을 경험하고 있었음을 암시하고
있는 것이다. 아울러 이러한 강문규의 생태의식은 이미 주지하고 있듯이 '생명평
등사상'에 입각해 있으며 나아가 자연에 대한 인간의 동일시 과정은 심층생태론
의 '자아실현'의 과정과 일치한다.

　　"제 말은 진실입니다. 다만 사람들이 잊고 있을 뿐이지요. 선생님이 제
말을 못 믿으시는 이유는 귀로만 듣고 있기 때문입니다. 오늘날의 사람들
은 말을 단지 귀로만 듣지만 옛사람들은 온몸으로 들었습니다."
　　"온몸으로 듣는다구요?"
　　"그렇습니다."
　　"온몸으로 듣는다는 게 무슨 뜻이죠?"
　　"뭐라고 할까요. 지금의 사람들은 귀로 말을 듣고, 머리로 그 말의 내용
을 생각합니다. 그뿐이지요. 하지만 옛사람들은 상대방의 말을 자신의 몸
안으로 밀어넣습니다. 그리고 기다리지요. 그러면 말은 살아 있는 생명이
되어 몸 속에서 움직이기 시작합니다. 그 움직임을 몸으로 느끼는 것. 이것
이 바로 말을 듣는 옛사람의 모습입니다." 186)

---

185) 정찬, 앞의 책, 28쪽

현재 사람들은 단지 귀로만 듣고 있지만 원시 시대의 인간들은 '온몸'으로 상대의 말을 들었다는 강문규의 진술은 바로 이러한 자연과의 동일시를 추구하는 인간의 모습을 반영한 것으로 생명의 평등성을 인식한 '자아실현'의 한 부분을 보여주고 있다. 즉 '큰 자아 안의 작은 자아 self in Self'를 실현하는 과정으로서 개인으로서의 주체가 우주의 한부분과 하나가 되려는 의지를 견지함으로써 진정한 의미의 '자아실현'에 대한 의지를 표명하고 있는 부분인 것이다.

그리고 그의 이러한 인식은 인간의 문명이 수많은 생명체들을 학살한 장본인이라는 문명 비판으로 이어진다. 이러한 문명에 대한 비판적 인식은 '나'의 친구 의사에 의해서 더욱 설득력을 얻는다.

'문명이 인간을 지배한다'고 보는 의사의 견해 역시 강문규와 일치하는 문명 비판적인 태도를 반영한다. 그러나 의사의 견해는 보다 구체적이며 심층적인 태도를 보인다. 즉 의사는 인간의 문명이 인간 고유의 감정들을 박탈해 왔으며, 이러한 과정에서 인간의 감정을 거추장스럽고 불필요한 존재로 만들었다는 것이다. 그리하여 문명이라는 거대 쇠사슬에 묶인 오늘날의 인간은 진짜 얼굴은 숨긴 채 가면을 쓰고 살아야 하는 현실에 처해 있음을 지적하고 있다. 그리고 무엇보다도 중요한 것은 오늘날 인간들은 이러한 가면을 자신의 진짜 얼굴로 인식하고 있다는 것이다.

아울러 의사는 강문규가 봉착한 현실의 위기는 이러한 가면 뒤의 진짜 얼굴을 냄새로써 인식하게 된 데 있다고 주장한다. 즉 유능한 은행원으로서 고객 유치에 있어서 선두를 달리던 그가 교통사고 후 사물들의 냄새를 예민하게 인지하게 되자 도저히 가식적인 인간 사회에서는 살 수 없게 되었다는 것이다.

---

186) 정찬, 앞의 책, 29쪽

사방이 콘크리트 벽으로 막혀 있는 사무실 안의 공기는 창문과 환기통
이 있음에도 불구하고 탁하고 답답했다. 그런데 언젠가부터 사무실 안에서
부패하는 냄새가 나기 시작했다. 무엇이 부패하는 것인지 모르겠지만 날이
갈수록 그 냄새는 심해져갔고, 강문규는 견디기가 무척 힘들었다. 그러다
가 숨이 막힐 듯 가슴이 답답해지는데, 도저히 참을 수 없는 지경에 이르면
슬그머니 사무실을 빠져나와 근처 꽃집을 달려갔다. 은행 뒤의 골목 한
귀퉁이에 있는 조그만 꽃집이었는데, 비록 작은 공간이었지만 가득한 꽃
향기는 답답한 그의 가슴을 환하게 만들었다.[187]

서로에 대한 위선과 가식으로 점철된 사회 속에서 더 이상 그의 예민한 코는
그 역겨운 현실의 부패된 냄새를 참아낼 수 없게 된다. 그래서 그는 이러한 부패
한 냄새에 질식할 정도의 위기의식을 느낄 때면 근처의 꽃집으로 들어가 이 위기
상황을 극복하는 모습을 보인다. 그 작은 공간의 꽃 냄새만이 예민한 그의 코에
향기를 불어 넣어 답답한 그의 가슴을 환하게 열어 주었던 것이다.

이렇듯 강문규가 지니고 있는 생태의식은 자연으로 돌아감으로써만이 현실의
위기가 극복될 수 있다고 믿는 '자아실현'의 의지와 가깝다. 우주의 근원으로서의
자연과 합일되는 순간만이 그가 현실의 위기와 어려움을 극복하는 순간인 것이
다. 이렇듯 어느덧 우주의 근원으로서의 자연에 가까워진 강문규는 더 이상 문명
인으로서 사는 것에 대해 어려움을 느끼게 되었던 것이다. 즉 정상과 비정상 그리
고 현실과 비현실을 반드시 구분해야 하는 현실의 이원론적인 잣대가 그를 점점
조여오게 되고 급기야 그는 문명사회로부터 분리되어 정신병원에 갇히게 되었던
것이다.

그리고 사회로부터 분리된 그는 자신의 이러한 처지가 결국은 예민한 후각

---

187) 정찬, 앞의 책, 45쪽

때문이라고 여기게 되고 스스로 정상적인 후각의 기능이 있음에도 불구하고 더 이상 냄새를 맡을 수 없다고 주장하게 된다. 이는 가족과 사회로 회귀하고자 하는 그의 의식의 반영인 것이다. 의사가 진단한 그의 모습은 이러한 사회로 돌아가고자 하는 그의 의식이 오히려 그를 정신 병원에 있게 하는 이유가 된다. 즉 강문규는 스스로 냄새를 맡지 못한다고 인식함으로써 사회로 복귀하고자 하지만 그러한 그의 의식적인 노력이 오히려 그를 사회와 격리시키고 있다는 것이다. 사회적 동물로서의 인간이 사회로 돌아가고자 하는 것은 오히려 자연스러운 행동이지만 이러한 강문규의 인위적인 노력이 결국은 또 다른 형태로 그에게 절망의 모습으로 다가올 것임을 의사는 지적하고 있는 것이다. 이처럼 의사는 자연의 상태로 돌아가야만 현재의 생태위기가 극복된다는 사실을 알고는 있지만 문명 사회에 대한 그리움을 버리지 못해 미련스럽게 냄새를 부인하는 강문규의 모습을 안타깝게 제시하고 있다. 결국 이 작품에서 의사가 보이고 있는 생태의식은 작가 의식의 한 편린으로써 강문규의 입장을 현재 인류가 봉착해 있는 생태위기의 딜레마로 설정하여 심도있게 제시하고 있다. 다시 말해 작가는 강문규가 획득하고 있는 '생명평등사상'에 입각한 '자아실현'의 모습을 구체적으로 설명하는데 기여하고 있으며, 나아가 '나'가 지니고 있는 문명적 요소에 대한 비판까지도 수행함으로써 심층생태론적 견지를 보다 분명히 제시하는데 성공하고 있다.

> "지나친 말이지. 하지만 나의 눈에는 이기심이라는 천박한 욕망을 최대의 미덕으로 인정하는 자본주의라는 사회가 그렇게 보이네. 지금 도처에 강물이 썩고, 바다가 오염되고, 하늘이 시커멓게 변해가는 이유가 뭔가? 인간의 욕망이지. 그 동안 우리들은 눈앞의 풍요를 위해 산과 강을 마구 파괴시켰네. 자연이란 인간의 어머니이네. 자연 속에서 태어나, 자연이 만들어내는 공기 속에서 숨을 쉬고, 어머니의 맑은 피와 같은 물을 마시며, 달디단 과실과 곡식으로 배를 채우지. 인간이란 한없이 넓은 어머니의 품

에 안긴 조그만 어린아이에 불과할 뿐이네. 그런데 그 어머니를 인간이 어떻게 해왔나. 흡혈귀처럼 피를 빨고, 살을 파먹고, 순결한 몸 속으로 온 갖 더러운 병균을 주입시켜왔네. 어머니를 강간하는 더러운 자식의 모습이 지. 어머니가 죽으면 자신도 죽는다는 것을 까마득히 모른 채 말이야. 인간 의 욕망이란 이렇게 천박하네. 그런데 유감스럽게도 이 천박함을 사회의 미덕으로 삼고 있는 사회에 우리는 살고 있네." [188]

이것은 의사가 인간의 지나친 욕망과 끊임없는 경쟁이 오늘날의 환경문제와 이로 인한 생태위기를 가져왔음을 피력하는 장면이다. 아울러 나 가 정상적인 문명사회의 일원으로서 일종의 성공한 자로서의 자부심과 우월감을 지니고 이 병원에 들어와 자신의 성공을 확인받고 스스로 정상적인 상태임을 인정받고자 하는 태도에 대한 비판이기도 하다.

아울러 의사는 '어머니로서의 자연에 대해 인간이 자행해 온 이러한 파괴적인 양태를 해결할 수 있는 방법은 오직 변신'만이 필요하다는 것을 강조한다. 즉 지금껏 인류가 산업화라는 명목 하에 자행해 온 자연에 대한 착취적이며 지배적인 행동에서 벗어나 네발로 기었던 인간의 원초적인 자연의 상태로 돌아가야 함을 피력하고 있다. 인간이 천박해진 이유는 바로 문명사회로 인한 것이니 이의 극복을 위해서는 자연의 원초적인 모습을 담지하고 이를 지향해야 한다는 인식이다. 의사의 이러한 생태의식은 역시 전술한 '자아실현'의 한 양태이다.

그러므로 이 작품은 강문규라는 인물을 통해 확보된 '생명평등사상'이 의사의 의식을 통해 생태위기의 대안으로서 '자아실현'의 모습으로 보다 구체화 되고 있다. 이들에 비해 문명적인 양상을 견지하고 있던 '나'가 결국 병원을 나서면서 확보하게 되는 생태의식은 강문규와 의사가 보여 주고 있는 생명에 대한 인식과

---

188) 정찬, 앞의 책, 56쪽

자연에 대한 통찰에 비교적 긍정적인 합의를 보이는 곳에서 확인할 수 있다.

> 그 병원에 있었던 열흘이라는 시간은 생각하기에 따라 긴 시간일수도
> 있고, 지극히 짧은 시간일 수도 있다. 그리고 친구의 의도대로 지친 노새의
> 등에서 무거운 짐이 잠시나마 내려졌는지 알 수가 없다. 게다가 병원을
> 나오면서 가슴 밑바닥 깊숙한 곳에서 우러나오는 슬픔의 이유를 지금도
> 정확히 알지 못한다. 내가 확실히 깨달은 유일한 것은 나라는 사람이 병원
> 에 있는 그들보다 더 강한 인간이 결코 아니라는 사실이다.
> 그리고……또 있다. 내가 하늘에 떠 있는 별을 그전처럼 무심히 보지
> 않는다는 것과, 길을 가다가도, 혹은 다른 사람과 이야기를 하다가도 가끔
> 나도 모르게 주위를 두리번거리는 버릇을 가진 것은 강문규가 나에게 남긴
> 흔적이다. 처음에 왜 내가 주위를 두리번거리는가를 몰랐는데, 되풀이됨에
> 따라 향기를 찾고 있다는 것을 알게 되었다. 우리가 걷는 거리에, 우리가
> 마주하고 있는 사람들 속에 어떤 향기가 있을까?[189]

이렇듯 의사와의 대화 중에도 언제나 비판적인 거리를 유지하던 '나'는 스스로 다른 사람을 밟으면서까지 오늘날의 지위에 오른 것은 아니라고 강조하던 중 다른 사람들에게 피해를 주지는 않았지만 그들과의 단절 속에서 자신만을 위한 삶을 살아왔음을 깨닫게 된다. 이는 병원을 나오면서 그가 결코 다른 사람들에 비해 강하지 않음을 인정하는 모습에서 확인할 수 있다. 아울러 그가 새로이 인식하게 된 것은 우리가 살고 있는 공간과 또 이 공간에 살고 있는 인간들 개인 사이에 분명 각기 다른 어떤 향기가 있다는 것이다.

강문규에게서 그가 얻은 생태의식이 바로 이것이다. 이때 향기를 사물과 사물과의 관계를 특징짓는 '그물'에 비유해 본다면 이러한 '나'의 인식이 보다 명확히 이해될 것이다. 즉 '나'는 사물들이 혹은 인간들의 관계가 더 이상 단절되어서는

---

189) 정찬, 앞의 책, 58쪽

안 된다는 확고한 의식을 지니게 되는데 이러한 인식은 바로 네스가 언급한 '모든 생명체가 하나로 연결되어 있는 그물망' 속에 존재한다는 심층생태론의 생태의식과 통하는 것이다.

그러므로 궁극적으로 이 작품은 강문규와 의사의 생태의식을 바라보는 '나'를 통해 현재의 생태위기의 원인을 자연과 인간, 그리고 인간과 인간 사이의 단절된 관계에 있음을 지적하면서 이의 극복을 위해 '생명평등사상'에 입각한 자아실현을 제시하고 있다. 그리고 이러한 구체적인 심층생태론의 본질을 형상화하는데 성공함으로써 생태소설의 입지를 분명히 하고 있는 작품으로 평가할 수 있다.

한편 한승원의 《연꽃 바다》는 〈별들의 냄새〉가 확보한 생태소설의 입지를 보다 확고하게 격상시키고 있는 작품이다.[190] 《연꽃 바다》는 두개의 시각으로 전개되고 있다.[191] 하나는 박주철이라는 부도덕한 국회의원 일가의 농장 땅을 둘러싼 탐욕과 모반을 가족들의 대화를 통해 전달하고 있으며, 또 다른 하나는 생태학적 의미에서 이 농장의 실질적인 주인인 백양나무와 이 나무에 둥지를 새로 마련하려는 젊은 박새의 대화에 의해 서술되고 있다. 그리하여 인간과 자연이라는 서로 다른 입장이 동일한 사건을 바라보게 하여 생태위기의 현실에 대해 인간과 자연이 서로 상충되는 입장에 있음을 독특한 시점을 통해 서술하고 있는 부분이 돋보이는 작품이다. 특히 심층생태학적 견지에서 인간과 자연의 동일한

---

190) 김욱동은 《연꽃 바다》라는 제목에서 불교와의 관련성을 암시받을 수 있음을 강조하면서 작가 한승원은 생태위기를 극복할 수 있는 길을 불교에서 찾고 있다고 강조한다.
김욱동, 앞의 책, 217쪽

191) 이러한 이중적인 목소리는 바흐찐이 도스토예프스키의 소설을 객관적으로 묘사된 세계 속에서 운명과 대결하는 다수의 성격으로 이루어지는 것이 아니라, 다수의 목소리나 자립적 의식이 만들어내는 다성성 그 자체이고, 소설의 주인공들은 소설담화의 대상물이 아니라 자신들이 각기 독자적인 담화 주체가 된다고 분석하면서 제시한 '다성성'의 개념과 일치한다.
바흐찐, 「도스토예프스키의 시학」, 388쪽

교류와 유기적 관계 유지만이 긍정적인 인류의 미래를 선도할 수 있다는 주제 의식과 자연과 인간을 동일한 생명체로 간주하는 '생명평등사상'을 통해 자연과 인간이 서로의 관계의 긴밀성을 이해해 가는 과정을 면밀히 천착하는데 성공한 작품이다.

특히 이 작품은 인간과 자연이라는 두 개의 서로 다른 시각을 선택하여, 서술 주체와 대상을 상호 역전 시키는 서술 방법을 선택함으로써 자연에 대한 인간중심주의적 발상에 대해 재고의 필요성을 제기하고 있다. 즉 공간적 배경이 되고 있는 매실 농장의 파괴 앞에서 이 농장에서 오랜 세월 자라온 늙은 백양나무의 시선과 새로운 삶의 둥지를 찾고 있는 젊은 박새 부부를 통해 인간의 자연에 대한 무분별한 파괴 행위에 대한 자연의 입장을 의인화된 실체로서의 등장인물을 통해 보다 구체적으로 제시하고 있다.

뿐만 아니라 이 농장의 소유자인 박주철의 가족이 식물인간이 된 그 앞에서 서로 농장의 소유권에 대해 우선권을 주장하는 모습을 병렬함으로써 스스로 자연의 주인임을 자처하는 인간의 이기적인 태도와 욕망으로 가득 찬 인간 세계의 모순을 동시에 보여주고 있다. 이러한 시점의 선택은 주지하고 있듯이 생태비평에서 가장 중점적으로 문제 삼고 있는 인간중심주의에 대한 비판을 보다 궁극적으로 형상화 하는데 기여하고 있다. 우선 자연의 입장에서 작가가 피력하고 있는 인간중심주의에 대한 비판적 시각을 고찰해보자.

작품 서두에서 박주철의 막내아들인 윤석이 매실 농장의 나무들을 전기톱을 가지고 일방적으로 '주살' 하고 있는 행위에 대해 젊은 박새와 백양나무는 두려움으로 가득하게 된다.

> 나무 밑동을 잔혹하게 토막내고 있는 미친 전기톱의 악쓰는 소리인지,
> 주살되고 있는 나무들이 질러대는 비명인지 구별할 수 없는 그 소리에서

녹즙기가 토해낸 듯한 짙푸른 생즙이 줄줄 흘렀다. 금방까지 살아 꿈틀거
리던 나무들이 광란하는 전기톱날의 공격으로 말미암아 객혈을 하며 울부
짖었다. 에키에엥, 이끼이잉, 으끄아앙, 쎄에엥, 씨리끼리이잉…… 그 울부
짖음이 하늘과 땅과 바다를 흔들고 온 세상에 푸른 피칠을 하고 있었다.
단말마의 경련 같은 전율이 한순간에 지구를 일곱 바퀴 반 돈다는 섬광처
럼 세상을 한꺼번에 구겨버리려고 아드득 움켜잡고 있었다.

　　땅끝의 매실농장 한복판에서, 바야흐로 그 거역과 파괴의 주살행위가
벌어지고 있었다.

　　그 현장을 젊은 수컷 박새 한 마리가 늙은 백양나무의 가지 위에 앉은
채 진저리를 치며 보고 있었다. 아, 안타깝다. 전망이 좋은 땅, 맑고 짙푸른
하늘, 쪽빛으로 출렁거리는 바다, 무성한 백양나무숲, 가슴속을 수런거리
게 하는 소금기 어린 바람…… 다 좋은데, 여기에는 평화가 없다. 우리의
둥지를 틀 만한 곳이 아니다. 다른 곳으로 가보자. 아니, 여기서 더 머무르
며 지켜보자.[192]

이렇듯 '짙푸른 생즙이 줄줄 흐르는 나무'를 전기톱으로 마구 잘라내는 첫 장
면은 자못 충격적이다. 인간이 자연을 생명체로 인식하지 못하고 무분별하게 파
괴하는 모습을 대변하기에 충분한 장면이다. 매실 농장의 한 복판에 있는 백양나
무숲은 경치가 일품이지만 그 주변은 이렇듯 평화를 상실한 곳이다. 그러나 젊은
수컷 박새의 아내는 이 백양 나무숲에 둥지를 틀고 싶어한다. 하지만 젊은 수컷
박새는 선뜻 동의하기가 어려운데 그것은 이곳이 얼마 안 있으면 해산하게 될,
젊은 박새의 아내와 아이들의 보금자리로는 마땅치 못한 부분이 많기 때문이다.
날마다 전기톱 소리로 가득한 이 곳을 결코 안전하다고 믿기 어려웠던 것이다.
　　게다가 젊은 박새의 아내는 건강한 자연의 실체 그 자체를 상징하고 있는데
그러한 그녀는 박새의 여왕이 되어 세상을 밝히는 빛이 박새의 무리로부터 시작

---

192) 한승원, 앞의 책, 5-6쪽

되기를 바라고 있으며, 아이들에게 이러한 세상을 물려주고 싶어하는 등 자신과 아이들에 대한 애착이 무척이나 크다.

> 그녀는 어처구니가 없는 거대한 꿈을 꾸고 있었다.
> ……이 세상을 박새들의 날갯짓으로 가득 채울 거예요. 빡빡 늙어 깃털이 하나도 남지 않게 될 때까지라도, 한 배에 암컷 새끼 아홉 마리에 수컷 새끼 한 마리의 비율로 한없이 알을 낳고 까겠어요. 제가 우리 어머니처럼 그 약을 먹고 마시고 낳고 깐 새끼들도 저같이 기가 셀 터이므로 새끼들을 한없이 낳고 깔 거예요. 하늘의 햇빛을 가려버릴 정도로 박새 새끼들이 많아졌을 때, 저는 박새들의 여왕이 될 거예요. 그러면 저 기 드센 그것들로 하여금 소나무를 괴롭히는 송충이와 깍지벌레, 플라타너스나 포플러를 먹어치우는 흰불나방, 몹쓸 병을 옮기는 파리와 모기들, 농부들의 애를 먹이는 벼멸구나 이화명충이나 흰마름충 따위를 잡아먹게 하겠어요. 적어도 이 세상을 밝히는 빛이 우리 박새의 무리로부터 비추도록 할 거예요 ……193)

이것은 인간이 자연의 주인이고 온 우주의 섭리가 인간을 중심으로 돌아간다고 보는 인간중심주의에 대해 문제를 제기하고 있는 부분이다. 즉 박새와 같은 비인간적인 생명체도 얼마든지 세상의 중심일 수 있다는 가정을 설정함으로써 그간 인간들이 무비판적으로 답습하고 있는 인간중심주의에 대해 반성을 촉구하는 것이다. 또한 서술 주체로서의 작가 인식이 자연을 인간과 동일한 존재로 간주하고 있어서 생명의 평등성에 대해 확신을 지니고 있는 작가의 생태의식이 돋보이는 부분이다.

이러한 작가의 인식은 그의 서술 방법을 통해 보다 선명하게 표현된다. 즉 젊은 박새 부부와 새끼들을 묘사하는 부분에서 작가는 지속적으로 '아이들' 과 '아

---

193) 한승원, 앞의 책, 7-8쪽

내' 라는 표현을 반복하고 있는데 이것은 자연을 인간과 완전히 동일시하고 있는 작가의 생태의식을 의도적으로 반영한 것이다. 아울러 그동안 인간들이 자연의 주인인양 군림했던 인간중심주의에 대한 심각한 반성이기도 하다. 이러한 작가의 생태의식은 수컷 박새에게로 이어진다.

> 젊은 수컷 박새는 속으로 홍 하고 코방귀를 뀌었다. 아무리 족보가 있는 귀족 나무들이라 할지라도, 저 매실농장 땅이 호화찬란한 유락지로 개발이 된다면, 이 백양나무숲도 저 농장의 매실나무들과 운명을 같이할 수도 있는 것이다.
>
> 젊은 수컷 박새는 자기가 생각해낸 그 개발이란 말 때문에 진저리가 쳐졌다. 이 세상에서 가장 무서운 존재는 이것저것을 닥치는 대로 개발하려 드는 사람들이었다. 그의 아버지가 그에게 사람들을 조심하라고 유언을 했었다.
>
> 사람들은 변덕이 심했다. 자기들이 하려고 생각을 하는 것이면 무엇이든지 하는 것이었다. 바다도 메우려고 생각을 하면 메우고 산도 허물어버리려고 하면 허물어버리는 것이었다. 어이없게도 그들은 이 세상의 모든 것들이 자기들만을 위하여 존재한다고 믿었다. 모든 것들이 그렇게 존재하도록 신이 마련했다고 생각하였다.[194]

이 부분은 '청렴하고 깨끗한 시인들의 군락으로 칭송받고 있는' 늙은 백양나무가 인위적으로 심어진 매실 나무와는 그 근본이 달라서 산주의 어떤 목적에 의해 재배되는 것이 아니라 오랜 세월 자생적으로 군락을 이루며 살아왔음을 자부하자 이에 대해 젊은 수컷 박새가 보이는 반응이다. 그는 늙은 백양나무가 아무리 그 자생성을 자부한다고는 해도 결국 인간의 개발 의지를 막을 수는 없을 것이라

---

194) 한승원, 앞의 책, 14-15쪽

생각하고 있다. 젊은 수컷 박새로서는 세상에서 가장 무서운 존재가 인간일 수밖에 없는 것이다. 인간들은 변덕이 심해서 바다를 메우고, 산을 허물고 하여 원래의 자연을 마음대로 바꾸면서 세상의 모든 것들이 인간을 위해 존재한다고 믿고 있음을 가장 문제시 하고 있다. 그렇기 때문에 자신의 새로운 보금자리를 만드는 과정에서 이러한 인간의 변덕이 두려운 것이다. 즉, 아무리 현재는 백양나무 숲을 휴양림으로 만든다고는 하지만 언제 다시 개발붐이 일지 모르는 일이고, 그렇게 일단 개발이 진행되면 지금은 안전해 보이는 저 백양나무 숲일지라도, 현재의 매실나무와 별반 다를 것이 없는 상태로 파괴될 것임을 알고 있는 것이다. 하지만 늙은 백양나무는 자신들의 근본이 자생적인 상태의 자연 그대로라서 매실나무와 같이 인위적으로 조성된 자연하고는 그 가치가 다름을 시종 주장한다.

> "이놈이, 재수없게스리 무슨 소리를 하고 있는 거야? 체구가 작고 좀스럽더라도 그렇게 함부로 경망스럽게 주둥이를 놀리는 법이 아니야. 우리가 저 매실나무들의 신세하고 같은 줄 아냐? 인간들의 목적에 의해서 조성된 나무들은 그 목적이 달라지면 언제든지 베어지게 마련인 거야. 그렇지만 우리 백양나무 가족들은 엄연히 자생적으로 이 산기슭을 차지하게 된 거란 말이야.195)

백양나무는 이렇듯 '자생적'이라는 말을 번번이 강조하고 있다. 그것은 인간의 목적에 의해 조성된 '인공적'인 것은 언제든 인간의 목적이 변경되면 인간의 의지에 의해 파괴된다는 사실을 백양나무 역시 인식하고 있기 때문이다. 특히 그는 한때 이 농장에서 위세를 떨쳤던 매실나무에게 당했던 수모를 떠올리며 그렇게 위세 당당했던 매실이 오늘의 모습으로 변한 것은 더 이상 인간들에게 어떤 이익을 주지 못하기 때문이라 설명하고 있다. 이렇듯 백양나무는 인간의 이익에 기여

---

195) 한승원, 앞의 책, 239-240쪽

 한국 현대 생태담론과 이론연구

해야만이 생존할 수 있음을 강조하면서 스스로 인간을 위해 존재하고 있으며 그러한 인간의 취향에 부응하려면 인간의 파괴적 속성인 일종의 '악마성' 까지도 배워야 함을 피력하고 있다.

> "앞으로 두고 봐라. 저 농장에 콘도들이 줄줄이 들어설 거야. 그러면 우리들은 영원한 휴양림으로 보호하지 않을 수가 없어. 우리들은 인간의 산소이고 허파이고 서정시이고 인간의 고향 같은 푸르름이니까. 그 푸르름은 인간의 알몸들이 찝찔한 해수와 떡가루 같은 모래밭에서 불볕 신화의 주인공들이 되고, 어둠이 짙어지면 새빨간 젊은 피들을 주체하지 못하고 모닥불을 피우고 소주를 마시고 사랑을 하고 악을 써대는 데에 절대로 필요한 것이야. 존재하는 모든 것들은 그들의 그 악마성을 배워야 한다. 너도 네 아내하고 더욱 금슬 좋게 살아가려면 그것을 체득해야 한다." 196)

이렇듯 백양나무는 자신들이 존재하는 이유는 인간들의 산소이며 허파로서 인간을 위해 푸르름을 제공하고 때로는 고향의 이미지를 제시하기 때문이라 주장한다. 스스로 자생적이라 언급하면서 자연이 본성에 가까운 존재라 주장하던 말과는 달리 이렇게 인간을 위해 필요한 어떤 것을 분명히 제공하고 있으니 자신들은 파괴되거나 제거될 걱정 없다는 늙은 백양나무의 태도야말로 자연이 인간을 위해 존재해야 한다고 보는 인간중심주의의 한 편린인 것이다. 작가는 분명 자연의 일부이며 게다가 그 '자생성' 을 자부하는 늙은 백양나무의 이러한 의식을 통해 인간이 자연에 대해 자행한 횡포를 역으로 비판하고 있는 것이다. 즉 생존을 위해서는 인간을 위해 존재할 수밖에 없는 자연의 피폐해진 상태에 대해 심각한 문제를 제기하고 있다.

한편 백양나무의 '인간들의 휴머니즘에 중독 되어' 있는 태도에 대해 젊은 수

---

196) 한승원, 앞의 책, 242쪽

컷 박새는 심한 배반감을 느끼게 된다. '한 무더기 모닥불로 타오를지라도 반드시 악마성을 견지해야 살아남을 수 있다'는 백양나무의 말에 젊은 수컷 박새는 절망을 느낀다. 특히 이 부분에서 작가는 인간을 위한 삶이나 인간적인 태도를 '악마성'이라 규정지음으로써 자신의 생태의식을 표명하고 있다. 즉 인간의 파괴 본능이 오늘날의 생태위기의 원인이 되었다고 보고, 파괴 본능을 악마성이라 규정지어 현실의 문제를 제시하고 있는 것이다. 그리고 이러한 문제의식은 젊은 박새의 의식을 통해 보다 구체적인 양상으로 표명된다.

> 젊은 수컷 박새는 기가 막혔다. 배반감으로 말미암아 눈앞이 아찔해졌다. 세상에는 믿을 것들이 하나도 없는 듯싶었다. 더구나 매실농장 자리에 콘도들이 줄줄이 들어선다는 말이 귀에 철컥 걸렸다. 그렇다면 이 백양나무들도 베어지지 않을 수 없을 것이다. 이들은 어느날 문득 베어져서 갈가리 찢기어 나무젓가락이나 이쑤시개들이 되거나 포도주병의 코르크마개가 될 것이다. 그때 우리들은 어디에인가 허둥지둥 새 둥지를 마련해놓고, 미처 날개 연습도 제대로 하지 못한 아기들을 이끌고 이사를 가야 할 것이다. 전쟁통에 피난을 가듯이 옮기어가는 과정에서 우리 아기들이 정신적 육체적으로 입게 될 상처를 누구에게서 어떻게 보상받고 어떻게 치유할 수 있을 것인가. 이 늙은 백양나무는 어떤 주술인가에 걸려 있다, 아니 미쳐 있다, 하고 젊은 수컷 박새는 생각했다.[197]

이처럼 젊은 수컷 박새는 결국 늙은 백양나무 역시 스스로 인간의 목적과 이익을 위해 쓰여질 것을 알면서도 굳이 매실나무와는 다른 격인 듯 자존심을 내세웠다는 것을 깨닫게 된다. 특히 젊은 수컷 박새는 인간의 변덕이 얼마나 무서운지를 이미 알고 있으므로 늙은 백양나무가 숨기고 있는 진실이 두려웠던 것이다. 그 진실이란 언젠가 백양나무 숲도 인간의 또 다른 필요에 의해 파괴될 것이라는

---

197) 한승원, 앞의 책, 242-243쪽

점이다.

작가는 이렇듯 젊은 수컷 박새가 현실을 예리하게 간파하고 있음을 암시하면서 늙은 백양나무의 인간에 대한 일방적인 굴종이 가져올 결과란 스스로에 대한 '파괴' 뿐임을 강조하고 있다. 여기서 늙은 백양나무는 현실의 문제를 극복하기 보다는 타협하고 안주하려는 일종의 보수적인 세력을 의미하고, 젊은 수컷 박새는 이러한 타협을 강요하는 현실 앞에 갈등하는 존재로 환치할 수 있다. 작가가 군이 이러한 이분적인 대립을 표방한 것은 현실의 생태위기에 대해 인간들이 보이는 반응이 모두 이와 유사하기 때문일 것이다. 결국 작가는 이러한 자연의 입장을 통해 인간들이 자행한 생태위기의 현장을 구체적으로 그리고 있다.

그러나 인위적으로 젊은 수컷 박새에게 긍정적인 전망을 제시하고 있지는 않다. 즉 작품 말미에서 젊은 수컷 박새는 암컷 박새의 권유에 못 이겨 백양나무 숲에다 결국 둥지를 틀고 마는데 이것은 생태의식을 표방하는 작가들이 의식적으로 작품 말미에 생태의식을 지닌 인물의 각성과 긍정적인 미래에 대한 전망을 제시하는 것과는 사뭇 다른 모습을 보인다. 오히려 작가는 젊은 수컷 박새가 늙은 백양나무가 숨기고 있는 파괴에 대한 진실을 알고 있으면서도 아내의 요구와 바람 앞에서 백양나무 숲에 둥지를 틀도록 한다.

> "당신은 왜 그 잘난 허우대값을 못하고, 보수적이고 수동적이고…… 겁이 그렇게 많아요? 백양나무들이 베어질 때 베어지더라도 거기서 한번 살아보기나 합시다. 그 나무 숲이 하루아침에 베어질 리 없고, 매실나무들이 다 베어지고 그 백양나무들이 베어질 때면 우리 새끼들이 이미 날아다닐 수 있게 될 것 아니오? 뒷산 소나무숲으로 아기들을 이끌고 허둥지둥 이사를 할 때 하더라도 그곳에서 한번 살아봅시다. 그곳에서 인간들의 여름철 해변 불볕 신화와 모닥불 축제를 구경하며 살면 우리 애들의 식견도 넓어지고 담도 커지고 그럴 것이오." 198)

이렇듯 늙은 백양나무가 숨기는 진실을 아내에게 말하자 오히려 그녀는 그토록 기(氣)가 세다는 터에 둥지를 틀고 싶어 한다. 그것은 그녀 역시 센 기를 가지고 있으며, 아이들에게 커다란 이상과 힘을 부여하기 위해서는 그러한 센 기가 필요하기 때문이라는 것이다. 젊은 수컷 박새는 이러한 욕망이 암흑을 낳을 것이라는 것을 알고 있지만 아내의 허욕을 막지는 못한다. 대신 '생명력이 왕성한 알'을 위해 백양나무 옆구리에 둥지를 틀게 된다.

이러한 설정은 파괴되고 훼손된 자연의 상태는 인위적인 힘으로 복구할 수 없으며 일단 인간의 악마성으로 상징되는 파괴성의 근원이 되는 이기적인 탐욕을 따르게 되면, 현재만이 중요할 뿐 미래 따위는 관심을 두지 않게 된다는 것을 의미한다. 작가의 이러한 결말 처리는 궁극적으로 그가 견지하고 있는 인간중심주의에 대한 비판적 각성을 표현하기 위함일 것이다. 현재의 편이와 안락을 위해 자연을 마구 파괴하고 유린하고 있는 오늘날의 인류가 궁극적으로 미래에 대해서는 전혀 배려하고 있지 않는 근시안적 사고에 입각해 있음을 젊은 박새의 마지막 선택을 통해 예리하게 비판하고 있는 것이다.

이러한 생태위기에 대한 작가의 시각은 박주철 일가를 둘러 싼 인간들의 탐욕과 모반을 통해 보다 입체적으로 형상화되고 있다. 박주철이란 인물은 이 지역의 유지로서 한때 국회의원까지 지낸 인물이지만 탐욕과 비리의 상징으로 제시되고 있으며 현재는 식물인간으로 의식을 찾지 못하고 있는 상태이다. 그러자 그의 재산을 둘러싸고 그의 자식들 사이에 분쟁이 일기 시작하고 이러한 분쟁의 과정에서 작가는 인간의 탐욕을 대변하는 반생태적 인물들을 설정하고, 이에 반하여 자연적인 면모로서 인간의 따사로운 본성과 모든 생명에 대해 평등성을 인지하고 있는 생태적 인물들을 대립적으로 설정하여 이들의 갈등을 첨예한 시각으로 분석

---

198) 한승원, 앞의 책, 244쪽

 한국 현대 생태담론과 이론연구

하고 있다.

이중 반생태적인 인물로 상징되는 축들은 깨어나기 전의 박주철, 큰 아들 윤길, 작은 아들 윤호, 큰 딸 윤혜, 그리고 막내아들 윤석의 의식의 한 부분이 이에 해당한다. 특히 윤석은 반생태성과 생태성을 동시에 보이고 있는 인물로서 의식의 이중성을 지니고 있는 인물이다. 우선 박주철은 이 가족이 안고 있는 갈등과 이로 인한 불행의 가장 근원이 되는 인물로서 그가 자행한 온갖 악덕으로 인해 자식들까지도 그 불행의 언저리에서 벗어나지 못하게 한 인물이다.

> "그래, 그러면, 이제부터는 쉬운 말을 쓰도록 하마. 네 할아버지는 시인이긴 하셨는데, 좋은 시를 한 편도 쓰지를 못했어. 시인으로서는 욕심이 너무 많았기 대문이지. 시는 사무사(思無邪)여야 하는데…… 사됨이 없어야 하는데 그렇질 못하고, 권력에 대한 욕심, 명예나 돈에 대한 욕심, 여자에 대한 욕심, 입는 것, 먹는 것, 집 짓고 사는 것들에 대한 욕심 때문에…… 그래서 깨끗하지 못한 정치적인 시인, 말하자면 덕지덕지 때가 묻은 속된 인간이었지. 그래서 국회의원도 딱 한번 당선하시고는 내리 두 차례나 낙선이 되었고, 돌아가신 네 할머니를 두고도 예쁜 젊은 여자들을 줄줄이 꿰어차고 살았고, 기업인들에게서 떳떳하지 않은 검은 돈을 받아서 땅을 사들였고…… 골프 치고 술 마시고 젊은 여자들하고 즐기기나 하며 살다가…… 큰아들인 윤길이…… 호적상에 네 아버지로 되어 있는 그분을 잃었고, 그 충격으로 네 할머니가 따라 돌아가시자, 그 거듭된 충격으로 네 할아버지 자신도 이렇게 어둠 속에 깊이 빠져버린 거야." [199]

윤호가 조카인 토말이에게 들려주는 박주철에 대한 이력이다. 주로 박주철의 탐욕과 방탕한 생활에 대한 언급들인데 이로써 그의 모순된 삶이 구체적으로 드러나게 된다. 이렇듯 탐욕과 방탕으로 일관했던 그의 자식들은 모두 그처럼 탐욕

---

199) 한승원, 앞의 책, 77쪽

에 찌들어 서로에 대한 미움과 재산에 대한 암투 속에서 살게 된다.

이들 중 윤길은 불구자로서 휠체어에 의지해야 하는 신세로서 '참새'라고 불리는 아내 임승희를 사랑하였으나 의붓 동생 윤석과 아내의 관계가 심상치 않음을 눈치 챈 후 여러 번 윤석을 죽이려한다. 그리고 결국 스스로 비탈진 언덕에서 휠체어를 돌진시켜 매실나무 밑둥에 머리를 부딪쳐 죽음을 맞는 인물이다. 그는 평생 아내와 의붓 동생을 저주하였으며 아내가 낳은 아들 토말에 대해 비정한 태도로 일관하였다. 그것은 자신의 아들이 아니라는 그의 확신에 의해서였으며 이로 인해 결국 아내와 의붓 동생 윤석을 저주하다가 스스로 죽음에 이르게 된 것이다. 이러한 윤길의 모습은 인간의 불완전한 면모를 대변해 준다. 즉 부도덕한 아내에 대한 저주와 패륜적인 윤석에 대한 원망으로 새로운 생명인 토말에게 가학적인 적의를 보이고 결국 스스로 삶을 마감한 그의 모습은 탐욕과 이기심으로 가득 찬 악마적 인간의 전형적인 모습이다. 작가는 이러한 반생태적인 그의 죽음에 기여하는 것을 자연으로 설정하고 있다. 그가 언덕 위에서 휠체어를 돌진시켜 자살을 시도하게 하고 그리고 그의 죽음에 확실히 기여하는 사물을 매실나무로 설정함으로써 인간의 탐욕의 종말이 자연에 의해 엄중히 처리될 수 있음을 암시하고 있는 것이다.

둘째 아들 윤호와 그의 누나로 설정되어 있는 윤혜 두 인물들은 큰 아들 윤길처럼 욕망의 화신으로 설정되어 있지만 윤길과는 다소 다른 측면의 욕망의 모습을 보인다. 즉 윤길이 인간에 대한 집착과 이로 인한 끊임없는 욕망을 보인 인물이라면 윤호와 윤혜는 오직 물질적 욕망만을 추구하는 자들이다.

> 그는 당장 윤석에게 쫓아가서 따지고 싶지만 참고 있었다. 측량기사들
> 이 돌아간 다음에 토말이를 관리사 안으로 들여보내고 나서, 그놈을 관리
> 사 마당으로 끌고 올 참이었다. 한데 윤호는 윤석의 잘 단련된 체구가 겁났

다. 사실은 그래서 윤석을 강제로 끌고 오지 못하고 있었다. 그 자식을 설건드려 놓으면 그의 목에 전기톱을 들이대며 죽이려고 들 것 같은 두려움이 앞섰다. 그는 다시 한번 개머리판으로 힘껏 땅을 찧었다. 정 안되면 공기총을 사용하는 수밖에 없다고 생각했다. 이것은 연발총이고, 총알은 얼마든지 있다. 창고 안에서 이걸 찾아낸 나는 역시 머리가 잘 돌아가는 사람이다. 이걸 확보한 것은 행운이다. 흥, 내가 여기에 와 있는 한 네놈의 마음대로 되지는 않을 것이다. 단 한 평의 땅도 어림없다. 너는 곁다리다. 이 땅은 박주철의 직계자식인 내가 소유해야만 한다.[200]

윤호가 윤석의 잘 단련된 체구가 겁이 났지만 정 안되면 공기총이라도 쏘아서 현재 윤석이 진행하고 있는 농장 파괴를 막아야 한다고 다짐하면서 한 평의 땅도 윤석에게 줄 수 없음을 되뇌이는 장면이다. 추리 소설가로서 살인에 대한 내용을 구상하고 있던 윤호는 윤석의 안하무인적인 태도에 대해 일종의 살의를 표방하기까지 한다. 한편 윤혜 역시 농산물 수입업자인 남편 정태길의 사업이 어려워지자 아버지의 유산이나 한몫 챙기려고 하는 탐욕적인 인물이다. 또한 조카 토말이가 유산을 차지할 것이 두려워 납치극까지 꾸미는 등 물질에 대한 집착이 극에 달한 인물이다.

> "아이고 중국 농산물 수입해가지고 압구정동 78평짜리 빌라로 옮겨가고, 은행에다가 뭉텅이돈 넣어놓고 외제차 굴리고 다니면서 골프채 휘둘러대고, 여름이면 시베리아까지 은어 낚시질 다니고, 겨울이면 뉴질랜드로, 알렉산드리아로, 태국으로, 놀러 다니는 사람은 더 무섭구만 그래."
> "비단장사 왕서방이란 말도 못 들었냐? 뺀질나게 중국 드나들긴 드나들어도 느희 매형 속 빈 강정이다."
> "한동안 이태리 가구 들여다가 재미 보고…… 얼마 전부터는 싸디싼 중국산 참깨 한약재 뱀 사슴 웅담 밀수입해다가 대한민국의 눈먼 돈 모조

---

200) 한승원, 앞의 책, 68-69쪽

리 긁어모았다는 소문 내 다 듣고 있어요."

"정말, 그것은 모략이고 비방이다. 우리 좀 도와주라. 느희 매형 은혜 모르는 사람 아니다. 이번에 이 일 잘되면 보석에 손을 대보겠다고 그러더라." 201)

호화 주택에서 최고급 승용차를 타면서 해외로 골프 여행을 다니는 사치스러운 생활로도 만족을 못하고 더 많은 것을 탐내고 있는 윤혜의 탐욕은 마침내 토말이를 남편 정태길로 하여금 고아원에 버리도록 하는 비정한 면모를 통해 표출된다. 그러나 이러한 그녀의 탐욕은 결말 부분에서 박주철의 내연의 여인인 한예린이라는 여인이 박주철 명의의 모든 부동산을 처분하여 해외로 도피함으로써 파국을 맞게 된다. 탐욕의 끝은 허망만이 있을 뿐이라는 평범한 진리를 외면했던 인물들의 말로를 통해 작가는 인간의 탐욕과 이로 인한 분쟁이 얼마나 허망한 것인가를 전달함으로써 서로간의 관계의 의미를 존중하여 바람직한 미래를 이루기 위해 현재의 상태를 보존하고자 하는 상호공존의 원리로서의 생태의식을 강조하고 있는 것이다.

한편 윤석은 불우한 출생으로 인해 침울한 성격을 지니고 있으나 형수인 임승희를 범하고, 그 죄로 인해 큰형 윤길에게 끊임없는 모욕과 살의까지 경험하였지만 결코 반성하거나 양심의 가책을 느끼지 않는다. 오히려 그는 형의 인내심을 자극하여 그를 자살에 이르게 하는 냉혹한 인물이다. 뿐만 아니라 박주철의 농장의 주인을 자신이라 규정하고 농장을 파괴하기를 주저하지 않는 자기중심적이며 탐욕으로 가득 찬 인물이다.

"이 박윤석은 아버지 박주철 씨의 뜻을 받들어 이 농장을, 이 세상의 시작이고 이 세상의 중심, 동양정신의 꼬추, 남근의 사정기관 같은 것으로

---

201) 한승원, 앞의 책, 171-172쪽

만들어놓으려고 분투하여온 놈이라고요. 나는 우리 아버지 박주철 씨가 이
농장을 마련한 뜻을 이어받아, 그 거룩한 뜻을 이룩하려고 백골이 진토
되도록 일만 하여온 놈이란 말이오. 그런 만큼 나한테는 악마가 들어 있어
도 열두 마리는 들어 있을 것이고, 거기다가 한 많은 우리 어머니의 귀신까
지도 들어 있을 것이고…… 그 악마나 귀신들이 나로 하여금 절망을 모르
게 만들고 있어요. 윤호 형, 제발 부탁이오. 절대로 이 농장 넘보지 말아주
시오. 이리 둘러보고 저리 살펴보시오. 이 땅은 성지가 될 땅이오. 넙치
양식장을 해가지고 돈을 억수로 벌어서, 나 장차 이 잔등 뒤쪽에다가 신들
의 학교를 세울 것이오. 그렇다고, 무슨 신흥종교를 전도하기 위한 학교를
세운다는 것으로 오해하지는 마시오. 무너져 가는 인간의 윤리를 재건하는
인간의 학교를 세우겠다는 것이오. 청소년 훈련장이나 야영장 같은 것을
만들 참이오. 각박한 현대의 도시생활에 지치고 기력이 쇠해질 대로 쇠해
진 사람들한테 기를 회복시켜주는 고향 같은 숲마을과 바다마을로 만들겠
다는 거라고요. 서구철학은 한계점에 이르러 있다고 흔히 말하지 않아요?
동야정신으로의 회귀야말로 인류를 구원할 수 있게 될 터이므로, 말하자면
나는 여기를 우리 동양정신의 새로운 시발점으로 삼을 참이오." 202)

　이처럼 윤석은 스스로가 악마나 귀신으로 하여금 절망을 모르게 만들어졌음을
자신하면서 매실 농장을 헐어서 이제 넓은 양식장으로 만들고 많은 돈을 번 후에
학교를 세워 무너져 가는 인간 사회의 윤리를 재건하겠다고 주장한다. 또한 청소
년 수련장이나 야영장을 만들어서 도시 생활에 지친 자들에게 기(氣)를 회복시켜
주는 고향의 숲과 바다를 만들 것임을 강조한다. 나아가 서구 철학의 한계를 동양
철학으로 회귀함으로써 극복할 수 있음을 역설하고 있다. 이러한 윤석의 태도는
자연을 인위적으로 파괴시킨 뒤 인간을 위한 수련장과 야영장을 짓겠다는 의지의
반영으로 인간중심주의의 극단적인 발상이다. 그러나 이러한 윤석의 비정한 태도
와 탐욕적인 면모가 사실은 윤호와 윤혜에 대한 저항의 차원에서 비롯되었음을

---

202) 한승원, 앞의 책, 139-140쪽

확인하게 된다.

> "사람은 태어나는 순간부터, 이렇게저렇게 살아가면서 맺은 모든 것들과의 관계를 인정하고 살아가야 해요. 이것과 저것이 맺은 관계, 조것하고 요것하고가 맺은 관계…… 이것이 있으므로 저것이 있고, 이것이 있으므로 저것이 있다는 그 관계를 부정하고 혼자서만 살아가려고 하면 그 관계가 깨어져요. 그 깨어짐으로 말미암아 자기도 죽게 되어 있어요. 나만 살고 너는 죽어야 한다는 논리는 파국을 가져오고 마는 거예요. 무조건 제초제나 살충제나 살균제를 쳐서 잡초나 병이나 벌레들을 쏵 죽이고 없애고 인간에게 필요한 작물만 남기겠다는 생각이 결국 인간을 죽이고 있어요. 그 제초제나 살충 살균제들로 말미암아 땅속의 미생물들도 함께 죽어버리니까. 생태계 속의 천적관계나 공생관계가 파괴되기 때문에 말이오…… 우주 질서는 다 마찬가지요. 윤호 형은 나를 인정해야 해요. 여기에다가 윤호 형의 생모만을 위해서 암자를 지으려고 하지 말고 우리 어머니 한수진도 생각을 해주어야 한다고요.[203]

윤석은 나만 살고 너는 죽어야 한다는 논리가 결국 인간을 파국으로 몰고 간다는 사실을 윤호에게 촉구하고 있다. 즉 제초제나 살균제로 인간은 인간에게 유해한 해충을 처리하고 인간만이 살아남으려고 하였으나 오히려 이러한 태도가 생태계를 위협하여 인간 스스로의 존립 자체를 어렵게 할 수 있음을 강조하고 있는 것이다. 혼자서만 살려고 하다보면 이렇듯 모든 관계의 단절 속에서 자멸할 수밖에 없다는 것이다. 그러니 윤호와 윤혜에게 더 이상 자신의 존재를 무화시키지 말고 농장의 동일한 주체로서 인정해야 함을 강조하고 있는 것이다. 이러한 윤석의 의식은 심층생태론적 인식에 가까운 것으로 이미 그의 의식 속에는 공생의 원리에 대한 인식이 내재해 있음을 확인할 수 있다. 나아가 인간이 파괴한 자연에

---

203) 한승원, 앞의 책, 166쪽

의해 인간이 자멸할 수 있음에 대한 문제 제기이기도 한 것이다.

이렇듯 작가가 파괴적이며 탐욕적인 악마적 속성을 지닌 인물로서 반생태적인 인물인 윤석을 설정하였다가 다시 그에게 가장 생태적인 모습을 부여한 이유는 바람직하고 긍정적인 생태의식의 확보는 오히려 가장 파괴적인 인간의 모습에서 발견할 수 있음을 역설적으로 보여주기 위해서이다. 다시 말해 주변의 억압적인 환경과 소외로 인해 자신의 울분을 비정상적인 사랑과 끊임없는 탐욕으로 해소하려 했던 윤석의 태도는 인간의 본능적인 파괴 본능과 만나는 부분이지만, 그러한 그가 윤호에 의해 무차별하게 비난을 당하자 서로가 서로를 상처주고 헐뜯기보다는 서로에 대한 관계를 인정함으로써 이해와 화해의 차원으로 나아갈 수 있음을 스스로 주장하게 함으로써 작가는 반생태적 인물을 생태적인 인물로 재생하려는 의지를 보이고 있는 것이다.

이처럼 반생태적인 인물들이 서로의 이익을 위한 욕망에 휩싸인 채 암투를 벌이고 있을 때 다른 한편에서 이들을 안타까운 시선으로 바라보고 있는 생태적인 인물들이 이 작품의 완성도를 높여 주고 있다. 작품에서 생태적인 인물로 설정되어 있는 자들은 오랜 세월 박주철의 일을 돌봐 주었던 김주사 풍장이 영감과, 박주철의 손자인 토말이와 토말이의 어머니로서 참새라 불리던 여인 임승희, 그리고 오랜 식물인간 상태에서 벗어난 박주철이다.

이중 토말이는 할아버지 박주철에게 끊임없이 전짓불을 비추며 "눈떠!"를 외침으로써 결국 작품 말미의 박주철의 의식 회복에 기여하는 인물이다. 아울러 그 출생의 업보로 인해 고모인 윤혜에 의해 납치까지 당하지만 박주철의 재산이 모두 다른 여인에게 넘어간 사실을 안 고모부 정태철에 의해 극적으로 집으로 돌아오게 되는 운명적으로 생명력이 강한 인물로 제시되고 있다.

그런가 하면 이러한 토말이의 어머니인 임승희는 '참새'라는 별명으로 불려지는 여인으로 박주철의 큰 아들이 윤길의 아내였으나, 비극적인 운명에 의해 남편의 의붓 동생인 윤석과 불륜의 관계를 맺게 되고, 이로 인해 토말을 잉태하게 된다. 그리고 이러한 자신의 죄업을 감수하며 윤길의 학대를 견뎌 보기도 하고 가출하여 스님이 되어 보려 하기도 하지만 그녀는 결국 불완전한 현실의 희생자로서 죽음을 맞이하게 된다. 하지만 그녀의 별명에서도 암시받을 수 있듯이 그녀는 가장 생태적인 인물로서 참새처럼 순수한 여인으로 제시되어 자연 그 자체를 상징하고 있다.

> 그 여자를 참새라고 부른 것은 자그마한 체구 때문이었다. 옅은 복사꽃색을 띠고 있는 두 볼과 햇볕에 그을러 거무스레한 이마와 콧등과 턱과 목에 번져 있는 크고 작은 주근깨들 때문이었다. 그 여자의 주근깨들 가운데서 큰 것 여남은 개는 펄펄 살아 있는 참새의 검은 눈동자같이 여물었다. 그것은 마주선 사람의 눈을 빤히 응시하고 있는 듯싶었다. 그 여자는 그 주근깨를 감추기 위하여 화장을 진하게 하지 않았고, 그것을 제거하기 위해 성형외과를 찾아가려 하지 않았다.
> 박주철의 큰아들 윤길이 살아 있는 동안, 그녀는 그의 아내노릇을 착실하게 해주었었다. 하체가 마비된 윤길의 휠체어를 밀어주면서, 그의 귀에 대고 속삭이곤 했다. 비누거품 같기도 하고 날개 달린 민들레꽃 같기도 한 웃음을 까르르르 하늘과 바다를 향해 날려보내곤 했다.[204]

이렇듯 토말이의 어머니 임승희는 자연과 아주 흡사한 모습으로 묘사되고 있다. 인위적으로 얼굴을 꾸미는 법이 없으며, 타고난 주근깨를 부끄럽게 여길 줄도 모르는 여인이다. 또한 비누 거품처럼 투명하고 민들레꽃처럼 천진한 웃음을 웃는, 그리하여 하늘과 바다와도 같은 모습을 지닌 천진난만한 여인이었다. 그렇지만 박주철가의 남성에 의해 이러한 그녀의 순수함은 짓밟히게 되고 궁극적으로

---

204) 한승원, 앞의 책, 26쪽

가출한 그녀는 죽음에 이르게 된다.

그리고 그녀의 죽음은 박주철이 깨어나게 됨으로써 비로소 확인된다. 즉 박주철이 깨어나도록 도와준 관세음보살의 모습이 토말이 어미와 닮았다는 박주철의 진술에 의해 확인되는 것이다. 뿐만 아니라 현실로 돌아가 농장을 탐내는 자들에게 탐욕의 끝을 알리라는 당부를 하는 모습까지 제시된다. 이는 그녀야말로 우주의 근원으로서의 자연임을 암시하는 것이다. 자연의 실체인 그녀가 박주철 일가에게 파괴당하고 결국은 실존적인 죽음을 당하였지만, 이러한 자들에게 재생의 기회를 제공함으로써 자연의 포용성과 위대함을 체득하게 하는 것이다.

한편 풍수지리에 능통하다 하여 풍장이 영감이라 불려지는 김주사는 이 작품에서 가장 생태의식이 풍부한 자이다. 특히 그는 박주철의 자식들이 재산을 둘러싸고 벌이는 행태에 대해 사뭇 관조적이며 냉소적인 시각으로 일관하고 있는데, 그것은 그가 현실이 거의 지옥과도 같다고 인식하고 있기 때문이다.

> 풍장이가 탄식했다.
> "내가 지금 무슨 지옥에 있을꼬? 축생지옥인가 무간지옥인가 콜록콜록……" 205)

> 풍장이가 소주 한 모금을 마시고 나서 말했다.
> "세상은 모두가 전쟁판이여. 권력 잡은 사람이 올바른 정치를 한다고 검은 돈 집어먹은 사람들을 굴비처럼 엮어 집어넣지만 결국은 자기의 정적들을 밀어내기일 뿐이지, 으음 으흠…… 이 세상에는 깨끗한 놈 더러운 놈이 따로 있는 것이 아니여 콜록콜록……" 206)

> "누가 더 착하고 누가 더 악한가…… 오십보를 달아난 놈이나 백보를

---

205) 한승원, 앞의 책, 126쪽
206) 한승원, 앞의 책, 127쪽

달아난 놈이나 그놈이 그놈이지 뭐. 콜록 음, 으흠," 207)

이처럼 선과 악, 그리고 정의와 불의를 구분할 수 없는 현실의 기득권자들이
만들어 놓은 세상은 바로 지옥의 한 모습이라는 풍장이 연감의 현실 인식은 오늘
날 인간들이 만들어 놓은 탐욕과 부패의 현실을 그대로 반영하고 있다. 그리하여
그는 이러한 현실에 대해 어떤 욕심도 집착도 보이지 않는다. 아울러 박주철이
자행한 온갖 부도덕과 탐욕에 의한 작태들을 모두 알고 있지만 오히려 그를 연민
의 시선을 가지고 대한다. 윤호와 윤석이 박주철을 원망하고 그 부정적인 면모에
대해 신랄한 비판을 가해도 풍장이 영감은 박주철을 감싸 안는 모습을 보인다.

"어둠이란 것이 빛이고 빛이란 것이 어둠인 것이여…… 그걸 초월한
나한테는 그저 나 묻힐 땅 한 뼘만 있으면 돼. 평지보다는 약간 높은 데다
바닷바람이 시원스럽게 잘 통하고 늘 호수 같은 저 바다를 내려다볼 수
있는 그런 자리 정도만 되면 콜록콜록…… 음, 으흠, 아아…… 그 푸르른
무한 시공 속에 계시는 어른이시여, 부디, 저로 하여금 숨을 딸깍 멈추는
순간까지 저 호수 같은 바다를 이 자리에서 내려다보며 살다가 열반에 들
수 있도록 도와주소서. 저는 오직 그것뿐, 그 이상의 먼지가루만한 욕심도
없나이다. 콜록콜록……" 208)

"……그렇다면 더 쉬운 말로 설명을 하지…… 가령, 말이야…… 저 풍
장이 영감의 기침하고 담배연기를 봐라. 네 할아버지의 어둠은 저 풍장이
영감이 피를 토하면서 하곤 하는 기침하고 같고, 장차 나아갈 길은 저 풍장
이 영감이 뿜어내는 담배연기가 날아가는 허공으로 승화를 해버리는 거야!
형체도 없이……" 209)

---

207) 한승원, 앞의 책, 129쪽
208) 한승원, 앞의 책, 74쪽
209) 한승원, 앞의 책, 79쪽

"그래 저 박 의원이 눈을 감고 있는 것도 그와 똑같아. 콜록콜록 으음,
으음, 무슨 깊은 내막이 있는 것이라고 음 으흠, 콜록콜록……" 210)

어둠이 빛이고 빛이 곧 어둠이라는 이러한 인식은 불교의 공(空)사상을
떠올리게 한다. 어둠은 빛을 필요로 하고, 그 빛이 다하면 어둠이 될 것이라는
일종의 사물들 간의 끊임없는 관계에 대한 불교적인 해석인 이러한 공사상은 실
은 심층생태론에서 주장하는 모든 사물들은 연관되어 있다는 주장과 일맥상통한
다. 그러므로 이러한 견지에 서게 되면 풍장이 영감처럼 사물에 대한 집착에서
벗어나 주변의 것들과 조화와 화해를 모색하게 되는 것이다.

이러한 의식은 풍장이 영감이 윤호와는 다른 어둠에 대한 인식을 지니고 있음
을 통해 확인할 수 있다. 즉 윤호는 지난날 박주철이 저지른 온갖 악행이 현재
그를 어둠 속으로 몰고 갔으며 앞으로 그가 맞게 될 죽음만이 이러한 그의 죄를
승화시킬 수 있는 유일한 수단이라고 인식하고 있다. 이에 비해 풍장이 영감은
박주철의 어둠의 상태가 자신이 바다에 앉아서 열반에 들게 해달라는 의식과 동
일한 것임을 강조함으로써 박주철의 현재의 어둠은 자신을 반성하고 각성하는
과정이라 받아들이고 있다.

또한 풍장이 영감의 인식은 궁극적으로 박주철이 깨어나 자신의 과거를 반성
하고 자신이 어둠 속에서 겪은 축생 지옥을 상기하면서 과거의 자신을 버리고
새로운 의식을 견지하는 모습으로 확대된다. 아울러 이 두 인물은 인간의 이기적
인 탐욕의 모습을 축생 지옥이라는 공간으로 인식하여, 스스로 무욕의 상태에 듦
으로써 자연과 가까운 모습을 견지하려 하고 있다. 이러한 모습은 이 인물들이
'자아실현'의 상태를 추구하는 모습으로서 현실의 지옥과도 같은 생태위기를 극복

---

210) 한승원, 앞의 책, 80쪽

할 수 있는 유일한 대안은 자연의 상태로 회귀하는 것이며 인간의 파괴적이고 탐욕적인 상태에서 벗어나는 것임을 암시하는 것이다.

> "나도 그런 늑대가 돼가지고 눈보라치는 광막한 들판과 가시투성이인 마른숲이 무성한 계곡에서 주린 배를 채우기 위해 뛰어다녔다. 그 산야에는 얼어죽은 사람이나 짐승의 시체가 여남은 구씩 뒹굴고 있었지. 미치고 굶주린 우리 늑대들이 그것을 먹기 위해 으르렁거리고 서로 더 많이 먹으려고 상대를 물어뜯고 피를 흘리면서 싸우는 거야. 물려서 귀가 찢어지고 콧등과 눈두덩에서 피가 줄줄 흐르고, 목줄기와 다리는 부러지고 꺾여지고, 창자가 기어나오고…… 그런데 상대를 물리치고 냉동실에서 막 꺼내놓은 동태같이 꽁꽁 얼어있는 그 시체를 차지하고 이빨로 한쪽 모서리를 겨우겨우 물어뜯어 씹어댄다 할지라도 목구멍으로 삼킬 수가 없어. 목줄이 바늘귀만큼 가늘기 때문에…… 축생지옥에 막 들어설 때, 염라대왕이 지옥의 전문 의료진들을 동원해서 그와 같이 목구멍을 바늘구멍만하게 개조해놓게 했기 때문에." 211)

이처럼 스스로 목숨을 끊으려 해도 끊을 수 없고, 병들어 죽지도 않고, 허기를 채울 수도 없으며 이러한 것들과 끊임없이 싸워야 하는 곳이 바로 축생 지옥이었다. 이러한 체험을 통해 박주철은 과거의 자신에 대해 참회하기 시작한다. 아울러 그는 참회하지 않는 자는 반드시 이러한 지옥으로 떨어지게 될 것임을 알리기 위해 다시 깨어나게 되었음을 강조한다. 다소 신비주의적인 면모가 느껴지는 이러한 박주철의 체험은 풍장이 영감에게는 확신으로 다가온다.

> "음 음, 나도 죽은 다음에는 내 조카들보고 화장을 시켜달라고 해야겠다. 그렇지만 이 명당자리를 놓치지는 않을 것이다. 뼛가루를 이리로 가지고 와서 바로 이 자리에다가 뿌려 달라고 해야겠다. 그러면 내 뼛가루들은

---

211) 한승원, 앞의 책, 228-229쪽

이 자리에서 움터나는 민들레풀 뿌리 속으로 들어가거나, 들판의 오랑캐풀 민들레풀 개망초 물봉숭아풀 미나리아재비풀 속으로 들어가 꽃으로 피어나고,……그래가지고, 한밤중에 혼자서 바다 수면 위로 은물을 뿌리며 떠오르는 달도 보고 별들도 보고 아침 안개도 보고 아침 노을 저녁 노을도 보면서 다음 또 한 세상을 영원히 영원히 살 것이다.” [212]

자신의 뼛가루가 들판의 민들레나 오랑캐꽃으로 피어나고 바다위에서 달과 별 그리고 여명과 노을과 영원히 함께 하리라는 풍장이 영감의 의식은 완벽한 ‘자아실현’의 경지를 확인하게 해준다. 아울러 이러한 자연과 하나가 되는 것만이 현재의 생태위기에 대한 참회의 한 방법으로서 이 자체가 현 상태의 유일한 극복대안임을 암시하고 있는 것이다. 이러한 작가의 암시는 박주철 영감을 통해 제시되는데 그는 이렇듯 자연과 하나가 되기 위한 방법의 하나로서 ‘요가’를 제시한다.

“(내가 말하는 요가는 ‘하나’가 되는 것이다.) 내가 가르쳐주는 요가를 배우고 나면 이 농장땅의 문제도 저절로 풀리게 될 것이다. 우주적인 근원은 시간을 가지고 모든 것을 파멸시킨다. 그 우주적인 근원의 힘을 알고 그것과 하나가 되는 것을 요가라고 한다. 그 속에서는 즐거움과 괴로움이 하나인 것이고, 장미꽃과 시궁창이 하나인 것이고, 흙과 돌과 금덩이가 하나인 것이다. 기쁨과 슬픔과 언짢음이 하나이고, 비난과 칭찬이라는 것도 하나이고 전쟁터에서 만난 적군과 아군이 하나인 것이다. 그것들이 하나임을 아는 사람은 우주적인 근원에 도달한 사람이다. 거기에 도달하려면 모든 욕망으로부터 벗어나고 집착으로부터 자유로워지고 자기 다스림의 힘을 짱짱하게 얻게 된다.” [213]

박주철이 제시하고 있는 ‘요가’는 우주의 근원적인 힘을 알고 그것과 하나가 되는

---

212) 한승원, 앞의 책, 236-237쪽
213) 한승원, 앞의 책, 235쪽

것이다. 즉 기쁨과 슬픔, 비난과 칭찬, 적군과 아군 이러한 상극적인 것들이 실은 우주의 근원적인 질서 속에서는 하나로 연결되어 있다는 것이다. 그리고 이것을 깨닫게 되는 순간 우주의 근원에 도달하게 되는데 이러한 경지에 도달하도록 하는 것이 요가라는 것이다. 아울러 이러한 경지에 도달하게 되면 욕망과 집착의 덫에서 벗어나 자유로운 상태에 도달할 수 있다는 것이다. 결국 박주철의 이러한 인식은 전술한 풍장이 영감의 '자아실현'의 상태와 동일한 양태이다. 그리고 이러한 인식의 근저에는 '생명평등사상'에 입각한 우주의 질서에 대해 근본적으로 하나라고 인식하고 있는 심층생태론의 핵심적인 주장이 그 바탕이 되고 있다.

박주철의 이러한 각성의 계기는 전술한 바 축생 지옥의 체험에 기인한다. 그러나 그가 암흑의 세계에서 현실로 돌아온 계기는 그 지옥에서 만난 관음보살이 이승의 자식들에게 이러한 지옥의 모습을 알리라는 명령에 의해서이다. 그리고 그는 이러한 현실을 자식들과 풍장이 영감에게 알리고 다시 죽음의 세계로 돌아간다. 결국 작가는 이러한 박주철의 모습을 통해 현실의 생태위기의 심각성에 대한 경고와 이러한 현실에 대해 반성하지 않고 극복하려 하지 않는다면 축생지옥의 고통을 면할 수 없다는 엄중한 질책의 메시지를 전달하고 있다. 나아가 이러한 위기의 극복은 풍장이 영감과 박주철이 견지하고 있는 '생명의 평등성'에 입각한 '자아실현'의 모습을 통해서 가능함을 강조하고 있는 것이다.[214]

그러므로 《연꽃 바다》는 박주철의 농장을 둘러싼 파괴적인 현실의 모습을 자연계의 모습과 인간 세계의 모습을 다성적 목소리를 통해 제시함으로써 인간의 욕망의 극치를 확인하고 아울러 생태위기의 심각성을 환기시키고 있다. 또한 이

---

214) 이러한 인물들의 다성적인 목소리들을 네스가 제시한 에코소피 T(Ecosophy T)에 입각해 살펴보면 다음과 같다. 205쪽 [표1] 참조.
Devall & Sessions, Deep Ecology: Living as if Nature Mattered, Gibbs Smith publisher, 1985, 227쪽.

러한 위기의 극복 대안을 '생명의 평등성에 입각한 자아실현이 의지' 라는 심층생
태론의 본질적인 견지를 통해 형상화하는데 성공한 작품이라 평가할 수 있다.

한편 최인석의 〈지리산에 저 바다〉는 지리산이 관광지로 개발되면서 우후
죽순격으로 생기는 여관 건설 현장의 인부들을 둘러싼 욕망과 이로 인해 파괴되

[표 1]

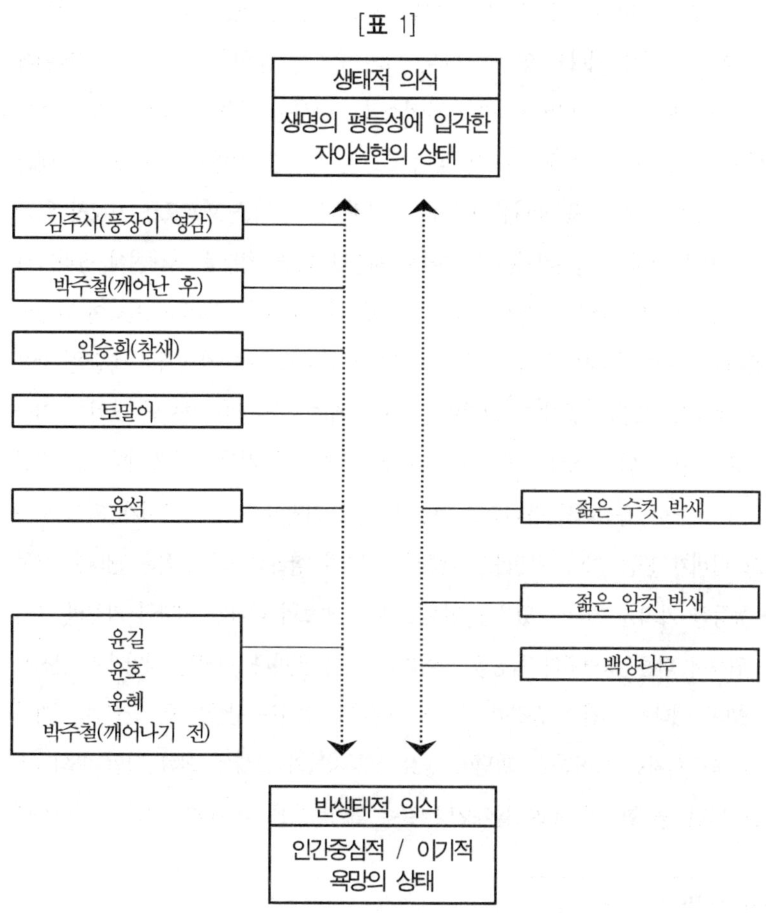

어가는 인간의 윤리의식을 냉철한 시각으로 포착하고 있는 작품이다. 특히 등장 인물들이 대부분 공사판의 일용노동자로서 기득권을 가진 자들에 대한 불만과 질시로 가득찬 모습을 지니고 있다. 그러나 이러한 인물들과는 달리 자신에게 주어진 일을 성실하게 처리해가는 유일한 인물이 있다. 그는 심만덕으로 다른 노동자들에게는 눈에 가시와도 같은 존재이다. 그것은 그가 지나치게 성실히 일을 하는데다가 다른 노동자들과는 어울리지조차 않기 때문이다. 이러한 만덕은 실은 아픈 상처를 지니고 있는 자이다. 그의 유일한 혈육인 할아버지는 만덕에게 늘 '사람이야 말로 세상에서 가장 끔찍스럽고 무서운 짐승' 이라며 세상은 벌써 망했음을 강조하면서 이곳 지리산 꼭대기로 온 이유를 설명하곤 하였다. '배울 것 하나 없는 세상' 을 떠나온 만덕의 할아버지는 만덕을 학교조차 보내지 않았 다. 하지만 만덕의 할아버지는 만덕에게 시간만 나면 천왕봉 꼭대기에 올라가서 는 '배부른 것이 게으른 것이 모두 죄' 임을 강조하면서 '사람의 목숨이 남들의 죽음이다' 라고 가르쳤다. 즉 인간들이 자신이 살자고 다른 생명체의 목숨을 앗아 가는 현실을 꼬집는 말이다. 그러면서 할아버지는 '사람이 죽으면 흙이 되지만 숨결은 바람이 되는 거다. 저그 부는 바람, 저것이 다 사람의 숨결이다. 그 숨결 이, 그 바람이 움직여서 풀이되고 약초가 되고 더덕이 되고 풍뎅이가 되고 새가 되고 나비가 되는 거다' 215)라고 말한다. 이러한 할아버지의 인식은 생명은 모두 가 동등한 가치를 지니고 있음을 전제로 하고 있으며 나아가 인간이 자신의 생명 을 위해서 다른 생명체의 목숨을 앗아가는 것이 얼마나 비정한 것인가를 암시하 고 있다. 게다가 인간의 숨결이 자연과 소통하고 있다는 발상은 곧 만덕의 '자아 실현' 의 의지로 이어진다. 만덕이 동료 노동자들의 모함에 의해 살인 용의자로 취조 받던 중 혐의가 풀려 돌아오던 길에 할아버지를 떠올리며 올라간 반야봉에

____

215) 최인석, 앞의 책, 155쪽

서 '그의 온몸을 새로운 기운으로 채우는, 이제까지의 고통과 절망감을 잠재우는 힘'을 얻게 된다.

> 그는 바위에 걸터 앉았다. 저 어둠과 바람에 몸을 실으면 갈 수 있을까. 그는 순간 두 팔을 한껏 벌리고 뛰어내리면 그가 구름 바다 위를 날 수 있을 것 같다는 생각이 들었다. 저 어둠과 바람을 향해 몸을 날리기만 하면, 그렇게만 하면…… 그는 주머니에서 오이를 꺼내 우적우적 씹기 시작했다.[216]

억울한 누명을 쓰고 절망에 빠졌던 그가 자연 속에서 재생의 힘을 얻는 장면이다. 오이를 씹는 그의 모습은 바로 재생에의 의지를 의미하며 나아가 자아실현의 의지를 내포하고 있다. 특히 이전에 할아버지와 함께 천왕봉에 올랐을 때 더덕한 뿌리와 고구마를 그에게 내밀며 '천천히 씹어라. 더덕 한 줄거리 씹고 고구마 한 입 묵고, 오이로는 나중에 입가심하고'[217] 라며 말하던 기억을 떠올리는 장면은 만덕이 할아버지의 가르침에 따라 자아실현의 의지를 확고히 하고 있음을 알 수 있다. 즉 자연의 섭리에 따라 더덕과 고구마를 먼저 먹고, 나중에 신선한 오이를 씹으라는 할아버지의 충고는 만덕에게 자연 속에서 그 섭리에 따라 살아가는 자신의 삶에 대한 확신을 지니게 하는 것으로 작용한다.

이렇듯 《연꽃바다》, 〈별들의 냄새〉 그리고 〈지리산에 저 바다〉에는 각각 자연의 섭리를 따르며 현실의 억압과 모순을 극복하려는 의지를 지닌 인물들을 설정함으로써 '자아실현'의 의지를 공고히 하여 심층생태론적인 입지를 부각시키는 데 성공하고 있다. 나아가 각 작품에서 공통적으로 획득하고 있는 이러한 '자아실현'의 의지야 말로 생태위기의 한 대안으로 충분히 그 명분을 획득하고 있다.

---

216) 최인석, 앞의 책, 160쪽
217) 최인석, 앞의 책, 160쪽

Ⅳ. 생태위기에 대한 원인의 성찰과 극복의지의 발현

1. 타자화된 인간의 욕망과 위계화된 권력의 횡포

서구 중심의 근대화가 시작된 이래 산업화가 진행되는 과정에서 인간은 물질이 정신을 지배하는 물질 만능주의 사회에 직면하게 되었다. 물질의 양에 따라 삶의 질이 달라지며 심지어는 오랜 계급적 질서까지도 물질만 있으면 얼마든지 바꿀 수 있는 사회가 도래하게 된 것이다. 가문의 혈통이나 명분보다는 오히려 소유한 물질의 양이 신분의 상하 질서를 나누는 기준이 되기도 하였다. 뿐만 아니라 정의와 질서도 물질에 따라 달라지는 사회가 대두되었다. 특히 이 과정에서 지배 계급으로서의 자본가와 피지배 계급으로서의 노동자 사이의 계급 분화가 이루어졌고, 이렇게 분화된 계급은 시간을 거듭하면서 고착화되기에 이르렀다. 그리고 지배 계급은 자신의 기득권을 유지함으로써 더 많은 물질적 부를 축적하려고 피지배 계급을 억압하고 착취하게 되었고, 이 과정에서 착취와 억압으로 피폐화된 피지배 계급은 이러한 불균형한 현실을 바로 잡으려 안간힘을 쓰게 되었다. 결국 이들 간의 알력과 대립은 지속적으로 사회의 갈등을 증폭시켜서 궁극적으로는 거대 조직으로서의 사회가 그 구성원으로서의 개인을 억압하고 구속하기에 이르렀다. 그리고 이러한 갈등은 끊임없이 자신의 욕망을 추구하여 인간 스스로 같은 인간을 지배하기에 이르고, 나아가 이러한 개인들을 억압하고 구속하는 사회의 가학적이고 폭력적인 양상을 초래하게 하였다.

사실 산업 사회 이전에도 인간에 대한 지배 관계는 분명 존재하였으며, 위계적인 질서와 신분의 계급화가 오히려 강화되었던 것은 분명하다. 그러나 산업 사회 이전의 이러한 위계적 질서와 계급의 분화는 공동체 사회를 지탱하는 중요한 질서로서 작용하였으며, 계급 상호간의 역할 분담이 비교적 확실하여서 어떠한 공동체도 대단한 결속력을 유지할 수 있도록 하였다.

반면 산업화 이후의 '인간에 대한 인간의 지배'는 실로 그 수위가 높아 갔으며, 이기적 본성과 맞닿은 지배욕은 공동체 구성원들을 모두 해체시키고 결국은 공동체 자체를 파괴하기에 이른다. 그리고 인간에 대한 지배적인 위치에 서게 된 국가, 지배 계급, 우월적 인식에 빠진 인종(race)들은 인간에 대한 지배를 넘어서서 자연에 대한 지배까지 자행하게 되었다. 그리하여 국토의 마구잡이식 개발, 대기업을 중심으로 한 기업의 비윤리적인 환경 정신, 나아가 과학 기술에 대한 맹신 등이 자연에 대한 인간의 지배를 확고히 하기에 이른 것이다. 그 결과 인류는 지향점을 상실한 채 물질적 풍요만을 추구하게 되었고, 이 과정에서 끝없는 욕망으로 인해 스스로에 대한 지배와 파괴적인 사회의 현실과 직면하게 되었던 것이다.

그리고 이러한 인류의 모습에 대해 심각한 생태위기의 현실을 감지한 머레이 북친에 의해 사회생태론이 대두하였다.[218] 즉 이러한 사회적 갈등과 혼란은 인

---

218) M. Bookchin, The Philosophy of Social Ecology, Montreal: Black Rose Books, 1990.

간의 인간에 대한 지배가 인간의 자연에 대한 지배보다 선행하였음을 강조하면
서 인간들 사이의 지배적인 태도와 위계적인 관계를 청산하는 것만이 생태사회
로 가는 지름길임을 북친은 강조하였다.[219] 본장에서는 이러한 북친의 생태론
적인 시각의 전제가 되고 있는 인간 스스로의 욕망으로 인해 피폐해진 현실과
이러한 욕망이 인간의 인간에 대한 지배를 자행하고 나아가 파괴적인 사회가 개
인을 억압하고 있는 현실의 문제가 생태위기의 원인이 되고 있는 모습을 살펴보
고자 한다.

1.1. 타자화된 인간의 욕망

르네 지라르(Rene Girard)는 현대인의 욕망을 반영한 소설 작품을 삼각형의

219) 생태사회에 대한 구체적 모습은 랄프 메츠너에 의해 아래의 표와 같이 항목별로 정리될
수 있다. 김용민, 『생태문학-대안사회를 위한 꿈』, 73쪽

	산업 사회의 패러다임	생태 사회의 패러다임
자연과학에서의 세계상	기계론적 세계관 우주를 기계로 이해 지구는 생명 없는 물질 생명은 화학적 우연의 산물 결정론 단선적 인과율 원자론	유기체적 세계관 우주를 발전하고 변화하는 것으로 이해 지구는 거대한 생명체(가이아론) 생명은 스스로 창조적인 존재 상호 연관 관계 단선적 움직임이 아닌 혼돈의 관계 전일적 세계상 / 체계론
인간의 역할	자연 정복 자연 지배 개인주의 오만한 태도 지구 관리	자연에 동참 자연과의 공동 발전, 공생 관계 자아 확대 성찰과 창의성 생태학적 보살핌
자연에 대한 태도	자연을 생활에 필요한 도구로 봄 자연 착취 인간중심주의 자연을 단지 유용성의 가치로 판단	생물체의 다양성 유지 생태계 보호 생물중심주의 자연은 그 자체로 가치를 지닌다
땅에 대한 관계	영토의 개념 땅의 이용과 소유	생물지역주의 땅의 윤리와 거주 공간
사회적 가치	성차별 가부장제 인종주의 위계 질서	생태페미니즘 동반자 관계 차이를 인정하고 존중 평등주의

구조로 분석하면서 소설의 주인공이 지니고 있는 욕망의 왜곡과 그 비정한 속성을 설명한 바 있다.[220] 이로써 그는 시장경제체제사회 속에서 개인은 그 욕망마저 자연발생적인 것이 아니라 중개자에 의해 암시된 욕망을 소유하게 되었음을 제시한 셈이 되었으며 욕망의 구조와 주인공을 태어나게 한 사회의 경제구조 사이의 구조적인 동질성을 발견하게 하는데 기여한다. 그리고 이때 중개자에 의해 전달되는 과정을 레비나스(E.Levinas)는 타자화된 욕망의 전달과정이라 부른다.[221] 다시 말해 주체가 세계에 대해 직접 관여하고 욕망하는 것이 아니라 중개자에 의하거나 사회구조 혹은 잠재되어 있는 각종 주변의 배경들에 의해 영향을 받은 주체가 더 이상 본연의 모습은 상실되고 전술한 바처럼 매개되고 타자화된 욕망을 갈망하게 된다는 것이다.

한편 사회생태론에서는 바로 이러한 타자화된 욕망이 생태위기의 원인으로 작용하고 있다고 간주한다.[222] 특히 북친은 현대의 시장경제 속의 원칙들이 성장과

---

220) 르네 지라르, 김치수·송의경 옮김, 『낭만적 거짓과 소설적 진실』, 한길사, 2001.
221) 이때 '타자' 라는 개념을 레비나스는 '형이상학적 욕망' 이라고도 부르는데 이것은 나와 전혀 다른 자, 내가 어떤 방식으로도 규정할 수 없는 무한자에게로 가고자하는 태도를 일컫는다. 즉 주체가 아닌 다른 자의 삶을 갈망하거나 절대적으로 나와 다른 자에게로 가는 초월의 가능성을 숙고한다는 것이다.
   서동욱, 「주체의 근본구조와 타자」, 『차이와 타자』, 문학과 지성사 , 2003, 140-146쪽
   아울러 이러한 '타자' 에 대한 관심은 들뢰즈(G. Deleuze)에게로 이어져서 시간과 공간 속에서 타자를 인식하게 됨으로써 서술 주체가 얻게 되는 효과에 대해 집중적으로 논의된다. "대상의 어떤 부분을 내가 볼 수 없는 경우가 잇다. 이때 나는 이 부분이 나에게는 안보이지만, 동시에 타자에게는 보이는 부분으로 여긴다. 그 결과 애가 대상의 숨은 부분에 도달하려고 할 때 , 나는 대상 뒤에 있는 타자와 결합하고 , 그리하여 이미 예측했던 전체화를 할 수 있다." 는 들뢰즈의 주장은 타자를 인식한 것으로서 대상을 인식함에 있어서 타자의 역할에 대해 설명하고 있는 것이다.
   서동욱, 앞의 책, 146-153쪽
   또한 라깡도 '타자의 욕망' 에 대해 언급한 바 있는데 이는 타인에 의해 형성되고 주조된 욕망을 가르킨다.
   라깡, 권택영 엮음, 『욕망이론』, 문예출판사, 1994, 25쪽
222) M. Bookchin, 앞의 책, 110쪽

이기주의의 한계를 설정하지 않아서 끊임없이 인간의 욕망을 부추기고 있음을 지적하고 있다. 그래서 '난폭한 개인주의'가 사회 진보의 일차적 동기를 제공하고, '경쟁'은 사회를 발전시키는 동력으로 작용하고 있다는 것이다.

욕망적 존재로서의 인간이 타자화된 자신의 욕망을 추구하는 과정에서 만나는 생태위기의 현실과 이로 인한 인간들 사이의 단절의 모습을 담고 있는 작품으로 남정현의 〈핵반응〉(1988),[223] 한정희의 〈불타는 폐선〉(1989),[224] 그리고 김이태의 〈식성〉(1997),[225] 최인석의 〈지리산에 저 바다〉(1997), 한승원의 〈황소개구리〉(1997)[226]가 있다. 이들 작품들은 모두 한결 같이 빗나간 인간의 욕망을 제시하고 있는데 이것은 작가들이 이러한 욕망이 바로 지나친 경쟁으로 인한 생태위기의 현실의 원인으로 보고 이로 인해 소외되어 가는 개인들의 모습을 생태위기의 가장 핵심적인 요소로 담지하고 있기 때문이다.

남정현의 〈핵반응〉은 '반공'을 평생의 입지조건으로 삼아온 인물인 허허선생의 허욕과 야망으로 가득 찬 일생의 부조리한 삶의 모습을 그의 아들인 '나'의 냉소적인 시각으로 바라보는 다소 희화된 에피소드의 형식을 지니고 있는 작품이다. 작품의 내용은 절대 권력과 부를 소유하고 있는 허허선생이 어느 날 드디어 핵무기를 소유하게 되었다고 파티를 연 지 얼마 되지 않아 반미 시위가 열리고 그리고 그 시위를 보도하는 뉴스 프로를 시청하던 중 쓰러지게 되지만, '나'가 그들이 "핵무기를 철폐하려고 한다"고 하자 갑자기 의식을 되찾고 '나'의 얼굴을 강타한다는 이야기이다. 어찌 보면 생태의식을 담고 있다기보다는 일생을 '반공'이라는 이데올로기 속에서 자신만의 안위와 영달을 구축한 인물에 대한 비판적 회

---

223) 남정현, 〈핵반응〉, 《창작과 비평 88년 가을호》, 창작과 비평사, 1988.
224) 한정희, 〈불타는 폐선〉, 《도요새에 관한 명상-녹색 환경소설집》, 문예산책, 1995.
225) 김이태, 〈식성〉, 《환경위기와 생태학적 상상력》, 실천 문학사, 1999.
226) 한승원, 〈황소개구리〉, 《검은 댕기 두루미-한승원 중단편전집6》, 문이당, 1999.

화에 가깝다고 볼 수도 있는 작품이다.

그러나 이 작품에서 허허선생의 일생은 탐욕으로 일관되어 있을 뿐 아니라, 그가 승승장구하며 권력과 부를 차지하는 과정에서 보이는 경쟁적인 사회의 분위기야말로 북친식으로 말하자면 '위계(hierarchy)' [227]적인 현실의 모습으로서 생태위기의 근본적인 원인이 되는 것이다. 뿐만 아니라 허허선생이 자신의 건강을 유지하기 위해 두고 있는 주치의들의 과잉 경쟁은 오늘날의 사회 속의 분화되고 위계화된 질서 속의 개인들의 모습을 반영하고 있는 것이기도 하다.

　　　꼭 불난 집 같았다.
　　　불길을 보고 모두들 평시에 제가 간직해둔 보물의 안부를 확인하려는 기세로 한시바삐 그들은 콩팥의 그리고 염통의 기능을 체크해봐야겠다고 서두르던 것이다. 그리고 그들은 일제히 비박을 향해 삿대질을 하며 공박하는 것이었다. 그때 그들의 공박내용을 한마디로 요약하면 도대체 너만 살면 제일이냐던 것이다. 즉 남이 담당한 다른 기관이야 어찌되었든 너의 관할인 목구멍만 성하면 그만이냐는 것이었다. 딱한 일이었다. 그렇다고 비박이 계속 궁지에만 몰려 있진 않았다. 그는 사태를 이대로 계속 방치해 두었다간 결국 자기만이 손해를 볼 수밖에 없는 그런 어떤 수습할 수 없는 파국과 충돌하게 될 것이 뻔하다고 판단했음인가, 돌연 그는 감연히 자리를 박차고 일어서듯 힘찬 어조로 반박하던 것이다. 적반하장도 유분수지 도대체 당신들의 처사는 어떤데 감히 누굴 나무라느냐는 것이었다. 폐일언하고 언제 한 번 당신들은 남이 담당한 남의 기관에 다소나마 신경을 써준 일이 있느냐던 것이다. 솔직하게 말해서 당신들의 그 무분별한 약물투여로 말미암아 내가 담당한 허허선생의 목구멍에 누를 끼친 일이 어디 한두 번이냐는 것이었다. 그런즉 이제 나도 무슨 짓을 해서든 내가 책임진 목구멍

---

227) 위계란 최소한 두 집단, 즉 피지배 집단과 그 집단에 대해 권력을 행사하는 지배 집단의 존재를 함축하는 것이다. 그래서 우월한 집단이 열등한 집단에게 복종을 명령하게 되는데 이러한 질서에 의해 우월한 집단은 자신들의 의도대로 열등한 집단을 조작할 수 잇게 되고, 열등한 집단은 자신의 참된 목적을 추구하는 것을 방해받게 되는 것이다.
J. R. 데자르뎅, 앞의 책, 327쪽

의 안전만은 끝까지 사수할 생각이니 그리 알아 달라면서 그는 갑자기 두
주먹을 불끈 쥐곤
　　"자, 덤빌 테면 덤벼봐."
　　하고, 다부지게 임전태세를 갖추던 것이 아닌가. 228)

　　최근 허허선생의 목의 염증을 치료하기 위해 '비박' 이 새로 개발된 약간의 항
생제를 투여한 것에 대해 다른 부위를 담당하고 있는 주치의들이 공박하는 장면
이다. 자신만 살겠다고 남이 담당한 기관에 대한 영향관계는 고려하지 않고, 상의
도 없이 항생제를 투여한 행위에 대한 비난인 것이다. 이에 대해 '비박' 역시 다른
주치의들의 이기적인 양태를 비난하면서 자신은 이제 허허선생의 목의 안전만을
책임지면 그만이라는 태도를 보이며 자신을 방어하고 있다. 이것이야말로 북친이
제시하고 있는 생존 경쟁의 현실인 것이다. 북친은 이러한 생존 경쟁의 상태에서
벗어나 서로가 서로의 존재를 이해하고 그 가치를 존중함으로써 '공생' 할 수 있음
을 강조한 바 있다. 229) 그런데 본문에서 보이는 허허선생의 주치의들의 모습은
모두 각자의 임무를 최상으로 수행하고자 하는 과욕으로 인해 서로가 서로를 적
대시하는 관계에 빠져버리고 만다. 이것이야말로 빗나간 인간의 욕망의 결과로서
인간 스스로가 자신을 파괴하는 현실로써 사회생태론적 견지에서 가장 문제시
되는 것이다.
　　또한 이러한 빗나간 인간의 욕망의 모습은 허허선생 자신에게서 보다
구체적으로 나타난다.

---

228) 남정현, 앞의 책, 347-348쪽
229) 북친은 자연에서 나타나는 여러 가지 갈등은 자연 속의 유기체들의 상호 협력, 즉 공생
　　에 의해 극복 가능함을 강조하면서 '최상의 적자' 는 생존하기 위해 다른 유기체들과 서
　　로 유기적인 도움을 주고받을 수 있는 종임을 명시하고 있다.
　　M. Bookchin, 앞의 책, 118-119쪽

핵무기.

그렇다.

그는 그때 분명히 핵무기를 은연중 자신의 수호신으로 내세움으로써 나의 기를 꺾어놓으려 들었다고 봐야 한다. 그는 이제 자기는 온 인류의 공포의 대상인 그 핵무기의 직접적인 호위를 받게 된 몸이라, 이젠 그 누구의 공격에도 자신의 지위는 요지부동하게 되었은즉, 너도 이제 부친에 대한 반발적인 책동은 지금부터 아예 단념하는 편이 너의 신상에 좋을 것이란 투의 그런 협박적인 분위기가 그날의 축제의 밑바닥엔 은은히 깔려 있었다고 보아야 하니까 말이다. 그렇지 않았다면 그가 그렇게 공공연히 '핵'에 대한 정보를 누설할 수가 없었을 것이다. 정말 그때 그가 말한 대로 이 땅에 핵무기가 진을 치고 있는지 어쩐지는 아직까지도 자세히 알 수 없지만, 좌우간 이 땅에 핵무기가 첫 발을 내디뎠다는 그 첫 정보에 접한 듯한 허허선생 일행의 첫 반응은 실로 핵의 폭발력에나 비길 정도로 폭발적인 축제무드였다. 세상에 원, 자타가 공인하는 일국의 요인들 체신에 그렇게도 기뻐 날뛸 수가 있단 말인가. 그것은 아무래도 한 인간이 감당할 수 있는 기쁨의 분량을 훨씬 초과한 그런 어떤 드넓은 기쁨의 바다 속에 푹 빠져버린 사람들 같았다. 그 중에서도 특히 허허선생은 제정신이 아니었다. 기쁨에 취한 그의 의식은 이미 지상을 떠나 천상의 어느 황홀경에서 붕붕 부유하는 느낌이었다.[230)]

허허선생의 장남인 '나'가 허허선생의 허상에 대해 늘 비판을 일삼는 것이 맘에 걸렸던 허허선생은 자신의 탐욕의 끝을 핵무기를 소유하는 것으로 설정하고 이제 자신이 이루어 놓은 많은 것들을 이 핵무기가 보호해 줄 것이라는 벅찬 기대를 보이고 있는 장면이다. '핵'이 자신의 안위를 보장하는 가장 확실한 물건이라는 인식은 허허선생뿐 아니라 정부 요인들 모두의 생각이기도 하다. 그리고 이러한 모습이야말로 탐욕적인 인간의 실체를 고스란히 반영하고 있는 것이다. 바로 이

---

230) 남정현, 앞의 책, 351-352쪽

러한 허허선생의 욕망이야말로 스스로가 갈망하는 것이 아니라 시대와 사회가 요구하는 하나의 허상으로서의 욕망이다. 과연 정부요인과 허허선생이 얻고자 했던 핵무기가 그들의 안전을 보장해 줄지는 아무도 알 수 없는 것이며, 핵무기의 절대성 자체도 미국에 의해 조성된 하나의 신기루와도 같은 허상에 불과한 것이다.

이렇듯 불완전한 허허선생의 타자화된 욕망은 반미시위라는 예기치 못한 상황과 직면하게 된다. 그리고 너무나 위협적인 이 시위로 인해 그는 의식까지 잃고 만다. 다소 과장된 설정이기는 하지만 평생의 '반공' 이데올로기 덕으로 살아 온 허허선생에게 미국은 오늘날의 부와 권력을 가져다 준 수호 천사였다. 그러한 그에게 미군 축출을 요구하는 반미 시위는 커다란 충격이 아닐 수 없었던 것이다. 그리하여 기절까지 한 허허선생의 모습은 다소 과장된 희화로 느껴지기도 하지만, 그 이면에 인간의 끊임없는 욕망 추구에 대한 본능을 감지하게 한다. 즉 자신이 이루어 놓은 것들을 송두리째 빼앗길 지도 모른다는 위협적인 현실이 그를 기절하도록 한 것이다. 이것은 그가 얼마나 자신의 현재의 상태에 집착하고 있는지를 보여주고 있는 부분이다.

아울러 이러한 그에게 '나' 는 반핵운동이 진행 중이라고 엄포를 놓는다. 이러한 '나' 의 행동은 허허선생의 과욕이 그의 삶을 지탱하는 중요한 근간이라는 것을 알기 때문에 가능한 것이다. 그리하여 '나' 는 반미시위에 대해 충격으로 의식을 잃은 허허선생이지만, 그의 욕망의 핵심인 핵무기까지 사라질 것이라는 위협을 일부러 허허선생에게 가하는 것이다. 그리고 '나' 의 이러한 자극은 허허선생의 의식을 되찾는데 기여하게 된다. 이러한 마지막 결말 처리는 허허선생의 욕망의 실체를 그대로 드러내고 있는 부분이다. 즉 반미 시위에 충격으로 쓰러졌을지언정 그가 자신의 욕망의 끝이라 설정해 놓은 핵무기만은 결코 빼앗길 수 없다는 허허선생의 무의식이 그를 깨어나게 함으로써 그의 욕망에 대한 집착을 확인하도록 하고 있는 것이다. 결국 '핵무기'로 설정된 허허선생의 욕망은 그의 삶을 지탱하는 커다란 뿌리로서 끊임없는 욕망에 대한 그의 집착을 대변하고 있는 것이다.[231] 그리고 이 작품에서 허허선생의 이러한 모습은 왜곡된 욕망의 현신으로 형상화됨으로써 생태위기의 주요한 원인으로 설정되고 있다.

한정희의 〈불타는 폐선〉 역시 인간의 거침없는 욕망과 이러한 욕망의 허망한 결말의 모습을 제목에 나타나 있듯이 '불타버린 욕망의 폐선'을 통해 제시하고 있는 작품이다.[232] 주인공 박인원은 점장이 아버지에 대한 부끄러움으로 유년기와 청년기를 보낸 탓에 정상적인 삶에 대한 동경과 탁월한 출세에 대해 남다른 집념을 가진 인물이다. 특히 그는 사십이라는 나이에도 불구하고 자신의 목표를 향해 줄곧 질주하는 자신에 대해 대단한 자긍심까지 지니고 있다. 끝없는 욕망의 추구야말로 살아있는 자신의 모습을 확인할 수 있는 주요 수단이라고 믿고 있을 정도이다.[233]

---

231) 이러한 허허선생의 욕망은 라깡 식으로 이야기 하자면 '보는 것'을 시선(eye)을 통해 바라볼 뿐이지 보여지는 것을 응시(gaze)할 줄 모르기 때문에 나타나는 것이다. 즉 라깡은 보이는 것(실체)의 환상을 인식하고 본질을 깨닫는 상태인 '길들여진 응시'에 이르게 되면 사물에 대한 집착을 버리고 마음을 비우게 될 수 있다고 강조하고 있다.
라깡, 앞의 책, 32-35쪽

232) 한점돌은 부정적인 주인공이 인간성을 회복하는 전환구조를 통하여 작품의 구조적 완결성은 높아지고 있지만, 기업의 오염 유발적 본성은 고스란히 남아 있다는 점에서 추상성을 벗어나지 못한 한계를 안고 있는 작품이라고 평가하였다.
한점돌, 「한국 현대 환경소설의 발전과정 연구」, 국어교육 제108호, 2002, 574쪽

233) 박인원의 이러한 욕망은 라깡이 제시한 '타자의 욕망'이다. 즉 라깡은 〈햄릿〉을 분석하면서 햄릿의 욕망이 한번도 스스로에 의해서 발현된 적이 없음을 주목하면서, 타자의 시간에 머무르며, 타자의 욕망을 추구하는 것이 햄릿의 욕망임을 지적한 바 있다. 그리고 이렇듯 타인에 의해 형성되어 주조된 욕망을 '타자의 욕망'이라 이름하게 되었다. 이 작품에서 박인원의 욕망 역시 자본주의 사회가 주조해 놓은 '출세'와 '성공'이라는 '타자의 욕망'인 것이다.
라깡, 앞의 책, 25-28쪽

이렇듯 도전의식과 야망으로 가득 찬 그에게 회사가 요구한 것은 중화학 공업의 육성의 일환으로서 고철을 수입하라는 것이었다. 그러자 그는 비용 절감이라는 덫에 걸려 부도덕한 일본 기업과 비정상적인 계약을 체결해 버린다. 그럼으로써 젊은 회장에게 단단히 신임은 받게 되지만, 바로 그 계약으로 인해 그는 차츰 파멸의 길을 걷게 된다. 이때 그가 체결한 비정상적인 계약의 내용이란 고철을 싼 가격에 내놓은 그 일본 기업의 중금속 폐기물을 고철과 함께 수입하는 것이었다. 젊은 회장도 이 사실을 알고는 있지만 모든 책임을 박인원이 지겠다고 하자 그 역시 성장 위주의 경영 원칙에 의해 모른 척 해버리고 만다.

이러한 기업주의 모습도 박인원이 추구하는 욕망의 형태와 별반 다를 것이 없다. 즉 산업화가 진척되고 성장 일로의 기업들이 극도의 이윤을 추구하게 되자 이러한 자본주의 원칙이 개인과 기업 모두를 욕망의 끝으로 몰아가고 있는 것이다. 뿐만 아니라 이러한 욕망의 끝은 지나친 경쟁의 현실로 인해 더욱 허망한 상태로 치닫게 된다. 북친이 이미 경고한 바 있는 '위계'에 대한 집착의 결과로 보이는 이러한 박인원과 젊은 회장의 선택은 궁극적으로 스스로의 파괴만을 자초할 뿐인 것이다. 스스로 합리적인 존재로 자처하는 인간의 이러한 '위계'에 대한 집착이 결국은 인간들 스스로 위계질서를 규정지어 인간에 대한 지배와 나아가 자연에 대한 지배를 합리화하는 수단으로 전락하고 만다는 북친의 주장[234]은 박인원의 모습을 통해 면밀하게 제시되고 있다.

> 경직된 윤소장의 태도와는 달리 오십대로 보이는 기사는 한결 여유있고 느긋하게 대답했다.
> "만약에 이대로 비가 오지 않으면 어떻게 할 생각이오?"
> "와주면 좋겠지만 안 와도 할 수 없지 어떡합니까. 내다버리는 수 말고

---

234) M. Bookchin, 앞의 책, 120쪽

다른 방법이 있나요. 나라에서 말하는 법대로라면야 버리면 안되겠지요. 그렇다고 쓰레기 치우는 공장을 몇억씩 들여 세우라는 미친 법 지키는 놈들이 있나요. 그저 야밤에 으슥한 데다가 쏟아버리고 나 몰라라 도망와야지 이 엄청난 것들을 어떻게 안 보이게 파묻고 한답니까. 파묻으면 좋기야 하지만 누가 봐서 관청에 알리기라도 하는 날에는 고발당하고 붙들려 가고 끝장나는 거죠. 그저 요란하게 비가 올 때 오가는 사람도 없고 빗물에 패인 무른 땅에 쏟아버리면 반은 묻히고 반은 떠내려 가버리고 해서 그만이죠. 그래서 비를 기다리지만 안 오는 비야 어떡합니까. 적당히 해치우는 수밖엔 없지요." [235]

비밀스러운 중금속 물질 처리에 대해 운반업자와의 관계를 고민하던 박인원은 오히려 업자의 당당한 논지에 안심하기에 이른다. 이제 박인원은 자신의 욕망만 실현된다면 자연 따위가 파괴되거나 말거나 관심조차 없다. 게다가 자신이 지금 자행하고 있는 행위가 불법이라는 사실을 잘 알고는 있지만, 스스로의 욕망을 채우고 자신이 처한 사회에서 지배적인 위치를 잃지 않으려면 다소 자연이 파괴되더라도 아무 문제가 없다는 태도를 견지하고 있다. 그것이 부도덕하다는 것을 알고 있으면서도 일말의 양심적인 가책을 느끼면서도 그러한 행동이 가져올 결과에 대하여 고민하기보다는 우선 이러한 사실이 알려지지 않은 채 자신의 욕망만을 채우면 된다는 그의 생각은 생태위기를 초래하는 가장 심각한 문제 상황을 대변하고 있다.

땅의 생명을 좀먹어들고, 나아가서는 먹이연쇄에 의하여 결국은 인체로 흡수될 수밖에 없다는 중금속의 무서운 문제점을 모르는 것은 아니었으나, 어찌 되었건 일을 해치웠다는 만족감이 그를 적셨다.
박인원! 너 스스로의 연민에 빠지지 말라. 지금의 자리에서 안주하려

---

235) 한정희, 앞의 책, 216쪽

일견 자기 합리화의 다짐을 보이는 박인원의 이러한 내면이야말로 북친이 우
려하는 반생태적인 모습인 것이다. 끝없이 욕망을 추구하고 이 과정에서 나름대
로 위계질서를 정하고 이에 의해 약자를 억압해서라도 자신의 목표만 달성하면
그만이라는 비정하고 뻔뻔스러운 모습을 보이고 있다. 그리고 박인원의 이러한
의식은 주변의 상황에 의해 더욱 확대되기에 이른다. 즉 중공업 육성이라는 중대
한 국가 과제를 실현하고 기업의 경영 이익 확대라는 대의명분을 수행하기 위해
서는 작은 희생쯤은 감수해야 한다는 합리화가 이러한 의식을 더욱 가중시키는
것이다.

하지만 이러한 견강부회(牽强附會)식의 대응은 오히려 참담한 결과를 초래
한다. 폐기물을 옮겨 싣던 노동자가 폐선의 밀폐된 공간에서 발생한 가스에 질식
하는 사고가 발생한 것이다. 이에 따라 은밀히 사고를 처리하던 중 박인원은 지방
신문 기자인 오기자의 집요한 추적과 만나게 된다. 오기자는 이 부두에서 산업
폐기물이 지속적으로 하역되고 있음을 감지하고 기자의 본분을 다해 그 배후를
추적하여 결국 박인원이 몸담은 회사인 국내 굴지의 대기업이 자행하고 있는 국
토에 대한 범죄 행위를 포착하였던 것이다. 이러한 오기자는 박인원과는 달리
출세에 대한 야망에 의해 특종이나 찾아다니는 종류의 기자는 아니었다. 박인원
이 그 특유의 싹싹함과 달변으로 산업 폐기물에 대한 변명을 늘어놓자 그는 거만
한 태도로 이에 대응하는 모습을 보인다.

이제야 쓰레기를 시인하시는군요. 이 나라를 이끌어가는 계층에 속하는

---

236) 한정희, 앞의 책, 220쪽

박이사님 같은 분으로서 부끄러움을 느끼지는 않습니까. 마치 기자는 개인
적인 자기 감정에 치우쳐서 아무것이나 마구잡이로 써대는 것처럼 말씀하
시는데, 대단한 어폐로군요. 아무리 내가 지방 신문의 기자지만 나도 열정
이 있습니다. 발행부수만큼만 계산된 열정으로, 그 만큼만의 계산된 정의
감만으로 만들어진다고 생각하시면 큰 오산입니다. 당신네 재벌그룹들처
럼 꼭 중앙에 거대한 조직을 두고 운영하여야만이 뭔가 대단한 힘이 있을
것이라고 여기겠지만, 외곽에서 자라나는 생명들도 나름의 생존의지가 있
다는 것을 잊으시면 안 됩니다. 지방신문 기자쯤이야, 지방신문쯤이야, 하
는 오만을 거두시지요. 내가 보기에 당신들은 분명히 의도적이었습니다.
그렇지 않고서야 어떻게 수입한 고철더미 속에서 연거푸 폐기물이 섞여
들어옵니까? "237)

　　박인원이 오기자를 '지방 신문 기자쯤이야' 하는 식으로 대하자 오기자가 보이
는 반응이다. 박인원은 전술한 바 현재까지 스스로가 설정한 위계질서에 의해
승승장구하여 현재의 위치까지 오른 자이다. 그로서는 기자라면 서울의 일간지
정도의 기자라야 상대할 가치가 있다고 판단하고 있다. 역시 나름대로 설정해
둔 위계질서에 의해서 말이다. 그리하여 표면적으로는 오기자에 대해 격식을 갖
추지만 내면적으로는 그를 약자로 취급하려는 태도를 보이는 것이다. 이를 감지
한 오기자는 스스로 정의와 진실에 대한 열정을 강조하면서 특히 발행 부수와
진실이 비례한다는 생각을 버리라고 충고까지 한다. 뿐만 아니라 그는 박인원과
같이 생태의식이 없는 자들이 자행한 환경파괴가 궁극적으로는 후손에게까지 그
영향이 미칠 것이라는 사실을 인지하고 있기 때문에 더욱 더 이 산업 폐기물 사건
에 분개하고 있는 것이다.

　　"좋습니다. 그 회사가 얼마나 사회에 대한 책임의식을 갖추고 있고 후대

---

237) 한정희, 앞의 책, 235쪽

까지도 지켜져야 할 대한민국의 땅덩어리에 얼마나 애착이 있는가 하는
표시를 보여 주세요. 지난번에 들어온 쓰레기는 어떻게 처분하셨습니까?
그것들이 이 땅에서 사라질 줄 아십니까. 백 년이 가고 이백 년이 가도
그것들은 소멸되지 않고, 오염만 확대될 것이 뻔한데 왜들 멀리 보지 않습
니까? 일본놈의 새끼들은 저희 땅 깨끗하게 만들어 후손에게 물려주려고
갖은 발악을 하는데, 도대체 우린 뭡니까. 그것도 한다 하는 재벌회사에서
당장의 돈벌이에만 급급해 저지르는 짓이 이 모양이라면 말도 안 됩니다."
238)

　　"당신들 재벌그룹이 저지르는 비리를 결코 덮어둘 수 없습니다. 그것도
남의 쓰레기까지 돈만 된다면 맡아 치우는 파렴치한 행위는 결코 숨게 해
서는 안 되죠. 해방된 지 불과 사십년에, 일본의 쓰레기통으로 다시 자처하
고 드는 그 맥없음을 간과 못합니다. 지긋지긋한 외세에 이젠 그만 놀아나
야 되겠기에 거국적인 운동을 벌여서라도 이젠 한번 인간답게 살아갈 터전
을 찾을 겁니다. 삼천리 금수강산이라는 글자 그대로 금수강산을 만들고
말 겁니다." 239)

이처럼 오기자는 자연에 대한 인간의 갈취가 결국은 비극적인 형태로 인간에
게 되돌아 올 것임을 정확하게 인식하고 있다. 나아가 그는 자신의 땅만 깨끗하면
된다는 식의 일본인 기업가들에게도 분노를 표명한다. 그러나 따지고 보면 이러
한 일본 철강 회사의 태도는 지극히 근시안적인 것에 불과하다. 그들이 기피한
산업 폐기물이 비록 한국에 버려지기는 하였지만 그들이 방기한 그 중금속 물질
이 빗물에 스며들어 바다로 갈 것이고, 그러다 보면 궁극적으로 한국과 인접해
있는 일본 해역도 오염되는 것은 시간문제이기 때문이다. 이러한 일본인 기업가
의 환경에 대한 이기적인 태도로 인해 지구는 점점 오염의 길로 치닫고 있는 것이

---

238) 한정희, 앞의 책, 237쪽
239) 한정희, 앞의 책, 249쪽

다. 결국 심층생태론자들이 주장하는 '우주의 모든 것들은 하나로 연결되어 있다' 는 발상을 도외시한 일본인 기업가의 이기적인 태도 역시 반생태성을 견지하고 있는 것이다. 오기자는 진정한 의미의 생태의식을 견지한 자로서 이러한 반생태 적인 의식을 가지고 자신들의 안위와 이익을 추구하는 일본인과 국내 유수의 대 기업의 중역이라는 박인원을 신랄하게 비판하고 있는 것이다.

그러나 무엇보다도 박인원은 오기자의 경멸에 찬 추궁과 비판에도 불구하고 자신의 야망에 대한 집착만을 보이며 조금만 더 가면 보일 것 같은 욕망의 끝을 향해 질주할 뿐이다.

> 참으로 알 수 없는 것은 실제 상황보다도 더 뚜렷하게 다가오는 환상이 었다. 그는 인쇄소의 윤전기 돌아가는 소리 위에 오버랩되는 신문의 발행 현장과 자기네 그룹 이름이 특호활자로 살아 난무하는 아수라장과 수많은 인물들이 동시에 질러대는 야유를 선명하게 본 듯하였다. 팩시밀리에 그 기자가 잡아놓은 기사를 넣겠노라며 윤소장이 전화를 끊을 때까지 그는 계속되는 환상에 시달리고 있었다.
> 인원은 요즈음 들어 부쩍 상상이 많아졌다. 그는 얼른 자신이 계획하는 프로젝트가 그룹을 대표하는 이미지로 부각되기를 기다리고 있었다. 언젠 가는 샐러리맨들 사이에서 신화처럼 회자될 자신을 꿈꾸었다. 이런 상상이 구체화되기를 기다리는 마음이 급한 탓이었는지 그는 어떻게든 자신의 방 해꾼들을 처단하지 않으면 안 된다는 생각으로만 몰려가고 있었다.[240]

부도덕한 자신의 행위에 대한 일말의 양심이 박인원을 괴롭히게 되자 그는 계속되는 불안과 환상에 시달리게 된다. 하지만 불안으로 인해 지속되는 환상과 이에 따른 공포도 그의 야망을 잠재우지는 못한다. 오히려 그는 직장인들 사이에 신화처럼 존재하게 될 자신의 위상을 꿈꾸며 현재의 방해자들을 제거하리라 다짐

---

240) 한정희, 앞의 책, 230-231쪽

할 뿐이다. 그리하여 오 기자가 속한 지방 신문에 압력을 넣어 그를 권고해직 시킨 후 박인원은 자신의 욕망을 향해 또 다시 달리기 시작한다.[241]

이렇듯 지칠 줄 모르는 박인원의 욕망은 바로 생존 경쟁의 규칙이 지배하는 사회 현실의 한 단면으로써 북친이 이야기 하였듯이[242] '우월한 집단이 열등한 집단을 마음대로 조작할 수 있게 되고 그리하여 열등한 집단은 그들 자신의 참 목적을 추구할 수 없도록 방해받게 되는 현실'을 그대로 보여 주고 있다. 즉 올바른 생태의식을 지니고 있는 오기자는 박인원이 속해 있는 거대 조직에 비해 열등한 집단이기 때문에 그가 추구하는 생태적 인식이 비록 올바른 것이지만 우월한 집단의 반생태적 횡포에 지배당할 수밖에 없는 것이다. 그래서 사회생태론에서는

---

241) 이러한 박인원의 욕망은 르네 지라르가 제시한 '삼각형의 욕망'의 이론과 일치하는 모습을 보인다. 지라르는 이상적인 기사도에 도달하고자 하는 돈키호테의 욕망은 중개자(mediateur) 에 의해 간접화되고 있으며, 주체와 대상 사이에 간접화 현상이 일어나고 있음을 지적한 바 있다. 즉, 주체의 욕망이 수직적으로 상승하는 것이 아니라 비스듬히 상승하여 중개자를 거 쳐 대상에 이르게 된다는 것이다. 도표로 그려보면 다음과 같다.

대상

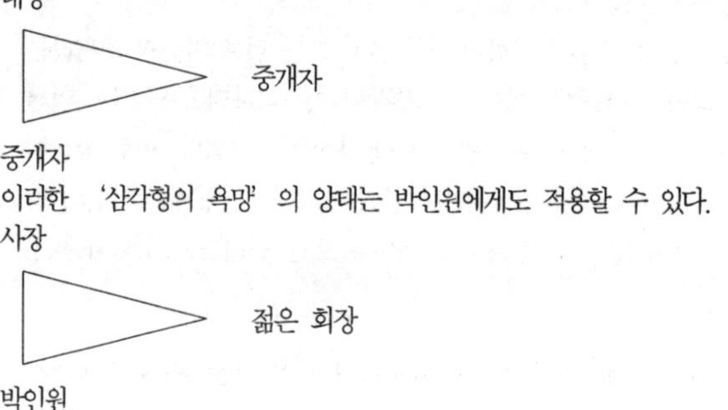

이러한 '삼각형의 욕망'의 양태는 박인원에게도 적용할 수 있다.

즉, 욕망의 주체로서 박인원이 욕망의 대상으로 삼은 '사장'이라는 대상은 실은 중개자인 '젊은 회장'을 통해 각인된 것이다. 이는 마치 주체로서 산초 판사가 섬과 공작부인의 칭호를 딸들에게 주고자 하는 욕망의 대상이 실은 중개자인 돈키호테에 의해 만들어진 것과 일치한다.
르네 지라르, 앞의 책, 23-25쪽

242) M. Bookchin, 앞의 책, 125쪽

이러한 작위적인 위계질서가 생태위기의 원인임을 지적하고 있는 것이다.

박인원의 욕망 추구가 순조롭게 진행 될 무렵 그는 동생 인희의 입원사실을 뜻밖에 오기자에 의해서 접하게 된다. 사실 박인원에게 있어서 여동생 인희는 가슴 아픈 존재로서 그녀는 그와는 전혀 다른 세계관의 소유자였다. 인원이 점장이 아버지로부터 모멸과 창피를 느꼈다면 인희는 따스한 시각으로 아버지를 배려할 줄 아는 너그러움을 지니고 있었다. 이러한 생각의 차이는 두 남매의 일생을 전혀 다른 방향으로 이끌게 되어서 박인원으로 하여금 평범한 일상을 가장 소중히 여겨 지금의 아내인 신애와 지극히 일상적인 삶 속에서 평화를 누리며 자신의 야망을 향해 질주하게 하였다.

반면 동생 인희는 노동 이론과 민중의 의식 개혁에 깊이 빠져 있던 강호식을 동반자로 선택하여 그의 삶을 추종하였다. 이 과정에서 박인원은 강호식의 사상적 모순에 대해 독설을 퍼부었지만 인희의 생각을 바꿀 수 없었고, 결국 그가 사상범으로 체포되자 인희가 스스로 연락을 끊었고, 자신의 순탄한 삶에 영향을 끼칠까 두려운 나머지 인원은 인희를 애써 찾지는 않고 있었던 터였다.

> "이따가 병원에서 동생을 보시고 나면 무언가 달라지시겠지요. 제가 끼어들 여지는 분명히 아닙니다만 동생이 참 안됐더군요. 동생은 연락하는 것을 극구 말렸지만, 제가 시키지 않은 짓을 했습니다. 우리 아직 끝나지 않았습니다. 박이사님도 사회에 대한 양심을 한번쯤 일깨우세요. 박이사님이 미워서가 아닙니다. 기업이 가진 윤리관의 파행을 참을 수 없어 그럽니다. 쓰레기를 처분한 장소만 가르쳐 주시면 저는 증거로 삼아 기사화할 수 있습니다. 이 냄새를 맡아 보세요. 우리 국토가 어떻게 썩어가고 있는가를 잊지 마세요. 난지도의 냄새와 함께 살아가실 각오가 아니라면 지금이라도 비리는 벗겨져야 합니다." [243)

---

243) 한정희, 앞의 책, 261쪽

신문사를 그만 두고 나서도 집요하게 박인원을 추궁하는 오기자에게서 국토가 썩고 병들어 가는 심각한 생태위기에 대한 우려의 목소리를 들을 수 있는 부분이다. 뿐만 아니라 박인원의 의식의 각성을 촉구하면서 그로 하여금 동생 인희의 모습을 직시할 것을 강조하고 있다. 즉, 그동안 인희가 가죽 염색 공장이나 진주 만드는 공장 등지에서 일을 하다가 각종 중금속으로 인한 중독 상태에 빠졌음을 지적하고 있는 것이다. 결국 박인원이 국토의 어딘가에 산업 폐기물을 매립한 사건 자체는 박인원 자신에게 직접적인 피해가 돌아오는 것은 아니지만 동일한 피해가 동생 인희에게서 표출되었음을 제시하고 있다.

결국 박인원의 타자화된 욕망은 동생 인희의 중금속 폐기물 중독이라는 현실로 되돌아오고 만 것이다. 빗나간 그의 욕망은 동생의 피폐해진 육체를 통해 그에게 고통으로 돌아 온 것을 보여 줌으로써 궁극적으로 이러한 욕망이 생태위기의 중요한 원인이 되고 있음을 암시하고 있다. 그리하여 〈불타는 폐선〉은 빗나간 인간의 욕망의 본질이 타자화된 욕망에 있음을 제시함으로써 생태소설의 한 단면을 설정하고 있다.

한편 김이태의 〈식성〉은 근원을 알 수 없는 인간의 과욕의 실체와 그러한 욕망에 대한 집착이 결국은 욕망을 추구하는 사회 속에서 개인의 존립 위기를 맞게 하고, 궁극적으로 이러한 위기에 빠진 피폐한 개인을 치유할 수 있는 것은 오직 자연 뿐이라는 다소 도식적인 주제 의식을 보이고 있는 작품이다. 하지만 이 작품에 등장하는 서술자 '나'의 언니야말로 현재 인류가 추구하는 맹목적인 욕망을 그대로 반영하는 인물로서 사회생태론에서 지적하는 욕망적 존재로서의 인간의 모습을 전형적으로 드러내고 있다는 점에서 생태소설로서의 의의가 인정되는 작품이다.

이 작품에 등장하는 언니는 고기에 대한 식탐이 남다르다. 어린 시절부터 그러한 언니를 보아 온 '나'로서도 언니의 그 유별난 식탐을 이해하기가 어려울 정도이다. 어린 시절 유복하게 자란 탓에 언니의 고기에 대한 식탐은 충족이 되었고, 언니는 고기에 대한 욕망만 충족되면 순한 양처럼 공부 잘하는 모범생으로 자랐다. 그리고 대학 생활을 위해 서울에서 자취하면서 언니는 술과 담배까지 탐닉하며 나름대로 고기에 대한 식탐을 충족시키며 지냈다. 이러한 언니를 지켜보는 '나'로서는 당혹스럽기도 하였지만 가족이라는 명분과 자매라는 의리에 의해 무조건 지나쳐 버리고 말았다.

> 나는 입맛이 완전히 가시는 걸 느낄 수 있었다. 그녀와 고기를 같이 먹을 수 없었다. 같이 우물거릴 생각을 하니 묘하게 속이 느글거렸다.
> 소 혓바닥이나 산낙지 같은 괴상한 걸 맛있게 먹는 사람들이 짐승처럼 보이는 것과 같은 느낌이었다. 그냥 가볍게 양념된 돼지갈비를 먹는 것뿐인데 그녀에게서는 그런 짐승 냄새가 났다. 완전히 굽히지도 않은 채 듬성듬성 입 안으로 들어가며 그녀의 볼을 발그레하게 만드는 저 육질. 통닭 다리에 털이 그대로 붙어 있는 것처럼 불결해 보였고 구역질나는 느낌을 자극했다. 얼굴이 갸름해서 코만 뻗어 있는 모습인데 유독 고기를 씹을 때만은 어금니 근처가 불거져 나왔다. 숨어 있던 기관인지도 몰랐다. 그녀는 4인분을 거의 혼자 해치웠는데도 트림은커녕 박카스 한 병 마신 사람보다 더 가뿐해 보였다.[244]

이처럼 유별나게 고기에 대해 식탐을 보이는 언니의 모습은 현대인의 무분별한 물질에 대한 욕망과 그칠 줄 모르는 탐욕에 대한 작가의 환유로 볼 수 있다. 평범한 사람들이 이해할 수 없는 언니의 식탐은 끝없는 현대인의 야망을 상징한다고 볼 수 있으며 나아가 산업화가 지속된 이래 인류의 성장위주의 산업 개발과 맞물린 물질 만능의 현실의 모습을 비유하고 있는 것이다. 이것은 어릴 적에는

---

244) 김이태, 앞의 책, 293-294쪽

고기만 탐하던 언니가 성장하면서 담배와 술을 동시에 탐하고 나아가 점점 방탕한 성생활을 즐기는 모습을 통해 확인할 수 있다.

이렇듯 방탕한 면모를 지니고 있는 언니는 그녀가 탐하는 고기와 술, 그리고 담배가 풍족하며 자유로운 성생활이 보장된 미국으로의 유학을 선언한다. 그녀의 이러한 선택은 자신의 욕망을 마음껏 충족시켜 보고자 하는 의지의 발현으로 보인다. 부모님은 모르지만 서술자 ′나′는 언니의 이러한 욕망에 대해 어렴풋이 짐작하게 되지만 자신이 추구하는 욕망만 충족되면 다른 모든 것들은 지극히 정상인 언니를 방관적으로 바라볼 수밖에 없었던 것이다. 이 작품에 등장하는 미국이라는 공간은 물질적인 풍요가 넘치는 곳으로 온갖 욕망을 자유롭게 구가할 수 있는 공간으로 설정되어 있다. 비록 그것이 언니라는 인물에게만 한정되어 있는 것처럼 보이지만 실제로 미국은 모든 욕망이 존재하며 자신의 능력과 노력 여하에 따라 이를 실현할 수 있는 공간이기도 하다.

그런데 이곳에 가서 자신의 욕망을 충족시키던 언니는 그 곳에서 욕망의 끝과 만나게 되고 이로 인해 귀국하게 된다. 뿐만 아니라 아예 속세와 단절하게 되는데 그것은 인간 사회의 욕망이 냄새로 느껴져 고기 비린내로 그녀에게 인식이 되었기 때문이다.

> 언니는 자기도 어쩔 수 없다고 했다. 고기만 먹던 것도 그럴 수밖에 없었다고 했다. 자기는 병자처럼 거부되어 왔다고 했다. 사람들이 자기를 이상한 눈으로 바라보는 것을 줄곧 알고 있었는데도 살기 위해선 어쩔 수 없었다고 했다. 고기 이외는 모두 허접때기 같은데 그런 것을 무엇 때문에 주워 먹어야 하나, 고 생각했다고 했다.
> 나는 왜 갑자기 돌변하게 되었나를 추궁했다. 다시 한마디로 이해할 수 없고 이것 역시 자신이 살기 위한 것이라고 했다. 이유는 단순했다. 어떤 남자가 자신의 정액을 그대로 마셔버리라고 해서 꿀떡 삼켰는데 그 다음부터는 어떤 것이든 단백질만 입 안에 들어가면 올려버린다고 했다. 지독한

알레르기 정도로 생각하면 된다고 했다. 육질에 너무 민감해져서 보통 세
상에서는 살아갈 수 없다고 했다.[245]

언니는 욕망의 끝을 체험하게 됨으로써 더 이상 욕망을 추구할 수 없게 되었던
것이다. 그러니까 일정 수위를 넘어선 그녀의 탐욕은 오히려 모든 것을 게워 내게
되고 더 이상 욕망이 존재하지 않는 상태로 돌아가 버린 것이다. 그러다 보니
욕망의 충족을 강요하는 현실은 그녀에게 구역질만을 느끼게 할 뿐이다. 그래서
언니는 절로 들어갈 수밖에 없었던 것이다.[246] 그리고 그녀가 이러한 구역질을
느끼게 되는 것은 그녀가 여지껏 부리던 식탐이 사실은 그녀 자신의 깊은 내면에
서 우러나온 것이라기보다는 어느 순간 타자화된 것이기에 도달하기도 어렵고,
성취하기도 어려운 것이다. 그리하여 그녀는 실체를 알 수 없는 끊임없는 욕망으
로부터 벗어나고자 하는 것이다.

    사람 후각이 갑자기 그렇게 예민해질 수 있어? 언니는 뭔가 계속 꾸며
대고 있는 것 아니야?
    너 오늘 뭘 먹고 왔나 알아맞혀 볼까? 너도 지금 참기 힘든 괴상한 냄새
가 나.
    그녀는 얼굴을 약간 찌푸리며 말했다.
    신들려서 무당 되는 사람들 있지? 자기가 하고 싶어서 하는 것도 아니

---

245) 김이태, 앞의 책, 297쪽

246) 이 부분은 정찬의 〈별들의 냄새〉에 나오는 강문규가 예민해진 후각으로 인해 사회와 단
　　절되는 모습과 유사한 장면이다. 다만 그는 사회와 격리되는 것을 두려워하며 스스로
　　후각 기능을 부정하기에 이르지만 이 작품에서 언니는 속세와는 단절된 공간인 절로 들
　　어감으로써 자연 속에서 자신의 후각 기능을 치유하려 한다는 점에서 차이가 있다.
　　또한 바흐찐이 제시한 바처럼 음식물은 자연에서 취하여 그것을 씹어 삼켜 성장하는 것
　　이다. 이른바 ‘인간의 세계와의 만남’ 이라 부르는 이 음식물 섭취 행위는 바로 사회와의
　　관계를 상징하고 있는 것이기도 하다.
　　바흐찐, 「대화주의와 다성성」, 『인문학과 소설 텍스트의 해석』, 413쪽

고 하기 싫다고 그만둘 수 있는 것도 아니잖아. 그냥 그렇게 하지 않으면
계속 아프기만 하고 이 세상에 배겨날 수 없으니까. 경우는 다르지만, 나
역시 이런 곳에 와 있지 않으면 안 돼. 계속 사람 앞에서 구역질을 해대며
살아갈 수 있다고 생각하니? 난 여기 와서야 겨우 속이 트이고 머리가 맑
아진 걸 알 수 있어. 제대로 숨을 쉴 수 있단 말이야. 한 25년 두루뭉실하
고 끈적거리는 꿈속에 살았던 느낌이야. 항상 배가 고파 허겁지겁 먹던
꿈. 배 채우고 나면 동물원 짐승처럼 쳐다보는 사람들의 휘둥그래진 눈초
리…… 그리고 나서 대번 닥쳐오는 이 냄새들의 공격…… 나를 그냥 내버
려둬. 그냥 나를 불쌍하다고 생각해. 정신병원이나 소록도에 감금되어 있
는 것보다는 낫지 않니, 연락할게.[247]

정신 병원에 가기 보다는 차라리 산 속에서 자연의 냄새를 맡으며 살겠노라는
언니의 의지는 욕망의 끝을 경험한 자로서의 현실에 대한 집착에서 벗어난 초연
한 모습을 그 자체이다. 이러한 언니의 모습은 심층생태론자들과 사회생태론자들
이 입을 모아 강조하고 있는 자연과 인간에 대해 일원론적 사고를 견지하자는
입장을 대변하고 있다. 즉 자연과 인간을 이분하여 인간이 자연을 지배하려는
생각을 버리고 인간이 자연과 하나라는 인식을 통해 '공생'의 관계를 형성해야만
현재의 생태위기에서 벗어날 수 있다는 주장을 확인할 수 있는 것이다.

언니는 산속에 들어와서야 비로소 머리가 맑아지는 체험을 하게 되는데 이것
은 자연이 인간과 서로 하나로 이어져 있다는 발상이며 나아가 현실에서 피폐해
진 개인이 자연 속에서 치유 받게 되는 과정을 통해 자연의 모성적인 면모를 강조
하는 부분이기도 하다. 그리하여 이 작품은 그 동기는 사회생태론에서 지적하고
있는 인간의 욕망이 초래한 생태위기에 대한 입지를 지니고 있으나 작품 말미에
보이는 언니의 모습은 심층생태론적 입장의 '자아실현'의 의지와 생태페미니즘의

---

247) 김이태, 앞의 책, 298-299쪽

신성한 모성적 존재로서의 자연의 이미지를 동시에 지니고 있다.

결국 〈식성〉은 근원을 알 수 없는 인간의 탐욕의 실체를 구체적인 고기에 대한 식욕을 중심으로 환치하여 이러한 식탐을 즐기다 결국은 이 모든 것들을 버리고 산속으로 들어간 언니의 이야기를 통해 인간의 욕망이 가져온 왜곡된 현실 인식에 대해 문제를 제기하고 있는 작품이다. 그러나 언니가 욕망의 끝에 도달하게 된 경위가 다소 미흡하고 그러한 욕망의 끝을 맛본 언니의 의식이 다만 구역질나는 냄새 정도로만 노정되어 있어서 언니의 인식이 보다 구체적으로 생태의식을 획득하는 방향으로 나아가지 못한 한계가 아쉽다. 하지만 인간의 탐욕의 문제를 식욕으로 환치시켜 타자화된 인간의 욕망을 구체적으로 제시하고 있다는 점에서 사회생태론적인 입지는 충분히 견지하고 있는 생태소설이라 할 수 있다.

한편 한승원의 〈황소개구리〉는 욕망에 불타는 인간들의 서로에 대한 끝없는 지배욕을 다루고 있는 작품이다. 이 작품에서 등장인물들이 죽이고자 하는 대상인 황소개구리는 바로 인물들 스스로 파괴하고자 하는 대상으로 설정되어 있다. 그리하여 이러한 대상에 대한 파괴를 통해 인간들 스스로 서로에 대한 지배 관계를 보다 우월적인 위치에 두고자하는 과정에서 파생되는 갈등과 분규를 실제 황소개구리를 포획하는 장면과 교체시켜 형상화함으로써 인간의 인간에 대한 지배 양상을 다루고 있다. 다만 이 작품의 경우는 특별히 강자로 군림하는 자나 약자로 억압 받는 자가 설정되어 있다기보다는 강자로서 군림하던 자가 어느 순간 약자의 모습으로 변하는가 하면 약자로 설정되어 있던 자가 다시 강자의 모습을 지니게 된다는 점이 특이하다. 그러나 강자이든 약자이든 서로가 서로를 지배하여 스스로를 억압하고 있다는 점에서 북친이 우려했던 '인간의 인간에 대한 지배 양상'을 표현한 작품이다.

주인공으로 설정된 '그'는 건축업자로서 작지만 자신의 사업체를 지니고 있다.

그런데 그는 어린 시절 아버지의 가출로 인해 홀어머니로부터 양육되었던 불우한 기억을 지니고 있으면서도 그 자신 역시 직원인 젊은 여자와 오랫동안 불륜의 관계를 유지한다. 그러던 중 아이를 임신한 여자가 다른 남자와 결혼을 해 버림으로써 평온했던 그의 삶은 적의와 질투로 점철된 살의 가득한 세계로 변해 버린다.

> 그는 쥐도 새도 모르게 그 젊은이를 죽여 없애고 싶었다. 회사의 트럭을 몰고 가서 그 젊은이의 자동차를 들이받은 다음 뺑소니치지 않고 죽어 늘어진 그를 병원으로 옮겨놓아 보험처리를 하는 것이다. 아니다. 그 방법은 내가 드러나서 안된다. 깜깜한 밤에 자기 집 앞 골목길을 걸어가고 있는 그 젊은이를 뒤따라가서 망치로 정수리를 쳐죽이는 것이다. 그는 혀를 아프게 깨물고 고개를 저었다. 그 무슨 악마 짓이란 말이냐. 그것은 더 큰 앙갚음으로서 내게 날아올 것이다.
> 은밀하게 음모 꾸미기가 계속해서 그를 숨막히게 하기도 하고 가슴 설레게 하기도 하였다.248)

이렇듯 '그'는 이미 결혼하여 한 가정을 지니고 있으면서도 자신과 깊은 관계를 지니고 있는 여자와 결혼한 젊은이에 대해 깊은 증오와 심지어는 살의까지 품고 있다. 이것은 '그'가 스스로 내연의 여성의 주인이라는 인식에 의해서이다. 자신의 소유물을 빼앗겼다는 인식이 그로 하여금 이러한 적의와 살의 섞인 분노를 품게 하고 있는 것이다. '그'의 의식 깊은 곳에 자리 잡고 있는 이러한 강자로 군림하려는 그의 태도는 사회생태론자들이 지적하고 있듯이 인간의 '위계'에 대한 집착에 기인한다.

'그'는 이러한 젊은이에 대한 분노를 황소개구리 퇴치 운동에 적극 가담함으로써 해소하고자 한다. 그러던 중 '그'는 덩치 큰 오만한 수컷 황소개구리와 만나게

---

248) 한승원, 앞의 책, 271-272쪽

되는데 그놈은 아무리 애를 써도 '그'를 약을 올리며 피해가기만 할 뿐 수 십 차례나 노치고 만다. 그러자 그는 작살까지 특별히 만들어가며 그놈을 잡겠다는 의지를 불태운다. 또한 '그'가 그토록 증오하는 젊은이 역시 문제의 그 수컷 황소개구리를 잡겠다는 열의를 보인다. 그러면서 이 두 인물들은 서서히 자신들이 잡고자 하는 황소개구리의 실체를 표명하기에 이른다.

> 그 덩치 큰 수컷은 특이한 놈이었다. 스티로폼 낚시나 유인 그물이나 미끼를 넣어놓은 덫에 걸려들지 않았다. 그놈은 자기를 잡으려고 하는 사람들을 비웃고 있었다. 자기 족속들이 다 잡혀도 자기는 잡히지 않는다는 자신감과 오만이 그놈의 눈이나 온몸의 살갗에 번뜩이고 있었다.
> 이놈을 잡기 위해서는 작살을 사용하는 수밖에 없다고 생각했다. 한데 그놈은 덩치가 큰 나름으로는 행동이 민첩했다. 그가 가능한 한 가까이 다가가서 정확하게 작살을 던져 꽂으려고 몇 차례 시도를 해봤지만 번번이 실패를 했다.
> (중략)
> 그 실패가 울화를 끓어오르게 했다. 그 덩치 큰 수컷은 그가 울화를 주체하지 못한다는 것을 훤히 짐작하고 있는 듯싶었다. 그놈은 그이의 울화를 돋우기라도 하려는 듯 날마다 몇 차례씩 작살 든 그의 눈앞에 모습을 드러내주곤 했다.
> 그는 조급해졌다. 단원들 가운데 그 젊은이가 그놈을 노리고 있었다. 젊은이는 그의 실패를 코방귀를 뀌면서 즐겼다.
> (중략)
> 젊은이는 그의 얼굴을 돌아보면서 말했다. 그 눈길 속에 '당신은 이제 끝났어요. 나이를 생각하셔요. 주제 파악을 하셔요' 하는 말이 들어 있었다. 그 눈길 때문에 그는 진저리를 쳤다.[249]

사장이라는 사회적 지위를 가지고 있으며 나이도 오십대 후반인 그는 분명

---

249) 한승원, 앞의 책, 274-275쪽

사회에서 강자로서의 위치를 점유하고 있는 자이다. 이에 비해 젊은이는 아직은 사회적인 입지를 지니고 있지는 못하지만 '그'에 비해 젊음이라는 강인한 정신과 육체를 소유하고 있다. 그리하여 이처럼 표면적으로는 사장이며 연장자인 '그'에게 예우를 다하고 있지만 그의 내면은 아내와의 내연의 관계인 '그'에 대한 깊은 분노와 적의를 품고 있다. 그러다보니 '그'는 황소개구리를 잡는데 실패할 때마다 울화가 끓어오르고, 젊은이는 그 실패를 즐기게 되는 것이다. 결국 이 두 인물이 잡고자 하는 황소개구리의 실상은 각자가 증오하고 있는 대상인 것이다. 즉 '그'가 잡고자 하는 황소개구리는 내연의 여인의 남편이 된 젊은이이며, 젊은이가 잡고자하는 황소개구리는 아내를 범한 '그'인 것이다. 이러한 등장인물들의 서로에 대한 증오와 적의는 서로에 대한 지배욕으로 확대되기에 이른다.

한편 '그'의 경우는 또 다른 증오의 대상으로 그를 버린 아버지가 황소개구리의 모습으로 제시되기도 한다. 자신과 어머니를 버린 채 이십년이나 어린 여자와 살면서 자신을 돌본 적이 결코 없던 아버지가 임종하면서 남긴 것은 오히려 그가 살아 있을 때 지은 빚이었다. 이런 터무니없는 빚 상속까지 받은 '그'는 그리하여 더욱 더 황소개구리 포획에 집착하고 있는 것이다. 뿐만 아니라 강자로서 군림하던 '그'의 아버지가 결국은 죽어서 황소개구리가 되어 '그'의 작살 앞에 겨누어진다는 상황 설정과 '그'의 황소개구리 포획에 대한 집요한 집착은 강자가 약자가 되고 약자가 다시 강자가 되어 서로가 서로를 지배하려는 모습을 보인다. 이 역시 사회생태론자들이 우려하는 인간의 인간에 대한 지배로 인한 생태위기의 현실을 반영하고 있는 부분이다. 그런데 서로에 대한 이러한 지배욕 역시 주체자의 간절한 염원에 의한 것이 아니라 사회의 위계질서에 의해 타자화된 욕망에 기인하고 있다는 점이 주목할 만하다.

그 덩치 큰 수컷은 계속해서 빈정거렸다.

"잘 보아라. 내 얼굴은 네놈의 상판하고 비슷하게 생기지 않았느냐? 이 것은 진실이다. 우리 어머니가 우리 아버지의 정자를 받아 알을 낳는 순간 너의 아버지의 혼백이 그 알들의 옆을 지나가고 있었다. 이승에서 죄를 무지무지하게 많이 지은 그 혼백을 삼신할머니가 우리 어머니의 알들 가운데서 가장 큰 것 속에다가 집어넣은 것이야. 물론 네 아버지의 혼령은 그 알 속으로 들어가지 않으려고 몸부림치고 발버둥치고 악을 써댔지. '여보시오, 삼신할머니, 이건 만물의 영장인 인간의 혼령에 대한 모독입니다' 하고 말이야. 삼신할머니는 흥 하고 코방귀를 뀌면서 '이놈아, 내가 너를 이렇게 하는 것은 너로 하여금 축생 지옥살이를 하면서 네 죄를 씻으라는 거야' 하고 네 아버지 혼령을 알 속으로 쑤셔 박았어. 그러자 네 아버지는 절망적으로 말했어. '삼신할머니, 당신은 지금 헛일을 하고 있습니다. 나는 장차 황소개구리가 되고 나면 금방 자살을 하고 말 겁니다.' 그런데 네 아버지인 나는 일단 황소개구리가 된 다음에는 전생의 영악함이 되살아난 거야. 자살은커녕 이 땅 생태계 파괴에 제일로 앞장을 서고 있는 것이란 말이다. 눈앞에 움직이는 것들을 닥치는 대로 잡아먹는 거야. 물뱀, 꽃뱀, 살무사, 재래종 참개구리, 옴개구리, 무당개구리, 붕어, 독사, 도마뱀, 소금쟁이, 새우, 지렁이, 가물치, 쏘가리, 미꾸라지, 잉어 새끼……."

"이런 못된 놈 보게!"

그는 모욕감에 사로잡힌 채 작살을 치켜들었다. 만일 그 황소개구리가 정말로 전생에 그의 아버지였다면 더욱 얼른 잡아 죽여주어야 한다고 생각했다. 그래야 한시라도 빨리 축생 지옥을 면할 것 아닌가.[250]

전생의 포악함이 살아나 생태계를 파괴하고 있는 황소개구리가 아버지라고 인식한 순간 '그'는 작살을 겨눈다. 물론 어서 축생 지옥에서 벗어나게 해 주기 위한 것이라는 일종의 변명이 명시되어 있기는 하지만 그의 행동은 분명 아버지에 대한 '그'의 분노이며 이 행동을 통해 그동안 자신을 억압했던 아버지를 지배하려는 '그'의 지배욕의 한 편린인 것이다.

---

250) 한승원, 앞의 책, 282-283쪽

그러나 '그'는 결코 그 수컷 황소개구리를 죽이지 못한다. 그러자 젊은이는 자신과 함께 협공으로 그놈을 죽이자고 제안하고 역부족을 느낀 '그'는 이러한 그의 제안을 수락한다. 그러나 막상 황소개구리를 잡으려는 순간 '그'의 화살은 젊은이를 향하게 되고 이를 눈치 챈 젊은이와 '그'는 정면으로 충돌하게 된다.

> 젊은이는 작살 던질 자세를 취했다.
> "하나 두울 셋!"
> 낮게 소리치고는 잽싸게 던졌다. 그도 젊은이를 따라 던졌다. 그의 작살이 젊은이의 귀뿌리를 스치고 지나갔다. 젊은이가 화들짝 놀라 그를 돌아보았다. 순간 그는 젊은이에게로 덤벼들었다. 그는 고등학교 때에 유도를 했었다. 목 조르기가 능했었다. 그는 젊은이의 가슴팍을 걷어밀어 물 속으로 쓰러뜨리기가 무섭게 한쪽 팔을 목줄기 속으로 들이밀었다. 젊은이가 칵 하고 기침을 했다. 그러나 젊은이는 그러한 공격을 예상하고 있었던 듯 몸을 팩 돌리면서 그의 팔을 피했다. 그리고 역습을 했다. 한 팔로 그의 허리를 끌어안고 다른 한 팔로는 그의 머리를 물 속으로 눌렀다. 그가 젊은이의 가슴 밑에 깔렸다. 숨을 쉴 수가 없었다. 그때 젊은이가 소리쳐 말했다.
> "오늘 나 진짜배기 황소개구리 한 마리 때려잡고 있구만. 흐히히히······." 251)

결국 두 인물의 서로에 대한 적의와 분노는 이렇듯 '그'의 분명한 살의의 표명과 함께 육박전으로 치닫게 된다. 이러한 모습은 서로에 대한 지배욕의 분출로써 나름대로의 위계에 대한 명분 싸움으로 볼 수 있다. 그리고 이러한 싸움의 끝은 그간 약자로 취급받던 젊은이의 승리로 끝나게 된다. '진짜 황소개구리 한 마리를 이제서 때려잡게 되었다'는 젊은이의 절규252)는 숨이 막혀 질식할 상황에 빠진

---

251) 한승원, 앞의 책, 307쪽
252) 이러한 젊은이의 절규는 일종의 '코나투스(Conatus)'에 해당한다. 코나투스란 스피노자에

'그'의 패배를 확정짓는 발언이다. 이른바 새로운 위계가 형성된 것이다. 이렇듯 위계의 재편성을 위해 분투하는 모습이야말로 인간의 인간에 대한 지배의 현실을 암시하고 있는 것이다.

그러나 작품 말미에서는 이러한 지배로 가득 찬 인간 세계의 생태위기에 대해 긍정적인 전망을 암시하고 있다. 즉 젊은이에게 스스로 패배하였음을 인정하는 '그'의 독백과 다시 태어날 것을 다짐하는 '그'의 모습을 통해 확인할 수 있다.

> 그 젊은이의 어깨 너머에 저녁 무렵의 비스듬한 오줌 빛깔의 햇살이 왕거미줄처럼 걸쳐져 있었다. 바람이 하류 쪽에서 불어왔다. 바람결이 뱀의 허물에 그려진 어지러운 연속 무늬처럼 그의 살갗에서 스멀거렸다. 자기는 죽었다고 생각했다. 그럼 내가 죽었다고 생각하고 있는 나는 무엇인가. 이미 완벽하게 파괴된 역사책 한 권. 나는 다시 태어났다. 다시 태어났다고 생각하고 있는 나는 무엇인가. 흰 공책 한 권. 거기에 나를 다시 기록하는 것이다. 몸을 일으켰다. 젊은이의 차가 시동을 걸더니 시내 쪽으로 기어갔다. 늙은 황소개구리 수컷이 음무우 하고 황소처럼 울고 있었다. 그는 주위를 두리번거렸다. 그의 작살을 찾아 들기 위해서.
> 그의 작살은 발끝에 누워 있었다. 한데 그것은 자루의 주둥이가 꺾여 있었다.[253]

완벽한 역사책 한 권처럼 혹은 새로 산 흰 공책처럼 과거의 자신을 버리고 새로운 자신으로 태어나겠다는 다짐을 보이는 '그'의 모습은 서로에 대한 지배욕으로 인해 인간들 스스로 억압당하는 현실의 생태위기를 극복하려는 '그'의 각성

의해 제시된 용어로서 욕망을 인간의 현실적 본질로 규정하고, 이러한 욕망의 존재로서의 인간이 자기를 보존하려는 힘과 충동 그리고 나아가 자기존재를 제거하려는 것에 대한 저항의 힘을 의미한다. 그러므로 젊은이가 '그'에 의해 공격당하자 보이는 절규와 폭력은 이러한 코나투스의 반영인 것이다.
전경갑, 「욕망의 통제와 탈주-스피노자에서 들뢰즈까지」, 한길사, 1999, 45쪽
253) 한승원, 앞의 책, 308-309쪽

된 의식을 반영한다. 아울러 마지막에 명시되어 있듯이 그의 '주둥이가 꺾여 있는 작살' 은 더 이상 이러한 지배욕에 의한 경쟁을 지속하지 않으려는 그의 의지를 보다 명확히 제시하고 있다. 이로써 이 작품은 생태위기에 대한 긍정적이고 발전적인 전망을 획득하고 있는 생태소설로 인정된다.

이에 비해 최인석의 〈지리산에 저 바다〉는 지리산 국립공원근처에서 여관건물을 짓는 공사장 인부들의 이기적인 욕망과 비정한 현실을 동시에 다루고 있는 작품이다. 공사 인부들 중 성우와 창식은 모두 가족을 잃고 떠돌이 생활을 전전하면서 현실에 대한 불만과 가진 자에 대한 증오로 가득 찬 인물들이다. 그들은 '밥과 술을 얻기 위해 싸워야 한다' 며 일을 하는 노동자이다. 노동에 대한 사명감이나 가족을 위한다는 명분보다는 오직 자신들의 일회적인 본능을 위해 주어진 일을 억지로 할 뿐이다.

그러다보니 그들은 항상 "니집이냐, 내집이냐?" 빈정대며 부실시공을 일삼는 것이다. 그리하여 유일하게 성실하게 일하는 동료인 만덕을 폭력으로 제지하려 든다. 그들은 '일이 싫었다. 부지런히 일하는 놈들을 보면 미웠다. 잘사는 놈들을 보면 미웠다. 행복한 놈들을 보면 미웠다' 고 술회한다. 결국 비뚤어진 그들의 자존심과 타자화된 그들의 욕망은 건물주인 김사장이 마련한 회식자리인 스탠드바에서 보게 된 생기발랄한 여대생을 강간, 살인하는 엄청난 결과로 이어진다. 그런데 문제가 되는 것은 성우와 창식만이 아니라 그 자리에 있던 다른 노동자들조차도 이일에 가담을 해 놓고도 직접적으로 관여하지 않았음을 내세우며 자신들은 이일과 상관없다는 태도를 보이고 있다는 것이다. 다분히 이기적이고 비정한 동료간의 모습인데 이러한 모습을 보이는 이유는 그들이 지난밤 욕망했던 여대생이 사실은 그들 스스로가 갈망하는 대상이 아니라 향락적인 지난 밤의 분위기에 의해 형성된 것이기 때문이다.

아울러 이러한 일을 벌이게 되는 동기 역시 우발적이고 즉흥적이라는데 문제
가 있다. 단지 도발적인 '노란 미니스커트'를 입은 그 여대생과 자신들과는 너무나
다른 세계에 존재하는 그 끝없는 거리감을 그녀를 손에 넣음으로써 다소나마 좁
힐 수 있으리라는 무모한 욕망에 기인한다. 성우일파가 보이고 있는 이러한 욕망
이야 말로 스스로에 의해 선택되어 지향되는 욕망이아니라 오히려 자본주의와
물질주의에 의해 교조된 욕망인 것이다. 그리고 이러한 욕망이 바로 생태위기의
가장 중요한 원인이 되고 있음을 작품 말미에서 확인할 수 있다.

> 공사가 중단된 채 비에 젖어들고 있던 오작교 여관 건물이 돌연 한꺼번
> 에 무너져 내렸다.254)

이상에서 살펴 본 생태소설의 양상들은 인간의 타자화된 욕망이 전제가 되어
현재의 생태위기를 초래하게 되었음을 문제의식을 지니고 접근한 작품들이다. 이
과정에서 인간의 탐욕이 인간중심적인 발상에서 비롯되었음을 확인하였고 나아
가 인간중심주의가 이기적인 탐욕과 지나친 경쟁을 초래하게 되어 사회적 인간으
로서의 입지를 상실하거나 인간 스스로의 파괴를 자초하게 되는 경우들을 고찰할
수 있었다. 아울러 이러한 인간의 타자화된 욕망과 경쟁으로 인해 형성된 사회의
위계질서가 결국 생태위기의 원인이 된다고 주장하고 있는 사회생태론의 기본
전제와 만나고 있음을 확인할 수 있었다.

1.2. 위계화된 거대권력의 횡포

북친은 스스로를 합리적인 존재로 규정하고 있는 인간들은 위계체계, 계급,
국가제도, 성별, 인종 등에 의해 파편화되어 전세계의 지배철학을 촉진하는 원인

---

254) 최인석, 앞의 책, 162쪽

이되었음을 지적한 바 있다.[255] 뿐만 아니라 그는 이러한 지배철학은 복종과 종속을 질서와 동일시하게 하였으며 이 과정에서 형성된 관료주의와 조직들은 개인의 자유와 종의 생존을 위협하고 있음을 부연하면서 자연에 대한 인간의 그릇된 시각이 인간세계의 왜곡된 지배철학을 형성하게 되었음을 강조하고 있다.

이러한 북친의 주장은 산업화이후 자본주의 사회에서 공통적으로 나타나고 있는 국가의 개인에 대한 억압과 지배양상을 대변해 주고 있다. 즉 발전과 부강이라는 대의명분을 내세워 국토를 마음대로 파헤치고 개인의 생존권을 박탈하고 있는 현실을 반영하고 있다. 한국의 경우 주로 핵발전소 건립으로 인한 국토의 파괴와 원폭 피해를 당한 동포에 대한 국가의 철저한 외면과 무관심이 이에 해당한다. 한국 현대생태소설의 경우 이러한 문제에 대한 심각한 천착과 문제제기가 비교적 활발하게 이루어지고 있다. 즉 사회생태론의 전제를 바탕으로 사회생태론자들이 주장하고 있는 '위계'에 의해 지배와 파괴의 세계로 치닫는 인간 사회의 모습을 담고 있는 작품을 산출하고 있으며 북친이 우려하고 있는 생태위기의 한 단면을 구체적으로 제시하여 생태소설의 또 다른 가능성을 확보하고 있다.

북친은 '인간들은 서로에 대한 지배를 당연한 것으로 받아들이고 있을 뿐 아니라 나아가 자연에 대해서도 그 영역을 확대하고 있음'[256]에 대해 이미 그 우려의 목소리를 드러낸 바 있다. 이러한 북친의 우려는 한국 현대생태소설의 경우 거대 조직으로서의 국가가 개별적인 존재로서의 개인을 파괴하는 양상을 통해 구체화되고 있다. 우선 원폭 피해에 대한 모순을 제기하고 있는 작품으로 김원일의 〈그곳에 이르는 먼 길〉(1992)[257], 노순자의 〈나무도 아닌 것이 풀도 아닌 것이〉(1989)가 있고 핵발전소의 건립에 따른 국토 파괴의 심각성을 다룬 작품으로

---

255) M. Bookchin, 앞의 책, 112쪽
256) M. Bookchin, 앞의 책, 128쪽
257) 김원일, 〈그 곳에 이르는 먼 길〉, 《그 곳에 이르는 먼 길》, 장락 출판사, 1995.

문순태의 〈낯선 귀향〉(1992),[258] 우한용의 〈불바람〉(1989),[259] 정도상의 〈겨울꽃〉(1989)[260] 이 있다.

김원일의 〈그 곳에 이르는 먼 길〉은 1945년 히로시마에 원자 폭탄이 투하된 이후 이를 접한 한국인이 겪는 피해의 참혹상을 제시하고 나아가 이러한 현실을 외면하고 있는 사회에 대해 비판적 성찰을 촉구하고 있는 작품이다. 또한 현재 우리가 겪고 있는 환경오염과 이로 인한 생태위기가 당대의 문제만이 아니라 다가올 미래의 엄청난 불행까지도 고려해야 한다는 심각한 문제의식을 제기하고 있다. 그리고 이 과정에서 북친이 제기한 '전일성'에 입각한 시각을 견지하여 거대권력으로서의 국가가 역사적 책임을 다하지 못하고 오히려 비극적인 역사의 희생자인 개인들에게 가하는 폭력의 실상을 심층적으로 간파하고 있다. 그리하여 궁극적으로는 생태의식으로 무장된 등장인물들에 의해 이러한 부조리한 현실의 일방적인 지배와 억압의 세계에서 벗어나 보다 균형 잡힌 세계로의 자유로운 전환을 추구하게 하여 바람직한 생태사회를 모색하고 있는 작품이다.

이 작품은 어린 시절 일찍 부모를 잃고 큰아버지 집에서 외롭게 살던 오성규라는 현재 '묘산'이라는 호를 쓰는 이름난 동양화가에게 어릴 적 친분이 있던 고향 아저씨 정동칠 일가의 예기치 않은 방문으로 인해 전개되는 이야기이다. 어릴 적 묘산은 원폭 피해자들이 모여 살던 합천에서 살았는데 근처에 사는 정동칠과는 서로 삼촌과 조카의 사이처럼 터놓고 지냈던 관계였다. 그런데 묘산이 흠모하던 게이꼬라는 일본 여인과 정동칠이 결혼을 하게 되자 왠지 소원한 사이가 되고 묘산은 그림 공부를 하러 고향을 떠났고 그 이후 처음 소식을 접하게 된 것이 무작정 묘산의 집을 찾아가겠노라는 정동칠의 아들 순욱의 갑작스러운 전화를

---

258) 문순태, 〈낯선 귀향〉, 《시간의 샘물》, 실천 출판사, 1997.
259) 우한용, 〈불바람〉, 《불바람-청한 창작선13》, 청한 출판사, 1989.
260) 정도상, 〈겨울꽃〉, 《겨울꽃-동광 소설선5》, 동광 출판사, 1989.

통해서이다. 아련한 게이꼬에 대한 추억에 빠져 그들의 방문을 허락한 묘산은
그들 일행의 행색을 보자 실망과 함께 일종의 두려움까지 느끼게 된다.

일행은 두 사람이 아니라 셋이었다. 점퍼에 청바지를 입은 순욱이 쭈그
러진 비닐가방을 들고 앞장을 섰다. 그 뒤로 꾸부정한 늙은이를 부축한
색시인지 처녀인지 분간이 가지 않는 젊은 여자가 따르고 있었다. 낡은
벙거지를 쓴 채 걸음을 지칫거리는 늙은이는 회색 두루마기를 입었는데
지팡이까지 짚고 있었다. 띠엄띠엄 떼어놓는 발에 걸친 신발은 가장자리에
인조털이 달린 검정고무신이었다. 머리통을 털목도리로 싸맨 젊은 여자는
불에 그슬리기라도 했는지 여기저기 누렇게 탈색된 검정 외투 아래, 버썩
마른 종아리가 썰렁했다. 그렇다면 게이꼬가 저 젊은 여자를 낳곤 산고로
죽었단 말이군, 하고 묘산은 추측했다.[261]

그가 일찍 지하실 방을 염두에 둔 것은 셋의 행색이 너무 남루한데다
순욱이란 젊은이가 의심쩍어 유학간 두 애의 이층 방이 비어 있었지만 과
년한 딸과 같은 층에다 들일 수가 없다고 판단했던 것이다. 모든 일에 성깔
대로 깔끔한 안사람도 이를 허락하지 않을 것임이 자명했다.
"고맙습니다. 아버님의 여게 입원이 어떻게 될란지 모르겠으나 사흘 정
도 쓰게 해주시면… 아침 끼니만은 신세를 지더라도 점심 저녁은 우리가
자체적으로 해결하겠습니다."
묘산은 순욱의 사흘이란 말에 영 마음이 불편하여 선뜻 승락의 말이
떨어지지 않았다.[262]

이처럼 묘산은 아련한 옛 추억의 정에 빠졌던 자신을 후회하고 곧 현실적으로
돌아와 정동칠 일가를 적대시하는 태도로 돌변한다. 특히 그는 순욱에 대해 불쾌
감을 느끼는데 그것은 그의 거침없는 태도에 묻어나는 저항의식 때문이다. 사실

---

261) 김원일, 앞의 책, 22쪽
262) 김원일, 앞의 책, 26쪽

순욱의 이번 서울행은 비장한 각오에 의한 것이었다. 그로서는 심한 원폭 피해를 입은 아버지를 꼭 한번 제대로 진단 받게 해보는 것이 소원이었던 것이다. 이미 '한국 원폭피해자 협의회'에 가입하여 단체 활동을 통해 이 문제를 호소도 해보았지만 모두 아버지의 피해에 대한 정상만을 인정할 뿐 궁극적인 해결책을 제시하지 못하다가 이번에야 진단을 받을 수 있는 기회를 얻게 되었던 것이다. 그러다보니 자연 순욱은 국가와 같은 지배 세력과 이 사회에서 한자리 한다하며 지배 계층의 자리에 올라선 자들에 대해 적개심을 품게 되었고, 이러한 순욱의 처지가 묘산과 그의 아내는 부담스럽기만 한 것이다.

> "언제던가, 소련 어디에 원자로 방사능이 새어나와 사람들이 떼죽음을 당하고 기형아며 기형가축이 태어났다던데, 원폭병이란 게 전염성은 없답니까?" 이 여사가 물었다.
>
> (중략)
>
> "아무리 촌사람이라 하기로서니 원 그 꼴들이 뭐예요. 꼭 정신병원이나 부랑자 수용소에서 도망나온 사람들 같으니라구. 오늘은 그냥 재워주더라도 내일은 협회가 있다는 돈암동에다 여관방이나 하나 얻어주구려. 차 쓰고 돌려 보낼 테니 김 기사 편에 그 식구들 실려보내면 자기들이 알아서 볼 일을 볼테지요."
>
> (중략)
>
> "막내라구 응석둥이로 키웠더니 저게 어디서 배워먹은 버릇이야. 그럼 네가 원자병인가 뭔가 직접 한번 당해보지 그래. 핵 처리장인가, 그 시설 들어서는 걸 막무가내 반대하는 지역 주민 데모 소식도 못 들었냐. 난 집안에다 그런 중병환자들을 그냥 두고는 못 봐! 이 험한 세상에 우리 가정은 우리가 지켜야 돼." 이 여사가 이층 제 방으로 올라가는 딸에게 땡고함을 질렀다.[263]

---

263) 김원일, 앞의 책, 30-31쪽

IV. 생태위기에 대한 원인의 성찰과 극복의지의 발현　243

이렇듯 묘산의 아내인 이여사는 정노인 일가의 모습이 구차스러울 뿐 정노인 일가가 겪고 있는 아픔에 대해서는 전혀 관심조차 없다. 이러한 그녀의 의식은 지극히 반생태적인 모습으로 북친식으로 이야기하자면 '전일성'이 부재한 상태이며 따라서 '자기 결정적'이지 못한 인물로 설정되어 있다. 특히 핵에 대한 그녀의 무지는 핵문제나 원폭 피해가 자신과는 무관한 일이라 치부하는 방관적이 현실인식에 기인하고 있다. 그리하여 핵에 의한 피해가 점염병과도 같은 것이라는 상식 이하의 발언을 서슴지 않고 있으며, 계층 의식이 뚜렷하여 소외당한 자들에 대한 배려와 위로보다는 그들과 다른 자신의 현실에 일종의 우월의식을 품고 그들을 억압하려드는 이기적인 지배 계층의 단면을 보이고 있는 인물이다. 그리고 이러한 면모는 묘산에게서도 그대로 나타나고 있다.

> 피폭자의 전염성 여부를 떠나서라도 묘산은 처의 판단이 타당하다고 여겨졌다. 순욱의 말로는 사흘 숙식이라지만 더 연장될 수도 있었고, 그동안 그 처량한 몰골의 세 식구를 보아내기에도 묘산으로서는 여간 마음이 쓰이지 않을 것 같았다. 아니, 마음 한구석에는 분명 그들이 귀찮은 존재라는 부담감도 작용하고 있었다. 그는 내일 아침 김 기사 편에 세 사람을 돈암동까지 태워주고 협회 부근에 여관방을 한 칸 잡아주라고 말해버리기로 했다. 그들이 떠날 때 정씨에게 병원비에 보태고 숙식대로 쓰라며 삼십만 원 정도 쥐어주기로 내심 작정하자, 그 정도 선심이라면 큰 돈은 아니지만 성의 표시로는 족할 것 같았고, 그들이 산제로 내려가더라도 고향사람들에게 흉잡힐 소문은 돌지 않으려니 여겨졌다.[264]

이처럼 처량한 모습의 정노인 일가에 대해 묘산은 그들에게 마음 쓰기가 귀찮아지고 그래서 그들이 점점 부담스럽게 느껴지는 것이다. 그리하여 돈암동에 있다는 '원폭피해자 협의회' 근처에 여관이나 얻어주고, 여비와 정씨의 치료비조로

---

264) 김원일, 앞의 책, 32쪽

얼마간의 돈이나 집어주게 되면 자신의 도리는 다하는 것이라고 스스로를 합리화하고 있다. 게다가 그가 이러한 정도의 호의를 베푸는 것도 사실은 고향 사람들에게 야박하다는 욕을 듣지 않기 위해서인 것이다. 이러한 묘산의 모습은 역시 돈과 명예를 통해 권력을 행사하는 지배 권력의 한 모습을 전형적으로 반영하고 있다. 이에 비해 묘산의 딸인 정혜는 기본적으로 생태의식을 소유하고 있는 인물이다. 아버지의 고향사람들인 정노인 일가의 예기치 않은 방문과 그들의 초라한 행색에 대해 따사로운 시선을 보내고 있으며 그들이 원폭 피해자라는 사실을 듣고는 더욱 그들의 아픔을 이해하고 공감하려 애쓴다.

> "저분들을 내쫓는다면 아빠 진정으로 예술가라고… 말할 수 없어요."
> 정혜가 걸음을 멈추더니 또박또박 말했다. "아니 아빠 엄마와 똑같은 사람
> 이에요. 말이 나온김에 한마디 더 하자면, 지금 연세까지 아빠가 엄마한테
> 눌려지내는 이유를 저는 이해할 수가 없어요. 이번 일만은 아빠의 명예를
> 위해서도 당당하게 권위를 세워보세요. 저분들이야말로 아빠는 물론이려
> 니와, 우리 모두가 보살펴야 할 분들이잖아요? 그런데 보은은 못할망정 눈
> 구덩이로 내몬다면, 아빠 도대체 양심을 빼놓고 그림을 그리세요? 아빠가
> 따뜻한 마음을 가진 예술가가 아니라면 그 그림 역시……." 265)

이렇듯 정혜는 소외되고 억압 받는 자들에 대해 기본적으로 어떠한 자세를 지녀야 하는 자를 분명하게 알고 있다. 이른바 '공생'의 원칙을 그녀는 견지하고 있는 것이다. 그리하여 정혜는 정노인 일가와도 같은 피해자들은 모두가 보살펴야 한다는 인식을 지니고 있는 것이다. 일종의 '자기 결정적'인 존재로서의 그녀의 이러한 인식은 현재의 불균형한 현실에 대한 문제 제기를 통해 보다 균형있는 현실로 나아가야 한다는 현실 인식이 내포되어 있다. 또한 이러한 정혜의 현실

---

265) 김원일, 앞의 책, 43쪽

인식이 보다 구체적인 행동으로 옮겨지는 계기는 순욱을 통해 듣게 된 원폭 피해의 실상에 의해서이다.

> "아빠, 정말 왜 그러세요? 아빠도 순욱 씨 이야길 들어보세요. 체르노빌 원전 사고가 있고 4년 후 통계로, 2백 20만 명이 방사능에 오염됐대요. 가까이 위치한 민스크 시의 한 병원에서만도 갑상선 암으로 6천 명이 사망했구요. 체르노빌 사고에서 소련 당국은 공식발표를 통해 31명이 사망했다 했으나 차츰 그 비극의 진상이 밝혀지면서, 전문가들의 견해로는 방사능 오염에 따른 질병으로 10만 명은 사망했을 거래요. 사망 원인은 주로 암인데, 갑상·입술·식도·위장……." 266)

순욱으로부터 구체적인 원폭 피해에 대해 듣고 있는 딸 정혜에 대해 묘산은 화를 내지만 그녀는 문제의 현실에 대해 깊게 인식하게 된다. 그리고 나아가 학교 동아리 친구들과 이러한 원폭의 피해에 대해 그 문제성을 심각히 고민한다. 이러한 그녀의 각성은 그동안 남의 일인양 치부해 왔던 과거 원폭 피해자들에 대한 문제를 현실의 문제로 인식하고 모두 함께 그들의 아픔을 이해하고 상처를 보듬어야 한다는 이른바 '공생의 원리'에 입각해 있는 생태의식을 보여주고 있다.

한편 정혜에게 이러한 생태의식을 일깨워 준 순욱은 이 작품에서 가장 생태위기의 현실을 민감하게 감지하고 있는 인물이며, 바람직한 생태사회로 가는 먼 길을 가기 위해 자신의 신념을 굽히지 않는 인물이다. 순욱이 이러한 생태의식을 견지하게 된 것은 원폭 피해자인 아버지와 어머니 사이에서 태어난 숙명적인 고통에 대한 울분과 분노에서 시작 되었지만, 동생 순임과 아버지 정노인과 자신이 모두 원폭 피해에 대한 상처를 치유 받고 그동안 받았던 억압과 무시에서 벗어나 자유롭고 균형 있는 현실을 꿈꾸게 되면서 그의 의식은 더욱 고양되기에 이른다.

---

266) 김원일, 앞의 책, 89쪽

　　순욱의 그런 환상이 깨어지기는 면 소재 중학교를 졸업하고 읍내 농업 고등학교에 진학해서였다. 고등학교에 진학할 형편이 못 되었으나 국민학교 때부터 반 수석을 놓치지 않던 그의 머리를 아껴 농업학교에서 극빈장학생으로 받아주었던 것이다. 그 나이에 이르러서야 그는 히로시마의 원폭 투하와 피폭자 실태에 관해 눈뜨게 되었다. 불행했던 어머니에 대한 애틋한 그리움과 똥칠이란 놀림감으로 평생을 살아온 아버지에 대한 연민이 그 반작용으로 핵이 분열하여 폭발하듯, 강력한 증오심을 한꺼번에 분출시켰다. 그때부터 공부는 뒷전이고 자신의 가족이 당한 고난과 지금 당하고 있는 고통을 두고 발벗고 나섰다. 피폭자 이세로서 그 후유증 탓인지 신경통과 두통이 심해 휴학을 하게 되자, 놀게 된 때를 기회로 합천군 안에서도 피폭자가 많이 사는 합천읍과 쌍책면의 피폭자를 찾아다니며 사례를 취집했다. 원폭과 핵에 관한 관계서적을 구해 읽었고, 아버지를 협회 회원으로 등록시켰다.[267]

　　"아버지가 어떤 일을 해 왔는지도 잘 아시지 않습니까. 육소간 칼잽이가 어데 사람 대접을 받습니까. 아버님은 강씨댁 머슴살이까지 겸해서, 애오라지 우리 남매를 길렀습니다. 그런데 그 결과가 뭡니까! 저와 수임이가 정상적인 인간 노릇을 하며 아버님의 노후를 편안하게 해드릴 수가 있습니까? 보았지요? 저와 수임이가 지금 어떤 상태인지 자식들은 그렇다치고, 도대체 아버지는 인간으로 태어난 짐승입니까 뭡니까. 짐승과 같은 삶을 꾸려온 아버지의 생애를 누가 보상해주겠습니까. 그 책임을 왜 어질어빠진 아버님이 스스로 감당해야 합니까. 아닙니다. 그 책임을 저야 할 사람들이 분명 있습니다! 저는 그걸 따지려 올라왔어요. 성과가 없더라도 따져보고 싶어서요!" 순욱의 고함은 울음 섞인 절규였다.[268]

　　이렇듯 순욱은 고등학교 재학 무렵 자신의 가족의 문제가 결코 개인에 의해

---

267) 김원일, 앞의 책, 69-70쪽
268) 김원일, 앞의 책, 103-104쪽

만들어진 문제가 아니라 분명 책임져야 할 누군가가 있는 사회적인 문제임을 각성하고 있었다. 그리하여 협회를 구성하여 이러한 현실의 문제에 관한 전문 서적을 읽기도 하고 같은 피해를 입은 사람들의 현실을 조사하기도 하며 문제 극복에 대한 강인한 의지를 보이고 있는 것이다. 그리고 이러한 그의 의지는 우선 아버지가 앓고 있는 병이 원폭에 의한 피해라는 사실만이라도 진단받겠다는 구체적인 행동으로 이어져 원폭 지정 병원인 적십자 병원에 아버지를 모시고 가게 된 것이다. 그러나 병원에 가는 과정에서 병약한 아버지와 모자라는 동생 순임을 돌보다가 소매치기를 당하여 주민등록증과 비상금을 분실하게 되고 이것이 문제가 되어 진찰에 어려움을 겪게 된다. 뿐만 아니라 번거로운 서류 제출과 진단의 까다로운 절차는 순욱으로 하여금 순간 절망에 빠지게 한다.

순욱은 삶이란 자체가 이렇게 초조히 끝없는 기다림의 되풀이일는지 모른다는 생각이 들었다. 한 고비를 넘기면 다시 한 고비가 찾아오고, 그 고비를 겨우 넘기면 다시 허위넘어야 할 고비가 찾아오고, 그 고비를 가까스로 또 넘기면 다시 새로운 고비가 앞을 막은, 참으로 지루한 먼 길. 목숨을 연장시키기 위한 실낱 같은 기대도 무너져선 끝내 이르고야 말 죽음을 알면서도 지칫거리는 걸음으로 고비고비를 넘어 걷고 걷는 삶의 도정이야말로 지겨운 기다림 그 자체였다. 쓰러져 밟히며, 주위로부터 갖은 모독을 당하며, 시행착오를 겪어도, 저 멀리 기다리고 있을 삶의 마지막 지점에 이르기까지 포기할 수 없는 인생. 그 마지막 지점을 희망이라 여겨 힘차게 걷는 사람도 있을 터이다. 그러나 끝내 이르러 그 앞에 서면 희망의 깃발이 절망의 조각조각으로 기워놓은 누더기에 불과함을 알 것이다. 아버지는 물론 자신이 바로 그런 삶의 길을 허위허위 걸어가고 있는 셈이었다. 무수한 고비를 넘겨야 이르는 저 멀리 보이는 누더기 깃발을 향해, 지금도 기다리는 이 무의미함이야말로 세 식구 삶의 본모습에 다름 아니었다. 순욱의 생각이 그런 비관에 젖어 있었다.[269]

---

269) 김원일, 앞의 책, 134-135쪽

윗글은 순욱이 꿈꾸는 자유와 균형의 세계에 이르는 길이 이토록 멀고 그리고 지루한 기다림을 수반하는 것인지에 대해 회의를 갖게 되는 부분이다. 아울러 희망을 지니고 산다는 것 자체에 대해 비관에 빠지는 그의 모습을 발견할 수 있다. 희망 뒤에는 언제나 절망이 기다리고 있는 현실에 대해 누구보다도 순욱은 깊게 공감하게 된다. 이것은 아버지를 그토록 까다롭고 번거로운 병원의 형식적인 절차에 지쳐 쓰러지게 하면서까지 자신이 찾고자 하는 것이 무엇인가에 대한 심각한 회의인 것이다.

그러나 순욱은 나약해진 자신을 추스리고 자신의 문제가 결코 자신의 가족만의 문제가 아니라는 인식을 견지하며 원폭으로 인해 피해를 겪는 모든 이들을 대표하여 자신의 성명서를 일본 대사관에 전달하기로 한다. 또한 이러한 그의 의지에 대해 정혜 역시 강력한 지지를 보내며 그와 함께 대사관에 가줄 것을 자청한다. 하지만 이들이 만나게 되는 현실은 차갑고 무거운 철장으로 닫힌 대사관의 철문과 정신대 관련 시위로 몸살을 앓고 있던 신경질적인 반응의 순경들, 그리고 위압적인 태도의 경위의 모습이었다.

"뭐 원폭피해자 대책 어쩌구 하며 일본 대사님을 면담하겠다구요."
"그렇다면 정신대 대책위 아줌마 데모꾼하고 같은 문제잖아." 하더니,
상급자가 순욱 일행 쪽을 보았다. "자네들 추위에 생고생하지 말고 돌아가.
원폭이든 정신대든 다 옛날 얘기 아냐. 또한 정부가 일본측에 성의있는
대책을 요청하고 있는 마당에 왜 너들까지 나서서 이래. 신문에서 떠든다
고 너들까지 여기로 몰려와 사회 혼란을 조성하려 들어?"
"정부가 해주는 일이 없으니 당사자가 직접 나선 거 아닙니까. 저도,
저기 서 있는 제 누이도 피폭 이세인데, 보다시피 그 후유증으로 반 죽음
목숨과 다름 없습니다. 대사나 영사가 아니더라도 책임있는 분과 면담이
이루어지도록 도와주이소. 여게 몇 가지 건의건을 담은 요망서도 준비해서
왔심다. 경찰은 시민이 원하는 애로 사항에 대해 봉사할 의무가 있지 않습

니까." 순욱이 바람에 날리는 머리카락을 쓸어붙이며 따지듯 말했다.

"좋은 말로 할 때, 돌아가!" 경위가 엄숙하게 명령했다.[270]

이상에서 알 수 있는 국가 권력을 상징하는 경위의 생각은 원폭 피해와 정신대 문제는 정부가 알아서 할 일인데 대학생이나 신문까지 나서서 사회 혼란을 조장하고 있다는 것이다. 국가가 하는 일에 일개 개인들이 나서는 것은 사회 혼란일 뿐이라는 이러한 경위의 의식은 지배 권력으로서 개인들을 억압하고 있는 반생태적인 사고의 반영이다.

또한 부탁한 적도 없는데 친구들을 끌고 와서 자신들의 지적 허영심과 공명적인 정의감에 들떠 일본 대사관 진입을 주장하는 정혜와 그녀의 동아리 친구들 역시 가시적으로는 생태의식의 각성을 주장하지만 이러한 그들 깊은 내면에는 순욱 만큼 절실한 현실의 억압에 대한 문제의식과 이에 대한 극복 의지는 다소 미약한 편이다. 이러한 모습은 순욱의 내면을 통해 확인할 수 있다.

> "형, 우리 먼저 가게 돼서 미안해요." 책가방을 든 영무가 씩 웃으며 순욱에게 말했다.
> 순욱은 대답하지 않았다. 대사관 정문 앞에서 뱃심 좋게 나올 때는 언제고 경위의 훈계에 그만 풀이 죽어 곱송그리다 훈방을 시키자 잽싸게 빠져나가는 학생들 꼴이 그의 눈에는 뇌꼴스러웠다. 미꾸라지처럼 약아빠진 운동권 흉내쟁이라 아니할 수 없었다.[271]

정혜를 위시한 그녀의 친구들은 순욱의 처지를 이해하고 그의 문제를 공감하며 이를 사회적인 문제로 인식하여 이에 대해 공생의 원리에 입각한 극복을 시도

---

270) 김원일, 앞의 책, 143쪽
271) 김원일, 앞의 책, 155-156쪽

하고 있는 것은 분명하지만 사실 그들의 섣부른 집단행동은 오히려 경찰을 자극하게 되고 순욱과 그들 모두를 경찰서로 행하게 했을 뿐이다. 결국 순욱이 처음에 의도한 대로 조용히 전달하고자 한 성명서들은 사회 혼란을 가중시키는 집단 행위로 인식되어 신문의 사회란을 메우는 흥미있는 이야깃거리로 전락하고 만다. 현실의 문제를 알리고 자유와 균형의 세계로 가고자 하는 순욱의 의지는 '공생의 원리'에 입각한 '전일성'을 갖추지 못한 개인들의 현실 인식의 부재로 인해 점점 어려움에 봉착하게 된다. 특히 어렵사리 풀려나온 경찰서 앞에서 미리 풀려나온 정혜 친구들을 만나 자신의 울분을 피력하고 돌아오자 아버지가 쓰러졌다는 소식을 접하게 된다. 그리고 묘산과 그의 아내가 아버지를 홀로 돌려보낸 그를 무책임하다고 비난하자 그는 이토록 자신이 억압당하는 원인이 지배적인 위치에 있는 자들이 사회 구성원에 대해 '공생'에 입각한 '전일성'을 갖춘 시각을 견지하지 못하기 때문임을 명확히 전달한다.

"나가지요. 당장 나가겠습니다. 떠나기 전에 어린놈이 충고 한마디 더 드릴까요? 원폭이든 수폭이든 우리 가족은 열외로 치고, 당신네하고 아무 관계가 없지만 이 땅에 함께 숨쉬고 사는 빈민들도 이따금 생각하며 사십시오. 선생네 흰쌀밥에 돌싸래기 같은 그들이 어떻게 아득바득 하루를 살고 있는지도 그림을 그릴 때 이따금 떠올리란 말입니다."

순욱이 꺽쉰 목소리로 처연하게 말하곤 응접 의자 사이에서 빠져나오자, 조금 전 한쪽 발바닥에 뭉클하던 감촉이 되짚어졌다. 그가 내려다보니 쫑은 이미 질식사한 뒤였다. 순욱은 머리통보다 작은 요크셔 테리어를 집어들어 이 여사 앞에다 던졌다.

"개새끼가 죽었군요."

쫑의 시체가 걸레뭉치처럼 발 앞에 툭 떨어지자 이 여사가 외마디 비명을 지르며 뒤로 풀썩 물러앉더니 그대로 까무라쳐 버렸다.[272]

---

272) 김원일, 앞의 책, 178-179쪽

이처럼 원폭이든 수폭이든 어떤 문제 상황에 처한 사람들이 자신들과는 무관하다고 생각하고 있는 묘산과 그의 아내에게 각성을 촉구하고 있다. 또한 이 땅에 함께 살고 있는 사람들에 대한 배려와 염려가 필요함을 역설하고 있기도 하다. 그러던 중 묘산의 부인이 아끼는 애완견이 순욱의 발에 깔려 죽게 되고 이에 묘산의 부인인 이여사는 기절하고 만다. 이러한 모습은 같은 땅에 살면서 현실의 문제로 인해 고통받는 또 다른 개인이 있다는 인식은 못하여도 자신의 애완견의 죽음은 충격으로 받아들이는 이여사의 모순된 생태의식을 반영하고 있는 것이다.

이러한 현실에 직면하게 되자 급기야 순욱은 그가 추구하고자 하는 자유와 균형의 새로운 생태사회를 추구하는 방법이 바로 극단적인 죽음에 이르는 것임을 깨닫게 된다.

> 차 사이를 피해 가까스로 길 중앙의 안전지대에 올라선 순욱은 등에 업은 아버지를 은행나무 옆 시든 잔디에 내려놓았다. 서둘러 가방을 열고 시너통을 꺼내었다. 그는 갑자기 심장이 뚝 멈추는 듯한, 엄청난 두려움을 느꼈다. 그 공포는 물을 한순간에 얼음으로 굳히듯 그의 의식과 근육을 뻣뻣하게 했고, 머릿속을 뒤죽박죽으로 만들었다. 이제 그는 자신이 하고 있는 행위를 인식하지 못했다. 시너통 뚜껑을 열어 그 액체를 자신의 머리에 붓고 나머지를 아버지의 몸에 나비물로 끼얹었다.
> 순욱이 라이터에 불을 켤 때, 누이의 울부짖음이 크게 들리듯했다. 순간, 환한 불꽃이 순욱의 어깨와 머리 위로 순연하게 타올랐다. 그의 몸뚱이는 곧 정씨 위에 포개어졌다.[273]

결국 아버지와 함께 '분신 자살'이라는 극단적인 방법을 택한 순욱의 절규는 거대권력과 지배적인 사회 분위기에 의해 희생된 개인의 행복과 사라져 버린 공동체에 대한 복구의지라고 볼 수 있다. 순욱으로서는 거대권력과 지배적 질서에

---

273) 김원일, 앞의 책, 192쪽

의해 위계화 되어 있는 인간 사회의 억압적인 현실의 막막함 앞에서는 도저히
자신의 의지만으로 자신이 꿈꾸는 생태사회에 도달할 수 없음을 인식한 것이다.
그래서 원폭의 직접적인 피해자인 아버지와 그의 2세로서 자신의 목숨을 던져
화염 속에서 소각함으로써 과거의 억압적인 현실들을 모두 일소해 버리고 싶었던
것이다. 그리하여 파괴되어 버린 공동체의 회복과 억압되었던 개인의 행복을 조
화와 균형이 보장된 자유로운 생태사회에서 새롭게 생성되기를 갈망하고 있는
것이다. 이 작품은 이러한 순욱의 생태의식의 확보를 통해 생태소설의 가능성을
제시하고는 있으나 결말부분의 순욱과 정노인의 '분신' 이라는 극단적인 행동양상
은 오히려 생태소설의 전망을 무화시켜버리는 한계를 지니고 있다.

한편 노순자의 〈나무도 아닌 것이 풀도 아닌 것이〉는 종교적인 입장에서 환경
파괴의 현실인 화학물질로 인한 대기 오염과 과거 원폭 피해를 입은 여성으로서
의 시애의 비극적인 현실을 피폐해진 불귀골의 현실에 이입하여 다루고 있는 작
품이다. 이 작품에서 제시되고 있는 시애라는 여인의 현실은 그 출생부터가 억압
적인 현실에 기인하고 있다. 원폭 피해를 입은 어머니가 낳은 그녀는 어린 시절부
터 병약하여 학교조차도 다닐 수 없었고 그러한 그녀를 안타까워하던 어머니는
병원을 전전하며 시애를 보살피는데 사력을 다했다. 그것은 딸에 대한 연민이기
보다는 상처 입은 여성으로서의 몸부림에 가까운 것이었다.

이제 시애는 엄마를 이해하고 있었다. 엄마는 그러지 않을 수 없는 필연
의 이유들을 가지고 있었다. 엄마는 비극의 와중에도 교육도 못 받은 채
수난 속에 살아남은 이 땅의 여인이었다. 엄마가 지나쳤던 것은 결코 엄마
책임이 아니었다. 시애가 엄마의 배 안에 싹트기 시작했을 때 임산부는
세계 대전에 종말을 고하게 한 현장에 있었고 아들 둘은 모두 원폭에 잃었
다. 뱃속에 있던 아이만이 공장에 나가 있던 부모와 함께 살아남았다. 그러
나 모친은 뱃속에서 먼 발치로 섬광의 폭탄을 경험한 애를 조산한 후 여성

으로서의 기능을 잃었으며 작은 어머니가 들어와서 아버지의 아이들을 낳
고 함께 살았다. 엄마가 여덟 달 나기의 시애에게 병적으로 집착한 것은
당연한 본능이었을 것이었다.[274]

이렇듯 시애의 어머니는 원한 바도 없이 시애를 임신한 채 원폭의 피해자로서
모든 것을 잃은 인물이다. 멀쩡한 아들을 그 자리에서 둘이나 잃었으며, 시애를
조산한 이후 여성으로서의 기능마저 상실하게 되었던 것이다.[275] 게다가 아버지
는 이러한 어머니를 뒤로 하고 새 여자를 맞아 새로이 아들을 낳고 살고 있기까지
하였으니, 시애의 어머니는 이중으로 상처를 입게 된다. 즉 가공할만한 위력을
상징하는 원폭은 사실상 무력과 폭력을 상징하는 지배 권력의 이미지로서 시애의
어머니에게 상처를 입혔으며, 나아가 시애의 아버지는 이러한 어머니를 멀리 함
으로써 또 한번의 상처를 어머니에게 남긴 것이다. 그러자 어머니에게 남은 것은
시애뿐이었고, 그녀마저 원폭의 섬광을 경험한 터라 혹시 자신과도 같은 상처가
그녀에게 가해질까 두려웠던 것이다. 이것은 어머니로서의 자식에 대한 본능이자
억울하게 상처 입은 자의 상처에 대한 맹목적인 치유 본능인 것이다.

그렇지만 방사능 후유증일지 모른다는 추측과 함께 시애의 어머니는 세상을
떠나게 되고 시애 역시 병약한 몸으로 이모네 집을 전전하던 중 과거 자신이 구해
준 대학생의 병문안을 다니다가 아들 기섭을 낳고 천주교도가 됨으로써 마음의

---

274) 노순자, 앞의 책, 218-219쪽

275) 김미현은 본래 풍요로움과 생명력의 상징이어야 할 자궁이 현실적인 경제 원라나 가부
    장적 이데올로기에 의해 궁핍함과 비생명력의 상징으로 변하고 있음을 지적하고 있다.
    그리고 이를 통해 자궁이 생명을 잉태하는 풍요의 공간이지만, 그와 동시에 세계의 불
    임성이나 죽음의 공포성을 드러내는 결핍의 공간이기도 함을 주장한다. 결국 여성의 신
    체의 생명력을 상징하는 자궁의 해체는 자연이 파괴되어 생명체가 죽어가는 현상과 동
    일시될 수 있는 것이다.
    김미현, 『한국여성소설과 페미니즘』, 74-88쪽

평온을 찾은 채 불귀골에 들어와 살게 된 것이다. 그리고 아들 기섭은 이제 서울로 대학을 다니러 갔고 그녀는 이곳에서 자신의 삶에 충실할 뿐이었다.

이러한 시애와 마을 사람들을 피폐화시킨 것은 분명 과학 기술을 상징하는 연구소의 폭력적인 작태이다. 그리고 이러한 과학 기술은 이미 생태페미니스트들이 주장하고 있듯이 남성적인 것을 상징하고 있다.[276] 시애는 이러한 남성 지배적인 현실이 가져온 억압 상태에서는 참고 인내하는 것만이 이를 이겨내는 힘이라 여기고 있다.[277] 결국 시애 역시 남성적인 것이 지배하는 폭력적인 현실 앞에 상처 입은 존재로서 이러한 현실 속에서 파괴되어가는 자연의 이미지와 동일한 처지에 놓여 있는 것이다. 이 작품은 원폭으로 인해 상처 입은 시애 어머니와 시애를 통해 억압적인 남성지배 이데올로기로 인해 피폐화된 여성의 모습과 과학 기술이라는 미명하에 자연을 파괴하고 마을 주민들의 생명까지도 위협하는 폭력적인 연구소의 작태를 동시에 제시하여 위계화된 권력의 횡포를 노정하고 있다.

이상의 작품들은 주로 태평양전쟁을 중심으로 당시의 원폭으로 인한 피해가 그 당대의 문제만이 아니라 다음 세대를 통해 보다 심각한 양상으로 이어지고 있음을 강조하고 있다. 이로써 생태위기의 현실이 결코 당대만의 문제가 아니라 다음세대로 이어질 수 있는 심각한 문제임을 제시하고 있는 것이다.

이에 비해 국가와도 같은 절대 권력이 개인을 억압하는 모습과 인간이 인간에 대해 스스로 정해 놓은 위계질서에 의해 무참할 정도로 약자를 억압하고 강자로서의 기득권을 유지하려는 안간힘을 문순태의 〈낯선 귀향〉을 통해 명확히 확인할 수 있다. 이 작품은 정순호라는 인물이 1년여의 방황을 마치고 은밀한 귀향을

---

276) Susan Griffin, Woman & Nature, Harper & Row, 1978, 5-46쪽
277) 그런데 이러한 인내에 대한 시애의 의지는 구원해 줄 하느님에 대한 믿음으로 승화되어 있어이 작품이 확보하고 있는 생태소설적 전망을 상당부분 무화시키는 것으로 작용한다는 한계가 있다. 뿐만 아니라 이 작품 외에 김태연의 《그림같은 시절》(창작과 비평사, 1994) 역시 원폭피해의 참담한 현실을 그리고 있다.

하는데서 시작된다. 그리고 이러한 그의 방황의 원인이 원자력 발전소로 인한 피해임을 제시하고 그가 겪었던 과거의 원전 피해의 현실과 현재 귀향길의 버스에서 운전사와 두 사내와의 갈등 앞에서 무기력한 자신의 모습을 이중적으로 교차시켜서 형상화하고 있는 작품이다. 또한 현실의 강자로서 군림하는 원자력 발전소 관계자들과 버스의 주인으로 행세하는 버스 운전자를 동일한 위치에 두는 한편, 약자로서 피해를 당하고도 보상조차 제대로 받지 못하고 있는 정순호와 같은 영광읍 주민들과 버스 운전자의 위압적인 협박에 못 이겨 정당한 요구를 한 버스 승객인 두 사내를 버스에서 내리게끔 하는 다수의 승객을 대등한 입장으로 설정하여 사건을 전개하고 있다.

약자로 설정되어 있는 정순호와 영광읍 사람들은 강자로 군림하고 있는 거대한 원자력 발전소를 이끄는 자들과 이에 저항하는 또 다른 강자로서의 반핵 단체들에 의해 철저하게 유린된다. 정순호의 아내가 무뇌아를 출산하자 마을 사람들은 물론 반핵 단체들까지 나서서 이러한 원전의 횡포에 대해 규탄하고 그 피해를 보상받아야 한다는 의지로 고양된다.

무뇌아를 낳은 사실이 신문과 텔리비전에 나오면서부터 그의 고민은 감당할 수 없을 정도로 커지기 시작했다.

전국 각지에서 기자들이 찾아오고 핵발전소추방회와 여러 반핵단체 사람들이 줄을 이었으며 얼마 후에는 인근 마을에서까지 구경꾼들이 몰려와서 아기를 좀 보자고 하였다. 그런가 하면 과학기술처 사람들이 나와서 이것저것 시시콜콜 따져 묻는가 하면 원전 사람들과 의사들이 찾아와서는 마치 죄 지은 사람 조사하듯 집안 내력이며 결혼 전에 사귀었거나 성관계를 가졌던 남녀관계까지 들추어내려고 하였다. 가장 곤혹스러웠던 일은 그가 지금의 아내와 결혼하기 전에 사귀었던 여자 특히 잠자리를 같이 했던 여자까지도 캐묻는 것이었다. 그것은 그의 아내도 마찬가지였다. 심지어 그들은 정순호가 사창가 여자들과 관계한 것까지도 알아내려고 하였다.

　　그들 부부는 대학병원에 갇히다시피 하여 1주일 동안이나 정밀검사를
　　받았다. 정액까지도 받아가 검사를 했다. 그 결과 병원에서는 그들 부부가
　　기형아를 낳게 된 것은 방사선 때문이 아니라 일종의 　'아카바네병'　이라고
　　발표했다.[278)]

　　분명 피해자는 정순호와 그의 아내임에도 불구하고 마치 죄인을 다루듯 이들
부부를 추궁하는 원전 측의 태도와 과학 기술처의 태도는 강자로서 약자의 입장
은 전혀 고려하지 않는 위압적인 모습 그 자체이다. 그들이 낳은 무뇌아에 대해
그 원인을 규명하기에 앞서 일단 원전의 책임보다는 그들 부부 개인의 문제부터
파악하려는 이러한 책임 회피적 태도야말로 강자로서의 횡포인 것이다. 일단 원
전 측과 국가 기관 자체가 이렇듯 문제의 원인을 피해자인 정순호 부부에게서
찾으려 하는 이상 궁극적인 원인은 규명될 수 없는 것이다. 문제의 원인이 된
핵심 사항을 뒤로 한 채 주변에서 문제의 원인을 규명하고자 하기 때문이다.
　　그리하여 결국 대학 병원의 최종 결론은 이들 부부의 무뇌아는 방사선 때문이
아니라 　'아카바네병'　이라고 진단하고 만다. 결국 강자로서의 원전 측은 무지한 정
순호부부의 문제 상황쯤은 얼마든지 합리적으로 극복할 수 있었던 것이다. 이러
한 원전 측의 책임 회피에 대해 다른 한쪽에서 원전 측의 힘을 견제하고 있는
반핵 단체들이 이번에는 자신들의 힘을 과시하기 시작한다. 이러한 과정에서 정
순호 부부는 또 다른 희생을 감수할 수밖에 없는 것이다.

　　병원의 검사가 끝나자 다음에는 여러 반핵단체에서 그들 부부를 잠시도
　　놓아주지 않고 여기저기 데리고 다녔다. 어떤 때는 연설회장에까지 가서
　　앉아 있어야만 했다. 그들은 정순호 부부가 기형아를 낳은 것만을 문제삼
　　는 것이 아니라 그 동안 영광읍에 원전이 들어선 후로 그곳에서 십리쯤

---

278) 문순태, 앞의 책, 93-94쪽

떨어진 해안지역에 어패류가 멸종된 일이며 인근 마을마다 송아지 유산이
부쩍 늘어나는가 하면 세 발 달린 송아지며, 머리가 둘 달린 강아지 등
기형가축이 생겨난 것도 문제로 삼았다. 그들은 원전으로부터 당장 보상을
받아낼 것처럼 큰소리를 쳤다.279)

　　반핵 단체들은 그들 나름대로 원전 측과의 힘겨루기에 정순호 부부만한 대상
이 없었던 것이다. 그들이 낳은 무뇌아는 방사선의 문제점을 고스란히 보여 주는
결과물로서 혹은 그들이 주장하는 핵발전소의 문제점을 반영하는 증거물로서 가
장 설득력을 지닐 수 있기 때문이다. 이러한 반핵 단체들에게 끌려 다니기를 1년
이 지나자 서서히 정순호는 이 모든 것이 모두 강자들의 이익을 위한 노릇에 지나
지 않음을 깨닫게 된다.

　　기형아를 낳고 1년 동안 정순호는 원전 사람들 외에 여러 반핵단체 사
람들 사이를 오가면서 시간을 보냈다. 그러다가 어느 날 그는 모든 것이
아무짝에도 쓸데없는 짓거리라는 것을 알아차리게 되었다. 반핵단체 사람
들 말대로 보상금이 나올 것 같지도 않았고 그 거대한 콘크리트 돔으로
둘러싸인 원전이 없어질 것 같지도 않았던 것이다. 더군다나 아무리 그가
발버둥을 쳐봤자 기형아로 태어난 그의 아기가 정상아가 되지 않는다는
사실을 깨닫게 되었다. 그 1년 사이에 달라진 것이 있다면 원전 주변 주민
들에 대한 이른바 역학조사라는 것을 실시했으나 역시 원전측의 주장대로
특별한 이상이 없다는 결론이었다. 그리고 발전소에서 1킬로미터쯤 떨어
진 파출소 앞에 그때그때의 방사선량을 표시하는 환경방사능 감식기가 3
미터 높이에 세워져 오가는 행인들 누구나 방사선량을 수치로 읽을 수 있
게 했다는 것뿐이었는데 그 방사능감식기에는 언제나 자연방사능 수준인
0.012밀리그램 이상을 초과하지 않았다. 그리고 또 달라진 것이 있다면 원
전에 근무하면서도 방사능이 무엇인지조차 몰랐던 정순호가 이제는 염색
체분석이 무엇이며 X-레이 한번 찍는데 받는 방사능 피폭선량이 1백밀리

---

279) 문순태, 앞의 책, 94쪽

　한국 현대 생태담론과 이론연구

그램 정도인데 500밀리그램이 넘으면 인체에 위험하다는 것쯤은 알게 되었다. 그리고 무엇보다 그가 확실하게 알게 된 것은 이 세상에서 방사능보다 더 위험한 것은 아무것도 없다는 사실이었다.[280]

이것은 결국 강자들이 설정해 놓은 질서는 아무리 그것이 부조리하다고 해도 약자들에 의해 쉽게 바뀔 수 없음을 제시하고 있는 부분이다. 정순호는 한번 세워진 원전은 결코 없어지지 않을 것이며, 자신이 낳은 무뇌아도 결코 정상인이 될 수 없음을 확고히 인식하게 된다. 아무리 원전의 문제점을 제기한다고 해도 그들은 언제나 위험치 아래의 방사선 수치를 기록할 뿐이다. 그들이 설치한 방사능감식기는 언제나 그들의 입장을 대변하는 도구일 뿐인 것이다. 그러므로 정순호는 세상에서 가장 위험한 것이 방사능이라는 사실을 알게 되었을 뿐, 이로 인해 그가 입은 피해에 대해서는 그 어떤 강자에게 입증할 수 없으므로, 피해 자체만 있을 뿐 그 원인도 책임을 질 기관도 없음을 깨닫게 된다.

이러한 인간의 인간에 대한 지배의 양식은 정순호가 귀향길에 올라 탄 버스에서도 동일하게 나타난다. 그가 올라탄 버스는 늦은 밤이라 추위가 제법 느껴지는데도 난방 장치를 가동하고 있지 않았지만 승객들은 버스 운전사에게 난방에 대한 요구를 하기 보다는 좀 참아 보겠다는 듯이 모두 잠을 청하고, 정순호 역시 이러한 분위기에 순응한다. 그런데 장터마을에서 탄 40대 중반의 술이 거나하게 취한 채 승차한 남자 둘은 이러한 버스의 분위기를 깨고 버스 운전사에게 난방에 대해 요구한다.

"무슨 놈에 버스가 이렇게 냉방이야? 이러고도 차비를 받아 처묵어? 운전사양반, 나 감기들면 치료비 부담허슈."
"염병헐, 버스요금은 자꾸 올리면서 서비스는 엉망이라니까. 사업을 한

---

280) 문순태, 앞의 책, 95쪽

다는 놈덜이나, 사업가들 등이나 처묵는 정부나 똑같다니께. 모두 한통속
이여. 말뿐이여."

   술취한 두 사내는 거침없이 큰 소리로 쏘아붙였다. 그러자 운전사는 그
들의 말이 귀에 거슬렸음인지 갑작스럽게 라디오의 볼륨을 최고로 높였다.
목청이 쟁쟁한 젊은 여자가수의 노랫소리와 반주음악이 꽝꽝 버스 안을
울려댔다. 그 소리에 얼숭얼숭 잠이 들기 시작하던 승객들이 입맛을 쩝쩝
다시며 눈을 뜨고 주위를 두렷거렸다.[281]

   버스가 추우니 난방을 하자는 사내들의 요구에 버스 운전사는 라디오의 볼륨
을 높임으로써 이들의 요구를 무시한다. 물론 이러한 요구를 하는 사내들의 거
친 태도가 버스 운전사의 기분을 상하게 하였을 것이다. 그러나 그들은 취중이
고 깊은 겨울밤 버스 안이 춥다는 사실을 그가 모를 리 없다. 다만 버스 운전사
는 자신이 자의에 의해서가 아니라 승객의 요구에 의해서 난방하고 싶지 않은
것이다.

   이러한 그의 심리는 버스를 움직이는 것은 자신이며 자신이 없이는 버스를
운행할 수 없으므로 스스로가 버스의 주인이라 인식하고 있기 때문이다. 또한
나머지 승객들 모두 이러한 버스 운전사의 인식에 무기력하게 순응할 따름이기에
버스 주인으로서 행사하는 그의 횡포는 더욱 극악한 지경에 이르게 된다. 그리하
여 자신의 요구를 들어 주지 않는 운전자에 대한 남자들의 욕설과 불만의 소리가
들릴수록 더욱 라디오의 볼륨을 높이고 과속으로 주행함으로써 승객들에게 불안
감을 조성한다. 그리고 대부분의 승객은 남자들에게 그러한 요구를 철회하여 버
스 운전사의 심기를 그만 진정시킬 것을 종용하기에 이른다.

   그리고 이때 갑자기 버스가 멈추어 서서 사내들을 바닥에 쓰러지도록 한다.
여기서 보이는 운전사의 횡포는 자못 심각하다. 자신의 심기에 거스른다는 이유

---

281) 문순태, 앞의 책, 87-88쪽

만으로 승객 전체에게 불안감을 조성하고 나아가 자신에게 불만을 보이는 사내들을 바닥에 쓰러뜨림으로써 위협을 가하고 있다. 이렇듯 강자로서 군림하는 운전자의 횡포와 이에 맞서려고 하나 이러한 횡포에 순응적인 승객들 때문에 약자로서 억압을 당하는 두 사내의 모습은 오늘날의 현실에서 자주 직면하는 상황이기도 하다.

> "손님 여러분 안전하게 목적지에 도착하시려면 어서 그 두 사람을 차에서 끌어내십시오. 그러기 전에는 출발하지 않겠습니다."
>
> (중략)
>
> "이러는 법이 어디 있어요. 여러분들. 저 싸기지 없는 운전수의 말을 믿고 따르겠다 이겁니까. 그래서는 안 됩니다. 그러면 여러분이 저 운전수의 명령에 복종하는 거나 마찬가집니다. 그러면 여러분이 지는 겁니다요. 우리가 뭣을 잘못했다고 그럽니까."
>
> 가죽 점퍼가 웅변조로 하소연하듯 말했다.
>
> (중략)
>
> 두 사람 중에서 누구인가 소리를 칠 때 버스가 부르릉 부르릉 어둠 속에 매연을 내뿜으며 달리기 시작했다. 라디오 소리는 더 이상 흘러나오지 않았으며, 어느새 스팀이 들어와 추위를 녹여주었다. 승객들은 비로소 잔뜩 움츠렸던 몸을 풀고 느긋하게 앉아서 다시 잠을 청했다.[282]

이렇듯 강자로서 현실의 입지를 견고히 하고 있는 버스 운전자는 안전 운행이라는 합당한 명분으로 올바른 요구를 하고 있는 사내들을 승객들로 하여금 버스에서 하차시킬 수 있다. 반면 사내들은 자신들의 요구가 비록 정당하였지만, 승객들의 무사 안일적인 태도와 현실 순응주의로 인해 어느덧 약자로 전락하여 버리고 만다. 특히 이러한 인간에 대한 인간의 지배에 크게 기여하는 것은 승객들의

---

282) 문순태, 앞의 책, 90-91쪽

타협적인 무사안일주의이다. 대부분의 승객들은 강자의 입장을 지지함으로써 자신들의 안위를 돌볼 뿐이다.

그런데 이들이 이렇듯 강자의 입장에 설 수밖에 없는 것은 억압적인 현실이 그들에게 가해지는 고통에 대해 너무도 잘 알고 있기 때문이다. 결국 작품 속의 정순호가 체험하게 되는 버스 속의 모습은 '인간에 대한 인간의 지배'가 어느 정도 가혹한 가를 보여줌으로써 정순호가 체험한 핵발전소의 횡포, 즉 '거대 권력의 횡포'를 구체화시키고 있는 것이다.

이러한 인간의 인간에 대한 지배 양상으로 인한 생태위기의 현실을 담고 있는 작품 외에도 거대 조직으로서의 사회가 구성원인 개인들을 억압함으로써 초래되는 생태위기의 현실을 담고 있는 작품들로는 우한용의 〈불바람〉, 정도상의 〈겨울 꽃〉이 있다. 이들 작품들은 모두 원자력 발전소를 둘러싼 원전 피해에 대한 내용을 주제로 삼고 있다.283) 다만 〈불바람〉은 원전 피해의 현실을 원전 직원과 그의 부인의 시각을 중심으로 서술하고 있고, 〈겨울꽃〉은 원전 피해를 입은 지역 주민들의 시각을 중심으로 묘사하고 있다는 차이가 있을 뿐이다. 그러나 이들 작품들은 모두 거대 조직으로서의 국가가 원자력 발전소를 건립하여 국가발전을 도모한다는 대의명분에 입각하여 지역 주민과 원전 직원에 대해 위압적인 억압을 가하고 있는 현실을 정확히 포착하여 사회의 개인에 대한 억압으로 인해 파생된 생태위기의 현실을 여실히 보여 주고 있다.

우선 우한용의 〈불바람〉은 유학까지 하면서 원자력을 공부하고 현재 원자력

---

283) 이러한 원전의 문제점을 다루고 있는 서구의 주목할 만한 작품으로는 크리스타 볼프 (Christa Wolf)의 《원전사고》가 있다. 볼프는 독일을 대표하는 구동독 출신의 여성작가 이다. 이 작품은 체르노빌 원전사고를 다루고 있으며, 단 하나의 원자로가 파괴됨으로 해서 유럽인 전체의 일상을 위협하는 파국적인 실제 상황을 보고 인류의 위기에 대해 문학적 경종을 울린 작품으로 평가된다.
김용민, 앞의 책, 379-415쪽

발전소에서 근무하게 된 성득과 이러한 그를 사려 깊게 내조해온 아내 연진이 겪는 원자력 발전소의 위해 물질과 방사능 피해에 관한 심도 깊은 문제 제기와 이에 대한 비판적 성찰이 주조를 이루는 이야기이다.[284]

아내 연진은 최근 남편 성득이 발전소 홍보 부장을 맡은 뒤로 줄곧 피로를 감추지 못하고 서서히 병약한 모습으로 변하고 급기야 안면의 근육 경련과 젓가락질을 할 때면 미세한 떨림이 일게 되는 것을 발견하고 두려움에 싸이게 된다. 게다가 그녀는 남편의 유학 시절 아이를 유산시킨 이후 8년이 지난 현재 아이를 갖지 못하고 있는 실정이다. 그래서 최근 인공 수정을 통해 겨우 임신에 성공한 상태이기 때문에 연진의 불안은 더욱 가중된다. 이러한 연진의 불안은 작품에 가시화되어 있듯이 국가권력이 개인을 지배함으로써 얻게 되는 일종의 피해의식이었다.

> 산업의 발전에 따라 전력수요는 급증하고 석유자원의 한계가 뻔한 시점에서 에너지원을 다원화하기 위해선 원자력말고 달리 방법이 없다는 것이 정부측의 홍보였다. 원자력은 저렴한 에너지이며 연료의 수송과 저장이 용이하고 공해가 없다는 거다. 그리고 원자력발전소를 건설하면 거기 부수되는 관련산업의 육성을 기할 수 있다는 것이었다. 성전처럼 거창한 발전소가 들어서고 원자로를 싼 돔이 위용을 드러내면서, 주민들은 더욱 부풀었다. 발전소의 돔은 이 지방에 황금의 정액, 돈을 쏟아주는 힘 좋은 남성의 상징이었다.[285]

---

284) 김동환은 이 작품이 환경문제를 다룬 소설로서 지니는 독특한 의미는 인물의 위치 설정에 있음을 강조한다. 즉 관찰자로 보여지는 연진이 제 3자가 아닌 당사자의 위치에 있다는 것이다. 남편이 원전 홍보과장이니 원전에 대해 신뢰해야 한다는 것이다. 그런데 이 작품은 이러한 신뢰관계에 대해 문제를 제기하는 비판적 접근을 통한 호소의 구조를 지니고 있다는 점을 지적하고 있다.
김동환, 『생태학적 위기와 소설의 대응력』, 실천문학 43호, 1996, 230-231쪽
285) 우한용, 앞의 책, 293쪽

정부 측의 이러한 감언이설은 지역 주민들을 들뜨게 하였고 발전소의 돔은 거대한 위용을 자랑하며 주민들에게 행복을 약속하는 희망의 존재로 다가왔다. 그리하여 마을은 잔칫집 분위기로 들뜨게 된다. 그러나 땅값이 급등하여 졸부가 생기고, 식당과 술집이 번창하고, 카페와 카바레가 불야성을 이루게 되면서 '삼천 원이면 상에 그득하던 백반 값이 만원으로 올랐고, 이웃끼리 고사떡을 돌리던 인심'은 사라지게 되었던 것이다. 마을의 공동체 의식은 붕괴되고 이기심으로 가득 찬 인간들은 스스로 마을을 피폐화시켜 가고 있었던 것이다. 이러한 마을의 분위기에서 연진은 또 다른 불안을 감지하기에 이르고 갈수록 창백해지는 남편 성득을 보며 발전소의 돔이 서서히 위협적인 존재로 다가오는 것을 느끼게 된다. 그리고 이러한 연진의 느낌은 지역 주민들에게로 확대되기에 이른다.

> 정작 주민들이 원자력발전소에 문제가 있다는 생각을 불러일으키고, 두려움과 혐오의 눈길을 보내기 시작한 것은 아주 작은 계기에 의해서였다. 원전에 근무하는 직원이 술집에 들렀다. 주인은 생굴 안주를 내놓았다. 자기 부인이 금방 갯바위에서 따온 거라 물이 좋다면서. 갯바위는 갯물이 나가야 몸체를 드러내는 섬이었다. 굴이며 홍합, 따개비 같은 것들이 유난히 많이 달리는 바위섬이었다. 바위틈으로는 말미잘이 국화송이처럼 더듬이를 너울거렸다. 마을사람들은 물이 나가는 시간을 봐서 굴을 따들여 수입을 올리곤 했다.
> "갯바위에서 딴 굴이란 말이제? 사람을 죽일라구 작정을 했능갑만!"
> 원전 직원은 굴접시를 주인 얼굴에 들러씌웠다.[286]

처음 발전소가 들어설 무렵의 마을의 흥분된 분위기는 이렇듯 원전 직원에게 대접한 '굴 한접시'에 의해 그동안 주민들이 안전하다고 믿었던 원전 배수로 앞의 홍보용 양식장의 허상을 알게 되면서 급변한다. 즉 원전 직원이 사람을 죽이려

---

286) 우한용, 앞의 책, 294쪽

한다며 던져 버린 굴 접시는 양식장의 허상을 증명하기에 분명한 것이었다. 이처럼 지역 주민의 처지는 아랑곳하지 않고 미봉책으로 홍보용 양식장을 건설하여 그것의 위해성을 분명 알고 있으면서도 양식장의 어물을 지역 주민들은 먹게 하고 자신들은 '사람 죽일 일 있냐' 며 먹는 것을 거부하고 있는 원전 직원들의 모습은 그 자체로 거대권력의 횡포를 대변하고 있는 것이다. 사실 정부는 원자력을 공부한 유능한 연구원들에게 원자력 발전소 건설의 당위성만을 요구했을 뿐이지, 오염 물질이나 방사능 유출에 대한 문제점에 대해서는 관심조차 보이지 않았다. 이렇듯 일방적인 국가의 위압이 실은 권력을 유지하려는 속내에 의한 것임이 반미 시위와 반핵 시위의 모습을 통해 확인된다.

> 원자력 발전소가 들어서면서 살판을 만난 것처럼 들떠 홍청대던 읍에 냉기류가 돌기 시작했다. 민주화의 바람을 타고 미국문화원에 화염병이 날아들 무렵부터였다. 원전을 들여오는 데 엄청난 뇌물을 먹었다는 소문이 돌았다. 그리고 미국에서는 한국을 자기들의 핵기지화하기 위해 원자력발전소를 건설한다는 것이었다.[287]

결국 국가가 권력을 유지하려는 수단으로 건립한 원자력 발전소는 지역 주민과 그곳에서 일하는 원전 직원에 대한 어떠한 배려도 하고 있지 않음을 알 수 있다. 이러한 거대권력으로서의 국가를 상징하는 원전의 태도에 대해 분개한 지역 주민들은 방사능 피해에 대한 구체적인 증거로 성득과 연진 사이에 아이가 없는 이유가 성득이 원자력 관련 일을 하기 때문에 무정자증에 걸렸다는 소문을 듣게 되면서 마을의 분위기를 더욱 험악하게 몰아간다. 그리고 급기야 이러한 공포심이 지역 주민들의 생존에 대한 위기로 이어지게 되고, 원자력 발전소의 안

---

287) 우한용, 앞의 책, 294쪽

전성 여부에 대한 공식적인 심포지움이 열리게끔 한다.

> 지역주민대표는 원자력발전소가 들어서면서 전통문화가 파괴되어 두레
> 꾼이 모이질 않는다는 것과, 마을 처녀들 콧구멍에 바람이 들어 도의와
> 인륜강상이 괴멸되었다는 주장을 폈다. 원전에서 나오는 수입의 일부는 지
> 역발전을 위한 기금으로 환원되어야 한다는 것이 결론이었다. 원자력발전
> 소에서 나오는 폐기물로 어장을 망치게 되었으니 마땅히 보상해야 한다고
> 어민대표는 주먹을 쳐들어 외쳤다.[288]

지역주민의 이러한 발언은 국가를 대표하는 원자력 발전소 측이 발전소로 인
해 지역주민이 입은 피해를 물질적으로라도 보상해야 한다는 생각을 내포하고
있다. 사실 이러한 주민의 주장은 심층생태론적 견지에 서서 보면 문제를 노정하
고 있는 발언이다. 그것은 지역주민대표의 발언은 파괴자에 대한 책임 추궁이라
는 측면에 있어서는 충분히 그 정당성을 확보하고 있지만, 붕괴된 자연에 대해
물질적으로 보상을 받으려는 태도야말로 반생태적인 발상이기 때문이다.

하지만 이러한 지역주민대표에 이어서 시작된 성득의 연설은 거대권력에 의해
당할 억압이 두려워 공포에 떠는 억압받는 자로서의 나약한 일면을 그대로 드러
내고 있다.

> 연진의 남편 성득은 발전소 소장의 해명에 뒤이어 단 위에 섰다. 원전의
> 실상을 알릴 기회를 마련해 준 주최측에 감사한다면서, 원전의 안전성과
> 폐기물 처리과정에 관한 설명을 했다. 핵연료의 교체과정이며 핵폐기물을
> 고형화시켜 처리하는 방법, 원자로의 냉각수로 사용되는 해수가 연안어류
> 의 성장에 미치는 긍정적인 효과에 대한 설명이었다. 그것은 주제발표를
> 한 이들의 논지에 대한 설파와 반박이기도 하고, 질문에 대한 해명이기도
> 했다. 무려 한 달에 걸쳐 준비한 자료였다. 성득은 그 자료를 준비하면서

---

288) 우한용, 앞의 책, 297쪽

들들 잃았다. 소문이 사실로 판명되는 날 자기는 끝장이라면서. 발표 다음
에 휴식이 있었다.[289]

이렇듯 진실을 외면한 채 일방적인 억압에 의해 행해진 원전의 안전성에 대한
성득의 왜곡된 발표는 스스로를 잃게 하였다. 그것은 지식인으로서의 성득의 양
심이 잃고 있는 것이다. 심포지움 도중 대학생들의 부정적인 비난과 비판에도
불구하고 성득은 간신히 위기를 모면하게 되었지만, 병을 잃고 있는 것이 아니냐
는 주변의 소문에 대해 스스로도 확신을 못한 채 그것이 사실이 아니길 바랄 뿐이
었다. 나약한 심성의 소유자인 성득의 이러한 모습은 원전의 피해로 인해 빠지게
된 부정적인 생태위기의 피해자가 바로 자신임을 인정하게 되는 과정을 암시하고
있다. 하지만 그는 이러한 위기의 현실을 감지할수록 자신을 억압하고 있는 지배
의 끈이 자신을 더욱 강하게 옭죄어 오는 것 또한 피할 수 없는 현실임을 인정하
지 않을 수 없었다. 그리하여 심각한 갈등에 빠지게 되는 것이다. 그의 이러한
갈등은 거대한 권력을 지닌 국가 권력 앞에 선 개인의 무력함을 반영하고 있
다.[290]

이러한 위압적인 지배 권력의 무력한 개인에 대한 억압의 한 장면은 북친의
견해처럼 인간에 대한 일방적인 지배의 양상에 머물지 않고 자연에 대한 지배
양상으로 확대되고 있음을 보여주고 있다. 즉 원전 주변의 인공 양식장의 고기들

---

289) 우한용, 앞의 책, 297쪽
290) 푸코는 〈감시와 처벌〉에서 지배 권력은 개인을 끊임없이 관찰하고 평가하고 통제하여
    순종적이고 생산적인 '정상인'으로 길들인다고 주장한다. 그리고 이러한 감시 기술은 법
    률학/의학/정신분석학/교육학/심리학 등 주로 인간을 연구대상으로 하는 새로운 학문에
    의해 정당화 되고, 이 학문적 지식은 구체적 제도를 통해 정당성을 획득하기 때문에 결
    코 가치중립적일 수 없으며 항상 권력과 은밀하게 유착된다고 강조한다. 푸코의 견해처
    럼 성득은 자신의 원자력에 대한 전문적인 지식을 객관적으로 제시하지 못하고 원전 측
    의 요구에 맞게 재주조함으로써 권력과 유착관계를 보여주고 있다.
    전경갑, 「권력욕망 및 주체」, 앞의 책, 206-207쪽

이 먹을 수 없는 것이 되어 버린 것과 분명 원전 근무 때문에 병약해진 성득이 생식 능력까지도 상실하게 되었음을 암시하고 있는 부분이 이를 입증하고 있는 것이다.

아울러 이 작품은 생태위기에 대해 문제를 제기하는 차원에서 벗어나 나약했던 성득의 생태의식이 각성되고 이로 인해 원전에 정면 저항하는 행동을 보임으로써 문제 해결의 전망을 획득하고 있다.

> 연진은 자리에서 벌떡 일어나 앉았다. 안정해야 한다는 회숙을 뿌리치고 현관으로 달려갔다. 남편 성득의 사물실로 전화를 했다. 원여사의 남편 관리부장의 목소리였다. 회사가 난리를 치는데 무슨 전화냐는 듯한 투였다. 연진은 남편 성득에게 무슨 일이 없었느냐고 황급히 물었다.
> "이과장 그 사람 미친 거 아뇨? 지금 데모대 앞장을 서가지구 길길이 뛰고 돌아다녀요. 제 입으로 원전을 철수해야 한다니 그게 사람의 말이요, 짐승이 짖는 거요."
> 연진은 수화기를 놓치고는 전화통 앞에 주저앉았다. 남편 성득의 긴 손가락처럼 손이 마구 떨렸다. 월급 받아먹자고 거짓말처럼 살아야 하는 거냐고 주정하던 성득의 얼굴이 눈앞에 어지럽게 일렁거렸다.[291]

이로써 '월급 받아먹자고 거짓말처럼 살아야 하는 것'에 염증을 느낀 성득의 각성을 확인할 수 있다. 그러나 '어떻게 원전 직원이 원전을 없애라는 시위에 가담할 수 있느냐며 그것이 짐승의 소리가 아니냐'는 원전 측의 독설은 거대권력의 개인에 대한 지배의 양상을 그대로 제시하여 성득이 획득한 생태의식이 이러한 억압과 지배 그리고 파괴로 굴절되어 있는 현실의 생태위기를 극복해야 할 것임을 제시하고 있다.

이와는 달리 강자의 위용을 자랑하는 거대권력인 원전의 억압과 지배에 대해

---

[291] 우한용, 앞의 책, 307쪽

개인들로서의 지역 주민들이 저항 의지를 보이는 모습을 중점적으로 서술하고 있는 작품으로 〈겨울꽃〉이 있다.[292] 이 작품은 칠산 앞바다에 건설된 계마리 핵발전소를 둘러싼 지역 주민들의 피해와 참상을 중심으로 서술하면서 이러한 상태에 이르게 된 원인으로 거대권력을 상징하는 핵발전소 측의 관련 인물들의 횡포와 억압과 권력 핵심부의 부패 양상까지도 동시에 제시하고 있는 작품이다.[293] 그리하여 강자로서 핵발전소의 핵심부에 있는 자들이 약자로서의 지역 주민들을 어떻게 억압하고 지배하고 있는지를 여실히 보여주고 있어서 거대권력 조직이 개인을 억압하여 심지어는 생명까지 유린하는 모습을 정확히 제시하고 있다.

그리하여 이 작품은 거대권력을 상징하는 인물로 원전 측의 홍보 부장과 방사능 관리부장 외에도 홍농 읍장인 장정환, 그리고 경찰서 정보과장인 박준규라는 인물을 설정하여 원전의 횡포를 비호하는 세력으로 국가기관이 있음을 간접적으로 암시하고 있다. 이들은 모두 골프를 치며 여유 있는 생활을 영위하고 있는 자들이다. 특히 이들은 모두 지역 주민들의 권리나 생존에 대한 보장에 대해서는 관심조차 없는 인물들이다. 그 중 읍장으로서의 장정환의 의식은 이러한 모습을 대표적으로 드러내고 있다.

요즘 들어서 외진 이곳의 촌놈들도 도시 것들처럼 약삭빨라 좀처럼 말

---

292) 이광호는 이 작품에 대해 환경오염과 핵문제가 계급 모순, 민족 모순과 긴밀하게 연관되어 잇는 것은 분명한 사실이지만, 소설이 그 연관을 삶의 실감나는 모습으로 제기하지 않으면, 이러한 연관조차도 작위적인 될 수 있음을 지적하고 있다.
이광호, 「녹색소설의 가능성」, 『위반의 시학』, 문학과 지성사, 1993. 193-194쪽

293) 신덕룡은 이 작품이 1980년대라는 정치적 현실에 초점을 맞추고 오염과 피폭 문제를 통해 독자에게 충격을 주고, 그것이 미국과의 정치적 관계에 연계된 해석을 주문하고 있다고 평가한다. 따라서 당연히 중심이 되어야 할 기형아를 둘러싼 가족 구성원들의 정신적 고통과 이로 인한 가족 공동체의 위기와 갈등, 주민들 사이의 이해가 엇갈린 반응 등 구체적인 삶의 문제가 상당 부분 축소되고 있다는 점을 문제로 들고 있다.
신덕룡, 「소설에 반영된 생명의 문제」, 『환경위기와 생태학적 상상력』, 119쪽

의 씨가 먹혀들지 않았다. 온 읍내를 술렁술렁 떠도는 못된 소문이 귀에
들어올 때마다 읍장은 사원아파트내의 이 골프장에 와서 솟구치는 노기를
삭였다.

　아무리 생각해도 모를 일이었다. 게딱지처럼 허술한 집에서 사는 것들
이 어떻게 그런 엄청난 생각을 했으며 또 행동에 옮기는 이유를 정말 알기
어려웠다. 그것이 더욱 기분을 상하게 만들었다. 면으로 환원 안 될 것은
뻔했지만 나중 승진에 중요한 애로사항이 될 것만은 분명했다. 어떻게 해
서든지 주민들을 하루빨리 무마시켜야 할 터인데 뾰족한 묘수가 떠오르지
않아 매일 속만 태우고 있는 장 읍장이었다.

　지난번 화니백화점 분점이 들어오려고 할 때도 벌떼같이 일어나 데모를
하던 주민들 때문에 상부로부터 호된 질책을 받았던 적이 있는 장 읍장으
로선 오늘은 골프를 쳐도 마음이 후련해지지가 않았다.

　'그저 전 대통령 시절이 좋았어. 찍소리도 못하게 눌러야 해. 망둥이가
뛰니까 뭣도 뛴다고 촌것들이 멋모르고 설친단 말이야.'

　사실 장 읍장으로선 옛날이 그리웠다. 그런 생각을 하니 기분이 잡쳐
연습공을 칠 기분이 싹 가셨다.²⁹⁴⁾

　일개 한 지역의 읍장이라는 직위를 가진 공무원이 주민들에 대한 의식이 이
정도라면 더 높은 직위에 있는 공무원들의 의식은 말할 것도 없이 안하무인격일
것이다. 본시 공무원 같은 관직의 자리에 있는 자들에게 우선으로 요구되는 것은
지역 주민에 대한 애정과 봉사이다. 그러나 장읍장의 경우는 주민들을 무지막지
한 존재로 여기고 인격조차 부여하려 하지 않고 있다. 오히려 독재 정권 시절로
돌아가 이들을 꼼짝 못하게 억압하고 싶은 지경인 것이다. 그리하여 그는 그 시절
이 그리울 뿐이다.

　이러한 고압적인 자세는 원전의 홍보 부장인 이부장에게도 나타난다. 원전에
서 폐기물을 처리하고 있는 노동자 민혁이 '반핵생존 투쟁위원회'에 몸담고 있는

---

294) 정도상, 앞의 책, 278쪽

친구 해성을 만났다는 사실만을 가지고 민혁을 윽박지르며 위협하는 모습에서
확인할 수 있다.

> 이 부장은 흥분한 모양이었다. 양계장 철망에 목이 걸려 털이 벗어진
> 닭의 시뻘건 목처럼 목울대가 벌개 가지고 삿대질을 시작했다. 그저 찾아
> 온 친구와 안부를 나눴을 뿐인데 민혁은 이 부장의 목울대가 위아래로 꿈
> 틀꿈틀 움직이는 것을 보며 갑갑해서 미칠 지경이었다.
> "정말 벨란 말은 없었구만이라."
> "우리 발전소에 대해서 캐묻지 않았어?"
> "아니어라. 설사 그랬어도 보안인디 말 했겠어요."
> "정말이지?"
> 이 부장이 작은 눈을 부라리며 다가들었다.
> "예."
> "알았어. 이후론 절대 만나지 마. 자네 여기서 일 계속하고 싶지 않거든
> 만나고. 가봐."
> "예."
> 민혁은 돌아서서 뒷짐을 지고 걸어가는 이 부장의 뒤꼭지에다 굽벅 인
> 사를 했다.[295]

민혁의 일자리까지 위협하며 그의 친구인 해성에 대해 적의를 보이고 있는
이부장의 모습은 억압하는 자로서의 위용을 그대로 드러내고 있다. 뿐만 아니라
원전을 위시한 정부는 이 지역 주민들을 중심으로 형성된 반핵생존 투쟁위원회
의 핵심 위원인 해성을 구속하고, 남아 있는 주민들을 이간질하기에 이른다. 이러
한 작태에 휘말리는 인물로 형택이 있다. 그는 얼마 안 되는 재산을 원전 건설
당시 여인숙에 투자하여 처음에는 만족할 만한 수입을 얻었지만, 원전 건설이 끝
나고 건설 노동자들이 떠난 다음에서야 자신의 투자가 성급하였음을 깨닫게 된

---

295) 정도상, 앞의 책, 276쪽

다. 하지만 이미 돌이킬 수 없는 일이 되고 말았던 것이다. 그리하여 최근 그는 놀음으로 소일하고 있던 터였다. 그러한 그에게 해성이 부위원장이라는 자리를 주었고, 처음 그는 위원회일을 잘 보았다. 그러나 홍보 부장이 일당 만 이천 원에 해당하는 일자리를 주고 두 달 치 월급을 선불로 주자 반핵 위원회를 탈퇴하기에 이른다.

> 형택은 입을 다물고 삽질만 계속했다. 홍보부장이 내민 두 달치의 가불액을 뿌리치지 못한 죄책감이 형택의 가슴속에 묵지근하게 남아 있었다. 그 더러운 돈 몇 푼이 없어 경수는 딸 선숙을 잃어버리지 않았던가.
> 차라리 아비인 내가 죄인이 되어 돌을 맞자. 납부금을 못 내 학교에서 쫓겨난다는 것을 어린 지영이가 감당하긴 어려우리라. 더구나 지영은 한창 감수성이 예민한 사춘기의 나이였다. 집안에 쥐만 한 마리 눈에 띄어도 꺄악 소리를 지르며 놀라길 잘하는 아이에게 닥칠 학교를 못 나가게 될 충격은 엄청날 것이 뻔했다.
> 형택은 입술을 지그시 깨물었다.
> 귓불을 간지럽히며 들려 오는 성산리 주민들의 한결같은 원망과 욕설 때문에 잠을 이루지 못하는 날이 점점 많아지고 있었다. 형택이 핵발전소로 일을 나간 이후로 아내는 집 밖 출입을 극도로 자제했다. 집 앞 골목에서 행여 동네 사람들을 만나기라도 하면 가슴이 두근거리고 양볼이 불에 덴 듯 화끈거려 나다니기가 두렵다는 하소연을 했다. 동네 사람들은 지영 엄마가 반갑게 인사를 해도 콧방귀도 안 뀌고 모른 척 지나가 버렸다. 차라리 달려들어 머리끄덩이를 휘어잡고 뒤흔들며 두들겨 패기라도 한다면 속이 후련할 거라며 훌쩍이는 아내를 토닥거려 달래면서 속울음을 운 형택이었다.[296]

이처럼 형택으로서는 단체 행동도 중요하지만 자신의 딸이 월사금을 내지 못해서 학교를 못 다니게 할 수는 없는 노릇이었다. 차라리 자신이 배신자의 낙인이

---

296) 정도상, 앞의 책, 294쪽

찍혀 동네 사람들로부터 따돌림을 당할지언정 어린 딸 지영에게 감당하기 어려운 현실을 직면하게 할 수는 없었던 것이다. 이러한 형택의 행동은 어찌 보면 당연한 모습으로 아버지로서 딸에 대한 애정이 공적인 그의 지위를 망각하게 했던 것이다. 그러나 이러한 선택을 유도한 홍보 부장의 행위는 비판 받아 마땅하다. 그는 권력을 등에 업고 나약한 개인들에게 왜곡된 윤리를 강요하고 자신의 권력을 남용함으로써 권력의 횡포를 자행하는 부조리한 인물이며, 오히려 형택은 이러한 권력의 희생양에 불과하다.

　이러한 권력의 횡포는 지역 주민들의 생존까지도 위협하는 지경에 이르게 한다. 우선 원전에서 폐기물을 처리하는 일을 담당하고 있는 민혁의 경우는 큰딸 아이가 장애아로 태어나고 작은 아이마저 사산된다. 또한 지역 주민 경수의 딸 선숙은 백혈병에 걸려 신음하다 죽고 만다. 이렇듯 마을에 흉한 일들이 벌어지자 해성을 중심으로 한 지역 주민들에 의해 '반핵생존 투쟁위원회'가 결성되었던 것이다. 그러나 피해의 당사자인 민혁과 경수는 이 위원회에 선뜻 들지 못한다. 우선은 자신들의 현실이 너무나 괴롭기 때문이다.

　　　장모의 말에 다시 찬찬히 살펴보니 화상이 아니었다. 소위 피폭된 사람에게 나타나는 켈로이드 자국이었다. 민혁은 비틀비틀 처갓집을 빠져 나왔다. 저건 딸이 아니라 악마가 보낸 저주의 화신이었다. 눈물이 볼을 타고 흘렀다. 처갓집이 있는 월평에서 영광 읍내까지 울면서 울면서 걸었다. 문둥병도 아니고, 도대체 뭐란 말인가.
　　아무 것도 모르는 두 살박이에게 저 참혹한 형벌은 해도 너무했다. 노오랗게 빛이 바랜 채 계속 빠지는 머리털, 자칫 손만 닿아도 물집이 부풀어 오르고, 짓물러져 끈적한 진물이 흐르고, 진물에 날아드는 파리떼와 끝내 흘러내리는 고름, 다시 곪아 터지고…… 그 때문에 단란했던 가정의 평화는 산산조각이 나고 말았다. 살아 있어야 할 희망은 어디에도 없었고 하루하루가 지옥이었다.[297)]

민혁의 큰딸 연희의 어깨에서 팔뚝까지 이어져 있는 이처럼 흉물스러운 상처
는 피폭된 자들에게나 나타난다는 '켈로이드 자국'이었던 것이다. 이미 정상인의
모습이 아닌 연희에게 이러한 자국이 또 나타나자 민혁은 지옥에 떨어진 심정이
된다. 게다가 스스로 쇠약해지는 자신의 신체를 느끼며 이 모든 것이 발전소 때문
임을 깨닫기는 하지만 생존을 위해 섣불리 나설 수도 없는 노릇이었다. 이것은
경수의 경우도 딸 선숙이 죽음에 이르기 전까지는 마찬가지였다.

> 경수는 답답함을 이기지 못해 방문을 활짝 열어 젖혔다. 오후의 햇살을
> 받은 '중앙식당' 선팅 글씨가 식당 바닥에 네모 반듯하게 누워 경수의 복장
> 을 긁었다. 하루에 한 명의 손님도 들어오지 않는 식당이라 팔리지도 않을
> 뿐더러 거저 준다 해도 인수하겠다고 나설 속 빈 위인 하나 얼씬거리지
> 않는 식당이었다. 발전소 건설 당시에만 반짝 벌어 둔 돈을 내리 삼년 동안
> 곶감 빼까먹고 이젠 먹듯이 다 손가락만 빨며 하늘 쳐다보는 처지에 선숙
> 이년 백혈병 수술비 천만 원을 어디에서 구한단 말인가. 수술을 잘만 하면
> 살릴 수 있는 딸을 두 눈 멀쩡히 뜨고 죽여야 한다니. 차라리 자신이 먼저
> 죽는 게 낫지 싶은 심정이었다.
>
> (중략)
>
> 댕댕
> 벽시계가 두시를 알렸다. 용다방에서 두시에 모임이 있다는 게 떠올랐
> 다. 갈까말까? 마음이 천근같이 무거우니 몸도 무거웠다. 또 가봐야 말만
> 무성했지 얻을 거라곤 없었다. 서로 저 잘났네 하며 목에 핏대만 세웠다가
> 돌아서 버리면 그뿐 아니던가.[298]

이처럼 경수 역시 딸이 백혈병에 걸린 사실 자체가 걱정이며 이를 치료할 일이
망막할 뿐이다. 그 원인이 핵발전소이건 아니건 목소리 높여 그 진위 여부를 따지

---

297) 정도상, 앞의 책, 213쪽
298) 정도상, 앞의 책, 250쪽

는 것은 당장 그에게는 무의미한 일이었다. 이토록 거대권력으로부터 직접적으로 생존의 위협을 당하고 있는 자들은 엄청난 억압의 현실 앞에서 망연자실할 뿐인 것이다.

그러나 이러한 억압과 횡포 앞에서 문제의식을 지니고 있는 인물들의 단체 결성은 이 작품이 생태소설로서 획득하고 있는 긍정적인 전망에 기여한다. 마을 청년 해성을 중심으로 약국을 경영하고 있는 준식, 그리고 다방 주인인 성일이 이러한 긍정적인 전망을 획득하고 있는 인물들이다. 특히 마을 청년으로서 민혁의 친구이기도 한 해성은 원전이 건설된 이후 특히 폐허가 된 마을에 대해 안타까워하며 이러한 지역의 파괴를 막아야 한다는 의지를 지닌 인물로서 본격적인 의미에서 생태의식을 견지하고 있는 인물이다.

> "양식장에 갔다 오나?"
> "웅. 성길 형네 양식장에 갔다 오는디 미역이 모조리 뒤져 부렀어. 두엄 더미 썩듯이 폭폭 썩고 있더랑께."
> "워찌 고러코롬 됐다냐?"
> "양식장이 오염되 제. 성길 형네 양식장뿐만 아니라 발전소 주위는 대부분이 오염됐당께. 제에미 씨벌놈들."
> 오염이라는 말이 가시처럼 민혁의 가슴을 쿡쿡 찔렀다. 발전소에서 단순잡부로 근무한다는 사실이 마을 사람들이나 친구들한테도 좋게 받아들여지지 않고 있음을 민혁은 잘 알고 있었다.
> (중략)
> "양식 다 해부렀구만."
> "양식뿐만 아녀. 영괭굴비도 이젠 옛말이여. 갯가에 죽어 나자빠진 조기가 수두룩하당께. 암튼 눈 뜨고는 못 볼 지경이야."
> "그려어? 참말 원전 때문이까. 지난번에 봉께 홍보관엘 가등마 워치케 되 냐?"
> "야, 말 마라. 그저께 홍보부장을 만나 따졌더니 발전소는 절대 안전이

라는 거여. 씨벌놈. 발전소 책임이 아니고 우리가 양식을 잘못해서 그렇다는 거여. 그래서 내가 성산리나 가마미, 학교에 설치되어 있는 계측기 좀 보자구 했더니 국가기밀이라는 거여. 개새애끼, 국가기밀 좋아하고 있어. 계측기마다 주먹만한 자물통이 녹이 슬대로 슬어서 달려 있는데 말이여." [299)

양식장 오염에 대한 해성의 분노 앞에서 원전의 폐기물을 처리하면서 그 과정의 모순을 알고 있지만, 국가의 기밀이라는 명분으로 무장되어 있는 민혁은 양심에 가책을 느낄 뿐이다. 전술하였듯이 민혁은 이렇듯 국가 권력의 횡포로 억압당하는 나약한 개인의 모습을 지니고 있다. 이에 반해 해성은 원전의 모순에 대해 거침없이 성토하며 특히 오염계측기가 녹슨 자물쇠로 잠겨 있는 현실에 대해 당당히 문제를 제기한다. 이때 녹슨 자물쇠는 결코 열어 본적이 없는 계측기일 것임을 예측할 수 있으며, 이러한 원전측의 눈 가리고 아웅 하는 식의 태도에 해성은 진저리를 친다. 결국 해성은 성일, 준식과 함께 이 계측기의 실체를 밝혀내고 만다.

성일은 말뚝 위에 달랑 얹힌 상자 주위를 한 바퀴 돌았다. 자물통도 녹이 슬 대로 슬어 있어 설사 열쇠가 있다고 해도 열려질 것 같진 않았다. 자물통을 집고 열쇠구멍을 확인했다. 한 번 철컥 채워진 뒤로 다시 열려지지 않았던 흔적이 진하게 남아, 열쇠마저도 들어가지 않을 정도로 꽉 메워져 있었다.

"만일 사고가 났다면 언제든지 계측기를 확인하세요."

발전소 홍보부장은 늘 그렇게 말했다.

"글면 계측기 위치를 알려 줘얄 것 아뇨. 어디 있는지 알어야 확인허제."

"예. 그건 원자력발전소에 사고가 났을 시 여러분께 알려 드릴 겁니다. 현재로선 국가기밀이라……

---

299) 정도상, 앞의 책, 210쪽

이가 없으면 잇몸으로 먹는다고 열쇠가 없으면 자물통을 부수면 문제는 간단했다.

깡마른 망치 소리가 침묵에 빠져 있던 가을산에 시끄럽게 울려 퍼졌다. 오래지 않아 자물통이 박살이 났다. 해성은 경첩에서 자물통을 빼서 버리고 계측기함의 작은 문을 열었다.

"……"

세상에, 아무 것도 없었다.

마을 주민들의 생존을 지켜 준다는 계측기는 상자 안에 없었다. 계측기함은 빈 껍데기일 뿐이었다. 300)

이렇듯 지역 주민을 우롱하고 기만하는 원전측의 작태는 그 실체가 드러나게 되고 이로 인해 '반핵생존 투쟁위원회'의 활동을 더욱 그 명분을 획득하게 된다. 그리고 경수처럼 무기력했던 개인들도 딸의 죽음이라는 처참한 현실 앞에서 위원회에 가담하게 되는 각성된 모습을 보이며, 민혁 역시 폐기물 처리의 부조리를 알려 줌으로써 결정적으로 위원회의 입장을 지지함으로써 억압당했던 개인들의 의식의 각성이 일게 된다.

나아가 마지막 장면에서 고창댁 할머니가 위원회로 '바카스'와 함께 가져온 '꼬깃꼬깃한 만 원짜리 지폐 한 장'은 위원회에 대한 지역 주민들의 전폭적인 지지를 암시하며 이들 위원회가 발전적인 미래의 전망을 견지하고 있음을 제시하고 있다. 이로써 이 작품 역시 지배 권력의 일방적인 억압과 횡포의 문제를 중점적으로 다루면서 이러한 횡포에 의해 나약해진 개인들이 이를 극복해 내려는 의지를 지니게 되는 과정에서 생태의식을 확보한 인물들의 활약과 이에 의해 각성되는 개인들의 모습을 동시에 제시함으로써 생태소설의 한 양상을 제시하고 있다. 301)

---

300) 정도상, 앞의 책, 243-244쪽

301) 〈겨울꽃〉과 동일한 소재를 다루고 있지만 원전을 둘러싼 직원, 지역 주민, 그리고 원전측의 입장을 총체적으로 그리고 있는 작품으로는 박혜강의 《검은 노을》(1991)이 있다.

이상에서 분석한 바처럼 원폭으로 인한 희생자들의 처참한 현실과 그들의 자손이 대를 이어 겪는 원폭피해의 실상은 심각하기 이를 데 없다. 그러나 국가와 담당기관은 이러한 현실에 소극적으로 대응할 뿐이다. 이는 거대 권력의 횡포로서 북친이 우려하는 생태위기의 한 단면이다. 또한 국가 발전과 부강이라는 명분으로 건설된 핵발전소가 실은 국가 요직에 있는 몇몇 사람들의 부를 충족시키고 대도시 사람들의 편의를 제공하였을지는 몰라도 핵발전소 건립으로 인해 지역 주민들이 겪는 고통과 시련은 상상하기 어려운 정도임을 확인할 수 있었다. 그리고 무엇보다 사람이 살 수 없는 환경임을 뻔히 알면서도 자신들은 먹지 않는 물과 고기를 지역 주민들이 먹도록 하는 원전 측의 비인간적인 작태는 바로 위계화된 지배 조직의 횡포 그 자체이다. 아울러 이러한 국가권력의 횡포는 생태위기의 또 다른 원인으로 작용하고 있음을 검증해 보았다.

2. 노마드적 주체와 자기지시적 존재로서의 극복의지

사회생태론자인 북친은 '적자생존'과 '약육강식' 이론에 대한 전면적인 도전으로 '공생'의 개념을 제시한 바 있다. 단순히 인간과 자연의 평화로운 공존을 주장하는 심층생태론자들과는 달리 이 개념은 최상의 적자는 생존하기 위해 다른 유기체들과 서로 도움을 주고받을 수 있는 종임을 명시하고 있다. 즉 인간을 포함한 자연속의 생명체들은 자신이 속한 자연 생태계 속의 다른 유기체들과 능동적인

그러나 이작품은 핵발전소로 인한 생태위기의 현실에 중점을 두기 보다는 열악한 노동 현실의 문제점과 노사간의 대립과 갈등을 중점적으로 다루고 있어서 노동소설의 범주에 치중하고 있다. 물론 이 작품 역시 생태 위기의 현실을 다루고 있다는 점에서 생태소설의 범주에는 들지만 후반부의 노동소설적 측면을 제외하고는 〈겨울꽃〉과 유사한 내용을 담고 있기에 본 논문에서는 제외시키기로 하였다.

관계를 설정하고, 상보적인 관계를 통해 진화함으로써 존재의 가치를 획득하게 된다는 것이다. 그리고 이때 ‘진화’ 란 다양성과 복합성에 의해 야기된 것으로 자유를 보장하는 기초가 된다고 주장한다. 또한 ‘자유’ 란 자연을 보다 안정적이고 다양한 세계로 만들고 스스로 진화의 방향을 결정하는 권한을 의미한다고 강조하고 있다. 결국 북친의 이러한 논의는 ‘전일성(Wholeness)’ 이라는 개념을 통해 구체화 되는데 이는 ‘다양성 속의 통일성’ 이라는 생태계의 원칙을 사회생태론에서 수용할 수 있는 가능성을 보인 것이다. 즉 다양한 인격, 경험, 직업을 지닌 개인들로 구성되어 있는 인간 사회가 각 구성원들로 인해 짜여진 호혜적인 연결망에 의해 스스로 진화의 방향을 결정해 나아간다는 것이다. 이렇듯 ‘자기 지시적인 존재(self directive being)’ 로서의 개인들은 ‘공생’ 을 통해 진화해 나가며 이때 필요한 시각이 ‘전일성’ 이라는 관점이라고 북친은 주장하고 있다. 다시 말해 전일성에 입각하여 현실을 바라본다는 것은 사물의 바탕에 내재해 있는 본성에 도달하는 것이며, 나아가 주변과의 관계에 대한 깊은 천착에 이르는 것을 의미한다.

이렇듯 전일성에 입각하여 현실을 직시하고 문제가 되는 부분을 극복하려는 의지를 보이는 인물을 ‘자기지시적인 존재’ 라고 칭한다면, 일찍이 들뢰즈가 언급했던 ‘노마드적(Nomad) 주체’ 와 유사한 측면을 지닌다. 들뢰즈에 있어서 ‘노마드’ 란 자기를 부정하고 새로운 자아를 형성하는 개념이다. 이러한 개념을 확장시켜 보면 ‘노마드적 주체’ 는 현실의 문제와 모순에 대해 극복의지를 지닌 인물을 의미한다. 결국 북친이 제시한 ‘자기지시적인 존재’ 와 들뢰즈에서 비롯된 ‘노마드적 주체’ 는 일종의 문제적인 인물로서 부정적인 세계에서 타락해가고 있는 개인들을 구원하는 존재로서 작용하게 된다.

전술한 생태위기들이 모두 인간의 과욕과 지배적인 위치에 이르기 위한 과잉경쟁에 그 원인이 있었으며, 나아가 지배 권력의 일방적인 횡포로 인해 빚어진 개인의 파괴가 이를 대변하고 있었음은 이미 살펴본 바이다. 그리고 이러한 억압의 현실을 극복하려는 의지가 개진되고 있음도 거듭 확인한 바이다. 이제 이러한 생태위기에 대한 구체적인 극복 방법의 제안과 이를 위한 노력의 모습, 그리고 보다 바람직한 생태사회에 대한 대안 제시를 북친이 제기한 '전일성'의 관점과 들뢰즈의 노마드적 주체의 모습을 통해 담고 있는 경우로 한정희의 〈불타는 폐선〉, 이윤기의 〈직선과 곡선〉(1997)[302] 그리고 문순태의 〈낯선 귀향〉, 이남희의 《바다로부터의 긴 이별》(1991)[303]이 있다.

한정희의 〈불타는 폐선〉에서 시종일관 타자화된 욕망만을 추구하던 박인원이 오랜 세월이 지나 만나게 된 동생 인희는 척추 마비 증세와 안면 신경 마비 증세로 인해 병원에 입원한 상태였고, 원인은 그녀가 그간 지내온 공장들의 각종 중금속 폐기물 중독에 의한 것이었음을 확인하게 된다.

인희가 다니던 공장의 공장장이라는 사내의 '모르긴 하지만 이판에 구른 경험으로 봐서 동생은 아마 약품 사고인 것 같구만요. 가구공장, 신발공장, 염색공장의 온 허드렛일을 다 거쳤다 하면 화학약품에 거의 찌들게 돼버리거든요' 라는 전달에서 인희가 그간 감내해야 했던 열악한 노동의 현실을 듣고 박인원은 서서히 자신에 대한 회의와 기존의 삶에 대한 반성이 일기 시작한다.

> 인희의 몸값은 한 푼도 없었고, 고씨의 몸값은 1억 원이었다. 그는 남의 나라 특수 폐기물을 처리한 대가로 대표이사를 보장받았다. 그런데도 그는 조금도 즐겁지 않았다. 이 지긋지긋한 냄새로부터, 인희로부터, 사내로부터 떨어져 나가고 싶었다. 모든 것들과의 인연을 끊어버리고 싶다는 강한 욕망에 그는 심한 어지럼과 구역질을 느꼈다.[304]

---

302) 이윤기, 〈직선과 곡선〉, 《나비 넥타이》, 민음사, 1999.
303) 이남희, 《바다로부터의 긴 이별》, 풀빛, 1991.
304) 한정희, 앞의 책, 272쪽

이처럼 출세와 성공을 위해서라면 가족조차 외면해왔던 박인원은 동생의 참혹한 현실과 직면하게 되자 스스로의 삶에 대해 혼동과 역거움을 느끼게 된다. 그는 자신의 근시안적인 욕망의 추구가 결국 동생 인희의 중금속 중독증을 가져오게 하였음을 인식하게 된 것이다. 자신이 매몰시킨 중금속이 결국 동생 인희의 불행을 불러온 것이라는 박인원의 의식은 그 스스로가 욕망의 끝에서 서서히 그 허망함을 인식하고 있음을 보여주고 있다. 그가 그동안 저버린 가족에 대한 배려와 사랑, 그리고 출세를 위해 모른 척 하였던 양심의 가책들이 서서히 그를 괴롭히게 되는 것이다. 그리하여 그가 그토록 꿈꾸었던 대표 이사 자리를 보장 받고도 그리 기쁘지 않은 것이다. 이러한 박인원의 의식의 각성에 전환점이 되는 것은 오기자가 주요 일간지에 기고한 기사에 의해서이다.

신문을 들고 있는 손이 떨렸다. 인원은 다시 한번 기사의 제목을 확인했다.
'출세의욕이 빚은 수입 폐기물'
신문의 이면에 실린 일선 기자의 칼럼난이었다. 모 재벌기업의 이사라고 전제되어 있었다. 최고의 교육과 좋은 머리를 강조했고 점쟁이 부친과 운동권 여동생에 대하여는 그토록 냉혹했던 인물로 그려놓았다. 중금속 물질의 유해함을 가장 잘 아는 철강기업인이 철강을 값싸게 생산하여 자기의 출세를 다지기 위해서 일본이 외국으로 불법 유출시키는 산업특정폐기물까지 받아들였다고 했다. 이처럼 굴절된 지식인들이 만연하는 시대에 기업은 인선의 어려움 한 가지를 더 받아들이지 않으면 안 된다는 것으로 결론을 내리고 있었다.출세의식에만 급급한 한 젊은이가 저지른 패륜을 애도하는 기사가 석간신문을 휩쓸었다. 탁류는 이미 그룹의 거대하고 공익적인 이미지를 피해, 대표자리를 집요하게 노렸던 한 인간의 비정함을 용서하지 않았다.
신문의 힘은 과연 가공할 만한 것이었다. 회사는 빗발치는 시민들의 항의 전화에 모든 업무가 마비될 지경이었고, 검찰의 개입으로 그룹의 중역

들은 소환당하기에 분주했다. 그 중에서도 박인원을 질타하는 수많은 욕설
의 편지와 끝없는 야유의 전화는 그를 붙들고 늘어졌다.[305]

조간신문에 개제된 기사는 산업 폐기물 처리의 심각성과 기업의 부도덕성에
초점이 맞춰진 것이 아니라 박인원 개인의 비정한 출세욕이 가져온 결과로 보도
되어 있다. 이러한 기사의 내용은 박인원을 더욱 비참하게 만들었고, 언젠가 동생
인회를 공장주의 소모품이라고 인식하였듯이 자신 스스로도 소모품으로 다 쓰고
난 뒤 버려진 현실을 감지하게 된다. 특히 그룹까지 이 일에 빨려 들어갈 수 없다
는 젊은 회장의 결의에 찬 비정한 통보와 자신을 패륜적인 존재로서 야망에 들떠
회사에 위기를 초래한 인물로 대하는 주변의 시선에 주체할 수 없는 혼란에 빠지
게 된다. 게다가 후에 걸려온 오기자의 사과 전화로 기사가 타의에 의해 편집되었
다는 소식을 듣고 그는 더욱 소모품으로 희생된 자신의 처지를 인식하게 된다.
하지만 그는 이러한 혼돈 속에서 비로소 스스로에 대한 각성을 보인다.

> 이제까지 떳떳하지 않았다고 인정되었던 부분에 쏟아지는 매질을 상대
> 로 부재했던 그의 윤리의식이 돌아와 앉아 마지막 한 판의 감정 투기를
> 벌이고 있는 것만 같은 환각을 마주하기도 했다. 지금까지 익숙했던 선망
> 과 질시의 시선 대신에 인원에 대한 은근한 감탄까지 머금은 동정과 비난
> 이 혼란하게 교차되었다. 남과 자신을 속이고 부당한 몫을 차지하려 하였
> 던 믿을 수 없는 인간에게 가해지는 무차별 학대를 마주하며 인원의 의식
> 은 투쟁하고 싶은 생각을 버릴 수 없었다.[306]

이처럼 줄곧 자신에게 주어진 목표를 이루어 스스로의 욕망을 충족시키며 삶
의 의미를 찾았던 박인원에게 주변의 시선은 선망과 질시였다. 그리고 박인원은

---

305) 한정희, 앞의 책, 278-279쪽
306) 한정희, 앞의 책, 279쪽

이러한 시선을 즐기며 끝없이 자신의 욕망만을 추구하였던 것이다. 그러나 그의 욕망의 끝은 그가 일생을 바쳐 이루어 놓은 것들을 한순간에 무너뜨리는 처참함을 가져 왔다. 그리고 이 처참한 현실 속에서 그는 비로소 과거의 자신이 추구했던 욕망의 허무한 실체를 확인하게 된다. 즉 자신이 추구했던 타자화된 욕망은 결국 빗나간 결과만을 초래하였음을 절감하게 되는 것이다.

이 작품은 이러한 박인원의 야망을 통하여 사회생태론이 경고하고 있는 위계적 질서를 구축하기 위해 인간이 무분별하게 추구하는 욕망에 대해 문제를 제기하고 있다. 또한 이 작품은 그러한 욕망의 허망한 끝을 박인원에게 체험하게 한 후 의식의 각성을 겪게 함으로써 생태위기의 현실에 대한 고발적 비판의 차원을 넘어서 의식의 각성을 촉구하고 있다. 아울러 이러한 면모는 '자기지시적인 존재'로서의 주인공이 문제적 현실을 인식하고 이에 대한 각성을 보임으로써 '노마드적인 주체'로서의 역할을 충분히 수행하고 있다. 나아가 생태소설이 선취해야 할 긍정적인 전망을 획득하고 있는 작품이라 평가할 수 있다.

이윤기의 〈직선과 곡선〉은 '숨은 그림찾기1'이라는 부제가 붙은 연작의 형식을 취하고 있는 단편 소설이다. 이 작품은 재미학자인 '나'가 스승인 일모선생으로부터 소개받은 하사장의 호텔 '에스페랑스'에서 1달여 동안 집필을 하면서 하사장의 독특한 생활방식 및 사고방식과 대면하는 이야기이다. 하사장은 주변으로부터 '구두쇠 영감'으로 통하는 자이다. '고기 사먹을 돈이 아까우니까, 소 돼지 같은 짐승이 죽으면서 독을 얼마나 품고 죽는데 그 독이 배어 있는 고기를 먹느냐고 떠들어댄다 카더여'라고 말하는 정육점 안주인의 말처럼 그는 과연 구두쇠였다. 그런데 그가 특별히 구두쇠라서 주변 사람들에게 인색하게 굴거나 자신만의 욕망이나 무분별한 탐욕에 찌든 그러한 종류의 인간은 아니었다. 특별히 그의 호텔은 시간제 손님은 받지 않고 있으며, 주로 외국인을 상대로 영업을 하였는데 그것은 내국인들이 물자를 함부로 쓰고, 환경에 대해 너무 무지하기 때문이라는 것이다.
그만큼 그는 철저한 생태의식을 지니고 있는 자이다.

> 하사장은 무서운 환경보호주의자, 철저한 재활용주의자였다. 식육점 안
> 주인의 말 그대로였다. 호텔의 창고에는 외국 손님들이 유기했으나 잊어버
> 리고 간 무수한 우산, 운동화, 슬리퍼, 옷가지, 모자 등속이 연도별로 월별
> 로 정리되어 있었다. 그는 2년간 보관했다가 주인이 나타나지 않으면 깨끗
> 이 손질해서 팔거나 다른 사람에게 넘겨준다고 했다. [307]

뿐만 아니라 하사장의 아내는 일회용품은 전혀 쓸 수 없었으며 손님들이 버리
고 간 종이접시나 컵은 부서질 때까지 씻어서 쓰기를 되풀이 하지 않으면 안 되었
다. 또한 객실 용품의 빨래에 쓰이는 세재조차도 정확하게 계량해서 주었다. 이에
대해 그의 아내는 '강물은 맑아질지 몰라도 마누라는 죽어난다' 며 '나' 에게 푸념하
고는 하였다. 이처럼 환경에 대한 하사장의 의식은 철저하였다. 결코 순간적인
이기심이나 편의를 위해 자신의 확신을 져버리지 않았다. 이러한 그의 확신은
외국어 듣기 연습, 규칙적인 운동, 철저한 건강식 식단 등을 지키는 모습을 통해
보다 구체성을 획득하게 된다. 그런데 이러한 하사장의 태도는 넘치는 물자를
제멋대로 방기하고 폐기 처분하는 현실 속에서 파괴되는 환경에 대한 우려와 배
려가 깃든 행동이다. 그는 남들이 자신을 구도쇠라 지칭하든 말든 스스로 만이라
도 환경에 대한 책임을 지는 자세를 보이고 있다. 이러한 하사장의 태도는 생태위
기의 현실을 '전일성' 의 견지에서 간파하고 있음을 반영하고 있다. 아울러 그의
행동은 '자기지시적인 존재' 로서의 면모를 충분히 획득하고 있다.
　이러한 하사장만의 삶의 양식과 제멋대로인 사고방식에 '나' 는 염증을 느끼기

---

307) 이윤기, 앞의 책, 366쪽

도 하였지만 나름대로 장점도 있는 자라 판단하여 서울에 있는 자신의 장서를 맡아 달라는 부탁을 하고 적당한 대가를 치르는 거래를 하고는 호텔을 떠난다. 이후 '나' 는 학문 활동에 전념하느라 하사장에 대한 인사를 제대로 하지 못한데다가 제법 그럴싸한 출판 기념회를 가졌으면서도 하사장을 초대하는 것을 잊게 된다. 그러자 하사장은 나의 장서를 화장실 옆으로 옮겨버리고 만다. 후에 친구로부터 이 사실을 전해 들은 '나' 는 분노를 느끼게 된다. 하지만 일모선생의 충고를 듣고 '나' 는 뜻하지 않은 각성을 하게 된다.

> "우리가 직선이라고 여기는 것이 과연 직선이겠는가? 혹시 곡선의 한 부분을 우리가, 자네 말마따나 대롱 시각으로 보고는 직선이라고 하는 것은 아닐 것인가? 자네는 혹시 큰 곡선을 직선으로 본 것은 아닌가?" [308]

일모선생의 충고의 핵심은 '하사장에 대한 고려가 송두리째 빠져 있는' 나의 태도에 대한 각성이다. '나' 가 아무리 이름난 재미학자이고 하사장은 이름 없는 호텔 주인에 불과하지만 하사장이 견지하고 있는 세계관은 '커다란 곡선' 처럼 직선인듯 하지만 곡선을 그리고 있는 것이다. 즉 하사장은 직접적으로 세계에 대응하는 것이 아니라 나름대로의 방식으로 우회하고 있었던 것이다. 그러나 '나' 와도 같은 1차원적인 세계관을 지닌 자들은 하사장이 직선을 그리고 있는 것처럼 느껴지는 것이다. '천박한 수전노, 병적인 양생주의자, 대롱 눈' 으로 보일 뿐, 그의 곡선은 보이 않았던 것이다. 하사장이 견지하고 있는 자연과 우주에 대한 폭넓은 사랑과 끝없는 배려는 보이지 않았던 것이다.

그러나 '나' 는 일모선생과의 대화를 통해 '잃어버린 물건이 내가 이미 뒤짐질해 본 곳에 있을 수도 있다' 는 것을 깨닫게 된다. 자신이 오만함이 하사장의 생태의

---

308) 이윤기, 앞의 책, 390쪽

식을 왜곡하였고, 그러한 자신의 편협한 사고가 부끄러웠던 것이다. 뿐만 아니라 이렇게 편협해진 자신이 한편 무섭다고 느끼게 된다. '직선'이 '곡선'일 수 있고, '곡선'이 '직선'일 수도 있다는 자각이 그렇지 못했던 자신이 이전에 범했을 치기 어린 사고들의 모습을 통해 섬뜩하게 다가왔던 것이다. 이러한 '나'의 각성 역시 '노마드적인 주체'로서 현실의 문제를 용기있게 인정하고 있음으로 해서 그 극복 의지를 내재하고 있다. 나아가 '나'의 각성은 하선생의 생태의식을 이해하고 수용 하는 것으로 이어져서 '자기지시적인 존재'로서의 면모를 동시에 보이고 있다.

한편, 문순태의 〈낯선 귀향〉에서는 추운 겨울날 버스 운전사가 보이는 일방적 이 횡포와 이에 대해 자신의 일이 아니라는 식으로 대충 타협하려드는 버스 승객 들을 보며 정순호가 보이는 각성을 통해 이 작품이 견지하고 있는 생태의식의 실체를 확인하게 해 준다.

> 정순호는 가죽 점퍼와 오리털 파카가 쏘아붙인 말이 자꾸만 뇌리에서 부스럭거렸다. 어쩐지 그들의 모습을 지워버릴 수가 없었다. 그들은 비록 취하긴 했어도 정신은 멀쩡했다. 그리고 그들이 한 말은 약간 시비조의 따지는 듯한 내용이긴 했으나 틀린 것은 아니었다. 그들은 스팀도 들어오 지 않아 어름장 같은 버스의 서비스에 대해 따졌을 뿐이고, 운전사가 신경 질적으로 라디오 볼륨을 높이자 그것을 좀 낮춰줄 것을 요구했을 따름이 다. 그들은 정당한 것을 따지고 요구했는데도 결국은 안전운행이라는 구실 때문에 억지로 차에서 끌려내린 것이었다. 따지고 보면 운전사의 횡포가 너무 심했고 승객들도 공범이 되고 만 것이었다. 정순호는 끝까지 아무 말도 못하고 잠자코 구경만 했던 자신에 대해 부끄러움을 느끼지 않을 수 가 없었다.[309]

이렇듯 강자의 횡포에 의해 정당한 요구를 한 남자들이 끌려 내려진 것은 따지

---

309) 문순태, 〈낯선 귀향〉, 91쪽

고 보면 직면한 현실 앞에서 인간들은 자신의 권리를 찾기보다는 현실과 타협함으로써 이러한 문제를 회피하려는 태도 때문이다. 그리하여 오히려 정당한 권리를 요구한 사내들이 질서를 무너뜨린 파괴자의 이미지로 남게 된 것이다. 이 사건 속에서 정순호는 자신의 모습을 투시해보며 부끄러움을 깨닫게 된다. 부인이 기형아를 낳았을 때 그는 원전의 방사선 때문이라고 따졌으나, 결국 원전 측은 그를 질서의 파괴자로 몰아 부쳤던 기억이 떠올랐기 때문이다. 그래서 자신과 유사한 처지에 처한 두 남자의 입장을 옹호해주기는커녕 끝까지 모른 척 방관했던 자신이 한없이 부끄러웠다. 이러한 정순호의 자각은 강자로서의 인간이 약자로서의 인간을 지배하고 억압하는 현실에 대한 문제 제기이며 나아가 그의 의식의 각성이 마지막 장면으로 이어져 그로 하여금 접어 두었던 원전 피해의 실상을 밝히고 해체된 자신의 공동체를 되찾으려는 의지로 확대된다.

아이의 죽음과 아내의 가출을 확인하게 된 정순호가 택시를 잡아타고 큰소리로 "원자력 발전소로 갑시다." 라고 울부짖듯 말하는 마지막 장면은 바로 그의 각성된 의식이 공동체 파괴의 주범으로서 강자로 군림해 온 원자력 발전소에 대한 저항과 나아가 원전이 파생시킨 문제에 대한 해결 의지로 이어질 것임을 암시하고 있다. 이는 그가 자기지시적인 존재 의 모습으로 다시 태어나고 있음을 반영하고 있는 것이다.

결국 이 작품은 강자가 약자를 지배하고 억압하는 현실의 문제에 대해 그 원인을 '위계' 에 대한 인간들의 순응적인 자세에 있음을 지적함으로써 북친이 제기한 생태위기의 원인을 표명하고 있다. 또한 주인공 정순호가 이러한 위계질서의 현실로부터의 억압에 대해 부당함을 인식하게 하여 이를 극복하리라는 의지를 마지막 장면에서 보여 줌으로써 이러한 현실에 대한 극복 의지를 자기지시적인 존재 의 모습을 통해 천명하고 있어서 긍정적인 전망을 획득하고 있는 생태소설이라

할 수 있다.

그런가 하면 또 다른 모습으로 새로운 생태사회에 대한 갈망을 제시하고 있는 작품으로 《바다로부터의 긴 이별》이 있다. 이 작품은 '당항' 이라는 조그마한 해안 도시에 국가 시책에 의해 공업 단지가 조성됨에 따라 마을 전체가 국가가 추구하는 산업화의 영향을 받아 이전의 따사로운 인심은 사라지고, 성실하게 일해서 얻는 노동의 기쁨보다는 일확천금을 꿈꾸며 놀음에 빠져 드는 등 겉잡을 수 없을 만큼 정신적으로 황폐화되어 가고, 설상가상으로 마을 주민들이 공단에서 내뿜는 폐수와 매연으로 인한 수질 오염과 대기 오염에 의해 서서히 병들게 되어 가는 과정을 면밀하게 천착하고 있다.

또한 이러한 '당항' 의 황폐화에 기여하고 있는 것이 표피적으로는 공단에서 내뿜는 매연과 폐수에 의해서이지만 궁극적으로는 이러한 산업화를 통해 성장위주의 경제 강국을 만들려는 거대권력으로서의 국가에 의한 것임을 강조하여 이러한 권력의 억압에 저항하여 보다 자유로운 생태사회를 추구하고자 하는 의식을 견지한 주인공들의 생태의식의 성장 과정을 밀도 있게 그리고 있는 작품이다.[310]

아울러 이러한 천착의 과정을 '당항' 이 황폐화되어 가고 있는 현실과 이러한 현실에 대한 마을 주민들의 서로 다른 반응을 통해 구체적으로 형상화 하고 있다. 그리고 이러한 모습은 해윤의 의식을 통해 구체적으로 제시되고 있다.

> 개발 바람에 덩달아 춤추다가 사기를 치고 달아난 아버지며 수삼년 사
> 이에 양친을 비명에 잃고 천애고아가 된 송이섭네 남매들, 농사지을 논밭

---

310) 한편 전혜자는 이 작품을 생태학적 관점에서 여성주의와 접맥할 수 있는 가능성을 보이고 있는 작품으로 평가하면서 해윤 모친의 가이아적 성격을 생태위기를 극복할 수 있는 긍정적인 대안으로 제시하고 있다.
전혜자, 「이남희의 생태담론: 《바다로부터의 긴 이별》을 중심으로」, 『현대 문학이론 연구 제18집』, 256-259쪽

을 팔아버리고 돈맛을 알게 된 마을 사람들, 공사장 때문에 낯선 사람이 더 많이 들끓어 도시의 우범지대처럼 변해가는 마을 모습이며, 게다가 두어 해째 곳곳에서 공장부지를 닦는다고 공사를 일으키는 바람에 바다의 흙탕물 피해보상이니 하는 걸로 마을이 조용할 사이가 없었다.311)

과연 이러한 모습이 잘 살기 위한 것인지, 해윤으로서는 공단이 건설되는 과정이 곧 마을이 황폐화되어 가는 과정으로 인식될 뿐이었다. 게다가 이러한 시끄러운 마을의 분위기에 일조를 한 것은 해윤의 아버지가 마을 사람들에게 사기를 치고 떠나고 이에 화가 난 송이섭의 아버지가 술에 취한 채 방황하다가 공단의 건설 차량에 치어 사망하는 사고까지 발생한다. 이른바 아수라장이 된 마을은 완전히 예전의 모습을 상실한 상태가 되고 만다.

> 그때 해윤도 어머니도 똑똑히 깨달았다. 그들이 몸담아온 세상이 변해 버렸다는 것을, 어쩌면 그들이 믿었던 내남 구분 없이 인정을 주고받는 세상이란 그 전에 이미 사라진 것일지도 모른다. 그들은 몰랐다기보다 외면하고 인정하려고 하지 않았을지도 모른다. 아니, 분명 그러했다. 세월이 흐르고 경제 개발의 바람을 타고 당항이 급속도로 변하는 것과 보조를 같이하여 아버지도 세상도 변해갔지만 그들은 그것을 인정할 수가 없었던 것이리라. 아버지가 사라졌을 때의 소동을 그토록이나 생생하게 기억하고 있는 까닭은 그런 사실을 인정하지 않을 수 없는 순간 때문일 터였다.312)

이처럼 산업화를 위해 존재했던 것처럼 도시적인 면모를 자랑하며 가장으로서의 책임을 회피한 채 시종일관 어머니를 학대한 해윤의 아버지가 사기를 치고 마을을 도망치자 마을 사람들은 남아 있는 가족에 대해 모진 비난과 욕설을 퍼부

---

311) 이남희, 앞의 책, 51쪽
312) 이남희, 앞의 책, 59쪽

으며 자신들의 손해를 보상받기만을 주장한다. 이제 '당항'은 싸늘한 인심만이 남아 자신의 이익과 자기 가족의 안위만을 돌보는 상태가 된 것이다. 해윤은 이러한 현실을 뼈저리게 느끼게 되고 우선은 현실을 회피하려 든다. 그리하여 이섭이가 억울하게 죽은 아버지에 대한 보상을 요구하다가 이에 대해 만류하는 마을 어른들의 비겁함에 치를 떨며 다시는 돌아오지 않을 것을 다짐하고 마을을 떠날 때조차도 그에게 작별인사나 위로를 나누지 않았던 것이다. 이러한 해윤의 행동은 산업화를 구가하는 국가 시책과 이에 따라 빠르게 변하는 현실에 대해 자신과 어머니의 낙오된 모습이 부끄러울 뿐임을 반영하고 있다. 그래서 그녀는 일부러 늦은 시간에 귀가를 하는 등 당항의 이러한 현실을 회피하게 된다. 이렇듯 작품 초반부의 해윤은 현실의 문제를 인식은 하고 있으나 이를 극복하기 보다는 회피하려는 성향을 보이고 있어서 생태의식을 견지하고 있다고 보기 어려운 인물로 설정되어 있다.

그러나 이섭은 해윤과는 달리 아버지의 죽음의 원인을 규명하고 정당하게 보상받고자 한다. 하지만 마을 이장인 황씨의 관변적인 태도에 실망을 느끼고 마을을 떠나게 된다. 이러한 이섭은 해윤에 비해 분명 부조리한 현실에 대해 정확하게 인식하고, 이러한 위기의 현실에 대해 그 문제를 정확하게 규명하려 한다는 점에 있어서 '자기 지시적인 존재'의 면모를 보이고 있는 인물이다.

'이건 공단측에서 책임져야 할 사고야'
가해 차량을 찾지 못하자 송이섭은 책임을 공단측에다 떠밀고 싶어하였다. 그러나 어림없는 일이었다. 그렇잖아도 시국은 긴급한 바람이 태풍처럼 부는 판이었으니 개인의 사소한 불평까지도 국가적 차원에서 불온한 것으로 다루어지기 쉬웠다. 더구나 화학공업 육성이라는 국가경제 발전의 막중한 사명을 띠고 건설중인 당항공단을 헐뜯는다는 것은 어느 모로나 이가 들어가지도 않을 일이었다. 송이섭의 원망은 분노로 자랐으나 헛되이

맴돌았다.313)

　이섭은 자신이 밀려난다고 생각했다. 그제야 비로소 애틋한 마음으로 아버지를 그려보게 되었다. 빨리 죽어 없어져주지 않으면 내 손으로라도 죽여버린다고 이를 갈기도 했던 아버지였지만 그때 처음으로 아버지를 아무 원망 없이 추억했다.
　'아버지는 정말 사는 일이 힘들었던 것이리라.' 314)

　이렇듯 아버지의 죽음이 아버지 개인의 문제가 아니라 분명 공단 측의 부주의에 의한 것임을 알고 있는 이섭은 이를 입증하기 위해 노력하지만 그것은 헛수고에 불과했고, 오히려 마을의 원로인 이장과 지주 격인 김판술에게 꾸지람만 듣게 된다. 그리하여 그는 어렴풋이 기득권을 가진 지배 계급의 힘을 확인하게 되고 평생 저주했던 아버지에 대해서 처음으로 원망 없는 추억을 하게 되는 것이다. 이렇듯 생태의식을 견지하고 있던 송이섭은 떠나게 되고 마을은 공단의 완성으로 더욱 황폐해져 가게 된다.

　한편 이러한 이섭에 대해 진심으로 걱정을 해 주었던 따뜻한 인정의 소유자인 김경택은 김판술의 아들로서 지방 대학의 학생이다. 그는 미팅에서 신미수라는 여학생을 만나기 전에는 자신이 살고 있는 '당항' 이 현재 사회적으로 어떤 물의를 일으키고 있는지, 자신이 살고 있는 지역의 공단들이 무엇을 의미하는지에 대해 전혀 무관심한 채 하루하루 아버지 김판술 씨의 교지에 따라 타율적인 삶을 살던 인물이다. 이러한 그에게 최근 준공하여 가동을 시작한 '한일광업' 이 공해 산업 수출을 하고 있는 실상과 '남해펄프' 가 공해 방지 시설조차 갖추지 않은 채 공장 가동을 시작하여 이로 인해 바다가 오염되고 있다는 사실을 전달하는 것은 신미수이다. 그리고 신미수와 함께 우연히 발견한 공단의 폐수 누출의 모습에 그는

---

313) 이남희, 앞의 책, 45쪽
314) 이남희, 앞의 책, 78쪽

커다란 충격을 받게 된다.

> "야, 경택아. 저거 좀 봐라. 참말로 이상타."
> 상철도 거들어 경택을 재차 불렀다. 바다 위로 물고기 한 마리가 배를 허옇게 드러낸 채 떠내려오고 있었다. 고개를 드니 저쪽에 한 마리 더 있었다. 신미수가 다시 손가락질했다.
> "저쪽 해안을 보세요."
> 신미수가 가리키는 쪽은 복천이 바다에 흘러드는 입구였다. 그쪽으로 배를 몰아가는데 바닷물의 빛깔이 전과 달랐다. 짙은 푸른빛이 물감을 푼 듯했다. 그 위로 고기들이 허옇게 죽어 떠다니고 있었다. 경택은 양해도 구하지 않고 바쁘게 복천으로 배를 몰았다. 복천의 빛깔은 아예 짙은 곤색으로 바뀌어 있었다.
> "손 넣지 마세요. 위험할지도 몰라요."
> 퍼뜩 머리를 스치는 것이 있었던 경택은 신미수에게 소리를 질렀다. 아버지 김판술씨가 일본이며 전라도에 공장이 들어서서 일어난 일을 가끔 이야기하곤 했던 것이다. 이것이 폐수누출이라면 빨리 아버지에게 알려야 했다. 아버지는 공단계획이 확정된 뒤로 이런 일이 일어날지도 모른다고 항상 염려해온 터였다.[315]

공단의 폐수 누출로 인하여 오염되기 시작한 바다의 모습은 그에게는 본능적인 위기로 다가온다. 그리하여 오염된 바다에 손을 넣으려는 신미수를 말린다. 이는 아버지 김판술로부터 공단으로 인해 폐수 누출의 염려를 늘 들어왔기 때문이다. 이렇듯 경택은 따스한 인정의 소유자이기는 하지만 목전에서 본 오염의 현실에 대해 놀라고 경악할 뿐, 원인을 고찰해 보거나 이 문제를 공식적으로 제기할 생각보다는 우선 아버지에게 알리는 것이 최상이라고 판단하고 있다. 이러한 모습의 경택 역시 해윤처럼 현실의 문제를 확인하고 이에 대해 위기의식은 느끼

---

315) 이남희, 앞의 책, 95쪽

지만 여전히 완전한 각성의 상태에 이르지는 못하고 있어서 작품 초반부에는 생태의식을 제대로 견지하지 못하고 있다.

이러한 경택의 아버지 김판술씨는 경택에 비해 당항에 대한 애착이 강한 인물이다. 그리하여 폐수 누출 사건을 알고 난 뒤부터는 그 구체적인 해결을 위해 폐수를 직접 측정하기도 하고 오염치의 정도에 대해 책을 통해 전문적인 식견을 쌓기도 하는 등 마을 대표로서의 노력을 아끼지 않는 긍정적인 인물로 제시된다.

> 폐수가 바다로 흘러든다는 사실을 알리자 김판술씨는 조금도 머뭇거리지 않고 사진기와 유리병을 들고 달려갔다. 당항리 옆구리로 흐르는 복천은 원래 동네 사람들이 목욕하고 빨래하는 곳이었다. 더구나 상류에 정금아연이 세워진 뒤로 따뜻한 물이 흐른다고 여름이 아닌 때에도 밤이면 목욕하려는 사람들이 꽤 많이 나왔다. 그러나 조금씩 물 빛깔이 달라지고 푸른 물이끼도 유별나게 무성해지고 있었다. 그러나 눈에 보이게 뭐가 흘러나온 것은 처음이었다. 김판술씨는 우선 다리가 있는 부근을 살폈다. 푸르스름한 물감을 푼 것 같았다. 갈대숲을 헤치며 상류 쪽으로 올라가자 물 빛깔은 짙어졌다. 곧 한일광업의 하수구가 나타났고 물은 그곳에서 나오고 있었다. 지체없이 사진을 찍고 물을 떠담았다. 재작년 전라도에서 어민들이 석유공장을 상대로 손해배상 소송을 한 사례를 조사해두었는데 그때 그들은 증거를 확보하는 것이 제일 중요하다고 말했었다. 일년째 그런 사례를 조사해오던 김판술씨는 그 말을 듣자 사진기와 유리병을 준비해두고 있던 참이었다.[316]

이렇듯 감판술씨는 다른 지역의 오염 실태와 이에 대한 손해 배상의 사례를 정리해 두기도 하고 손수 폐수의 오염도를 측정할 수 있는 능력도 지니고 있으며 사진으로 찍어서 이러한 사실을 입증할 줄 아는 용의주도한 모습을 보이고 있다. 이렇게 용의주도하게 폐수 누출에 대한 피해를 주장하는 김판술씨에게 회사 측은

---

316) 이남희, 앞의 책, 100쪽

로비 자금을 전달하면서 그의 의지를 꺾으려 하지만 그는 과감하게 이를 뿌리치는 기개를 보이기도 한다.[317]

하지만 오염치 측정에 시간이 흐르고, 오염에 대해 인정하는 데도 시간이 걸리고, 또한 보상에 대해 의논하는 과정에서 또 시간이 흐르는 동안 당항의 모습은 극도로 피폐화되어 간다. 그러자 김판술씨도 폐수 누출의 책임이라는 것이 보상금을 지급하는 수준에 머물고 말 것이라는 판단을 하게 된다. 그리고 성장 위주의 경제 정책에 대해 달리 맞설 방법이 없음을 깨닫게 되고 재빨리 협상에 응해 보상금 지급 쪽으로 마을의 분위기를 이끈다. 이러한 김판술씨의 행동은 '전일성'에 입각하여 현실의 문제를 투시하지 못함으로써 나타난 것이다. 폐수 누출 사건의 초기에 보였던 그의 의지는 결국 거대권력의 횡포 앞에서 무너지고 오히려 현실과 타협함으로써 자신의 지배적인 위치를 지켜내기에 혈안이 된 모습만이 남게 된다. 그리하여 스스로 견지하고 있던 생태의식을 포기하고 반생태적인 모습으로 변모하게 되는 것이다.

이렇게 지배적인 위치를 지켜내며 거대권력의 이익을 앞장서서 보호하며 자신 스스로도 그 이익을 선점함으로써 또 다른 지배 권력으로서의 횡포를 자행하고 있는 인물로 하영호가 있다.

하영호는 자랄 때부터 소문이 별로 좋지 않던 터라 김판술씨는 하영호

---

317) 이러한 공장측의 태도는 들뢰즈식으로 이야기 하자면, '공리계(Axiomatics)'에 해당한다. 들뢰즈는 자본주의는 그동안 욕망의 흐름을 구속해온 모든 전통적 규범이나 가치를 탈코드화 하면서도, 이렇게 탈코드화된 욕망의 자유로운 흐름이 자본의 가치증식이라는 자명한 제 1원칙에서 이탈하지 못하도록 철저히 규제하고 조작하는데 이러한 규제와 조작을 공리계라 명명했다. 그러니까 공장측은 자신들의 가치 증식을 위해 단기적 이익을 양보하는 모습을 보이고 있는 것이다. 이렇듯 자본주의 사회의 공리계는 탄력적이고 사회 통제는 은밀한 것임을 들뢰즈는 거듭 강조하고 있다.
전경갑, 「유물론적 욕망이론」, 앞의 책, 236-237쪽

와 이야기를 나눈 적이 별로 없었다. 하영호는 나이를 먹으면서 일정한 직업도 없이 돌아다녔고—들리는 소문으로는 주로 브로커 노릇을 한다고 했다—삼십대인 지금도 건달기가 남은 듯 보여 김판술씨는 그를 못마땅하게 생각했다. 하영호는 주저없이 들어와 밥상 위에 잔뜩 쌓인 책들을 들춰보았다.

　　"어촌계장님은 일본어도 아십니까? 어데서 배웠습니까?"

　　'내 나이가 몇 살인데 모르겠나? 우리 연배는 다 알게 돼 있제. 와? 니도 박사 되고 싶나?'

　　"박사가 되면 뭐하겠는교? 돈이 있으면 박사도 데려다 마음대로 부려먹을 수 있는 세상인데 돈을 많이 버는 게 훨씬 낫습니다.318)

이렇듯 하영호는 삼십이 넘도록 특별한 직업도 없이 다니면서도 돈만 있으면 무엇이든지 할 수 있다고 믿는 자이다. 그는 지배 세력의 위선을 대변하는 인물로서 거대권력 밑에서 기생하면서 위선적인 가면을 쓰고, 힘없는 자들을 억압하고 우롱함으로써 바람직한 생태사회 건설에 역행하는 자이다. 그리하여 해윤과 불륜 행각을 벌이는가 하면, 후에 각성한 해윤이 청년들과 벌이려하는 당항 되살리기 운동을 직접적으로 방해하여 당항의 몰락에 결정적인 역할을 한다. 이러한 하영호의 모습은 강자로 군림하며 약자들을 착취하고 억압하여 스스로의 욕망만을 충족시킴으로써 이른바 공생의 원리를 무시하고 있는 반생태적인 인식을 지닌 인물로서 극복해야 할 전형적인 인물이다.

이에 비해 조신형은 미약한 생태의식의 소유자였던 경택과 해윤에게 당항의 현실을 직시하게 하고 파괴되고 있는 당항의 모습을 복구해야할 필요성과 책임의식을 각성시키는 발전적인 생태의식을 소유하고 있는 인물로 설정되어 있다.

　　"이해윤씨 들어봐요. 이해윤씨는 자기가 사는 고장에서 일어나는 일에

---

318) 이남희, 앞의 책, 110쪽

관심을 가져야만 합니다. 그러질 않고 항상 도피하려고만 든다면 이해윤씨의 참다운 인생이라는 것도 도망가고 마는겁니다. 껍데기의, 허위의 삶만 남아 삭막하게 메말라가겠죠. 나는 여기 와서 이 고장 사람들이 살아가는 모습을 보고 놀라움을 감출 수가 없었습니다. 어쩌면 이해윤씨가 한국근대사를 제대로 알게 되면서 느꼈던 무력함에 대한 울분이랄까요, 그런 것을 난 이 고장에 와서 느끼는겁니다. 공적 영역에 대한 불감증이라고 해야 합니까? 이 시대에는 공적 영역에 대한 불감증이 부추겨지고 거짓 연대감들이 판을 칩니다. 좋은 예가 텔레비전의 이산가족 찾기 프로그램이죠. 그런 점이 이 고장에선 더욱 심한 것 같더군요.

ㅇ시가 우리나라의 중공업단지로 선정되면서 대통령이 말했죠. 공장 굴뚝에서 나오는 검은 연기가 바로 우리나라의 발전을 말해주는 증거라고요. 그러나 실제론 그게 삶을 발전시키는 연기가 아니라 삶을 파괴하는 것이었습니다. 석유화학단지 주변의 과수원에선 과실이 잘 열리지 못하고 주변의 논밭의 작물도 누렇게 말라 죽습니다. 그 인근의 주택가에는 호흡기 질환이 만연되고 있구요. 생명 있는 것은 하나씩 차례로 죽어갑니다. 질긴 잡초까지도 죽어가는 들판을 보면서도 사람들은 조금도 걱정하는 것 같지가 않습니다. 자신의 목전까지 독이 뻗쳐오고 있는데도 사람들은 가족 간의 재회나 구경하면서 울고 있는겁니다. 이게 바로 거짓 연대감이고 불감증입니다.[319]

이렇듯 조신형은 이기적인 욕망과 혼란 속에서 자멸할 위기에 처한 당항 주변의 청년들에게 기폭제로서 작용하고 있는 인물로서 '노마드적인 주체'의 신념을 견지하고 있다. 그는 평범한 회사원이었지만 미국 대사관 방화 사건을 계기로 거대권력으로서의 부조리한 사회가 개인에게 행하는 일방적인 횡포에 대해 분노하고 이에 맞서는 적극적인 의지를 지니게 된 자이다. 그는 해윤에게 거대권력이 제시하고 있는 산업화의 허상을 직시할 것과 현재 이산가족 상봉과도 같은 거짓 연대감의 조성이 현실의 문제를 더욱 왜곡시키고 있음을 피력하면서 당항 청년들

---

319) 이남희, 앞의 책, 151-152쪽

의 방관적인 자세에 대해 각성을 촉구하고 있다.

　　"우리 동네엔 복천이라는 개천이 있어요. 바다로 통하는 개천인데 제가
어릴 때는 해수욕을 하고나면 그곳에서 몸을 씻었고 빨래나 설거지까지
거기서 많이들 했지요. 요즘은 그런 풍경이 사라졌어요. 적조현상이라고
해서 물이 벌겋게 변하면서 사람들은 독수라고 위험을 느껴서 발가락조차
담그려고 하질 않거든요. 그리로 배를 대어놓는 사람은 오금까지 닿는 장
화를 신고서야 들어가구요. 이제 우리 마을 사람들은 물이라는 걸 수상쩍
게 생각하지요. 올해는 바다에 들어가기만 하면 병이 생긴다고 야단이 났
구요.

(중략)

　　요즘은 화를 내야 하는지, 기분 나쁜지 어떤지 전혀 모르겠더군요……
어쨌든 개구리가 죽는 것처럼 고기가 죽고 벌레도 죽고 새도 죽고. 과수원
의 나무들도 배배틀어지고…… 막 죽어 나가고있는 마당에도 적정 오염치
가 어떠니 하는 말은 되풀이되고…… 그러다가 결국엔 인간이 죽을 차례
도 오는거겠지요……"

　　경택은 한참 생각한 후 덧붙였다.

　　"아니면 그 전에 인간들이 쫓겨나는 일도 있겠군요."

　　"어디로 말입니까?"

　　조신형이 심각한 표정으로 물었다. 경택은 멍한 얼굴로 잠시 조신형을
바라보았다. 무엇인가가 속에서 꿈틀거리고 있었다.

　　"주민들은 정부에서 이주계획을 세워줄 거라고 믿고 있지요."

　　"어디로 이주한단 말입니까?"

　　조신형은 의미심장하게 되풀이했다.

　　"죽음의 영역이 점점 퍼져가고 있는데 도대체 어디로 간다는겁니까?

　　조신형의 말에 경택은 충격을 받았다.[320]

　이 부분에서 조신형은 경택에게 '복을 받는 하천' 이라는 의미의 '복천' 이 이제

---

320) 이남희, 앞의 책, 162-163쪽

는 '독수' 로 바뀐 현실에 대한 문제 제기와 나아가 이제 인간이 더 이상 쫓겨 갈 곳이 없음을 인식시키는 조신형의 모습은 오염의 현실 앞에서 이를 피하려 하거나 그냥 그 상태에 안주하려는 태도가 얼마나 어리석은 행동인가를 경택 스스로 깨닫게 하여 그로 하여금 바람직한 생태의식을 각성하도록 유도하고 있다. 아울러 이러한 조신형의 의식은 '공생의 원칙' 에 입각한 '전일성' 에 대한 시각으로 생태 문제를 바라보고 있다는 점에서 사회생태론자들의 생태의식을 '자기지시적인 존재' 의 모습을 통해 보여주고 있음을 확인할 수 있다.

그리고 이러한 조신형의 의식은 경택에게 심각한 자기반성에 이르게 하여 아버지 김판술의 문제를 당당히 지적하도록 한다.

> "이기주의가 극에 달해 있는 영감쟁이야. 물론 우리집 영감쟁이가 공해에 대해 누구보다 먼저 눈떴고 열심이라는 점은 인정을 하겠어. 그러나 자기의 이익을 추구하는 게 다른 무엇보다도 우선되는 것이 당연하다고 배 내미는 태도에는 정말 화가 치밀어서 참을 수가 없어. 결국 공해라는 게 왜 생긴 건데? 공장 주인들이 자기네 이익만을 미친 듯이 추구하려고 물불 안 가리는 데서 생기는 게 아니냔 말야……" 321)

이처럼 경택은 아버지와 같은 지배계급의 횡포로 인해 당항이 더욱 몰락해 가고 있음을 감지하고 있다. 또한 자신의 이익에 혈안이 되어 당항이야 어찌되든 보상금만 챙기면 그만이라는 마을 원로들에 대해 문제를 제기하고 있기도 하다.

한편 경택은 이즈음 가스누출 사고로 인해 초등학교에서 수업조차 제대로 진행할 수 없는 사건과 직면하게 되고 이 사건이 계기가 되어 집단 행동에 대한 모색을 서두르게 된다. 우선 이러한 현실의 문제를 각성시키기 위한 설문지를 작성하여 설문지를 돌리지만 교활한 하용호에 의해 저지당하게 된다.

---

321) 이남희, 앞의 책, 200쪽

그러자 이번에는 해윤의 생태의식이 급격히 고양되어 부당한 위계질서에 대한
저항을 행동적인 실천을 통해 드러내기로 결심하기에 이른다.

> 내일이 오면 쳐들어갈 것이다. 정금아연? 한일광업? 시내와 가까운 공
> 장을 선택하는 편이 좋을 것이다. 기자들을 불러와야 할테니까. 신경안정
> 제도 예비로 조금 가져가자. 혹시라도 손이 떨리거나 하는 꼴을 보이고
> 싶지 않으니까. 아냐 아냐, 내일은 안되겠어. 우선 그동안 당항에서 일어난
> 공해 피해를 낱낱이 순서대로 적어놓을 필요가 있어. 하나도 빠뜨리지 말
> 고. 그런 유인물을 스무 장 정도 만들어 품에 넣고 갔다가 바깥과 대화할
> 형편이 아닐 땐 그걸 기자들에게 뿌리면 된다. 그리고 그걸 기사로 해줄
> 때까지 사흘이고 나흘이고 절대 풀어주지 않을 것이다. 화염병도 몇 개
> 만들까…… 가지고 들어갈 수가 있을까? 참, 묶어둘 끈도 있어야겠군. 높
> 으신 분 사무실에 어떻게 들어가느냐구…… 하영호가 있잖아. 그 이름을
> 팔면 돼. 심부름 왔으니 부사장이나 공장장을 만나야 한다고 하면 통과니
> 까. 하영호도 이럴 때는 쓸모가 있으니 그리 나쁘지는 않군……
> 　가물거리는 의식으로 계속 상상하는 사이에 서서히 잠에 빠져들었다.
> 밤은 점점 깊어만 갔다.[322]

　이렇듯 공격적인 행동을 취하게 될 공장이 어디이든 해윤은 부당한 지배 권력
의 횡포가 개인을 억압하고 나아가 사회를 파괴한다는 강한 인식을 견지하고 있
다. 그리고 이러한 위압적인 현실을 해체해야 한다고 자각하고 이를 위해 화염병
을 준비하려는 모습까지 보인다. 또한 억압적인 지배 계급의 모순을 지니고 있는
자인 하영호의 이름을 이용하여 공장의 사무실에 들어가리라는 주도면밀한 계획
을 세우기까지 한다. 그리고 이러한 그녀의 계획이 실현되지 못하고 그녀의 의식
속으로 함몰되었다는 점이 아쉽기는 하지만 해윤의 의식이 각성되었음은 분명
확인할 수 있다.

---

322) 이남희, 앞의 책, 238쪽

이렇듯 각성된 해윤의 의식은 이섭의 귀향과 더불어 긍정적인 발전을 도모하게 되지만 경택의 관료주의로의 돌변과, 당항을 살리자는 청년들의 생태 운동이 정치 수단으로 이용되어 신당의 여당에 대한 비판의 도구로 전락하게 됨으로써 발전적 전망을 획득하지 못하게 된다. 거대권력으로서의 국가와 기득권을 지닌 지배계급 하에서 당항의 청년들을 중심으로 한 생태 운동은 위기를 맞게 되고 그들이 꿈꾸는 균형을 이룬 조화로운 세계에 대한 갈망은 점점 요원해 지기만 한다. 아무리 '전일성'에 입각하여 '공생'을 모색하려 해도 거대한 권력 앞에서는 속수무책이었던 것이다.

그러나 이러한 그들의 좌절은 공해병에 시달리다가 죽음을 맞게 된 해윤의 어머니에 의해 극복되어 새로운 세계에 대한 생성에의 의지로 이어지게 된다.

무엇 때문에? 도대체 무엇을 위하여?
그 물음은 격렬하게 가슴을 두드렸다.
의사가 오는 것도 기다리지 못했을 정도로 단숨에 가셨으니 그래도 나은 일이었는지 모른다. 그래, 어쩌면 나는 목숨이 붙어 있는 한 끝나지 않을 고통이라고 차라리 죽기를 바랐을지도 모른다. 어머니는 살아 있다고도 할 수 없는 극심한 고통의 벽에 갇혀 있었다. 하지만 그것은 곁에서 보는 사람 입장에서 생각한 것이고 당신은 그렇게 고통을 겪으면서도 끝까지 이 땅에서 살기를 바랐을지도 모른다.
밤만 되면 해윤은 어머니의 절규를 듣는 듯했다.
'어멍, 어멍, 내가 전생에 무슨 죄를 지어수꽈!'
고통이 심할 때는 어머니는 그렇게 울부짖었었다.
'우리는 이래 죽는다 해도 느그 아이들이라도 살려야 되는데……'
간혹 고통이 잦아들 때면 어머니는 예전의 모습을 보이며 그런 말도 하곤 했었다.

(중략)

내년이면 이곳에는 사람이 살았던 자취도 말끔히 지워지겠지.

총총히 떠나는 사람들의 애잔한 뒷모습을 상상했으나 그 역시 눈에 덮
여 지워지는 듯 오래 생각할 수가 없었다. 배가 해안으로 접근해 갈수록
흐릿했던 시야가 조금씩 밝아졌다. 눈보라가 치는 데도 길엔 사람들의 모
습이 있어 마을의 위치를 짐작할 수 있었다. 많은 사람들이 집 밖으로 몰려
나와 웅성거리고 있었다. 문득 그 위로 어머니의 환영이 겹쳐졌다.
  '아아들이라도 살려야 되는데……' 323)

밤마다 공해병으로 시달리면서도 해윤의 어머니는 자신의 고통을 후손에게 넘
겨 주지 않기를 기원하고 있다. '우리는 이래 죽는다 해도 너희들 아이만은 살려
야 한다' 는 해윤의 어머니의 의식은 새로운 생성의 세계에 대한 바램이며 나아가
이러한 세계를 책임지고 건설해 달라는 애원이기도 한 것이다. 그리하여 해윤이
줄곧 '무엇 때문에?' 라고 자문하였던 문제의 해답을 찾게 된다. 해윤을 중심으로
한 당항의 청년들이 끝까지 거대권력의 횡포와 맞서 건설해야 하는 바람직한 생
태사회는 바로 해윤의 어머니의 말처럼 누구나 안전하게 살 수 있는 세상인 것이
다. 이러한 해윤의 어머니야 말로 '자기지시적인 존재' 로서의 역할을 통해 더 이상
파괴와 억압이 존재하지 않는 조화와 균형의 생태사회를 후손들에게 물려주는
것이 남아 있는 자들의 몫임을 분명히 함으로써 생태소설의 사회생태학적 전망을
제시하고 있다.

  이상으로 '자기 지시적인 존재' 로서의 개인이 지배와 파괴로 인해 훼손된 현실
에서 '공생의 원칙' 에 입각한 '전일성' 을 획득하게 됨으로써 자유와 균형의 세계로
나아가 새로운 생성의 세계로의 생태사회를 추구하는 모습을 살펴보았다. 324) 그

---

323) 이남희, 앞의 책, 321-323쪽
324) 이러한 생태사회에 대한 모색을 시도한 작품으로 박일문의 《장미와 자는 법》(문학수첩,
    1996)도 들 수 있다. 그러나 이 작품은 북친의 사회생태론을 분명히 인식하고 있는 주
    인공이 의식적 측면에서 자유와 균형의 세계를 꿈꾸며 청년기를 보내다가 결국은 진정
    한 사랑을 통해 삶의 의미를 깨닫는 과정을 다룸으로써 환경문제에 대한 접근은 뒤로

리고 이 과정에서 문제의식을 견지하는 인물들이 '노마드적인 주체'로서의 역할을 동시에 수행하고 있음을 확인할 수 있었다. 나아가 '자기지시적인 존재'가 '노마드적 주체'로서의 역할을 수행함으로써 생태 위기의 문제를 극복할 수 있는 능동적인 대안을 제시하고 있다는 사실을 검증할 수 있었다.

하고 완전히 심층적인 차원에서 사회생태론에 대한 의식적 각성 과정을 다루고 있어서 본 논문에서 다루는 생태소설의 범주에서 제외시켰다.

Ⅴ. 생태위기에 대한 대안으로서의 생태페미니즘 소설

1. 훼손된 자연과 상처 입은 여성

인류가 자연을 정복하고 그 문명적 위용을 떨치기 시작한 것은 19세기 이후 과학 발전의 근원이 된 이원론적 세계관을 구축하고 난 이후부터이다. 그리하여 남성과 여성, 인간과 자연, 이성과 감성, 나아가 정신과 육체, 객관과 주관의 분리는 각각 남성의 여성에 대한 지배, 인간의 자연에 대한 지배를 합리화하고 정당화하는 문화적 배경이 되었다. 그리고 과학은 이원론의 지배적 존재로서 남성적이고, 인간적이고, 이성적인 것으로 규정되어 왔다.[325] 이러한 인식은 과학 기술의

---

325) Carolyn Merchant, The Death of Nature, Harper & Row, 1980.

남성성	여성성
정의(권리)	보살핌(책임)
무엇이 우선되는가?	누가 제외되는가?
서열화(hierarchy)	그물구조(network)
완벽의 이상(ideal of perfection)	보살핌의 이상(ideal of care)
독립을 통해서 규정된 자아	연결을 통해서 묘사된 자아
추상적인 완벽의 이상에 의거해 측정된 자아	보살핌의 구체적인 행위들을 통해서 평가되는 자아
독립성을 우선시	관계성을 우선시

발달에 힘입어 더욱 가중되었고 이 과정에서 확대된 산업화는 자연을 파괴하는 마구잡이식 개발을 통하여 자연의 주인으로 군림하는 인간의 모습을 만들어 내었다. 그리고 20세기가 접어들면서 심각해지기 시작한 지구 오염의 문제가 자연의 질서 파괴로 이어져 기후변화와 각종 생태계의 파괴를 가져 왔다. 이제 상처 입고 파괴된 자연은 여기저기서 그 흉칙한 모습을 드러내기 시작하였으며 심지어 자연의 섭리나 질서를 파괴해 버림으로써 인류에게 커다란 위기와 혼란을 가중시키게 되었다.

아울러 상처 입은 자연을 치유하기 위한 다각적인 모색이 시도되기에 이르렀고, 급기야 따뜻한 모성애로 상처 입은 자연을 치유하되, 그동안 인류가 우월하다고 믿었던 남성, 이성, 그리고 과학에 대한 절대적인 맹신을 청산하고 일원론적이고 유기적인 사고로의 전환을 시도한 생태페미니즘이 등장하게 되었다. 이들의 주장에 의하면 인간과 인간, 그리고 인간과 자연이 함께 조화로운 생태사회를 건설하기 위해서는 여성 특유의 원리들이 필요하다는 것이다. 또한 이들은 현재 인류가 겪고 있는 생태위기는 여성에 대한 남성의 억압과도 동일한 자연에 대한 인간의 억압에 그 원인이 있음을 전제로 삼고 있다.

마리 델리에 의해 제기된 여성과 자연의 상관관계에 대한 논의는 생태페미니즘의 근간을 이루어 발전하게 되었음은 주지하고 있는 바이다.[326] 즉 인간의 이기적인 욕망에 의해 파괴된 자연의 이미지를 남성 중심의 가부장적인 이데올로기에 의해 억압받는 이미지와 동일하게 바라보는 것이 생태페미니즘의 근본적인 출발이다. 이렇듯 자연의 파괴가 여성의 억압적인 현실과 밀접한 연관을 이루고

김미현, 『한국여성소설과 페미니즘』, 32쪽

326) Mary Daly, Gyn & Ecology, Boston; Bacon Press, 1978.
Susan Griffin, Woman & Nature, N.Y.; Haper &Row, 1978.
Carolyn Merchant, The Death of Nature, Haper & Row, 1980.

있다고 간주하고 있는 생태페미니스트들의 인식은 파괴된 자연의 양상과 억압으로 인해 피폐화된 여성의 모습을 동일 선상에 둠으로써 파괴되고 억압되어 있는 현실의 생태위기의 모습을 제시하고 있다.

동일한 맥락에서 수잔 그리핀도 여성의 억압과 자연의 파괴에 대해 언급하고 있다. 특히 그리핀은 서구에서는 여성이 자연, 물질적인 것, 그리고 감정적인 것과 연관되어 인식되어 온 반면 남성은 문화, 비물질적인 것, 그리고 합리적인 존재로 여기게 됨으로써 남성과 관련된 것들이 은연중에 우월한 것으로 인식되는 사회적 분위기를 형성하여 온 것에 대해 비판하고 있다. 아울러 과학과 철학의 다양한 분야에서 수많은 언어들과 상징들이 여성과 자연을 일체화시킴으로써 여성의 가치를 평가 절하하여 왔음을 지적하고 있다. 그리고 이러한 인식이 현재의 생태위기의 원인을 가져 온 것임을 강조하고 있다.[327]

이러한 생태페미니즘의 생태위기에 대한 인식은 한국 현대소설에서 그 구체적인 모습을 살펴볼 수 있다. 김원일의 〈따뜻한 돌〉(1981),[328] 그리고 한강의 〈내 여자의 열매〉(1997),[329] 전성태의 〈사육제〉(1997)[330]가 이에 해당하는 작품들이다. 이 작품들에 등장하는 여성들의 이미지는 모두 동일하게 훼손되고 파괴된 자연의 모습과 교차되어 형상화되어 있다.

우선 김원일의 〈따뜻한 돌〉은 산업화라는 거대한 기술 문명 아래 참혹하게 희생당한 주인공 영희의 모습을 통해 생태페미니즘이 전제로 삼고 있는 생태위기의 단면을 제시하고 있다. 이 작품은 권위적인 남성을 상징하는 산부인과 의사 박준도와 일방적이고 이기적인 남성의 지배적인 모습을 담고 있는 영희의 오빠

---

327) Susan Griffin, Woman & Nature, Harper & Row, 1978, 5-46쪽.
328) 김원일, 〈따뜻한 돌〉, 《잃어버린 시간-김원일 중단편 전집4》, 문이당, 1997.
329) 한강, 〈내 여자의 열매〉, 《내 여자의 열매》, 창작과 비평사, 1997.
330) 전성태, 〈사육제〉, 《매향》, 실천 문학사, 1999.

진수를 한 축으로 하고, 무지하고 나약하여 언제나 희생당하고 상처 입는 여성으로서의 영희, 그리고 이러한 현실에 분노하고 있는 간호사를 또 다른 축으로 설정하여 이들간의 지배와 억압의 모습을 구체화하고 있다. 특히, 일방적으로 상처받고 피폐해진 여성의 이미지를 영희의 모습을 통해 형상화 하고 있다.

> 얼핏 보아도 산모나 태아 건강이 양호하지 않음을 짐작할 수 있었다.
> 기미 낀 윤기 없는 마른 얼굴은 임산부 특징이라고 치고, 여윈 목줄기에
> 정맥까지 확연히 돌출해 있어, 건성 피부가 꼭 털 뽑은 닭살 같았다. 형광
> 등 불빛 탓으로 부스스 일어난 머리칼이 윤기 없이 하얗게 비쳐보였다.[331]

생기라고는 찾아볼 수 없는 영희의 이러한 모습은 그간 영희의 힘겨운 삶을 반영하며 나아가 현실의 고통을 보여주고 있다. 영희는 도무지 아이를 제대로 출산할 수 없어 보이는 건강 상태이다. 그러나 이러한 영희의 모습에 대해 의사인 박준도는 권위적인 태도를 보이며 생명의 소중함을 운운하고 영희의 두 번의 낙태 경험에 대해 분노를 표시한다.

> 박준도는 화난 얼굴이었고 목소리도 한 음절 높았다. 오 개월 전후에서
> 병원을 찾는 인공 중절 수술 경우는 박준도가 으레 역정을 내는 대목이었
> 다. 미혼이라면 마땅히 알아 조치해야 할 피임을 때맞춰 사용하지 않은
> 불찰이나 무지 쪽보다, 수술의 어려움과 산모의 건강 등을 이유로 내세워
> 수술 비용을 한껏 요구할 수 있는 핑계를 잡아 항시 사용하는 위협적 발언
> 이기도 했다. 그러나 이번의 경우 그런 타산에서보다, 두 번씩이나 생명을
> 함부로 지워버린 몰인정한 모성과, 이제 성별은 물론 손톱과 발톱까지 갖
> 추었을 생명을 또다시 지우려는 잔인함에 모욕감이 앞섰다. 그 점은 미구
> 에 태어날 생명체의 존귀함과, 이런 상황에서도 중절 수술을 해줘야 하는
> 자기 직업의 비정함에 따른 혐오감도 함께 작용하고 있었다.[332]

---

331) 김원일, 앞의 책, 92쪽

이렇듯 박준도는 미혼이라면 마땅히 알아서 조치해야 할 피임에 대해 무지한 영희의 태도와 두 번씩이나 낙태를 했다는 그녀의 잔인함에 일종의 모욕까지 느끼고 있다. 이것은 성별은 물론 손톱이며 발톱과 같은 미세한 부분까지도 이미 갖추어 진 생명체를 중절하야 한다는 자신의 비정한 직업에 대한 혐오감까지도 포함하고 있는 분노이다. 그런데 박준도의 이러한 태도는 영희에게는 자못 위압적인 모습으로 다가온다. 박준도는 스스로 생명에 대한 존엄성과 가치에 대해 경건한 자세를 보이고 있는 듯하지만 사실 그러한 그의 사고는 오히려 영희를 일방적으로 억압하는 권위적인 작태를 보이고 있는 것이다. 그것은 영희를 생명에 대한 책임이나 소중함에 대해 아랑곳하지 않는 몰인정하고 비정한 여성으로 취급하기 때문이다.

하지만 영희는 박준도가 파악한 것처럼 비정하지도 몰인정하지도 않은 억압받고 있는 일개의 나약한 여인에 불과하다. 그녀는 가난때문에 어린 시절부터 공장에서 일해 왔으며, 현재는 '동진상표' 라는 곳에서 알루미늄 판에다가 상표 모형을 복사하기 전 약칠하는 일을 하고 있다. 그런데 이 공정은 감광액이나 초산 혹은 중크롬산도 쓰는 위험한 일로써 영희는 이런 일을 하면서 점점 병약해지게 된 것이다. 그러나 그녀는 박준도의 추측과는 달리 현재 뱃속의 아이에 대해 강한 집착을 지니고 있다. 그녀의 오빠 진수가 다니는 공장에서 봉제 절단공으로 일하고 있는 광호와 올봄이면 결혼할 예정이므로 더욱 그녀는 새로운 생명에 대한 기대와 애착을 강하게 보인다.

> "선생님예, 그런 무서운 눈으로 보지 마이소. 저는 증말 지금 죽고 짚은 마음뿐이라예……." 영희가 헉 하고 다급한 숨을 삼켰다. 그녀는 오물을 뱉듯 서둘러 말했다. "첫 임신 때는 두 달 만에 병원에서 수술했심더. 그러

V. 생태위기에 대한 대안으로서의 생태페미니즘 소설 **307**

나 두 번째는 자연유산이 되고 말았어예. 입덧이 있고 얼마 후, 배와 허리
가 심하게 아푸더이 아래로 검은 피가 계속 쏟아져나옵니더. 얼매나 무섭
던지……."

영희 목소리가 울음에 잠겼다. 그녀의 무릎에 놓인 손이 목소리 떨림만
큼 경련을 일으켰다. 잊으려 해도 자꾸 떠오르는 광호 모습을 그녀는 의식
밖으로 떨쳐내며, 이건 누구의 도움 없이 해결하지 않으면 안될 문제라고
되뇌었다.

"작년 늦봄이었어예. 하는 수 없이 직장에 결근계를 내고 그이와 함께
병원으로 찾아갔습니더. 의사 선생님 말씀이, 피임을 하지 않구 만약 다음
에 또 임신하모 소파 수술은 절대 하지 말라고 당부합디더. 심장과 폐도
좋지 않구, 자궁도 약하다 카면서……."

영희는 여의사가 말한 직업병 얘기를 꺼낼까 하다 또 무슨 끔찍한 소리
를 들을까 싶어 입을 다물었다. 삶의 쓰라림이야 오징어 배를 타던 아버지
가 바다귀신이 된 열세 살 때부터 절절히 부대껴왔지만, 겨우 얻은 직장이
입살이를 시켜준 대신 직업병을 유발하여 자신의 건강은 물론 태아에게까
지 영향을 미칠 줄 두 번재 자연유산 때 여의사의 귀띔으로 알게 되었던
것이다.[333]

이상에서 알 수 있듯이 영희의 처음 유산은 가난 때문이었을 것이다. 그녀가
겪은 삶의 고통은 열세 살 때 아버지가 오징어 배를 타고 나가셨다가 돌아가신
이후였다는 진술이 이를 입증한다. 그 이후 영희는 가난을 벗어나기 위해 공장을
전전하였을 것이고 광호를 사랑했지만 아이를 유산해야 하는 상황에 직면했을
것이다. 그리고 이후의 임신들은 그녀의 병약함으로 자연 유산이 되었음을 알
수 있다. 이렇듯 '가난' 이라는 현실 앞에서 무너지는 영희의 모습은 상처 입은
여성의 모습 그 자체를 대변하고 있다. 특히 원하지 않는 임신에 대한 책임과
중절에 대한 죄의식이 여성인 영희에게만 더욱 가중되고 있다는 사실이 이를 대

---

333) 김원일, 앞의 책, 94쪽

변해 주고 있다.

또한 영희의 두 번째 유산부터는 영희가 의도한 바 없는 자연 유산이지만 이의 원인이 직업병과 관련되었다는 과거의 여의사가 진단해 준 결과에 대해 영희는 의사인 박준도에게 알리지 않는다. 그러한 사실을 인정하기가 너무나 두려웠을 것이고, 무엇보다도 현재 임신 중인 아이의 생명을 손상시키는 것이 죽기보다 싫었을 것이기 때문이다. 그래서 그녀는 자신도 어쩔 수 없는 이러한 상황에 처하게 되었음을 변명하며 스스로 죽고 싶을 만큼 고통스러운 현실임을 거듭 강조할 뿐인 것이다. 그러나 영희는 이러한 고통스러운 현실의 원인을 분명히 알고 있다. 소외된 자들로서 겪어야 하는 삶의 질곡을 그녀는 순순히 받아들이고 있는 것이다. 더구나 자신이 사랑하는 광호에게 이러한 자신의 고통을 나누어 주고 싶지는 않았다. 그리하여 '누구의 도움도 없이 혼자서 해결해야 할 문제'임을 거듭 다짐하고 있는 것이다. 이러한 영희의 의식은 '가난'이라는 가혹한 현실의 무게와 남성 중심의 지배적인 사회에 의해 길들여진 모습을 보이고 있다. 분명 상처받은 것은 영희이지만 이러한 상처의 원인으로 작용한 임신의 제공자인 광호와 그녀의 현재의 유산에 직접적인 원인이 된 가혹한 노동 현실은 어떠한 책임도 지지 않은 채 오히려 영희 혼자서만 이러한 현실을 책임지고자 한다. 즉 박준도가 생명 존중을 운운하면서 영희의 무책임한 비정성에 대해 힐책을 하는 것이나 이러한 추궁 앞에서 스스로 죄인인양 쩔쩔매는 영희의 모습은 억압적인 남성 중심의 사회의 지배적인 분위기에 의해 빚어진 결과인 것이다.

그리고 이러한 지배적인 모습의 남성의 이미지는 영희의 오빠인 진수를 통해 보다 구체적으로 확인할 수 있다.

도움말을 구하려는 영희 눈길을 받고도 진수는 눈을 껌벅이며 멀뚱히 서 있었다. 산부인과로 남자가 들어왔기에 그는 곤혹감으로 기가 꺾였다.

Ⅴ. 생태위기에 대한 대안으로서의 생태페미니즘 소설　309

그 자신이 영희 보호자로서 떳떳한 입장이 못되었다. 남녀 살섞음이 왜 이런 복잡한 결과를 빚을까에 대한 짜증과, 다른 여자는 별 탈 없이 아기를 잘 지우고 잘 낳더라는 연상까지 겹쳐, 결과야 어떻게 되었든 그는 빨리 이곳을 빠져나가고 싶은 마음뿐이었다.

(중략)

진수는 멀뚱히 서 있다 간호사와 눈이 마주치자 딴전을 폈다. 빌어먹을 년, 결혼식 올리고 애기를 배면 어때서 이런 처지로 내가 따라와야 해 하고 그는 속으로 투덜거렸다.334)

이처럼 진수는 다른 여자들은 별 탈 없이 아기를 잘 지우고 잘 낳는데 유독 영희만 병원을 드나드는 것이 못마땅하기만 하다. 게다가 친구인 광호가 안전사고로 병원에 입원중이라 어쩔 수 없이 자신이 영희의 보호자로서 이곳 병원에 들어서게 된 것 자체가 성가신 일인 것이다. 진수는 동생 영희의 건강 상태에 대해 근심하거나 걱정하는 것이 아니라 오히려 결과야 어떻든 불편한 상황에서 해방되고 싶은 마음만이 간절할 뿐이다. 이러한 진수의 의식은 가부장적 이데올로기에 의한 이기적인 남성 중심의 사고방식으로써 영희가 직면하고 있는 현실의 원인으로 작용하고 있다.

이러한 남성들의 자기중심적이고 무책임한 행동에 대해 박준도의 병원에 있는 간호사는 욕설을 퍼붓는다.

간호사가 대기실 문을 열자, 진수는 의자에 꾸부려앉아 졸고 있었다. 낮게 코까지 골며 달게 잠든 진수를 본 간호사의 눈이 표독스러워졌다. 태아는 물론 산모 목숨마저 위태롭게 된 마당에 태평스레 잠을 자다니, 정말 남자란 족속의 몰염치성은 아무리 좋게 이해하려 해도 이해할 수 없다는 생각이 들었다. 자신의 일시적 쾌락에 급급하여 무책임하게 싸질러놓

---

334) 김원일, 앞의 책, 89쪽

곧 나 몰라라 돌아서버리는 남자가 요즘 세상엔 한둘이 아님을 병원에서 다반사로 보아온 그녀였다. 그러면 여자 쪽은 그 핏덩이를 지우느라 몸은 몸대로 상하고, 죽을 마디를 몇 차례 넘기는 진통 끝에 사생아를 낳고 ……. 저치도 틀림없이 순진한 공순이를 따먹고 매정하게 돌아설 건달일 거야. 결혼할 거라고? 그래도 입은 바로 붙었다고 듣기 좋은 말은 할 줄 알아서. 간호사는 졸고 있는 남자에게 속으로 욕설을 퍼질렀다.[335]

간호사는 진수가 산모의 건강 상태 여부에 대해서는 관심도 없이 태평하게 졸고 있는 모습에 화가 치민다. 그녀로서는 ‘남자라는 족속들의 몰염치성’을 도저히 이해할 수 없었던 것이다. 간호사가 인식한 이러한 남성들의 비정한 몰염치는 곧 남성들의 폭력을 상징하고 나아가 남성들의 이러한 폭력의 양상은 산업화라는 미명하에 들어선 각종 공장들이 자연을 파괴하고 나아가 인류의 생명을 위협하는 현실로 확대시킬 수 있다. 그리고 이러한 폭력에 희생된 영희의 모습은 그야말로 상처입은 여성의 전형적인 면모를 반영하고 있으며 나아가 그녀의 상처 입은 신체는 인류가 온갖 오염으로 파괴해 놓은 자연의 모습으로 비유할 수 있다. 영희의 몸은 중금속 중독이 심하게 진행된 상태여서 더 이상 생명을 잉태할 상태가 아닌 것이다. 이렇듯 파괴된 자연의 모습을 상처 입은 여성의 모습으로 환치시켜 생태 위기의 현실을 진단하고자 하는 생태페미니스트들의 견지에서 영희의 모습을 들여다보면 영희가 아무리 간절히 바란다 해도 더 이상 아이를 낳을 수 없듯이, 황폐화된 지구도 이제 더 이상 생명체를 잉태할 수 없는 상황에 이르게 될 것임을 경고하고 있는 것이다.

그래서 영희는 아이를 포기하지 않으면 자신의 목숨이 위태로워 질 것이라는 의사의 조언 앞에서 쉽게 아이를 포기하지 못하고 있다.

---

335) 김원일, 앞의 책, 99-100쪽

그녀는 뱃속에 든 아기를 지워야 할는지, 아니면 함께 죽는 한이 있더라
도 십 개월까지 견뎌내야 할는지 얼른 판단을 내릴 수 없었다. 가녀린 숨을
붙이고 있는 핏덩이 하나, 아니 성장을 멈춘 채 아직 온기가 남은 돌덩이
하나가 뱃속에 있다는 사실이 그녀에게는 쉬 실감되지 않았다.

난민촌 언덕바지로 오르는 길목까지 나오자 노점들이 촘촘했고 귀가하
는 행인들 발길도 부산했다. 영희는 아무 생각 없이 상점 진열대를 살피며
걸었다. 그러다 색색의 완구가 진열된 완구점 앞에서 걸음을 멈추었다. 유
아용 딸랑이에서부터 세발 자전거까지, 갖가지 완구가 갖추어져 있었다.
영희는 홀린 듯 갖가지 완구를 구경하며 완구 하나마다 배냇아기를 관련시
켜 생각을 엮었다. 딸랑이를 흔들며 재롱 떠는 뺨이 토실한 우리 아기
······ .336)

이처럼 결국 아이를 포기해야 할지 아니면 함께 죽더라도 열 달을 견뎌야 할지
에 대해 고민하던 그녀는 성장을 멈춘 채 돌덩이처럼 굳어가는 뱃속의 아이의
따듯한 온기와 그 생명체가 가녀린 숨을 자신에게 의탁하여 쉬고 있음을 깨닫는
다. 그러자 영희는 건강한 아이에 대한 정상적인 출산을 꿈꾸게 되는데 이러한
영희의 꿈은 거리의 완구점 안의 갖가지 완구와 뱃속의 아이를 관련지으며 가져
보는 환상을 통해 확인된다. 이것은 딸랑이를 흔들며 재롱을 떠는 토실한 아기 를
출산하고 싶은 그녀의 꿈을 그녀 자신이 결코 버리지 않을 것임을 암시하고 있는
것이다. 즉 그녀는 뱃속의 생명과 함께 오랜 세월 동안 꿈꿔 왔던 정상적인 잉태
와 출산에 대한 의지를 포기할 수 없었던 것이다.

이 작품에 나타난 상처입고 피폐해진 영희의 모습과 그럼에도 불구하고 생명
에 대한 강인한 집착을 보이고 있는 그녀의 의지는 자연의 본성 그 자체로 동일시
할 수 있다. 또한 영희의 상처는 결국 산업화가 자행한 것이며 여기에 남성의

---

336) 김원일, 앞의 책, 104쪽

지배적인 의식이 더해져 이러한 상처를 더욱 깊게 하였음을 환기시킴으로써 산업화라는 명목으로 자연을 파괴하고 있는 인간들에게 심각한 경고를 던지고 있다. 그리고 이러한 모습은 생태페미니스트들이 바라보고 있는 생태위기의 현실과 이의 원인과도 일치하고 있다. 그리하여 이 작품은 상처 입은 여성의 이미지와 파괴된 자연의 이미지를 일치시키고, 이의 원인이 산업화를 이끈 남성 중심의 지배적인 사고에 기인하고 있음을 정확히 제시하여 생태소설의 면모를 확보하고 있다는 의의를 지니고 있다.

한편 상처 입은 여성이 곧 파괴된 자연임을 상징적인 기법을 통해 제시하고 있는 작품으로 한강의 〈내 여자의 열매〉가 있다. 이 작품은 산업화로 인해 자연이 설 자리를 잃게 되는 현실의 모습을 상징하는 한 여자가 각박한 현실의 억압과 남편의 무관심 속에서 차차 생기를 잃고, 온 몸이 멍이 드는 이상한 경험을 한 뒤 그토록 갈구하던 자연으로 돌아가 식물로 살아가게 된다는 다소 환상적인 내용을 담고 있다.

이 작품은 생태페미니스트들이 견지하고 있는 상처 입은 여인의 이미지를 파괴된 자연의 이미지로 전환하는데 성공하고 있으며 나아가 이렇듯 상처를 입고 파괴된 여성과 자연의 가해자를 동시에 산업화라는 거대한 대상으로 설정하고 있다. 그리고 이러한 산업화가 곧 남성적인 요소임을 제시하여 남성으로 상징되는 산업화로 인해 상처 입고 파괴당한 여성과 자연의 모습을 생태위기의 현실로 감지함으로써 생태페미니즘의 한 단면을 보여주고 있다.

이 작품에 등장하는 '나'는 산업화된 현실에 순응하여 안일하고 평온함 삶이 주는 기쁨으로 살아가던 중 아내의 몸에 여기저기 나타나기 시작하는 근원을 알 수 없는 멍을 발견하게 된다. 하지만 '나'는 그러한 아내에 대해 애틋한 마음만을 표현할 뿐 아내가 처한 현실을 방관하기만 한다. 즉, 병원에 가보라는 말과 장모

님을 불러야 한다는 말 정도가 고작이었다. 사실 그즈음 `나`는 평온함 삶 자체에
빠져 아내에 대해서는 무관심해 있었던 것이다.

> 지난 삼년은 나에게 가장 따뜻하고 평화로운 시간이었다. 힘에 버겁지
> 도 못 미치지도 않는 직장일, 다행히도 무심하여 전세금을 올려 받지 않는
> 집주인, 만기가 가까워오는 아파트 청약금, 별다른 애교가 있는 것은 아니
> 지만 나에게 충실한 아내까지, 모든 것이 적당히 덥혀진 욕조의 온수처럼
> 찰랑거리며 내 고단한 몸을 어루만져주고 있었다.
> 아내의 문제는 무엇일까. 어떤 괴로움이 심인성(心因性)의 장애까지
> 불러일으킨 것인지 나는 이해할 수 없었다. 이 여자가 이렇게 나를 외롭게
> 해도 되는 것인지, 무슨 권리로 나를 외롭게 하는 것인지 의아해질 때마다
> 막막한 염오감이 오래된 먼지처럼 켜를 이루어가는 것을 느낄 뿐이었
> 다. [337]

현실과 적당히 타협하면서 이로 인해 얻은 평온이 깨질 것이 두려운 `나`는
자신을 걱정하게 하고 외롭게 하는 아내를 염오하고 있다. 이러한 `나`의 모습은
전형적으로 이기적인 남성 그 자체를 대변하고 있다. 아내가 자신을 괴롭힐 어떠
한 권리도 없음을 재차 강조하고 있는 그의 의식은 오로지 자기 자신의 평온만을
유지하려는 남성의 이기적 면모를 제시하고 있으며, 나아가 권위적이며 지배적인
남성의 모습을 나타내고 있다.

또한 아내의 상처로 상징되는 `멍`에 대해 적극적으로 대처하기 보다는 상처
입고 아파하는 대상인 아내에게 혼자 병원에 가 보라는 말을 남기는 것이 `나`의
아내에 대한 최상의 배려라는 점은 가히 폭력적으로 다가오는 부분이기도 하다.

> 아내의 얼굴에는 천진한 이목구비에 어울리지 않는 피로의 흔적이 역력

---

337) 한강, 앞의 책, 230쪽

했다. 이제 어디에 가도 여고생이나 여대생이라는 오해를 받을 것 같지 않았다. 오히려 나이보다 늙게 보는 사람도 있을 듯했다. 붉은 물이 오르기 시작한 풋사과 같던 아내의 뺨은 주먹으로 꾹 누른 것처럼 깊이 패었다. 연한 고구마순처럼 낭창낭창하던 허리, 보기 좋게 유연한 곡선을 그리던 배는 안쓰러워 보일 만큼 깡말라 있었다.[338)

둔부뿐 아니라 옆구리며 정강이, 흰 허벅지의 안쪽 살에까지 연두색 피 멍이 든 꼴을 보니 와락 화가 치밀었고, 화가 가시자 까닭 모를 쓸쓸한 마음이 들었다.[339)

아내의 얼굴은 납물이 든 것처럼 푸르스름하게 지질려 있었다. 제법 윤 기가 있었던 머리카락은 마른 시래기처럼 푸석푸석했다. 눈의 흰자위는 새 하얗다 못해 엷은 쪽빛이 났는데, 그 때문에 유난스레 검어 보이는 눈동자 가 물기를 머금고 번쩍이고 있었다.[340)

아내의 모습이 이토록 심각한 상태에 이르도록 그는 아내에 대해 무관심한 상태였다. 게다가 아내가 자신의 멍에 대해 호소하기 전에는 그녀의 멍을 보지조 차 못했다. 이러한 '나'의 무관심은 그녀를 병원에 가보도록 종용하고 그 사실을 확인하는 것이 고작이었다. 게다가 아내의 상처로 나타난 멍에 대해 그녀 스스로 해결할 것을 종용하는 비정한 면모를 보이기까지 한다.

나는 비척비척 뒤로 물러서며 아내의 몸을 노려보았다. 숱 많던 겨드랑 이털은 반나마 빠졌고, 말랑말랑하던 갈색 유두는 희끄무레하게 탈색되어 있었다.
"안되겠어, 내가 장모님께 전화를 해야겠어."

---

338) 한강, 앞의 책, 218쪽
339) 한강, 앞의 책, 219쪽
340) 한강, 앞의 책, 221쪽

V. 생태위기에 대한 대안으로서의 생태페미니즘 소설   **315**

　　“아니야, 내가 할게. 그러지 마.”
　　혀를 씹는 듯 불분명한 발음으로 아내는 다급히 외쳤다.
　　“병원에 가, 알았어? 피부과에 가. 아니, 그럴 게 아니라 종합병원에 가
봐.”
　　아내는 고개를 끄덕였다.
　　“내가 같이 가려고 해도 짬을 낼 수 없는 거 알잖아. 자기 몸은 자기가
알아서 챙겨야 할 거 아냐?”
　　아내는 다시 고개를 끄덕였다.
　　“장모님도 부르고. 내 말 들어.” 341)

　　자신의 몸은 자신이 알아서 챙겨야 한다 는 이러한 나 의 비정함 앞에 아내는
쓸쓸한 미소만을 지을 뿐이다. 아내로서는 자신의 상처가 예사롭지 않음을 알았
을 테지만, 출장을 앞둔 남편 앞에서 어리광을 부릴 정도로 염치가 없지 않았던
것이다. 아니 오히려 그녀는 그녀의 자유와 맞바꾼 안정적인 삶이 가져다 준 현실
의 삭막함이 자신에게 상처로 작용하여 ‘멍’ 의 형태로 자신을 잠식하고 있음을
감지하고 있다. 즉 거대한 힘으로 인류를 폭력적인 현실로 몰고 온 산업화가 그리
고 거기서 파생된 산업화 속의 인간의 모습들, 또 그들의 삶의 양상이 그녀로서는
따라가기 어려운 현실이었던 것이다. 그리고 이러한 현실 앞에서 도태된 그녀는
억압적인 현실의 중압에 신음하게 된 것이다.

　　몸이 자주 아픈 탓이었겠지만 좁은 어깨를 시든 배춧잎처럼 늘어뜨린
채 베란다 유리문에 뺨을 붙이고 서서 질주하는 차들의 모습을 내려다보고
있는 아내를 보면 가슴이 내려앉곤 했다. 마치 누군가의 투명한 팔이 아내
의 어깨를 결박하고 있는 듯이, 보이지 않는 사슬과 묵직한 철구(鐵球)가
발과 다리를 움쭉달싹하지 못하게 하고 있는 것처럼, 그녀는 숨소리도 크
게 내지 않은 채 거기 서 있었다.

---

341) 한강, 앞의 책, 230쪽

깊은 밤과 새벽이면 한산한 도로를 과속으로 질주하는 택시며 오토바이
들의 굉음에 아내는 깜짝깜짝 깨어 몸을 떨곤 했다. 차들이 아니라 도로가
달리고 있는 것 같다고 아내는 말했다. 굉음이 멀리 사라진 뒤에야 다시
혼곤한 잠에 빠져드는 아내의 귀염성있는 얼굴은 산 사람 같지 않게 창백
했다.
　　저것들, 다 어디서 왔을까.
　　그러던 어느날인가, 들릴 듯 말 듯한 쉰 목소리로 아내는 꿈결처럼 물은
적이 있다.
　　……다들 어디로 저렇게 달려가는 거야?342)

이처럼 깊은 밤이나 혹은 이른 새벽에 아파트에 인접해 있는 도로를 질주하는
자동차들과 오토바이에 곧잘 놀라는 아내의 모습은 급변하는 현실의 속도 앞에서
심히 주눅든 모습을 보이고 있다. 게다가 그녀는 도대체 질주하는 그들의 목적지
를 가늠할 수 없었던 것이다. ‘도대체 어디를 향해 달려가는 것’ 이냐는 그녀의
독백에서 방향을 상실한 그녀의 고뇌를 짐작할 수 있다. 또한 이러한 중압적인
현실이 그녀를 멍들게 한 궁극적인 이유임을 알게 해 준다. 결국 아내의 상처는
산업화이후 급변하는 현실 앞에서 방향을 상실한 채 남편의 무관심 속에서 자신
의 정체성을 잃어버린 여인의 아픔을 의미한다.

그런데 이러한 여인의 상처가 실은 자연의 모습임을 제시하는 결말부분에서
이 작품에서 제시하고자 하는 생태위기의 현실을 직면하게 한다. 즉, 오랜 출장을
끝내고 집으로 돌아온 ‘나’ 가 발견하게 된 것은 식물이 되어버린 아내의 모습이었
다. 그러니까 그토록 멍들어 괴로워하던 아내의 이미지가 태양과 물을 그리워하
는 식물의 모습과 교차되면서 생태페미니스트들이 강조하는 상처 입은 여성과
파괴된 자연을 동일시하고 있다.

---

342) 한강, 앞의 책, 225쪽

아내는 베란다의 쇠창살을 향하여 무릎을 꿇은 채 두 팔을 만세 부르듯
치켜올리고 있었다. 그녀의 몸은 진초록색이었다. 푸르스름하던 얼굴은 상
록활엽수의 잎처럼 반들반들했다. 시래기 같던 머리카락에는 싱그러운 들
풀 줄기의 윤기가 흘렀다.

초록빛 얼굴 속에서 두 눈이 희미하게 반짝였다. 뒷걸음치는 나를 향하
여 아내는 몸을 일으키려 했다. 그러나 일어날 수도 걸을 수도 없다는 듯이
다리께를 움찔 경련했을 뿐이었다.

아내는 고통스러운 몸짓으로 낭창낭창한 허리를 좌우로 흔들었다. 새파
란 입술 속에서 퇴화된 혀가 수초처럼 흔들렸다. 이빨은 이미 흔적도 남아
있지 않았다.

……물.

아내의 희끗한 입술이 오므라들며 신음에 가까운 외마디가 새어 나왔
다.[343)

이처럼 온몸이 진한 초록색으로 물들고 마치 상록 활엽수를 연상하게 하는
그녀의 모습은 햇빛을 향해 베란다의 쇠창살 쪽으로 몸을 기울인 채 물을 갈구하
고 있었다.[344)] 이렇게 햇빛과 물을 갈구하고 있는 피폐한 자연과 현실의 중압에
시달려 멍이 든 채 살아가고 있던 아내가 곧 생태위기의 모습임을 암시하고 있는
것이다. 또한 이러한 현실의 생태위기가 쉽게 해결될 수 없음에 대한 우려의 목소
리가 아내의 독백과 ‘나’의 내면을 통해 동시에 제시되고 있다.

어머니, 무서워요. 내 사지를 떨구어야 해요. 이 화분은 너무 좁고 딱딱
해요. 뻗어나간 뿌리 끝이 아파요. 어머니, 겨울이 오기 전에 나는 죽어요.

---

343) 한강, 앞의 책, 233-234쪽

344) 일견 카프카의 〈변신〉을 떠올리게 하는 이 장면은 현실의 억압에 상처 입은 아내가 사
실은 식물로서의 자연의 모습과도 일치하고 있음을 강조하는 부분으로 이해해야 할 것
이다.

이제 다시는 이 세상에 피어나지 못하겠지요. 345)

　　다음날 나는 여남은 개의 조그맣고 동그란 화분을 사서 기름진 흙을 가득 채운 뒤 열매들을 심었다. 말라붙은 아내의 화분 옆에 작은 화분들을 가지런히 배열한 뒤 창문을 열었다. 창밖으로 상체를 내밀고 담배를 피우며, 아내의 아랫도리에서 와락 피어나던 싱그러운 풀냄새를 곰곰이 곱씹었다. 쌀쌀한 늦가을의 바람이 담배연기를, 내 길어난 머리카락을 헝클어뜨렸다.

　　봄이 오면, 아내가 다시 돋아날까. 아내의 꽃이 붉게 피어날까. 나는 그것을 잘 알 수 없었다. 346)

다시는 세상에서 피지 못할 것이라는 아내의 독백과 아내가 남긴 열매를 화분에 옮겨 심으면서도 다시 꽃으로 피게 될지에 대해 확신을 갖지 못하는 남편의 의식은 우리가 직면해 있는 생태위기의 현실이 자못 심각한 상태임을 암시하고 있다. 결국 이 작품 역시 상처받은 존재로서의 여성을 아내로 설정하고 이러한 아내가 결국은 피폐해진 자연임을 암시하면서 이러한 피폐와 상처의 원인으로 무관심하고 이기적인 남편과 산업화가 낳은 현실의 위압적인 횡포를 들고 있다. 그리고 이로써 생태페미니스트들이 견지하고 있는 생태의식을 제시하는 생태소설의 한 양상을 제시하고 있다.

전성태의 〈사육제〉는 할아버지와 함께 살면서 부모를 기다리고 있는 언어장애를 가진 '나'가 마을 앞 도로에서 아이가 죽고 난 뒤 실성한 기복 엄마를 중심으로 폐허가 된 탄광촌의 혼돈을 '나'의 시선을 통해 그리고 있는 작품이다. 탄광이 문을 닫게 되자 마을의 분위기는 음산해지고 '투쟁'이라고 쓰인 머리끈들이 마치 휴지처럼 날아다니는 가운데 '나'는 잃어버린 왕개구리를 찾는 것이 가장 큰 걱정

---

345) 한강, 앞의 책, 240쪽
346) 한강, 앞의 책, 242쪽

거리인 천진한 소년이다. 이러한 '나'는 왕개구리의 향방에 대해 수소문하던 중 기복 엄마에게서 마을에서 여관을 경영하여 유일하게 부자가 된 청년이 가져갔을 것이라는 의미심장한 말을 듣게 된다. 아울러 기복 엄마는 그 청년이 몸에 좋은 것은 닥치는대로 먹어치운다면서 마을 저수지에서 우는 이무기는 그가 먹으려고 끓는 물에 넣었으나 도망을 쳐서 울고 있는 것임을 알려 준다. 사실 실성한 기복 엄마의 이러한 발언은 사실무근이다. 하지만 유약한 존재인 '나'와 기복 엄마에게 여관 주인이 얼마나 위압적인 존재인가를 알 수 있게 해 준다. 그들은 건장한 존재로서 힘과 부를 동시에 소유하고 있는 '청년'을 상대할 여력이 없는 것이다.

작품 전반부에 등장하고 있는 이 청년은 대단한 식욕과 돈에 대한 집착이 강한 인물로 묘사되어 있다. 남성성을 상징하고 있는 이 여관 주인 청년은 이 작품에서 '나'와 기복엄마에게 위압적인 존재로 설정되어 있다. 이 청년은 마을이 탄광촌이 되면서 외지에서 들어온 인물로서 현재 탄광이 폐광되려 하는 즈음까지도 관광객 을 상대할 작정으로 여관 경영에 집중하고 있는 인물이다. 이렇듯 생활력이 강하고 식욕까지 왕성한 그는 탄광촌이 관광특구로 개발되길 바라면서 마을의 생태를 파괴할 잠재적 인물로 제시되어 있다. 뿐만 아니라 작품 말미에서는 여관에서 일하는 청년들을 종용하여 기복 엄마에게 폭력을 가하여 결국 기복 엄마의 죽음 을 이끄는 반생태적인 인물로 작용하고 있다.

이처럼 청년인 여관 주인과 그곳에서 일하는 다른 젊은이들은 에코페미니즘에 서 강조하고 있는 억압적이고 폭력적이며 탐욕적인 '남성성'의 모습을 대변하고 있다. 반면에 장애를 갖고 있는 소년으로서의 '나'와 실성한 여인인 기복엄마는 이러한 남성성을 상징하는 폭력에 의해 상처받고 피폐해져 더 이상 정상인의 삶 을 살 수 없는 나약한 존재로 묘사되어 있다. 이러한 설정은 궁극적으로 여관 주인 청년의 식욕을 통해 집약적으로 나타난다.

　　"읍내 조개 씨라는 씨는 전마가 다 말렸을걸. 가리지 않고 먹어치우는
작자거든."
　　"돈 많겠다, 방 많겠다, 거기에 식욕 왕성하겠다, 뭐가 걱정이야, 두루두
루 조건을 갖췄네 뭐." 347)

　　마을 사람들이 두루 인정하는 청년의 위상은 "저 사람이 이제 읍의 왕이야.
읍에 있는 것은 모두 저사람 거래." 라는 기복엄마의 발언을 통해 확인된다. 그리
고 읍에서 열리게 되는 별신굿을 보기위해 몰려온 관광객들로 여관 수입을 올리
기에 여념이 없던 여관 주인 청년은 마치 제왕처럼 무당을 시켜 기복엄마를 제단
에 올리는 일을 벌인다. 관중에게 재미를 주기위한 행동이었을 것이지만 기복엄
마에게는 가혹한 폭력으로 다가올 뿐이다. 아울러 이 장면을 목격한 '나' 역시
충격에 사로잡혀 기복엄마를 구하려 하지만 결국 여관 청년들에 의해 감금되고
만다.

　　나는 사람들을 헤집고 불가로 들어갔다. 네댓 명의 청년들이 식인종들
처럼 여자 하나를 머리 위로 들어올리고 굿판 가운데로 들어가고 있었다.
여자는 발버둥쳤다. 그럴 때마다 사람들은 까르르 자지러졌다. 모닥불 옆
에는 장독을 엎어서 만든 작은 제단이 있었다. 청년들을 여자를 그곳에
앉혔다. 나는 그 청년들 속에 여관 청년들이 끼어 있다는 사실을 알았다.
장독 위에 앉혀진 여자가 버둥거렸기 때문에 청년들은 여자의 팔을 뒤로
비튼 채 붙들고 있었다. 생머리가 풀린 여자는 시든 옥수수 잎사귀처럼
고개를 떨구고 있었다. 348)

　　기복엄마가 청년들에 의해 사람들의 눈요기 거리로 전락하는 모습은 바로 상

---

347) 전성태, 앞의 책, 242쪽
348) 전성태, 앞의 책, 257쪽

처 입고 나약한 여인의 이미지를 직접적으로 보여주고 있는 것이다. 그런데 이러한 상처 입은 여성의 이미지는 에코페미니스트들의 주장처럼 훼손되고 파괴되는 자연의 모습과 일치되기도 한다.

> 좁고 습한 창고에서 풀려났을 때 굿판은 양돈장 근처로 옮겨가고 없었다. 잦아드는 모닥불과 깨진 장독의 사금파리 뿐, 기복 엄마는 보이지 않았다. 나는 품속에서 왕개구리를 꺼냈다. 모닥불에 형체가 드러난 왕개구리는 예전의 모습을 잃고 뭉그러지고 있었다. 눈과 입 주위는 허옇게 곰팡이가 피어 있었다. 검푸르던 몸뚱이는 짙은 회색으로 변했고, 가죽은 축축한 윤기를 잃었다. 배는 풍선처럼 떵떵하게 부풀어 있었다.[349]

기복엄마가 마치 '시든 옥수수잎사귀' 처럼 늘어졌듯이 왕개구리도 곰팡이가 피고, 윤기를 잃은 채 그 형체를 찾아 볼 수 없는 상태로 묘사되고 있다. 청년들에게 비참하게 유린당한 기복엄마의 모습과 죽은 왕개구리의 모습은 동일한 이미지로서 상처입고 훼손된 상태를 암시하고 있다. 결국 〈사육제〉는 위압적인 존재로 군림하는 일체의 것들이 여성과 자연을 상처입히고 훼손시키는 모습을 동시에 담아냄으로써 생태페미니즘적인 생태의식을 정확하게 전달하고 있는 작품이라 평가할 수 있다.

이상으로 생태페미니스트들이 제시하고 있는 생태위기의 현실을 여성의 이미지와 자연의 이미지를 동일시해 각각 상처 입고 파괴된 현실을 생태위기의 현장으로 간주하고 이러한 위기의 원인으로 남성 중심적인 사고와 이로 인한 산업화와 과학 기술의 횡포가 작용하였음을 확인해 보았다.

---

349) 전성태, 앞의 책, 258쪽

2. 대지의 여신으로 거듭나기

생태페미니스트의 대표 주자인 그리핀은 남성 중심적 사고가 가져온 현재의 억압과 위기를 역으로 이용함으로써 그동안 억압되고 파괴된 여성과 자연의 위상이 얼마든지 새로운 윤리와 능동적인 체계에 의해 회복될 수 있음을 시사한 바 있다.[350] 그리고 이때 새로운 윤리와 능동적인 체계란 '돌봄(caring)의 윤리' 와 '여성 신성(spirituality) 운동' 으로 인해 현 상태의 체계 혁신이 가능하다고 보는 입장이다. 이 중 '돌봄의 윤리' 란 과거 남성은 이성적이고 객관적인 존재로 보는 반면 여성은 감정적이고 지나치게 개인적인 존재로 규정되어 왔는데, 이것이 여성에 대한 억압 기제로 작용하여 왔음을 전제로 한다. 그리고 이렇게 변방부에 머물고 주변적인 것으로 간주되었던 여성의 특성 중 '돌봄의 윤리' 를 현실의 중심에 놓음으로써 현재의 생태위기를 극복할 수 있는 획기적인 대안으로 제시하고 있다. 나아가 이 윤리에 입각해 보면 인간과 자연의 관계를 어머니와 자식의 관계로 볼 때, 남성보다 '돌봄' 을 본능적이고 직접적으로 경험한 여성들이 자연의 이익에 대한 최적의 대변자임을 확인할 수 있다.

한편 '여성 신성 운동' 은 과거의 전통 윤리가 여성을 신체에 의존하는 수동적인 존재로 보아 성직자가 될 '신성' 이 부족한 존재라며 폄하시키듯 자연을 동일한 대상으로 하락시켜서 신의 피조물로서의 인간이 지배하는 대상으로 간주하고 있음을 지적하면서 시작된 논의이다. 생태페미니스트들에 따르면 고대 여신의 풍요로운 이미지와 생명을 주관하는 존재로서의 이미지를 부각시킴으로써 파괴의 심각성이 문제가 되고 있는 현재의 생태위기를 극복할 수 있다는 것이다. 즉 자연을 신성한 존재로 바라볼 때 생태위기는 그 극복 가능성을 찾을 수 있다는 것이다. 결국 이러한 '돌봄의 윤리' 와 '여성 신성 운동' 은 현 인류가 당면한 생태위기에

---

350) Susan Griffin, Woman & Nature, Harper & Row, 1978, 5-46쪽

대한 비교적 구체적인 대안으로서 작용하고 있다.

이러한 대안적인 요소가 한국 현대소설에서는 정찬의 〈산다화〉(1994)351)와 〈깊은 강〉(1997)352)그리고 전성태의 〈사육제〉를 통해 나타나고 있다. 정찬의 〈산다화〉는 정직하게 농사를 지으며 땅의 소중함을 인식하고 살던 김석훈에게 어느 날 마을 이주 명령이 떨어지고, 이에 따라 도시로 이주하게 된다는 전반부의 사건과, 도시로 이주 후 카드뮴 중독으로 쓰러지게 되자, 아내 한정자가 산업 재해 보상을 받으려고 회사 측과 실랑이 하는 모습과 죽어 가면서 고향에 대한 그리움과 흙에 대한 갈망을 보이던 그가 '산다화' 의 환영을 꿈꾸며 죽는다는 후반부의 사건을 병치하여 서술하고 있는 작품이다.

산업화의 일환이자 국가 시책의 일방적인 전개에 의해 자신이 살던 마을이 수몰되자, 처음에는 농사를 지어보려고 버티지만 이미 손상된 땅은 김석훈에게 더 이상의 경작을 허락하지 않는다. 그러자 그는 보상금을 챙겨 도시로 떠나자는 아내 한정자를 따라 도시로 이주하여, 안 해본 일 없이 전전하던 중 아연 도금업체인 '진양상사' 에서 최근 일하게 된다. 이러한 김석훈은 사실 아내와 자식에 대한 책임으로 도시 생활을 하고 있을 뿐, 그는 고향에 대한 그리움과 농사에 대한 향수로 늘 침울한 삶을 영위하던 중이었다.

> 도시가 요구하는 노동은 농사와 판이했다. 농사는 아이 키우는 것과 흡사했다. 흙이 아이의 집이라면, 햇살과 바람과 비와 이슬은 아이를 키우는 양분이었다. 그가 이른 새벽 하루도 빠짐없이 물꼬를 살피러 가는 것은 간밤에 아이가 잘 잤는가를 확인하기 위함이며, 퇴비를 져내며 논을 가는 것은 아이에게 좋은 집을 주기 위한 것이었다. 힘은 들었지만 가슴 뿌듯한 기쁨이 있었다. 들판 가득한 흙 내음 속에는 아이의 숨소리가 있었고, 아이

---

351) 정찬, 〈산다화〉, 《아득한 길》, 문학과 지성사, 1995.
352) ＿＿＿, 〈깊은 강〉, 《베니스에서 죽다》, 문학과 지성사, 2003.

의 살 내음이 있었다. 그 아이가 무럭무럭 자라는 것을 보노라면 그의 몸도 커지는 기분이었다.

그런데 도시에서의 노동은 판이했다. 그것은 아이 키우는 일이 아니었다. 무엇을 위해 땀 흘리는지 도무지 알 수 없었다. 오로지 생계를 위한 노임밖에 없었다. 기쁨은 없었고, 일하는 게 힘들고 괴로웠다. 고향에서는 농사야말로 사람으로서 마땅히 해야 할 일이었다. 그런데 도시에서 그가 하는 일은 천한 일이었고, 얼굴 반듯한 사람들은 천한 일을 하는 그를 모멸했다.그리고 언제나 가난에 허덕거렸다. 가난에 찌든 아이들의 얼굴을 보면 가슴이 아팠다.[353]

이처럼 김석훈에게 있어서 농사는 아이를 키우는 일과 흡사했다. 흙이 아이의 집이라면 햇살, 바람, 비와 같은 자연은 아이를 키우는 양분이라 여겼다. 이러한 김석훈의 의식은 대지를 '모성'으로 인식하고 있는 것이다.[354] 그러한 그에게 도

---

353) 정찬, 〈산다화〉, 65쪽

354) 이러한 대지와 모성과의 연관에 대해 웨런은 계급이론(Hierarchy Theory)과 레오폴드식 대지 윤리(Leopoldian land Ethics) 그리고 생태페미니스트 철학(Ecofeminist Philosophy)이 각각 다른 세 가지의 전망이 서로 다른 두 이론에 영향을 준다고 강조한다. 즉 계급이론은 자연에 관한 최신의 과학적 전망을 가져다주고, 레오폴드식 대지의 윤리는 에코시스템의 중요성에 입각하여 생태적으로 땅에 관한 윤리적 전망을 가져다주며 에코페미니스트 철학은 과학적 생태학과 생태학적으로 구성된 윤리 사이에 관련된 이슈에 관한 전망을 가져다준다는 것이다. 아울러 웨런은 이러한 역학 관계를 다음의 표로 제시하고 있다.

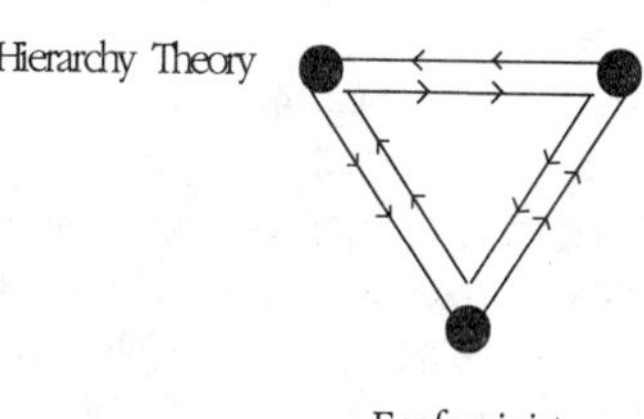

이처럼 생태페미니즘적 인식은 대지의 윤리와 깊은 연관을 지니고 있다. 대지의 윤리란 레오폴드로부터 주창된 것으로, 다음의 세 가지 원칙에 입각해 있다.

(1) 인간은 생태학적 공동체의 일원이다.

시는 가혹하고 비정한 존재로 느껴질 뿐이다. 언제나 악취가 풍기고 가난으로
허덕이는 아이들의 모습이 안타깝게 느껴질 뿐인 것이다. 게다가 천대받는 자신
의 직업이 힘겹게 그를 짓누르고 급기야 신체에 이상 신호가 나타나기 시작한다.

> 김석훈이 한 일은 세척 과정으로서, 염아연 분말이 용해된 용액에 도금
> 할 물건을 넣고 빼는 작업이었다. 그의 몸에서 이상 증세가 나타나기 시작
> 한 때는 작년 여름이었다. 노란 땀이 나면서 전신이 쑤시기 시작했으며,
> 부부 생활을 할 수 없을 정도로 기운이 급격히 떨어졌다. 금년 2월에는
> 치아가 누렇게 변색되면서 두개가 빠졌다. 그 후로 음식을 제대로 먹지
> 못했으며, 설사 구토와 함께 식은땀을 흘렸고, 하룻저녁에 소변을 열 번
> 이상 보곤 했다.[355)

김석훈의 이러한 신체 이상에 대해 부인 한정자는 중독 증상을 의심하게 되어
오빠인 한병석에게 도움을 요청하고 그는 직업병에 대해 잘 알고 있는 친구에게
김석훈의 혈액과 소변을 채취하여 카드뮴과 납에 대한 검사를 하게 된다. 그리고
김석훈에게서 기준치 이상의 카드뮴의 농도가 나타나자 이에 분노한 한정자는
회사 측에 보상을 요구한다. 그러나 거대 조직으로서의 회사는 책임 회피에 전전
긍긍하면서 오히려 김석훈에게 문제를 돌리려 한다. 이른바 거대 조직의 횡포에

---

(2) 인간은 땅을 사랑하고 존중해야 한다.
(3) 고결하고 안정적이며 아름다운 생태공동체를 파괴하는 것은 잘못이다.
한편 지배이론이란, 에코시스템이 '대상'과 '과정'에 치중하여 자연 생태계 문제를 다루
고 있다면 지배이론가들은 자연 세계를 연구하는데 한 가지의 옳은 방법(일방적인 방
법)은 없음을 주장하면서 '대상'과 '과정'보다는 'Observation Set'을 특별한 경우에 의존
해야 한다고 한다. 이때 'Observation Set'이란 자연세계를 관찰하는 특별한 방법으로서
자연 현상에 대한 흥미와 자연에서 특정하게 가져온 것, 자료 분석에 사용된 기술을
의미한다.
Karen J. Warren, Ecofeminist Philosophy, Rowman & Littlefield, 2000, 148~149쪽
355) 정찬, 앞의 책, 60쪽

대해 한정자 여사는 지속적인 문제 제기를 시도하고 결국 노동부에까지 진정서를 올리는 등 적극적인 면모를 보인다. 이러한 한정자의 모습은 생태페미니스트들이 주장하는 '돌봄의 윤리'를 실현하고 있는 것이다. 남편의 위태로운 생명 앞에서 그러한 현실을 조장한 세력에 대해 항거하고 이를 통해 남편이 입은 상처와 피해를 치유하고자 하는 그녀의 의지가 이를 입증하고 있는 것이다. 여성 특유의 돌봄의 본능은 끝까지 한정자 여사의 의식을 지배하고 결국 그녀는 회사 측으로부터 보상을 받아 내지는 못하지만 회사에 대해 문제를 제기하는 것을 포기하지 않는다.

하지만 그녀의 이러한 행동이 결국 김석훈을 재생시키는 것으로 이어지지는 못한다. 한정자가 부당한 회사 측의 책임회피와 기회주의적인 작태에 대항하여 여기저기 국가 기관과 병원을 쫓아다니는 동안 김석훈은 서서히 죽음에 다가서게 되는 것이다. 김석훈이 쓰러지기 직전 그는 고향에 대한 그리움을 참을 길이 없어 쇠약해진 몸을 이끌고 지금은 사라진 고향이지만 그 막연한 그리움 때문에 그곳을 찾아 나선다.

> 고향은 물 위에도 물 속에도 없다는 깨달음이 차갑게 살 속으로 파고들었다. 그의 가슴은 가뭄에 바짝 말라붙은 우물과 다름없었다. 아무것도 퍼올릴 것 없는 우물, 삶에 대한 희망의 감정들이 깡그리 사라져버린, 어둠과 공허뿐인 우물이었다.
> 이제 세상에서 그가 움켜쥘 수 있는 유일한 희망은 죽음이었다. 그러나 그는 죽을 수 없었다. 아이들 때문이었다. 그들을 버려두고 혼자 편한 길을 갈 수 없었다. 그것은 아버지로서 도리가 아니었다.
> 돌아오는 버스 속에서도 그는 내내 식은땀을 흘리며 잠을 잤다. 어두운 동굴 같은 공장의 작업장이 보이다가도, 도시의 차가운 아스팔트 위에서 오들오들 떨고 있는 두 아들의 모습이 보이는가 하면, 닭 비슷한 징그러운 짐승이 날카로운 부리를 내밀며 그를 향해 달려들기도 했다.[356]

이제 김석훈에게는 어떠한 꿈도 희망도 존재하지 않았다. 우물이 말라 버리듯 그의 내면은 허망과 절망으로 인해 고갈되고 있었던 것이다. 다만 그가 쉽게 삶을 포기하지 못하는 것은 바로 자신의 아이들에 대한 책임 의식 때문이었다. 비정한 도시의 모습은 그로 하여금 점점 절망의 늪으로 걸어가게 했던 것이다. 하지만 그는 이러한 극도의 절망의 순간, 구원처럼 들리는 어머니의 노랫소리와 만나게 된다.

> 그것은 세월이 흐르면서 까마득히 잊어버렸던 유년의 기억이었다. 그런데 노랫소리와 함께 들판이 떠오르면서 마치 그 시절로 돌아가 어머니의 품에 안긴 기분이 들었다. 살 속으로 파고드는 어머니의 팔뚝과 뭐라고 말할 수 없는 보리밭의 향기가 생생히 되살아나고 있었다. 어머니는 어디로 갔는가. 그 가을녘의 들판에서 나를 버리고 어디로 멀리 떠났는가.
> 김석훈은 그 들판으로 돌아가고 싶었다. 들판으로 돌아가 어머니 품에 안기어, 세상을 완전히 잊고 어머니가 오래 전에 떠난 곳으로 같이 가고 싶었다. 메마른 그의 얼굴 위로 눈물이 흘러내리고 있었다.[357]

어머니의 품에 안겨 행복했던 시절을 떠올리게 하는 그 노랫소리에 그는 너무도 간절히 그때의 그 평화로운 들판으로 돌아가고 싶은 열망에 빠진다. 어머니의 품속 같은 그 들판이란 바로 자연의 상징인 대지의 여신의 이미지를 떠올리게 한다. 풍요로운 대지의 여신의 품에 안겨 상처받은 육체와 영혼을 치유 받고자 하는 김석훈의 모습은 그가 견지하고 있는 생태의식을 보여 준다. 즉 그는 인간의 근원은 자연이며 이러한 자연으로 돌아가는 것만이 피폐해진 현실의 생태위기를 극복할 수 있는 유일한 길임을 인식하고 있는 것이다. 또한 그는 자연이 곧 어머니로서 상징되는 여신의 이미지를 하고 있는 '대지' 라고 믿고 있는데 이러한 견지

---

356) 정찬, 앞의 책, 71-72쪽
357) 정찬, 앞의 책, 72-73쪽

는 바로 생태페미니스트들이 주창하는 '여성신성운동' 과 통하고 있는 부분이다. 아울러 그는 이러한 여신의 이미지인 대지로부터 현실의 피폐함을 치유받는 것이 현실의 생태위기를 극복하는 순간이라고 믿게 된다.

> 며칠 전 그는 자신의 손을 보다가 흙덩이 같다는 생각을 했다. 그것은 지극히 자연스럽게 떠올랐는데, 왜 그런 생각이 드는지 그 자신도 알 수 없었다. 그런데 지금은 손뿐만 아니라 몸뚱이 전체가 흙덩이였다. 몸이 없어진 느낌이란 바로 이것이었고, 편안함은 여기에서 비롯되고 있었다. 그는 빙그레 웃었다. 자신의 몸 위로 새싹이 파릇파릇 돋고, 풀이 자란다고 생각하니 절로 가슴이 푸근해졌다. 그는 이것을 아무에게도 말하지 않았다. 의사는 물론 아내에게도 숨겼다. 그들이 알아듣도록 말할 자신이 없기도 했지만, 그들에게 알리고 싶지도 않았다.[358]

스스로 감각 능력을 상실해 가는 자신을 인식하지 못한 김석훈은 굳어 가는 자신의 신체가 땅으로 변하는 환상을 느낀다. 그리고 자신의 몸에서 새싹이 돋고 풀이 자라는 모습을 상상하며 미소 짓는다. 이러한 그의 모습은 그의 임종이 얼마 남지 않았음을 암시하는데 그렇지만 그가 미소짓는 이유는 자신의 근원인 어머니로서의 대지로 돌아가게 된다고 믿고 있기 때문이다. 아내와 의사가 이해하지 못할 것이라는 그의 이러한 생각은 결국 그만의 행복한 임종으로 이어진다.

> 물 위의 세상은 생명이 숨쉬는 곳이라면, 그곳은 생명이 정지된 세계였다. 어떤 생명도 무기물로 만들어버리는, 시간조차 정지되어 녹슬어가는 곳이었다. 죽음이라는 것이 생명 이후의 모습이 아니라 생명 이전의 모습이라는 것, 생명이란 이 평온한 죽음의 세계에서 잠시 이탈되어 나온 허황된 불꽃이라는 것을 물 속의 들판은 그에게 속삭이고 있었다. 그는 고개를 끄덕였다.

---

358) 정찬, 앞의 책, 75쪽

찰랑이는 물소리가 귀에 닿았다. 그는 비로소 자신의 몸이 물 속의 들판
으로 가라앉고 있다는 것을 알았다. 그의 입가에 미소가 피어올랐다. 행복
한 미소였다. 359)

김석훈은 들판의 가르침을 통해 죽음이란 생명 이후의 것이 아니라 생명 이전
의 것임을 알게 된다. 아울러 그는 삶이 평온한 죽음의 세계에서 잠시 이탈된
허황된 불꽃임을 이해하게 된다. 그리고 이러한 죽음에 대한 이해 속에서 스스로
가 들판으로 침전하는 것을 감지하게 되는 것이다. 이러한 모습은 김석훈이 확보
하고 있는 생태의식이 인간이 자연으로부터 비롯된 존재이며 그리하여 자연으로
서의 대지에 대해 인간 스스로 겸허함과 숭배하는 마음을 지녀야 한다는 심층생
태론의 견지와 만난다. 또한 이러한 대지의 이미지야말로 어머니로서의 여신의
이미지와 동일하며 이러한 여신은 자연의 풍요에 기여하고, 상처 입은 자연의 모
든 존재들을 치유하여 돌본다는 '돌봄의 윤리'의 화신임을 강조하는 생태페미니즘
의 의식과도 부합한다.

그리고 이렇게 확보된 김석훈의 생태의식은 부인인 한정자에게로 이어진다.
남편의 죽음 앞에서 그녀가 보게 된 산다화의 환상은 산업화라는 거대한 손이
자연으로 상징되는 산다화를 꺾고 있는 모습이다.

그녀는 주춤주춤 뒷걸음을 쳤는데, 바람에 뒹구는 산다화 꽃송이가 눈
에 들어왔다. 약간 빛이 바랬으나 여전히 붉고 싱싱했다. 그런데 그 모습은
허망하고 처참했다. 왜 허망하고 처참했는지 그녀는 알 수 없었다.
한정자는 조금 전 들었던 소리가 산다화 지는 소리라는 것을 알았다.
허공 속에서 누군가가 보이지 않는 손으로 산다화 꽃송이를 뚝뚝 부러트리
고 있었다. 온기라고는 전혀 없는, 쇳덩이같이 차갑고 비정한 손이었다.
그녀는 파르르 몸을 떨었다. 남편의 관은 이미 흙 속에 묻혀 보이지 않았

───────────────

359) 정찬, 앞의 책, 80쪽

고, 사람들은 흙을 다지고 있었다.360)

한정자가 보게 된 이러한 산유화는 남편인 김석훈이 견지하고 있는 자연의 모습 그 자체이다. 붉고 싱싱한 산다화의 꽃송이는 풍요로운 자연을 대변하기에 충분하다. 그러나 비정한 쇳덩이 같은 손이 그 산다화를 꺾고 있는 환상을 본 것은 생태페미니즘이 제시하고 있는 생태위기의 현실과 동일한 것으로써 비정한 쇳덩이로 상징되는 지배 세력이 산다화로 상징되는 자연을 파괴하는 처절한 생태위기의 현실 그 자체인 것이다.361) 김석훈은 이러한 현실을 자연으로 돌아감으로써 극복하였지만 여전히 이러한 생태위기는 지속되고 있다는 문제의식을 한정자를 통해 보여 주고 있는 것이다. 결국 이 작품은 산업화로 인해 봉착한 생태위기가 여성의 '돌봄의 윤리'에 의해 치유될 가능성을 제시하여 생태소설의 입지를 드러내고 있다.

그리고 이러한 '돌봄의 윤리'는 여성에 대한 '신성의 이미지'로 이어져서 생태위기의 한 대안으로 작용하게 된다. 전성태의 〈사육제〉의 경우 기복엄마를 바라보는 소년 '나'의 시각은 '나'가 잃어버린 모성을 찾고자하는 따사로운 존재로 묘사되어 있다. 예전에 간호사였던 기복엄마에게 '나'는 아주 잠깐 동안이지만 침 흘리는 병을 치료받기도 한다. 무슨 특별한 치료를 한 것은 아니지만 햇볕이 쨍쨍 쬐던 날 기복엄마가 눕혀준 방죽에서 '나'는 신기하게도 턱에서 침이 마르는 체험을 하게 되는 것이다. 이처럼 기복엄마는 턱에서 침이 흘러 언어장애를 가지고

---

360) 정찬, 앞의 책, 83쪽

361) 이 작품에서 억압받고 상처 입은 존재는 여성인 한정자보다도 오히려 김석훈에게서 더 나타난다. 이러한 모습은 워런과 프롬우드가 제시하고 있는 '비판적 생태페미니즘'이 제시하는 것으로 무조건 남성이 억압하고 여성이 억압당한다는 발상이 초래할 또 다른 이원론적인 사고에 대한 경계에 대한 대안적 제시이다. 이에 대해서는 〈도요새에 관한 명상〉에서 보다 구체적으로 설명할 것이다.

있는　나　의 아픔을 치유해주는 존재로 등장한다. 나아가　나　에게 기복엄마는 여
신의 이미지로 각인되기도 한다. 이는 여성 특유의　'돌봄의 윤리'　야 말로 상처
입은 개인과 손상된 자연에게 가장 필요한 것임을 암시하고 있는 것이다.

> 성모상은 기복 엄마를 닮았다. 낯빛이 좀더 검고 머리를 붉은 댕기로
> 질끈 묶고 포대기를 두르고 있다면 여지없이 기복 엄마였다. 때로 기복엄
> 마가 나를 향해 짓는 미소와도 너무 닮았다.[362]

이처럼 상처 입은 영혼을 치유하고 나아가 위안을 주는 존재로서의 성모상이
기복 엄마와 동일시되는 것은 기복 엄마가 여성으로서 본능적으로 지니고 있는
모성애가 신성한 이미지로 환치되었기 때문이다. 그러므로 이러한 여성 특유의
'돌봄의 윤리'　야 말로 피폐해진 현실을 건강하고 생명력이 풍성한 공간으로 만드
는데 가장 필요한 전제라고 할 수 있다. 나아가 이러한 모성애는 여신의 이미지로
거듭나기도 한다. 정 찬의 〈깊은 강〉은 바로 이러한 모성적인 존재로서의 여신의
이미지를 정확하게 포착하고 있는 작품이다.

이 작품은 하진우라는 인물이 인공적인 현실의 모순을 피하여 동강 유역의
작은 섬에서 동면을 하며 억압적이고 인공적인 현실의 강퍅함을 극복해오던 중
이 섬마저도 전기가 들어오면서 인공적인 것들이 유입되자 , 더 깊은 섬인 어라연
으로 떠나는 것을 중심 사건으로 설정하고 있다. 그리고 서술자인　나　는 하진우를
만나기 위해 이 섬을 방문하게 되지만, 섬 주민 김영식을 통해 하진우의 실종
소식과 접하게 되자, 어라연을 향하고 그곳을 직접 보고서야 하진우를 이해하게
된다는 내용이다.

김영식의 진술에 의하면 하진우가 마지막 동면을 끝내고 난 뒤 배를 빌려 섬으

---

362) 전성태, 앞의 책, 245쪽

로 들어간 뒤 배만 강가에 메어져 있을 뿐 그는 사라지고 말았다는 것이다. 워낙 작은 섬이라 숨을 곳이 없을 뿐더러 시체조차 찾을 수 없이 어디론가 사라졌다는 것이다. 이러한 하진우의 실종이 ‘나’에게는 더욱 아라연이 신비로운 섬으로 다가오게 한다. 결국 김영식에게 노를 젓게 하여 도착한 곳에서 그는 하진우를 이해하고 나아가 작가로서의 자신의 명분에 대해 반성하게 된다.

> 10여분 정도 거슬러 올라가자 강폭이 눈에 띄게 넓어지면서 깊이가 차츰 얕아졌다. 그에 따라 여울물 소리가 점차 커졌는데, 다시 작아진다고 느끼는 순간 섬이 보였다. 두 줄기 강이 섬을 에워싸고 있는 모습은 아기를 안은 어머니의 형상과 흡사했다. 강이 어머니의 팔이라면 섬은 아기였다.[363]

‘나’가 아라연을 보고 처음으로 느낀 것은 어머니의 팔에 안긴 듯한 모습을 하고 있는 섬의 형상이었다. 하진우가 이 섬을 그토록 열망한 것은 이처럼 강의 품에 안겨 있는 섬의 안온함과 평화로움 때문이었음을 ‘나’는 깨닫게 된다. 뿐만 아니라 하진우가 작가임을 자칭하면서까지 이 섬에 머무르면서 일체의 인공적인 것들로부터 입은 상처를 치유받고 싶어한 이유를 공감하게 된다. 어머니인 ‘강’에 안겨있는 ‘섬’처럼 그도 지치고 힘든 자신의 영혼을 맡긴 채 긴 휴식을 취하고 싶었기 때문인 것이다. 이 작품에서 ‘강’은 ‘돌봄의 존재’로서의 모성적 특성을 견지함으로써 여신의 이미지로 승화되어 생태위기의 한 대안으로 작용하고 있다.

한편 프롬우드와 워런에 따르면 생태페미니즘이 기존의 이분적인 사고방식에 대해 문제를 제기하고 있음에도 불구하고 또 다른 지배적 태도에 입각하게 될 것을 경계하고 있다.[364] 그리하여 미숙한 존재로서의 자연과 여성의 이미지를

---

363) 정찬, 앞의 책, 73쪽.
364) Val Pulmwood, Feminism & Ecofeminism, Feminism & the Mastery of Nature,

거부하되, 여성과 자연을 동시에 억압된 존재로 보고 이를 억압하는 대상이 남성 중심주의 사회라는 이분적인 사고방식은 경직된 의식임을 강조하고 있다. 즉, 자연이 여성과 동일시되는 부분이 있지만 이를 자연 전체와 여성 전체에 대한 획일적인 문제로 적용시키는 것은 문제가 있다는 것이다.

또한 무비판적으로 남성 중심 문화에 참여하는 것도 문제지만, 신성한 존재로서의 여성성을 무조건 찬양하려는 태도도 비판의 대상이 되어야 함을 강조한다. 그러므로 이러한 두 가지 태도를 극복하여 남성을 무조건 섬기는 것도 문제이지만, 그간 자행된 남성에 의한 여성 억압을 빌미로 남성을 지배하려는 태도 또한 버려야 한다는 것이다. 이른바 '비판적 생태페미니즘'이라 불리는 이 입장은 상처 받은 여성의 이미지를 남성에게도 확대, 적용시켜 억압당한 '인간'의 모습으로서 자연을 바라보려는 열린 시각을 견지하고 있다. 생태페미니즘이 지니고 있는 한계에 대한 비판적 모색 하에 제기된 시각이다. 한국 현대소설 중 이러한 시각이 돋보이는 작품으로 김원일의 〈도요새에 관한 명상〉(1979)[365]이 있다.

〈도요새에 관한 명상〉은 동진강 유역에 공단이 들어서게 되면서 천연 철새인 도요새의 서식지가 파괴되어가는 모습과 마을이 산업화 되어가면서 겪게 되는 비정한 현실의 모습을 동시에 제시하고 있는 작품이다. 특히 이러한 과정을 작은 아들인 병식, 큰아들인 병국 그리고 이들의 아버지의 시각을 차례로 제시한 후 작가의 전지적 입장을 통해 면밀하게 형상화하고 있어서 이들 각자가 지니고 있는 서로 다른 생태의식을 분명하게 확인할 수 있게 하고 있다.[366]

Routledge, 1993, 39-40쪽

Karen J.Warren, Ecofeminist philosophy, Rowman & Littlefield, 2000, 88-93쪽

365) 김원일, 〈도요새에 관한 명상〉, 《김원일 문학상 수상 작품집》, 훈민정음, 1993

366) 송명희는 이 작품에서 도요새가 각종 억압으로부터의 자유를 상징한다고 주장한다. 즉 병식, 병국, 아버지 모두에게 억압을 가하는 대상은 다르지만 그들은 모두 억압으로부터의 자유로운 비상의 꿈을 안고 살아간다는 것이다. 하지만 현실 속에서 도요새는 결코

공단의 이주가 시작되면서 동진강 하구에 있는 석교천의 수질이 심하게 오염되자 농촌은 해체되고 대기는 오염되어 기관지를 잃는 사람들이 증가한다. 게다가 갑자기 땅값이 상승하자 목돈을 쥐게 된 농민들이 그 돈을 제대로 써보지도 못한 채 놀음으로 날리거나 사기를 당해버리는 상황에 처하게 된다. 그리하여 농민들은 도시로 떠나게 되고 서서히 마을은 황폐화 되어 간다.

> 임영감은 가래침을 내뱉었다.
> "여보게 젊은 양반, 안됐네만 이 가래침 한번 보게. 새까맣지 않은가. 서남풍이 불 때면 저 굴뚝의 매연이 모두 이쪽으로 날아와 우리 마을만 하더라도 기관지를 잃는 사람이 한둘이 아니라네. 이게 어디 사람 살 동넨가 말일세."
> "그 당시 땅값이 몇 배는 올랐을 테니 땅을 팔아 벼락부자가 된 사람도 많겠군요?"
> "목돈을 쥔 사람도 있었지. 그러나 돈이란 상용 써 본 사람이나 제대로 쓰지, 어디 그 돈이 온전할 리가 있겠나. 이 핑계 저 꾐으로 빠져나가 이태를 못 넘겨 거덜이 나고, 백수건달이 된 치들은 도회지로 나가 막노동이나 하겠다고 식솔을 데리고 다들 떠났지. 난리가 따로 있겠나. 그런 것도 난리야." 367)

이것은 공장이 들어오고 소위 산업화의 바람이 마을을 쓸고 지나간 흔적인 것이다. 이렇듯 피폐해지고 스산해진 마을이 이제는 더 이상 철새들의 서식지로서 존재할 수 없음을 암시하고 있다. 특히 임영감이 말하고 있듯이 '검은 가래침이 나오는 이런 곳'은 더 이상 인간이 생존할 수 있는 공간이 아니다. 그러다

푸른 창공을 향해 자유롭게 날아오르지 않는다는 점을 지적하면서 이 작품은 산업화와 분단, 그리고 독재 정권의 모순과 깊게 연루된 생태학적 위기에 어떻게 인간이 대처해 나가는 것이 올바른 길인가에 대한 사색과 명상을 제시하고 있음을 강조한다.
송명희, 『도요새에 관한 명상과 에코페미니즘』, 비평문학 12, 1998, 509쪽
367) 김원일, 앞의 책, 118쪽

보니 이곳의 사람들은 서서히 자기의 본분을 잃고 과욕과 허욕에 들뜨다가 결국
은 대부분 마을을 떠나게 된다. 이것은 산업화라 불리는 거대한 힘이 나약한 개인
들을 어떠한 방식으로 피폐화시키고 있는지에 대해 정확하게 제시하고 있는 부분
이다. 아울러 공장이 들어서게 된 후, 마을을 덮치는 '검은 연기'로 상징되는 공해
가 마을 사람들의 기관지병의 원인임을 제시하면서 이러한 피해를 입은 마을 사
람들의 모습과 황폐해진 동진강의 모습을 동시에 그림으로써 이러한 생태위기의
원인이 산업화임을 분명히 하고 있다. 그리하여 생태페미니즘이 확보하고 있는
파괴된 자연의 이미지와 상처 입은 인간의 모습을 등장인물들의 행동 양상을 통
해 구체적으로 형상화하고 있는 것이다.

작은 아들 병식은 재수생으로서 건들거리며 하루하루를 보내는 향락주의자이
다. 또한 역사의식과 사회의식이라고는 전혀 찾아볼 수 없고 유흥비를 마련하기
위해 도요새를 사냥하는가 하면, 어렵게 돈을 빌려 달라는 아버지의 부탁을 단번
에 거절해 버리는 매정한 인격의 소유자이다.

> 해가 솟아올랐다. 언제 보아도 저놈의 둥근 낯짝은 참 잘생겼다. 부끄럼
> 없이 당당했다. 발기하던 나의 생식기처럼 힘찼다. 왜소한 나로서는 저 해
> 를 보기가 창피했다. 대자연은, 그렇다, 나를 늘 처참하게 구겨 버렸다.
> 나는 어두워야 활동하는 야행성 동물이었다. 암내나 밝히는 생쥐였다. 나
> 는 또 윤희를 생각했다. 고고미팅에서 오늘 처음 만난 내 짝이었다. 고고홀
> 은 통금해제와 더불어 끝났었다. 홀은 거의 비어 있었다. 악사들도 퇴장한
> 후였다. 객석의 불도 꺼졌다. 비상구 쪽의 백열등만이 환하게 켜져 있었다.
> 여관으로 가자고 할까봐 윤희는 잽싸게 줄행랑을 친 후였다.[368]

이처럼 병식은 대자연이 자신을 처참하게 구겨버린 존재로 인식하고 있다. 또

---

368) 김원일, 앞의 책, 84쪽

한 태양을 보기 부끄러운 자신을 야행성이라 스스로 칭하고 있다. 이는 병식 스스로 현실의 정상적인 삶에서 벗어나 있음을 암시하며 그러한 그의 삶은 밤에만 생명력을 지니는 부정적인 것으로써 이러한 자신이 스스로도 부끄럽다고 인식한다. 하지만 그러한 인식은 순간적인 감정일 뿐이고 그는 퇴폐적인 현실의 향락을 즐기는데 열중하며 아버지의 통일에 대한 소중한 감정까지도 묵살해버리는 폭력적인 존재로 시종일관한다.

> "포기가 아니라 체념이지요. 아버지도 냉정히 생각해 보세요. 통일을 위해 누가 전쟁을 원해요? 5천만이 넘는 인구 중 몇 할이 전쟁을 원하고 있겠어요? 모르긴 하지만 전쟁은 모든 것을 망쳐 버려요. 차라리 전쟁을 원하기보다는 오히려 영구적인 분단이 더 좋아요. 우선 내가 살고 사회가 안정되는 것이 중요하잖아요?" [369]

이렇듯 병식은 우선은 '내가 살고 보아야 한다'는 근시안적인 세계관을 소유한 자이다. 그러다보니 그는 눈앞에 이익에 연연해하는 현실주의자로서의 모습을 보여 주고 있다. 즉 친구 쪽제비와 함께 도요새에게 독약이 든 콩을 먹여 죽이고 그 대가로 받은 돈을 유흥비로 쓸 생각에만 여념이 없는 잔혹한 모습을 보이고 있는 것이다.

이러한 병식의 단짝인 족제비 역시 실속주의자로서 도요새를 잡아 박제품을 만드는 이씨에게 팔아넘기면서도 일말의 가책을 느끼지 못하는 비정한 자이다. 또한 병식 못지않은 향락주의자이며 눈앞의 이익에 골몰하는 현실주의자이다. 그리하여 이 작품에서 병식은 족제비와 함께 생태 파괴의 주범으로 설정되어 동진강의 생태에 위협을 가하는 폭력적인 존재로 작용하고 있다.

---

369) 김원일, 앞의 책, 97쪽

그런가 하면 이러한 현실주의자의 또 다른 현신으로서 물질 만능주의로 무장
되어 있는 인물로 병식의 어머니가 있다. 그녀는 일반적인 어머니가 지니고 있는
희생적인 면모나 '돌봄'의 자질을 견지하고 있지 않은 인물이다. 또한 생태페미니
스트가 제시하고 있는 상처 입은 여성의 이미지도 파괴된 자연의 모습도 찾을
수 없다. 오히려 그녀는 성실하게 공직 생활을 하는 남편을 공금 횡령을 하게끔
하여 불명예 퇴직을 시키고, 나아가 수완가로서 아파트 투기와 같은 부동산에 손
을 대어 물질적 이익만을 최상의 목표로 삼고 있는 인물이다. 이러한 그녀는 아들
병국이 학생운동에 연루되어 학교를 그만 두고 집으로 돌아오자 그를 억압하는
일면까지 보인다. 어머니로서 포용력과 따뜻함은 전혀 갖추고 있지 않은 인물이
다. 다만 현실의 욕망만을 추구하고 있을 뿐이며, 이 과정에서 주변의 나약한 인
물들에게 가히 폭력적인 인물로서 존재하고 있다. 그러므로 이 작품에 등장하는
어머니의 모습은 '비판적 생태페미니즘'370)적 시각으로 처리하여 억압하는 존재
로서 생태위기의 원인이 되는 한 부분임을 직시해야 한다.

> 그러나 역시 엄마는 수완가였다. 엄마는 우리 식구를 거리에 나앉게 하
> 지 않았다. 물론 끼니를 거르게 만들지도 않았다. 엄마의 능력으로 우리
> 식구는 그런대로 옛 수준을 유지할 수 있었다. 오직 경제권이 전폭 엄마에
> 게로 옮아간 점이 달랐다. 아니, 전에도 경제권은 엄마가 쥐고 있었다.371)

---

370) '비판적 생태페미니즘'이란 자연의 지배와 여성의 지배가 아주 복잡하게 연관되어 있는
   것으로 보는 다원론적인 태도로서 기존의 이원론에 대한 저항에서 비롯되었다. 그리하여
   이원론에 의해 파생된 일체의 왜곡된 선택들을 거부한다. 즉 미숙한 존재로서의 자연과
   여성의 이미지를 거부하고 창의력, 기술, 돌봄의 힘을 구현하는 존재로 재정의 되어야
   함을 강조하고 있다. 아울러 여성과 자연을 동시에 억압된 존재로 보고 이를 억압하는
   대상으로 남성중심주의 사회를 설정하여 획일화시키는 것은 경직된 사고임을 지적하고
   있다. 결국 이 입장은 생태위기의 원인을 남성중심주의로 보기보다는 일체의 억압과 지
   배세력으로 확대하여 바라보려는 태도이다.
371) 김원일, 앞의 책, 98쪽

그러나 며칠의 넋두리가 끝나자 엄마는 그전에 내게 보였던 사랑을 증
오로써 갚기 시작했다. 넋두리가 욕설로 변했다. 용돈은 십원 한 장 줄 수
없다. 앉은 자리에서 자결을 해라. 자결을 못하겠담 문밖 출입을 말아라.
대역죄인이니 시민들 보기가 부끄럽지 않느냐. 엄마의 말은 납득할 만한
이유가 있으므로, 나는 그 말을 소화해 낼 수 있었다. 낙향 닷새째, 엄마는
돌연 표범으로 돌변했다. 내 방의 책을 마당으로 꺼내어 모조리 불살라
버린 것이다. 나를 보는 엄마의 눈은 원한으로 충혈되어 있었다. 화가 돋친
엄마는 방으로 뛰어들어 내 옷가지를, 심지어 구두까지 불길 속에 던져
버렸다. 친구나 이웃사람에게 늘 자랑하던 국민학교 중학교 고등학교 때의
상장들도 그 불길 속에 휩쓸려 버렸다. 그때, 나는 엄마가 내게 걸었던 기
대가 자식으로서의 애정보다도 더 윗자리를 차지한 것이 허영심임을 알았
다.372)

이처럼 병식과 병국의 어머니가 보이는 모습에서는 포용적인 존재로서도 희생
적인 존재로서도 그 면모를 찾을 수 없다. 다만 가족의 생계를 책임지고 있는
억척스러운 가장의 이미지로서 험난한 현실을 이겨내기 위함이라는 명분을 가지
고 가히 폭력적인 횡포를 주변 인물들에게 행사하고 있다. 특히 어머니로서 절망
에 빠진 아들 병국에게 죽음을 강요한다는 것은 상식적인 수준으로 이해하기 힘
이든 부분이며, 이러한 그녀의 모습은 오히려 폭력적이고 위압적인 존재로서 폭
력과 억압 그 자체로 보여질 뿐이다.

이렇듯 파괴적이고 위압적인 모습을 지니고 있는 병식, 족제비, 그리고 어머니
는 이 작품에서 문제 삼고 있는 생태위기의 주범들이다. 이들은 모두 목전의 이익
에 혈안이 되어 있는 현실주의자들이다. 특히 병식과 족제비는 자연을 자신들의
소유물인양 파괴하고 그 대가로 물질을 추구하고, 이에 대해 전혀 가책을 느끼지
못하고 있다는 점에서, 또 어머니는 지나치게 탐욕을 부려 남편의 양심을 파괴시

---

372) 김원일, 앞의 책, 108쪽

키고 아들 병국의 절망에 더욱 상처를 주고 있다는 점에서 모두 생태 파괴의 원인을 제공하는데 기여하고 있다. 이처럼 이 작품은 상처 입고 억압당하는 인간의 모습과 파괴되어가는 자연의 모습을 동시에 보여주고 있다.

한편 이렇듯 상처 입고 억압당하는 또 다른 인물로 병국이 있다. 그는 한때 수재라는 평판을 들으며 국립대학교에 진학하였지만, 학생 운동에 관련되어 퇴학을 당한 후 귀향하여 동진강 하구의 새떼를 보살피면서 소일하는 자유주의자이며 이상주의자이다. 특히 그는 자연과 인간이 하나라는 철저한 생태의식의 소유자로서 그의 꿈은 도요새가 되는 것이다.

> 병식에게 말한 것처럼 나는 정말 새가 되고 싶었다. 새처럼 모든 구속으로부터 나를 해방시키고 싶었다. 내 고통의 근원을 심어준 이 땅을 떠나 멀리로 완전한 자유인이 되어 이상의 세계로 떠나고 싶은 마음이 나그네새를 볼 때마다 간절하게 사무쳤다. 윤회설을 믿지 않지만 이승에서 새로 변신할 수 없다면 내세에서라도 새가 되어 태어나고 싶었다. 인간이 되고 싶어하는 새가 있다면 나는 기꺼이 그 새와 나를 바꾸고 싶었다. 선택권을 준다면 새 중에서도 시베리아나 저 툰드라가 고향인 도요새가 되어 날고 싶었다.[373]

이렇듯 병국이 도요새가 되고 싶다는 갈망은 그가 설정한 이상적 공간이 바로 자연의 세계임을 암시하고 있다. 그는 자연으로 회귀함으로써 현실에서 입은 상처와 억압당한 자신의 영혼을 자유롭게 하고 싶었던 것이다. 그래서 병국에게 '도요새'는 일체의 억압이 사라진 상태로서 인간과 인간 사이에 신뢰가 가득하고 자연과 인간이 서로 공존하는 곳으로 가는 유일한 도구인 것이다. 또한 그가 도요새가 되고 싶어 하는 이유는 도요새의 '모성 본능'이야 말로 그가 꿈꾸는 자유로운

---

373) 김원일, 앞의 책, 121-122쪽

세계의 근본이 되는 윤리이기 때문이다.

> "어미새가 냇가 자갈밭에서 곧 부화될 알을 품고 있을 때 갑자기 뱀이
> 나타났다 이거야. 그러면 어미새가 어떻게 알을 보호하나 하면, 갑자기 절
> 름발이 시늉을 내며 비적비적 걷거든. 그러면 뱀이, 옳다구나 저놈은 날지
> 못하는 병신이니 저놈부터 잡아먹자 하고 어미새 뒤를 쫓아가지. 그러면
> 어미새는 곧 잡힐 듯 잡힐 듯 하며 절뚝절뚝 달아나지. 그래서 알을 버려둔
> 곳에서 멀찌감치까지 도망가 뱀이 되돌아간다 해도 알을 못 찾을 지점까지
> 와서야 비로소 호들짝 하늘로 날아오르지." 374)

이는 병국이 병식과 쪽제비의 몰상식한 도요새 사냥에 대해 경고를 하기 위해
찾아 간 후 들려주는 도요새의 모성 본능에 관한 이야기이다. 도요새가 적으로부
터 새끼 새를 보호하기 위해 일부러 절름발이 시늉을 한다는 이 이야기는 자연의
넉넉한 품이 사실은 어머니의 모성 본능과 일치한다는 사실을 암시하고 있다.
생태페미니즘의 근간이 되고 있는 자연에 대한 이러한 시각은 병국의 생태의식을
지배하는 핵심적인 것이다. 그리고 이러한 그의 생태의식은 급기야 도요새가 되
어 그처럼 자유롭게 날아다니며 넉넉한 삶을 영위하고 싶다는 소망을 표명하게
한다.

하지만 현실은 이러한 도요새가 마음 놓고 서식할 수 있는 여건을 점점 파괴시
키기만 할 뿐이다. 그러자 파괴적인 현실에 놓인 도요새를 병국은 온힘을 다해
돌보기 시작한다. 그리고 이때 그는 도요새로부터 환청을 듣게 된다.

> 나의 일상이 너무 권태스러울 정도로 자유스러우면서, 전혀 자유스럽지
> 못한 내 사고의 굳게 닫힌 문을 도요새가 그 날카로운 부리로 쪼으며 밀려
> 들었다. 그리고 떠남의 자유와 고통에 대해 여러 말을 재잘거렸다.

---

374) 김원일, 앞의 책, 149쪽

― 우리는 여름에 그 한대의 추운 지방에서 번식하여 가을이면 지구의 반을 가로지르는 여행길에 오른다. 우리는 떠나야 할 때를 안다. (중략) 오직 생활환경에 적응키 위해서라는 한 마디로 치부해 버린다면 인간도 거기에서 예외일 수는 없다. 오히려 인간은 거기에 적응하기 위해 사악하고 간사하고 탐욕하고 음란하고 권력욕에 차 있어, 자연의 환경을 파괴하고 끝내 너희들 스스로까지 파멸시키기 위해 기계와 조직의 노예가 되고 있지 않은가…….375)

이처럼 도시의 생활환경이 자연을 파괴하는 것에 대해 커다란 문제의식을 지니고 있는 병국은 도요새 무리가 보이지 않자 동진강 하구를 찾아다니던 중 우연히 도요새 무리들과 만난 뒤 그들로부터 환청을 듣게 된다. 즉 '인간들이 스스로의 탐욕에 못이겨 자연을 파괴하고, 끝내 인간은 자멸의 길에 들어서서 이제 기계와 조직의 노예가 되지 않았느냐' 는 도요새의 날카로운 비판을 듣게 되는 것이다. 사실 이러한 도요새의 비판은 병국 스스로가 자신에게 퍼붓는 자조이자 인류 전체에게 보내는 심각한 경고이기도 하다. 도요새의 지적처럼 거대 사회 조직의 일원으로 기계에게 종속되어 획일화된 삶을 살아가는 우리 인간의 모습은 노예에 불과한 것이다. 그야말로 조직과 기계에 억압당한 현재 인간들의 생태위기에 대한 날카로운 지적이다. 또한 도요새는 자신들은 '떠나야 할 때를 안다' 며 자연의 섭리에 순응하며 그 질서를 지켜 나가는 모습을 보이고 있다. 이는 현재 인간들이 빠져있는 위기를 벗어날 수 있는 대안에 대해 암시하고 있는 부분이기도 하다.

병국은 이러한 도요새의 환청을 듣고 난 뒤 도요새의 서식지가 인간의 탐욕에 의해 파괴되는 현실을 막기 위해 나름대로 최선을 다한다. 그러던 중 선배 정배를 만나게 되고 그가 최근 쓰고 있는 논문의 자료 수집을 돕게 된다. 정배는 「동남만 생산 식용해조 중 수은 카드늄 납 및 구리의 함량 분석」이라는 논문을 집필

---

375) 김원일, 앞의 책, 110-111쪽

중이었는데 병국은 논문의 소재에 관심을 갖고 이 논문의 자료 수집에 심혈을 기울인다.

그리고 그가 우려했듯이 동남만 지역의 수질 오염과 대기 오염의 상태가 심각함을 더욱 절감하게 된다. 그리고 이러한 오염의 주범이 성창비료 석교공장이라는 것을 감지한다. 그리하여 그는 이 공장의 폐수 유출의 심각성을 자료 수집 결과와 함께 관계 당국에 진정서를 보내게 된다. 하지만 이러한 노력은 오히려 공장 측의 거친 항의로 돌아온다. 특히 공장 측의 입장은 '조국 근대화를 위해서는 환경문제 정도는 넘어갈 수 있는 문제'라는 것이다. 오히려 그들의 조국 근대화라는 명분이 병국의 행위를 반국가적인 행동으로 몰고 가기까지 한다.

게다가 자료 수집 도중 군부대를 침입했다는 이유로 그는 그의 사상성을 의심받고 며칠간 감금 당하기까지 한다. 결국 아버지의 사과로 일이 마무리되기는 하였지만 이러한 상황은 폭력적인 현실을 대변하고 있다. 즉 공장 측이나 군부대의 입장은 모두 조국의 번영과 국가 안보라는 거대한 명분을 동시에 지니고 있는 것이다. 이에 비해 병국은 이러한 거대한 명분에 문제를 제기하는 불평분자이자 방해꾼 정도로 취급되고 있는 것이다. 사실 독재 정권 시절의 거대 명분은 모두 국가의 안위로 연결되어 있어서 일단 국가의 명분에 문제를 제기하면 그 자체로 불온사상을 지닌 자로 치부되기가 일쑤였다. 이 작품에서 생태의식을 견지하고 있는 병국에게 억압과 상처의 대상으로 존재하는 또 다른 힘은 바로 이러한 국가적인 명분 뒤에 숨어 있는 폭력적인 가치와 조직들이다.

이러한 반생태적인 현실 속에서 병국의 입장을 동조하고 이해하고 있는 인물로 그의 아버지가 있다. 이북 출신의 실향민이었던 그는 고향에 대한 그리움만으로 살아가는 일종의 '탈진한 의욕상실자'였다. 그러나 강직한 성품과 성실함만은 과묵한 그를 인정하게 해 준 중요한 자질이었다. 하지만 아내의 탐욕에 의해 학교

서무과장 재직 중 공금을 유용하게 되어 불명예 퇴직을 당하게 된다. 그러자 그는 현실로부터 완전히 단절된 채 바다와 새를 벗삼아 고향에 두고 온 것들을 그리며 살아간다.

> 나는 막힘 없이 탁 트인 바다 구경을 좋아했고, 그 바다를 보러 다니다가 동진강 하구의 삼각주가 철새나 나그네새의 유명한 도래지임을 알게 되었다. 사철을 가리지 않고, 특히 봄가을의 환절기가 돌아오면 사흘이 멀다 하고 나는 동진강 하류의 개펄을 찾곤 했다. (중략) 그러나 세월의 부침 속에 고향에 대한 나의 향수도 차츰 식어만 갔다. 이제 개펄도 내 인생과 함께 황혼을 맞아 명상의 장소로 내 마음에 넓게 자리잡고 있을 뿐이었다. 그래서 지금 보는 바다는 예전보다 파도도 훨씬 높았고 헤엄을 쳐 북상을 하면 며칠 내 고향에 도착할 수 있을 것 같던 그 넓이가 더욱 까마득히 넓게 보였다. 그리고 철새나 나그네새는 휴전선을 넘어 자유로이 왕래하건만 나는 그곳으로 갈 수 없다는 안타까움만이 해가 갈수록 내 이마에 깊은 주름을 새길 뿐이었다.[376]

이렇듯 아버지는 고향에 두고 온 것들을 그리며 명상의 세계로 침잠할 뿐이다. 그는 가장으로서의 책임도 아버지로서의 권위나 위용도 자랑하지 않는다. 폭력적인 남성의 이미지보다는 오히려 섬세하고 나약한 감성의 소유자로서의 면모가 돋보인다. 또한 병국의 귀향과 이로 인한 병국의 절망을 따뜻하게 감싸주기까지 한다. 이러한 아버지의 면모 역시 비판적 생태페미니즘적인 견지에서 바라보아야 한다. 즉 남성으로서의 아버지의 모습에 초점을 두기보다 인간으로서의 아버지의 모습에 초점을 맞추어 그가 생태위기의 현실에 어떠한 모습으로 개입되어 있는가에 집중하여 바라보아야 하는 것이다. 그리고 결국 이러한 견지에 입각하여 아버지의 모습을 살펴보면 그 역시 억압적인 현실에 상처 입은 개인이다. 그에게는

---

376) 김원일, 앞의 책, 129-130쪽

분단이라는 억압적인 현실로 인한 깊은 상처가 있고 그리하여 오랜 세월상처 입은 자로서의 모습을 보이는 것이다. 그리고 그가 이러한 상처를 위로받는 공간이 바다라는 점에서 그에게 있어서 자연은 상처를 치유하는 대지의 여신으로서의 이미지를 지니고 있음을 알게 해 준다.

그러므로 남성이라는 이유만으로 폭력적인 이미지를 획일화시켜 가해자로 바라보는 것은 문제 있는 접근임을 보여 주고 있다. 또한 병국이 군부대에 감금되었을 때 아버지의 아들에 대한 헌신적인 변호와 병국에 대한 애정 어린 보살핌의 장면은 아버지로서의 그가 대지의 여신의 이미지로 인식한 바다로부터 받은 위로와 보살핌을 아들에게 돌려주는 것으로 이해할 수 있다. 결국 이 작품은 병국과 아버지의 이러한 교감에 의해 생태위기의 현실이 극복될 수 있다는 가능성을 제시하고 있다.

> 바다와 하늘은 이제 잔광마저 어둠에 묻혀 지워져 버렸고 저 멀리 장진포 쪽의 등대만이 빤하게 불을 켜고 있었다. 그런데 병국의 눈앞에 홀연히 한 마리의 도요새가 날아올랐다. 도요새의 유연한 비상은 날개를 아래위로 움직여 나는 날개치기의 비행이 아니었다. 날개를 펼친 채로 기류를 교묘하게 이용하여 나는 돛 역할의 비행이었다. 맞바람의 상승 기류를 타고 동그라미를 그리며 공중 높이 올라갔다가 바람을 옆으로 받아 활공으로 미끄러져 내려오는 섬세한 율동이 눈앞에 잡힐 듯 떠올랐다. 도요새야, 너는 동진강 하구를 떠나 어디에다 새로운 도래지를 개척했느냐? 병국이가 낮은 소리로 중얼거리며 도요새를 따라갔다. 그러자 도요새의 비행은 그의 눈앞에서 곧 사라지고 말았다. 병국은 종점 쪽으로 걸음을 빨리했다.[377]

이처럼 '날치기의 비행'이 아닌 '돛 역할의 비행'을 하고 있는 도요새의 힘찬 모습은 병국에게 미래에 대한 벅찬 희망을 전달하는 것이다. 도요새가 되어 도요

---

377) 김원일, 앞의 책, 162-163쪽

새처럼 자유롭게 비상하는 삶을 꿈꾸던 병국이 마지막 장면에서 보게 되는 도요새의 비상은 궁극적으로 그동안 상처입고 억압당했던 병국의 힘찬 비상을 의미하는 것이다. 그리고 그가 이러한 현실 극복의 의지를 도요새에게 얻는다는 것은 결국 자연으로부터 그동안 그가 받은 상처를 치유 받고 새로운 힘을 얻게 된다는 것을 의미하는 것이다.

결국 이 작품은 생태위기에 처한 동진강 하구와 이를 둘러싼 인물들의 생태의식을 통해 상처 입은 인간과 파괴된 자연이 이러한 현실을 대지의 여신의 풍요롭고 자애로운 모성에 입각한 '돌봄의 윤리'로 치유될 수 있다는 가능성을 제기함으로써 '비판적 생태페미니즘'의 견지를 대표하는 생태소설이라 할 수 있다.

이상으로 상처 입은 여성과 폭력적인 남성이라는 이분적인 잣대로 생태위기를 바라보는 기존의 생태페미니즘의 양상이 반영되어 있는 작품들과 이러한 이분적 잣대에서 벗어나 상처 입은 인간과 파괴된 자연을 동일시하고 폭력적인 존재를 남성적인 것 이외의 것들로 확대시켜 보다 포용적인 시각을 견지하는 '비판적 생태페미니즘'의 모습을 담고 있는 작품을 통해 생태페미니즘 소설의 양상을 확인해 보았다.

VI. 생태소설의 전망과 의의

오늘날 문학의 가장 중요한 기능은 자연 세계에 존재하는 멸종 위기의 것들에 대한 풍부한 고려로부터 얻어지는 인간 삶의 새로운 양식을 제공하는 것이라고 보는 입장[378]이 있다. 이른바 생태비평이라 불리는 이 시각은 주지하고 있듯이 '문학과 물리적 환경과의 관계를 연구하는 학문'이다. 그리고 이러한 연구의 주체인 생태비평가는 지구중심적인 관점으로 문학과 자연의 관계에 대해 천착한다. 즉, 문학 연구에 있어서 생태학이 지니고 있는 의미와 이에 대한 비평적 접근에 대해 분석하고, 문학 속에 나타난 생태위기에 대한 인식을 고찰하고 나아가 생태 담론들과 관련된 역사, 철학, 심리학 등의 분야와의 학문적인 교류를 맺는 것이다.

이러한 생태비평은 문학 작품 속에 나타난 생태학적 주제들과 그 연관에 관해 연구하는 것이다. 그리고 이 연구를 통해 자연 생태계의 행동 유형과 문학 작품

---

378) Glen A. Love, Revaluing Nature, Ecocriticism Reader, 236쪽

속에 나타난 다양한 인간의 유형을 분석하는 것이다. 그리고 이 과정에서 비평가의 역사적, 철학적, 심리학적 안목이 적용된다. 결국 생태비평의 본질은 인간과 자연의 평화로운 공존을 위해 견지해야 하는 생태의식의 구체적인 양상을 제시하고 생태위기의 현실에 대해 그 대안을 제시하는 문학생태학의 가장 구체적인 방법론이다. 그리고 이러한 생태비평의 핵심적인 대상이 바로 생태문학인 것이다

생태문학은 생태계 문제를 성찰하고 비판하며 그 원인을 생태의식을 바탕으로 규명하고 나아가 보다 바람직한 생태사회를 제시하는 문학을 일컫는다. 이러한 생태문학의 하위 범주로는 '생태시', '생태소설', '생태수필', '생태희곡' 등을 설정할 수 있다. 그리고 본 논문에서 집중적으로 다루고 있는 생태소설은 생태문학의 하위 범주로서 생태비평이 추구하는 바람직한 생태사회로 이르는 과정을 그 어떤 장르보다 구체적으로 다루고 있다. 또한 생태소설은 다양한 생태위기의 현실과 바람직한 생태의식의 모습을 살아 있는 인물들을 통해 제시함으로써 보다 분명히 생태위기의 현실을 전달하여 이에 대한 문제 제기와 나아가 극복 방안에 대한 면밀한 천착을 가능하게 한다.

이렇듯 생태소설은 소설이라는 장르가 지니는 서사성을 매개로 하여 인류가 현재 봉착해 있는 생태위기의 현실과 이에 대한 인간들의 서로 다른 생태의식을 생동감 있게 제시하여 구체적인 위기의 양상을 파악하고 이의 원인에 대해 고찰하게 한다. 그리하여 생태비평의 다양한 모습을 생태소설에서 구체적으로 확인할 수 있는 것이다.

생태비평이 견지하는 문학 작품 속에 나타난 생태학적 주제와 그 연관에 대한 천착이 생태비평의 다양한 모습으로 표출되었듯이 이러한 내용을 담고 있는 생태소설 역시 생태비평의 유형을 그대로 구체화하고 있는 모습을 보인다. 이는 생태의식을 견지하고 작품을 쓰는 작가의 철학적 입지가 생태비평이 추구하는 생태비

평적 주제와 만나기 때문이며, 앞에서 언급한 바처럼 생태비평 자체가 이미 작품에 나타난 생태의식을 연구하는 것이므로 그 방법론상 철학적인 입지를 견지하고 있기 때문인 것이다. 결국 생태소설은 생태비평의 목적을 가장 유사하게 견지하고 있는 장르이다. 그래서 소설을 통해 생태비평의 구체적인 유형을 보다 입체적으로 만날 수 있는 것이다.

생태소설의 이러한 입지는 한국 현대소설에서도 동일하게 확인할 수 있다. 아직은 생태소설이라는 이름조차 생소한 것이 한국 생태비평의 현실이지만 무엇보다도 21세기라는 새로운 시대에 생태위기의 현실이 가져다준 인류 붕괴라는 위기의식이 팽배해 있는 지금이야말로 이러한 문제를 다루는 문학적 노력에 관심을 기울여야 한다.

한국의 경우 이미 산업화로 인한 생태위기가 극에 달한 상태이다. 70년대의 무분별한 자원의 남획과 자연 파괴로 인해 현재의 자연은 거의 회복 불가능한 상태에 처해 있다. 소설 작품에 등장하고 있는 해안유역의 공단 건설로 인한 해양 오염 및 파괴, 그리고 이로 인한 대기 오염, 나아가 식수 오염의 심각한 상태가 이를 반영하고 있다. 또한 핵발전소의 무분별한 건설과 이로 인한 생명의 훼손이 심각한 지경에 이르고 있다.

이제 이러한 상황에 대한 비판이나 문제 제기로 시간을 낭비할 여지가 없다. 지난 몇 년간 지속되고 있는 이상 기후와 이로 인한 천재지변이 바로 한국의 심각한 생태위기를 반영하고 있는 것이다. 이러한 위기에 대한 문제 제기는 이미 오래 전부터 있어 왔다. 이제 우리는 우리보다 먼저 이러한 위기의 현실을 체험한 서구의 경우를 참고로 문제 극복에 박차를 가해야 하는 시점에 처해 있음을 인지해야 한다.

서구의 경우는 생태위기의 현실과 이의 극복 방안에 대한 논의가 이미 시민운동의 차원을 넘어서 국가적 차원의 주요 이슈로 자리 잡고 있다. 또한 이러한 생태위기에 대한 인식과 극복 방법에 대한 적극적인 노력은 모든 학문에 걸쳐 생태학에 대한 천착으로 이어진 상태이다. 그리하여 문학만 하더라도 '문학생태학'이라는 연구 분야가 설정되고 이를 연구하는 방법론으로 '생태비평'이 등장하게 된 것이다. 그리고 이러한 입지를 주제 의식으로 표출하여 문학 작품을 통해 형상화하고 있다. 그리하여 그들은 생태 문제에 대해 의식적으로나 이론적으로 상당히 앞서 있는 실정이다.

이제 한국의 경우도 동일한 문제의식이 팽배한 상태이며 최근 각종 환경 단체를 중심으로 강과 바다를 지키고자 하는 노력들이 그 결실을 이루는 성공적인 사례들도 있었다. 또한 문학도 이러한 시대의 흐름에 부응하여 생태위기의 현실을 노래한 '생태시'에 대한 창작과 비평 작업이 활기를 띠고 있다. 또한 소설의 경우 생태위기와 이에 대한 문제 제기 그리고 대안 제시로 이어지는 사실적인 형상화가 이루어지고 있다.

전술했듯이 이러한 생태소설이야말로 생태비평 담론을 가장 구체적으로 보여 줄 수 있는 매개체이다. 즉 심층생태론에서 사회생태론 그리고 생태페미니즘으로 이어지는 생태비평의 다양한 유형은 소설 장르를 통해 보다 구체적인 모습으로 감지될 수 있는 것이다.

한국 현대소설의 경우 이러한 생태비평적 견지에 입각하여 생태의식을 표방하고 있는 작품들이 이미 상당 수준 창작되고 있는 시점이다. 1990년대를 기점으로 폭발적으로 증가하기 시작한 생태소설의 양상을 띤 작품들은 2000년대를 지나면서 그 위상을 자리 잡고 있다. 그러나 본 논문에서 고찰한 생태소설들은 산업화가 가중되기 시작하고 이로 인해 생태위기의 단초가 보이기 시작한 1970년대부터 이러한 생태위기의 단초들에 무심한 채 성장위주의 산업화 정책을 강행한 결과 나타한 심각한 생태위기에 대한 문제 제기를 다루고 있는 작품들을 우선적으로 다루었다. 그리고 이러한 생태위기의 원인 규명을 통해 극복 방안을 제시하는데 관심을 노정하기 시작한 90년대에 이르는 작품을 대상으로 하여 서구에서 제기되고 있는 생태비평 담론들의 근저를 이루는 생태의식을 규명해 보았다. 그 결과 서구 학자들이 제시하고 있는 문제들과 원인, 그리고 극복 방법으로 제시되어 있는 각종 대안들이 작품 속 인물들의 의식과 행동 양식을 통해 유사한 모습으로 나타나고 있음을 확인해 보았다.

이것은 한국 현대소설에 나타난 생태의식이 서구에서 견지하고 있는 생태위기에 대해 동일한 시각을 지니고 있음을 반영한다. 즉 산업화라는 것이 어차피 서구를 중심으로 이루어진 산업의 형태이고, 이의 결과로서 파생된 인간 삶의 모습과 의식은 동서양을 막론하고 유사할 수밖에 없는 것이다. 그러므로 서구의 생태비평 담론들을 한국 현대소설에서 발견하는 것은 너무나 당연한 일인 것이다.

한편 한국 현대소설에 나타난 생태의식을 규명하는 과정에서 한국만의 특수한 현상을 발견할 수 있었다. 즉 서구의 생태비평 담론들이 심층생태론에 대한 논의에서 시작하여 이에 대한 반론으로 사회생태론이 등장하고 나아가 이 둘에 대한 반론과 비판적 수용에 의해 생태페미니즘이 등장하였다. 그런데 한국 현대소설에서는 이러한 양상들이 특별한 시기의 흐름이나 선후관계에 의하지 않고 동시에 형상화되고 있다. 즉 1970년대는 심층생태론적 논의가 작품 속에 등장하고 이어서 80년대에는 사회생태론적 견지가 작품에 형상화 되어 90년대에는 생태페미니즘적 양식이 주조를 이루는 것이 아니라 시기에 상관없이 70년대에도 생태페미니즘적 생태의식이 김원일의 〈도요새에 관한 명상〉(1979)을 통해 등장하는가 하면 1990년대에 심층생태론적 생태의식이 한승원의 《연꽃 바다》(1996)를 통해 형상화 되었다.

물론 서구에서도 여전히 이 세 가지 생태비평 담론들은 자신들의 입장을 견지하며 발전을 도모하고 있다. 그러나 그들의 경우 세 이론이 동시에 제기 되지는 않았다. 분명 심층생태론이 대두되고 나서 이에 대한 반론과 비판적 수용에 입각하여 나머지 이론들이 등장하였다. 그런데 한국은 이렇듯 동시 다발적으로 다양한 비평담론들이 감지되고 있다. 이것은 한국이 서구처럼 점진적인 산업화를 추구한 것이 아니라 전폭적으로 서구 산업화를 수용한 현실을 반영하고 있는 것이다. 그러나 생태비평의 경우 비평 이론의 발달 순서가 차지하는 우열 관계는 분명 전혀 없다. 다만 서로 다양한 생태의식과 생태위기에 대한 대안 제시만이 있을 뿐이다. 중요한 것은 한국의 현대소설들이 이러한 서구의 생태의식들을 작품 속에서 모두 형상화하고 있다는 점이다.

아울러 한국 현대소설들이 형상화 하고 있는 생태의식들이 생태위기에 대한 표층적인 시각과 사회생태론적인 시각에 다소 몰려 있는 사실을 확인할 수 있었다. 분석 대상이 된 총 작품의 수가 35편이었고, 이중 표층적인 생태의식을 보이고 있는 작품이 14편, 심층적인 생태의식을 보이고 있는 작품이 6편이고, 사회생태론적인 시각의 생태의식을 보유하고 있는 작품이 12편인 반면 생태페미니즘에 입각한 생태의식을 보이고 있는 작품은 6편에 해당한다. 특히 사회생태론에 입각해 있는 생태의식이 한국 현대소설들에 중점적으로 나타나고 있다. 이는 생태위기를 초래한 것이 무엇보다도 산업화와 이에 따른 각종 문제점이라는 문제 인식하에 욕망을 추구하는 인간의 이기적인 자세가 인간 스스로에 대한 억압과 거대 조직으로서의 국가의 횡포를 가져왔다는 확신에 기인하는 것이다. 특히 독재 정권 시절은 애국이라는 명분으로 온갖 불법을 자행했고 심지어 생태문제까지 반공 이데올로기에 입각하여 처리하고 있음을 이미 확인한 바 있다. 이러한 사회적인 분위기가 한국 현대소설에서는 사회생태론적인 시각을 통해 생태위기를 검증하고 보다 바람직한 생태의식을 견지한 생태사회를 꿈꾸게 했던 것이다.

그러므로 한국 현대소설에 나타난 생태의식은 보다 다양해질 필요가 있다. 거대권력으로서의 국가와 지배계급의 폭력적인 억압에 의한 현실을 인식하는 데만 머물지 말고 이를 극복하고자 하는 의지를 보다 더 고양할 필요가 있다는 것이다. 그리고 이러한 극복 의지는 보다 다양한 생태비평 담론의 시각을 견지함으로써 실현될 수 있다. 그래야만 보다 다양하고 왕성한 생태소설들의 창작이 가능해지기 때문이다. 다양한 생태의식을 견지한 생태소설들이 창작되고 이러한 작가의 생태의식이 독자들에게 확대될 때 비로소 오늘의 생태위기는 극복될 수 있는 것이다.

생태소설은 21세기의 화두인 환경문제로 인해 봉착한 생태위기에 대해 다양한 생태의식을 견지한 작가들이 이러한 문제를 인식하고 있는 입체적인 인물들을 사실적으로 형상화함으로써 바람직한 생태사회를 조성하는데 기여하고 있다. 이러한 생태소설이야말로 그 어떤 장르의 문학보다도 잃어버린 인간과 자연의 관계 설정에 기여할 것이다. 아울러 이러한 생태소설은 문학의 사회적인 책임을 회복하는 주요한 방법으로 작용할 것이다. 또한 생태비평의 다양한 시각을 가장 구체적으로 보여 주고 있는 생태소설은 21세기 생태문학이 지향하는 인간과 자연의 평화로운 공존이 가능한 세계로 가는 주요한 관문으로 작용할 것이다.

VII. 결론

21세기 인류의 화두로 제기된 환경문제는 그 동안 인류가 자연에 가한 횡포로 인해 돌아온 일종의 재앙의 양상을 하고 있다. 이에 대해 서구의 학자들은 우려의 목소리를 높였고, 서구의 경우는 우리가 막 산업화를 시작했던 70년대부터 이에 대한 위기 인식과 문제 제기가 있었다. 그리고 이러한 문제를 극복하는 대안으로서 새로운 패러다임으로의 전환을 시도하였고, 그 결과 과거 인간중심주의에 기초를 두었던 '전일론적인 세계관'에서 벗어나 자연과 인류가 공존해야 한다는 '생태론적 세계관'으로의 전환을 가져 왔다.

그리고 이러한 세계관은 문학과 생태학의 연관을 추구하게 되어 이른바 문학생태학을 정립하고 생태론적인 세계관에 입각하여 생태비평 담론이 출현하게 하였다. 생태비평 담론은 문학생태학의 한 방법론으로서 생태위기의 현실을 다양한 생태의식을 통해 그 원인을 규명하고 극복 대안을 제시하는 비평 방법이다. 이때 생태의식이란 환경파괴의 현실 속에서 궁극적인 해결 방안을 모색하는 의식적인 전환과 심리 활동, 그리고 새로운 윤리 체계 형성을 확립하고자 하는 일련의 움직임과 세계관 전체를 일컫는다.

다양한 생태의식이 반영된 생태비평 담론은 크게 세 가지 유형으로 나눌 수 있다. 그 중 아르네 네스(Arne Naess)에 의한 '심층생태론(Deep Ecology)'은 생태담론의 출발점으로 인정되고 있다. 네스는 자연과 인간을 근본적으로 연결되어 있는 상호의존적인 연결망으로 보고 현대의 과학적, 산업적, 성장 지향적 유물론적 세계관과 생활 양식에 심오한 문제점을 제기하였다. 이러한 네스식의 관점에 대한 전면적인 도전과 비판은 머레이 북친(Murray Bookchin)의 '사회생태론(Social Ecology)'에 의해 제기 되었다. 그는 심층생태론에서 줄곧 비판해 온 인간중심주의에 대해 의문을 제기하면서, 인간이야말로 자연의 진화를 이끌고 노력할 능력이 있는 진화의 후견자(Steward)임을 표명하였다. 그는 사회는 인간의 창조물이기 때문에 인간이 변화 시킬 수 있다는 입장을 통해 인간의 결정과 가치관이 환경파괴의 중요 원인이 되기는 하였지만, 오히려 환경문제 해결에 중요한 역할을 수행할 수 있음을 강조하였다. 한편, '생태페미니즘(Eco-Feminism)'이라 불리는 또 다른 생태담론의 출현은 생태비평의 새로운 국면을 제시하였다. 이 비평담론은 가부장제라는 맥락 속에서 사회 지배와 억압의 문제를 다루면서 심층생태론적 견지와 사회생태론적 입론에 대한 변증적인 지양을 시도하고 있다. 즉, 생태페미니스트들은 남성에 의한 여성의 가부장적 지배를 계급적, 군국주의적, 자본주의적, 기업적 형태 속에서 이루어지는 모든 지배와 착취의 원형으로 간주하고 있다. 특히, 그들은 자연에 대한 착취가 여성에 대한 착취와 긴밀한 협력 관계에 있음을 지적하면서 페미니즘과 생태학의 자연스러운 연관을 시도하고 있다.

이러한 생태비평적 시각은 한국 현대소설에 나타난 생태의식을 규명하는 주요한 기준으로 작용한다. 아울러 이러한 시각의 확보야말로 바람직한 생태의식을 규명하는 판단자로서의 역할까지도 수행하게 된다. 한국의 산업화가 서구 중심의 일방적인 산업화의 양상을 따다 보니 그 결과 파생된 각종 문제점들도 서구의 경우와 일치하게 되고 그러다 보니 환경문제로 인한 생태위기의 현실도 동일한 양상을 띠게 된 것이다. 그러므로 서구의 생태비평 담론의 시각은 한국 현대소설에 나타난 생태의식을 규명하는 자리에서 충분히 적용 가능한 것이다.

그리하여 본 논문에서는 생태의식을 드러내고 있는 일체의 문학 작품을 생태문학이라 규정하고 하위 범주로서 생태소설을 설정하여 한국의 산업화가 본격화되기 시작한 1970년대부터 이로 인한 문제가 구체적으로 드러나 1990년대에 이르는 소설 작품을 대상으로 그 구체적인 생태의식의 양상을 규명해 보았다.

이를 구체적으로 정리해 보면 우선 생태위기에 대한 표층적인 인식하에 체험적인 고발의 양상을 취하면서 해양오염 및 식수오염의 문제를 제기하고 있는 김용성의 〈사해위에서〉, 서정인의 〈붕어〉, 홍성원의 〈남도기행〉, 이문구의 〈해벽〉, 한창훈의 〈돗낚는 어부〉와 최성각의 〈약사여래는 오지 않는다〉, 김원일의 〈도요새에 관한 명상〉을 통해 고찰해 보았다. 이들 열악한 생태환경에 대한 문제는 개인의 체험을 통해 확인되고, 작품에 나타난 생태위기에 대한 문제를 제기하고 있기는 하지만 문제제기 이상의 대안이나 등장인물의 능동적인 문제해결의 의지가 결여되어 있다는 점이 한계로 남았다. 또한 토양오염과 대기오염의 문제를 다루고 있는 경우로는 이청준의 〈목수의 집〉, 박범신의 〈별똥별〉이 토양요염 그 자체를 다루고 있고, 이문구의 〈장천리 소태나무〉와 최일남의 〈그들은 말했네〉의 경우는 쓰레기 문제의 심각성을 제시하고 있으며, 조세희의 〈기계도시〉와 〈잘못은 신에게도 있다〉, 노순자의 〈나무도 아닌 것이 풀도 아닌 것이〉와 김원일의 〈도요새에 관한 명상〉은 대기오염의 위해적 현실을 묘사하고 있다. 이에 비해 심층생태론의 핵심적인 인식인 자연과 인간의 평등성에 입각한 ‘자아실현’의 경지에 대해 전달하고 있는 한수산의 〈침묵〉과 김성동의 〈산난〉, 이윤기의 《나무가 기도하는 집》은 특히 생명의 평등성에 대해 집중적으로 다루고 있고, 한승원의 《연꽃바다》, 정찬의 〈별들의 냄새〉그리고 최인석의 〈지리산에 저 바다〉는 자아실현의 과정을 면밀히 포착하여 생태위기에 대한 심층적 인식을 정확히 제시하고 있음을 살펴보았다.

다음으로 이러한 생태위기의 원인을 성찰하여 그 원인이 타자화된 인간의 욕망에 있음을 지적하고 있는 작품으로 남정현의 〈핵반응〉, 김이태의 〈식성〉, 한정희의 〈불타는 폐선〉, 최인석의 〈지리산에 저 바다〉, 한승원의 〈황소 개구리〉가 있음을 살펴보았다. 또 다른 생태위기의 원인을 위계화된 거대 권력의 횡포로 보고 원폭문제와 핵발전소의 문제를 집중적으로 다루고 있는 작품으로 김원일의 〈그 곳에 이르는 먼 길〉, 문순태의 〈낯선 귀향〉, 노순자의〈나무도 아닌것이 풀도 아닌 것이〉, 우한용의 〈불바람〉, 정도상의 〈겨울꽃〉을 고찰해 보았다.

그리고 이러한 생태위기의 원인을 극복하기 위해서 노마드적인 주체로서 작용하는 등장인물들의 의지적인 신념과 자기지시적인 존재로서 작용하여 생태위기의 문제를 극복해나가는 과정을 깊이 천착하고 있는 경우로 한정희의 〈불타는 폐선〉, 이윤기의 〈직선과 곡선〉, 문순태의 〈낯선 귀향〉, 이남희의 《바다로부터의 긴 이별》을 통해 확인해 보았다.

마지막으로 생태위기에 대한 궁극적 대안으로 작용할 수 있는 생태페미니즘 소설 중에 훼손된 자연과 상처 입은 여성의 이미지를 동일시하고 있는 김원일의 〈따뜻한 돌〉, 한강의 〈내 여자의 열매〉, 전성태의 〈사육제〉를 통해 생태위기의 한 단면을 직시할 수 있었다. 나아가 이러한 생태위기의 대안이 될 수 있는 '돌봄의 윤리' 를 통한 신성한 존재로서의 여성의 이미지를 부각시키고 있는 정찬의 〈산다화〉와 〈깊은 강〉, 전성태의 〈사육제〉를 통해 여성 특유의 모성적인 '돌봄'

이 상처 입은 여성과 훼손된 자연을 재생시킬 수 있는 긴요한 윤리임을 살펴보았다. 나아가 생태위기의 최종적인 대안으로 생태페미니스트들이 제시하고 있는 '비판적 생태페미니즘'의 양상을 형상화하고 있는 김원일의 〈도요새에 관한 명상〉을 중점적으로 고찰해 보았다.

이상의 한국 현대소설에 나타난 생태의식을 고찰한 결과 서구의 생태비평이 견지하고 있는 다양한 생태의식이 한국의 생태소설에 나타나고 있음을 확인할 수 있었다. 또한 이들 작품들이 중복되어 적용된 경우를 감안한다 하더라도 생태위기에 대한 단순한 고발차원의 표층적인 인식에 머문 작품들과 사회생태론에 입각한 생태의식이 한국 현대소설들에 중점적으로 나타나고 있음을 확인할 수 있었다. 그리고 이러한 경향은 한국적 특수성에 기인하는 것으로 급격한 산업화와 이를 이루기 위한 독재 정권의 일방적인 성장 위주의 경제 원리에 의해 일방적으로 희생된 소수의 생태의식을 지닌 자들의 현실이 반영된 것임을 고찰해 보았다. 그래서 사회생태론이 궁극적인 목표로 삼고 있는 자유와 균형의 생태사회를 한국의 생태소설은 주로 그리고 있는 것임을 알 수 있었다.

그러나 이제 이러한 억압적인 상황은 서서히 물러가고 한국 사회는 생태위기에 대한 문제의식이 충분히 고양되어 있는 상태이다. 그리고 이러한 문제의식을 시민운동을 중심으로 확산시키고 있으며 일부 선각적인 지식인들에 의해 바람직한 방향으로 선도되고 있는 시점이다. 아울러 문학의 경우도 이러한 사회적인 분위기에 힘입어 김원일, 이윤기, 한승원, 정 찬 등의 저력있는 작가들을 중심으로 생태사회 구현을 위한 문학적 노력과 바람직한 생태사회에 대한 모색이 진행 중에 있다.

한국 현대소설은 21세기의 화두인 환경문제와 이로 인한 생태위기에 대한 확실한 인식을 견지한 채 이를 극복하기 위한 구체적인 모색을 보이고 있다. 그러므로 이러한 모색이 지금까지 표층적인 생태위기에 대한 인식과 사회생태론적인 견지에 치중해왔음을 감안하여 보다 다양한 생태의식을 확보하고 이를 담아낸 생태소설의 활발한 창작에 심혈을 기울여야 한다. 아울러 이러한 생태소설에 나타난 작가의 생태의식을 면밀히 분석하여 바람직한 생태소설의 전망을 제시하는 것은 연구자들의 몫이다.

그러나 이 논문은 한국 현대소설에 나타난 생태의식의 양상을 규명하는 자리에서 각기 다른 생태비평 담론에 따라 나타나는 서술자의 시점의 차이와 각종 메타포, 그리고 플롯의 다양성 등 문학 내적 연구 방법론에 입각한 생태소설의 특성을 규명하지 못한 한계가 있다. 이것은 앞으로 생태소설 연구의 무한한 가능성을 제시하는 부분이기도 하다. 다만 본 논문은 생태소설 연구의 문학적 가능성을 제시하는 시발점이 되고자하는데 그 의의를 두고자 한다. 그리하여 앞으로 인간과 자연이 공존하여 자유와 균등이 지배하는 바람직한 생태사회를 추구하는 생태소설의 창작과 연구에 무한한 전망을 열어 두고자 한다.

참고문헌

I. 기본자료 (간행 연도순)

이문구, 〈해벽〉, 《해벽-이문구 소설집》, 창작과 비평사, 1974.

한수산, 〈침묵〉, 《서울의 달빛 0장-1977년도 이상문학상 수상작품집1》, 문학사 상사, 1977.

남정현, 〈핵반응〉, 《창작과 비평 88년 가을호》, 창작과 비평사, 1988.

노순자, 〈나무도 아닌 것이 풀도 아닌 것이〉, 《세계 성체대회 기념소설집》, 제3 기획, 1989.

우한용, 〈불바람〉, 《불바람-청한 창작선13》, 청한 출판사, 1989.

정도상, 〈겨울꽃〉, 《겨울꽃-동광 소설선5》, 동광 출판사, 1989.

이승우, 〈못〉, 《일식에 대하여》, 문학과 지성사, 1989.

이정창, 《불꽃바다》, 실천 문학사, 1990.

박혜강, 《검은 노을》, 실천 문학사, 1991.

이남희, 《바다로부터의 긴 이별》, 풀빛, 1991.

김수용, 《이화에 월백하거든》, 현암사, 1991.

김원일, 〈도요새에 관한 명상〉, 《김원일 문학상 수상 작품집》, 훈민정음, 1993.

박운규, 《물 속 나라》, 답게 출판사, 1994.

윤대녕, 〈눈과 화살〉, 《은어낚시통신》, 문학동네, 1994.

서정인, 〈붕어〉, 《붕어》, 세계사, 1994.

김성동, 〈산난〉, 《하산》, 푸른숲, 1994.

김태연, 《그림같은 시절》, 창작과 비평사, 1994.

김원일, 〈그 곳에 이르는 먼 길〉, 《그 곳에 이르는 먼 길》, 장락 출판사, 1995.

정찬, 〈산다화〉, 《아늑한 길》, 문학과 지성사, 1995.

______, 〈별들의 냄새〉, 《아늑한 길》, 문학과 지성사, 1995.

최성각, 〈약사여래는 오지 않는다〉, 《도요새에 관한 명상-녹색 환경소설집》, 문
  예산책, 1995.

한정희, 〈불타는 폐선〉, 《도요새에 관한 명상-녹색 환경소설집》, 문예산책,
  1995.

은희경, 《새의 선물》, 문학동네, 1995.

윤후명, 〈하얀 배〉, 《하얀 배-이상문학상 수상작품집19》, 문학 사상사, 1995.

박일문, 《장미와 자는 법》, 문학수첩, 1996.

이혜경, 〈불의 전차〉, 《창작과 비평 96년 여름호 제24권》, 창작과 비평사, 1996.

한승원, 《연꽃 바다》, 세계사, 1997.

김원일, 〈따뜻한 돌〉, 《잃어버린 시간-김원일 중단편 전집4》, 문이당, 1997.

문순태, 〈낯선 귀향〉, 《시간의 샘물》, 실천출판사, 1997.

이문구, 〈일락서산〉, 《관촌수필》, 문학과 지성사, 1997.

최인석, 〈지리산에 저 바다〉, 《나를 사랑한 폐인》, 문학동네, 1998.

김용성, 〈사해 위에서〉, 《환경위기와 생태학적 상상력》, 실천 문학사, 1999.

한승원, 〈황소 개구리〉, 《검은 댕기 두루미-한승원 중단편전집6》, 문이당, 1999.

김이태, 〈식성〉, 《환경위기와 생태학적 상상력》, 실천 문학사, 1999.

홍성원, 〈남도기행〉, 《남도기행》, 문학과 지성사, 1999.

전성태, 〈가문 정원〉, 《매향》, 실천문학사, 1999.

______, 〈가수〉, 《매향》, 실천문학사, 1999.

______, 〈사육제〉, 《매향》, 실천문학사, 1999.

이윤기, 〈직선과 곡선〉, 《나비 넥타이》, 민음사, 1999.

______, 《나무가 기도하는 집》, 세계사, 1999.

조세희, 〈기계도시〉, 《난장이가 쏘아올린 작은 공》, 이성과 힘, 2000.

______, 〈잘못은 신에게도 있다〉, 《난장이가 쏘아올린 작은 공》, 이성과 힘,

2000.

한창훈, 〈돗 낚는 어부〉, 《시인의 별-2000년도 제24회 이상문학상 수상 작품
　　　집》, 문학 사상사, 2000.

한강, 〈철길을 흐르는 강〉, 《내 여자의 열매》, 창작과 비평사, 2000.

＿＿＿, 〈내 여자의 열매〉, 《내 여자의 열매》, 창작과 비평사, 2000.

이청준, 〈목수의 집〉, 《목수의 집》, 열림원, 2000.

최일남, 〈그들은 말했네〉, 《아주 느린 시간》, 문학동네, 2000.

이문구, 〈장천리 소태나무〉, 《내 몸은 너무 오래 서 있거나 걸어왔다》, 문학동
　　　네, 2000.

조경란 〈망원경〉, 《나의 자줏빛 소파》, 문학과 지성사, 2000.

박범신, 〈별똥별〉, 《향기로운 우물 이야기》, 창작과 비평사, 2000.

김영래, 《숲의 왕》, 문학동네, 2000.

공선옥, 《수수밭으로 오세요》, 여성신문사, 2001.

이순원 《아들과 함께 걷는 길》, 해냄출판사, 2002.

정찬, 〈깊은 강〉, 《베니스에서 죽다》, 문학과 지성사, 2003.

II. 문학일반 이론서 (간행 연도순)

전혜자, 『현대소설사 연구』, 새문사, 1987.

앤소니 기든스, 『포스트 모더니티』, 이윤희·이현희 옮김, 민영사, 1991.

자크 라캉, 『욕망 이론』, 권택영 엮음, 문예 출판사, 1994.

김미현, 『한국여성소설과 페미니즘』, 신구 문화사, 1996.

엠마누엘 레비나스, 『시간과 타자』, 강영안 옮김, 문예출판사, 1996.

조남현, 『조남현 평론문학선』, 문학사상사, 1997.

팸 모리스, 『문학과 페미니즘』, 강희원 옮김, 문예 출판사, 1997.

르네 지라르, 『폭력과 성스러움』, 김진식·박무호 옮김, 민음사, 1997.

질 들뢰즈·펠릭스 가타리, 『앙띠 오이디푸스』, 최명관 옮김, 민음사, 1997.

이진경, 『근대적 시·공간의 탄생』, 푸른 숲, 1997.

앤소니 기든스, 『현대성과 자아정체성』, 권기돈 옮김, 새물결, 1997.

안느 끌랑시에, 『정신분석학과 문학비평』, 이준오 옮김, 숭실대학교 출판부, 1998.

C. 라마자노그루 外, 『푸코와 페미니즘-그 긴장과 갈등』, 이희원 外 옮김, 동문선, 1998.

알. 웹스터, 『문학이론 연구입문』, 라종혁 옮김, 동인, 1999.

전경갑, 『욕망의 통제와 탈주-스피노자에서 들뢰즈까지』, 한길사, 1999.

움베르토 에코 外, 『시간의 종말』, 문지영·박재환 옮김, 끌리오, 1999.

서동욱, 『차이와 타자』, 문학과 지성사, 2000.

이베타 게라심추쿠 外, 『시간으로부터의 해방』, 류필하 外 옮김, 자인, 2000.

르네 지라르, 『낭만적 거짓과 소설적 진실』, 김치수·송의경 옮김, 한길사, 2001.

한국기호학회 엮음, 『생태주의와 기호학』, 문학과 지성사, 2001.

알랭 바디우, 『들뢰즈-존재의 함성』, 박정태 옮김, 이학사, 2001.

김종회·최혜실 엮음, 『성과 문학 이론편-문학으로 보는 성』, 김영사, 2001.

서동욱, 『들뢰즈의 철학-사상과 그 원천』, 민음사, 2002.

서정철, 『인문학과 소설 텍스트의 해석』, 민음사, 2002.

H. F. Plett, 『수사학과 텍스트 분석』, 양태종 옮김, 동인, 2002.

박성창, 『수사학과 현대 프랑스 문화이론』, 서울대학교 출판부, 2002.

전경갑·오창호, 『문화적 인간·인간적 문화』, 푸른사상, 2003.

김용민, 『생태문학-대안사회를 위한 꿈』, 책세상, 2003.

정정호, 『들뢰즈 철학과 영미문학 읽기』, 동인, 2003.

안 에노, 『서사, 일반기호학』, 홍정표 옮김, 문학과 지성사, 2003.

레이몬드 윌리암, 『문학과 문화이론』, 박만준 역, 경문사, 2003.

고이즈미 요시유키, 『들뢰즈의 생명철학』, 이정우 옮김, 동녘, 2003.

John S. Nelson 外, 『인문과학의 수사학』, 박우수 外 옮김, 고려대 출판부, 2003.

III. 문학생태학에 관한 서적 및 논문 (간행 연도순)

Robin Attfield, 『The Ethics of Environmental Concern』, The University of
　　　　Georgia Press, 1983.
Rolston, Holmes, III, 『Philosophy Gone Wild : Essays in Environmental
　　　　Ethics』, Prometheus Books, U.S., 1989.
김지하, 『생명』, 솔, 1992.
구승회, 『에코필로소피』, 새길, 1995.
정수복, 『녹색대안을 찾는 생태학적 상상력』, 문학과 지성사, 1996.
토다 키요시, 『환경정의를 위하여』, 김원식 옮김, 창작과 비평사, 1996.
구도완, 『한국 환경운동의 사회학』, 문학과 지성사, 1996.
Joseph W. Meeker, 『The Comedy of Survival』, New York: Charles Scribner's
　　　　Sons, 1997.
채수형, 『문학생태학』, 새미, 1997.
박이문, 『문명의 미래와 생태학적 세계관』, 당대, 1997.
김욱동, 『문학생태학을 위하여』, 민음사, 1998.
이진우, 『녹색 사유와 에코토피아』, 문예출판사, 1998.
프리초프 카프라, 『생명의 그물』, 김용정 · 김동광 옮김, 범양사, 1998.
문순홍, 『생태학의 담론』, 생명총서, 1999.
J. R. 데자르뎅, 『환경윤리의 이론과 전망』, 김명식 옮김, 자작 아카데미, 1999.
김성진 外, 『생태문제와 인문학적 상상력』, 나남, 1999.
경상대학교 인문학 연구소, 『인문학과 생태학』, 백의, 2001.
송용구, 『현대시와 생태주의』, 새미, 2002.

IV. 생태비평에 관한 서적 및 논문 (간행 연도순)

Rene Dubos, 『A God Within』, New York: Charles Scribner's Sons, 1972.
Rosemary Radford Reuther, 『New Women / New Earth』, New York: Seabury

Press, 1975.

Susan Griffin, 『Women and Nature: The Roaring Inside Her』, Harper & Row, 1978.

Mary Daly, 『GYN / Ecology』, Boston: Becon Press, 1978.

Carolyn Merchant, 『The Death of Nature』, New York: Harper & Row, 1980.

Carol Gilligan, 『In a Different Voice: Psychological Theory and Women's Development』, Cambridge: Harvard University Press, 1982.

Alison Jaggar, 『Feminist Politics and Human Nature』, Rowman & Littlefield, 1983.

Nel Noddings, 『Caring: A Femine Approach to Ethics and Moral Education』, Berkeley: University of California Press, 1984.

Bill Devall and George Session, 『Deep Ecology: Living as if Nature Mattered』, Gibbs Smith publisher, 1985.

Starhawk, 『The Spiral Dance: A Rebirth of the Ancient Religion of the great Goddess』, San Francisco: Harper & Row, 1986.

Carol Christ, 『Laughter of Apbrodite: Reflections on Journey to the Goddess』, San Francisco: Harper & Row, 1987.

Sara Ruddick, 『Maternal Thinking』, New York: Ballantine Books, 1989.

J Baird Callicott, 『In Defense of the Land Ethic : Essays in Environmental Philosophy』, State University of New York Press, 1989.

Arne Naess, 『Ecology, Community and Lifestyle』, Cambridge University Press, 1989.

Murray Bookchin, 『The Philosophy of Social Ecology』, Montreal: Black Rose Books, 1990.

Carolyn Merchant, 『Reweaving the world』, San Francisco: Sierra Club Books, 1990.

Christopher Manes, 『Green Rage: Radical Environmentalism & The

Unmaking of Civilization』, Little, Brown & Company, 1990.

Robin Eckersley, 『Environmentalism & Political theory』, State University of New York Press, 1992.

Val Plumwood, 『Feminism & The Mastery of Nature』, Routledge, 1993.

Warwick Fox, 『Toward a Transpersonal Ecology』, SUNY, 1995.

Cheryll Glotfelty & Harold Fromm, 『The Ecocriticism Reader』, University of Georgia press, 1996.

Karren J. Warren, 『Ecological Feminist Philosophies』, Indiana University Press, 1996.

Karren J. Warren, 『Ecofeminism』, Indiana University Press, 1997.

Light. Andrew, 『Social Ecology after Bookchin』, Guilford Press, 1998

Karren J. Warren, 『Ecofeminist Philosophy』, Rowman & Littlefield, 2000.

V. 생태소설에 대한 서적 및 논문 (간행 연도순)

정현기, 「풍요호로 출발한 죽음에 항로」, 문학사상, 1992. 11

이광호, 『위반의 시학』, 문학과 지성사, 1993.

정효구, 『우주공동체와 문학의 길』, 시와 시학사, 1994.

정호웅, 「녹색 사상과 생태학적 상상력」, 문학사상, 1995. 12

황태연, 「생태학적 마르크스주의의 두 갈래」, 외국문학, 1996. 5

김동환, 「생태학적 위기와 소설의 대응력」, 실천문학, 1996. 8

구모룡, 『문학과 근대성의 경험』, 좋은날, 1998.

이남호, 『녹색을 위한 문학』, 민음사, 1998.

송희복, 『생명문학과 존재의 심연』, 좋은날, 1998.

신철하, 『문학과 디스토피아』, 하늘연못, 1998.

김종회, 「생명사랑, 인간사랑의 문학을 위하여」, 경희대 한국문화연구, 1998. 2

송명희, 「〈도요새에 관한 명상〉과 에코페미니즘」, 비평문학, 1998. 7

이소영, 「황순원 소설에 나타난 생태의식 연구」, 고려대 석사, 1998.

허원기, 「호질 생태담론의 성격」, 한국학대학원논문집, 1998. 12

신덕룡, 『환경위기와 생태학적 상상력』, 실천 문학사, 1999.

이승하, 『생명 옹호와 영원 회귀의 시학』, 새미, 1999.

유순영, 「생태 소설의 두 가지 양상」, 광주대 민족문화예술연구소논문집, 1999.

전흥남, 「환경위기와 소설의 대응력에 관한 일고찰」, 한국언어문학, 1999. 12

이완기, 「윌리엄 포크너 소설의 생태비평적 읽기」, 경희대 석사, 1999.

김정숙, 「한국 현대소설의 생태 비평적 연구」, 충남대 석사, 1999.

신덕룡, 『초록생명의 길』, 시와 사람, 2001.

김욱동, 『시인은 숲을 지킨다』, 범우사, 2001.

정순진, 「현대소설과 생태 윤리」, 대전대 인문과학논문집, 2001. 10

곽경숙, 「한국 현대소설의 생태학적 연구」, 전남대 박사, 2001.

김설, 「생태소설로 본 《미국의 송어낚시》와 《의식》 연구」, 고려대 박사, 2001.

조남현, 「한국 소설과 환경생태학」, 『비평의 자리』, 문학사상사, 2001.

이상희, 「김동리 소설 연구:생태주의적 관점에서」, 성신여대 교육대학원 석사, 2002.

한점돌, 「한국 현대 환경소설의 발전 과정 연구」, 국어교육, 2002. 6

변혜정, 「오영수 소설의 생태의식 연구」, 서강대 석사, 2002.

전혜자, 「이남희의 생태담론」, 『현대 문학이론 연구 제18집』, 현대 문학이론 연구 학회, 2002, 12.

한국 현대 생태담론과 이론 연구

인쇄일 초판 1쇄 2004년 02월 12일
　　　　 3쇄 2015년 02월 23일
발행일 초판 1쇄 2004년 02월 20일
　　　　 3쇄 2015년 02월 25일

지은이 구 자 희
발행인 정 진 이
발행처 새미
등록일 1994.03.10, 제17-271호

서울시 강동구 성내동 447-11 현영빌딩 2층
Tel : 442-4623~4 Fax : 442-4625
www.kookhak.co.kr
E-mail : kookhak2001@hanmail.net
ISBN 978-89-5628-102-5[93800]
가 격 20,000원

* 새미는 국학자료원 의 자매회사입니다.
*저자와의 협의 하에 인지는 생략합니다.